FJB

Vic James

Dark Palace

Bd. 2 Die letzte Tür tötet

Aus dem Englischen
von Franca Fritz und Heinrich Koop

FJB

MIX
Papier aus verantwortungsvollen Quellen
FSC® C083411

Erschienen bei FISCHER FJB

Die Originalausgabe erschien 2017 unter dem Titel ›Tarnished City‹ bei Pan Macmillan, London.

Satz: C.H.Beck.Media.Solutions, Nördlingen
Druck und Bindung: CPI books GmbH, Leck
Printed in Germany
ISBN 978-3-8414-4011-2

Für meinen Bruder Jonathan

Danke, dass du die Sache mit den Zahlen übernommen hast,
so dass ich mich um die Sache mit den Worten
kümmern kann.

PROLOG

Jenner

Jenner zog die Zügel an, worauf sein Pferd stampfend und schnaubend im langen blauschwarzen Schatten der Bäume zum Stehen kam. Er hatte den Hengst im Galopp über das Gelände getrieben.

Als er abstieg und einen Blick über die Schulter warf, sah er Kyneston in der Dunkelheit leuchten. Hoffentlich hatte ihn niemand beobachtet – er wollte nicht, dass irgendein Mitglied seiner Familie Zeuge davon wurde, wie sein Plan gelang. Oder scheiterte.

Das hier war Abis letzte Chance. Er durfte einfach nicht versagen.

Trotz seiner verzweifelten Appelle hatte sein Vater beschlossen, Abi und ihre Eltern wegen der Verbrechen ihres Bruders nach Millmoor zu verbannen. Ein Wagen des Arbeitszuteilungsamtes würde sie morgen abholen und in die Sklavenstadt bringen, also musste Jenner sie heute Nacht aus Kyneston herausschmuggeln.

Er ging einen Schritt vorwärts und legte eine Hand auf die sanft schimmernde Mauer, die das gesamte Anwesen umgab. Das Moos kitzelte, doch er drückte seine Handfläche fester darauf, bis er das Mauerwerk unter seinen Fingerspitzen spürte. Die Berührung erzielte die gewünschte Wirkung: Die Mauer begann zu leuchten – fast so, als hätte sich der Mörtel zwischen den Steinen in flüssiges Gold verwandelt.

Sein Bruder Silyen würde aufgrund seiner Funktion als Torwächter der Familie jetzt von Jenners Anwesenheit erfahren. Und das bedeutete, dass ihm nicht viel Zeit blieb.

Jenner hatte Abi vor sieben Monaten genau an dieser Mauer kennengelernt, als Silyen und er die Familie Hadley durch das Tor hereingeholt hatten. Morgen würde Sil sie wieder hinausschicken – es sei denn, Jenner gelang etwas, was er noch nie zuvor geschafft hatte. Als Mitglied der Familie Jardine konnte er das Tor zum Leben erwecken. Doch da er kein *Geschick* besaß, war er nicht in der Lage, es zu öffnen.

Das Herz schlug ihm bis zum Hals, als das glühende Gitterwerk Gestalt annahm. *Geschick*-Licht strömte zur Mauerkrone und entfaltete sich zu Blüten und Ranken, zu Vögeln mit flammendem Gefieder und phantastischen Tieren. Als der letzte strahlende Strang das Familienmonogramm aufleuchten ließ, stand Jenner einen Moment schweigend da und bewunderte die Schönheit des Torbogens. Seit knapp einem Jahrzehnt hatte er sich nicht mehr gestattet, das Tor zum Leben zu erwecken, weil dessen Leuchten fast schlimmer war als ein vollständiges Versagen – die Tatsache, dass ihm dieses eine Wunder gewährt wurde, mehr aber auch nicht.

»Ich erinnere mich an das Jahr, in dem du dreizehn geworden bist«, sagte in diesem Augenblick eine Stimme direkt neben ihm. »Du hast der Mauer keine Ruhe gelassen. Und dann deine Bemühungen schlagartig eingestellt. Ich habe mich immer gefragt: Hat Vater dich geschlagen, um dich von der Mauer fernzuhalten, oder hast du einfach nur aufgegeben?«

Empört wirbelte Jenner herum. Wie hatte Silyen es geschafft, so schnell hier aufzutauchen? Und warum hatte Jenner ihn nicht kommen hören? Er konnte das alles nicht fassen.

»Willst du herausfinden, ob du mehr Glück hast als Leah und die kleine Libby?«, fragte Silyen, denn es gelang ihm jedes Mal, eine unangenehme Beobachtung mit einer noch schlimmeren Bemerkung zu toppen. »Ihr Versuch ist ziemlich genau an dieser Stelle gescheitert. Jetzt fehlen bloß noch Gavar und Abigail, und dann könnten wir die Szene noch mal nachstellen.«

Jenner nahm die Hand von der Mauer. Er dehnte die Finger, die sich danach sehnten, seinem jüngeren Bruder eine Ohrfeige zu verpassen. Aber so leicht ließ er sich nicht ködern.

Oder bot sich hier vielleicht eine ungeahnte Möglichkeit? Sil war so unberechenbar, dass man nie wusste, ob er sich möglicherweise einmal hilfsbereit zeigte.

»Wie wär's, wenn du das Tor öffnest? Für Abigail.«

»Und mich damit Vaters Wunsch widersetze?«

»Seit wann interessierst du dich für Vaters Wünsche? Oder die von irgendjemand anderem? Du kümmerst dich doch immer nur um deine eigenen …«

»Tja, wenn du es so formulierst«, erwiderte Sil, gar nicht mal unfreundlich.

Er klopfte sich die Hände ab und wandte sich in Richtung der Bäume, wo sein schwarzes Pferd geduldig ein paar Grashalme rupfte. Silyen musste sich im Wald versteckt haben.

»Nein, warte! Es tut mir leid.« Jenner packte seinen Bruder am Arm. »Ich bin einfach nur wahnsinnig angespannt. Bitte. Abi hätte bei der Explosion des Ostflügels getötet werden können. Und jetzt … nach dem, was mit ihrem Bruder passiert … Sie hat bestimmt einen Schock erlitten. Millmoor ist der letzte Ort, den sie in diesem Zustand verdient hat.«

»Wenn das so ist …«, sagte Silyen und wandte sich ihm wieder zu, »dann versuch es doch mal selbst. Deswegen bist du schließlich hergekommen, oder? Um herauszufinden, ob dein Wunsch nicht vielleicht auf magische Weise doch noch in Erfüllung geht?«

Seine Stimme hatte einen hänselnden, spöttischen Ton. Und lediglich das Wissen, dass Silyens *Geschick*-Reflexe ihn schützen würden, hielt Jenner davon ab, auf seinen Bruder loszugehen.

»Arbeitest du heimlich daran, so hassenswert zu sein, Silyen, oder fällt dir das total leicht?«

»Es gibt nur eine einzige Person, die du wirklich hasst, Jenner, und das bist du selbst. Aber lass sich nicht von der Tatsache abhalten, dass du einen Zuschauer hast. Ich habe dich schon mein ganzes Leben dabei beobachtet, wie du vergebens versucht hast, *Geschick* anzuwenden.«

Jenner hätte nicht gedacht, dass sich sein Wunsch, das Tor für Abi zu öffnen, noch steigern ließ. Doch jetzt raste das brennende Verlangen durch seine Adern, seinen Bruder Lügen zu strafen.

Er packte das kunstvolle Gitterwerk, zog daran und erinnerte sich gleichzeitig, wie er Leah vor all diesen Monaten hierbei beobachtet hatte. Damals war er genau in dem Moment eingetroffen, als Gavar die Waffe erhoben und sie erschossen hatte – eine unbegreifliche Tat, die er bis heute noch nicht verstand.

Das Tor reagierte auf ihn genauso wenig wie auf Leah und Libby. Trotz des trügerischen Scheins fühlte sich das Gitterwerk unter seinen Fingern kalt an.

Und es spielte auch keine Rolle, dass er gewusst hatte, wie

sein Versuch enden würde, und das Ganze zwecklos war. Wut und bittere Enttäuschung kochten in ihm hoch.

»Und, bist du jetzt zufrieden?«, brüllte er Sil an, von seiner eigenen lächerlichen Hoffnung zutiefst gedemütigt.

Aber in diesem Moment spürte er es, ein Prickeln in seinen Handgelenken und Adern. Es schoss warm durch seine Finger, als würde er sie über ein Feuer halten. Und es schien ebenso ein Teil von ihm zu sein wie sein warmes Blut.

Geschick.

Ruckartig hob Jenner den Kopf und starrte seinen Bruder an. In dessen dunklen Augen spiegelte sich das Flackern des Tors. Doch die Hoffnung, die Jenner jetzt bestimmt ausstrahlte, spiegelte sich nicht auf seinem Gesicht wider. Stattdessen runzelte Sil die Stirn.

Und in diesem Moment begriff Jenner, dass irgendetwas nicht stimmte. Ganz und gar nicht stimmte. Das Tor öffnete sich noch immer nicht. Durch seine Adern mochte zwar *Geschick* strömen, aber er hatte das Gefühl, als wären seine Pulsadern aufgeschlitzt und als würde das *Geschick* wieder aus ihm herausschießen. Jenner spreizte die Finger und starrte sie ungläubig an, als könnte er sehen, wie die warme goldene Flüssigkeit ungenutzt von ihnen herabtropfte.

Verzweifelt schlang er die Finger um sein Handgelenk, als könnte er den Strom stillen. Doch er wusste, wie zwecklos das war. Schließlich verebbte das Gefühl der Wärme, bis er das *Geschick* nicht mehr spüren konnte.

Silyen starrte ihn gebannt an.

»Ich dachte, ich könnte vielleicht …«, setzte er an, ohne jede Spur von Spott. Er klang fast verunsichert. Dann schüttelte sein Bruder den Kopf, wobei ihm die zerzausten Haare ins Gesicht fielen. »Du solltest Abigail und ihrer Familie jetzt besser Bescheid geben.«

»Was hast du getan?«, flüsterte Jenner. »Was war das gerade?«

»Ein Experiment.« Trotzig hob Sil das Kinn. »Und manchmal funktionieren Experimente nun mal nicht.«

»Was fällt dir ein?«, brüllte Jenner. »Wie kannst du es wagen, deine Spielchen mit mir zu treiben? Ich bin keins von deinen Experimenten. Ich bin dein Bruder, auch wenn Gavar und du … wenn ihr euch etwas anderes wünschen würdet.«

»Ich habe mir nie gewünscht, dass du nicht mein Bruder wärst«, sagte Silyen leise. »Und es tut mir leid.«

»So leid, dass du das Tor öffnest, damit Abi fliehen kann?«

Der Ausdruck der Reue verschwand so schnell von Silyens Gesicht, dass Jenner sich fragte, ob er sich ihn vielleicht bloß eingebildet hatte.

»Nein, so leid nun auch wieder nicht. Du solltest die Hadleys informieren. Aber warte lieber bis zum Morgen. Ich muss Luke heute Nacht an Crovan übergeben, und es wäre besser, wenn sie erst danach davon erfahren. Sie verdienen etwas Schlaf – und ich will nicht, dass sie sich einmischen.«

Sil pfiff sein Pferd heran, das langsam herübertrottete und ruhig dastand, während er sich in den Sattel schwang. Sein Blick schweifte über die Mauer. Dann packte er die Zügel und war im Nu verschwunden.

Jenner drehte sich ebenfalls zur Mauer um – für den Fall, dass das Tor dank einer letzten Laune seines Bruders ja vielleicht doch aufschwang.

Aber natürlich war das nicht der Fall. Das Licht schien aus dem Gitterwerk zu strömen. Die Vögel und Tiere verblassten, die Ranken und Blüten schrumpften, und das Strahlen zwischen den Mauersteinen wurde immer schwächer.

Jenner betrachtete seine Hände. Eine flüchtige Minute lang hatte er es gespürt: *Geschick* in seinen Adern, so lebenswichtig wie sein Blut oder sein Atem. Wie war es möglich, dass er ohne *Geschick* überhaupt leben, gehen und reden konnte?

In diesem Augenblick hätte er alles dafür gegeben, um selbst *Geschick* zu besitzen.

Einfach alles.

Als er wieder hochschaute, war das Tor verschwunden.

I

Luke

Sie tauchten mitten in der Nacht auf, um ihn zu holen. Nach der Gerichtsverhandlung am Morgen zuvor, die eine einzige Farce gewesen war, hatte man Luke eines Verbrechens für schuldig befunden, an das er sich zwar nicht erinnern konnte, das er aber ganz bestimmt nicht begangen hatte. Danach hatte Gavar Jardine ihn aus Kynestons Ostflügel geschleift und ihn hier hineingeworfen, in eine kleine Zelle unter der Küche.

Der gemauerte Raum war kalt und dunkel. Als Luke in der Finsternis herumtastete, stieß er auf eine Holztheke und ein paar leere Fässer. Die Luft besaß einen muffig-säuerlichen Geruch, der in jede Pore zu dringen schien. Kyneston gehörte nicht zu der Sorte von Anwesen, die über ein Verlies verfügten, und außerdem brauchten die Jardines niemanden einzusperren, um ihn an der Flucht zu hindern. Also musste es sich bei seiner Zelle um einen Teil des Weinkellers handeln.

Was bedeutete, dass nicht weit entfernt das Leben ganz normal weiterging und Hunderte von Ebenbürtigen sich noch immer in den Mauern Kynestons aufhielten. Seit dem Ball, bei dem Kanzler Zelston gestorben war, war so viel passiert: die Zerstörung und der Wiederaufbau des Ostflügels, Lukes Gerichtsverfahren, Crovans *Geschick*-Kampf mit Jackson und dessen katastrophales Ende. Zweifellos würden die Ebenbürtigen noch einen Weile auf dem Anwesen der Jardines bleiben, um alles durchzuhecheln, und zahllose Sklaven würden regelmäßig zwischen Küche und Keller und dem Speisesaal hin- und herlaufen.

Einer von den Leibeigenen besaß bestimmt einen Schlüssel zu diesem Raum. Oder konnte Abi informieren, die garantiert an den Schlüssel herankommen konnte.

Also verbrachte Luke die nächsten Stunden damit, gegen die Tür zu hämmern, um auf sich aufmerksam zu machen. Als seine Fäuste wund waren, trat er gegen die Tür – obwohl er natürlich wusste, dass nicht die geringste Chance bestand, sie einzutreten. Außerdem rief und schrie er so lange, bis er heiser war; dann gönnte er seiner Stimme eine kurze Pause, während er wieder mit den Fäusten gegen die Tür hämmerte und schließlich erneut losbrüllte.

Aber selbst diese körperliche Anstrengung erschöpfte ihn nicht annähernd so sehr wie die Verwirrung in seinem Kopf. In welche Richtung Luke seine Gedanken auch wendete, er landete jedes Mal in der gleichen Sackgasse – einer Mischung aus Unverständnis und Unkenntnis.

Irgendjemand hatte Zelston getötet, und offenbar war er selbst das gewesen. Allerdings trug er nur für die Tat die Verantwortung – nicht für die Absicht, die dahintersteckte.

Doc Jackson hatte ihn verteidigt. Aber Jackson war ein Aristokrat, ein Ebenbürtiger, und demzufolge hatte er Luke ebenfalls getäuscht und betrogen. Lukes Erinnerungen an die letzten vierundzwanzig Stunden bildeten ein Labyrinth, in dem er vollkommen orientierungslos umherirrte.

Als Stunde um Stunde verstrich und niemand kam, um ihn aus der Zelle zu befreien, sank Luke schließlich vollkommen erledigt gegen die Tür. Irgendwann musste er schließlich eingedöst sein, denn als er aufwachte, weil jemand von außen die Tür aufriss, sackte er vorwärts und fiel demjenigen auf die Stiefel.

Die Identität der Person ließ sich nur schwer erkennen, da er oder sie ein grellweißes Licht in der Hand hielt und Luke damit blendete.

»Ich bin nicht der Rettungstrupp«, sagte Silyen Jardine. »Tut mir leid.«

Steh auf, drängte eine winzige Stimme tief in Lukes Schädel. *Steh auf und flieh.*

Aber er war viel zu erschöpft, und seine Gliedmaßen gehorchten ihm nicht – weder seine bleischweren Beine noch seine blutig geschlagenen Hände. Luke öffnete den Mund, brachte allerdings nur ein Krächzen heraus.

Der junge Herr rümpfte die Nase und zog seine Füße unter Lukes zusammengesacktem Körper hervor. Dann krümmte der Ebenbürtige die Finger, woraufhin das Licht in seiner Hand erlosch. Eine Sekunde später kauerte er in der Dunkelheit über Luke, schob eine Hand in den Kragen von Lukes jetzt schmutzigem Oberhemd und drückte die andere gegen Lukes Schläfe.

Diese Berührung jagte einen Schauer durch Lukes Körper. Wenn die Ebenbürtigen einen nicht länger äußerlich quälten, konnten sie einen noch immer tief im Inneren verletzen.

Doch Luke spürte keinerlei Schmerz.

»Ich habe einige Fragen«, flüsterte Silyen. »Und im Moment bist du meine einzige Chance, darauf ein paar Antworten zu bekommen.«

Die kühlen Finger des Ebenbürtigen glitten über Lukes

Wange. Als sie seinen Kiefer umfassten, hatte Luke einen verrückten Moment lang den Eindruck, dass Silyen Jardine sich vorbeugen und ihn küssen würde. Doch das, was dann passierte, war intimer und noch viel schlimmer. Tief in Lukes Innerem ruckte und zuckte irgendetwas bei dieser Berührung.

Silyen musste es ebenfalls gespürt haben, denn sein gruselig strahlendes Lächeln ließ sein Gesicht so aufleuchten, als hätte er sein *Geschick*-Licht wieder zum Vorschein geholt. Seine Hand wanderte zu Lukes Kehle hinab, und Lukes Herzschlag pulsierte unter dem Druck von Silyens schwieligen Fingern, als wollte seine Halsschlagader aufplatzen und sie beide mit hellrotem Blut besprühen.

Vor Lukes innerem Auge zeichnete sich ein ungebetenes Bild ab: Jackson, der nach Crovans Triumph auf allen vieren vor dem Parlament der Ebenbürtigen kauerte, während aus jeder seiner Poren reines Licht explodierte. Luke schloss die Augen, um diese unerträgliche Erinnerung zu verdrängen. Aber Silyen war ihm so nahe, dass er dessen federleichtem Atem nicht ausweichen konnte, als er der junge Herr ihm etwas zuflüsterte.

»Wenn du auf einen Fluchtversuch verzichtest, werde ich nicht zulassen, dass er deinen Willen bricht. Jedenfalls nicht so sehr, dass ich den Schaden nicht mehr reparieren kann«, raunte Silyen Jardine.

Dann verschwand die Hand und Luke hörte sich selbst erleichtert ächzen. Als er die Augen öffnete, sah er, wie der Junge aufstand und die Knie seiner Jeans sauberwischte.

»Er ist reisefähig«, verkündete Silyen in seinem üblichen achtlos-schroffen Tonfall. Seine Worte waren an jemanden gerichtet, der am anderen Ende des schwach beleuchteten Flurs stand. »Ich werde seine Kyneston-Bindung am Tor aufheben. Dann gehört er Ihnen. Komm schon, Luke. Lass deinen neuen Herrn und Meister nicht warten.«

Silyen streckte ihm seine schlanke Hand entgegen. Doch Luke starrte einen Moment darauf, wandte sich dann ab und klammerte sich stattdessen an den Türpfosten. Als er sich mühsam daran hochzog, war das nur zum Teil vorgespielt, aber dadurch verschaffte er sich ein paar wertvolle Sekunden zum Nachdenken.

Deinen neuen Herrn und Meister.

Er war gerade dahintergekommen, wen Silyen damit meinte, als die Person, die am Ende des Flurs wartete, ein eigenes *Geschick*-Licht hochhob und Lukes Schlussfolgerung bestätigte: Lord Crovan. Er sah genauso aus wie wenige Abende zuvor, als Luke ihm in der Eingangshalle die Reisetasche abgenommen hatte. Sein Mantel war bereits zugeknöpft. *Reisebereit.*

Innerhalb nur einer Nacht und eines Tages war Luke zum Mörder, dann zum Angeklagten und schließlich zum Gefangenen geworden. Während des Tumults nach Jacksons Duell mit diesem Mann, bei dem der Doc Luke hatte verteidigen wollen, hatte Luke Lord Jardines Urteilsverkündung kaum gehört. Doch jetzt erinnerte er sich wieder: *schuldig.*

Für schuldig befunden und an Lord Arailt Crovan ausgehändigt, zum Abtransport auf dessen schottisches Anwesen. Kein Wort über eine mögliche Freilassung. Kein Wort über eine mögliche Revision des Urteils. Luke konnte förmlich hören, wie ein weggeworfener Schlüssel klirrend in einen tiefen Schacht fiel.

Aber er durfte nicht zulassen, dass Crovan ihn vernahm. Das *Geschick* des Mannes würde Lukes Erinnerungen an den Verein zutage fördern und damit seine Freunde in Millmoor in Gefahr bringen.

Andererseits musste Luke unbedingt herausfinden, was wirklich während des Balls passiert war, um seine Unschuld zu beweisen. Nicht nur für sich selbst, sondern auch für seine Familie.

»Meine Schwestern ... Meine Eltern ... Ist mit ihnen alles in Ordnung?«, wandte er sich in drängendem Ton an Silyen.

»Sie werden nach Millmoor gebracht«, erwiderte Silyen. »Unter den jetzigen Umständen ist das der sicherste Ort für sie.«

Luke schnappte erneut nach Luft. Jetzt, da er wusste, wozu die Ebenbürtigen fähig waren, empfand er den Gedanken, dass seine Familie weit von ihnen entfernt sein würde, als Erleichterung. Aber er wusste auch aus eigener Erfahrung, welche Grauen Millmoor bereithielt: die brandgefährlichen Arbeitsbedingungen, die beiläufigen Brutalitäten und Ungerechtigkeiten, die Tatsache, dass neben Daisys Schulbildung auch ihr Wachstum an diesem gnadenlosen Ort verkümmern konnte.

»Ach ja, die Kleine bleibt hier«, fügte Silyen hinzu. »Auf Gavars speziellen Wunsch.«

Daisy würde auf Kyneston bleiben?

Doch Luke blieb keine Zeit für weitere Fragen. Crovan schritt durch den Flur, blieb vor Luke stehen und betrachtete ihn mit leicht angewiderter Miene.

»Was soll diese Verzögerung? Ich möchte von hier verschwinden, bevor der Mob aufwacht und einen weiteren Tag mit Klatsch und Tratsch und endlosen Völlereien verbringt. Du gehörst jetzt mir, Junge. Also komm.«

Luke biss sich auf die Lippe und folgte dem Mann durch die schummrigen Gänge des großen Anwesens. Jeder Fluchtversuch war zum Scheitern verurteilt. Selbst wenn es ihm gelang, Crovan und Silyen zu entkommen – was sehr unwahrscheinlich war –, bestand nicht die geringste Chance, Kynestons Mauer zu überwinden. Er würde sich irgendwo auf dem Gelände verstecken müssen, und vermutlich würde die Jagd nach ihm den Ebenbürtigen ein großartiges Freizeitvergnügen bieten. Kynestons Stallungen hielten dafür genügend Pferde und Hunde bereit, und der Hundemaster hätte garantiert seine helle Freude daran.

Nein, der Moment zur Flucht würde kommen, wenn sie erst einmal unterwegs waren. Die Fahrt nach Schottland würde den ganzen Tag dauern. Bestimmt würden sie zwischendurch anhalten. Lukes Hirn lieferte ihm Bilder von Crovan, der in eine Autobahnraststätte stiefelte und herrisch nach Kaffee verlangte. Das würde garantiert für Ablenkung sorgen.

Silyen hatte ihn ermahnt, keinen Fluchtversuch zu unternehmen. Tja, Luke hatte nicht vor, in nächster Zeit irgendwelche Ratschläge von Silyen Jardine zu beherzigen.

Silyens restliche Worte ergaben auch nicht viel Sinn. Der junge Herr hatte einige Fragen, vermutlich im Zusammenhang mit Crovan, bei deren Beantwortung Luke ihm irgendwie helfen sollte? Zu blöd, dass er sie Luke dann nicht gestellt hatte.

Inzwischen hatten sie die Küchentür erreicht – den Lieferanteneingang, an dem Luke nur wenige Tage zuvor gestanden und darüber nachgedacht hatte, ob er sich in einem der Wagen der Ebenbürtigen verstecken und vom Gelände schmuggeln lassen sollte, um zu seinen Freunden in Millmoor zurückzukehren. Zu Doc und Angel. Das Gefühl des Verrats, das er empfunden hatte, als er die wahre Identität der beiden erfuhr, nagte noch immer an ihm.

Als Crovan sich der Tür näherte, riss eine Haussklavin sie für ihn auf. Ein kalter Wind schlug ihnen entgegen, während sie in die Nacht hinaustraten. Luke schauderte, aber das lag nicht einzig an der eisigen Luft. In Crovans Burganlage würde er vermutlich den Rest seines Lebens in einem Verlies verbringen. Ständig kalt, ständig im Dunkeln. Möglicherweise würde er eines Tages mal voller Wehmut an seine Nacht in Kynestons Weinkeller zurückdenken.

Nein, so durfte er nicht denken. Denn sonst war nicht nur sein Körper gefangen, sondern auch sein Geist. Gebrochen und von Angst erfüllt. Er würde da schon irgendwie rauskommen. Er musste es einfach schaffen.

Im Freien öffnete eine weitere Haussklavin die Tür eines glänzenden Fahrzeugs, dessen Motor leise brummte. Crovan stieg bereits auf der anderen Seite ein. Eine dritte Sklavin hielt die Zügel von Silyens schwarzem Pferd, und der junge Herr schwang sich behände in den Sattel, während das Tier schnaubte und mit den Hufen scharrte.

»Steig ein«, fauchte Crovans Stimme aus dem Heck des Fahrzeugs.

»Bitte sag meiner Familie, dass ich sie alle liebhabe«, platzte Luke hervor und schenkte der Sklavin, die ihm die Tür aufhielt, einen flehentlichen Blick. »Sag ihnen, dass es mir leidtut und wir uns wiedersehen werden.«

Die Frau starrte mit ausdrucksloser Miene geradeaus. Falls sie ihn gehört hatte, ließ sie es sich nicht anmerken. Groll kochte in Luke hoch, doch er riss sich zusammen. Die Angst vor den Ebenbürtigen bewirkte, dass die Menschen so eingeschüchtert reagierten. Das hatte Jackson ihm beigebracht.

Jackson. Der selbst ein Ebenbürtiger war.

Luke wusste nicht, ob er ihm jemals verzeihen konnte.

»Bitte«, flehte Luke die Frau ein weiteres Mal an. Dann zog er den Kopf ein und stieg in den Wagen.

Das Fahrzeug fuhr ohne eingeschaltete Scheinwerfer los, da Silyen vor ihnen her ritt und die Umgebung in sanftes *Geschick*-Licht tauchte. Luke drehte den Kopf, um noch einen letzten Blick auf Kyneston zu werfen. Selbst zu dieser späten Stunde wirkte das Anwesen majestätisch. Licht glühte entlang der Balustrade und ließ die Silhouette der Glocke in der hell erleuchteten Kuppel hervortreten. Auch hinter einigen Fenstern brannten noch Lampen.

Aber Lukes Blick wurde unwiderstehlich von dem goldenen Schein angezogen, der innerhalb des Eisenskeletts des riesigen Ostflügels pulsierte. Luke hatte mitten darin gestanden, als es explodiert war. Und keine zwölf Stunden später hatte er während seines Gerichtsverfahrens erneut darin gestanden. Dieser unfassbare Wiederaufbau des Gebäudes war Silyen Jardines Werk gewesen.

In diesem Augenblick erinnerte Luke sich wieder an Silyens Worte im Weinkeller.

An die Worte, die Luke verdrängt hatte, weil er lieber nicht darüber nachdenken wollte. *Wenn du auf einen Fluchtversuch verzichtest, werde ich nicht zulassen, dass er deinen Willen bricht. Jedenfalls nicht so sehr, dass ich den Schaden nicht mehr reparieren kann.* Eine Art Versprechen. Allerdings auch eine Drohung. Reparieren. Aber davor: das gewaltsame Brechen seines Willens.

Verstohlen warf Luke einen Blick auf den Mann neben ihm. Crovan starrte aus dem Fenster, von Lukes Anwesenheit und allem anderen scheinbar unberührt.

Luke war das Ganze so leid. Er war es leid, dass die Ebenbürtigen ihn benutzten. Dass er für Jackson nur eine Figur in einem Spiel gewesen war. Dass er für Crovan nur ein Objekt war, das er zerstören würde, und für Silyen ein Ding, das er wieder reparieren würde – jeder mit seinen eigenen, unergründlichen Motiven.

Solange es Ebenbürtige gab, würde er niemals frei sein, würde Großbritannien niemals frei sein. Ein Ende ihrer Herrschaft würde nicht genügen, denn mit solch einer Macht ausgestattet, würden sie – trotz eventueller Rückschläge – letztendlich wieder gewinnen. Und immer wieder.

Sie würden niemals aufhören zu gewinnen.

Luke lehnte sich gegen die Autotür und ballte nutzlos die Fäuste. Verzweiflung würde ihm jetzt auch nicht weiterhelfen.

Als der Wagen gerade zum Stehen kommen wollte, flammte vor ihnen ein blendendes Licht auf, woraufhin der Fahrer fluchte und der Wagen kurz ins Schleudern geriet: Silyen hatte das Tor zum Leben erweckt.

»Steig aus«, befahl Crovan, während er seine langen Beine aus der Tür schwang. Danach drehte er den Kopf und schaute zu Luke in den Wagen. »Gleich wirst du mir gehören, Junge.«

Und dann lächelte er, wirklich und wahrhaftig – das schrecklichste Lächeln, das Luke je gesehen hatte. Seine Beine versagten ihm fast den Dienst, als er ausstieg.

Silyen wartete bereits am Tor, dessen *Geschick*-Licht in alle Richtungen sprühte, als wäre es aus dem gleichen Material gefertigt wie die Wunderkerzen, die Lukes Mum früher immer für die Bonfire Night gekauft hatte. Woraus bestand dieses Licht? Woher stammte *Geschick*? Wozu war es wirklich fähig?

»Zeit zum Abschied«, sagte Silyen, dessen bleiches Gesicht im Schein des glühenden Tors grell leuchtete. »Zumindest vorläufig. Ich werde jetzt deine Bindung an Kyneston entfernen. Versuch, dem Drang zu widerstehen, mir einen Kinnhaken zu verpassen, nur weil du jetzt dazu in der Lage bist.«

Irgendetwas tief in Lukes Innerem zerbrach. Er konnte fast hören, wie es knackte. Unwillkürlich musste er an das Vorhängeschloss an Dogs Käfig im Hundezwinger denken ... daran, dass Silyen es einfach heruntergepflückt und die zerbrochenen Metallteile auf den Boden hatte fallen lassen.

»Spürst du es?«, fragte Silyen.

Er musterte Luke eindringlich, und dieser erinnerte sich an ihre erste Begegnung, nach der albtraumhaften Fahrt im Laderaum eines Sicherheitstransporters, als er keine Ahnung gehabt hatte, wohin man ihn von Millmoor aus verfrachten würde. Er hatte befürchtet, man würde ihn in ein Hochsicherheitsgefängnis oder Lager für Lebenslängliche bringen. Stattdessen war er in Kyneston gelandet. Damals war er erleichtert gewesen.

»Spürst du es?«, wiederholte Silyen.

Und in diesem Augenblick spürte Luke es.

Das, was Silyen in seinem Inneren zerbrochen hatte – die Sklavenbindung an Kyneston –, war vollkommen unbedeutend im Vergleich zu dem, was sie beide noch immer verband. Luke erinnerte sich wieder an das Gefühl bei ihrer ersten Begegnung. Damals hatte er den Eindruck gehabt, dass der Ebenbürtige ihn auseinandernahm, so wie sein Dad einen Motor zerlegte. Danach hatte Silyen ihn wieder zusammengesetzt, allerdings mit einem zusätzlichen Bauteil, und Luke hatte sich gefühlt, als würde sein gesamtes Inneres wie feiner Sand durch Silyens Finger rinnen.

Luke drehte sich der Magen um. Was war das für eine Verbindung zwischen ihnen?

Als er hochschaute, traf sich sein Blick mit Silyens. Die Augen des Ebenbürtigen waren so schwarz wie in jener ersten Nacht. Doch dieses Mal reflektierten sie nicht das Funkeln der Sterne, sondern den schimmernden Goldschein des Tors. Würde sein überwältigendes *Geschick* ihn eines Tages von innen verglühen lassen? Und würde Luke mit ihm zusammen verbrennen?

Eine Hand an Lukes Schulter zog ihn herum.

»Fertig?«, fragte Crovan, wobei er Luke ansah, seine Frage aber an Silyen richtete. »Gut. Dann wollen wir mal.«

Auf der anderen Seite des Tors wummerte irgendetwas in der Luft. Luke spürte den Luftdruck der Rotorblätter, als ein Hubschrauber jenseits der Kyneston-Mauer landete.

Also würde man ihn nicht in einem Wagen fortbringen. Und aus einem Hubschrauber konnte man nicht entkommen. Luke mochte zwar verzweifelt sein, aber er war nicht völlig verrückt.

Dann vielleicht in der Sekunde zwischen Verlassen des Tors und Erreichen des Hubschraubers? Angestrengt spähte er durch das glühende Gitterwerk. Seine kurzfristige Arbeit als Landschaftsgärtner verriet ihm, dass Silyen einen Weg eingeschlagen hatte, der von der Straße jenseits der Mauer fortführte, und dass er das Tor an einer Stelle erschaffen hatte, wo das Anwesen an weites Grünland grenzte – besser geeignet für eine Hubschrauberlandung.

»Gib acht, Junge.«

Crovan verpasste Luke eine leichte Ohrfeige. Dann glitten seine Finger tiefer und zeichneten eine Linie quer über Lukes Hals, als würde der Ebenbürtige ihm symbolisch die Kehle aufschlitzen – eine überraschend grobe Drohung.

Im nächsten Moment rang Luke nach Luft, als sich etwas um seinen Hals schlang und sich zuzog. Er riss die Hände hoch und versuchte, es wegzukratzen. Aber er konnte seine Finger nicht darunterschieben – das Ding lag zu flach und glatt auf seiner Haut.

Es handelte sich um ein goldenes Halsband.

Panisch schaute Luke zu Silyen und sandte ihm einen stummen Hilferuf zu. Doch der Ebenbürtige grinste nur.

Und dann schwang Kynestons Tor auf.

2

Abi

Jenner hatte die unerträgliche Nachricht überbracht, dass Luke bereits fort war, und ihnen anschließend die kaum weniger schreckliche Tatsache eröffnet, dass der Rest der Familie aufgeteilt werden würde: Daisy sollte in Kyneston bleiben, während man Abi und ihre Eltern nach Millmoor bringen würde.

In diesem Moment war Abi sofort klar geworden, was sie zu tun hatte. Auf der Fahrt nach Millmoor hatte sie einen Anfall von Reisekrankheit vorgetäuscht, damit der Wagen am Straßenrand anhielt – und dann hatte sie sich in die Büsche geschlagen und war geflohen.

Das lag nun fast eine Woche zurück. Jetzt stand sie an einem Strand, während die Lichter mehrerer Bars und Restaurants helle Streifen auf das aufgewühlte Meer zeichneten. Abi atmete die salzig-scharfe Luft ein. Sie war ihrem Ziel so nahe. Irgendwo da draußen lag die Insel mit der Burg Highwithel.

Meilyr Trescos Stammsitz – der vom reichen Ebenbürtigen zum Revoluzzer gewandelte junge Erbe von Highwithel, der Abis Bruder auf unsägliche Weise hintergangen hatte: Er hatte von Lukes Verstand und seinem Körper Besitz ergriffen, um Kanzler Zelston zu töten.

Oder war das doch das Werk eines noch Unbekannten gewesen und Meilyr stattdessen der Freund und Verteidiger ihres Bruders? Falls das stimmte, hatte er – im Versuch, Luke vor den grauenhaften Folgen einer Verurteilung zu bewahren – dafür einen schrecklichen Preis gezahlt: den Verlust seines *Geschicks*.

Welche dieser Möglichkeiten entsprach der Wahrheit? Sie würde es bald herausfinden.

Abi stapfte spritzend ins Meer und schnappte nach Luft. Eisiges Wasser lief in ihre Schuhe, durchnässte ihre Jeans und machte jeden ihrer Schritte bleischwer. Grober Sand und kleine Kiesel verrutschten unter ihren Füßen.

Sie musste es einfach herausfinden, denn durch ihre Flucht hierher hatte sie alles zurückgelassen, was ihr etwas bedeutete. Ihre kleine Schwester, in der Obhut des launischen Kyneston-Erben Gavar Jardine. Ihre Eltern, die inzwischen in der Sklavenstadt Millmoor sein mussten und bestimmt außer sich waren vor Sorge über die Trennung von ihren drei Kindern. Der junge Mann, den sie vermutlich liebte, sofern sie sich diese Gefühle gestattete – der *geschicklose* zweite Sohn von Englands mächtigster Familie: Jenner Jardine.

Obwohl es Abi als das geringste Opfer in dieser abscheulichen Aufzählung erschien, hatte sie schließlich auch die Zukunft aufgegeben, von der sie selbst immer geträumt hatte. Sie war jetzt eine flüchtige Sklavin. Jenseits von Recht und Ordnung. Welches Schicksal ihr auch bevorstehen mochte, es hatte vermutlich sehr wenig mit der Anstellung als Krankenhausärztin und dem adretten Reihenhäuschen samt Ehemann und Kindern zu tun, das sie sich immer ausgemalt hatte.

Diese Welt war viel grausamer, als sie es sich vor fast einem Jahr, beim Ausfüllen des Antrags für ihre Familie – zur Ableistung ihrer Sklavenzeit auf Kyneston –, hätte vorstellen können. Darüber hinaus hatte die Aufdeckung der Wahrheit Abi und die Menschen, die sie liebte, so viel gekostet.

Unbeholfen hievte sie ihre langen Beine in das Boot, das unter ihr hin und her schaukelte.

Sie musste Luke retten. Und sie würde dafür sorgen, dass Meilyr ihr dabei helfen würde.

Das Schwanken des flachen Boots hatte etwas nachgelassen. Ihre Jeans war bis zum Oberschenkel durchnässt, aber Abi machte sich keine Sorgen, dass sie sich erkälten könnte. Sie hatte sich eine warme Segeljacke gekauft, und außerdem würde ihr Körper damit beschäftigt sein, Aminosäuren in einen Adrenalinstoß umzusetzen, um pulsierendes Blut durch ihre Adern zu jagen.

Sie erinnerte sich an das Medizinlehrbuch, in dem sie diese Information gelesen hatte. Als Ärztin hätte sie vielen Menschen helfen können.

Doch Luke hatte deutlich größere Träume gehegt.

Er hatte gegen die Sklavenzeit und gegen die Ebenbürtigen gekämpft. Wenn man bedachte, dass sie sich während der Aufstände in Millmoor Sorgen um seine Sicherheit gemacht hatte, während er einer der Unruhestifter gewesen war! Sobald sie ihren kleinen Bruder das nächste Mal zu Gesicht bekam, würde sie ihm ordentlich die Leviten lesen.

Denn sie weigerte sich, den Gedanken zu akzeptieren, dass es möglicherweise kein nächstes Mal geben würde.

Abi fischte den Schlüssel für den Außenbordmotor aus ihrer Jeanstasche und fummelte einen Moment damit herum, bis er ins Schloss passte. Die Tatsache, dass sie mit einem Automechaniker als Dad groß geworden war, half ihr dabei nicht unbedingt. Aber ihre Fähigkeiten wuchsen von Minute zu Minute: zuerst Diebstahl und Flucht und jetzt Einbruch. Sie hatte den Schlüssel erst eine Stunde zuvor in ihren Besitz gebracht – im Büro des kleinen Veranstalters, der Robbenbeobachtungstouren anbot, unten an der Mole.

Stockend erwachte der Außenborder zum Leben. Abi legte die Hand auf die Pinne und drehte sie versuchsweise. Mit dem Ergebnis zufrieden, heftete sie den Blick auf die rote und die grüne Signallampe, die den Ausgang von Ennors Hafen markierten, und steuerte darauf zu.

Das hier war ihr zweiter Versuch, Highwithel zu erreichen, Großbritanniens abgelegenstes Ebenbürtigen-Anwesen im Zentrum der Scilly-Inseln vor der Südwestküste Englands. Überhaupt bis hierherzukommen hatte schon ziemlich lange gedauert.

Nach der Flucht aus dem Wagen des Arbeitszuteilungsamtes, der ihre Eltern und sie nach Millmoor bringen sollte, war Abi per Anhalter nach Exeter gefahren. Von dort aus hatte sie den Zug nach Penzance und die Fähre nach Ennor genommen, zur größten der Scilly-Inseln. Aber hier war sie nicht weitergekommen.

Ennor war ein beliebter Touristenort. Da nur diejenigen ins Ausland reisen durften, die ihre Sklavenzeit bereits absolviert hatten, stellten die warmen, windgepeitschten Scilly-Inseln so ziemlich das exotischste und am weitesten entfernte Urlaubsziel dar, das Großbritannien zu bieten hatte.

Deshalb hatte Abi noch am Tag ihrer Ankunft versucht, eine ahnungslose Touristin zu spielen, die für ihr Leben gern die Burg besichtigen wollte. Doch diese Bitte war von den örtlichen Wassertaxis höflich abgelehnt worden. Abi spürte, dass die Insulaner ihren Herren treu ergeben waren. Der Name Tresco tauchte überall auf: nicht nur auf dem Rumpf der kleinen Fischerboote, sondern auch auf dem im Wind schaukelnden Aushängeschild des Pubs. Die Inselbewohner würden die Geheimnisse des Anwesens nicht gegenüber irgendwelchen Fremden preisgeben.

Abi musste sich etwas einfallen lassen. Der Archipel umfasste 146 Inseln, von denen aber lediglich 145 auf der Karte eingetragen waren, die sie aus der Schublade in Kynestons Verwaltungsbüro gestohlen hatte. Und keine der zahlreichen Inseln trug den Namen Highwithel. In der örtlichen Bibliothek hatte sie eine Luftaufnahme der Inseln aufgetrieben und dieses Foto mit der Karte verglichen. Die Angaben stimmten überein. Also waren sowohl das Luftbild als auch die Karte nachträglich bearbeitet worden – oder Highwithel tauchte auf Fotografien einfach nicht auf.

Also versuchte Abi, das Problem anders anzugehen. Die Ebenbürtigen würden irgendwann beliefert werden müssen, mit Lebensmitteln und all den kleinen Luxusgütern, die eine aristokratische Familie schätzte.

Ennor war ein freundlicher Ort mit einer entspannten Atmosphäre. Könnte ganz Großbritannien so aussehen, wenn die örtlichen Lords gütig statt grausam wären? Inmitten der bunten Einkaufsstraße stach ein Geschäft heraus: ein piekfeiner Delikatessenladen, in dessen Regalen Abi ein paar extrem teure Markenprodukte aus London entdeckte, die auch die Jardines bevorzugt hatten. Die einzigen Gewöhnlichen, die sich diese Dinge leisten konnten, waren diejenigen, die ihre Sklavenzeit früh abgedient und danach Karriere gemacht hatten. Abi ging jede Wette ein, dass die Trescos ihre Lieferungen von diesem Geschäft bezogen.

Auf den ersten Blick konnte Abi nirgends ein Auftragsbuch erkennen – der Laden verfügte wahrscheinlich über ein elektronisches Bestellsystem. Aber als sie um die Straßenzeile herumgelaufen war und sich der Hintertür des Geschäfts näherte, sah sie, dass mehrere Warenkisten zum Hafen hinuntertransportiert wurden, um per Boot zugestellt zu werden. Jede der Kisten war ordentlich mit Namen und Adresse des Kunden versehen. Bestimmt würde ihre Intuition sie nicht täuschen. Also brauchte sie die Lieferungen nur sorgfältig im Auge zu behalten.

Die nächsten beiden Tage verbrachte sie auf einer Bank in der Nähe der Hafenmole, während ihr Verstand fieberhaft die anderen Möglichkeiten durchging. Sollte sie einfach einen Brief schreiben? Nein. Sie musste Meilyr Tresco direkt in die Augen schauen können, wenn sie von ihm Antworten zu Lukes Schicksal verlangte. Oder sollte sie vielleicht Jenner anrufen? Sie hatte einen Teil des Geldes, das sie aus Kynestons Verwaltungskasse entwendet hatte, zum Kauf eines billigen Handys genutzt, und ihre Finger schwebten ein paarmal über dem Tastenfeld, um die Nummer des Verwaltungsbüros zu wählen. Doch Abi war sich nicht sicher, inwiefern Jenner ihr helfen konnte, und sie wollte nicht riskieren, ihn in die Sache hineinzuziehen.

Am dritten Tag entdeckte sie endlich eine große Lieferung an der Mole, deren Kisten diskret mit »TRESCO / Highwithel« beschriftet waren.

Abi sprintete um den Hafen herum und zum höchsten Punkt der Insel, hinauf zu einer Kapelle, in der die Fischerfamilien früher während eines Sturms besorgt auf die Rückkehr ihrer Lieben gewartet hatten. Sie richtete sich auf, ignorierte das Seitenstechen und fürchtete einen schrecklichen Moment, dass sie das Boot bereits aus der Sicht verloren hatte. Doch da war es, weit draußen, vor Ennor.

Nachdem es schließlich um eine kleine Insel im Westen gebogen war und dahinter verschwand, hatte Abi eine klare Vorstellung von seiner eingeschlagenen Richtung. Ihre Landkarte zeigte, dass diese Route zu drei Gebieten im scheinbar offenen Meer führte, die sie bereits als mögliche Orte für eine versteckte Insel ausgemacht hatte.

Ihr erster Versuch in der Nacht zuvor hatte nichts gebracht. Also saß sie jetzt ein weiteres Mal in einem »geliehenen« Boot und steuerte das zweite Gebiet an.

Als sie über die Schulter schaute, die Hand fest auf dem tuckernden Außenborder, konnte sie die roten und grünen Hafenlichter nicht mehr erkennen. Der Wind frischte auf, während sie eine westliche Richtung einschlug, und wühlte das Meer auf, so dass sich das Boot schaukelnd durch die Wellen pflügte.

Würde sie kentern und ertrinken? Oder würde dieses kleine Wasserfahrzeug auf den Felsen zerschellen und sie mit in den Untergang reißen? Vielleicht wurde sie aber auch von einer Strömung erfasst, die sie weit auf die offene See hinaustrieb, wo sie schutzlos den Elementen ausgesetzt war und verdursten würde. In dem Fall würde sie Luke nicht retten können. Möglicherweise starb er in Crovans Verlies, und der Kummer über seinen Tod würde ihre Eltern umbringen. Und dann wäre Daisy ganz allein auf dieser Welt.

Hör auf damit, ermahnte sie sich entschlossen. So darfst du nicht denken.

Abi berührte kurz die Rettungsweste, die sie über der Segeljacke trug, tastete anschließend nach der Plastikröhre der Signalfackel in ihrer Tasche und tätschelte die Gezeitentabelle und Seekarte in ihrer Innentasche. Seit ihrer Flucht vor einer Woche hatte sie sich schon mehrfach bei diesen Handlungen ertappt – kleine Rituale zur Beruhigung ihrer Nerven. Sie wusste, dass es sich dabei um eine Stressreaktion auf die traumatischen Ereignisse in Kyneston handelte. Kein besonders gesundes Verhalten, aber es fiel ihr schwer, damit aufzuhören, zumal sie damit die Stimmen in ihrem Kopf zum Schweigen brachte.

Stimmen, die darauf beharrten, dass die ganze Geschichte nur *ihre Schuld* war. *Sie* hatte ihren Eltern versichert, dass Luke und Daisy einwilligen würden, mit ihnen gemeinsam ihre Sklavenzeit zu absolvieren. *Sie* hatte vorgeschlagen, sich für ein Anwesen zu bewerben. *Sie* hatte es nicht geschafft, Luke aus Millmoor herauszuholen, bevor er sich auf Meilyr Tresco und dessen illusorische Ideen einlassen konnte.

Natürlich wusste sie, dass diese Gedanken nicht ganz rational waren. Aber trotzdem hatte sie das Gefühl, als wäre es *ihre* Verantwortung, alles wieder geradezubiegen. Sie würde alles tun, was dafür erforderlich war – einschließlich ein Boot, das kaum größer als eine Badewanne war, durch die Nacht zu steuern, auf der Suche nach einer unsichtbaren Burg.

Inzwischen hatte sie Dutzende Inseln hinter sich gelassen, deren Klippen hell schimmerten, während sich die felsige Küste in der Dunkelheit darunter verlor. Wolken zogen über das Antlitz des abnehmenden Monds. Sein Licht war heute schwächer als gestern. Morgen würde es noch dunkler sein.

Endlich passierte das Boot die letzte bewohnte Insel auf der Karte. Die Fenster der einzigen Farm leuchteten als gelbe Rechtecke in der Nacht, wie goldene Portale zu einem *Geschick*-Reich. Bis hierhin war sie gestern gekommen, bevor sie weiter nach Westen gefahren war. Heute Nacht würde sie sich nach Norden wenden.

Ihre Hand auf der Pinne war vor Kälte inzwischen steif, doch sie drehte den Außenborder und spuckte mehrere Haarsträhnen aus, als der Wind ihr den zerzausten Zopf ins Gesicht peitschte. Dann gab sie Gas und fuhr so schnell, wie sie es sich zutraute. Das Boot hüpfte wie ein Stein über die Meeresoberfläche. Luke hatte immer ein Händchen dafür gehabt, Steine übers Wasser zu hüpfen zu lassen – bestimmt acht- oder neunmal hintereinander.

Ich werde dich zurückholen, Bruderherz, schwor sie sich.

Gischt spritzte ihr ins Gesicht. Aber das war auch das Einzige, das in ihren Augen brannte, das Einzige, was sie schmecken konnte, das Einzige, das über ihre Wangen zu ihren gesprungenen Lippen hinunterlief.

Dann flaute der Wind ab. Die Gischt verschwand.

Der Außenborder erstarb.

Das Boot fuhr nicht mehr weiter.

Hatte sie den Motor durch zu starkes Beschleunigen ruiniert? Wie hatte sie nur so dumm sein können?

Abi beugte sich über den Außenborder, drehte den Schlüssel ergebnislos hin und her, zog ihn aus dem Schloss und versuchte es danach erneut. Nichts. Das Meer schwappte bedenklich unter dem zerbrechlichen Rumpf des kleinen Boots.

Im nächsten Moment fiel Abi gegen den Motor, weil sich das Boot plötzlich in Bewegung setzte. Reglos lag sie da und umklammerte das Dollbord, während ihr bewusst wurde, was das bedeutete.

Das Boot wurde mit Hilfe von *Geschick* bewegt.

Der Himmel und das Meer vor ihr wirkten schwarz. Abi schaute über die Schulter. Die Lichter des Farmhauses waren verschwunden. Sie blickte nach oben.

Der Mond war verschwunden. Die Sterne ebenfalls. Um sie herum herrschte nur tiefe Finsternis.

Schließlich entdeckte sie eine Insel, bevor ihre Angst vollends von ihr Besitz ergriff. Abis Herz setzte einen Schlag aus. Und danach noch einen.

Highwithel ragte, dem Namen entsprechend, hoch auf. Der Mond war wieder zu sehen, und in seinem schwachen Schein leuchtete die Insel elfenbeinfarben, durchsetzt von schwarzen Schatten. Ihre Seiten bewegten sich unheimlich, wie die Flanken eines Lebewesens. Abis stockendes Herz erwachte panisch aus seiner Starre, als die Felsen in Hunderten Bruchstücken auseinanderplatzten. Vor ihrem inneren Auge sah sie wieder die schreckliche Explosion von Kynestons Ballsaal ... bis sie erkannte, dass es sich um Seevögel handelte. Eine gewaltige Schar stob auf und kreiste kreischend über der Insel.

Auf der Kuppe der Insel lag eine Burg, die nahtlos aus den Felsen aufragte: hohe Mauern, von mächtigen Strebepfeilern gestützt. Zwar konnte Abi keine Zinnen entdecken, doch mehrere Ecktürme überragten die Mauer. Ob es sich dabei einst um Wachtürme gehandelt hatte?

Das Boot bewegte sich mittlerweile mit gleichmäßiger Geschwindigkeit über das Wasser. Vom Meer ging jetzt keine Gefahr mehr aus.

Aber was war mit der Insel? Wie würde der gebrochene Erbe von Highwithel sie empfangen?

Die Küste kam näher. Abi kniete aufrecht im Boot und hielt eine Hand schützend vor die Augen, als zwei Lichter vor ihr blendend aufleuchteten: eine glühende goldene Kugel, bei der es sich nur um *Geschick*-Licht handeln konnte, und eine leuchtstarke Taschenlampe mit einem grellweißen Lichtstrahl.

Vor ihr lag das Ende der Mole, auf der drei Personen standen: eine hochgewachsene, schlanke Frau – das *Geschick*-Licht in ihrer Hand beleuchtete ihre weißblonden Haare und ihre eleganten Züge. Eine Ebenbürtige. Daneben sah Abi ein dürres Kind mit wilden Haaren, dessen Gesicht vom Licht der Taschenlampe verdeckt wurde. Und zwischen den beiden stand Meilyr Tresco.

Die Frau musste Bodina Matravers sein, Mistress Boudas Schwester. Abi erinnerte sich daran, wie Bodina und Meilyr Seite an Seite Kynestons Ballsaal betreten hatten. Danach hatte Abi die junge Ebenbürtige während des Chaos nach der Explosion erneut gesehen. Sie hatte sich über einen Sklaven gebeugt, der unter einem Stahlträger lag. In ihrem paillettenbesetzten Kleid hatte sie wie ein Engel gewirkt, der seine übernatürlichen Kräfte dazu nutzte, den Mann zu befreien und zu heilen.

Waren diese beiden Ebenbürtigen Lukes Verbündete?

Oder seine Verräter?

Das Boot glitt auf die Mole zu. Das Kind legte die Taschenlampe beiseite, kniete sich hin und warf Abi ein Seil zu. Warum machte das nicht Master Meilyr?, fragte Abi sich. Das hier war schließlich seine Insel. Dachte er vielleicht, dass das unter seiner Würde war? Eine weitere Aufgabe, die er lieber einem Sklaven überließ – genau wie die Ermordung des Kanzlers?

Abi befestigte das Boot, schaute auf der Suche nach einer Leiter in die Höhe und blickte stattdessen dem jungen Ebenbürtigen direkt ins Gesicht. Weder das warme *Geschick*-Licht der Frau neben ihm noch sein ordentlich gestutzter Bart konnten seine gramzerfurchten Gesichtszüge kaschieren.

Zur Vorbereitung auf ihr Medizinstudium hatte Abi ehrenamtlich im Krankenhaus ihrer Mutter ausgeholfen. Dort hatte sie ähnliche Gesichter gesehen – auf den Stationen, wo Pflegepersonal und Besucher nur mit gedämpfter Stimme sprachen und wo man manchmal ein unterdrücktes Schluchzen aus einem Zimmer hörte. Der Ebenbürtige stützte sich schwer auf einen Stock.

»Abigail Hadley«, sagte er mit heiserer Stimme, »ich bin Meilyr Tresco. Dein Bruder hat mich als ›Doc Jackson‹ gekannt. Willkommen auf Highwithel.«

Abi stemmte ihre Füße gegen die Bootswände und richtete sich auf.

»Ich bin nicht hergekommen, um der Familie Tresco einen Freundschaftsbesuch abzustatten«, sagte sie. »Ich bin nur aus einem einzigen Grund hier: Ich werde meinen Bruder zurückholen.«

Tresco reichte dem Sklavenmädchen seinen Stock. Anschließend beugte er sich steif zu Abi hinunter und streckte ihr seine Hand entgegen, während Bodina seinen Arm umklammerte, um ihm Halt zu geben.

»Dann sind wir schon zwei«, sagte er.

Abi sah den gequälten Ausdruck, der über Trescos Gesicht zuckte, als er ihr über die letzte Stufe der glitschigen Metallleiter auf die Mole hinaufhalf. Sein Duell mit Crovan hatte mehr zerstört als nur sein *Geschick*.

Tresco führte sie zu einer rutschigen Steintreppe, deren Stufen in den Fels gehauen waren. Hier erlebte Abi eine Überraschung. Das Kind mit der Taschenlampe war gar keine Sklavin – oder nicht mehr. Sie stellte sich selbst als Renie vor, eine Freundin von Luke, den sie in Millmoor kennengelernt hatte.

»Ich geh mit Abi schon mal vor«, wandte Renie sich an die Ebenbürtigen, ohne eine Spur von Ehrerbietung in der Stimme. »Dann kann ich ihr erklären, wer wir alle sind.«

Bodina Matravers nickte; ihre Hand stützte noch immer Meilyrs Arm.

Während Renie und Abi die Felstreppe hinaufstiegen, setzte das Mädchen zu seinem Bericht an. Das Ganze hatte als eine Gruppe angefangen, die sich regelmäßig getroffen hatte, erzählte sie. Der »Millmoorer Gesellschafts- und Spieleverein«. Bodina Matravers hatte sie alle aus der Sklavenstadt geschmuggelt, als man Luke in Crovans Gewahrsam gegeben hatte.

»Wir hatten keinen Schimmer, dass sie eine Ebenbürtige ist«, erklärte Renie. »Das gilt auch für Jackson. Ich meine, Meilyr. Es hat 'ne Weile gedauert, bis wir uns daran gewöhnt hatten.

Aber Dina hat jeden Einzelnen von uns gesucht und gefunden. Sie hat uns erzählt, dass Luke verhaftet worden war und von einem der Ebenbürtigen verhört werden würde – was bedeutete, dass der Verein auffliegen konnte, selbst wenn Luke wie ein Grab schweigen würde. Dina hat uns zu einem Transporter gebracht und dann einfach aus Millmoor hinausgefahren, während die Sicherheitsleute an den Kontrollpunkten in die andere Richtung geguckt haben. Das muss an Dinas *Geschick* gelegen haben«, fügte Renie nachdenklich hinzu. »Ich hab mich immer gefragt, wie sie das hingekriegt hat. Ich dachte, es würde daran liegen, dass sie hübsch ist.«

Das Mädchen stieß ein leises Lachen aus, das eher zu jemandem gepasst hätte, der deutlich älter war als sie. Renie hatte eine Begabung fürs Geschichtenerzählen, und Abi hörte fasziniert zu, während sie ihr erzählte, dass der Verein anfangs nur ein paar gute Werke in der schrecklichen Sklavenstadt hatte tun wollen. Abi spürte, wie sie vor Stolz errötete, als Renie von ihrer ersten Begegnung mit Luke berichtete.

»Er hat mich vor ein paar wirklich üblen Typen gerettet, und ich hab mich dafür noch gar nicht richtig bedankt. Aber das werd ich nachholen. Keine Sorge, Abi: Wir sind genauso fest entschlossen, ihn zurückzuholen, wie du. Der Doc – Meilyr – wird keine Ruhe geben, bis Luke wieder bei uns ist.«

Nachdem der Erbe von Highwithel von der zum Scheitern verurteilten Kanzlervorlage zur Abschaffung der Sklavenzeit erfahren hatte, hatten sich die Aktivitäten des Vereins verändert. Sie hatten Sabotageakte gegen Millmoors Verwaltung durchgeführt. Schließlich war es im Januar zum Aufstand gekommen.

»Luke war daran beteiligt?« Abi konnte es noch immer kaum glauben.

»Beteiligt? Er hat den besten Teil vorgeschlagen: die Stilllegung des Maschinenparks. Dieser Junge ist echt gut. Wenn irgendetwas getan werden muss, sagt er das – und macht sich später Gedanken darüber, wie das Ganze laufen soll.«

Das klang tatsächlich nach Luke, dachte Abi und hielt sich an den Felsen fest, als ihre Hacke von der feuchten Steinstufe abrutschte. Über ihr kreisten und kreischten die Seevögel. Der Gedanke an das Leben, das ihr Bruder in Millmoor geführt hatte, versetzte ihr einen Stich ins Herz. Er hatte all diesen Menschen so nahegestanden – Menschen, die ihr vollkommen fremd waren.

Wenn Luke und sie während seiner Anwesenheit auf Kyneston doch bloß mehr geredet hätten! Aber er hatte all das für sich behalten. Vielleicht, weil er gewusst hatte, wie sehr sie diese Aktivitäten missbilligt hätte? Oder lag es daran, dass das Attentat auf Kanzler Zelston bereits damals in der Planung gewesen war und Luke sich freiwillig daran beteiligt hatte?

Das war das dritte Szenario in dieser ganzen Geschichte – das Szenario, über das Abi nicht hatte nachdenken wollen. Möglicherweise war Luke von Meilyr Tresco ausgenutzt worden. Oder von jemand völlig anderem.

Oder er hatte sich freiwillig dafür gemeldet.

Nein. Abi konnte sich gut vorstellen, dass ihr Bruder sich an allem möglichen Ärger beteiligte – sogar an diesen Gesetzesverstößen, von denen Renie ihr erzählt hatte. Aber einfach so einen Mann zu erschießen? Einen Mann, der nichts verbrochen hatte, der nur die Gallionsfigur des *Geschick*-Regimes war? Der sogar selbst den Vorschlag zur Abschaffung der Sklavenzeit gemacht hatte? Nein, das hätte Luke niemals freiwillig getan – das wusste Abi genau.

Inzwischen befanden sie sich schwindelerregend hoch über dem Meer. Abi blieb kurz stehen, um nach Luft zu schnappen, und schaute nach unten. Keine gute Idee, da die gähnende Dunkelheit dafür sorgte, dass sich ihr der Kopf drehte. Der goldene Schein des *Geschick*-Lichts war weit unter ihnen. Meilyr Tresco hatte offenbar größte Mühe, die Stufen zu erklimmen.

»Was ist mit ihm los?«, fragte Abi, während sie beobachtete, wie er quälend langsam nach oben kletterte. »Ich meine, ich weiß zwar von der Geschichte mit seinem *Geschick*, weil ich zu der Zeit selbst auf Kyneston war, aber hier geht es doch bloß darum, eine Treppe hinaufzusteigen. Dafür braucht man schließlich kein *Geschick*.«

Renie verzog das kleine, verhärmte Gesicht. Ihr lag wirklich sehr viel an Meilyr, erkannte Abi – was für den Ebenbürtigen sprach. Abi war allerdings nach wie vor entschlossen, sich ihre eigene Meinung zu bilden.

»Er hat Schmerzen«, antwortete Renie. »Schreckliche Schmerzen, die einfach nicht aufhören. Das hat Dina zumindest gesagt. Sie hat versucht, ihm mit ihrem *Geschick* zu helfen, genau wie der Rest der Familie. Jackson – Meilyr – meint, er wäre wie ein undichter Eimer. Er kann förmlich spüren, wie Dina ihr *Geschick* in seinen Körper strömen lässt. Aber es fließt sofort wieder aus ihm heraus.«

Während Abi und Renie nach unten schauten, setzte sich Bodinas sanftes *Geschick*-Licht plötzlich in Bewegung und kam rasch auf sie zu. Die Ebenbürtige nahm die Stufen schneller, als jeder normale Mensch es gekonnt hätte, und war schon bald bei ihnen, nicht im Geringsten außer Atem.

»Lauft schon vor«, sagte sie. »Ich werde ihn tragen müssen und möchte ihm dabei etwas Privatsphäre gönnen.«

»Ihn tragen?«, fragte Abi ungläubig. Doch dann erinnerte sie sich wieder an den Stahlträger. Dieses schlanke Mädchen konnte vermutlich ein Elefantenjunges tragen, wenn es sein musste.

»Er wird heute Abend auch nicht mehr mit dir reden können, wofür er sich entschuldigen möchte«, fuhr Dina fort. »Im Schlaftrakt müsste noch ein Gästezimmer frei sein, in der Nähe der anderen. Renie kann es dir zeigen. Auch du bist bestimmt sehr müde.«

Ihre letzten Worte klangen eher nach einer Anweisung als nach einer Frage. Dann machte sie auf dem Absatz kehrt und lief die Stufen wieder hinunter.

Abi murrte innerlich. Allerdings hatte Dina recht: Sie war

tatsächlich erschöpft. Während der vergangenen Woche hatte sie vor Sorge um Luke, ihre Eltern und Daisy kaum geschlafen. Außerdem hatte sie ständig mit einem Ohr auf Sirenen gehorcht: Sie hatte damit gerechnet, dass die Polizei jeden Moment in ihr kleines Hotel in Ennor stürmen würde, wo sie unter falschem Namen eingecheckt hatte.

Aber sie hatte es bis hierher geschafft. Jetzt konnte sie sich ausruhen, wenigstens eine Nacht lang.

Sie folgte Renie die letzten Spitzkehren der Felstreppe hinauf und dann in die große, dunkle Eingangshalle der Burg. Die Müdigkeit ließ jeden ihrer Schritte schwer werden. Das Mädchen führte Abi durch ein Labyrinth enger Korridore, bis sie schließlich eine Tür aufdrückte. Das Licht ihrer Taschenlampe fiel auf ein schmales Bett mit einer dicken Wolldecke.

»Wie wär's mit diesem Zimmer?«, meinte Renie. »Meins ist direkt gegenüber.« Das Mädchen schaute Abi in die Augen; der Ausdruck auf ihrem Gassenkindgesicht ließ sie deutlich älter erscheinen. »Gönn dir eine Mütze Schlaf. Und quäl dich nicht mit Schuldgefühlen. Du brauchst all deine Kräfte für Luke.«

»Danke«, sagte Abi, betrat den Raum und schloss dankbar die Tür. Sie hatte kaum ihre Kleidung abgelegt, als ihr Kopf auch schon auf das Kissen sank und sie zum ersten Mal seit Tagen tief und fest schlief.

Als sie aufwachte, war es bereits hell. Sie war sich nicht sicher, was sie aus dem Schlaf gerissen hatte – irgendein weit entfernter Lärm. Kreischende Seevögel vielleicht oder Wellen, die gegen die Felsen in der Tiefe gekracht waren.

Einen Moment lang lag Abi reglos da und sammelte ihre Gedanken. Heute würde sie herausfinden, wer tatsächlich für Zelstons Tod verantwortlich war. Und ob Meilyr Tresco ihr helfen würde, Luke zu retten. Seine Worte auf der Mole am Abend zuvor waren zumindest vielversprechend gewesen.

Zum ersten Mal seit einer Woche gestattete Abi sich einen Funken Hoffnung.

Ein Klopfen an der Tür riss sie aus ihren Gedanken. Hastig setzte sie sich auf und zog die Bettdecke hoch.

»Abi?«

Sie kannte diese Stimme.

Aber das konnte einfach nicht sein. Er war doch in Kyneston. Woher sollte er wissen, dass sie hier auf Highwithel war? Und wie sollte er hergekommen sein?

»Abi, ich bin's. Darf ich reinkommen?«

»Ja!«, quietschte sie, sprang dann aus dem Bett und zog den Saum ihres T-Shirts herunter.

Im nächsten Augenblick stürmte Jenner durch die Tür und riss sie in seine Arme. Er hob sie hoch und wirbelte sie herum. Ihr Kopf drehte sich nach wie vor, als er sie schließlich absetzte, denn jetzt küsste er sie, als wäre er davon überzeugt gewesen, dass er sie nie wiedersehen würde.

Und Abi erwiderte den Kuss, weil auch sie nicht damit gerechnet hätte, ihm noch einmal zu begegnen.

Wie konnten die Leute nur behaupten, dass dieser Junge kein *Geschick* besaß? Seine Hände brannten förmlich auf ihrer Haut, als bestünden sie aus goldenem Feuer. Sein Griff um ihre Hüften war so leidenschaftlich, dass es fast schmerzte.

Vielleicht hatte sie ja doch nicht alles verloren. Nicht alles.

»Woher hast du gewusst, dass ich hier bin?«, fragte sie, als sie sich einen Moment lang voneinander lösten und sich ansahen. »Wie bist du hergekommen?«

Jenner legte den Kopf auf die Seite, und das einfallende Sonnenlicht ließ seine Sommersprossen und kupferroten Jardine-Haare aufleuchten.

»Die Landkarte hat mich darauf gebracht«, erklärte er lächelnd. »In dem Moment, als ich von deiner Flucht aus dem Wagen erfuhr, habe ich mich daran erinnert, dass du bei der Schublade mit den Landkarten gestanden hast. Und als ich nachgesehen habe, ist mir aufgefallen, dass die Karte der Scilly-Inseln fehlte. Daraufhin habe ich Armeria Tresco kontaktiert, um sie vorzuwarnen, dass du möglicherweise bei ihr auftauchen würdest.

Nach den ganzen Ereignissen war zu Hause wahnsinnig viel zu tun. Aber ich bin so schnell wie möglich aufgebrochen, damit ich in der Nähe sein konnte. Meine Familie denkt, ich würde eine Verwaltungsreise zu einigen unserer Besitztümer machen. Dina hat mich gestern Abend angerufen und mir mitgeteilt, dass du hier bist. Also bin ich zur Küste gefahren, wo sie mich heute Morgen mit dem Hubschrauber abgeholt hat.«

Die Hubschrauberlandung. Dadurch war sie geweckt worden.

»Au!« Jenner rieb sich den Arm, als Abi ihm einen Hieb verpasste. »Wofür war das denn?«

»Dafür, dass du mich hättest mitnehmen können«, schimpfte sie, nachdem sie ihm zuerst einen Entschuldigungskuss gegeben hatte. »Gib mir ein paar Minuten, damit ich mich anziehen kann. Und dann sollten wir herausfinden, wie unsere Gastgeber mir bei der Rettung meines Bruders helfen wollen.«

3

Luke

Als Luke die Augen öffnete, leuchtete die Welt so hell wie *Geschick*-Licht – fast so, als stünde das Zimmer in Flammen.

Mit einem Ruck setzte er sich auf.

Der Raum um ihn herum war nicht nur blendend grell, er vibrierte auch. Nachdem seine Augen sich an das Licht gewöhnt hatten, sah er das Innere eines Hubschraubers, und die Erinnerungen kehrten schlagartig zurück: der Abschied von Kyneston; das Tor.

Das Halsband.

Seine Finger tasteten nach seiner Kehle und fanden es: ein flaches Band, warm und glatt wie Haut.

Luke schaute hoch. Ihm gegenüber saß Arailt Crovan und musterte ihn. Seine Augen waren zwar hinter einer Nickelbrille verborgen, aber sein auf die Seite gelegter Kopf erinnerte Luke an einen Vogel, der einen Wurm inspizierte.

Crovan war jedoch nicht die Quelle des goldenen Lichts; diese lag jenseits des Hubschraubers. Luke warf dem Ebenbürtigen einen kurzen Blick zu, bevor er sich vorbeugte, bis sich sein Sicherheitsgurt spannte, und aus dem Fenster spähte.

Draußen erwartete ihn ein glitzernder Sonnenaufgang von solch überwältigender Schönheit, dass es ihm den Atem verschlug.

Während seiner Kindheit hatten seine Familie und er die Sommerferien oft in den Moorlandschaften des Nationalparks North York Moors oder in den sanften Hügeln des Peak District verbracht. Natürlich hatten sie keine Fernreisen machen können, weil sie ihre Sklavenzeit noch nicht abgedient hatten. Doch das hatte Luke nicht gestört. Begeistert hatte er sich Wettrennen mit Abi zum windigen Gipfel irgendeines Berges geliefert oder Daisy dabei geholfen, die aufeinandergestapelten Steine der Wegzeichen zu zählen.

Aber das, was er jenseits der Fensterscheibe entdeckte, war atemberaubender als alles, was er je gesehen hatte. In weiter Ferne glitzerte das Meer. Entlang des Horizonts erstreckte sich eine Insel, deren Hügelkette in der aufgehenden Sonne schimmerte.

Weiter im Inland leuchtete eine goldene Wasserfläche – ein See. Die schwarze Silhouette der Burg in der Mitte des Lochs hätte dessen Schönheit eigentlich beeinträchtigen müssen, doch sie verlieh ihm stattdessen eine dunkle Erhabenheit.

Die Burg wirkte eher hoch als breit und besaß auf der unteren Hälfte des Mauerwerks kein einziges Fenster. Der obere Bereich war von Schießscharten durchsetzt, deren unregelmäßige Anordnung keine Rückschlüsse auf den Aufbau der Räume hinter der Mauer zuließ. Ganz oben befand sich ein riesiges Fenster, mit mehr Bleiverstrebungen als Glas, während an einer Ecke ein zinnenbewehrter Turm aufragte. Die gewaltige Festung stand auf einem Felsen in der Mitte des Sees. Aber weit und breit war keine Brücke zu sehen.

»Eilean Dòchais«, verkündete Crovan, sichtlich zufrieden. »Seit tausend Jahren der Stammsitz meiner Familie. Der Name bedeutet ›Insel der Hoffnung‹, was Silyen unglaublich amüsant findet. Ich halte den Namen dagegen für passend. Denn dies ist der Ort, von dem die Gesellschaft sich erhofft, dass er euch Verurteilte unter Kontrolle hält. Der Ort, von dem ich mir erhoffe, meine eigenen Forschungen vorantreiben zu können, mit der Hilfe von euch allen.«

Er wandte den Blick von der Burg ab und drehte sich zu Luke um. Das Licht der aufgehenden Sonne spiegelte sich in den Gläsern seiner Brille und verwandelte seine Augen in goldene Scheiben, die an ein Blutopfer als Wegzoll zum Übergang in die nächste Welt erinnerten.

»Es ist der Ort, an dem meine Gäste hoffen, dass ihre Strafe eines Tages enden möge. Und dass dieser Moment bald kommt.«

Mit unergründlicher Miene ließ Crovan sich gegen die Sitzlehne sinken. Luke versuchte, die Tatsache zu ignorieren, dass sein gesamtes Inneres sich gerade aufgelöst und in pure, alles durchdringende Angst verwandelt hatte. Er ballte die Hände zu Fäusten und krümmte die Zehen, um sich an seinen Körper zu erinnern. An dessen Stärke und Kraft, die er in Millmoor und durch die Arbeit auf Kyneston aufgebaut hatte. An seine Entschlossenheit, die er ebenfalls in der Sklavenstadt entwickelt hatte. An seine Familie und Freunde, die in Gefahr schwebten und möglicherweise noch immer seine Hilfe brauchten.

Er würde nicht zulassen, dass dieser Mann seinen Willen brach. Er würde sich dem Grauen dieses trügerisch schönen Ortes nicht beugen. Er würde nicht an Dog denken, der ein Soldat gewesen war und Ebenbürtige getötet hatte und den Crovan irgendwie in eine Kreatur verwandelt hatte, die auf allen vieren kroch, an der Leine einer alten Frau.

Mit einer geschmeidigen Bewegung tauchte der Hubschrauber in Richtung Burg hinab. Dann ruckte er kurz, als der Pilot ein paar Hebel betätigte – sie landeten am Ufer, nicht auf der Insel –, und schwebte schließlich ruhig die letzten Meter bis zum Boden hinunter.

»Steig aus«, befahl Crovan, woraufhin Luke gehorchte.

Seine Hand griff nach dem Band an seiner Kehle. Hatte das *Geschick* des Mannes ihn zum Gehorsam gezwungen? Oder hatte es sich bloß um einen Reflex gehandelt?

Es war nun mal eine Tatsache, dass jeder britische Staatsbürger ein Halsband trug, auch wenn man es nicht sehen konnte. Millionen Menschen, die den Ebenbürtigen blind gehorchten. Die unter erbärmlichen Bedingungen ihre zehn Jahre Sklavenarbeit ableisteten. Die Herrschern unterworfen waren, die sie weder wählen noch kritisieren konnten. Die an ein Land gebunden waren, das sie erst dann verlassen konnten, wenn sie ihre Sklavenzeit abgedient hatten. Und die das alles einfach als vollkommen normal hinnahmen.

Da war es doch besser, ein sichtbares Halsband zu tragen. Denn auf diese Weise wurde man immer daran erinnert.

Der Hubschrauber hob wieder ab. Einen Moment lang schwebte er in der Luft – das metallische Auge eines Wirbelwinds, der die vergilbten Heidekräuter und Gräser niederdrückte. Dann drehte er ab und flog zurück in die Richtung, aus der er gekommen war. Crovan und Luke sahen dem Hubschrauber nach, bevor der Ebenbürtige Luke den Rücken zuwandte und auf die Burg zumarschierte.

Jetzt war der Moment zur Flucht gekommen. Trotz Silyen Jardines rätselhafter Warnung hatte Luke nicht vor, Crovans »Gastfreundschaft« lange zu genießen. Er stürmte in die Richtung, in die der Hubschrauber verschwunden war.

Allerdings entpuppte es sich als fast unmöglich, über die Heide zu laufen. Die knöchelhohen Sträucher bildeten zwar eine scheinbar dichte Fläche, aber bei jedem Schritt sanken Lukes Schuhe durch die Pflanzen hindurch und verhakten sich in den gewundenen unteren Zweigen.

Als er schließlich stürzte, war er sich nicht sicher, ob das Crovans Werk war oder einfach nur ein Fehltritt. Seine Ferse war an irgendetwas hängen geblieben, so dass er mit dem Gesicht voran in das kratzige Heidekraut fiel. Einen Augenblick lag er keuchend da und kämpfte gegen seine Enttäuschung an.

In der nächsten Sekunde drückte sich ein Schuh in sein Kreuz, an der Stelle, wo sein – noch immer mit Kanzler Zelstons Blut bespritztes – Hemd hochgerutscht war und seine nackte Haut entblößt hatte.

»Sie versuchen es alle«, sagte Crovan und bohrte seine Hacke in Lukes Wirbelsäule. »Aber irgendwann gibt jeder von ihnen auf. So wie du es eines Tages auch tun wirst. Und jetzt komm.«

Sofort rappelte Luke sich auf, und als Crovan zurück in Richtung See stampfte, folgte er ihm gehorsam. Bei dieser neuen Bereitschaft handelte es sich um *Geschick*, da war Luke sich absolut sicher. Allerdings hatte er nicht den Eindruck, als würde ihn jemand zu irgendetwas zwingen. Es schien eher so, als wollte er es aus eigenem Antrieb. Dieses Gefühl juckte und kratzte auf seiner Haut. Kroch ihm unter die Haut.

Im Gänsemarsch durchquerten sie – Ebenbürtiger und Verurteilter – die Moorlandschaft, bis sie das sandige Kiesufer des Lochs erreichten. Das seichte Wasser war spiegelglatt und ließ die Steine und Kiesel des Uferstrands größer erscheinen. Luke konnte nicht abschätzen, wie tief der See weiter draußen war, wo seine transparenten Fluten eine glitzernd schwarze Tönung annahmen.

Luke war kein besonders guter Schwimmer, aber der See war von Land umgeben, was bedeutete, dass er weder mit Gezeiten noch mit Strömungen rechnen musste. Zudem erschien ihm die Entfernung von der Insel zum Ufer nicht vollkommen unüberwindlich. Natürlich würde das Wasser kalt sein, doch die Anstrengung würde ihn aufwärmen. Möglicherweise blieb ihm auch keine andere Wahl, denn als er in beide Richtungen des Strands blickte, konnte er nirgends ein Boot oder eine Brücke entdecken.

»Das geht nicht«, sagte Crovan und riss Luke aus seinen Gedanken. »Du kannst nicht hinüberschwimmen.«

»Und warum nicht? Halten Sie darin das Ungeheuer von Loch Ness, oder was?«

»Versuch es ruhig. Ich würde dir allerdings davon abraten.«

Diese Spielchen mochten sie, dachte Luke. Alle Ebenbürtigen standen darauf, andere mit ihrem überlegenen Wissen und ihrer unheimlichen Macht zu verspotten. Einfach erbärmlich. Spielplatzbullys machten genau das Gleiche: Sie konnten darauf vertrauen, dass die Neugierde ihren Opfern zum Verhängnis wurde, selbst wenn diese wussten, dass es sich um eine Falle handelte.

Nun wurde Lukes Neugierde ihm jedoch zum Verhängnis.

Er brauchte diese Information. Bei seiner Flucht würde er den See überwinden müssen. Wenn ein Weg nicht funktionierte, war es besser, das jetzt herauszufinden.

Er ging in die Hocke und betrachtete das Wasser eingehender. Es sah ganz normal aus. Und es roch fast betörend frisch und ozonreich.

Aber dann sah er sie. Winzige Goldpartikel, die er für reflektiertes Sonnenlicht gehalten hatte. Sie tanzten im Wasser wie eine optische Täuschung. Luke erinnerte sich an eine Erdkundestunde, als der eigentliche Lehrer krank gewesen war und seine Vertretung die Klasse mit einem Film über die Ozeane beschäftigt hatte. Eine Szene hatte ein Kajak auf einer nächtlichen Fahrt durchs Meer gezeigt, mit einer leuchtend blauen Spur in seinem Kielsog. Biolumineszenz.

Argwöhnisch musterte Luke jetzt das schimmernde Wasser. Er war bereit, sein gesamtes nichtexistentes Hab und Gut darauf zu verwetten, dass es sich hierbei nicht um ein natürliches Phänomen handelte. Wahrscheinlich eher um ein unnatürliches.

»Ich meine, mich zu erinnern, dass Meilyr uns allen von deinem außerordentlichen Mut erzählt hat«, bemerkte Crovan.

Luke vergrub die Finger im groben Sand und unterdrückte seine Wut. Crovan spielte mit ihm.

Aber er musste unbedingt herausfinden, was mit dem See los war.

Zögernd tauchte er seine Finger in die seichten Wellen.

Und schrie auf, als sich das vermeintliche Wasser als Säure entpuppte. Der Schock war so groß, dass sich sein ganzer Körper verkrampfte. Er konnte spüren, wie die Säure erst seine Haut und dann seine Fingerknochen zerfraß und diese sich in den funkelnden, glitzernden Wellen auflösten. Luke fiel rücklings auf den Strand und umklammerte schluchzend die Reste seiner verätzten Hand.

Vor Entsetzen kniff er die Augen zu. Er war so dumm gewesen. So unglaublich dumm, hier den Helden zu spielen und seine Flucht zu planen, während er sich einfach nur darauf hätte konzentrieren müssen, diesen Ort, diesen Mann zu überleben.

»Ich habe wohl vergessen, seinen Namen zu erwähnen«, sagte Crovan aus weiter, schmerzerfüllter Ferne. »Loch nan Deur, der Tränensee. Genau wie die Jardines hütet auch meine Familie ihr Anwesen vor unerwünschten Besuchern.«

Luke zwang sich, die Augen zu öffnen, und sah durch den Tränenschleier einen Ausdruck leichter Belustigung auf Crovans Gesicht. Rasende Wut kochte in ihm hoch, und er stürzte sich auf den Ebenbürtigen. Er brauchte den Mann bloß in das seichte Wasser zu stoßen. Zur Not würde er hineinwaten und seinen Kopf unter Wasser drücken – und wenn es das Letzte war, was er tat.

In diesem Moment geschahen zwei Dinge: Der von seinem Halsband ausgeübte Druck schleuderte Luke zu Boden.

Als er reflexartig die Arme hochriss, um seinen Sturz abzufangen, sah er, dass seine Hand überhaupt nicht von der Säure zerfressen war.

Finger. Haut. Alles noch da. Vollkommen intakt.

Geschockt lag Luke reglos da, eine Wange in den kalten Sand gepresst. Seine Gedanken überschlugen sich, um das alles zu verstehen. Das Seewasser bestand nicht aus Säure. Diese abartigen, glitzernden *Geschick*-Partikel hatten … was bewirkt? Seinem Körper Schmerz vorgegaukelt? Oder seinem Gehirn falsche Informationen geliefert? Das Ganze erinnerte ihn an seine Halluzinationen nach Crovans stundenlangem Verhör auf Kyneston, an dieses blutige Bett. Er konnte seinen eigenen Sinneswahrnehmungen nicht länger trauen.

Warte, ermahnte er sich. Warte und lerne. Keine weiteren Fluchtversuche, keine weiteren Angriffe, bis er endlich verstand, was hier vorging.

»Sieh her!«, befahl Crovan.

Der Ebenbürtige trat rückwärts in den See.

Luke war entschlossen, sich nicht beeindruckt zu zeigen. Es schien logisch: Wenn Crovan oder seine Familie den See mit *Geschick* präpariert hatte, würden die Fluten ihm keinen Schaden zufügen. Doch das, was als Nächstes passierte, war so erstaunlich, dass Luke gebannt zuschaute.

Als Crovan sich in Bewegung setzte, wich das Wasser vor ihm zurück, mit einer geschmeidigen, fast magnetischen Reaktion. Um den Ebenbürtigen herum trat der Boden des Sees hervor.

»Komm her und halt dich dicht in meiner Nähe«, sagte Crovan. »Wenn du mir nicht auf dem Fuß folgst, wird das Wasser dich holen. Und ich denke, du hast inzwischen eine Vorstellung davon, wie das enden würde.«

Das brauchte er ihm nicht zweimal zu sagen. Hastig rappelte Luke sich auf und stapfte seinem neuen Herrn und Meister hinterher.

Im See war es kalt, und die Wasserwand stieg mit jedem Schritt, bis sie Luke über den Kopf reichte. Und immer weiter. Schon bald erfasste ihn ein klaustrophobisches Gefühl. Die pechschwarzen Fluten wurden nur vom sanften Schein der *Geschick*-Partikel durchbrochen. Luke kam sich vor wie auf dem Grund eines Brunnens. Wie in einem tiefen Burgverlies. An einem Ort, an dem die Eingekerkerten der Vergessenheit anheimfielen.

Doch seine Familie würde ihn nicht vergessen, das wusste

Luke genau. Wenigstens waren seine Eltern und Abi in Millmoor in Sicherheit. Mum und Dad hatten nützliche Berufe, die das Arbeitszuteilungsamt bestimmt entsprechend einsetzen würde, während Abi aus der Schule hervorragende Chinesischkenntnisse vorweisen konnte, so dass Millmoors *Bank of China*-Callcenter sie sich bestimmt schnappen würde. Der Job würde sie zwar zu Tode langweilen, aber zumindest war sie dort weit von den tödlichen Intrigen der Ebenbürtigen entfernt.

Um Daisy machte er sich allerdings schreckliche Sorgen – ganz allein auf Kyneston, mit dem Erben der Jardines als einzigem Schutz. Hoffentlich würde Gavar seiner kleinen Schwester überdrüssig werden, wenn Libby erst einmal ins Schulalter kam. Dann würde man Daisy nach Millmoor schicken, zum Rest der Familie.

Falls ihm hier irgendetwas zustieß, würde man sie überhaupt informieren?

Plötzlich blieb Crovan stehen, und Luke konnte gerade noch verhindern, in ihn hineinzulaufen. Der Weg wurde von einer Felswand blockiert, in die eine Reihe feucht glänzender Stufen gemeißelt war. Sie hatten die Insel erreicht.

Als Luke Crovan die Treppe hinauffolgte, sorgfältig darauf bedacht, nicht auszurutschen, erfasste ihn eine durchdringende Kälte. Sein Schicksal rückte immer näher.

Endlich ließen sie den See hinter sich, und die Burg ragte steil vor ihnen auf, deutlich mächtiger als vom Ufer aus betrachtet. Glatte, massive, an den Fundamenten leicht ausgebauchte Mauern, an denen nicht einmal eine Maus hochklettern konnte.

Direkt vor ihnen tauchten zwei nebeneinander in die Mauer

eingelassene Türen auf, die doppelt so hoch waren wie Luke, und deren verwittertes Holz von wuchtigen Eisenbändern gehalten wurde. Über jeder waren zwei Wörter tief in das Mauerwerk gemeißelt und mit Gold ausgearbeitet. Aber die Türen besaßen weder Türklopfer noch Schlösser oder sonst irgendeinen sichtbaren Öffnungsmechanismus. Darüber befand sich ein großer steinerner Schild, der ein vom Blitz getroffenes Boot zeigte.

»Das Wappen und Motto der Familie Crovan«, erklärte Lukes neuer Herr und deutete auf die Worte. »*Omnes vulnerant; ultima necat.* Alle Stunden verwunden; die letzte Stunde tötet.«

»Wie aufmunternd«, sagte Luke mit mehr gespielter Tapferkeit, als er tatsächlich empfand. »So richtig einladend.«

»Jede Tür öffnet sich nur in eine Richtung«, fuhr Crovan fort. »Diese hier geht von außen auf, die andere bloß von innen.«

Als der Ebenbürtige die linke Tür berührte, schwang sie lautlos auf. Dahinter stand jemand – ein elegant gekleideter Mann, der ungefähr Ende zwanzig sein musste. Vielleicht Crovans Sohn und Erbe? Nein, der Ebenbürtige hatte bei der Gerichtsverhandlung allein gesessen.

»Master«, sagte der wartende Mann mit angespannter Stimme, »Gott sei Dank sind Sie zurück. Sie waren so lange fort.«

Als der Mann nervös die Hände rang, entdeckte Luke unter dem lässig gebundenen Seidenschal, der aus dem offenen Hemdkragen herausragte, ein goldenes Halsband – genau wie sein eigenes. In diesem Moment bemerkte der Mann Luke, und seine kriecherische Miene verhärtete sich.

»Sie sind nicht allein, Master?«

»Wie du siehst«, erwiderte Crovan kurz angebunden. Dann wandte er sich an Luke und fuhr fort: »Das hier ist die Stundentür. Ihr Verurteilten leistet eure Strafe nicht in Tagen, sondern Stunden ab. Denn davon gibt es so viel mehr.«

Crovan trat über die Schwelle. Luke beobachtete ihn und zögerte, ihm zu folgen. Was erwartete ihn innerhalb dieser Mauern?

»Diese andere Tür …«, setzte er an, um Zeit zu schinden. »Hat die auch einen Namen?«

»Das ist die Letzte Tür«, sagte eine klare Stimme im Hintergrund.

Die Stimme gehörte einem Mädchen. Es fädelte sich zwischen Crovan und dem anderen Mann hindurch und stellte sich vor ihn: dürr und blass und nicht älter als Luke. Sie trug ein schlichtes schwarzes Kleid, und ihr goldenes Halsband hob sich schimmernd von ihrem dünnen Hals ab. Ihre grauen Augen schauten ihn ruhig an.

»Du kennst ja das Motto der Familie Crovan: *Ultima necat*. Die letzte Stunde tötet. Du willst nicht durch diese Tür treten – jedenfalls nicht bis zu dem Tag, an dem du es so sehr willst, dass dich nichts mehr davon abhalten kann.«

Luke starrte sie an.

»Die Tür tötet jeden, der hindurchgeht? Wie?«

Vor seinem inneren Auge tauchten mehrere Bilder auf, die alle keine schöne Vorstellung boten: eine Guillotine, die von oben herabfuhr. Ein vergifteter Türgriff. Versteckte Klingen, die aus dem Mauerwerk hervorschossen und denjenigen, der die Schwelle überschritt, von allen Seiten aufspießten.

»Das ›Wie‹ spielt keine Rolle«, sagte Crovan. »Die Tür

nimmt dir das Leben, wie alle Dinge, die töten. Luke, komm herein. Coira, das ist Luke Hadley. Führe ihn auf ein Zimmer, sorge dafür, dass er präsentabel ist, und bring ihn dann zum Frühstück.«

Der unwiderstehliche Druck seines Halsbands zog Luke über die Schwelle. Und als er spürte, wie sich sein Körper dem Willen seines neuen Herrn fügte, wusste er mit absoluter Sicherheit, dass der Mord an Zelston genau auf die gleiche Weise passiert war. Jemand hatte sein *Geschick* eingesetzt und Lukes Körper dazu benutzt, den Kanzler zu töten. Anschließend hatte man ihm die Erinnerung daran genommen.

Aber wer? Crovan? Lord Jardine? Der Ebenbürtige, den Luke als Doc Jackson gekannt hatte?

Vielleicht ja sogar Silyen Jardine?

Hinter ihm fiel die Tür mit einem Knall zu. Verwundert warf Luke einen Blick über die Schulter und musste etwas noch Verblüffenderes feststellen: Die Tür war verschwunden.

»Du siehst aus, als hätte jemand versucht, dich umzubringen«, sagte das Mädchen. Coira. Skeptisch musterte sie sein Erscheinungsbild. »Oder als hättest du jemanden getötet. Wenn man bedenkt, dass du hier bist, schätze ich mal, dass Letzteres zutrifft.«

Das Blut auf seinem Hemd war längst getrocknet und schimmerte bräunlich. Luke hatte sich vor der Gerichtsverhandlung nicht waschen und umziehen dürfen – sein Äußeres bezeugte seine Schuld, ohne dass Lord Jardine auch nur ein Wort sagen musste. Außer dem steifen Blut klebte noch trüber Schlamm aus Kynestons Keller an seiner Kleidung.

»Luke wurde für den Mord an Winterbourne Zelston verurteilt«, erklärte Crovan.

»Der Kanzler?«, fragte der Mann mit dem Seidenschal.

»Ja, Devin.« Crovan klang, als würde er mit einem begriffsstutzigen Kind reden. »Kanzler Zelston ist tot. Großbritannien wird jetzt ein weiteres Mal von Whittam Jardine regiert, als Übergangskanzler in einer Notstandsregierung. Ich habe ja die Vermutung, dieser Notstand wird sich als hinreichend katastrophal erweisen, dass Jardine den Posten eine ganze Weile, wenn nicht sogar auf unabsehbare Zeit bekleiden muss. Komm, ich erzähle dir die Details.«

Crovan führte den Mann – Devin – aus der Eingangshalle und ließ Luke und das Mädchen allein zurück.

»Ich bin unschuldig«, sagte Luke sofort.

Er hatte keine Ahnung, wer das Mädchen war oder ob er sie nach diesem Morgen jemals wiedersehen würde – falls Crovans nächste Pläne für ihn eine Zelle oder einen Hundezwinger vorsahen. Aber für diesen kurzen Moment sehnte er sich danach, dass ihm jemand glaubte. Er hatte nicht damit gerechnet, jemanden in seinem Alter hier vorzufinden, von einem Mädchen ganz zu schweigen.

Doch Crovans Worte hatten ihre Stimmung umschlagen lassen.

»Das sagen sie alle«, erwiderte sie. »Ich hoffe für dich, dass das, was du ihm auch immer angetan haben magst, zu einem schnellen Tod geführt hat. Komm mit.«

Du bist nicht hier, um neue Freunde zu finden, ermahnte Luke sich, als Coira losmarschierte. Du bist hier, um zu überleben – und zu fliehen. Du bist hier, um möglichst viel über die Ebenbürtigen herauszufinden, damit du es gegen sie verwenden kannst.

Aber vielleicht gab es hier ja doch ein paar Verbündete. Die

Verurteilten waren die Personen, denen die Ebenbürtigen die härtesten Strafen aufgedrückt hatten. Und diejenigen, die man nicht zu Unrecht verurteilt hatte, mussten bereits einige Gräueltaten begangen haben, bis sie hier gelandet waren. Sie hatten allen Grund, die Aristokraten zu hassen, und jede Menge Erfahrung darin, diesen Hass umzusetzen.

Mit einem Stich im Herzen erinnerte Luke sich an seine Freunde in Millmoor: an den nervösen Asif und die beiden fröhlichen, erstaunlichen Technologie-Expertinnen Hilda und Tilda. Gewalt hatte nie zu ihren Taktiken gezählt. Aber vielleicht rechtfertigte der Kampf gegen die Ebenbürtigen ja jedes Mittel. Luke beschloss, sich seine Mitgefangenen auf Eilean Dòchais vorurteilsfrei anzusehen – vorausgesetzt, er wurde nicht in Einzelhaft genommen.

Zu seinem Erstaunen führte Coira ihn jedoch durch Räume, die so luxuriös waren wie die auf Kyneston – wenn auch mit mehr Ritterrüstungen, Schottenkarostoffen und dem einen oder anderen präparierten Tierkopf oder Geweih ausgestattet.

Während er Coira durch verschiedene Korridore folgte, die mit dicken Teppichen ausgelegt waren, wartete er darauf, dass der Weg jeden Moment nach unten in Richtung Verlies führen würde oder durch eine Gittertür mit einer Reihe karger Zellen. Aber das passierte nicht. An den Wänden hingen sepiabraune Porträtfotos und protzige Ölgemälde, die Eilean Dòchais zeigten, oft inmitten eines Schlachtgetümmels. Auf einem der Bilder war die Silhouette der Burg von leuchtenden Wirbeln umgeben, bei denen es sich entweder um waberndes Nordlicht handelte oder um funkelndes *Geschick*-Licht.

An manchen Mauern hingen sogar Waffen: Bajonette, Piken, gekreuzte Schwerter und Äxte. Luke bezweifelte allerdings, dass er einfach eines Nachts durch den Flur schleichen, sich eine Axt schnappen, die Tür aufhacken und dann fliehen konnte.

»Wie wär's mit diesem Zimmer?«, schlug Coira vor und blieb vor einer Tür stehen. »Blake wohnt direkt nebenan, deshalb will keiner das Zimmer. Aber es hat eine schöne Aussicht.«

Sie drehte den Türknopf und führte Luke in einen Raum, der ihn an ein Zimmer in einem Luxuslandhotel erinnerte. Ein großes Doppelbett war auf das Fenster ausgerichtet, das auf den See hinausging. Daneben entdeckte er einen schweren Polstersessel (ebenfalls mit Karostoff bezogen) und einen wuchtigen, mit Schnitzereien verzierten Kleiderschrank. Ein leicht modriger Geruch hing in der Luft, doch Coira öffnete das Fenster einen Spalt und ließ etwas frische Luft herein.

»Weiter geht es nicht auf«, sagte sie und sicherte das Fenster. »Also komm nicht auf dumme Gedanken. Ich besorg dir was zum Anziehen – du müsstest ungefähr Julians Größe haben. Das Bad ist da drüben. Ich erwarte dich in zehn Minuten draußen im Flur, damit ich dich zum Frühstückssaal bringen kann.«

Und dann war sie verschwunden, bevor Luke etwas darauf sagen konnte.

Das Ganze musste ein Witz sein. Anders ließ sich das nicht erklären. Vielleicht gönnte man den Verurteilten ein paar Tage Luxus, damit sie es dann als umso schlimmer empfanden, wenn sie schließlich in Handschellen ins Verlies geschleift wurden.

Aber im Moment war es ihm egal. Er zog seine schmutzigen Sachen aus und ging ins Bad. Am liebsten hätte er stundenlang unter der Dusche gestanden und das heiße Wasser alles wegspülen lassen, was sein Körper in den letzten achtundvierzig Stunden erduldet hatte. Doch er erinnerte sich an Coiras Worte und sprang in dem Moment aus der Dusche, als er sauber war.

Als er die Kleidung sah, die sie für ihn auf das Bett gelegt hatte, brach er in ungläubiges Gelächter aus: ein dreiteiliger Anzug aus einem feinen, aber leicht flauschigen Stoff (war das Tweed?), ein frisch gebügeltes weißes Hemd und eine Krawatte. Luke hatte keine Ahnung, was er mit der Krawatte anfangen sollte.

Kurz darauf klopfte es an der Tür, und Coira steckte den Kopf herein. Ihre Augenbrauen schossen in die Höhe, als sie die losen Krawattenenden in seinen Händen sah.

»Lass mich das machen«, sagte sie und schlang rasch einen Knoten. »Schnell, du darfst nicht zu spät zum Frühstück erscheinen.«

Dann lief sie auch schon wieder los. Luke folgte ihr hastig in einer Hose, die ein paar Zentimeter zu kurz war, und in einer Nummer zu kleinen Schuhen. Aber wenigstens waren sie nicht mit den sterblichen Überresten von Kanzler Zelston bespritzt.

Eigentlich sollte er versuchen, mit diesem Mädchen zu reden. War sie ebenfalls eine Verurteilte? Oder einfach nur eine Haussklavin, wie die auf Kyneston? Ihr Kleid, das formeller war als jede Kleidung, die Luke je an einem Mädchen gesehen hatte, und gleichzeitig schlicht und abgetragen wirkte, ließ keine Rückschlüsse zu.

»Wie lange bist du schon hier?«, fragte er, während er ihr durch eine gotisch angehauchte Tür mit Buntglaspaneelen folgte. »Dienst du bloß deine Sklavenzeit ab oder …«

Er verstummte, als sie zu ihm herumwirbelte. Sie wirkte sehr wütend. Luke hätte am liebsten das Gesicht in den Händen vergraben. Mit Mädchen zu reden war schon unter normalen Umständen schwierig, doch hatte er nicht endlich mal etwas Glück verdient?

»Wir sind alle Mörder … oder Schlimmeres. Einige werden versuchen, dir was anderes zu erzählen. Oder behaupten, sie hätten aus Leidenschaft oder aufgrund hehrer Ideale gehandelt. Aber wir haben alle Blut an den Händen.«

Luke wusste nicht, was er sagen sollte. Selbst für seine Verhältnisse steuerte dieses Gespräch in eine katastrophale Richtung.

»Na, frag schon«, stachelte sie ihn an. »Ich kann dir ansehen, dass du es unbedingt wissen willst.«

Okay. Wenn sie darauf bestand.

»Also gut: Wen hast du getötet?«

»Ich weiß es nicht.« Trotzig hob Coira das Kinn. »Er hat mir diese Erinnerung genommen. Das Gleiche hat er auch bei ein paar der anderen gemacht, obwohl die meisten sich weiterhin erinnern. Aber damals muss ich sehr jung gewesen sein, denn ich kann mich an keinen anderen Ort als diese Burg erinnern. Also muss ich wohl ein anderes Kind getötet haben. Ein Kind der Ebenbürtigen. Bist du jetzt zufrieden?«

Herausfordernd sah sie ihn an. Luke schaffte es nicht, ihrem Blick standzuhalten.

Ihre mitleiderregende Situation war einfach zu überwältigend. Sein Puls geriet ins Stocken, als er erkannte, wie leicht Coiras Geschichte zu Daisys werden konnte. Zwei Kinder. Ein Unfall. Es konnte sich nur um einen Unfall gehandelt haben. Trotzdem hatte man Coira hierhergeschickt und sie seit ihrer Kindheit mit einem Halsband versehen. Das war einfach unmenschlich.

Aber sie waren ja auch keine Menschen … diese Ebenbürtigen, oder?

»Da wären wir«, verkündete Coira und öffnete eine weitere Tür, bevor Luke die Gelegenheit hatte, sich zu sammeln. Einen Sekundenbruchteil lang fühlte er sich nach Millmoor zurückversetzt, als Renie ihn zum ersten Mal dem Verein vorgestellt und alle um den ramponierten Bürotisch versammelten Personen ihn angestarrt hatten.

Doch dann drang der Anblick des Raums, den er gerade betreten hatte, zu ihm durch.

Und er ließ sich mit nichts vergleichen, was er sich jemals hätte vorstellen können.

4

Abi

»Tut mir leid«, sagte Abi, obwohl das überhaupt nicht der Fall war, »aber kannst du das vielleicht noch mal wiederholen? Ich muss mich wohl verhört haben. Oder hast du wirklich gerade gesagt, dass die Rettung meines Bruders keine Priorität hat?!«

Highwithels Bewohner hatten sich im großen Saal versammelt: Abi und Jenner, Meilyr und Dina, Renie und die Vereinsmitglieder, Lady Tresco und ihre beiden Töchter. Sie alle saßen auf Bänken an einem imposanten Esstisch aus ausgebleichtem, vom Meer poliertem Treibholz – alle bis auf Meilyr, der am Kopf des Tischs Platz genommen hatte. Ein kleiner, übelriechender Hund strich laut schnaufend um ihre Beine herum. Abi starrte seine Besitzerin an, die Frau, die gerade gesprochen hatte: Bodina Matravers.

Die Buntglasfenster zeigten historische Seeschlachten, und die hereinströmenden Sonnenstrahlen warfen ein kaltes blaues Licht auf die weißblonden Haare der Ebenbürtigen. Besaß Bodina vielleicht doch größere Ähnlichkeit mit ihrer eiskalten Schwester Bouda, als Abi geglaubt hatte?

»Luke hat im Moment nicht die oberste Priorität«, sagte Dina. »Wir müssen Whittam Jardines neues Regime erst einmal richtig einschätzen lernen. Was bedeutet: Jetzt, da Abigail in Sicherheit ist, wirst du, Jenner, uns verlassen müssen. Außerdem musst du die Grabesstille bezüglich all der Dinge akzeptieren, die du hier gesehen und gehört hast. Wir dürfen nicht riskieren, dass du irgendetwas verrätst oder dich verplapperst.«

»Nein.«

Das Wort war Abi kaum über die Lippen gekommen, als Jenner ebenso vehement verkündete: »Ich bleibe hier.«

Sämtliche Augen richteten sich auf sie beide. Abi konzentrierte sich auf die Vereinsmitglieder, deren Namen sie gerade erst gelernt hatte. Da waren die beiden Schwestern: Hilda und Tilda. Dann das Paar, das sie irrtümlicherweise für Renies Eltern gehalten hatte: Jessica und Oz. Daneben der junge Mann, der die ganze Zeit herumzappelte und Schwierigkeiten hatte, Blickkontakt zu halten: Asif.

Und schließlich Renie. Das Mädchen war sichtlich empört.

»Das war das Erste, was du gemacht hast: uns in Sicherheit zu bringen«, wandte Renie sich an Bodina. »Weil du angenommen hast, dass dieser Crovan Lukes Erinnerungen durchforsten und uns alle sehen würde. Du hast keine Sekunde gezögert, sondern bist sofort nach Millmoor gekommen und hast uns da rausgeholt. Und das Gleiche müssen wir für Luke tun.«

»Luke war an meiner Rettungsaktion ebenso beteiligt wie du, Doc«, sagte Oz, im Versuch, an Meilyr zu appellieren. »Er ist ohne Bedenken in seiner falschen Uniform ins Gefängnis marschiert. Im Gegensatz zu dir hatte er keine verborgenen *Geschick*-Kräfte, um seinen Hintern zu retten, falls irgendetwas schiefgegangen wäre.«

»Bei Luke sieht die Situation vollkommen anders aus«, fauchte Bodina. »Hier geht es nicht darum, an schwachköpfigen Wärtern vorbeizulaufen. Arailt Crovan ist einer der stärksten *Geschickten* in ganz Großbritannien. Wahrscheinlich sogar der Stärkste, wenn man bedenkt, dass es bisher niemandem gelungen ist, das *Geschick* eines Menschen in dem Maße zu beschädigen, wie Crovan es bei Meilyr getan hat.«

Abis Zorn rang mit ihrem Unverständnis. Die Dina Matravers, die sie nach der Explosion auf Kyneston erlebt hatte, war hilfsbereit und stark gewesen und hatte nicht gezögert, einen Sklaven zu heilen. Sie hatte sämtliche Vereinsmitglieder sofort aus der Sklavenstadt geschmuggelt, als diese aufgrund von Lukes Verhör in Gefahr geschwebt hatten. Warum wollte sie Luke jetzt nicht helfen? Es ergab einfach keinen Sinn.

»Ich bin nicht *geschickt* genug, um es allein mit Crovan aufzunehmen«, fuhr die Ebenbürtige fort. »Meilyr kann mir noch nicht helfen, und Jenner kann in dieser Hinsicht natürlich überhaupt nichts ausrichten. Dazu kommt, dass wir uns nicht nur wegen Crovan Sorgen machen müssen. Sein Stammsitz, Eilean Dòchais, steckt voller uralter und extrem tückischer Magie. Über diese Burg kursieren alle möglichen Legenden. Solange Meilyr sich nicht erholt hat, besteht nicht die geringste Chance für eine Rettungsaktion.«

Abi stand kurz davor, loszubrüllen, und sie spürte, wie Jenner wütend die Bank zurückschob, um aufzuspringen und Bodina Vorhaltungen zu machen. Aber ehe einer von ihnen auch nur ein Wort sagen konnte, räusperte sich jemand anderes.

»Ich werde mich nicht erholen. Sieh mich doch mal an.«

Meilyr Trescos Stimme klang ruhig und klar. Am anderen Ende des Tischs unterdrückte seine jüngste Schwester ein Schluchzen.

Highwithels Erbe legte seinen Gehstock beiseite, hievte sich hoch und streckte die vor Anstrengung bebenden Arme aus, woraufhin seine Finger unkontrolliert zitterten. Abi sah eine Ader an seinem Hals pulsieren. Wie um alles in der Welt hatte er es am Abend zuvor geschafft, die ganzen Stufen hinunterzusteigen? Warum hatte er das auf sich genommen, nur um sie zu begrüßen? Abis einziger Anspruch auf die Hilfe dieses Mannes bestand darin, dass sie Lukes Schwester war.

Aber vielleicht war das ja Anspruch genug. Sie betrachtete Meilyr. Die Vereinsmitglieder waren ihm treu ergeben. Abi war in der Annahme hergekommen, einen Mann zur Rede zu stellen, der die Loyalität ihres Bruders ausgenutzt und ihn in eine menschliche Waffe verwandelt hatte. Davon war sie allerdings nicht mehr überzeugt.

Doch wenn Meilyr es nicht getan hatte, wer dann?

»Überanstreng dich nicht«, mahnte Dina. »Gestern Abend hast du dir schon viel zu viel abverlangt. Eigentlich gehörst du ins Bett.«

Der Ebenbürtige lachte freudlos.

»Seit meiner Rückkehr habe ich fast jeden Tag im Bett verbracht. Hab ich recht, Mutter?«

Er schaute zum anderen Ende des Tischs, wo seine Mutter saß. Lady Armeria Tresco schien seit der letzten Begegnung mit Abi beim Ball auf Kyneston um ein Jahrzehnt gealtert zu sein. Sie nickte.

»Du musst dich einfach nur ausruhen«, beharrte Dina.

»Nein, das wird nicht reichen. Keine Ruhe dieser Welt kann mein *Geschick* wiederherstellen. Denn da ist nichts mehr, was sich wiederherstellen lässt.«

»*Geschick* kann nicht zerstört werden. Das ist einfach nicht möglich.«

Dinas Stimme hatte jetzt einen leicht panischen Unterton.

Ihr kleiner Hund, der unter dem Tisch herumlief, schien ihren Kummer zu spüren und begann, unglücklich zu winseln.

Meilyr nahm ihre Hand, und Abi entdeckte schimmernde Tränen in Dinas Augen.

»Dina, es wird nicht mehr zurückkehren.«

Doch die Ebenbürtige schüttelte den Kopf. Sie drehte die Hand in Meilyrs Griff, und ihre Finger schlossen sich um seine. Meilyr zuckte zurück, aber sie hielt seine Hand fest, während sich auf ihrer Stirn eine Falte bildete. Ließ sie gerade ihr *Geschick* auf ihn einwirken?

Die Vereinsmitglieder beobachteten die beiden. Jessica schlug sich eine Hand vor den Mund. Selbst Renie, die neben Abi saß, hörte auf zu zappeln.

»Bitte nicht«, sagte Meilyr. »DiDi, hör auf.«

Er riss seine Hand zurück, zuckte bei der abrupten Bewegung zusammen und ließ sich dann vorsichtig wieder auf seinem Stuhl nieder.

»Wohin verschwindet es denn?«, fragte Dina flehentlich. »Es scheint, als ob ich es in ein unendliches Nichts pumpen würde.«

»Das liegt daran, dass da nichts ist. Jedenfalls nicht mehr. Ich habe das Gefühl, als wäre in meinem Inneren ein Loch, durch das der Wind bis in alle Ewigkeit pfeifen wird.«

Als Meilyr sich den Schweiß von den Augenbrauen wischte, sah Abi, wie der Ebenbürtigen die Tränen in die Augen schossen und ihr über die Wangen liefen. Endlich verstand sie es.

Bodinas Weigerung, sofort zu Lukes Rettung aufzubrechen, hing zum Teil mit ihrer Überzeugung zusammen, dass Meilyr sich wieder erholen würde und sie dann begleiten konnte. Und zweifellos auch mit ihrer Angst, dem Mann gegenüberzutreten, der ihrem Verlobten das hier angetan hatte. Doch es gab noch einen weiteren Grund, spürte Abi: Was mit Meilyr passiert war, war so gewaltig, so niederschmetternd, dass im Moment kein anderer Schmerz – von wem auch immer – zu Bodina Matravers durchdrang. Obwohl Abi genau wusste, was das für Luke bedeutete, brachte sie es nicht übers Herz, die Ebenbürtige dafür zu hassen.

Stille senkte sich über den Raum – bis Jenner sich räusperte.

»Man kann auch ohne *Geschick* leben«, sagte er. Unter dem Tisch legten sich seine warmen Finger beruhigend auf Abis Knie. »Ich würde sagen, ich bin der beste Beweis dafür. Und das Gleiche gilt für all eure Millmoor-Freunde hier.«

»Meilyr ist nicht wie du«, erwiderte Dina grimmig. »Er wird sich wieder erholen. Dagegen hattest du noch nie *Geschick*. Du bist ohne es auf die Welt gekommen.«

»Da bin ich mir nicht so sicher.«

Lady Armeria Tresco erhob sich von ihrem Platz am anderen Ende des Tischs. Abi hatte gehört, wie Lord Jardine und Bouda Matravers sich auf Kyneston abschätzig über sie geäußert hatten. Meilyrs Mutter hatte sich von ihrem Mann getrennt, der aus niederem Adel stammte und bei der Heirat ihren Familiennamen angenommen hatte, aber dem damit verbundenen Anspruch ihrer Meinung nach nicht gerecht geworden war. Mit ihrem hocherhobenen Kopf und dem wachen Ausdruck in den intelligenten blauen Augen machte sie den Eindruck einer Frau, die man nicht unterschätzen durfte.

»Ich erinnere mich an einen Besuch auf Kyneston, als du noch klein warst, Jenner. Da Meilyr und dein Bruder ungefähr im gleichen Alter waren, haben sie manchmal zusammen gespielt. Das Ganze passierte nur wenige Wochen vor Silyens

Geburt. Deine Mutter war erschöpft, weshalb wir uns in den Garten gesetzt hatten und uns unterhielten, während wir ein Auge auf euch drei hatten. Und plötzlich brüllte mein Junge los.«

Lady Armeria blieb bei ihrem Sohn stehen und legte eine Hand auf seine Stuhllehne.

»Gavar hatte ihm irgendetwas weggenommen, ein Spielzeug oder ein Buch, und es zerbrochen oder zerrissen. Er war ja solch ein kleiner Rohling. Daraufhin lief Meilyr rot an und forderte Gerechtigkeit, so wie wir Trescos nun mal sind.« Sie schenkte Meilyr ein liebevolles Lächeln und streifte mit den Fingerspitzen über seine Wange. »Und dann hast du dich zu den beiden hinübergelehnt, Jenner. Damals kannst du nicht älter als vier gewesen sein. Du hast das Streitobjekt an dich genommen und es Meilyr zurückgegeben. Und ich erinnere mich haargenau, was du dabei gesagt hast: ›Wieder besser.‹«

»Und das Spielzeug war repariert?«, platzte Abi hervor, von der Geschichte fasziniert.

»Ja, es war repariert. Ich erinnere mich genau, dass ich Thalia zu ihrem gutherzigen Sohn gratuliert habe, der sein *Geschick* später einmal sinnvoll einsetzen würde.«

Einen Moment lang herrschte Stille. Jenner hatte die Hand von Abis Knie genommen und saß reglos da. Abi knabberte an ihrem Daumennagel, um sich daran zu hindern, noch irgendetwas zu sagen. Sie erinnerte sich an das Gespräch mit Jenner in Kynestons Bibliothek, als er ihr erzählt hatte, dass Lady Thalia zahlreiche Geschichten über sein frühkindliches *Geschick* zu berichten wusste. Er hatte das Ganze als mütterliches Wunschdenken abgetan. Aber jetzt konnte er diese Tatsache doch nicht länger ignorieren, oder?

Seine Reaktion fiel allerdings nicht so aus, wie Abi erwartet hatte.

»Und was genau soll damals passiert sein?«, fragte Jenner ruhig und verschränkte die Hände auf dem Tisch. »Ist Crovan kurz darauf zu Besuch gekommen und hat mir mein *Geschick* entrissen, als gerade niemand hingesehen hat? Das denke ich eher nicht. Meine Mutter erzählt ähnliche Geschichten: beispielsweise als ihr der Gärtner eines Tages einen Strauß noch geschlossener Rosenknospen gebracht hat und ich dafür gesorgt habe, dass die Rosen alle sofort aufblühten. Aber selbstverständlich gehen Rosenknospen auf, wenn man sie vom kalten Garten ins warme Haus bringt. Und das besagte Spielzeug war sicher nie wirklich defekt. Dabei hat es sich garantiert nur um einen Sandkastenstreit gehandelt.«

»Wie kannst du so was sagen?«, fragte Abi. »Warum sollte sie diese Geschichte erfinden? Oder deine Mutter? Wäre es dir denn nicht lieber, wenn du mit *Geschick* auf die Welt gekommen wärst?«

Jenner antwortete so plötzlich und so vehement, dass Abi niemals damit gerechnet hätte.

»Lieber?«, echauffierte er sich.

Seine Hände klatschten auf die Tischplatte, als er die Bank derartig heftig zurückstieß, dass die anderen fast das Gleichgewicht verloren. Unter seinen Sommersprossen leuchtete seine Haut jetzt in einem fleckigen Rotton, den Abi bisher nur von seinem Vater und seinem älteren Bruder kannte. Dagegen hatte sie diese Zornesröte bei Jenner noch nie erlebt.

Wütend stürmte er durch den Raum, dieser junge Mann, den sie zu lieben glaubte. Dann wirbelte er herum und funkelte alle Anwesenden vorwurfsvoll an.

»Ihr kapiert es nicht, oder? Genau wie sie es einfach nicht kapieren will.«

Er zeigte auf Bodina. Seine Stimme war jetzt lauter. Grenzte fast schon an Gebrüll. Fast wie bei Gavar.

»Es ist weg. Mein *Geschick* ist verschwunden, bevor ich auch nur wusste, worum es sich dabei gehandelt hat. Meilyr hat recht: Es wird nicht wiederkommen. An der Stelle, wo es einst gesessen hat, ist nichts als eine klaffende Lücke. Mir bleibt daher nichts anderes übrig, als so zu tun, als ob es nie existiert hätte. Denn wenn ich auch nur einen Funken Hoffnung hege, bedeutet das, dass ich in dieses gähnende Loch schauen muss. Und das Letzte, was dessen Leere verschlucken wird, bin ich selbst.«

Die angespannte Stille wurde lediglich von Dina Matravers' unterdrücktem Schluchzen unterbrochen. Sie hatte ihren Hund auf den Schoß gehoben und das Gesicht in seinem Fell vergraben, während ihre Schultern zuckten.

Abi zitterte ebenfalls, aber nicht, weil sie Angst hatte. Sie würde sich niemals vor Jenner fürchten, nicht einmal während dieses schrecklichen Wutausbruchs. Denn sie erkannte, worum es sich dabei tatsächlich handelte: um eine so tiefsitzende Selbstverachtung, dass sie deren Existenz nicht einmal hatte ahnen können.

Sie erinnerte sich an ihre erste Begegnung mit Jenner, vor Kynestons Tor. An seine beiläufige, routinierte Art und Weise, seinen Mangel an *Geschick* zu erwähnen und abzutun. Und an das Gespräch in der Bibliothek, als er ihr das kleine Porträtgemälde von Sosigenes Parva gezeigt hatte, dem *ge-schicklosen* Jungen, den man aus dem Stammbaum seiner Familie gestrichen hatte. An den bitteren Ton in Jenners

Stimme, als er auf den leeren Vogelkäfig, die verwelkte Tulpe und das leere Notenblatt gezeigt hatte – alles Symbole dafür, wie seine Welt aus Sicht derjenigen mit *Geschick* aussah.

Jetzt kannte Abi die schreckliche Wahrheit. Der leere Vogelkäfig, die verwelkte Tulpe und das leere Notenblatt: So sah Jenners Welt aus seiner eigenen Sicht aus.

»Aber du hast diese Lücke gefüllt.«

Meilyr Tresco ging mit schmerzverzerrtem Gesicht ein paar Schritte auf Jenner zu.

»Du hast sie mit Güte und mit Integrität gefüllt. Unter deiner Aufsicht werden Kynestons Sklaven gut behandelt. Du verwaltest das Land der Familie Jardine zum Wohl seiner Pächter und Arbeiter und weniger, um den Reichtum deiner Familie zu mehren. Du wirst mir ein Vorbild sein. Deine Familie ist die mächtigste im ganzen Land, und dennoch bist du der Beste von ihnen allen.«

Jenner warf Meilyr einen Blick zu; seine Brust hob und senkte sich, als er tief und sichtlich gequält Luft holte.

»Ich hätte der Beste von ihnen sein können«, erwiderte er und fuhr sich mit der Hand durchs Gesicht. »Trotzdem liege ich manchmal nachts wach und denke darüber nach, dass ich mit Freuden der schlimmste Jardine wäre – so grausam wie mein Vater, so gefühllos wie Silyen, so rücksichtslos wie Gavar, alles in einer Person –, wenn ich doch nur etwas *Geschick* haben könnte.«

Das meinst du nicht im Ernst, hätte Abi am liebsten gerufen.

Aber natürlich meinte er das ernst. Alles andere wäre eine größere Überraschung gewesen. Er hatte sein ganzes Leben in einer Gesellschaft verbracht, die ihm ständig unter die Nase gerieben hatte, dass er wertlos war. Hastig sprang Abi auf.

»Das liegt bloß daran, dass wir uns alle irren«, rief sie. »Keine Gesellschaft sollte diejenigen, die einfach nur *Geschick* besitzen, höher einschätzen als diejenigen, die Gutes tun.«

»Nein, eigentlich nicht. Aber so ist es nun mal«, sagte Jenner. »Und glaubst du, dass du das ändern könntest, Abi? Oder du, Meilyr? Und was ist mit dir, Dina? Denn dann kann ich euch nur viel Glück wünschen.«

Er warf Abi einen letzten, grimmigen Blick zu und marschierte aus dem Saal. Abi saß niedergeschmettert da, als die schwere Holztür hinter ihm ins Schloss knallte.

Erst als jemand sie leicht an der Schulter berührte, drehte sie sich um.

»Es tut mir leid«, sagte Meilyr leise. »Es tut mir leid, dass Jenner das Gefühl hat, dass wir alle der Ansicht sind, ohne *Geschick* dazustehen sei schlimmer als der Tod. Er hat damit jeden Tag seines Lebens verbringen müssen. Ich werde mich dafür bei ihm entschuldigen.«

Abi musterte den Highwithel-Erben einen Moment.

»Diese Gesellschaft, die diejenigen mit *Geschick* höher einschätzt als gute Menschen ... glaubst du wirklich, dass sich das ändern lässt?«, fragte sie. »Glaubt mein Bruder das auch? Wirst du mir erzählen, was mit ihm passiert ist?«

»Ja«, sagte Meilyr Tresco. Er schaute sie mit seinen klaren Augen an, und bei seinem Tonfall lief Abi ein Schauer über den Rücken. »Komm heute Nachmittag zu mir, dann erzähle ich dir alles.«

Während Meilyr seine Mutter und Dina aus dem Saal führte, wandten sich die Vereinsmitglieder an Abi und versicherten ihr ihre Unterstützung. Auch sie wollten Luke unbedingt aus Crovans Burg holen. Dina würde bestimmt bald zur Vernunft kommen. Und wenn nicht, dann würden sie Luke eben ohne sie befreien.

»Wir haben Millmoors Fabriken zum Stillstand gebracht, ganz ohne sie«, sagte Renie entschlossen, woraufhin Abi sie am liebsten umarmt hätte.

Aber es wäre heller Wahnsinn, eine Rettungsaktion ohne wenigstens einen *geschickten* Ebenbürtigen zu versuchen. Dina Matravers musste einfach ihre Meinung ändern. Denn sie hatten sonst niemanden.

Oder vielleicht doch?

Abi brauchte Ruhe zum Nachdenken, weshalb sie den Ort aufsuchte, an dem sie das immer am besten konnte: eine Bibliothek. Highwithels Bibliothek war phantastisch. Abi hockte sich mit einem altersfleckigen Wälzer zur Geschichte der britischen Herrschaftshäuser, der auch ein Kapitel über Eilean Dòchais enthielt, in einen Ecksessel, wo sie allen Blicken entzogen war. Auf den alten Kupferstichen wirkte das Anwesen mindestens so schön wie Highwithel.

In ganz Großbritannien gab es exakt zwei Inselherrensitze, und Luke und sie befanden sich jeweils auf einem der beiden. Abi war zwar nicht abergläubisch, doch es erschien ihr fast wie ein Zeichen. Sie hatte eine vergleichbare Reise angetreten. Genau wie sie hatte auch Luke bestimmt ein Gewässer überquert, auf dem Weg zu einer von *Geschick* erfüllten Burg, die er nicht ohne weiteres verlassen konnte. Was hatte er dort wohl angetroffen? Was geschah mit ihrem kleinen Bruder an diesem schrecklichen Ort?

Die vorwurfsvollen Stimmen in Abis Kopf meldeten sich

wieder so beharrlich zu Wort, dass sie regelrecht erleichtert war, als Meilyrs Schwester in die Bibliothek kam, um ihr den Weg zum Garten zu zeigen.

Highwithels Garten bestand aus einer geschützten Oase mit üppigen Blumen und Obstbäumen, die sich auf einem der höchstgelegenen Innenhöfe der Burg befand. Das Ganze war an drei Seiten von Mauern eingefasst und öffnete sich auf der vierten Seite zum Meer hin. Aber statt des kräftigen Winds, den Abi bei solch einer exponierten Lage erwartet hatte, wehte nur eine leichte Brise über die exotische Pflanzenwelt.

Abi lief zur Terrasse, um die Aussicht zu bewundern, als ihre Beine ihr in dem Moment den Dienst versagten, in dem sie erkannte, dass es sich gar nicht um eine Terrasse handelte, sondern um eine Art Felsplateau, das viel zu weit und Übelkeit erregend hoch über die wogende See in der Tiefe unter ihr hinausragte.

»Du kannst nicht hinunterfallen.«

Was vielleicht auch ganz gut war, denn der unerwartete Klang von Meilyrs Stimme ließ Abi erschrocken zusammenzucken. Sie drehte sich um und entdeckte ihn in einem niedrigen Liegestuhl.

»Dieses Felsplateau trägt die Bezeichnung ›Gesetzgesims‹ und ist von *Geschick*-Schutzschranken umgeben. Meine Vorfahren haben hier früher Übeltäter über die Klippe springen lassen: Schmuggler, Sklavenhändler, betrügerische Zolleinnehmer, Piraten und ähnliches Gesindel. Man könnte sagen, dass wir Trescos beim Thema Gerechtigkeit schon immer ein entschlossenes Vorgehen gezeigt haben.«

Seine Worte klangen unbeschwert, aber seine Miene wirkte ernst. Abi bemerkte die tiefen Falten in seinen Augenwinkeln. Einst hatte dieser Mann oft gelächelt. Doch jetzt nicht mehr.

»Das heißt also, dass ihr bereit seid, jedes erforderliche Mittel einzusetzen, um Verbrecher zu beseitigen? Wie etwa einen einfachen Jungen zum Mord an einem Mann anzustiften, mit dessen Politik man nicht einverstanden ist?«

Das Gesicht des Ebenbürtigen verfinsterte sich, und er hievte sich mühsam vom Liegestuhl hoch. Abi wünschte, er wäre sitzen geblieben. Der Anblick des schwankenden Mannes erfüllte sie mit Mitleid, aber sie musste jetzt hart bleiben.

»Nein«, sagte er. »Nein, das ist nicht meine Art, Abigail. Ich bin mir allerdings ziemlich sicher, dass ich inzwischen weiß, was mit deinem Bruder passiert ist.«

Abi spürte, wie ihre Knie weich wurden, als hätte Meilyr sie an den Rand des Vorsprungs gestoßen und sie gezwungen, in die Tiefe zu blicken.

»Schieß los.«

»Es gibt da diesen Mann ... ein Ebenbürtiger: Lord Rix. Er teilt meine und Dinas Überzeugung, dass die Sklavenzeit ungerecht ist. Aber er hegt auch einen tiefsitzenden Hass gegenüber Whittam Jardine, der auf ihre gemeinsame Jugendzeit zurückgeht. Damals liebte Rix eine Gewöhnliche, aber Whittam – der sich bei Rix' Vater, einem einflussreichen Mann, einschmeicheln wollte – hat dafür gesorgt, dass dieses Mädchen in eine Sklavenstadt verfrachtet wurde.

Rix unterstützt Dina und mich schon seit geraumer Zeit, allerdings auf seine ganz eigene Art und Weise ... unter anderem im Justizrat, um die Interessen der Gewöhnlichen zu verteidigen. Manchmal gibt er uns Hinweise über bevorstehende Verhaftungen oder informiert uns über Rechtsbeugungen. Das

Ganze verbirgt er hinter einem Schleier vorgetäuschter Verachtung für die Gewöhnlichen. Beispielsweise hat er Gavar Jardines Entsendung nach Millmoor als unter der Würde der Ebenbürtigen abgetan, während er in Wahrheit versucht hat, Oz und all unsere Pläne zu schützen.«

Lord Rix. Abi ließ sich den Namen durch den Kopf gehen, im Versuch, ihn mit einem der Gesichter in Verbindung zu bringen, die sie bei der offiziellen Vorstellung beim Ball auf Kyneston gesehen hatte. Doch dann tauchte eine noch frühere Erinnerung auf: ein großer, hagerer Mann mit einer teuren Zigarre, der sie während der Vorbereitungen für die Großdebatte im Flur angesprochen hatte.

»Als wir erfuhren, dass Lukes Familie auf Kyneston war, schlug Rix vor, dass wir ihn dorthin transportieren sollten, damit er Lord Whittam töten konnte«, fuhr Meilyr fort. »Das Attentat sollte einen der Jardines ausschalten und Luke zu einer Symbolfigur für die Unruhen machen, die wir in Millmoor und im Rest des Landes anzetteln wollten. Aber ich habe diesen Vorschlag rundheraus abgelehnt. Ich wollte, dass Luke zu euch allen zurückkehren konnte … statt ihn auf diese Weise auszunutzen. Es war nie meine Absicht, ihn diesen Preis zahlen zu lassen.«

In Abi machte sich Entsetzen breit – denn sie hatte sich gerade an das Gespräch erinnert, das sie an jenem Tag mit Rix geführt hatte. Er hatte sich nach ihrem Bruder erkundigt, dem berühmten Millmoor-Flüchtling, und sie gebeten, ihm Luke irgendwann einmal zu zeigen.

Abi hatte daraufhin ihren Bruder beschrieben: ein blonder Teenager mit einer Axt, der als Landschaftsgärtner auf Kyneston arbeitete.

Irgendetwas begann, in ihrem Magen zu brodeln. Schuldgefühle. Wut.

»Dann glaubst du also, dass Rix versucht hat, Luke zum Mord an Lord Jardine zu zwingen? Aber dabei ist irgendetwas schiefgegangen, und stattdessen wurde der Kanzler erschossen?«

»Ja. Allerdings weiß ich nicht, was genau an Rix' Plan misslungen ist. Die Pistole muss versagt haben oder jemand hat sich in dem Moment bewegt, in dem Luke abgedrückt hat.«

In diesem Augenblick ging Abi ein Licht auf, und das fehlende Puzzleteil in Meilyrs Bericht fiel auf seinen Platz.

»Alle Sklaven auf Kyneston sind mit einer Bindung versehen, die Silyen Jardine jedem von uns am Tor auferlegt. Jenner hat mir davon erzählt. Diese Bindung verhindert, dass wir irgendein Mitglied der Familie verletzen können. An jenem Ballabend standen vier Personen zusammen: Lord Whittam, Lady Thalia, Euterpe Parva und der Kanzler. Zelston war der Einzige, der nicht zur Familie gehörte und damit nicht durch die Bindung geschützt war. Selbst wenn Rix gewollt hat, dass mein Bruder Jardine erschießen sollte, hätte Luke niemandem außer dem Kanzler auch nur ein Haar krümmen können.«

Genauso musste es passiert sein; es konnte sich gar nicht anders abgespielt haben. Bei diesem Gedanken spürte Abi fast so etwas wie Erleichterung. Ihr Blick fiel auf Meilyr Tresco. Bestimmt spiegelte ihr eigenes Gesicht eine ähnliche Mischung aus schrecklicher Erkenntnis und Schuldgefühlen.

Aber Meilyr Trescos Schuldgefühle waren sinnlos.

Er hatte gewusst, dass Lord Rix ihren Bruder für das Attentat missbrauchen wollte. Meilyr hätte Rix bei der ersten Erwähnung dieses Plans sofort anzeigen müssen. Er hätte Luke unmittelbar nach seiner Ankunft auf Kyneston aufsuchen und warnen müssen. Und er hätte Rix während Lukes Farce einer Gerichtsverhandlung der Polizei übergeben müssen, unabhängig davon, dass er von der Bindung von Kynestons Sklaven nichts gewusst hatte – wodurch das Ganze exakt zusammenpasste.

Eine vertane Chance nach der anderen. Welchen Sinn hatte seine Reue jetzt noch? Nicht den geringsten.

Die Wut, die in Abi gebrodelt hatte, bahnte sich explosionsartig einen Weg.

»Du hast zugelassen, dass das alles passieren konnte!«, hörte sie sich brüllen, während sie Meilyr an den Schultern packte und ihn schüttelte. »Du bist dafür verantwortlich!«

Im nächsten Moment rammte sich irgendetwas mit gewaltiger Wucht in sie hinein und riss ihr die Beine weg. Abi schnappte nach Luft, als sie durch die Luft flog. Sie prallte hart auf dem Felsplateau auf und spürte, wie jeder Knochen in ihrem Körper schmerzte.

Scham und Wut erfüllten sie. Meilyr war nicht der Einzige, den hier Schuld traf. Selbst wenn Rix letztendlich für das Attentat verantwortlich war und Meilyr grob fahrlässig gehandelt hatte, musste Abi sich selbst ebenfalls Vorwürfe machen: Auch sie hatte Luke im Stich gelassen. Sie alle trugen Schuld an dem Albtraum, in dem ihr kleiner Bruder gefangen war.

Obwohl Meilyr unter chronischen Schmerzen litt, hatte sie ihn gepackt und geschüttelt.

Abi drehte sich auf den Bauch, um ihr Gesicht zu verbergen. Sie hasste sich für ihr eigenes Verhalten.

Andererseits: Meilyr hatte sich gewehrt. Er hatte sie durch die Luft geschleudert. Sein *Geschick* kehrte zu ihm zurück.

Keuchend setzte Abi sich auf. Konnte dieser hässliche Streit wirklich etwas so Wundervolles bewirkt haben?

Eine Sekunde später wurde sie von einer weiteren *Geschick*-Woge erfasst, die sie wie die Hand eines Riesen auf die Felskante zuschob.

Abi schrie auf, kam aber gerade noch rechtzeitig zum Stillstand. Ihr Kopf und ihre Schultern ragten über den Rand des Plateaus hinaus. Welche *Geschick*-Schutzschranken diesen Ort auch immer ungefährlich machen sollten, in diesem Augenblick zeigten sie keinerlei Wirkung. Benommen starrte Abi in die Tiefe, wo das Meer hundert Meter weiter unten gegen die Felsen und Klippen schlug.

Würde ihr Leben auf diese Weise enden und damit die ganze Geschichte – Luke nicht gerettet, ihre Eltern ahnungslos und ihre Schwester einsam und allein? Und Jenner noch immer wütend und von ihr enttäuscht?

»Wie kannst du es wagen?! Du weißt genau, in welcher Verfassung er ist.«

Über ihr ertönte eine zornige weibliche Stimme. Eine Hand zog Abi an der Schulter herum, und eine andere schlug sie so fest ins Gesicht, dass schwarze Flecken vor ihren Augen tanzten.

Allerdings hatte Abi kaum Gelegenheit, ihre Angreiferin genauer zu betrachten, denn diese wurde zurückgerissen, und an ihrer Stelle tauchte ein großer breitschultriger Schemen auf, dessen bronzefarbenen Haare in der Nachmittagssonne aufleuchteten.

»Abi? Alles in Ordnung mit dir?«

Jenner hockte sich neben sie, den Rücken dem Abgrund mit dem tosenden Meer zugewandt, und zog Abi an sich. Behutsam strich er ihr die Haare aus dem Gesicht und überprüfte ihre Wange auf Verletzungen.

»Ich werde dich nie wieder aus den Augen lassen«, versicherte er ihr. »Und ich werde nie wieder so wütend reagieren wie heute Morgen – das verspreche ich. Es tut mir so leid. Kannst du mir noch mal verzeihen?«

Seine braunen Augen schauten sie flehentlich an. Sein Kuss bat sie um Vergebung – und Abi verzieh ihm.

Als Jenner ihr auf die Beine half, sah sie das andere Paar, das auf dem Plateau stand: Meilyr Tresco und eine rotgesichtige und zitternde Bodina Matravers. Was war gerade passiert?

Doch dann verstand Abi es, und der Gedanke an Highwithels Erben brach ihr erneut das Herz.

»Das war ihr Werk und nicht deines«, wandte sie sich an Meilyr. »Eine Sekunde lang habe ich gedacht, dein *Geschick* würde … Es tut mir so leid.«

Meilyr schüttelte den Kopf.

»Vermutlich hat jeder von uns vier hier einen Grund, etwas zu bedauern«, sagte er. »Ich am allermeisten. Dina war hergekommen, um nach mir zu sehen, und Jenner hatte sie begleitet, weil er dich gesucht hat. Wahrscheinlich haben sie uns nicht in unserem besten Moment erwischt.«

Doch Abi schüttelte den Kopf.

»Ganz im Gegenteil. Schließlich haben wir herausgefunden, was an jenem Abend wirklich passiert ist, als Zelston getötet wurde. Und das bedeutet, dass Luke unschuldig ist. Jetzt brauchen wir nur noch die Beweise dafür zu finden, und dann wird man ihn freilassen müssen.«

»Abigail Hadley«, sagte Meilyr Tresco, »wir werden die Beweise liefern, und man wird ihn freilassen. Und wir fangen gleich damit an. Dina hat mir gerade erzählt, dass meine Mutter und ich nach Westminster zitiert wurden – Lord Jardine hat seine erste Parlamentssitzung angekündigt. Wir brechen in wenigen Stunden auf. In London werde ich all die Personen antreffen, mit denen ich dringend reden muss.«

»Und wenn sie dir nicht zuhören wollen«, fügte Abi hinzu, »finden wir eben selbst heraus, wie wir in Crovans Burg hineingelangen.«

5

Gavar

Gavar konnte schon gar nicht mehr zählen, wie viele Gläser Whisky er sich an diesem Abend in der Bar des Parlamentsgebäudes genehmigt hatte. Er kippte den Rest des Jura hinunter und ließ sich noch mal nachschenken.

»Mir auch einen«, bestellte eine Stimme neben ihm.

Wenn Gavar nicht so benebelt gewesen wäre, hätte ihm der Geruch der Zigarre verraten, wer da neben ihm stand. Aber bei seinem Rausch musste er sich umdrehen, ehe er erkannte, dass die Stimme Rix gehörte. Die Bar hatte sich inzwischen vollständig geleert. Wie spät war es eigentlich?

»Was dagegen, wenn ich mich zu dir geselle?«, fragte Rix und betrachtete die Reihe leerer Gläser auf der Theke. »Ich brauche etwas, um meine Nerven für den großen Moment morgen Vormittag zu stärken.«

Gavar hatte nichts von einem besonderen Ereignis am nächsten Tag gehört. Und was ihn anging, hätte Rix nackt auf einem Tisch tanzen können – es wäre ihm vollkommen egal. Er brummte zustimmend.

»Am besten lassen Sie die Flasche gleich hier«, teilte Rix dem Barkeeper mit. »Dann können Sie die Bar schließen. Ich denke nicht, dass noch jemand kommt – die meisten haben auf Kyneston von Lord Whittams Gastfreundschaft reichlich Gebrauch gemacht.«

»Ich will diesen Namen nicht hören«, nuschelte Gavar. »Nein.«

Sein Vater. Wieder und wieder. Ein weiteres Mal regierte dieser Mann das Land. Und was hatte er als Erstes vor? Natürlich seinen ältesten Sohn zu demütigen. Vater würde ihm das einzig Gute in seinem Leben nehmen – seine Tochter – und vor der ganzen Nation verkünden, dass sie wertlos war. Ein unehelicher Bastard.

Rix zeigte auf zwei Ohrensessel am Kamin. Gavar zuckte die Achseln, folgte ihm aber. Schließlich hatte Rix nun die Whiskyflasche.

»Betrinkst du dich wegen des zur Debatte gestellten Erbfolgerechts?«, fragte Rix, füllte Gavars Glas auf und schenkte sich selbst auch einen Whisky ein.

Was glaubte dieser Mann eigentlich? Dass Gavar sich jeden Abend ohne irgendeinen Grund volllaufen ließ?

Andererseits …

»Dein Vater wird Großbritannien nicht ewig regieren. Es handelt sich lediglich um eine Übergangsverwaltung. Und die Gesetzesvorlage wird möglicherweise gar nicht angenommen.«

»Das Gesetz wird verabschiedet werden. Ich weiß nur zu gut, was ich bei den Abendveranstaltungen auf Kyneston gehört habe. Die Hälfte aller Parlamentsmitglieder hat sich seit Jahren im privaten Rahmen bitter beklagt; sie wollen zurück zur ›guten, alten Zeit‹. Mein Vater gibt ihnen jetzt nur die Erlaubnis, diese Ansichten auch in der Öffentlichkeit zu äußern: unehelichen Kindern den Familiennamen zu verweigern und sie der Sklavenzeit zu unterwerfen. Es fehlt nicht mehr viel, bis man uneheliche Neugeborene in Säcke steckt und in den Fluss wirft.«

Erschöpft von seinem eigenen Wutausbruch ließ Gavar sich gegen die Sessellehne sinken. Rix musterte ihn nachdenklich. Gavar wollte ihm gerade sagen, dass er ihn mal könnte, als sich der Mann räusperte.

»Auch ich hatte ein Kind. Genau wie deines. Einen Jungen. Und dank deinem Vater habe ich jahrelang nichts von ihm gewusst.«

Gavar blinzelte und setzte sich mühsam auf.

»Die Mutter?«, fragte er. »Sie war eine ...«

»Eine Gewöhnliche. Das Ganze hat sich vor mehr als einem Vierteljahrhundert abgespielt. Damals hatte ich einen Vortrag an meiner alten Uni in Oxford gehalten, und beim Abendessen saß sie direkt neben mir, dieses wunderschöne Wesen. Es stellte sich heraus, dass sie nicht nur schön, sondern auch klug war: Ihre Forschungen befassten sich mit einem Vergleich der Gesetzgebungsverfahren in Ländern, die von unseresgleichen regiert werden, und Ländern mit *geschicklosen* Regierungen. Während des Essens haben wir uns sehr angeregt darüber unterhalten, und keiner von uns wollte, dass der Abend zu Ende ging. Also ließen wir ihn nicht damit enden. Das Ganze dauerte mehrere Monate – die glücklichsten Monate meines Lebens.«

»Und dann wurde sie schwanger, hat aber nichts davon erzählt?«

»Sie wurde schwanger und hat mir sofort davon erzählt. Daraufhin habe ich meinen Vater informiert und ihm verkündet, dass ich sie heiraten wolle und dass unsere Erbfolge mich überspringen und Far Carr stattdessen an meinen Cousin gehen konnte.«

Dieses Gespräch hatte Gavar mit seinem Vater nie geführt. Er hatte nicht den Mut dazu aufgebracht. Und wenn er ehrlich war, hatte er Leah zwar geliebt, aber nicht so sehr, dass er für sie Kyneston freiwillig aufgegeben hätte. Er hatte immer gedacht, er könnte beides haben, und Bouda würde sich eben damit abfinden müssen. Früher hatten schließlich viele große Herrenhäuser eine gewöhnliche Nebenfamilie auf dem Anwesen untergebracht.

Aber was wäre passiert, wenn er sich hätte entscheiden müssen?

Doch dieser Gedanke war sinnlos. Rasch kippte Gavar den Inhalt seines Glases hinunter und schenkte sich noch mal nach, bevor er erwiderte:

»Dein Vater hat das Ganze nicht gut aufgenommen.«

Eine Feststellung, keine Frage. Der vorherige Lord Rix war ein bekannter Staatsmann gewesen, angeblich die graue Eminenz hinter nicht nur einem, sondern gleich zwei Kanzlern. Außerdem war er berüchtigt für sein cholerisches Temperament. Ein Mann, der eher bewundert als geliebt wurde.

»Nein, er hat es nicht gut aufgenommen. Wir haben uns gestritten, und er hat gedroht, mich zu enterben. Aber damit wäre ich ja frei gewesen … im gewissen Rahmen. Also dachte ich, ich hätte gewonnen. Doch dann ist sie verschwunden.«

»Verschwunden?«

»Sie hat ihre Sklavenzeit angetreten. Wenigstens hat sie mir einen Brief hinterlassen: Sie hätte sich entschlossen, nicht zwischen mir und meinem Erbe stehen zu wollen. Erst viel später habe ich herausgefunden, dass dein Vater das alles arrangiert hatte … und dass mein Vater ihn dafür fürstlich belohnt hat, mit einem Sitz im Justizrat.

Whittam war schon damals sehr gerissen. Er entsendete jemanden mit einem hohen Geldbetrag zu ihr, der vorgab, dass ich ihn geschickt hätte, um ihr Schweigen zu erkaufen und für eine Abtreibung zu zahlen. Natürlich hat sie das abgelehnt. Daraufhin folgte ein Appell an ihren Anstand: Sie sollte ihre Sklavenzeit antreten, um mir den Skandal zu ersparen. Man versprach ihr einen Platz in Arden, der Modell-Sklavenstadt in der Nähe von Stratford-upon-Avon … die Sklavenstadt, die die Touristen zu sehen bekommen.

Doch auch das war eine Lüge. Sie wurde nach Portisbury geschickt, Bristols Sklavenstadt. Schon damals ein grässlicher Ort, genau wie heute. Es ist ein Wunder, dass sie das Kind nicht verloren hat. Aber der Junge kam in Portisbury zur Welt und wuchs dort auch auf.

Obwohl sie sich ihm gegenüber nie abfällig über mich geäußert hat, ist er in der Überzeugung aufgewachsen, dass ich seine Mutter verstoßen und ihn nicht gewollt habe.«

Rix' Bericht war so schrecklich, dass Gavar ganz vergessen hatte, an seinem Glas zu nippen. Jetzt stürzte er den Inhalt in einem Zug hinunter. Dann erinnerte er sich wieder an sein eigenes Problem, das ihn zu überwältigen drohte.

»Leah ist weggelaufen«, hörte er sich selbst murmeln. »Ich habe sie vergöttert, allerdings haben wir uns ständig gestritten. Ich wollte, dass mein Vater Libby, unsere Tochter, offiziell anerkennt. Aber Leah war der Meinung, dass ein abgeschiedenes Leben besser für sie beide sei. Sie war so stark, doch sie fürchtete sich vor meinem Vater. Und ich glaube, letzten Endes auch vor mir. Deshalb ist sie geflohen – um uns beiden zu entkommen.«

Gavar ließ den Kopf hängen. Bisher hatte er noch nie über seine Schuldgefühle gesprochen. Er war sich auch nicht sicher, warum er diesem Mann jetzt davon erzählte. Vielleicht lag es daran, dass Rix jemand war, mit dem man leicht reden konnte, und an der Tatsache, dass dessen Geschichte von dem verschollenen Kind Gavar zutiefst berührt hatte.

»Und dann hast du sie getötet, oder?«, fragte Rix.

»Ich … ich …« Gavar versank tief in seinem Sessel. Ich wollte sie nicht töten, hätte lächerlich geklungen. Ich hab kaum gewusst, was ich getan habe, wäre noch absurder gewesen.

Es stimmte: Als er in jener Nacht von Leahs Flucht erfahren hatte, hatte er einen Tobsuchtanfall bekommen. Aber er war nur deshalb auf sein Motorrad gesprungen und ihr nachgesetzt, um sie aufzuhalten – nicht, um sie zu töten.

Dann war es am Tor passiert. Das Leuchten der Mauersteine und des Gitterwerks hatte etwas in Gavars Gehirn ausgelöst. Und danach hatte er kaum noch mitbekommen, was er da tat – bis zu dem Moment, als er mit der Waffe in der Hand über der reglosen Leah gestanden und ihre gemeinsame Tochter hatte weinen hören.

Nein. Darüber konnte er nicht reden. Und ganz bestimmt würde er jetzt kein Geständnis stammeln, das man gegen ihn verwenden konnte. Erneut flammte sein Zorn auf. Seine Wut auf Rix, weil er all diese Fragen stellte. Auf seine Brüder, weil sie dabei gewesen waren und ihn nicht aufgehalten hatten. Auf seinen Vater, weil er das kleine Mädchen verachtete, das für Gavar sein Ein und Alles war. Aber seine größte Wut – wie immer – galt ihm selbst.

»Mir reicht's für heute.« Er knallte das Glas auf den Tisch und erhob sich schwankend. »Ich hab genug von deinen Fragen.«

»Warte.« Rix hielt ihn am Arm fest, als Gavar sich an seinem Sessel vorbeischob. »Du brauchst nicht im Schatten deines Vaters zu leben und alles zu tun, was er befiehlt, Gavar. Dieser Mann hat dein Lebensglück vernichtet, genau wie er meines zerstört hat. Und jetzt will er die Zukunft deines Kindes zerstören. Er wird das ganze Land in den Ruin treiben.«

»Lass mich los.« Gavar schüttelte Rix' Hand ab. Er hörte, wie seine Stimme anschwoll. »Ich hab dir nichts mehr zu sagen.«

Gott sei Dank kannte er den Weg von der Bar zum Ausgang genauso gut wie jeden Flur in Kyneston, denn während er aus dem Raum torkelte, war sein Blick tränenverschwommen.

Am nächsten Morgen erwachte er zwar körperlich, aber nicht geistig erfrischt, und verwünschte seinen effizienten Ebenbürtigen-Stoffwechsel. Doch als der Haussklave ihm sein Frühstück brachte, ließ Gavar die bestellte Bloody Mary unberührt auf dem Tablett stehen. Er wollte einen klaren Kopf haben, um die Parlamentseröffnung und die neue Regierungszeit seines Vaters mit wachem Verstand zu verfolgen.

Erst im letzten Moment nahm er seinen Platz im Haus des Lichts ein. Er hatte die ganze Nacht an Leah denken müssen und keine Lust, mit Bouda zu reden. Zumal inzwischen ein neuer Hochzeitstermin angesetzt worden war. Und es interessierte ihn auch nicht, ob Meilyr Tresco sich von Highwithel hierhergeschleppt hatte oder in welchem Zustand er sich befand.

Kaum eine Sekunde später ertönten die Trompeten. Sein Vater mochte zwar nur der Interimskanzler sein, aber er versagte sich nicht ein einziges Symbol der Macht.

Die Sitzung begann mit dem ältesten Teil des Zeremoniells, der Investitur. Die Einsetzung der neuen Lords oder Ladys mit ihren jeweiligen Erben fand normalerweise bei der ersten Jahressitzung im Mai statt. Doch Vater hatte das Ganze vorgezogen, um seinen Staatsstreich in den hermelinbesetzten Samt dieser uralten Tradition zu hüllen.

Gavar wandte den Blick ab, als das erste Paar angekündigt wurde: seine eifrige, nachtaktive Schülerin, Mistress Ravenna, und ihr Vater, Lord Tremanton. Sie knieten nieder, um den hermelinbesetzten Samtumhang aus Vaters Händen zu empfangen, bevor sie sich zu ihren Sitzen irgendwo in den hintersten Rängen verzogen.

Dagegen erweckte das zweite Paar unwillkürlich seine Aufmerksamkeit – und die jedes anderen Anwesenden im Saal. Ein widerwärtiges Schnauben direkt hinter Gavar verriet ihm, dass Bouda ihren massigen Vater angestoßen und aufgeweckt haben musste.

»Aus Lindum in Lincolnshire«, verkündete Hengist, der betagte Parlamentsälteste, mit zittriger Stimme, »Lady Zelston und Mistress Midsummer.«

Die jüngere Schwester des Kanzlers hatte ihre gesamte Familie überlebt. Sie war noch zur Schule gegangen, als ihre Eltern und ihr ältester Bruder beim Absturz des Privatflugzeugs ums Leben gekommen waren, das ihr Vater geflogen hatte. Und ihr mittlerer Bruder war natürlich gerade einmal eine Woche tot – erschossen von dem Gewöhnlichen, den Gavar aus Millmoor hatte schmuggeln lassen.

Sicher gab es eine ganze Reihe von Ebenbürtigen, die davon träumten, dass ihrer Familie eine Katastrophe zustoßen würde, die sämtliche Verwandten in der Erbfolge vor ihnen auslöschte.

Aber Lady Flora Zelstons schwarze Haut wirkte fast grau vor Kummer und ihr abgehärmtes Gesicht machte deutlich, dass sie nicht zu diesen Leuten zählte.

Und dann war da noch Mistress Midsummer.

Lady Floras älteste Tochter hatte nach ihrem Uniabschluss einen Master-Studiengang angehängt – in Brighton, anstatt in Oxford oder Cambridge, was ihre lächerliche, halb kahlrasierte Frisur und das Ohrknorpelpiercing erklärte. Sie trug das Kinn hocherhoben und sah sich mit herausfordernder Miene im Saal um. Ganz sicher machte sie nicht den Eindruck einer Erbin in einem zum Untergang verurteilten Adelsgeschlecht. Mistress Midsummer versprach Ärger.

Weder sie noch ihre Mutter waren bei der hastig einberufenen Gerichtsverhandlung des Millmoor-Jungen anwesend gewesen, der sich jetzt als Verurteilter in Crovans Gewalt befand. Was hatte man ihnen erzählt? Hatten sie die offizielle Version der Ereignisse geglaubt: Der Junge war nur ein Einzeltäter gewesen, der durch die Aufstände in der Sklavenstadt radikalisiert und aufgrund unglücklicher Umstände in Kyneston gelandet war?

Als Midsummer und ihre Mutter vor dem Kanzlerstuhl niederknieten, drehte das Mädchen sich um und starrte Gavar über die Schulter direkt an. In ihren dunklen Augen brannte unverkennbarer Hass. Glaubte sie etwa, sie würde hier zwischen Vater und Sohn knien, die aus Machtgier gemeinsam einem Mord Vorschub geleistet hatten?

Gavar starrte zurück; er spürte, wie eine Zornesröte sich auf seinem Hals und Gesicht ausbreitete. Sollte sie doch denken, was sie wollte! Die Zelstons zählten nicht zu den bedeutendsten Familien. Ihr Onkel hatte sich mit seiner kriecherischen

Art nach oben gedient; ohne ihn würden sie wieder in ihre provinzielle Bedeutungslosigkeit zurückkehren.

Erfreulicherweise wandte Midsummer als Erste den Blick ab, weil sie den Kopf senken musste, um den Treueeid zu leisten. Er sah, wie ihre Schultern unruhig zuckten, als Vater ihr den hermelinbesetzten Samtumhang umlegte.

Danach folgten noch zwei weitere Investituren, und Gavars Gedanken waren abgeschweift, als Hengists Ankündigung des letzten Paares ihn ruckartig in die Gegenwart zurückholte.

Da musste er sich bestimmt verhört haben, oder?

Doch wenn das der Fall war, dann hatten auch die vierhundert anderen Ebenbürtigen um ihn herum den Namen falsch verstanden. Aufgeregtes Getuschel ging durch den Saal, so dass Hengist die Stimme erheben und die Namen wiederholen musste.

Allerdings erübrigten sich seine Worte, als die schwere Tür aufschwang und Gavar ihn dort stehen sah. Er hatte sich für den Anlass eine neue Jacke zugelegt, aber seine Haare wirkten wie immer ungekämmt. Selbst von seinem Platz aus konnte Gavar die übliche Mischung aus Unfug und böswilligem Vorsatz in den vertrauten schwarzen Augen erkennen.

Ungläubig erhob sich Vater halb vom Kanzlerstuhl, als Hengist die Namen ein drittes Mal verkündete:

»Lord Rix von Far Carr und sein zukünftiger Erbe Silyen.«

Zukünftiger Erbe. Da Silyen mit Rix nicht blutsverwandt war, erforderte die Übertragung des Erbrechts einen *Geschick*-Prozess.

Was dachte Rix sich nur dabei? Gavar erinnerte sich an seine Begrüßung am Abend zuvor – *Ich brauche etwas, um meine Ner-*

ven für den großen Moment morgen Vormittag zu stärken. Kein Wunder.

Als das Paar den Saal betrat und zum Kanzlerstuhl schritt, legte sich der Lärm im Raum.

»Was hat das zu bedeuten?«, fragte Vater.

»Der Präzedenzfall ist hinlänglich bekannt«, erwiderte Rix. »Ihr eigener Vorfahr Cadmus wurde aus der Linie der Parvas adoptiert, um das Erbe der Jardines anzutreten.«

»Cadmus war ein direkter Blutsverwandter, wie alle Adoptivsöhne und -töchter seit Menschengedenken. Aber Silyen ist nicht mit Ihnen verwandt.«

»In der Tat. Hier geht es um eine Adoption aufgrund besonderer Verdienste.«

»Besondere Verdienste?«

Silyen, der bis dahin keine Miene verzogen hatte, gestattete sich jetzt den Hauch eines Grinsens. Gavar hätte es ihm am liebsten aus dem selbstgefälligen Gesicht geschlagen.

»Es besteht ja bestimmt kein Zweifel daran, Lordkanzler, dass die vergangenen Taten Ihres jüngsten Sohns außergewöhnliche Verdienste demonstrieren? Die Auferweckung von Euterpe Parva und der nicht minder erstaunliche Wiederaufbau von Kyneston.«

»Warum wollen Sie einen Erben adoptieren?«, fragte Vater. »Sie können doch jederzeit heiraten und Ihr Anwesen Ihren eigenen Nachfahren hinterlassen.«

»Ein verknöcherter, alter Junggeselle wie ich?« Rix deutete auf seine tadellose Erscheinung und erntete ein paar Lacher aus den Reihen der Parlamentsmitglieder. »Nein, das denke ich nicht.«

Gavar hörte hinter sich, wie sich einer der Absätze von Boudas Stilettos in den Parkettboden bohrte. Rix war sowohl Boudas als auch Bodinas Pate. Vielleicht hatte sie ja gedacht, dass sie Far Carr eines Tages erben würden.

»Ich muss nur gewährleisten, dass mein Anwesen in die Hände eines würdigen Erben fallen wird«, fuhr Rix fort. »Und nun, da Ihr Sohn achtzehn ist, könnte ich mir keinen besseren Kandidaten vorstellen.«

Far Carr war ein trostloses Anwesen: einhundert fast kahle Quadratkilometer in Suffolk – Wald, Röhricht und ein unbedeutendes Stück Küste. Far Hall, der eigentliche Herrensitz, stammte aus der Zeit der mittelalterlichen Könige und sah auch so aus. Silyen konnte ihn gern haben, falls er ihn überhaupt bekommen würde, denn jetzt richtete Vater seine Aufmerksamkeit auf ihn.

»Reicht es dir nicht, ein Mitglied der Gründerfamilie zu sein, so dass du dich lieber wie ein Kuckuck in ein fremdes Nest drängst?«

Silyen schaute kurz zu den goldenen Schemen hinauf, die unablässig über die Glaswände des Parlamentsgebäudes zuckten. Dann wandte er sich wieder seinem Vater zu.

»Du weißt besser als jeder andere, dass ich keinen Status, sondern Wissen anstrebe. Welch phantastische Vorstellung, hier in diesen geweihten Hallen sitzen zu dürfen. Wie hätte ich Lord Rix' großzügiges Angebot da ablehnen können?«

Ein verzücktes, fast kindliches Lächeln umspielte seine Mundwinkel. Für einen Sekundenbruchteil fühlte Gavar sich in eine Zeit zurückversetzt, als Silyen ein zerzaustes Kleinkind gewesen war, das im Garten herumgerannt war und mit seinem *Geschick* harmlosen Unfug angestellt hatte. Als Ältester hatte Gavar immer ein Auge auf ihn halten müssen.

Aber inzwischen hatte Silyens Talent für Chaos nichts Harmloses mehr an sich. Schließlich war er es gewesen, der Zelston veranlasst hatte, die Vorlage zur Abschaffung der Sklavenzeit zu unterbreiten. Und womit hatte das geendet? Mit einer überwältigenden Ablehnung im Parlament, Zelstons Tod und Vaters Rückkehr auf den Kanzlerstuhl.

Gavar erstarrte.

Wenn Vater die Wiedererlangung des Kanzleramtes irgendjemandem zu verdanken hatte, dann Silyen.

Aber das musste Zufall sein.

Ganz bestimmt.

Selbstverständlich. Vater war mindestens so erstaunt gewesen wie Gavar, als Silyen ihnen vor all diesen Monaten berichtet hatte, dass er Zelston dazu gebracht hatte, dem Parlament die Abschaffung vorzuschlagen. Und auch jetzt war sein Vater vollkommen überrascht über Silyens Vorstellung als zukünftiger Erbe von Far Carr.

Oder vielleicht doch nicht?

Gavar kniff die Augen zu Schlitzen. Was wäre, wenn die Szene vor ihm nur die letzte in einer kunstvoll arrangierten Scharade war? Konnte es sein, dass Silyen und Vater dessen Rückkehr an die Macht die ganze Zeit heimlich geplant hatten? Was bedeuten würde, dass diese jüngste Entwicklung Silyens Belohnung darstellte.

Oder war da womöglich noch mehr im Spiel? War dies hier Lord Jardines Versuch, seinen brillanten jüngsten Sohn ins Parlament zu manövrieren? Und ihn für zukünftige Beförderungen zu positionieren … oder vielleicht sogar für die Nachfolge auf den Kanzlerstuhl?

Deswegen überraschte es Gavar nicht im Geringsten, dass

sein Vater kurz darauf verkündete, er wäre einverstanden, und die Adoption könne fortgesetzt werden.

Als Lord Jardine als Zelebrant zwischen Sil und Rix trat, schnaubte Gavar. Bouda hatte ihn gezwungen, an mehreren Proben für die Trauungszeremonie teilzunehmen, die ihn an diese Zeremonie hier erinnerte. Bis zu dem Moment, in dem Silyen ein Messer hervorholte.

Sein Bruder fuhr mit dem Finger über die Klinge. Das golden schimmernde Metall wirkte messerscharf.

Gebannt beobachtete Gavar, wie sein kleiner Bruder die rechte Hand ausstreckte und die Finger spreizte. Dann setzte er die Messerspitze auf die Kuppe seines Daumens und rammte sie tief in das weiche Gewebe.

»Ich werde deine Mauern verteidigen.«

Langsam zog er die Klinge über den gesamten Daumen, dann um den Handballen herum und verharrte schließlich einen Moment in der Mitte seiner Handfläche. Blut sickerte aus der Schnittwunde. Gavar konnte den Geruch von seinem Platz aus wahrnehmen.

»Ich werde dein Dach aufrechterhalten.«

Silyen führte die Klinge zur Kuppe seines Zeigefingers und stach zu.

Das Messer wanderte über den Finger und zog eine rote Spur nach sich.

»Dein Land ist mein Land.« Der nächste Stich.

»Deine Blutslinie ist meine Blutslinie.« Ein tiefer Schnitt.

»Deine Ehre ist meine Ehre.« Noch ein Schnitt. »Ich bitte dich, mein Ahnherr zu sein.«

Silyens Hand ähnelte jetzt einer fünfblättrigen Blüte aus tiefrotem Blut.

Das grausige Spektakel bewirkte, dass Gavar unwillkürlich an den Rand seines Sitzes rutschte. Als sein Bruder die Finger spreizte, sprangen die Schnittwunden weit auf und das Blut spritzte hörbar auf den Boden.

Lord Rix' aristokratische Züge wirkten bleich, als er Silyen die Hand entgegenstreckte und seine Handfläche auf dessen offene Wunden legte. Dann verschränkten sich ihre Finger zu einem blutigen Handschlag. Das Ganze war zwar ziemlich abstoßend, aber eigentlich kein Grund für Rix, solch eine mulmige Miene zu ziehen.

Doch im nächsten Moment wirbelte Silyen das Messer herum und hielt es Rix entgegen – und in diesem Augenblick verstand Gavar.

»Ich entriegle für dich mein Tor. Ich öffne dir meine Tür«, psalmodierte Rix, während er die Klinge direkt über ihre verschränkten Hände hielt. »Mein Land ist dein Land. Meine Blutslinie ist deine Blutslinie. Meine Ehre ist deine Ehre. Ich nehme dich als meinen Erben an.«

Für einen Sekundenbruchteil zitterte seine Hand; dann fuhr das Messer blitzschnell herab. Gavar hörte Silyen gequält nach Luft schnappen. Rix stöhnte schmerzhaft auf und gab das Heft des Messers frei.

Die Klinge hatte ihre Hände wie einen Kebab aufgespießt. Lord Jardine verfolgte das Ganze mit faszinierter Miene. Vielleicht lag es am Blut, vielleicht aber auch am Schmerz der beiden, überlegte Gavar. Sein Vater war ein echt kranker Typ.

Lord Jardine legte seine Finger auf das Heft.

»Blut hat sich mit Blut vermischt«, verkündete er. »Ein Verwandtschaftsbund wurde besiegelt.«

Vater zog das Messer heraus, dessen Klinge frei von jedem Blut zum Vorschein kam.

Rix betrachtete seine Hand mit unsicherer Miene, während die Haut bereits verheilte.

Dagegen würdigte Silyen seine Schnittwunden keines Blickes. Ein vages, geistesabwesendes Lächeln lag auf seinem Gesicht, als hätte er einen *Geschick*-Rausch.

Im nächsten Moment veränderte sich das Licht im Saal.

Das Haus des Lichts wurde ausschließlich vom Schein der jenseitigen Welt erhellt – jenem unheimlichen, schimmernden Reich, an das Gavar und die meisten Parlamentsmitglieder lieber nicht dachten. Normalerweise gelang ihm das ganz gut. Aber nicht in diesem Augenblick. Hoch oben passierte irgendetwas auf der anderen Seite dieser Glaswand.

Gavar war nicht der Einzige, der die Veränderung bemerkte. Um ihn herum rutschten die Ebenbürtigen unruhig auf ihren Stühlen herum. Ein Raunen ging durch den Saal, und ein Gefühl wachsenden Unbehagens machte sich breit.

Wurde das Licht dunkler? Oder heller? Wie konnte es sein, dass es sich einfach nicht sagen ließ?

Niemand wusste, worum es sich bei den Schemen handelte, die sich auf der anderen Seite bewegten. Sie strichen wie Wolken an einem sonnigen Tag über ihre Köpfe hinweg oder wie die Schatten windumtoster Bäume. Aber man brauchte bloß ein paar Minuten zuzusehen (was Gavar möglichst vermied), um zu verstehen, dass die Bewegungen zielgerichtet waren.

Und jetzt bewegten sich die Schemen auf die Wände des Saals zu. Verschwommene Gestalten erschienen zunehmend größer und heller und versammelten sich vor der Glaswand.

Plötzlich ertönte ein Schrei, nicht nur von einem, sondern

von gleich mehreren Parlamentsmitgliedern: Ein goldener Strahl schoss auf unfassbare Weise durch die Glaswand, direkt auf die drei Personen auf dem Kanzlerpodium zu. Rix schrie auf und wich zurück. Vater hob einen Arm, um sein Gesicht zu schützen.

Und Silyen?

Silyen starrte zur Decke, mit weit ausgebreiteten Armen, offenem Mund und schwerem, stoßweisem Atem. Irgendetwas an seinem Anblick erfüllte Gavar mit einem extrem mulmigen Gefühl. Er wünschte, sein kleiner Bruder hätte sich nie von dem Kleinkind weiterentwickelt, das durch den Garten gelaufen, die Schwarzdrosseln orange gefärbt und die Katze der Haushälterin zum Bellen gebracht hatte.

Was hatten Rix und Vater getan?

Das Licht erlosch fast so schnell, wie es aufgeflammt war. Doch das Gebäude schien unversehrt zu sein. Erleichtert schauten die Parlamentsmitglieder in die Runde, und die ersten Gespräche wurden wiederaufgenommen.

Vater trat vor und bat mit einer Handbewegung um Ruhe, woraufhin die versammelten Ebenbürtigen verstummten.

»Tja«, sagte er so laut, dass ihn selbst die Parlamentarier in der letzten Reihe verstehen konnten, »nun wissen Sie, warum die meisten von uns ihre Erben lieber auf dem Weg empfangen, den die Natur dafür vorgesehen hat.«

Gavar hörte, wie Lord Lytchett amüsiert schnaufte. Vereinzeltes Gelächter brach die angespannte Stimmung im Saal, und Vater bedeutete Rix und seinem neuen Erben, für ihre Investitur vor ihm niederzuknien.

Der mit Far Carr verbundene Parlamentssitz befand sich in der vierten Reihe, erfreulich weit hinten. Doch während Rix darauf zuschwankte, verharrte Silyen an Ort und Stelle. Was kam denn jetzt noch?

»Da mein Sohn erst vor zwei Wochen achtzehn geworden ist«, setzte Lord Jardine an, »ist er ab sofort das neue Parlamentskind. Master Brogan, Sie können jetzt zu Ihrem Sitz zurückkehren. Bitte reichen Sie Master Silyen den Kanzlerumhang.«

Der von seinen Aufgaben entlassene Junge bewegte sich schneller, als Gavar je jemanden durch das Haus des Lichts hatte laufen sehen. Er verließ seine Position neben dem hölzernen Thron, drückte Silyen das Samtbündel in die Arme und hastete zu seinem Sitz, wo seine Mutter bereits auf ihn wartete.

Vater ließ sich wieder auf dem Kanzlerstuhl nieder. Er saß kerzengerade da; seine Hände umfassten die Armlehnen mit lässiger Autorität. Silyen stand dicht neben ihm.

Na, phantastisch. Jetzt musste Gavar gleich beide ansehen.

»In der vergangenen Woche haben Sie mich zum Kanzler ernannt, damit ich mich mit einer Krisensituation befasse«, begann Vater und bewegte sein Haupt hin und her, um die versammelten Ebenbürtigen ernst zu mustern.

»Die Ereignisse der letzten Wochen und Monate haben eine schockierende Verschwörung unter der gewöhnlichen Bevölkerung ans Licht gebracht. Eine derart weitreichende Verschwörung, dass selbst einer der unseren darauf hereingefallen ist, was tragische Folgen hatte. Derjenige ist heute hier, und wir freuen uns, Master Meilyr nach seiner bedauerlicherweise unumgänglichen Züchtigung wieder in unseren Reihen begrüßen zu können.

Aber die ursprünglichen Anstifter haben noch keinerlei Konsequenzen zu spüren bekommen: die Aufrührer und Demagogen unter den Gewöhnlichen. In den kommenden Wochen werde ich mehrere Gesetzesentwürfe vorbereiten zur Regulierung des Status der Gewöhnlichen, einschließlich der unehelichen Ebenbürtigennachkömmlinge. Doch meine oberste Aufgabe als Kanzler besteht darin, den Frieden in unserem Land zu wahren. Aus diesem Grund werde ich vorab zwei Maßnahmen ergreifen, die mit sofortiger Wirkung gelten.

Bei der ersten Maßnahme handelt es sich um die zeitweilige Amtsenthebung der Parlamentarischen Beobachter. Solange nicht jeder Verdacht auf eine illoyale Gesinnung zweifelsfrei ausgeräumt worden ist, haben die Gewöhnlichen jedes Recht auf Repräsentation in unseren Reihen verwirkt. Die zweite Maßnahme betrifft eine noch schwerwiegendere Aufgabe, die ich zwei jungen, nachgewiesenermaßen fähigen Parlamentariern anvertrauen werde, welche beide Mitglieder im Justizrat sind.«

Gavar saß wie angewurzelt da: Er konnte dem Blick seines Vaters nicht entkommen, der direkt auf ihn und das Mädchen hinter ihm gerichtet war.

»Wir müssen in den Sklavenstädten für Ordnung sorgen. Gemäß der Rechtsprechung. Aber nötigenfalls ohne Gnade. Zu diesem Zweck setze ich Mistress Bouda von Appledurham ein sowie – als Beweis für den Ernst der Situation – meinen eigenen Sohn und Erben, Gavar.«

Er hatte doch tatsächlich geglaubt, es könnte nicht noch schlimmer kommen, dachte Gavar. Aber natürlich kam es immer schlimmer. Wieder und wieder.

6

Silyen

Der Kanzlerstuhl war ein Rätsel in Gestalt eines Möbelstücks. Einst hatte es sich dabei um den Thron verschiedener Könige gehandelt. Aber das galt nicht für den sagenumwobenen Wunderkönig, sondern nur für die Könige von niederer Geburt, die ihm auf den Thron gefolgt waren. Die *Geschicklosen*.

Wie hatte das passieren können?, fragte Silyen sich. Wieso war die Macht derjenigen mit *Geschick* in die Hände derer ohne *Geschick* übergegangen – bevor Lycus Parva ein Jahrtausend später Charles, den Ersten und Letzten, gestürzt und die Macht wieder an sich gerissen hatte?

Wenn man die Hintergründe verstand, dann konnte man auch nachvollziehen, auf welche Weise das Ganze möglicherweise erneut passieren konnte.

Oder wie es sich verhindern ließ.

Die Parlamentssitzung, die mit seiner eigenen Investitur begonnen hatte, war vorbei, und Silyen befand sich allein im inzwischen leeren Haus des Lichts. Er hockte sich neben den Thron und fuhr mit den Fingerspitzen über die abgegriffenen Holzschnitzereien. Als Erbe von Far Carr konnte er den Saal jetzt jederzeit betreten. Und als Parlamentskind war sein Platz direkt neben diesem Stuhl. Einfach perfekt.

Rix hatte ihn nicht adoptieren wollen. Aber er hatte Silyens Wissen nichts entgegensetzen können – dem Wissen, dass Rix

Luke Hadley nach dem kleinen Missgeschick im Ballsaal zum Stillschweigen gebracht hatte. Diese Tatsache war so gut wie ein Geständnis. Also hatte der Lord von Far Carr Silyens Schweigen mit seiner Erbfolge erkauft.

Jetzt, da der Akt vollzogen war, konnte Rix das Ganze nicht mehr rückgängig machen. Falls ihm irgendetwas zustoßen sollte, würde sein gesamtes Anwesen sofort in die Hände des neuen Erben übergehen.

Das hatte der gute Lord wohl nicht bedacht.

Silyen strich über den abgewetzten Sitz des Kanzlerstuhls. Dieses Spiel machte Spaß. Er verstand, dass Männer wie sein Vater und Frauen wie Bouda Matravers derartig davon besessen waren, dass sie glaubten, dies sei das Einzige, was zählte: die Herrschaft über ihresgleichen, die Herrschaft über das Land. Doch nichts davon war von Bedeutung, wenn man nicht Herr seiner selbst war.

Was musste passieren, damit die Ebenbürtigen erkannten, wozu sie wahrhaftig in der Lage waren? Jedenfalls mehr als nur die Notwendigkeit, einen Aufstand in Millmoor niederzuschlagen – so viel stand fest.

»Hallo? Silyen?«

Sil richtete sich auf. Wer suchte hier nach ihm? Das Klopfen eines Gehstocks auf dem Marmorboden lieferte ihm die Antwort. Silyen sah zu, wie Meilyr Tresco durch den Saal humpelte.

»Es sind ein paar Jahrhunderte vergangen, seit einer meiner Vorfahren darauf gesessen hat«, sagte Meilyr und zeigte mit dem Stock auf den Thron.

»Jory Tresco«, bestätigte Silyen lächelnd. »Einer der Besten, die wir je hatten.«

Als Napoleon die *geschicklosen* Länder Europas erobert hatte und als Nächstes Großbritannien in Angriff nehmen wollte, hatte der damalige Kanzler, Jory Tresco, ihn bereits erwartet.

Er hatte die Ebenbürtigen mit dem größten *Geschick* auf dem Gebiet »Manipulation der Elemente« um sich versammelt. Als wahrer Vertreter des rebellischen Hauses Tresco hatte er keine Mühen gescheut, besonders talentierte Frauen für sein Vorhaben zu gewinnen, da diese seiner Ansicht nach eine besondere Neigung zu dieser Art von Arbeit besaßen. Ungeachtet eines möglichen Skandals nahm er eine Gruppe von Aristokratinnen mit nach Highwithel – wofür ihn einer von Silyens Vorfahren des Amtes hatte entheben lassen wollen. Auf Highwithel hatten sie über ein Jahr im Verborgenen geforscht. Als Großbritanniens kühner Admiral Nelson, der als Lockvogel diente, Napoleons Flotte schließlich veranlasst hatte, die spanische und französische Küste hinaufzusegeln, hatten die Aristokratinnen einfach das Meer hinter ihm aufgerollt.

»Dieser Moment der Geschichte ist in den Buntglasfenstern unseres Anwesens festgehalten«, sagte Meilyr. »Die französischen Schiffe, die allesamt über eine riesige Wasserklippe stürzen und auf dem Grund des leeren Ärmelkanals zerschellen. Glaubst du, dass es sich tatsächlich so abgespielt hat?«

Silyen verdrehte die Augen. Meilyrs eigener Vorfahr hatte das Ganze in die Wege geleitet. Gemälde, die die *Die Strandung bei Gorregan* zeigten, hingen nicht nur in allen Korridoren Westminsters, sondern auch in der Hälfte aller britischen Herrenhäuser. Seit jenem Tag waren kaum zwei Jahrhunderte vergangen, und dennoch erschienen die damaligen Ereignisse vielen bereits wie eine Legende. Genauso, wie auch die Taten des

Wunderkönigs ins Reich der Folklore fielen – zu phantastisch, um wahr zu sein. Silyen war zwar entschieden anderer Meinung, doch diese Diskussion wollte er lieber ein anderes Mal führen.

»Ich bezweifle, dass du mich gesucht hast, um mit mir über Geschichte zu reden«, sagte er. »Aber ich bin froh, dass du hier bist. Leider war ich nicht dabei, als Crovan die Strafe an dir vollzogen hat, allerdings muss es nach allem, was ich gehört habe, spektakulär gewesen sein.«

Ein gekränkter, gequälter Ausdruck zuckte über Meilyrs Gesicht.

»Ich hoffe, du hast nichts dagegen, wenn ich dich nun frage …«, fuhr Silyen fort – eine leere Redensart, die man ausschließlich dann verwendete, wenn man genau wusste, dass der Gesprächspartner sehr wohl etwas dagegen hatte –, »… wie hat sich das in dem Moment angefühlt? Und wie fühlt es sich jetzt an?«

»Wo wir schon mal dabei sind: Ich habe auch ein paar Fragen an dich«, erwiderte Meilyr und richtete sich mit Hilfe seines Gehstocks auf. »Vielleicht können wir einen Tausch unserer Antworten vereinbaren?«

Ein interessanter Vorschlag. Silyen nickte, ließ sich auf der Kante des Kanzlerpodiums nieder und baumelte mit den Beinen.

»Fang an«, bot er an.

»Würde die Bindung, mit der du alle Sklaven auf Kyneston an eurem Tor versiehst, jemanden daran hindern, beispielsweise einen der Jardines zu erschießen?«

»Ja, das würde sie.« Silyen fragte sich, wer Meilyrs Quelle war. Ihm fielen zwei mögliche Kandidaten ein: Abigail Hadley oder Dog. »Jetzt bin ich dran: Ist dein *Geschick* lediglich beschädigt oder vollständig verschwunden?«

»Verschwunden«, antwortete Meilyr. »Soweit ich es beurteilen kann. Dina hofft, dass es bald zurückkehren wird. Meine Mutter hofft, dass es eines Tages zurückkehren wird. Aber ich bin da anderer Ansicht. Meine nächste Frage: Als du Luke Hadley nach dem Attentat auf Kanzler Zelston untersucht hast, hast du da irgendwelche Hinweise darauf gefunden, dass man ihn mit Hilfe von *Geschick* manipuliert hatte? Ihn zu der Tat gezwungen hat? Zum Stillschweigen gebracht hat? Diese Art von Beweisen.«

»Ja, habe ich«, bestätigte Silyen.

Abigail musste es herausgefunden haben. Sie war clever genug und seit der Flucht aus dem Wagen des Arbeitszuteilungsamtes spurlos verschwunden. Bestimmt war sie nach Highwithel geflohen. Was auch erklären würde, warum sein mittlerer Bruder aufgebrochen war, um »eine Verwaltungsreise« zu einigen der Familienbesitztümer in Devon und Cornwall zu unternehmen. Silyen konnte es kaum fassen, dass er nicht schon eher darauf gekommen war, aber zu seiner Verteidigung konnte er vorbringen, dass Jenners Aktivitäten ihn normalerweise kaum interessierten.

»Und?«, fragte Meilyr in forderndem Ton. »Wer war es?«

»Wenn ich es dir sagen würde, was würdest du mit dieser Information dann anfangen?«

»Ich würde dafür sorgen, dass ein unschuldiger Junge aus Crovans Klauen befreit würde und die tatsächlich verantwortliche Person für ihr Verbrechen zur Rechenschaft gezogen würde.«

»Und wie würdest du das anstellen?«

»Wie bitte?«

»Auf welche Weise würdest du dafür sorgen, dass ein unschuldiger Junge und so weiter und so fort?« Silyen machte eine abschätzige Handbewegung. »Denn ich dachte, das hättest du bereits versucht – was ja für keinen von euch beiden ein besonders gutes Ende genommen hat.«

Meilyr Tresco starrte ihn an. Seine Finger umklammerten den Knauf des Gehstocks so fest, dass die Knöchel weiß hervortraten; sein stoßweise gehender Atem schien ihm Schmerzen zu bereiten. Crovan hatte ihm wirklich übel mitgespielt.

»Ich würde … die betreffende Person konfrontieren. Und ganz gleich, ob derjenige ein Geständnis ablegt oder nicht, ich würde mein Wissen und deine Beweise zu den zuständigen Behörden bringen.«

»Meilyr, es gibt keine zuständigen Behörden. Schon in der Vergangenheit nicht und jetzt mit meinem Vater erst recht nicht.«

»Aber dein Vater würde es doch sicher gern wissen wollen, wenn jemand einen Anschlag auf ihn geplant hatte, oder? Ein Anschlag, der nur zufällig gescheitert ist. Ich bezweifle, dass er sehr erfreut wäre, wenn er erführe, dass einer seiner Söhne den Täter gekannt, ihm aber nichts davon erzählt hat. Zumal wenn besagter Sohn diese Information genutzt hat, um sich persönliche Vorteile zu verschaffen.«

Meilyr schaute demonstrativ von Silyen zum Parlamentssitz von Far Carr.

Sil lächelte.

»Ach, ich weiß nicht recht. Wahrscheinlich würde mein Vater mir eine Medaille für besondere Gerissenheit oder so was verleihen. Aber denk doch mal nach, Meilyr. Du willst Luke

Hadley aus Crovans Burg befreien. Doch das erreichst du nicht dadurch, dass du einen Ebenbürtigen, den du verdächtigst, anzeigst. Unter diesen besonderen Umständen handelt es sich bei der Frage nach der Schuld nicht um eine Entweder-oder-Angelegenheit. Die Schuld verbreitet sich und erfasst jeden, der sie berührt.

Dieser Ebenbürtige würde zwar bestraft werden, wahrscheinlich auf die gleiche Weise, wie man dich bestraft hat. Aber mein Vater könnte ein weiteres Mal eine Demonstration seiner Stärke durchführen und damit seine ohnehin wenigen Gegner noch mehr einschüchtern. Luke würde genau dort bleiben, wo er ist, als Abschreckung für das gemeine Volk. Willst du das wirklich? Die Person, von der du sprichst, war einst dein Verbündeter. Er kann dir noch immer nützlich sein, genau wie er mir nützlich gewesen ist.«

Meilyr hatte Silyens Gesicht keine Sekunde aus den Augen gelassen. Der Kampf, der sich in seinem Inneren abspielte, war ihm deutlich anzusehen. Armer, prinzipientreuer Meilyr. Er war so sehr um Gerechtigkeit besorgt, dass er keinen klaren Gedanken fassen konnte.

»Ich kann nicht erlauben, dass Luke leidet«, sagte Meilyr. »Nicht, wenn ich die Schuld daran trage.«

»Also, genau genommen ist das alles meine Schuld«, erwiderte Silyen, »wenn man bedenkt, dass ich Zelston gezwungen habe, genau jenen Vorschlag zur Abschaffung der Sklaverei zu machen, der diese ganze Geschichte ins Rollen gebracht hat. Aber das bereitet mir keine schlaflosen Nächte.«

Meilyrs Hände sackten herab, und der Knauf seines Gehstocks schlug gegen seine Hüfte.

»Dann stimmten die Gerüchte doch. Aber ich habe nie verstanden, warum du das getan hast. Du bist kein Befürworter der Abschaffung – jedenfalls nicht, dass ich wüsste. Was bist du, Silyen Jardine?«

Eine gute Frage. Silyen dachte kurz darüber nach.

»Neugierig.«

Meilyr lachte matt, scheinbar gegen seinen eigenen Willen.

»Das kannst du laut sagen.«

Silyen lächelte. »Du schuldest mir noch eine Antwort, Meilyr. Und hier kommt auch schon meine Frage: Als dir bewusst geworden ist, was Crovan getan hat, wolltest du da am liebsten sterben?«

Erneut traten die Knöchel der Finger um den Knauf herum weiß hervor. Meilyr Tresco hob den Stock sogar an, als könnte seine Hand es kaum erwarten, ihn Silyen über den Schädel ziehen. Der Anblick des mit sich ringenden Erben von Highwithel hatte es etwas Faszinierendes an sich.

Als der Stock jedoch mit einem hohlen Klang auf dem Marmorboden auftraf, weil Meilyr ihn wieder senkte, war Silyen fast enttäuscht.

»Ja«, sagte Meilyr. »Das habe ich mir gewünscht.«

»Ich denke, dass wir alles besprochen haben«, sagte Silyen, sprang vom Podium und landete leichtfüßig auf dem Boden. »Wenn du mich jetzt entschuldigen würdest – ich muss los. Ich habe ein Anwesen zu restaurieren: Meine Tante Euterpe kehrt nach Orpen Mote zurück, und sie braucht meine Hilfe.«

Silyen spürte, dass Meilyr ihm nachsah, während er den Saal verließ.

Was würde Highwithels Erbe jetzt tun? Silyen vermochte es nicht zu sagen. Tresco war sichtlich verzweifelt und wollte Luke unbedingt aus Eilean Dòchais herausholen. Würde er versuchen, Rix anzuzeigen? Er musste doch wissen, dass das nicht funktionieren würde.

Oder würde er versuchen, Luke auf die gute alte Weise zu befreien? Das würde er gern miterleben, überlegte Silyen. Die *Geschick*-Schutzschranken der traditionsreichen schottischen Burg waren faszinierend. Silyen hatte sich eingehend damit beschäftigt – vor allem mit Crovans Halsband –, während er die Bindung für die Sklaven auf Kyneston entwickelt hatte. Aber obwohl Meilyr mutig war, würde Mut allein nicht genügen, um ihn in die Mauern von Crovans Burg hineinzubringen ... und wieder hinaus. Jetzt, da er kein *Geschick* mehr besaß, erst recht nicht.

Während des gesamten Gesprächs hatte Silyen in Meilyrs Schädel herumgetastet, auf der Suche nach der Stelle, wo sich eigentlich sein *Geschick* befinden sollte. Doch er hatte nichts gefunden. Völlige Leere. Tresco glaubte nicht, dass seine Fähigkeiten jemals zurückkehren würden. Und Silyen dachte das auch nicht. Meilyr war jetzt *geschicklos*, genau wie Jenner.

Nachdem Silyen den Saal verlassen hatte, strich er, tief in Gedanken versunken, mit den Fingern über die Wandteppiche in den Fluren. Tante Euterpe hatte ihn dafür getadelt, damals auf Orpen – als er noch ein Kind gewesen war und sie auf Kyneston im Koma gelegen hatte –, während sie gemeinsam durch das verschollene Haus ihrer Erinnerungen gewandert waren.

Das, was er auf Orpen herausgefunden hatte, in Cadmus Parva-Jardines Tagebüchern, hatte Fragen bezüglich Jenners Mangel an *Geschick* aufgeworfen – Fragen, die Silyen unbedingt klären wollte.

Cadmus' sensationelle Fähigkeiten waren in seiner Jugend

nicht aufgefallen. Erst im Erwachsenenalter, nach dem Tod seiner ersten Frau und der Geburt seines angeblich *geschicklosen* Sohns, hatte sein großartiges *Geschick* Berühmtheit erlangt. Der Grund dafür lag für Silyen auf der Hand: Cadmus hatte keine außergewöhnlichen Kräfte besessen – bis zur Geburt seines Sohns. Seine später sagenumwobenen Fähigkeiten stammten daher, dass er seinem Sohn das *Geschick* genommen hatte.

Diese Tatsache war in Cadmus' Tagebüchern mit keinem Wort erwähnt worden. Also musste es versehentlich passiert sein. Unbeabsichtigt.

Silyen würde seinen frisch erworbenen Titel darauf verwetten, dass etwas Ähnliches zwischen seinem Bruder und ihm während ihrer frühen Kindheit passiert sein musste. Es war einfach ein zu großer Zufall, dass Jenner überhaupt kein *Geschick* besaß und Silyen jede Menge.

Also blieb die Frage: Konnte *Geschick* jemals wiederhergestellt werden? Und falls *Geschick* nicht von den Körpern einzelner Personen stammte, sondern von irgendeiner externen Quelle – etwas, das die Ebenbürtigen als »Welt des Lichts« bezeichneten –, bestand dann die Möglichkeit, es anzuzapfen und zu erneuern?

Nach Meilyrs Bestrafung hatte Silyen seine Anstrengungen verdoppelt, um diesen Fragen auf den Grund zu gehen. Und genau deswegen hatte er auch Jenner am Tor konfrontiert. Er hatte sich gefragt, ob Jenners verzweifelter Wunsch, Abi Hadley zur Flucht zu verhelfen, möglicherweise einen Rest an *Geschick* mobilisieren würde. Silyen hatte seinen Bruder mit Worten provoziert und versucht, eine kleine Menge an *Geschick* zu transferieren, weil er wissen wollte, ob der Körper seines Bruders darauf reagieren und sich an längst vergessene Fähigkeiten erinnern würde.

Aber es hatte sich herausgestellt, dass Jenner weder das übertragene *Geschick* behalten noch eigenes erzeugen konnte. Die daraus resultierende Enttäuschung und Wut seines normalerweise so ruhigen und umgänglichen Bruders hatten selbst Silyen geschockt.

Da der Versuch mit Jenner ergebnislos geblieben war, wusste er noch immer nicht, was mit Meilyr Tresco genau passiert war. Hatte Crovan Meilyrs *Geschick* an sich genommen, so wie Silyen während seiner Kindheit mit Jenners *Geschick* verfahren war? Oder war Meilyrs *Geschick* zerstört worden? Oder gab es vielleicht noch eine dritte Möglichkeit? Die Berichte, die Silyen über Meilyrs *Geschick* gesammelt hatte – der Moment, als es als goldener Sprühnebel aus ihm herausgeplatzt, zum Glasdach aufgestiegen und dann verschwunden war –, legten die Vermutung nahe, dass seine herausgerissenen Kräfte irgendwie in die Welt des Lichts zurückgekehrt waren, oder?

Und was war mit diesem Lichtstrahl, der nach Silyens Adoptionsritual durch die schimmernde Decke des Parlamentssaals geschossen war? Diese beiden Ereignisse deuteten auf eine einzige Schlussfolgerung hin: Die Barriere zwischen dieser Welt und der Welt des Lichts war durchlässig.

Bestand die Möglichkeit, *Geschick* aus dieser Welt abzuziehen – oder in sie hineinzuziehen?

Während Silyen durch Westminsters Gänge marschierte, ließ er seinem Bewusstsein freien Lauf, so dass es um ihn herumströmte und er die Bewegungen der *Geschickten* wahrnehmen konnte. Dort drüben lief Bouda Matravers, auf dem Weg zu einem viereckigen Innenhof – eine sowohl starke als auch gezügelte Lebensenergie. Von Gavar natürlich keine Spur.

Silyens Wahrnehmungsfeld breitete sich in alle Richtungen aus, bis es Westminsters gesamten Gebäudekomplex umfasste. Jetzt, da er ein Erbe und damit ein anerkannter Teil des Parlaments war, fühlte er sich irgendwie anders, stärker mit diesem Ort verbunden. Silyen blieb in einem der Korridore stehen und schloss die Augen. Als er sie wieder öffnete, schnappte er keuchend nach Luft.

Die Welt setzte sich nur noch aus hellen und dunklen Bereichen zusammen. Aus *Geschick* und dessen Abwesenheit. Hinter ihm pulsierte eine so strahlende Kraft, dass er es nicht wagte, sich umzudrehen: das Haus des Lichts. Um ihn herum nahm er die glühenden Leuchtspuren Hunderter Ebenbürtiger wahr: Parlamentarier, ihre Gäste und Familienmitglieder – die Zweit- und Drittgeborenen, die zwar kein offizielles Amt bekleiden durften, aber hier arbeiteten. Jedes Individuum stellte ein flackerndes *Geschick*-Licht dar. Silyen legte den Kopf in den Nacken. Hoch oben im Kanzlerturm bewegte sich ein grell-goldenes Licht: Vater, der hin und her lief.

Benommen lehnte Silyen sich an die Wand. Ein waberndes Leuchten kam auf ihn zu, das er erst im letzten Moment als eine Person identifizierte, die durch den Korridor ging. Das Licht blieb direkt vor ihm stehen, und seine Nähe war kaum zu ertragen.

»Alles in Ordnung?«, fragte eine Stimme.

Silyen hatte keine Ahnung, wem sie gehörte. Er war nicht in der Lage, ihr zu antworten.

»Mach doch, was du willst …«, murrte die Stimme verächtlich. »Freak.«

Das Licht bewegte sich weiter.

Silyen versuchte, seinen Blick zu fokussieren. Er konnte nicht nur das strahlende Leuchten individueller *Geschickter* erkennen – um ihn herum schimmerten auch Westminsters Wände. Offenbar sah er die Spuren von *Geschick*, mit denen man das Gebäude im Laufe seiner Geschichte versehen hatte.

Die tanzenden Konturen genügten ihm als Orientierungshilfe. Silyen suchte sich einen Weg hinunter zum Themse-Tor, das direkt zum Fluss führte. Ein Zugang, den nur wenige Parlamentarier benutzten. Als er die Tür aufstieß, schlug ihm ein Windstoß entgegen, der kalte Luft und Lärm mit sich brachte: das Anfahren und Abbremsen des stockenden Verkehrs, Autohupen, die sich mit Passanten anlegten, Fremdenführer, die die Pracht des Hauses des Lichts in mehr Sprachen rühmten, als selbst Silyen wiedererkannte. Selbst wenn Großbritanniens Bewohner das Land erst nach der Ableistung ihrer Sklavenzeit verlassen durften, so strömten die Touristen aus allen Teilen der Welt nach London.

Westminster Bridge war bestimmt wie immer übersät von Menschen. Aber in Silyens *Geschick*-Blick wirkte sie leer und dunkel.

Wie viel schöner musste sie erst sein, wenn sie golden glühte? Von *Geschick* erfüllt.

Ein nadelkopfgroßer Lichtpunkt, der sich im Schneckentempo näherte – ein Ebenbürtiger in einem Taxi, das über die Brücke fuhr –, lenkte ihn ab, weshalb er auch nichts bemerkte, bis sich die Klinge bereits gegen seine Kehle presste. Zu spät für seine *Geschick*-Reflexe.

»Ene, mene, muh … und tot bist du«, krächzte eine Stimme an seinem Ohr.

Dann lachte sie. Ein widerwärtiges Geräusch.

Silyen schloss die Augen und konzentrierte sich, von der Angst beherrscht, dass seine *Geschick*-Sicht sein normales Sehvermögen vernichtet hatte. Doch als er sie wieder öffnete, kehrte das herkömmliche Bild der Welt wieder zurück.

Und was für ein Bild! Vor ihm stand Dog, eine Hand mit einem Messer gegen Silyens Kehle gedrückt und mit einem Ausdruck in den Augen, der nicht weniger irre wirkte als bei ihrer letzten Begegnung – als Silyen das Kyneston-Tor aufgerufen und den Mann während der Nachwehen der Ostflügel-Zerstörung freigelassen hatte.

Die Tatsache, dass Dog Großtante Hypatia erdrosselt hatte, war im allgemeinen Chaos untergegangen. Erst am nächsten Morgen hatte man ihren Körper entdeckt, bereits verfärbt und aufgedunsen. Die schwachen Quetschungen rund um ihren Hals wurden als Auswirkungen der Explosion eingestuft, und ihren Tod führte man auf Herzversagen aufgrund des Schocks zurück. Nur Silyen – und Abi Hadley – hatten gesehen, wie Dog zielbewusst auf Hypatia zugesteuert war, die Hundeleine um seine Hand gewickelt.

Silyen seufzte. »Ich würde ja sagen, dass du mir gefehlt hast«, setzte er an, hob eine Hand und schob die Klinge ruhig von seinem Hals weg. »Aber meine Mutter hat mir eingetrichtert, dass ein Gentleman niemals lügen sollte.«

»Du bist kein Gentleman«, krächzte Dog.

»Ich bin jetzt ein Erbe, also pass auf, was du sagst. Und bitte keine Messer mehr an der Kehle.« Silyen blickte nach unten. Dog schien mehr als nur ein Messer dabeizuhaben. Er hielt ein ganzes Bündel seltsam verdreht in der Hand. »Ich nehme mal an, dass es sich hierbei nicht um einen Freundschaftsbesuch handelt, um mir zu meiner Beförderung zu gratulieren, habe ich recht?«

»Brauche deine Hilfe«, knurrte Dog. »War ... nicht untätig. Brauche einen Platz ... um mich eine Weile zu verstecken. Ich schulde dir ... drei Gefallen, also ... bin ich zu dir gekommen.«

»Ich sage es ja nur ungern, aber so funktionieren Schulden nun mal nicht. Die Idee ist eigentlich, dass du mir hilfst.«

Silyen musterte Dog. Er trug noch die gleiche Kleidung wie am Tag seiner Flucht: einen Overall, den er von einem der Haken im Hundezwinger genommen hatte. Der Stoff war stark verdreckt und mit einer getrockneten Substanz verkrustet, bei der es sich um Schlamm, Blut oder Schlimmeres handeln mochte.

»Ich kann dich nicht mit in unser Haus am Embankment mitnehmen, auch wenn Vater vermutlich bereits Pläne schmiedet, bald ein besseres Domizil zu beziehen. Aber ich habe eine eigene kleine Wohnung in Marylebone. Wir können von hier aus zu Fuß dorthin gehen; ich sorge schon dafür, dass uns niemand sieht. Und steck diese Messer weg. Was genau hast du denn gemacht, als du ›nicht untätig‹ gewesen bist? In Häuser eingebrochen und Besteckschubladen ausgeräumt?«

»Die sind klasse, oder?«

Dog öffnete die Finger, und Silyen erkannte, dass es sich gar nicht um Messer handelte. An der Stelle, wo sich seine rechte Hand befunden hatte, saß jetzt ein Ersatz aus Metall. Aus rasierklingenscharfem Metall. Erst bei näherem Hinsehen entdeckte Silyen die Lederbänder, die kreuz und quer über Dogs Handrücken und -fläche verliefen und um sein Gelenk geknüpft waren. Dog trug eine Mischung aus Handschuh und

Folterinstrument. Und in diesem Augenblick wurde Silyen bewusst, was genau er dort sah.

»Black Billys Meisterwerk. Ich wusste gar nicht, dass du meine Bewunderung für antike Objekte teilst. Allem Anschein nach hast du meinen Verwandten auf Ide einen Besuch abgestattet.«

»Es war … nett, das alte Anwesen … wiederzusehen«, krächzte Dog.

Er grinste so breit, dass seine Zähne zum Vorschein kamen, und schob seine monströse Hand in die geräumige Bauchtasche des Overalls, um sie zu verdecken. Dann liefen sie Seite an Seite vom Fluss in Richtung St James's Park, am Green Park vorbei und immer weiter geradeaus.

Als sie Silyens Unterschlupf – ein weißgekalktes Reihenhaus in einem ruhigen Innenhof – erreicht hatten, überredete er Dog dazu, den Handschuh abzulegen, damit er ihn sorgfältig studieren konnte, während der Kaffee kochte. Das Ding war schwer und bestand aus fleckigem, mehrfach gefaltetem Tiegelgussstahl. Die Finger waren miteinander verbunden und biegsam, und jede Klinge unterschied sich durch ihre Länge und Breite etwas von ihren Nachbarn.

Jedes Schulkind in England kannte die Geschichte dieses Handschuhs: die letzte Arbeit eines Schmieds, der vor eineinhalb Jahrhunderten einen Aufstand gegen seine brutalen Herren angezettelt hatte. Black Billy hatte die anderen Dorfbewohner dazu gebracht, sich gegen die Vernays auf Ide zu erheben – eine Seitenlinie der Familie Jardine. Aber die Bauern hatten nicht die geringste Chance gehabt. Während seine engsten Verbündeten auf der Stelle exekutiert wurden, hatte man Billy mit Hilfe der kunstvollen Werkzeuge, die er selbst zuvor hatte schmieden müssen, zu Tode gefoltert. Werkzeuge, die seitdem im Besitz der Vernays auf Ide verblieben waren.

Bis jetzt.

»Zum Schneiden«, erklärte Dog, während er Silyen beim Sortieren der Klingen beobachtete. »Zum Schälen. Zum Segmentieren. Und da sind … noch andere. Nicht nur Messer.«

Er öffnete eine flache Ledertasche, die an seinem Gürtel hing, und holte weitere Werkzeuge hervor.

»Für die Ohren«, verkündete Dog und hielt ein dünnes Stück Metall hoch, das mehrfach gewunden und mit winzigen Widerhaken besetzt war.

Danach hob er ein anderes in die Höhe. »Für die Augen.« Dieses Werkzeug erinnerte an einen Eisportionierer für Personen mit sehr geringem Appetit. Silyen verzog das Gesicht. Er mochte kein Eis.

»Souvenirs?«, fragte er. »Oder hast du einen eher praktischen Verwendungszweck im Sinn?«

»Ein Fachmann schätzt … gutes Werkzeug«, krächzte der Mann. »Es war leicht … an sie ranzukommen. Die Familie war … weg. Jemand, den ich früher kannte … hat mich reingelassen.«

»Nach dem, was du getan hast?«

»Meine Hundeleine … um seine Kehle … hat ihn wahrscheinlich dazu gebracht.«

Dogs heiseres Lachen ertönte erneut.

»Dieses hier …«, setzte Dog an, beugte sich vor und berührte das größte Gerät des Handschuhs, ein schweres Messer mit Wellenschliffklinge, »wird den Kopf … von deinem Cousin Ragnarr abtrennen.«

Silyen schenkte sich Kaffee ein, der in einem dünnen, heißen Strahl in seine Tasse strömte, und ließ Dogs Worte auf sich wirken. Dann lehnte er sich gegen die Stuhllehne und führte die Tasse an die Lippen.

»Rache ist etwas Schönes«, sagte er, »und ich weiß es durchaus zu würdigen, dass du die Liste meiner Weihnachtskartenempfänger reduzierst. Aber wenn du damit fertig bist, werde ich dann überhaupt noch irgendeinen Verwandten haben? Das, was Ivarr deiner Frau und deinem ungeborenen Kind angetan hat, war unsäglich, aber du hast ihn, seine Frau und seine Kinder getötet. Meine Großtante hat dich zu ihrem Hund gemacht, und du hast es ihr mit gleicher Münze heimgezahlt – die Verwendung deiner eigenen Hundeleine war dabei eine interessante persönliche Note. Aber hast du es auf Ragnarr nur wegen der Taten seines älteren Bruders abgesehen? Denn wenn das so ablaufen würde, hätte ich morgens, mittags und abends jede Menge Frauen vor meiner Tür stehen, denen Gavar übel mitgespielt hat.«

»Die beiden haben … alles gemeinsam gemacht.«

Vermutlich auch Dogs Frau gemeinsam vergewaltigt. Silyen nahm einen weiteren Schluck brühheißen Kaffee und genoss die Wärme in seinem Körper. Also gut. Sein Cousin Ragnarr zählte nicht zu den Leuten, denen er auch nur eine Träne nachweinen würde.

Genau genommen würde ein weiterer Mord an einem Ebenbürtigen so bald nach dem Attentat auf Zelston die Nation elektrisieren. Vater würde mit eiserner Faust durchgreifen. Das würde zu einer weiteren Unterdrückung der Gewöhnlichen führen, während es sie daran erinnerte, dass auch die Ebenbürtigen nicht unverwundbar waren. Was wiederum noch mehr Unruhe stiften würde.

Und wenn man bedachte, dass es sich bei Dogs geplantem Opfer um ein weiteres Mitglied der Vernays handelte, deren brutale Niederschlagung des Bauernaufstands sie zu einem Inbegriff für die Unterdrückung der Gewöhnlichen durch die Ebenbürtigen gemacht hatte, und die selbst Opfer des schlimmsten Anschlags auf die Ebenbürtigen seit Menschengedenken geworden waren, als Dog den Erben Ivarr und dessen Familie vor fünf Jahren niedergemetzelt hatte …

Nun ja, das war nahezu perfekt.

»Mir scheint, dass du einen Ort brauchst, wo du dich über einen längeren Zeitraum versteckt halten kannst«, wandte er sich an Dog. »Glücklicherweise habe ich da genau das Richtige für dich. Meine Tante erwartet mich bei den Ruinen von Orpen Mote – wir werden das Anwesen wieder aufbauen. Aber die meisten machen einen weiten Bogen um den Ort.« Er bot Dog die dampfende Silberkanne und eine kleine Tasse an. »Und das Anwesen liegt nur fünfzig Meilen von Ide entfernt. Kaffee?«

Dog nahm die Tasse entgegen und fletschte seine Zähne zu einem grauenhaften Grinsen, bei dem Silyen ein Schauer über den Rücken lief.

Am nächsten Morgen ließen sie sich aufs Land hinausfahren, allerdings nicht von einem der Familienchauffeure, sondern von einem diskreten Mann aus Silyens Bekanntenkreis. Er setzte sie am Rand des Waldes ab, der das einst hochherrschaftliche Anwesen umgab. Von hier aus liefen sie zu Fuß durch die Bäume, dann quer durch Felder mit hüfthoch wachsendem Wiesenkerbel, Ruchgras und Wicken, die bei jedem Schritt gegen ihre Beine peitschten.

Orpen besaß kein imposantes Tor, sondern lediglich eine Art Metallgatter in einer niedrigen Steinmauer. Die Grenzen des Anwesens waren durch einen gewaltigen »Ha-Ha« gekennzeichnet – ein tiefer Graben, der Tiere am Passieren hinderte. Und nicht nur Tiere. Sil spürte das typische Prickeln von *Geschick*, als er die kleine Brücke über dem Graben überquerte, während das rostige Viehgitter unter seinen Füßen bebte. Dog erschauderte, als er das Gitter betrat. Der Kontakt mit *Geschick* verhieß für ihn nichts Gutes.

»Du brauchst nicht mitzukommen«, sagte Silyen. »Im Wald wimmelt es von Wild. Du kannst auf die Jagd gehen. Ein wenig üben. Ich komm dann später zu dir.«

Dog klopfte auf die Tasche seines Overalls, in dem die Klingen gedämpft klirrten. Dann nickte er, machte auf dem Absatz kehrt und lief in Richtung Bäume. Der Mann würde jeden Ebenbürtigen in ganz Großbritannien töten, wenn er dazu die Gelegenheit erhielt, dachte Silyen, während er ihm nachsah. Vorsichtig berührte er seine Kehle und erinnerte sich an das Kratzen der Stahlklinge auf seiner Haut.

Tante Euterpe saß im Garten, genau wie bei ihrer ersten Begegnung, als Silyen in ihren Geist hineingewandert war, während sie auf Kyneston im Koma gelegen hatte.

Doch das hier war nicht mehr das junge, frische Gesicht einer Vierundzwanzigjährigen, die auf einem Liegestuhl in der Sonne ruhte.

Die gnadenlose Klinge des Leids hatte Tante Euterpes jugendliche Schönheit weggeschabt und ernste Falten in ihre feinen Züge geschnitten. In ihrem schlichten schwarzen Kleid erinnerte sie an eine Friedhofsstatue auf einem bröckligen Mauerstück, die früher einmal zu einer Ziermauer gehört haben mochte. Als Silyen sich zu ihr hinabbeugte, um sie auf die kalten Wangen zu küssen, sah er in der Nähe ihres Halses eine Elfenbeinspange mit dem römischen Symbol und Wappen der Familie Zelston. Trauerkleidung.

Silyen nahm ihre Hände und zog sie sanft auf die Beine. Euterpe lehnte sich an ihn; ihr Kopf reichte ihm gerade einmal bis zur Schulter, während sie gemeinsam auf die verkohlten Überreste von Orpen blickten. Eigentlich war sie die Schwester seiner Mutter, aber manchmal – wenn er sich an seine Jugend erinnerte, die er hier mit ihr verbracht hatte – kam sie Silyen eher wie seine eigene Schwester vor.

Er benötigte einen Moment, bevor er erkannte, dass sie weinte. Reflexartig legte er einen Arm um ihre Schultern und zog sie an seine Brust.

»Ich wünschte, du hättest mich nie geweckt«, sagte sie mit gedämpfter Stimme, das Gesicht an seine Reitjacke gedrückt. »Ich wünschte, ich hätte für immer schlafen und träumen können. In unserem Garten hat Winterbourne noch gelebt. Doch hier …«

»Hier wirst du leben«, sagte Silyen. »Und du wirst wieder glücklich werden. Sieh nur.«

Er nahm die Hand seiner Tante. Spürte das darin pulsierende *Geschick* fast wie einen zweiten Herzschlag: die Stärke dieser Frau.

Dann ließ er *Geschick* aus seiner Hand strömen. Er fühlte, wie es wie Blut von seinen Fingern tropfte und auf dem Boden auftraf. Inzwischen war er viel besser darin, so viel besser als an jenem Tag, als die beiden Hadley-Mädchen ihn im

Wald beim Experimentieren mit dem Kirschbaum überrascht hatten.

Das, was schlummernd in der Erde gelegen hatte, reagierte jetzt.

Erdbrocken bewegten sich. Ein erster grüner Spross schob sich aus dem Boden. Dann noch einer. Und ein dritter. Schließlich eine ganze Reihe. Sie wuchsen, verzweigten sich und bildeten Knospen. Neben Silyen beobachtete Euterpe Parva, wie sich eine Blüte nach der anderen öffnete – jede ein blutroter Kelch aus Blütenblättern.

Und im Garten von Orpen Mote war die Luft wieder erfüllt vom schweren Duft der Rosen.

7

Luke

Luke hatte sich die verschiedensten Szenarien ausgemalt, die ihn innerhalb der Mauern von Eilean Dòchais erwarten würden. Eine Hundeleine und Gehorsamstraining. Vielleicht ein Kerker. Definitiv eine Zelle. Aber nicht das hier.

Er überprüfte sein Erscheinungsbild im Spiegel, während er seine Fliege band. Die Standuhr im Gang hatte bereits Viertel nach geschlagen, weshalb er in die glänzend polierten Schuhe stieg und die Treppe hinunterlief. Im hohen Atrium der Burg, dessen Wände mit antiken Flaggen und Wappen geschmückt waren, ging Devin schon ziemlich nervös umher – genauso, wie er am Abend von Lukes Ankunft in der Eingangshalle gewartet hatte.

Er hielt eine silberne Taschenuhr in der Hand. Devin wartete jeden Abend auf seinen Herrn und Meister und stellte gern sicher, dass die anderen Bewohner der Burg bereits am Tisch saßen, bevor Crovan sich auf seinem Platz niederließ.

Als Luke die Glastüren des Speisesaals aufdrückte, empfing ihn eine Szene, die der am Frühstückstisch des ersten Tages ähnelte, als Coira ihm Julians Kleidung gegeben und ihn hinuntergeführt hatte. Damals hatte er gedacht, er würde halluzinieren.

Zwei Kronleuchter glitzerten an beiden Enden des fensterlosen Saals. An einer der Wände hing eine zerschlissene Schlachtstandarte mit dem inzwischen vertrauten Motto: *Omnes vulnerant; ultima necat* – Alle Stunden verwunden; die letzte Stunde tötet. An der gegenüberliegenden Wand stand eine riesige Vitrine mit ausgestopften Wildtieren – Fasane, Rehe, Baummarder –, die alle eine Grimasse zogen, angesichts der unwürdigen Zurschaustellung ihrer sterblichen Überreste.

Doch das Verblüffendste an diesem Saal waren die Personen, die sich darin versammelt hatten. Von den insgesamt einundzwanzig Gästen hatte ein Dutzend sich bereits eingefunden: hauptsächlich Männer in tadellosem Smoking, aber auch drei Frauen in schimmernden Abendkleidern. Haussklaven gingen mit Tabletts herum und reichten Champagnergläser. Genau so hatte Luke sich die Welt der Ebenbürtigen hinter den Mauern ihrer Herrenhäuser immer vorgestellt: luxuriös und sorgenfrei.

Nur mit dem Unterschied, dass diese Menschen hier allesamt Verurteilte waren. Keine Partygäste, sondern Staatsgefangene, dazu verdammt, ihr Dasein auf Crovans Eilean Dòchais zu fristen.

Luke suchte nach seiner Platzkarte auf dem Tisch und entdeckte sie fast genau gegenüber von Crovans Sitz. Rechts neben ihm würde Julian sitzen; dagegen brauchte er die Platzkarte zu seiner Linken nicht zu lesen, weil der Stuhl bereits besetzt war.

»Hallo, Luke«, sagte Lavinia und hob ihm ihr Gesicht entgegen. »Wie gut du heute Abend aussiehst! Willst du eine Dame nicht gebührend begrüßen?«

Luke hatte sich Lavinias Namen mühelos merken können, da es hier kaum Frauen gab. Sie war winzig und mindestens zehn Jahre älter als seine Mutter.

Er hatte keine Ahnung, was »gebührend begrüßen« umfasste, bis sie ihm ihre rougerote Wange hinhielt. Das hier war nichts anderes als ein Begrüßungskuss für seine Großmutter, sagte Luke sich, als er sich über sie beugte. Aber in der letzten Sekunde drehte Lavinia den Kopf und küsste ihn voll auf den Mund. Luke spürte, wie sich ihre Lippen erwartungsvoll öffneten, und wich würgend zurück. Er wischte sich ihren scharlachroten Lippenstift vom Mund und versuchte, das Ganze mit einem Hüsteln zu kaschieren. Doch seine Bemühungen um Diskretion wurden zunichtegemacht, als Lavinia so laut aufkreischte, dass der gesamte Saal sie hören konnte.

»Nicht auf den Mund küssen, du ungezogener Junge. Ich weiß ja, dass ich unwiderstehlich bin, aber meine Lippen gehören nur meinem geliebten Braby.«

Luke glühte innerlich vor Verlegenheit, die noch dadurch verstärkt wurde, dass er aufschaute und direkt in Coiras verächtlich blickende Augen sah.

Dann war Coira mit einem riesigen Silbertablett in Richtung Küche verschwunden. Sie gehörte nicht zu den »Gästen« – wie sich diejenigen bezeichneten, die sich jeden Morgen und Abend an diesem Tisch versammelten –, sondern zu den Haussklaven. Allerdings schien sie eine gewisse Autorität über die anderen auszuüben.

»Finger weg von den Damen, Luke«, ertönte eine Stimme auf Höhe von Lukes Schulter. »N'Abend, Lavinia, du hinreißendes Fossil.«

Lavinia lächelte affektiert, als Julian seinen Stuhl hervorzog und sich setzte.

»Sie hat dich erwischt, was?«, murmelte Jules leise und schob sich die wallenden Haare aus den Augen. »Tut mir leid, dass ich dich nicht gewarnt habe. Diese Lady schlägt schneller zu als eine Schlange.«

»Schönen Dank auch.« Luke warf einen verstohlenen Blick auf Lavinia, die einen silbernen Salzstreuer in die Hand genommen hatte und ihr Spiegelbild darin bewunderte. »Wer zum Teufel ist *der geliebte Braby*?«

»*Der geliebte Braby* ist der Grund dafür, dass sie nun hier ist. Unsere liebliche Lavinia war gerade dabei, ihre Sklavenzeit auf dem Anwesen von Lord Brayburn abzuleisten, als die beiden eine kleine Affäre miteinander begonnen hatten. Er hat mit ihr gespielt, sich dann irgendwann gelangweilt und sie fallen gelassen.

Wenn du oder ich an ihrer Stelle wären, würden wir mit Bedauern darauf reagieren und uns vielleicht ein wenig benutzt fühlen. Aber Lavinia hat sich an den Bremsen von Lady Brayburns Auto zu schaffen gemacht, woraufhin der Wagen auf der Autobahn einen schweren Unfall hatte, bei dem sowohl Lady Brayburn als auch Brabys Mutter umgekommen sind. Anschließend hat Lavinia Brayburns fünf Corgis mit einem Schürhaken zu Tode geprügelt. Allem Anschein nach hat das Verenden seiner Hunde den Ausschlag dafür gegeben, dass Brayburn eine Verurteilung zur Verbannung gefordert hat statt einfach nur lebenslängliche Sklavenzeit. Ah, da kommt Nachschub.«

Die Haussklavin, die mit einer Flasche Champagner im Saal umherging, zuckte zusammen, als Jules seine Finger um ihren Arm legte. Luke sah, dass ihre Hand und das Gelenk unter dem grauen Kittel schrecklich zerschunden und mit Brandwunden und Blutergüssen bedeckt waren, von denen einige relativ neu wirkten.

Was war ihr zugestoßen? Ein Küchenunfall? Die Vermutung lag nahe, wenn Luke nicht bemerkt hätte, dass ein paar der anderen Sklaven ebenfalls sichtbare Verletzungen hatten. Ein Mann hinkte, einem anderen fehlten mehrere Finger, ein dritter trug eine Augenklappe. Wieder andere hatten frische Verletzungen davongetragen, Schnittwunden und blaue Flecke. Dann fand das Grauen dieser Burg also im Untergeschoss statt – in den Quartieren der Haussklaven? Folterte Crovan sie dort unten?

Aber wieso nur diese Personen, während die andere Hälfte der Verurteilten ganz normal in den oberen Geschossen wohnte, so extravagant wie jeder Lord und jede Lady?

»Welch eine Erleichterung, dass die Sitzordnung wieder durchgewechselt wurde«, sagte Julian in diesem Augenblick. »Ich hab die ganze letzte Woche neben Blake gesessen. Der Kerl ist nicht nur ein unsäglicher Perversling – er kann auch überhaupt keine Konversation betreiben.«

Dagegen konnte Jules durchaus Konversation betreiben. Sogar jede Menge. Es stellte sich heraus, dass er Luke nicht nur im Hinblick auf Größe und Statur ähnelte – weswegen Coira Luke am ersten Tag ein paar seiner Kleidungsstücke gegeben hatte. Sie waren auch etwa im gleichen Alter. Julian war noch auf der Universität gewesen, als man ihn verurteilt hatte: auf Geheiß eines mächtigen Ebenbürtigen, der der Beziehung zwischen ihm und seiner Tochter, einer Kommilitonin, ein Ende setzen wollte.

In der Welt jenseits der Burgmauern hätten Luke und Julian nichts miteinander gemein gehabt. Doch hier auf Eilean Dòchais konnte Luke es kaum fassen, dass er einen Mitinsassen gefunden hatte, der ungefähr gleich alt und, genau wie

Luke, ebenfalls ein Opfer der Ungerechtigkeit der Ebenbürtigen war.

Coira kehrte in den Saal zurück, nahm eine kleine Messingglocke, die auf dem Kaminsims stand, und läutete sie. Luke folgte ihren schnellen, leisen Bewegungen. Offenbar hatte Jules sie ebenfalls beobachtet, denn er beugte sich zu Luke und flüsterte ihm ins Ohr: »Sie wäre wirklich niedlich, wenn sie nicht dauernd so finster dreinblicken würde.«

Luke war ja der Ansicht, dass der düstere Ausdruck zu ihr passte. Aber als Coira die beiden tuscheln und in ihre Richtung schauen sah, verzog sie das Gesicht zu einer fast wütenden Miene.

Sollte sie doch. Vermutlich hasste sie ihn dafür, dass er einen Platz an diesem Tisch hatte, während sie Schüsseln und Teller schleppen musste. Wahrscheinlich hassten alle Untergeschossbewohner der Burg Crovans »Gäste«. Doch Luke hatte es sich nicht ausgesucht, in welchen Teil des Anwesens man ihn gesteckt hatte oder auf welche Weise er hier behandelt wurde. Und er würde ganz bestimmt nicht darum bitten, zur Küchenmannschaft versetzt zu werden, nur damit Coira ihm nicht länger schräge Seitenblicke zuwarf.

Die Glocke hatte Crovans Ankunft angekündigt, und die Gäste erhoben sich von ihren Plätzen, bis er kurzangebunden »Guten Abend« wünschte und sich auf dem Stuhl niederließ, den Devin für ihn hervorgezogen hatte. Ihm folgte eine Prozession graugekleideter Haussklaven, die dampfende Silberschüsseln durch die Dienstbotentür hereintrugen.

»Cock-a-leekie«, sagte Julian anerkennend und griff nach seinem Löffel. Links neben Luke atmete Lavinia den Duft der Hühner-Lauch-Suppe mit geschlossenen Augen ein.

Das Klirren von Metall gegen Porzellan lenkte Lukes Aufmerksamkeit auf die andere Tischseite. Die Haussklavin, die sich Blake genähert hatte, hatte Mühe, die Schüssel gerade zu halten. Als sie sie vor ihm abstellte, schwappte Brühe auf sein Jackett, woraufhin er knurrte, sich umdrehte und der Frau mit dem Handrücken einen derartig heftigen Schlag verpasste, dass sie zu Boden ging.

Luke konnte es nicht fassen. Er sprang so schnell auf, dass er fast seinen eigenen Suppenteller umstieß. Lediglich die Tiefe des massiven Mahagonitischs hinderte ihn daran, quer über den Tisch zu greifen, Blake am Revers zu packen und ihn von seinem Platz hochzuziehen.

»Was soll das?«, rief er. »Du kannst sie doch nicht einfach schlagen!«

Blake hob den Kopf und sah ihn mit seinen tränenden, fast wimpernlosen Augen an.

»Da irrst du dich, Neuling.«

Im nächsten Moment war Coira zur Stelle und half der Frau auf. Sie führte sie aus dem Saal, kehrte dann zurück und beugte sich mit einem Tuch über Blakes Jackett, um den Satinaufschlag sauberzuwischen.

»Das wirst du nachher anständig reinigen, du Schlampe«, fauchte der Mann. »Und wenn das noch mal passiert, bekommst auch du meine Hand zu spüren. Diese Versager fallen unter deine Verantwortung.«

»Herr.« Luke konnte es kaum glauben, dass er tatsächlich dieses Wort sagte. Aber wenn es ihm gelang, Blake zur Ordnung rufen zu lassen, war es ihm wert, einen Teil seines Stolzes hinunterzuschlucken. »Sie können ein solches Verhalten nicht zulassen.«

Crovan sah auf. Tupfte sich mit der Serviette den Schnurrbart. Seine Augen wirkten hinter den Brillengläsern weit entfernt, wie Proben unter einem Objektträger.

»Setz dich, Hadley. Wir essen gerade.«

Blake warf Luke einen hämisch-triumphierenden Blick zu. Ungläubig schaute Luke in beide Richtungen des Tischs. Die meisten der anderen »Gäste« hatten die Augen auf ihren Teller geheftet. Die wenigen, die überhaupt zusahen, betrachteten das Ganze mit einer Art distanziertem Interesse. Luke schüttelte den Kopf.

»Ist hier denn niemand …?«

Nein, niemand sonst schien sich über Blakes Verhalten zu empören; die anderen wirkten nicht einmal überrascht. Julians Hand zupfte an Lukes Jackett. Die Bedeutung war klar. *Setz dich.*

Das Ganze ergab keinerlei Sinn. Okay, die Ohrfeige war eine relativ geringe Misshandlung im Vergleich zu dem, was Luke in dieser Burg erwartet hatte. Aber die luxuriöse Umgebung, die elegante Abendkleidung, die Vorspiegelung, dass es sich hier um die längste Gesellschaftsfeier der Welt handelte, all das unterstrich nur Blakes abscheuliches Verhalten.

Erneut schüttelte Luke den Kopf und setzte sich schließlich.

Kurz darauf folgte der nächste Gang – Hirschragout – und schließlich *Crème brulée* mit Himbeeren zum Dessert. Aber Luke fiel es schwer, die Speisen zu genießen. Dieser Ort gab ihm Rätsel auf. Was verstand er nicht? Trotz seiner Grübeleien war er einer Antwort noch immer nicht näher gekommen, als ein heller Klang ertönte: Devin klopfte mit dem Buttermesser gegen sein Weinglas, um die Aufmerksamkeit der anderen zu wecken.

»Bitte folgt jetzt unserem Herrn. Eine aus unseren Reihen hat sich entschlossen, uns heute Abend zu verlassen.«

Ein Raunen ging rund um den Tisch. Luke war verwirrt. Jemand hatte sich entschlossen, die Burg zu verlassen?

»Was hat das zu bedeuten?«, wandte er sich an Julian.

»Du wirst schon sehen. Und du hast Glück – das passiert nicht so oft. Ich bin jetzt seit drei Jahren hier, und heute Abend ist erst das dritte Mal. Komm mit, du brauchst einen guten Platz, von dem du alles sehen kannst.«

Julian drängte ihn durch die Korridore zur Eingangshalle. Kerzen brannten in den Wandhalterungen. In der Mauer vor ihm befand sich nur eine einzige Tür, nicht zwei. Bloß ein Türsturz, mit zwei Wörtern: *Ultima necat.*

»Wo ist die andere Tür?«, flüsterte Luke. »Ich hab gesehen, wie sie nach meiner Ankunft verschwunden ist.«

»Wir können sie nicht von innen öffnen«, sagte Julian, nahm einen Schluck aus dem mitgebrachten Glas und deutete auf die kahle Mauer, »also brauchen wir sie auch nicht. Das da ist die einzige Tür, die irgendeiner von uns öffnen kann.«

Die Gäste bildeten einen Halbkreis. Hinter ihnen stellten sich die Haussklaven in ihren schlichten grauen Kitteln auf. In diesem Moment sah Luke sie alle zum ersten Mal an einem Ort versammelt: Ihre Zahl entsprach der der Gäste.

Als Crovan die Eingangshalle betrat, senkte sich Stille über die Burgbewohner, die zurücktraten, um ihn durchzulassen. Der Lord von Eilean Dòchais blieb in der Mitte des Raums stehen, und dann kamen zwei Personen herein, Hand in Hand.

Luke stockte der Atem, als er Coira erkannte. Bei der anderen Person handelte es sich um die Frau, die Blake beim Abendessen geschlagen hatte. Sie wirkte erschöpft, und der frische

Bluterguss auf ihrer Wange war nicht die einzige sichtbare Verletzung. Coira drückte ihre Hand und nickte ihr zu. Der Druck in Lukes Brust löste sich erst, als sie zurücktrat, so dass die Frau allein vor ihrem Herrn und Meister stand.

»Welches Verbrechen hast du begangen?«, psalmodierte Crovan.

Die Frau antwortete mit heiserer Stimme, die Luke an das Knarren einer selten geöffneten Tür erinnerte.

»Vor elf Jahren habe ich einen Sabotageakt in der BB-Fabrik in der Sklavenstadt Portisbury begangen, vor einem offiziellen Besuch von Lord Lytchett und Lady Angelica Matravers. Mein Plan ging auf, und Lady Angelica wurde getötet.«

Eine weitere Protestaktion in einer Sklavenstadt, dachte Luke, und sein Herz machte einen Satz. Dann waren Jackson und der Verein in Millmoor also nicht die Einzigen, die zum Kampf bereit waren.

Doch diese Frau hatte jemanden töten wollen. So etwas hatte der Verein nie vorgehabt.

Aber machte das vielleicht den entscheidenden Unterschied? War das die Richtung, die der Kampf gegen die Ebenbürtigen einschlagen musste? Luke erinnerte sich an seine eigene Wut auf Crovan, unten am Ufer des Sees, an das Gefühl, dass er den Mann hätte niederschlagen und seinen Kopf unter Wasser drücken können. Doch hätte er das wirklich fertiggebracht?

Crovan musterte die Haussklavin. Der Schein der Kerzen tanzte in seinen Brillengläsern.

»Warum hast du das getan?«

»Mein Sohn ist in Portisbury misshandelt worden und gestorben. Deshalb habe ich die Ebenbürtigen gehasst.«

»Und jetzt?«

»Jetzt verstehe ich, dass sie besser sind als wir. Jetzt liebe ich die Ebenbürtigen.«

Sie kniete sich auf den Boden, tastete nach Crovans Hand und küsste sie.

Und dann tat der Ebenbürtige etwas, das Luke mehr Übelkeit bereitete als die schlimmsten Befürchtungen, die er bezüglich dieses Ortes hegte: Crovan berührte die Stirn der Frau sanft mit den Fingern, als würde er ihr seinen Segen erteilen.

»Dein Verbrechen ist vergeben. Deine Stunden sind abgeleistet.«

Luke drehte sich der Magen um. Wer war dieses Ungeheuer, dass er eine Frau, die er selbst misshandelt hatte, von ihren Sünden freisprach?

»Deine Stunden sind abgeleistet«, wiederholten die versammelten Zuschauer.

Crovan fuhr über den Bluterguss auf der Wange der Frau, der unter seinen Fingern verblasste. Dann nahm er erstaunlich sanft ihre Hände und zog sie auf die Beine. Luke sah, dass sie ihre Finger wieder mühelos krümmen und dehnen konnte, nachdem Crovan sie freigegeben hatte. Seine Hand streifte leicht über ihre Schultern, ihr Brustbein und ihre Hüften. Die Erschöpfung fiel von ihr ab, ihre Haut und ihre Augen schienen im Kerzenlicht zu glühen. Sie war keine klassische Schönheit gewesen, aber Luke konnte ihre innere Schönheit erkennen: Sie war stark, entschlossen und furchtlos gewesen.

»Alle Stunden verwunden«, sagte Crovan und nahm seine Hand fort. *»Omnes vulnerant.«*

»Ultima necat«, antwortete die Frau. »Die letzte Stunde tötet.«

Sie blickte an Crovan vorbei zur Tür. Als sie darauf zuging, folgte Luke wie gebannt jeder ihrer Bewegungen. Der Riegel ließ sich mühelos anheben, dann zog sie die Tür mit einer schwungvollen Geste auf.

Draußen regnete es: ein seltener Mairegenguss. Der Nachthimmel über dem See schimmerte schwarzviolett, und klare, kühle Luft strömte herein. Einen Moment lang genoss Luke das Gefühl der Frische. Seit seiner Ankunft hatte er die Mauern der Burg nicht mehr verlassen. Wie verlockend, wie leicht wäre es, jetzt einfach durch diese Tür zu spazieren.

Aber obwohl er das Ganze nicht wirklich verstand, war er sich ziemlich sicher, dass er genau wusste, was auf der anderen Seite der Letzten Tür lag. Kein Ort, von dem man zurückkehren konnte.

Die Frau warf einen Blick über die Schulter und trat danach, ohne zu zögern, durch die Tür, das Gesicht dem Regen entgegengehoben. Das Leben verließ ihren Körper wie ein Seufzer, und sie brach auf der anderen Seite der Schwelle in sich zusammen.

Luke konnte es kaum glauben. Dort, wo sich vor einem Sekundenbruchteil noch eine lebendige, atmende Frau befunden hatte, lag jetzt nur noch ein regloser Körper. Stumm starrte er auf ihre sterblichen Überreste.

»Ich weiß, ich weiß.« Julian, der neben ihm stand, klang fast entschuldigend. »Ziemlich enttäuschend, oder? Ich hoffe ja jedes Mal auf mehr … auf irgendetwas Besonderes. Aber so verläuft es bei allen. Wenigstens haben wir ein zweites Glas Champagner bekommen.«

Der junge Mann legte den Kopf in den Nacken und leerte sein Glas.

»Auf die unheimliche Verblichene«, sagte Jules und hickste.

Wie sollten sie den Leichnam beseitigen? Was passierte, wenn man die Hand durch die Letzte Tür schob? Eine unerwünschte Erinnerung drängte sich Luke auf, an das ätzende Wasser des Loch nan Deur.

Seine erste Frage wurde beantwortet, als Coira die Schulter gegen die Tür stemmte, um sie zu schließen.

»Willst du sie einfach dort liegen lassen?«, fragte Luke fordernd.

»Ja«, erwiderte sie. »Oder möchtest du hinausgehen und sie bestatten?«

Sie deutete auf den Durchgang. Luke bekam eine Gänsehaut.

»Nein«, sagte er hastig. »Nein. Aber es erscheint mir nicht richtig.«

Doch was an diesem Ort war schon richtig? Nicht das Geringste.

»Keine Sorge«, sagte Coira und schloss die Tür. Luke hörte, wie der Riegel in die Halterung fiel. »Die Adler werden bald kommen.«

Adler. Ungläubig schüttelte Luke den Kopf.

»Dieser Abgang verschafft mir die Gelegenheit, eine Veränderung an unserem Haushalt vorzunehmen«, sagte Crovan, wodurch er sofort die Aufmerksamkeit aller Anwesenden auf sich zog.

»Seit Luke Hadleys Ankunft ist es am Esstisch etwas eng geworden. Und jetzt, da unten jemand fehlt, scheint mir der ideale Moment für eine Neugliederung gekommen.«

Luke erstarrte. Bedeutete das wirklich das, wonach es klang? Er spürte, wie Julian neben ihm einen Schritt zurücktrat und sich fast unmerklich hinter ihn schob.

Crovan warf einen langen Blick in die Runde seiner »Gäste«. Die Spannung im Raum prickelte wie *Geschick.*

Also so lief das hier ab. Jetzt war der Moment gekommen, in dem die wochenlange Illusion, dass die Verurteilung darin bestand, sich elegant zu kleiden und den Ebenbürtigen zu geben, ein jähes Ende fand, dachte Luke. Crovan würde ihn nach unten schicken, wo er dann genau herausfinden würde, wie die Haussklaven an ihre Verletzungen kamen. Vielleicht würde er dort noch andere vorfinden, Männer wie Dog: angekettet und in Käfigen.

Vielleicht würde er ja einer von ihnen werden.

»Lavinia«, sagte Crovan im nächsten Augenblick, und Luke wäre fast vorwärtsgestolpert, als Julians Faust ihn triumphierend zwischen den Schulterblättern traf. »Ich fürchte, unsere gemeinsame Zeit hier oben neigt sich ihrem Ende entgegen. Ich kann nichts mehr mit dir anfangen. Aber ich bin mir sicher, dass du dich unten schnell einleben wirst. Und falls nicht, dann gibt es immer eine Alternative, wie du ja gesehen hast.«

Der verständnislose Ausdruck auf dem Gesicht der alten Frau war schrecklich anzusehen. Zwei Hände stießen sie grob nach vorn – einer der anderen Gäste –, und sie taumelte in die Mitte der Zuschauer.

In diesem Moment begriff sie, was passiert war.

»Nein!«, kreischte sie. »Nein, das können Sie nicht tun! Braby wird bald herkommen und mich abholen.«

Coira trat vor, nahm Lavinias Hand und schüttelte sie sanft, um sie zur Vernunft zu bringen.

»Nein!« Ihr Protest klang wie ein Vogelschrei. »Fass mich nicht an! Braby ist der Einzige, der mich anfassen darf.«

»Nicht mehr«, sagte eine Stimme inmitten der Gäste.

Wer hatte das gesagt? Blake mit seinem bösen Maul und seinen tränenden Augen? Lavinias Augen zuckten zu Tode verängstigt hin und her.

»Das reicht.« Luke, dessen Mund und Beine ganz ohne sein Einverständnis reagierten, trat vor. »Sie hat Angst. Sie hat gar nicht die Kraft, hart zu arbeiten. Ich geh an ihrer Stelle.«

Crovan drehte sich um; die Reflexion in seinen Brillengläsern verwandelte sich von einem hellen Licht zu kaltem Stein.

»O nein«, entgegnete er. »Kommt nicht in Frage. Du und ich, wir haben gerade erst angefangen, Luke Hadley.«

Als Lavinia daraufhin zu schluchzen begann, lief Luke ein eisiger Schauer über den Rücken, als hätte sich die Letzte Tür hinter ihm erneut geöffnet.

»Können wir heute Abend die Küchentür bitte verriegeln?«, wandte Coira sich an Crovan, einen Arm um Lavinias zuckende Schultern gelegt. »Es ist ihre erste Nacht. Damit sie eine Chance hat, sich daran zu gewöhnen.«

»Sie weiß genau, was sie erwartet«, mischte Blake sich ein. »Sie hat zugesehen – sie hat sogar selbst mitgemacht. Jetzt ist sie an der Reihe.«

»Dich hat niemand gefragt«, fauchte Coira und fuhr wütend zu ihm herum.

Aber Crovan schüttelte bereits den Kopf.

»Keine Ausnahmen«, sagte er. »Es erstaunt mich, dass du immer wieder darum bittest. Die Tür bleibt unverriegelt. Hadley, es wird Zeit, dass wir beide uns mal unterhalten. Komm in zehn Minuten in die Bibliothek.«

»Was?«

Doch Crovan schritt bereits durch den Gang.

Coira baute sich vor Blake auf und fuchtelte mit dem Finger vor seinem Gesicht herum.

»Wenn du auch nur in ihre Nähe kommst, bring ich dich um.«

»Ja«, pflichtete Julian ihr mit schleppender Stimme bei. »Sie ist ein bisschen zu alt für dich, oder nicht? Wie alt waren Lady Towtons Töchter, als du ihnen zum ersten Mal ›Nachhilfe‹ gegeben hast? Neun und sieben, habe ich recht? Andererseits: Wenn man die begrenzte Verfügbarkeit innerhalb dieser Mauern bedenkt, dann darfst du vermutlich nicht wählerisch sein.«

»An deiner Stelle würde ich lieber den Mund halten«, fauchte Blake und marschierte davon.

Julian seufzte theatralisch.

»Worum zum Teufel geht's hier?«, fragte Luke und blickte von Julian zu Coira und wieder zurück.

»Lass es mich mal so formulieren: Blake wurde nicht wegen Mordes verurteilt«, antwortete Jules. »Eher wegen des Mordes kindlicher Unschuld. Aber Lord Arailt wird dir das alles erklären. Warum dieser Ort so ist … wie er ist. Was von denjenigen erwartet wird, die in den oberen Geschossen wohnen.«

»Gar nichts wird von euch erwartet«, knurrte Coira mit verächtlicher Stimme. »Blake und der Rest von euch … ihr habt euch dazu entschieden.«

Dann wandte sie Luke und Julian den Rücken zu und führte die zitternde Lavinia fort.

»Was hat sie damit gemeint?«, fragte Luke. »Was wird von uns erwartet?«

Unbehaglich verlagerte Julian sein Gewicht von einem Bein auf das andere. »Das wird Crovan dir erzählen.«

Was irgendwie beunruhigend klang. Luke bezweifelte, dass es dabei um die Reinigung der Bäder und das Ausleeren der Mülleimer ging.

Die Bibliothek wirkte verlassen, als Luke den fast stockdunklen Raum betrat. Nur ein schwacher Lichtschimmer hinter einem der frei stehenden Regale verriet ihm, dass Crovan bereits anwesend war. Luke folgte dem Schein des *Geschick*-Lichts und entdeckte Crovan in einem Ohrensessel, ein aufgeschlagenes Buch auf dem Schoß. Der Mann ließ sich Zeit und las erst noch die Seite zu Ende, bevor er hochblickte.

»Nimm Platz, Hadley.«

Luke folgte der Aufforderung. Lag das an seinem Halsband? Er hatte fast vergessen, dass er es um die Kehle trug – und dieser Gedanke bereitete ihm so viel Übelkeit wie ein nicht mehr ganz einwandfreies Grillhähnchen.

»Erlaube mir eine Frage«, setzte Crovan an. »Würdest du dich für einen besseren Menschen halten als jeden von uns Ebenbürtigen? Erscheinen wir dir unfreundlich? Grausam?«

»Auf jeden Fall. Das, was Sie Dog angetan haben. Das, was Gavar Jardine mit der Mutter seines Kindes gemacht hat. Die Art und Weise, wie die Haussklaven hier behandelt werden – ich habe die Verletzungen gesehen. Und dann die Sklavenstädte: Diese Orte sind grauenhaft, obwohl sie das gar nicht sein müssten. Unter besseren Lebensbedingungen würden die Menschen dort wahrscheinlich viel härter arbeiten. Deswegen ist das nicht nur grausam, sondern auch dumm.«

»Hm.« Crovan gab einen unverbindlichen Ton von sich. Luke rieb die Hände über seine Hosenbeine. Seine Handflächen waren verschwitzt und prickelten vor Angst. Er hätte einfach lügen können, doch wozu? Die Ebenbürtigen konnten so was wahrscheinlich spüren, und Crovan wäre bestimmt hellhörig geworden, wenn er es geleugnet hätte.

»Und du denkst, dass ihr Gewöhnlichen uns Ebenbürtigen deshalb moralisch überlegen seid?«

Diese Frage ließ sich nicht so leicht beantworten, aber: »Ja, das würde ich sagen. Normale Leute sind nicht perfekt. Wir tun schreckliche Dinge. Allerdings scheinen die Ebenbürtigen nicht einmal zu erkennen, wie ungeheuerlich ihre Taten sind.«

Dieses Gespräch war eine Katastrophe. Luke hatte das Gefühl, dass jedes Wort aus seinem Mund ihn einer Falle näher brachte, in die er jeden Moment hineintappen würde. Crovan musterte ihn eingehend.

»Moral hat nichts damit zu tun, Hadley. Das ist ein weitverbreiteter Irrglaube, den ich bei vielen Verurteilten antreffe. Bei denjenigen, die ihre Verbrechen aus Idealismus begangen haben. Wie etwa die Frau, die uns heute Abend verlassen hat. Oder du.

Ihr glaubt, ihr wärt besser als wir. Aber das seid ihr nicht. Ihr seid nur schwächer. Eine Welt, in der deinesgleichen regiert, würde sich nicht verbessern. Stattdessen würde sich ihr Wert vermindern. Und das ist nur eine der Lektionen, die mein Haushalt allen Anwesenden erteilen soll. Komm, begleite mich.«

Crovan stand auf und führte ihn aus der Bibliothek. Fieberhaft sah Luke sich um, auf der Suche nach einem Gegenstand, irgendeinem Objekt, mit dem er den Mann niederschlagen konnte. Bewusstlos schlagen. Um zu fliehen. Aber das würde sein Halsband verhindern. Also folgte er Crovan die Treppe hinunter und fand sich kurz darauf überraschenderweise im Speisesaal wieder.

Hier hielt Crovan einen Moment inne, eine Hand auf der Tür zum Küchentrakt.

»Ich teile diejenigen, die zu mir geschickt werden, in zwei Gruppen. Eine Hälfte lebt wie wir Ebenbürtigen. Die andere arbeitet als Haussklaven. Denjenigen, die meine Gäste sind, verleihe ich Macht über diejenigen, die hier dienen. Die Halsbänder hindern die Haussklaven daran, einen der Gäste anzugreifen oder sich gegen sie zu wehren, genau wie sie euch alle davon abhalten, mich zu verletzen. Allerdings dürfen die Gäste den Sklaven ungestraft Schaden zufügen.

Und viele Gäste statten dem Untergeschoss regelmäßige Besuche ab, um exakt das zu tun. Manche halten sich zuerst zurück, genau wie du. Aber letztendlich – ob jetzt aus Langeweile oder Frustration – geben alle nach, genau wie du das eines Tages tun wirst.«

Luke schwirrte der Kopf. Was erzählte Crovan da?

»Schaden zufügen? Warum um alles in der Welt sollte einer von uns hier oben einen der anderen im Keller verletzen wollen?«

»Weil das nun mal in der Natur des Menschen liegt«, sagte Crovan.

Dann drückte er die Tür auf und der Lärm, der durch einen steil abfallenden Steinkorridor verstärkt wurde, dröhnte Luke in den Ohren.

Irgendwo in den Tiefen des Untergeschosses schrie eine Frau.

8

Luke

Die Starken herrschen über die Schwachen«, fuhr Crovan fort. »Männer über Frauen. Briten über minderwertigere Völker. Ebenbürtige über Gewöhnliche. Das ist der natürliche Lauf der Dinge. Wie du heute Abend gesehen hast, verlange ich von denjenigen, die mich verlassen wollen, dass sie diese Gegebenheiten verstehen und akzeptieren, bevor ich ihnen die Gnade der Letzten Tür gewähren kann.«

Die schrecklichen hohen Schreie, die durch den Aufgang hallten, bewirkten, dass Luke kaum einen klaren Gedanken fassen konnte. Doch man merkte schnell, dass das, was Crovan da von sich gab, abscheulicher war als alles, was Luke sich vorstellen konnte.

Diese Leute. Ihre Macht. Sie könnten so viel Gutes damit bewirken, aber stattdessen entschieden sie sich für das Gegenteil.

Ein weiterer Schrei. Luke schob sich an seinem Herrn vorbei. Wen kümmerte es schon, was Crovan ihm antun würde? Was auch immer da unten passierte, Luke musste es stoppen.

»Das ist eure wahre Natur, Luke«, rief Crovan ihm nach, während Luke den Gang hinunterstürmte. »Das gilt für euch alle.«

Im Türbogen zu einer riesigen Küche blieb Luke abrupt stehen. Mit einem Blick erfasste er seine kahle Umgebung: gemauerte Wände, ein gewaltiger offener Kamin und Holztische. Die Küche wirkte jahrhundertealt, als stammte sie noch aus der Zeit der Könige.

Sein Blick heftete sich sofort auf eine Gruppe von Leuten am anderen Ende des Raums: darunter drei Männer im Smoking –, die neben Luke zu den Gästen gehörten. Einer von ihnen hielt einen sich windenden vierten Mann im Schwitzkasten, der den grauen Kittel der Haussklaven trug. Zwei Frauen waren mit dem Rücken gegen den Tisch gedrängt worden. Bei der einen, deren zerrissenes Abendkleid halb von der knöchrigen Schulter herunterhing, handelte es sich um Lavinia. Vor ihr stand Coira mit ausgebreiteten Armen und fauchte dem am nächsten stehenden Mann ins Gesicht.

»Fass sie bloß nicht noch mal an, Blake, oder du wirst es bereuen.«

»Du lernst es auch nie, oder?«, erwiderte Blake. Er rauchte eine dünne Zigarette, und Luke bemerkte entsetzt die Wundmale auf Lavinias entblößter Schulter, die verdammt nach frischen Brandflecken aussahen. »Du kannst dich nicht aufteilen. Und ich denke, mein Freund hier hat noch ein paar unerledigte Dinge mit Josie im Keller abzuwickeln.«

Blake deutete mit dem Daumen über seine Schulter auf den dritten Mann, auf dessen Gesicht sich ein langsames, träges Grinsen ausbreitete.

»Also … Josie? Oder Lavinia? Du magst zwar das Schoßhündchen unseres Herrn und unangreifbar sein, aber du kannst nicht beide gleichzeitig schützen.«

Luke erkannte Coiras Plan im selben Moment, in dem sie sich in Bewegung setzte. Sie packte Lavinias Arm, wirbelte die ältere Frau herum und schob sie in Richtung der Tür am anderen Ende des Raums. Aber der Mann hinter Blake war genauso schnell wie sie – und größer. Er griff mit einer Hand nach Lavinia und mit der anderen nach Coira. Allerdings verfehlte er sie irgendwie oder es gelang ihm nicht, sie festzuhalten. Jedenfalls schlüpfte Coira ihm zwischen den Fingern hindurch. Sie stieß einen wütenden heiseren Fluch aus und rannte zur Tür.

»Josie«, brüllte sie mit einer Stimme nach unten, die zu gewaltig für ihre schmächtige Brust klang, »versteck dich!«

Anschließend wandte sie sich dem Mann zu, der Lavinia festhielt.

»Lass sie los.«

Sie stürzte sich auf ihn und zerkratzte ihm das Gesicht, woraufhin der Mann aufschrie. Und genau in diesem Moment schnappte Luke sich einen Schürhaken aus dem offenen Kamin und erhob seine Stimme.

»Du hast gehört, was sie gesagt hat. Lass Lavinia los.«

Atemlose Stille senkte sich über den Raum.

»Der Neuling.« Blakes Stimme troff vor Verachtung. »An deiner Stelle würde ich mich nicht einmischen.«

»Ich mische mich nicht ein«, erwiderte Luke und hob den Schürhaken in die Höhe. »Ich beende diese Geschichte hier und jetzt.«

»Ach, tatsächlich?«, sagte Blake. Aber in seiner Stimme schwang ein Hauch von Unsicherheit mit. Er trat einen Schritt zurück, in Richtung seines kräftiger gebauten Komplizen, der Mühe hatte, Lavinia mit einer Hand festzuhalten, während er Coiras scharfe Fingernägel abwehren musste. Suchte Blake etwa Schutz bei seinem Kumpan?

Nein.

Blitzschnell packte Blake Lavinia an den langen, dünnen Haaren und drückte ihren Kopf nach unten. Dann pflückte er die Zigarette von seinen feuchten Lippen und drückte sie gegen Lavinias dürren Hals. Die Frau kreischte erneut laut auf, und bei ihrem Schrei drehte es Luke den Magen um.

»Bei jedem deiner Schritte werde ich Lavinia einen weiteren Schönheitsfleck in die Haut brennen«, sagte Blake. »Und sie ist ja so hässlich.« Er drehte die Hand in den langen Haaren der Frau und drückte ihr von Tränen und Rotz überströmtes Gesicht in Lukes Richtung. Vor Angst zuckten ihre Augen hin und her. »Ich schätze, es erfordert eine ganze Reihe dieser Flecken, um sie schöner zu machen.«

»Mach ruhig«, sagte Luke und hob den Schürhaken auf eine Weise in die Höhe, von der er verzweifelt hoffte, dass sie furchterregend war. »Aber während deine Hände dann beschäftigt sind, schlag ich dir den Schädel ein. Deine Freunde hier haben beide andere Sorgen, also läuft es auf einen Kampf zwischen dir und mir hinaus. Ich bin halb so alt wie du und habe in Millmoor im Maschinenpark gearbeitet, was vermutlich bedeutet, dass ich doppelt so fit bin wie du. Also, wie wär's?«

Blake knurrte, während Luke auf ihn zusprang. Der Mann stieß Lavinia zur Seite und sprintete um den Tisch herum, so dass dieser sich zwischen Luke und ihm befand.

»Lavinia, lauf nach unten«, brüllte Coira, »schnell!«

Luke hatte keine Gelegenheit, nachzuprüfen, ob der älteren Frau die Flucht gelang, denn Blake griff jetzt unter den Tisch. Fasste gezielt darunter, statt hastig nach irgendetwas zu tasten. Offensichtlich wusste der Mann genau, was dort lag.

Seine Hand kam blitzschnell zum Vorschein und schleuderte eine schwere, flache Klinge in Lukes Richtung. Ein Fleischerbeil. Fluchend wich Luke der Waffe aus. Er stützte die Hand auf die narbige Tischoberfläche, um das Gleichgewicht zu bewahren – und in diesem Moment stach Blake mit einer Tranchiergabel in seinen Handrücken.

Vor Schmerz heulte Luke auf, doch im gleichen Augenblick trieb ihn ein anderer Gedanke an: Wenn die Halsbänder wirklich so funktionierten, wie Crovan es beschrieben hatte, dann war Blake nicht daran gewöhnt, dass sich jemand zur Wehr setzen konnte.

Luke sprang auf den Tisch und schwang den Schürhaken. Trotz seines unsicheren und ungünstigen Stands kam er Blakes Schädel nahe genug, dass sein Schlag den Mann ins Taumeln brachte.

»Luke!«

Coiras Warnschrei ließ Luke herumwirbeln, und er sah, wie eine Bratpfanne auf seinen Kopf zukam. Der dritte Mann hatte den sich windenden Haussklaven freigelassen und war Blake zu Hilfe geeilt.

Verzweifelt hob Luke die Hand, doch es war bereits zu spät.

Die Pfanne traf ihn an der Schläfe. Er ging zu Boden und versank in einer warmen pechschwarzen Dunkelheit.

Die Berührung von etwas Siedendheißem brachte ihn ruckartig in die Wirklichkeit zurück.

»Ahhh!« Hastig zuckte er zurück.

»Das ist nur Tee«, sagte Coira und legte seine Finger um einen Becher. »Ich glaube zwar nicht, dass eine Tasse Tee alles heilen kann, aber sie ist zumindest ein guter Anfang.«

Luke blinzelte. Er saß auf einer Küchenbank, den Rücken gegen den Tisch gelehnt. Bestimmt würde ihm Coira keinen Tee reichen, solange Blake noch in der Nähe war und Lavinia quälte, doch er sah sich sicherheitshalber um. Sie waren allein in der Küche.

Was war passiert? Er erinnerte sich an die herabfahrende Bratpfanne und tastete vorsichtig seinen Kopf ab. Seine – inzwischen bandagierte – Hand schmerzte, sein Schädel war allerdings unversehrt.

»Wie kann das sein?«, krächzte er und trank dankbar einen Schluck Tee.

»Das war Crovan«, sagte sie. »Ist mit dir auch wirklich alles in Ordnung? Das hat er zwar behauptet, allerdings ist er ein Sadist, weshalb ›in Ordnung‹ alles bedeuten könnte, von ›leichtem Schmerz‹ bis hin zu ›Höllenqualen‹.«

»Meine Hand tut noch weh, aber mein Kopf ist okay. Was irgendwie seltsam ist. Und wo ist Lavinia? Dieser Dreckskerl Blake!«

Wütend ballte Luke die Hände zu Fäusten, nur um vor Schmerz erneut aufzujaulen.

»Crovan ist in dem Moment aufgetaucht, als du zu Boden gegangen bist.« Coira ließ sich neben ihm auf der Bank nieder, und Luke empfand ihre Nähe als ebenso wohltuend wie den Tee. »Er war total wütend. Und hat Blake und die anderen sofort auf ihre Zimmer geschickt. Rhys – der Mann, der uns helfen wollte – ist nach unten gegangen, um nach Lavinia zu sehen. Deshalb war ich als Einzige dabei, als Crovan dich geheilt hat. Aber bloß deinen Kopf. Also ging es ihm nicht darum, dir die Schmerzen zu ersparen. Er muss befürchtet haben, dass du vielleicht eine Gehirnerschütterung bekommen würdest oder ein Hirntrauma. Das hat er noch nie zuvor getan, jedenfalls nicht in meiner Gegenwart. Was hast du an dir, das dich zu etwas Besonderem macht, Luke Hadley?«

Verblüfft blickte Luke auf. An ihm war etwas Besonderes?

Ich werde nicht zulassen, dass er deinen Willen bricht. Das hatte Silyen Jardine ihm am Tor von Kyneston versprochen. *Jedenfalls nicht so sehr, dass ich den Schaden nicht mehr reparieren kann.*

»Keine Ahnung«, antwortete er wahrheitsgemäß.

»Danke, dass du zu helfen versucht hast«, sagte Coira. »Das war sehr mutig.«

»Nicht mutig, sondern einfach nur ein Reflex. Und ich habe das Gefühl, dass ich nichts anderes tue, als irgendetwas zu versuchen. Eigentlich möchte ich die Lage zum Besseren wenden, aber anscheinend mache ich alles nur noch schlimmer.«

»Tja, wenn das Attentat auf Kanzler Zelston deine Vorstellung davon war, wie man die Lage verbessern kann, dann hast du vermutlich recht.«

»Das war ich nicht«, sagte Luke, von Coiras Worten getroffen. Er setzte sich auf, um nicht länger gegen sie zu lehnen. »Okay, ich habe die Waffe gehalten, aber ich kann mich nicht daran erinnern, dass ich abgedrückt habe. Einer von den Ebenbürtigen muss mich benutzt haben.«

Coira musterte ihn. Ihr taxierender Blick erinnerte ihn an jemanden, allerdings konnte er nicht sagen, an wen genau.

»Ich habe ihn nicht getötet«, beharrte Luke. »Und ich habe nicht vor, hierzubleiben. Was du auch nicht tun solltest. Das, was eben passiert ist … das war nicht das erste Mal, oder? Haben die Typen …?« Die Vorstellung, die sich in Lukes Hirn bohrte, verursachte einen schlimmeren Schmerz als jede Tranchiergabel. »Haben sie dir je was Ähnliches angetan?«

Falls sie seine Frage bejahte, würde er sich diesen Schürhaken erneut schnappen und dann Blakes Tür eintreten.

Sie sagte zwar nicht »Ja«, doch ihre Antwort überraschte ihn.

»Das können sie nicht«, erklärte Coira. »Sie können mich nicht verletzen, genauso wenig wie einer der Haussklaven die Gäste verletzen kann. Sie haben es versucht, aber du hast ja gesehen, was dann passiert. Sie können mich nicht mal festhalten. Und Schläge verfehlen ihr Ziel. Mein Halsband verhindert das irgendwie. Deshalb wusste ich auch, dass ich mich einmischen konnte, ohne fürchten zu müssen, dass Blake mich ebenfalls zu einem menschlichen Aschenbecher machen würde. Du siehst also, auch ich bin nicht besonders mutig.«

»Das ist aber nicht das, was ich eben gesehen habe«, erwiderte Luke und errötete dann bis zu den Haarwurzeln, weil er einfach kein Gespür dafür hatte, einem Mädchen irgendwas Nettes zu sagen. Außerdem hatte er es auch gar nicht auf diese Weise gemeint. »Ich verstehe das einfach nicht. Crovan hat mir den Aufbau dieses Haushalts erklärt, und das Ganze erschien mir ziemlich einfach: Wir Gäste dürfen euch Haussklaven verletzen und offensichtlich auch uns gegenseitig. Aber ihr könnt uns keinen Schaden zufügen.«

»Mich kann niemand verletzen«, sagte Coira. »Ich denke, es hängt damit zusammen, dass ich bei meiner Ankunft hier noch ein Kind war. Und nicht mal Crovan ist derartig mies.«

Luke schwieg. Er war nicht davon überzeugt, dass Crovans Verderbtheit irgendwelche Grenzen kannte.

»Wie alt warst du damals?«, fragte er schließlich.

»Ich glaube, ich war dreizehn, als ich zu den Haussklaven geschickt wurde. Mit Geburtstagen hab ich es nicht so, aber der Wechsel war vor vier Jahren. Davor hab ich oben im Obergeschoss gewohnt. Diese Burg ist das Einzige, woran ich mich erinnern kann. Von der Zeit davor oder meinen Eltern weiß ich nichts mehr.«

Das war das Schlimmste, das Luke bisher gehört hatte. Die Tatsache, dass Crovan einem die Erinnerungen an die eigene Familie nahm. Die Vergangenheit. Und das Gefühl dafür, wer man wirklich war. Genau wie bei Dog, der nicht mal mehr seinen eigenen Namen wusste … nur noch die Tatsache, dass er einst eine Frau gehabt hatte, die er geliebt hatte und die missbraucht worden war und sich daraufhin das Leben genommen hatte. *Ich erinnere mich nur … an das, was er … mir gelassen hat.* Luke hörte wieder die krächzende Stimme in der Dunkelheit von Kynestons Hundezwinger. *Nur an … die schlechten Dinge.*

Würde Crovan Luke das Gleiche antun? Würde er irgendwann nicht mehr fliehen wollen, weil er gar keine Erinnerung mehr daran besaß, zu wem und wohin er fliehen wollte?

»Irgendwie muss man doch hier rauskommen«, sagte er. »Du und ich, Julian, wir sind alle noch so jung. Wir können doch nicht unser ganzes Leben auf diese Weise verbringen.«

»Julian ist nicht der, für den du ihn hältst. Ich hab gesehen, wie ihr euch beim Abendessen unterhalten und dann in meine Richtung geguckt habt. Auf diese Weise hat er mich schon oft angesehen.«

»Na ja, wer würde das nicht?«, meinte Luke und hätte daraufhin aber am liebsten das Gesicht in den Händen vergraben. Okay, okay, Millmoor war nicht gerade ein Ort zur Verbesserung seiner sozialen Fähigkeiten gewesen, aber so was? Also wirklich!

Doch Coira schien sich über seine Worte zu amüsieren, denn als er wieder hochschaute, lächelte sie.

»Ich weiß nicht recht«, sagte sie. »Vielleicht irre ich mich ja. Bisher hat er mich nicht ein einziges Mal angefasst. Aber manchmal habe ich einfach das Gefühl, dass er das gern tun würde. Und was eine eventuelle Flucht betrifft: Rhys und ich haben jede erdenkliche Möglichkeit diskutiert. Zum Beispiel das Boot. Oder irgendeinen Weg, wie wir trotz der Halsbänder Crovan außer Gefecht setzen können, auch wenn wir ihm keinen wirklichen Schaden zufügen können.«

»Ihr habt hier ein Boot?«

»Freu dich nicht zu früh. Es liegt auf der anderen Seite des Sees und bringt uns einmal in der Woche frische Vorräte. Im Keller befindet sich eine Schleuse mit einer Doppeltür, die allerdings immer verschlossen ist, damit wir nicht gleichzeitig mit den Leuten aus dem Ort am Kai sind. Ja, ja, ich weiß …« – Coira hielt eine Hand hoch, weil Luke sie gerade unterbrechen wollte –, »… natürlich kann man das umgehen. Vor einem Jahr ist uns das sogar gelungen: Rhys hat sich im Boot versteckt. Aber das Boot hat es nicht ans andere Ufer geschafft.«

»Ist es gesunken?«

»Nein, es konnte nicht … hinüberfahren. Es ist einfach stehen geblieben. Der Motor lief weiter, und es ging auch kein Wind. Aber das Boot konnte nur nach links oder rechts fahren, statt geradeaus. Offenbar gibt es irgendwo eine *Geschick*-Begrenzung, die keiner von uns Verurteilten überwinden kann.«

Ungläubig stellte Luke den Becher ab. Er hatte zwar gewusst, dass das hier nicht einfach werden würde: die Flucht aus einer grauenhaften Burg inmitten eines Sees der Schmerzen und mit einem magischen Halsband versehen, das dem *Ge-*

schick-Kerkermeister ermöglichte, den Träger wie eine Marionette zappeln zu lassen. Aber Luke hatte nie daran gezweifelt, dass es machbar war.

Doch unter diesen Umständen? Selbst wenn er alle Hindernisse überwinden konnte, wartete da eine Art Grenze, die man nicht überschreiten konnte? Vermutlich ähnelte sie Kynestons Mauer und reagierte nur auf die Mitglieder der Ebenbürtigen-Familie.

»Und was jetzt?«, wandte er sich schließlich an Coira. »Willst du damit sagen, dass wir einfach aufgeben sollten? Unser Schicksal akzeptieren, bis wir eines Tages den Verstand verlieren und durch diese Tür gehen, die uns tötet? Denn das hab ich nicht vor. Ich habe eine Familie, die unbedingt erfahren muss, dass es mir gutgeht. Ich habe Verwandte und Freunde, für die es sich zu kämpfen lohnt.«

»Nein«, sagte Coira, stand auf und zog Luke auf die Beine, wobei sie sorgfältig auf seine verbundene Hand achtete. »Das Einzige, das noch undenkbarer ist als eine Flucht, ist die Vorstellung, einfach zu akzeptieren, dass man es nie schaffen wird. Aber dafür wirst du all deine Kräfte brauchen – was bedeutet, dass du jetzt schlafen gehen solltest. Also für heute keine weiteren Fragen.«

Coira führte ihn durch die labyrinthartigen Gänge der Burg, durch den Speisesaal, durch das hohe Atrium – wo die Geweihe von Hirschen und Elchen neben den Waffen hingen, mit denen man sie erlegt hatte – und schließlich die Treppe hinauf.

»Ich kenne den Weg«, protestierte Luke. »Du solltest zurückgehen. Lavinia braucht dich mehr als ich.«

»Da wäre ich mir nicht so sicher«, entgegnete Coira und

deutete mit dem Kopf auf die Tür neben Lukes Zimmer, als sie den obersten Treppenabsatz erreichten. Blakes Zimmer. »Du solltest heute Nacht deine Tür verriegeln. Und morgen stellst du vielleicht fest, dass das Dach undicht ist und du deshalb ein anderes Zimmer brauchst.«

Luke grinste. Dieses Mädchen war clever. Klug wie Abi. Und mutig wie Angel.

Nur mit dem Unterschied, dass Angel nicht die Frau war, für die Luke sie gehalten hatte. Ja, sie war wagemutig gewesen, aber immer mit dem Wissen im Hinterkopf, dass ihr *Geschick* sie schon schützen würde. Seine Schwärmerei für diese schöne blonde Frau schien eine Ewigkeit zurückzuliegen. Luke warf Coira einen kurzen Blick zu. Wenn er jetzt den gleichen Fehler mit jemandem innerhalb dieser Mauern begehen würde, wäre das keine gute Idee. Definitiv nicht.

Aber andererseits: Es war doch nett, eine Verbündete bei seinen Fluchtplänen zu haben, oder?

»Alles in Ordnung mit dir?«, fragte Coira und musterte ihn neugierig. »Oder hast du vielleicht eine Art verspätete Kopfverletzung? Denn du wirkst ein bisschen …«

»Nein«, unterbrach Luke sie hastig und peinlich berührt. »Nein, mir geht's gut.«

Als er die Tür schloss, hörte er ein unterdrücktes Prusten.

Doch obwohl er mit der hoffnungsvollen Erkenntnis einschlief, dass er nicht der Einzige war, der unbedingt hier rauswollte, wachte er am nächsten Morgen mit deutlich trüberen Gedanken auf.

Dieser Ort war grauenhaft. Die Bewohner wurden dazu ermutigt, aufeinander Jagd zu machen, nur um Crovans entmenschlichende Ideen von der Überlegenheit der Ebenbürtigen zu rechtfertigen. Wenn Coiras Worte stimmten, dann war Luke hier durch sein Halsband gefangen. Er musste nicht nur einen Weg aus der Burg finden, sondern danach auch noch irgendeine Begrenzung überwinden, die wie Kynestons Mauer funktionierte. Und trotz seiner Erlebnisse mit Silyen Jardine wusste er nicht annähernd genug darüber, wie diese Begrenzungen funktionierten.

Im Grunde wusste er rein gar nichts darüber.

Also: eine Grenze und ein Halsband. Er griff sich an die Kehle. Das Ding war eher eine Art Samtband als ein Hundehalsband: weich und geschmeidig. Es lag so flach auf der Haut auf, dass er die Finger nicht darunterschieben konnte. Genau genommen konnte er kaum den Übergang zwischen seiner Haut und dem Band fühlen.

Fast so, als wäre es mit seiner Haut verschmolzen.

Sein Magen machte einen Satz, als er mit den Fingernägeln am Rand des Bands herumkratzte, aber es einfach nicht zu fassen bekam. Das Halsband war nicht von seiner Haut zu unterscheiden.

Hastig lief er zu dem kleinen Waschbecken in der Ecke des Raums und würgte.

Nachdem er sich übergeben und anschließend das Gesicht gewaschen hatte, hörte er Blake im Nebenzimmer herumlaufen. Nach dem gestrigen Vorfall hatten der Typ und seine Kumpane es bestimmt auf ihn abgesehen. Luke erinnerte sich wieder an Coiras Vorschlag, verspritzte etwas Wasser auf dem Boden und ging früh zum Frühstück hinunter, um Devin um ein anderes Zimmer zu bitten.

»Ach, übrigens«, sagte Devin, nachdem er eilfertig zugestimmt hatte, »unser Herr will dich noch mal sehen. Ich soll dich um elf zu ihm bringen, also komm fünf Minuten vorher in den Speisesaal. Verspäte dich ja nicht!«

Das klang nicht gerade vielversprechend. Steckte Luke in Schwierigkeiten, weil er am Abend zuvor eingegriffen hatte? Jedenfalls hatte ihm niemand gesagt, dass er das nicht dürfte. Und vielleicht hatte Luke ja auch ein paar Fragen an Crovan.

Blake tauchte auf, als Luke seine wenigen Habseligkeiten – von Besitz konnte kaum die Rede sein – zusammenpackte, um sie in sein neues Zimmer zu bringen. Sofort rechnete Luke mit Ärger. Der Mann hatte nach der Begegnung mit Lukes Schürhaken ein zugeschwollenes, dunkel verfärbtes Auge davongetragen. Dessen wulstiger Rand tränte, während er Luke finster musterte.

»Dann hat er dich also geheilt. Das ist nichts anderes, als einem Verhungernden Wasser zu geben – es verlängert nur die Qualen. Ich werde es genießen, dabei zuzusehen, wie dein Verstand auseinandergenommen wird, Luke Hadley.«

»Wenn du noch mal so eine Nummer wie gestern Abend abziehst, werd ich mich erst gar nicht mit deinem Verstand aufhalten«, erwiderte Luke, im Versuch, möglichst hart zu klingen, während er gleichzeitig einen Stapel Hemden und Unterwäsche auf dem Arm hielt. »Du und deine Freunde … ihr habt euch gefälligst vom Untergeschoss fernzuhalten.«

»Sonst?«, lispelte Blake.

Doch Luke würdigte ihn keiner Antwort. Man konnte die Begegnung als unentschieden bezeichnen – wobei Luke allerdings nicht den Eindruck hatte, dass Blake seine Kumpane bald dazu anstacheln würde, ihn zusammenzuschlagen. Es klang eher danach, dass der Typ darauf vertraute, Crovan würde Luke schon fertigmachen. Was kein besonders beruhigender Gedanke war.

»Ich hab eine Frage«, sagte Luke laut, als Devin ihn kurz darauf in Crovans geräumiges Zimmer brachte. Angesichts Lukes Dreistigkeit schnalzte Devin missbilligend mit der Zunge, zog sich aber sofort zurück.

»Hm?« Crovan schaute aus dem hohen Fenster, die Hände hinter dem Rücken verschränkt.

»Diejenigen, die im Untergeschoss sind, werden bestraft. Sie werden eingeschüchtert und leben wie Dienstboten … machen die ganze Arbeit. Wohingegen wir hier oben wie Gäste auf Kyneston leben: Wir tragen einen Smoking zum Abendessen und trinken Champagner. Aber wir sind alle hier, weil wir Verurteilte sind. Also warum bestrafen Sie uns nicht ebenfalls?«

Crovan drehte sich zu ihm um. »Du denkst, das würde ich nicht tun?«

»Jedenfalls habe ich nichts davon bemerkt.«

»Du hast nichts davon bemerkt. In der Tat. Was bedeutet, dass meine Gäste entweder ungestraft davonkommen … oder aber im privaten Rahmen von mir gezüchtigt werden, weitab von unerwünschten Blicken. Also, willkommen in meinen Privatgemächern, Luke.«

Der Lord von Eilean Dòchais gestattete sich ein Lächeln, ein mattes Lächeln – so als hätte ein Porträtmaler es nur leicht skizziert, weil er sich nicht sicher war, ob dieser Gesichtsausdruck dort auch hingehörte. Bei Crovans Worten lief Luke ein Schauer über den Rücken.

Er sah sich um, konnte aber nichts Ungewöhnliches entdecken. Eine kunstvoll verzierte Stuckdecke. Ein riesiges Bleiglasfenster mit Blick auf den See. Alte und teuer wirkende Möbelstücke. Die Tür, durch die Luke den Raum betreten hatte, und eine weitere am anderen Ende des Zimmers.

»Du weißt ja, dass ich an eine natürliche Ordnung der Dinge glaube, Luke. Und an eine natürliche Gerechtigkeit. Ich zahle es meinen Gästen mit der gleichen Münze heim, entsprechend ihrer Verbrechen.«

»Was soll das heißen?«

»Lass es mich dir kurz zeigen.«

Und noch bevor Luke mit *Nein, vielen Dank, nicht nötig* antworten konnte, zog Crovan bereits an einem Seilzug an der Wand. Draußen auf dem Gang ertönte eine Glocke. Wenige Augenblicke später betrat Devin erneut den Raum.

»Nein«, sagte Luke, mit wachsender Sorge. »Nein, Devin, du wirst nicht gebraucht.«

»Mylord?« Verwirrt schaute Devin von Luke zu Crovan und wieder zurück.

Crovan ging langsam um den Mann herum. Dann blieb er hinter ihm stehen und legte ihm eine Hand auf die Schulter, wie ein stolzer Direktor, der seinen besten Schüler präsentierte.

»Ich möchte dir Devins Geschichte erzählen. Devin braucht das Gefühl, gebraucht zu werden. Einst war er der unentbehrliche Assistent eines betagten Lords. Er hat sich um all dessen Bedürfnisse gekümmert: ihn gewaschen und gekleidet. Devin war fast wie ein Sohn. Doch als sich der ältere Herr seinem Lebensende näherte, hatte er noch einen letzten, alles beherrschenden Wunsch: Er wollte seine beiden Kinder, von denen er sich viele Jahre zuvor entfremdet hatte, noch einmal sehen. Also versprach Devin, sie für ihn zu finden.«

»Mylord?« Devin zog eine unbehagliche Miene.

»Nach ein paar Monaten berichtete Devin, dass er die Kinder gefunden habe. Aber sie seien misstrauisch. Und zweifelten an der Liebe ihres Vaters. Vielleicht könnte er ihnen seine Liebe irgendwie beweisen. Möglicherweise durch ein Geschenk?

Das von Devin vorgeschlagene Geschenk war nicht billig. Das spielte für den alten Lord allerdings keine Rolle. Die Liebe eines Kindes ist schließlich unbezahlbar. Im Laufe der darauffolgenden Monate erfolgten weitere Geschenke. Briefe, die einen Besuch versprachen. Der alte Lord wurde zunehmend ungeduldiger, weil er wusste, dass seine Gesundheit mit jedem Tag nachließ. Aber er hatte vollstes Vertrauen zu Devin, seinem Ersatzsohn.«

Crovan klopfte Devin auf die Schulter. Ließ die Hand erneut dort ruhen. Und griff dann mit solcher Heftigkeit zu, dass der Mann vor Überraschung aufschrie.

»Das reicht«, sagte Luke. »Sie können jetzt aufhören. Ich kann mir auch so vorstellen, wie die Geschichte endet.«

»Sie endet auf diese Weise«, entgegnete Crovan.

Im nächsten Moment bohrte sich Devins Schrei in Lukes Ohren.

Zunächst konnte er nicht erkennen, was passiert war. Doch dann griff Devin sich an das Revers seines Jacketts, und das Blut wurde sichtbar, das ungehindert über seine Hände strömte.

Ein weiterer Schrei. Auf Devins weißem Hemd quoll Blut aus einer tiefen Wunde, die wie aus dem Nichts in der Mitte seiner Brust erschienen war. Der Mann heulte vor Schmerz.

»Mylord«, flehte er, »warum? Bitte hören Sie auf.«

»Du musst wissen, Luke, dass Devin eifersüchtig war. Und gierig. Er hatte überhaupt nichts unternommen, um die Kinder seines Lords ausfindig zu machen, und stattdessen das gesamte Geld verprasst. Für seine Spiel- und Kokainsucht. Für den gelegentlichen Strichjungen. Sein Herr würde letztendlich dahinterkommen. Und als dieser Moment kam, hat Devin ihn attackiert. Die meisten von uns Ebenbürtigen überstehen solch einen Ansturm – unser *Geschick* wehrt jeden Angreifer ab. Aber dieser arme alte Knabe war so krank und geschwächt. Trotzdem benötigte Devin insgesamt dreiundzwanzig Messerstiche, um ihn zu töten.«

Devin schrie gellend auf. Eine weitere Wunde riss sein Schlüsselbein auf, aus dem ein scharlachroter Blutschwall schoss.

»Und jetzt glaubt er, er sei mein zuverlässigster Diener. Meine rechte Hand. Er hält mir Türen auf, zieht für mich den Stuhl zurück, wenn ich mich an den Esstisch setze. Und jedes Mal, wenn ich ihn auf diese Weise bestrafe, kann er es einfach nicht glauben.«

Crovan hob Devins Kinn an und zwang den wimmernden, schluchzenden Mann, ihm in die Augen zu schauen.

»Ich dulde dich nur in meiner Nähe, um deine Strafe umso süßer zu machen. Und dann …«

Mit einer Geste, die Luke an einen Magier erinnerte, der seinen letzten, spektakulärsten Trick vorführt, drehte Crovan sich zu ihm um.

»Alles vergessen.«

Devin ächzte und ging auf die Knie. Wankte vor und zurück. Und tastete unsicher seinen Körper ab.

Mit übertrieben besorgter Miene kniete sich der Lord von Eilean Dòchais neben seinen Diener.

»Wie geht es dir, Devin? Nimm doch Platz. Dir ist ein Glas aus der Hand gefallen, und du hast dich schrecklich geschnitten – sieh dir nur mal das viele Blut an. Aber ich habe dich wieder geheilt.«

Zitternd ließ Devin sich in einen Ohrensessel helfen. Mit vor Schock bleichem Gesicht blickte er auf sein Hemd hinab. Dann dankte er Crovan überschwänglich, während er mit bebender Hand einen Whisky, den der Ebenbürtige ihm reichte, an die Lippen führte.

Luke war sich ziemlich sicher, dass auch er zitterte. In seinem ganzen Leben hatte er nichts Schrecklicheres gesehen.

»Und das … tun Sie uns allen an?«

Sah so sein Schicksal aus? Ein brutaler Kreislauf aus Strafe und Vergessen. Luke erinnerte sich an Zelstons Blut, das auf den Boden des Ballsaals gespritzt war. Die riesige Blutlache. Ein entsetzlicher Tod – aber schnell.

Doch Crovan würde Luke nur verwunden, nicht direkt töten.

Bei ihm würde es nicht schnell ablaufen.

»Nun, in deinem Fall …«, setzte Crovan an und seine Augen wirkten hinter den glänzenden Brillengläsern unergründlich, »werde ich eine Ausnahme machen. Denn für dich habe ich ganz besondere Anweisungen.«

9

Bouda

Wenn das so weiterging, würde sie erst während ihrer Flitterwochen Gelegenheit haben, mit Gavar über die Razzien in den Sklavenstädten zu reden, überlegte Bouda. Vielleicht konnte sie ja zwei Seidentücher auf kreative Weise nutzen und dann, wenn Gavar zu einer Flucht nicht in der Lage war, aus dem Bett klettern, ihren Aktenkoffer hervorholen und mit ihm die Unterlagen durchgehen.

Doch im Moment genügte ihr die Unterstützung ihrer Berater. Die erste Beraterin hatte Bouda selbst eingestellt: die ehemalige Oberaufseherin Millmoors. Diese Frau hatte damals sofort vorgeschlagen, den Gefangenen Walcott spezieller Sondermaßnahmen zu unterziehen, und war auch nicht davor zurückgeschreckt, während des Aufstands in der Sklavenstadt den Befehl zum Schießen zu erteilen. Bei dem anderen Berater handelte es sich um den Wachmann Kessler, dessen Ernennung Gavars einziger Beitrag zu der Aufgabe darstellte, die sein Vater Bouda und ihm erteilt hatte.

Ursprünglich hatte sie Kessler ja für einen hirnlosen Schlägertyp gehalten. Doch dann hatte sie schnell bemerkt, dass er zu diesen besonders nützlichen Kreaturen zählte: ein Schlägertyp mit reichlich Hirn. Er hatte sie gefragt, ob er jetzt, da er nicht mehr im Sicherheitsdienst arbeitete, auf seinen Schlagstock und seine Elektroschockpistole verzichten musste. Bouda hatte ihn beruhigt: Ganz im Gegenteil, seine neue Stellung würde möglicherweise eine Erweiterung seines Arsenals rechtfertigen.

Daraufhin hatte Kessler breit gegrinst. Er mochte zwar Gavars Mitarbeiter sein, aber Bouda hatte so ein Gefühl, dass er deutlich spürte, von wem hier die eigentliche Autorität ausging.

»Ich habe von diesem geheimen Netzwerk zwischen Millmoor und Riverhead gehört«, berichtete die Oberaufseherin nun und zog mit dem Finger eine Linie zwischen den beiden Sklavenstädten auf der großen Wandkarte von Großbritannien. »Über diese Verbindung werden technologische Geräte, Informationen und Personen hin und her geschmuggelt. Aber es ließ sich nicht klären, in welcher der beiden Städte das Ganze organisiert wird.

Nach der Aufdeckung der Aktivitäten des Tresco-Erbens in Millmoor lag der Verdacht nahe, dass er auch dafür verantwortlich war. Aber es bestehen Gründe für die Annahme, dass das Netzwerk von Riverhead aus betrieben wird. Und jetzt kommt eine Überraschung: Der Rädelsführer ist möglicherweise eine Frau.«

Diese Aussage überraschte Bouda nicht im Geringsten. Sie wusste nur zu gut, wie leicht Frauen übersehen und als unbedeutend eingestuft wurden. Aber Frauen waren zu ebenso mächtigen Demonstrationen von *Geschick* fähig wie jeder Mann. Jeder, der das bezweifelte – und davon gab es noch immer mehr als genug Vertreter –, brauchte nur einen Blick auf Euterpe Parvas Werk während des Balls auf Kyneston zu werfen.

Also warum sollte nicht eine Frau hinter den Unruhen in Riverhead stecken? Bouda konnte sie vor ihrem inneren Auge förmlich sehen: schon älter, mit natürlicher Autorität. Hager und vom Leben gezeichnet, aber charismatisch. In der Lage, gesetzestreue Sklaven mit aufrührerischen Reden aufzuwiegeln. Eine Frau, die sich an ihrem geheimen Netzwerk ergötzte. Und sich einbildete, sie könnte die Ebenbürtigen mit ihren eigenen Waffen schlagen.

Allerdings nicht mehr lange.

Hinter ihnen klopfte es an der Tür. Boudas Sekretär steckte den Kopf herein und konnte kaum das Wort »Sprecherin« hervorbringen, als die Tür auch schon aufgestoßen wurde und Rebecca Dawson, die Anführerin der Parlamentsbeobachter, an ihm vorbei in Boudas Büro stürmte.

Korrektur: die Frau, die die PB angeführt hatte, bevor Lord Jardine sie außer Kraft gesetzt hatte. Eine vierhundert Jahre alte Tradition, von Cadmus Parva-Jardine persönlich eingeführt, mit einer einzigen Notverordnung ausgelöscht.

Eine zweite Person schob sich hinter Dawson in den Raum. Jon Faiers, der Sohn der Sprecherin.

Bouda erinnerte sich noch gut an die unverfrorene Art und Weise, mit der er sie nach der Zweiten Debatte angesprochen hatte, an jenem stürmischen Abend auf den Klippen von Grendelsham. Damals hatte er bekundet, dass er die Ebenbürtigen und ihre Herrschaft bewundern würde. Anfangs hatte Bouda das für einen primitiven – und höchst unangemessenen – Annäherungsversuch gehalten. Wenn sie nach dem Vorfall mit Lord Jardine nicht so aufgewühlt gewesen wäre, dann hätte sie Faiers umgehend weggeschickt.

Eigentlich sollte sie das jetzt auch tun. Wenn seine Mutter schon keinerlei Recht hatte, sich in ihrem Büro aufzuhalten, dann hatte er erst recht keinen Grund.

Faiers fing ihren Blick auf. Bouda runzelte die Stirn und konzentrierte ihre Aufmerksamkeit auf seine Mutter.

»… seit fast zwei Wochen«, sagte Dawson gerade. »Lord Jardine hat sich klar und deutlich ausgedrückt: ›Solange nicht jeder Verdacht auf eine illoyale Gesinnung zweifelsfrei ausgeräumt worden ist‹, hat er gesagt. Nun, wir sind bereit und warten nur darauf, untersucht und von sämtlichen Zweifeln freigesprochen zu werden. Unter den PB gibt es keine illoyale Gesinnung.«

»Das werden *wir* dann beurteilen«, erwiderte Bouda. »Und wenn Ihre Behauptung stimmt, besteht ja wohl kein Grund zur Eile, oder? Wie Sie sehen können, liegt eine deutlich dringlichere Aufgabe vor uns: die Ausrottung derjenigen, deren illoyale Gesinnung offensichtlich ist. Zwanzig Sklavenstädte. Zwanzig Ermittlungen.«

»Dabei könnten wir Ihnen helfen«, sagte Dawson. »Ihre Nachforschungen werden mit unserer Unterstützung leichter verlaufen.«

»Wollen Sie damit andeuten, dass wir Ihre Hilfe benötigen?«, fragte Bouda, und ihre Augen wurden zu Schlitzen. »Das klingt ja so, als würden Sie unsere Kompetenz anzweifeln. Und das wiederum hört sich sehr nach einer illoyalen Gesinnung an.«

Die Oberaufseherin neben Bouda schnaubte spöttisch. Dawson verzog das Gesicht, während sie nach einer Antwort suchte, die sie nicht noch mehr in Bedrängnis brachte.

»Lassen Sie uns allein, Sprecherin Dawson«, sagte Bouda, genervt von der Anwesenheit der Frau. »Oder sollte ich besser schlicht und einfach ›Dawson‹ sagen, da Sie ja das Recht verwirkt haben, im Namen irgendeiner Person zu sprechen. Ich möchte nicht, dass Sie uns noch einmal belästigen – es sei denn, Sie haben irgendetwas Konkretes in der Hand. Namen. Informationen. Und angesichts der Tatsache, dass Sie selbst auch unter Verdacht stehen, wäre es das Beste, wenn Sie hier nicht mehr persönlich erscheinen. Schicken Sie jemand anderen. Vielleicht ihn.«

Bouda deutete auf Faiers und wandte sich dann sofort wieder der Landkarte zu. Eigentlich hatte sie die Sprecherin und ihren Sohn damit entlassen wollen, doch sie spürte, wie sie errötete, als ihr die Worte über die Lippen kamen. Was war bloß in sie gefahren, dass sie so etwas gesagt hatte?!

Hinter sich hörte sie, wie eine tiefe Stimme »Auf Wiedersehen, Mistress Bouda« sagte – das konnte nur der Gewöhnliche gewesen sein. Seine Mutter rauschte durch die Tür, ohne noch irgendein Wort zu verlieren.

Bouda straffte die Schultern. Die Frau war eine Nervensäge und ihr Sohn unbedeutend. Mehr gab es nicht dazu zu sagen.

Sie strich ihren Pferdeschwanz glatt und studierte die Landkarte.

»Abgesehen von den Nachforschungen, die mein Team durchführt, sind da noch zwei weitere Ermittlungsstränge, denen wir nachgehen sollten«, fuhr die Oberaufseherin fort, als hätte es keine Unterbrechung gegeben. »Der Erbe von Highwithel muss diese Frau gekannt haben. Und dann ist da noch der Junge, der den Kanzler getötet hat. Und sich jetzt in Lord Crovans Gewahrsam befindet. Wenn man bedenkt, dass dieses Netzwerk zwischen Riverhead und Millmoor existiert, hat er diese Frau vielleicht einmal kennengelernt.«

Der Erbe von Highwithel.

Meilyr war bei der Parlamentseröffnung dabei gewesen.

Seine Anwesenheit hatte Bouda zutiefst schockiert. Nicht nur wegen seiner Unverschämtheit, dort aufzutauchen. Sondern auch wegen seines Erscheinungsbildes. Mit seinem hageren Gesicht und seinem Gehstock war er nur noch ein Schatten des sorglosen jungen Mannes, der gerade einmal ein paar Jahre zuvor ein gern gesehener Gast auf dem Anwesen der Matravers gewesen war.

Doch Meilyr hatte sich verändert, nachdem seine Mutter ihn in den Justizrat hatte berufen lassen. Natürlich waren die Trescos seit Menschengedenken Sympathisanten der Gewöhnlichen. Aber während der Sitzungen und Debatten über die Arbeits- und Lebensumstände in den Sklavenstädten und die Auflösung der Unruhen waren Meilyrs Kritik immer schärfer und seine Argumente immer streitbarer geworden.

Und dann war er verschwunden.

Hätte Bouda vermuten sollen, dass er sich irgendwie mit den Gewöhnlichen eingelassen hatte? Hätte sie mehr tun können, um ihre kleine Schwester vor dem unvermeidlichen Kummer zu bewahren?

Und was war mit Meilyrs absurdem Versuch, den Jungen zu verteidigen, der Zelston erschossen hatte? Im Grunde hatte er damit fast die Verantwortung für das Attentat übernommen. Das, was man ihm angetan hatte, war schrecklich gewesen – Bouda erinnerte sich an den goldenen Sprühnebel und Meilyrs qualvollen Aufschrei. Doch seine eigenen Taten hatten diese Strafe notwendig gemacht.

Die Verhöre, denen Crovan diesen Gewöhnlichen-Jungen unterziehen würde, brachten vermutlich ans Licht, ob Meilyr wirklich beteiligt gewesen war – nicht nur an dem Debakel in Millmoor, sondern auch an Zelstons Tod. Außerdem ließ sich auf diese Weise möglicherweise klären, ob Whittams Überzeugung zutraf, dass die Kugel eigentlich für ihn bestimmt gewesen war.

Und jetzt durfte Crovan noch einer weiteren Frage auf den Grund gehen: Kannte der verurteilte Junge die Identität dieser Riverhead-Rädelsführerin? Bouda diktierte einen entsprechenden Vermerk für den Lord von Eilean Dòchais und entließ danach ihre Berater. Sie brauchte ein paar Minuten für sich, um in Ruhe nachzudenken.

DiDi hatte Meilyr und seine Mutter begleitet, als sie nach der Verhandlung überhastet nach Highwithel zurückgekehrt waren. Seitdem hatte Bouda nichts mehr von ihrer Schwester gehört.

Vielleicht war DiDi ja wütend auf sie, weil sie mit Whittam Jardine so eng verbandelt war, der Meilyrs schreckliche Strafe angeordnet hatte.

Der Gedanke traf sie, doch sie schluckte das Gefühl der Kränkung hinunter. DiDi würde es irgendwann verstehen. Alle würden es letztendlich verstehen.

Whittam wollte dieses Land schließlich nur zu seiner alten Größe zurückführen und den Einfluss Großbritanniens in einer Welt bewahren, deren Machtstrukturen sich in einem labilen Gleichgewicht zwischen *geschickten* und *geschicklosen* Nationen befanden. Zwischen der *geschicklosen* Triade, die aus Frankreich, Russland und den Unionistischen Staaten von Amerika bestand, und dem *geschickten* Trio, das sich aus Japan, Großbritannien und den Konföderierten Staaten zusammensetzte. Natürlich wollte die Triade – unter dem Vorwand, die sogenannten Menschenrechte zu wahren – die Nutzung von *Geschick* in Verwaltung und Wirtschaft einschränken. Denn nur dadurch könnte eine gleiche Ausgangslage für alle Bürger und alle Nationen gewährleistet werden, behaupteten sie.

Das würde allerdings nicht passieren. Nicht, solange niemand wusste, wem Chinas Loyalität galt. Dieses riesige Land verfügte noch über *Geschick*, aber diejenigen, die es handhaben konnten, hatten sich aus dem normalen Leben zurückgezogen und lebten in Klostergemeinschaften im tibetischen Hochland. Beide Blöcke strebten danach, China stärker an sich zu binden.

In diesen ungewissen Zeiten brauchte Großbritannien jemanden wie Lord Jardine, und die Bevölkerung sollte eigentlich froh und dankbar sein, dass sie ihn hatte.

Bouda beschloss, Whittam über den Fortgang der Ermittlungen zu unterrichten, und machte sich auf den Weg, um ihrem zukünftigen Schwiegervater einen Besuch abzustatten. Sie mussten außerdem noch ein paar andere Ärgernisse besprechen, wie etwa die Frage, ob Zelstons Sitz im Justizrat an Lady Flora und ihre Tochter Midsummer übergehen würde. Bouda hoffte inständig, dass das nicht passieren würde. Midsummer war unerträglich: so fanatisch wie die Trescos und noch dazu mit einer Gewöhnlichen liiert.

Der Weg führte Bouda durch Gänge mit Bildteppichen an den Wänden und in Richtung einer hohen Wendeltreppe. Lord Jardine hatte die Kanzler-Suite in der Turmspitze des New Westminster Tower bezogen. Deren Hauptraum war an drei Seiten mit Eichenpaneelen getäfelt, wohingegen die vierte Wand vollverglast war und einen Blick über das Haus des Lichts bot.

Während Zelstons Amtszeit hatte Bouda diesen Bereich nur bei der jährlichen Kanzlerfeier betreten. Zwischen den

Gesprächen mit den anderen Gästen hatte sie die Porträts betrachtet, die an den Wänden hingen: das Bildnis eines jeden Mannes – denn es handelte sich ausschließlich um Männer –, der je dieses bedeutendste Staatsamt innegehabt hatte, von Cadmus angefangen.

Etwa jedes vierte Porträt zeigte einen Jardine. Bouda kannte all ihre Namen und die Familiengeschichten und Skandale, die eine Lücke zwischen den Amtszeiten erklärten. Und jetzt, da Whittam erneut Kanzler war, bildete die Suite wieder das Zentrum der Macht der Familie Jardine. Die Räume konnte man fast als ein Nebengebäude von Kyneston bezeichnen. Bouda hatte das Gefühl, wenn sie eine weitere Tür öffnen würde, könnte sie Lady Thalia mit einer Näharbeit im Salon sitzen sehen oder Silyen in der Bibliothek, wo er wie üblich nichts Gutes im Schilde führte.

Nur mit dem Unterschied, dass Silyen heutzutage eher hier in Westminster anzutreffen war, überlegte Bouda, während sie den Messingfahrkorb des Aufzugs betrat, der sie zur Spitze des Turms bringen würde und der so mit *Geschick* versehen war, dass ihn bloß Ebenbürtige betreten konnten.

Sie verstand noch immer nicht, warum ihr Pate Lord Rix Silyen als seinen Erben eingesetzt hatte.

Normalerweise hätte sie Rixy dazu befragt, aber das wäre geschmacklos angesichts der Gerüchte, die über Dinas und ihre Spekulationen auf Far Carr kursierten. DiDi war zwar nicht aus dem Holz geschnitzt, aus dem Erben gemacht wurden, aber Bouda hatte erwartet, das Anwesen eines Tages zu erben und irgendwann an ihre Kinder weiterzugeben. Ihr ältestes Kind würde Kyneston bekommen, das zweite würde Appledurham erben und ein drittes Kind auf Far Carr hätte den Grundstein für eine Dynastie gelegt, die mehrere Generationen umspannt hätte.

Zu dem Verlust von Far Carr kam noch der unerträgliche Umstand, dass Silyen jetzt im Parlament saß. Bouda arbeitete gern mit bekannten Faktoren. Schließlich hatte sie jahrelang die Bündnisse und Schwächen ihrer Mitparlamentarier studiert, ihre Wünsche und Neigungen, und alles sorgfältig in ihrem Kopf abgespeichert für den Tag, an dem diese Informationen nützlich werden konnten. Der Tag, an dem sie das Kanzleramt anstreben würde.

Aber sie hatte nicht die geringste Ahnung, was in Silyens Kopf vorging.

Genauso wenig wie sein Vater, dachte sie, als der Aufzug mit einem leisen Ping seinen Bestimmungsort ankündigte. Das war für sie beide eine ganz neue und äußerst unwillkommene Erfahrung.

Entschlossen klopfte sie an der Tür zur Suite und spürte *Geschick* auf ihrer Haut prickeln wie Fingerspitzen. Dann wurde die Tür gerade so weit geöffnet, dass ihr zukünftiger Schwiegervater den Kopf durch den Spalt stecken konnte.

»Bouda«, sagte er, strich die von silbernen Strähnen durchzogenen Haare zurück und schenkte ihr sein löwenartiges Lächeln, »komm herein. Imogen wollte gerade gehen.«

Die Frau, die Bouda nach dem Betreten der Suite auf dem Sofa entdeckte, machte allerdings nicht den Eindruck, als wollte sie gerade aufbrechen. Dafür war sie etwas zu spärlich bekleidet.

Es war nicht das erste Mal, dass Bouda in solch eine Szenerie hineinplatzte. Sie hatte den Verdacht, dass Whittam das absichtlich machte. Er hätte mühelos eine Ausrede erfinden und

Bouda im Flur warten lassen können, während die Frau sich wieder ankleidete. Aber hierbei ging es um einen Test: Whittam wollte ihre Grenzen ausloten, wollte herausfinden, ob sie sich beschweren oder ihn kritisieren würde. Bouda presste ihre Lippen zu einem dünnen Strich zusammen und schwieg.

»Familienangelegenheit«, teilte Lord Jardine der Frau mit, hob ein leuchtend buntes hauchdünnes Stoffbündel vom Boden auf und warf es in ihre Richtung. Die Frau stand auf, schüttelte die Bluse kurz aus und streifte sie über.

»Du bist ja immer so wahnsinnig beschäftigt, Whittam«, sagte sie mit einer Kleinmädchenstimme. (Und was sollte daran jetzt verführerisch sein?, dachte Bouda empört.) »Arbeite nicht zu viel.«

»Auf Wiedersehen, Imogen«, sagte Jardine und hielt ihr die Tür auf. »Bis zum nächsten Mal.«

An der Schwelle hielt die Frau einen Moment inne, um ihm noch eine Kusshand zuzuwerfen, bevor die Tür vor ihrer Nase ins Schloss gedrückt wurde. Bouda wusste inzwischen, um wen es sich bei ihr handelte: Sie war die dritte Frau eines ältlichen Lords aus den Midlands, der zu den wenigen Parlamentariern gehört hatte, die Lord Jardines Staatsstreich nicht unterstützt hatten.

»Rache?«, fragte sie. »Oder brauchst du Verstärkung?«

Ihr zukünftiger Schwiegervater entstöpselte eine Karaffe, die auf einem Beistelltisch stand.

»Beides.« Er schenkte ein großzügiges Glas ein. »Die beste Rache an einem Feind besteht darin, in ihm den Wunsch zu wecken, dass er dein Freund sein möchte. Und der beste Anblick der Welt ist der Ausdruck auf seinem Gesicht, wenn du ihm dann trotzdem das Messer in den Rücken rammst.«

Er reichte Bouda den Whisky und goss sich ebenfalls ein Glas ein. Dann stießen sie lächelnd an.

»Was führt dich zu mir, liebste Tochter? Es dauert nicht mehr lange, bis ich dich auch offiziell so nennen kann. Mein Sohn hat keine Ahnung, welch großes Glück er hat, einen Preis wie dich für sich zu gewinnen.«

Whittam nahm Boudas Kiefer und Wangen und drehte ihr Gesicht hin und her, wie ein Juwelier auf der Suche nach einem Makel bei einem Diamanten. Aber den würde er nicht finden.

Die Finger ihres Schwiegervaters waren warm und kräftig. Bouda fragte sich, wo seine Hände nur wenige Minuten zuvor wohl gewesen waren.

»Aber natürlich hat nicht Gavar dich gewonnen. Sondern ich«, fuhr Lord Whittam fort.

Seine Finger drückten ihre Wangen zusammen – Bouda konnte sich die roten Flecken ausmalen, die sie auf ihrer Haut hinterlassen würden – und gaben sie dann frei.

»Ich bin wegen des Millmoor-Jungen hier«, sagte Bouda. »Ich wollte mich erkundigen, ob Crovan irgendwelche Informationen herausbekommen hat, die uns bei den Ermittlungen in den Sklavenstädten nützlich sein können.«

Schlagartig änderte sich Whittams Stimmung. Er knallte das jetzt leere Glas auf den Tisch und ging zu seinem Schreibtisch.

»Nichts Wesentliches«, antwortete er, wühlte in den Unterlagen und zog einen Papierbogen hervor. »Crovan hat bisher nur ein einziges Verhör durchgeführt. Denn wie ich aus eigener Erfahrung im Nahen Osten weiß, fordert dieses Verfahren seinen Tribut von dem Verdächtigen. Verlust der geistigen Fähigkeiten und so weiter. Aber ich kann nicht zulassen, dass das

Hirn des Gefangenen zu Brei verwandelt wird, solange Crovan nichts Nützliches gefunden hat.

Also wird der Junge einmal wöchentlich verhört, was uns mindestens ein paar Monate Zeit verschaffen müsste, bevor er nur noch sabbern kann. Und Arailt ist zuversichtlich, dass er bis dahin ein paar Antworten haben wird.«

»Vielleicht …« Bouda wagte kaum, es auszusprechen. Lord Whittams Stimmungsumschwünge waren – genau wie die seines Erben – bestenfalls unvorhersehbar. »Vielleicht ist es ja doch genau so, wie es scheint: einfach nur ein radikalisierter Junge, der losgeschickt wurde, um einen Kanzler zu töten. Keine größere Verschwörung, keine weitere Beteiligung von Ebenbürtigen, jedenfalls nichts, das über das hinausgeht, was Meilyr schon gestanden hat.«

»Nein. Crovan hat bereits Beweise dafür gefunden, dass auf *geschickte* Weise am Verstand des Jungen herumhantiert wurde. Möglicherweise hat man seine Erinnerungen durch Auferlegung des Stillschweigens manipuliert oder ihn unter Zwang handeln lassen. Vielleicht sogar beides. Aber es beweist, dass einer der Unseren dahintersteckt. Und als die Pistole zum Vorschein kam, war ihr Lauf auf mich gerichtet.«

Hatte er eventuell recht? Falls Whittam tatsächlich das eigentliche Ziel gewesen war, bedeutete das natürlich, dass alle möglichen Motive in Frage kamen. Bouda dachte an die Frau auf dem Sofa. Eine ungeahnte Zahl gehörnter Ehemänner konnte den Wunsch verspüren, Lord Jardine eine Kugel in die Brust zu jagen. Normalerweise hätte Gavar ganz oben auf Boudas Liste möglicher Verdächtiger gestanden, aber sämtliche Jardines wussten schließlich, dass kein Familienmitglied von einem der eigenen Sklaven verletzt werden konnte.

»Während der Stunden vor der Verhandlung habe ich Silyen den Verstand des Jungen durchforsten lassen. Doch er hat nichts gefunden. Vielleicht hätte ich ihm mehr Zeit geben müssen. Aber Silyen hat persönlich darauf bestanden, dass ich den Jungen für weitere Nachforschungen zu Crovan schicken soll. Und wir alle wissen nur zu gut, dass es meinem jüngsten Sohn nicht ähnlich sieht, seine eigenen Fähigkeiten unter den Scheffel zu stellen.«

Weitere neue Informationen. Bouda bewegte sie in ihrem Herzen, nicht sicher, was das zu bedeuten hatte.

»Vielleicht wollte er verhindern, dass er durch ein Versagen das Gesicht verliert, so kurz nach der triumphalen Wiederbelebung seiner Tante Euterpe und nach dem Wiederaufbau des Ostflügels?«

»Vielleicht.«

Whittam klang nicht davon überzeugt. Und auch Bouda glaubte das nicht wirklich. Aber sie hatte ebenfalls keine andere Erklärung dafür – noch nicht.

»Seit der Adoption habe ich ihn nicht mehr gesehen«, sagte Lord Jardine und füllte erneut sein Glas. Bouda runzelte die Stirn. Es war noch nicht einmal zwölf Uhr mittags. »Was an sich kein Problem ist, auch wenn seine Mutter ihn vermisst. Er lebt jetzt auf Orpen Mote.«

»Orpen? Aber das ist doch eine Ruine.«

»Nicht mehr. Offenbar bauen Silyen und seine Tante Euterpe es wieder auf. Erst Kyneston, jetzt Orpen. Ich hab immer gewusst, ich würde einen Ausbund an *Geschick* großziehen. Als Silyen damals nach Westminster gekommen ist, habe ich angenommen, das sei der Beginn einer politischen Karriere. Aber es hat den Anschein, als ob die wahre Berufung meines Jüngsten darin besteht, den Gelegenheitshandwerker zu spielen. Welch eine Enttäuschung, jeder Einzelne von den dreien.«

Lord Jardine knallte das Glas auf den Tisch. Füllte es erneut.

»Aber das gilt nicht für dich, stimmt's? Meine eifrige, pflichtbewusste Schwiegertochter.«

Lord Whittam betrachtete sie. Das Weiß rund um seine Pupillen war gerötet und blutunterlaufen.

»Verrat mir mal, Bouda, was du von meinen Kindern hältst. Sind sie nicht alle unzulänglich? Gavar ist ein Prasser, Silyen hat keinen Funken Verantwortungsgefühl und Jenner ist zu nichts nutze.«

Diese Beschreibung traf ziemlich genau das, was auch Bouda insgeheim dachte. Aber sie bezweifelte, dass Lord Jardine ihre wahre Einschätzung seiner Familie hören wollte. Was bezweckte er mit diesem Gespräch? War es denkbar, dass ihr zukünftiger Schwiegervater endlich das einräumen würde, worauf sie all die Jahre gewartet hatte: dass nicht sein Sohn, sondern dessen Frau das beste Familienoberhaupt der nächsten Generation darstellen würde?

»Es scheint doch unwahrscheinlich, dass ein Stammbaum wie meiner solche Nachkommen hervorbringt«, fuhr Whittam fort und deutete auf die Porträts an den Wänden. »Selbst Silyen, der so mächtig ist, hat zahlreiche Schwächen. Der Junge ist zügellos und nicht normal. Und trotzdem entstammen sie alle dieser Familie.«

Lord Whittam nahm Bouda am Ellbogen und führte sie zu den Porträts an den Wänden. Das erste Bildnis ließen sie kommentarlos links liegen. Cadmus Parva-Jardine bedurfte keiner weiteren Erklärungen.

»Ptolemy Jardine«, sagte Lord Whittam und zeigte auf Cadmus' Erben und Nachfolger. »Er etablierte die von seinem Vater und Großvater herbeigeführte Revolution und stellte sicher, dass unsere Herrschaft bis in alle Ewigkeit andauern wird. Sein Sohn, Aristide Jardine – der Peiniger der Prinzen. Er hat nicht nur einen, sondern gleich drei Hochstapler hinrichten lassen, die sich als die wahren Erben des abgeschafften Throns ausgegeben haben.«

Bouda betrachtete Aristide. Er war einer der attraktivsten Männer in einer ohnehin gutaussehenden Familie. Man konnte ihn fast als Schönheit bezeichnen. Und seine Vernichtung der Thronbewerber war ebenso makellos:

Statt die Gewöhnlichen zu bestrafen, die den ersten Hochstapler unterstützt hatten, hatte Aristide der arbeitenden Bevölkerung Londons drei Festtage geschenkt und die Stadt in einen riesigen Jahrmarkt verwandelt. Überall boten Stände Freibier und Pasteten sowie kostenlose Leckereien und Wein an. Straßenhändler verschenkten Samtbänder und Anhänger; Jongleure und Feuerspucker traten in den Straßen auf, und in den Seitengassen fanden Hunde- und Bärenkämpfe statt. Auf dem Höhepunkt der Feierlichkeiten strömten die Besucher – von Freiheiten, Zügellosigkeiten und Alkohol berauscht – auf den Platz, wo der zu Tode verängstigte Thronbewerber nackt an einen Pfahl gefesselt war. Woraufhin die Londoner den Mann mit bloßen Händen in Stücke rissen.

Sieben Jahre und zwei weitere Hochstapler später, als sich erwartungsgemäß keine neuen Thronanwärter mehr meldeten, führte Aristide den Blutmarkt als jährlichen Feiertag ein. Die schlimmsten Widersacher der Ebenbürtigen-Herrschaft wurden während eines Tages zügelloser Feierlichkeiten öffentlich hingerichtet. Diese grausige Tradition hatte bis vor zwei Jahrhunderten angedauert. Bouda hatte Aristide immer als den Höhepunkt *geschickter* Staatsführung bewundert.

Langsam schlenderten sie an weiteren Porträts vorbei. An weiteren Jardines.

»Jerrold Jardine«, sagte Whittam und blieb vor einem Gemälde stehen, das einen lächelnden jungen Mann zeigte, dessen langes kupferrotes Haar im Nacken mit einem meergrünen Seidenband zusammengefasst war. »Jerrold, der Gerechte. Der Name dürfte dir aufgrund seiner Freundschaft mit deinem Vorfahren Harding Matravers geläufig sein … Harding, der deine Familie erst bekannt gemacht hat. Obwohl Jerrold in jungen Jahren ein Playboy war, entwickelte er während seiner Amtszeit als Kanzler wahre Größe. Etwas Ähnliches hatte ich mir mal von Gavar erhofft. Doch jetzt bin ich mir nicht mehr so sicher.«

»Warum erzählst du mir das alles?«, fragte Bouda. Sie kannte diese Gemälde, diese Gesichter und Geschichten so gut wie die ihrer eigenen Vorfahren auf Appledurham.

Im nächsten Moment schnappte sie nach Luft, als sich die Hand ihres Schwiegervaters fest um ihren Arm schloss und er sie gegen das Bildnis stieß. Bouda wandte den Kopf ab, während Lord Whittams Gesicht immer näher kam, und ihr Blick traf sich mit dem wissenden gemalten Blick von Jerrold Jardine.

»Ich erzähle dir das, weil diese Stammlinie einen Makel hat«, sagte Whittam mit heiserer Stimme. Die Alkoholdämpfe seines Atems prickelten auf Boudas Haut. »Ein Makel, der aus der Familie meiner Frau stammen muss. Meine Frau besitzt nur wenig *Geschick*. Und du weißt ja, wie degeneriert ihre Schwester ist. Euterpe, mit ihrem Wunsch, ihren uralten Stammbaum durch eine Heirat mit Zelston zu besudeln. Ihre

Unfähigkeit, ihre Gefühle im Zaum zu halten. Und die Gewalt ihres *Geschicks*, das fast ganz Kyneston zerstört hätte.«

Euterpe Parvas Reaktion am Abend von Kanzler Zelstons Tod zählte zu den Dingen, die Bouda nie mehr vergessen würde: abgrundtiefer Kummer, der sich in pure Kraft verwandelt hatte.

In den Sekunden vor der Explosion des Ballsaals hatte Bouda das Gefühl gehabt, als ob jede Faser ihres Körpers unfassbar eng zusammengepresst würde. Aber das Schreckliche daran war nicht der unvorstellbare Druck, sondern die Furcht vor dem, was als Nächstes kommen würde, wenn diese Kraft sie alle wieder freigab. Einen Moment lang hatte Bouda den Eindruck gehabt, als würde sie in unzählige Fragmente zersplittern. Doch dann war stattdessen Kynestons Ostflügel in die Luft geflogen.

»Der Makel aus dem Stammbaum meiner Frau hat sich in meinen Söhnen manifestiert«, fuhr Whittam fort, wobei seine linke Hand hochzuckte, Boudas Kinn packte und sie zwang, ihn wieder anzusehen. »In Gavar, deinem Verlobten.«

Seine Worte ließen Bouda erstarren. Sie war noch nicht verheiratet. Noch nicht Herrin von Kyneston. Noch nicht die Mutter zukünftiger Erben. Noch konnte sie all das verlieren – und damit auch ihre Hoffnungen auf das Kanzleramt.

»Was willst du damit sagen?«, fragte sie und hoffte inständig, dass ihre Stimme nicht flehentlich klang. »Möchtest du nicht mehr, dass Gavar mich heiratet? Mein Stammbaum mag vielleicht nicht zu den hochkarätigsten im Land zählen, aber er ist stark. Und wir sind noch reicher als ihr Jardines. Außerdem verfüge ich über sehr viel *Geschick*; meine Kinder werden nicht nur sehr attraktiv, sondern auch klug sein. Falls deine Überzeugung bezüglich des Makels in dieser Generation deiner Familie stimmt, wer wäre dann besser geeignet als jemand wie ich, um diesen Makel wieder herauszuzüchten?«

»Ach, ich rede gar nicht von Herauszüchten«, erwiderte Whittam. Er trat noch näher, und Bouda spürte seinen Körper jetzt auf ganzer Länge. Seine Hand gab ihren Arm frei und wanderte tiefer.

»Gavar ist mein Ebenbild«, sagte der Lord von Kyneston, dicht an Boudas Ohr. Lag es nur am Alkohol in seinem Atem, dass seine Worte brannten und ihr einen Stich versetzten? »Niemand wird je davon erfahren. Lass uns dafür sorgen, dass dieser Makel nie in deine Linie hineingezüchtet wird.«

Sein Mund stürzte sich auf ihren. Sein Knie zwängte sich zwischen ihre Beine.

Bouda spürte, wie ihr *Geschick* sich meldete – ein zur Reaktion bereiter Schutzreflex, der unter Spannung stand, solange sich ihr Körper nicht sicher war, ob es sich bei diesem Überfall um eine Bedrohung handelte oder nicht.

War es denn eine?

Sie wollte Lord Jardine nicht. Aber andererseits wollte sie auch seinen Sohn nicht. Sie wollte das Kanzleramt.

Koste es, was es wolle.

Im nächsten Moment nahm Bouda den *Geschick*-Reflex ihres Körpers an die Kandare wie ein Dompteur ein wildes Tier. Sie ließ die Arme herabhängen, öffnete die Lippen unter dem gierigen Mund ihres Schwiegervaters.

Um sie herum sahen die Porträts Dutzender Jardines zu. Stolz. Intelligent. Mächtig.

Eines Tages würde sich ihr eigenes Bildnis zu ihnen gesellen, dachte Bouda, während sie den Kopf in den Nacken legte.

Und dafür lohnte sich selbst das hier.

10

Abi

Meilyr war ohne einen Straferlass für Luke aus Westminster zurückgekehrt, und obwohl Abi sich ermahnt hatte, sich nicht allzu große Hoffnungen zu machen, fiel es ihr schwer, ihre Bestürzung zu verbergen.

Der Ebenbürtige hatte Rix konfrontiert, der jedoch jede Beteiligung abgestritten hatte. Außerdem hatte er mit Silyen Jardine gesprochen.

»Silyen hat mehr oder weniger bestätigt, dass Rix Lukes Willen mit seinem *Geschick* manipuliert hat«, erzählte Meilyr, während er sich mühsam in einem der Bibliothekssessel aufrecht hielt. Abi und die Vereinsmitglieder hatten sich um ihn herum versammelt.

»Mehr oder weniger?«, höhnte Renie. »Was sollen wir denn damit anfangen?«

»Silyen muss mit jemandem darüber reden«, beharrte Abi. »Die Ebenbürtigen müssen erfahren, wer für das Attentat verantwortlich ist. Und sein Vater wäre bestimmt nicht glücklich, wenn er hört, dass sein Sohn ihm etwas derart Wichtiges verschwiegen hat.«

»Du hast doch mit ihm unter einem Dach gelebt«, sagte Meilyr müde. »Glaubst du ernsthaft, dass Silyen Jardine in seinem ganzen Leben je zu irgendetwas gezwungen worden ist? Und wahrscheinlich würde er diese Informationen schon allein deshalb zurückhalten, um seinen Vater zu ärgern. Immerhin hat er die ganze Geschichte erst ins Rollen gebracht. Er war derjenige, der Zelston dazu veranlasst hat, die Kanzlervorlage zur Abschaffung der Sklavenzeit zu unterbreiten – im Tausch gegen Euterpe Parvas ›Wiedererweckung‹.«

Erstaunt ließ Abi sich gegen die Sessellehne sinken.

Silyen? Der Junge war der Letzte ... okay, vielleicht nicht der Letzte (diesen Titel beanspruchten sein Vater und Bouda Matravers), aber zumindest einer der Letzten, die Abi sich als Befürworter der Abschaffung hätte vorstellen können. Alles an ihm strahlte die Überzeugung aus, dass seinesgleichen den Gewöhnlichen überlegen war.

Doch mit diesem Rätsel musste sie sich ein anderes Mal beschäftigen.

»Okay«, sagte sie und unterdrückte ihre Enttäuschung darüber, dass nicht die Möglichkeit bestand, das Ganze auf leichtere Weise abzuwickeln – auf vernünftige, faire Weise. Aber wenn sie inzwischen eines gelernt hatte, dann die Tatsache, dass die Ebenbürtigen auf Fairness pfiffen. »Während du weg warst, haben wir uns mit einer Alternative befasst. Damit will ich nicht sagen, dass wir Rix vom Haken lassen sollten. Wenn er seine Tat nicht freiwillig gesteht, sollten wir vielleicht Druck ausüben oder der Ermittlungskommission einen anonymen Tipp geben. Aber hör dir erst einmal an, was wir uns überlegt haben, während du in London warst.«

»Einen Fluchtplan?«

Irgendetwas leuchtete in Meilyr Trescos müden Augen auf, so dass selbst Renie, die neben Abi saß, sich aufsetzte und ihn eingehend musterte. Abi nickte.

»Bodina hat zusammen mit Oz, Jess und Renie das Gelände

erkundet, während Asif, Hilda und Tilda und ich uns mit der Hintergrundrecherche befasst haben.«

Diese Aufteilung hatte nicht nur die Stärken jedes Einzelnen berücksichtigt, sondern Abi auch davor bewahrt, mit einer Frau zusammenzuarbeiten, die sie fast von einem Felsplateau gestoßen hatte. Jenner hatte sich anfangs geweigert, das Anwesen der Trescos zu verlassen und Abi und Bodina allein auf Highwithel zurückzulassen. Doch Abi hatte ihn davon überzeugt, zumindest für eine kurze Weile nach Kyneston zurückzukehren, um keinen Verdacht zu erregen. Außerdem hoffte sie, dass er ein wachsames Auge auf Daisy haben würde, solange Gavar in London war. Es hatte ihr fast das Herz gebrochen, als sie ihn schwören ließ, Daisy nicht zu erzählen, dass er den Aufenthaltsort ihrer großen Schwester kannte.

Bodina holte ein Handy hervor, legte es auf den Bibliothekstisch und wählte die Nummer eines Prepaid-Handys. Als das Gerät zu knacken begann, drückte sie auf die Lautsprechertaste, woraufhin die Stimme am anderen Ende der Leitung trotz des schlechten Empfangs gut verständlich war.

»Ist ein bisschen windig hier«, blökte Oz, nachdem Bodina und er einen vorher vereinbarten verschlüsselten Wortwechsel hinter sich gebracht hatten. Dina fragte, ob er sich an einem Ort befand, an dem er ungestört reden konnte. »Darauf kannst du wetten«, lautete die Antwort, halb vom Wind verweht. »Ich blicke gerade auf das Objekt hinunter. Was für ein wunderschöner Ort. Mächtig und dunkel, in diesem See, der irgendwie zu glitzern scheint.«

Im Hintergrund ertönte ein unbestimmtes Murmeln, dann blökte Oz erneut: »Tilda, ich soll dir von Jess ausrichten, dass deine Fotos stimmen. Diese Satellitenbilder. Jedes Detail passt.

Leider hat er keine hübsche neue Brücke errichten lassen. Aber am anderen Ufer des Sees liegt ein Boot und auf der Insel sind eine Art Tor und ein schmaler Steg zu erkennen. Allerdings haben wir bisher niemanden gesehen, der den Steg genutzt hätte. Überhaupt haben wir niemanden gesehen – weder auf der Insel noch auf diesen gezackten Mauern oben auf der Burg.« Es folgte ein weiterer gedämpfter Wortwechsel, dann lachte Oz. »Auf den Zinnen.«

Nach Beendigung des Gesprächs erläuterten Abi und Dina Meilyr ihren Plan, wobei auch Renie sich immer wieder aufgeregt in die Unterhaltung einmischte.

»So, jetzt weißt du, was wir über die Burg wissen«, sagte Dina, als Abi erläutert hatte, was sie in der Highwithel-Bibliothek herausgefunden hatte. Während ihrer schlaflosen Nächte hatte sie ihre schrecklichen Gedanken dadurch bekämpft, dass sie jedes Geschichtsbuch der Bibliothek nach Details zum Aufbau von Eilean Dòchais durchforstet hatte. »Aber Crovan ist der Schlüssel zu dem Ganzen. Er ist dort der einzige Mensch mit *Geschick*, und wir wissen ja, dass er keine Skrupel hat, es einzusetzen.«

»Das heißt also, dass wir Crovan irgendwie aus der Burg herauslotsen müssen«, sagte Renie und beugte sich zu Meilyr vor. »Und du errätst nie, wer dazu die passende Idee hatte. Asif.«

Sämtliche Blicke hefteten sich auf Asif, der mit hochgezogenen Knien tief in seinem Sessel saß. Er zuckte zusammen und wedelte mit den Händen.

»Jetzt seht mich doch nicht alle so an. Hier sitzt ein schlecht sozialisierter Introvertierter. Außerdem ist der Plan ziemlich simpel.«

»Das sind die besten«, sagte Meilyr lächelnd.

Und der Plan war wirklich gut.

»Meine Schwester ist Generalsekretärin des Justizrats«, berichtete Dina. »Es ergibt also durchaus Sinn, dass sie die Mitglieder des Rats informieren würde, wenn eine Dringlichkeitssitzung einberufen würde, oder? Sag mir, ob ich mich irre.«

»Nein, tust du nicht.«

Während Meilyr ihr zuhörte, griff er nach ihrer Hand. Abi bemerkte, wie die schreckliche Anspannung, die die Ebenbürtige in den letzten Tagen beherrscht hatte, etwas von ihr abfiel. Sie bewunderte die beiden, selbst wenn es ihr schwerfiel, Dina zu mögen. Diese Ebenbürtigen brauchten das hier nicht zu tun – nichts von dieser ganzen Geschichte. Aber sie hatten ihre Privilegien beiseitegeschoben, um gegen den Missbrauch zu kämpfen, den ihresgleichen tagtäglich ausübten.

Und dennoch, beharrte irgendetwas tief in Abis Innerem. Wie endete dieser Satz? *Und dennoch haben sie weniger zu verlieren?* Das stimmte nicht, denn Meilyr hatte bereits einen Verlust erlitten, den kein Gewöhnlicher je nachvollziehen konnte.

Und dennoch ist es nicht ihr Kampf? Vielleicht lag es ja daran.

Aber egal. Sie saßen jetzt alle in einem Boot – und Abi brauchte beide, Meilyr und Dina, wenn sie Luke retten wollte.

»Ich werde Crovan eine Nachricht von meiner Schwester schicken, in dem sie seine Anwesenheit bei einer Sitzung benötigt; ich kenne ihre Handschrift. Außerdem werde ich ihn anrufen. Es fällt mir leicht, ihre Stimme nachzumachen. Während Crovan auf dem Weg nach London ist – wir dürfen nicht warten, bis er dort ankommt, weil er dann nämlich erfährt, dass gar keine Sitzung stattfindet –, werde ich zu seinem Anwesen reisen«, erklärte Dina. »Auf der Burg gebe ich mich als Bouda aus und teile den Bewohnern mit, dass der Gefangene Hadley für eine Befragung vor dem Justizrat benötigt wird. Das klingt plausibel, weil Crovans Mitarbeiter wissen, dass er zu einer Justizratssitzung nach London gereist ist.«

»Wir wissen jetzt, wo das Boot liegt, damit wir den See überqueren können«, ergänzte Renie. »Und Tildas Fotos zeigen einen Hubschrauberlandeplatz – den, den Crovan nutzt. Wenn wir uns als legitime Vertreter des Justizrats ausgeben, können wir einfach mit dem Highwithel-Hubschrauber rein- und wieder rausfliegen. Und das war's dann.«

Triumphierend musterte Renie den Ebenbürtigen. Abi konnte Meilyr ansehen, dass er über ihren Vorschlag nachdachte und nach möglichen Schwachstellen suchte.

»Ich hab dich ja gewarnt, dass mein Plan ziemlich simpel ist«, sagte Asif und wippte mit dem Bein, während sie alle auf das Urteil des Erben von Highwithel warteten. »Er wird nicht funktionieren, oder? Ich hab gewusst, dass da zu viele Knackpunkte sind.«

»Nein«, sagte Meilyr und schüttelte langsam den Kopf. »Nein, ich denke, er könnte durchaus funktionieren. Ich werde natürlich mitkommen. Schließlich bin ich noch immer ein Mitglied des Justizrats. Meine Anwesenheit wird die Geschichte untermauern und diejenigen, die auf der Burg sind, überzeugen, und gleichzeitig wird Luke dadurch beruhigt werden.«

Dina machte den Eindruck, als wollte sie protestieren, doch Renie nickte begeistert.

»Das ist wie damals, als Luke und du Oz aus dem Hochsicherheitsgefängnis geholt habt«, erklärte sie. »Ihr beide seid da einfach reinmarschiert, als hättet ihr jedes Recht dazu, und deshalb hat man euch geglaubt.«

Abi hatte zwar den Verdacht, dass diese frühere Rettungsaktion nicht ganz so einfach verlaufen war und vermutlich auch *Geschick* im Spiel gewesen sein musste. Aber dieser Plan folgte ungefähr dem gleichen Schema. Alles beruhte auf einem einzigen Faktor: dass Crovan die Vorladung zur Sitzung glaubte.

War Luke vor Oz' Rettung so nervös gewesen wie sie jetzt?, fragte Abi sich. Das konnte nicht sein. Schließlich hatte er nur einem Freund zur Flucht verhelfen wollen, wohingegen sie um ihren kleinen Bruder kämpfte.

Renie stieß sie mit dem Ellbogen an und deutete dann mit dem Kopf auf Meilyr, der Abi offenbar gerade eine Frage gestellt hatte.

»Ich sagte: Ich weiß ja, dass du dich mit merkwürdigen uralten Quellen beschäftigt hast, aber gibt es irgendetwas, das du uns über die Burg verraten kannst? Beispielsweise, warum die Gefangenen nicht alle fliehen, sobald Crovan das Anwesen verlässt? Vielleicht sperrt er sie ja alle in Zellen ein, aber ich meine, ich hätte mal irgendeine Legende über die besonderen *Geschick*-Sicherheitsmaßnahmen der Burg gehört.«

»Die Bücher liefern dazu keine eindeutigen Informationen. Allerdings habe ich eine alte Volkssage gefunden …« Abi stöberte in dem Bücherstapel, der griffbereit neben ihr auf dem Tisch lag, und holte einen Wälzer mit einem keltischen Muster auf dem Ledereinband hervor. »Die Geschichte trägt den Namen ›Das Halsband von Eile An Dòchais‹ und soll angeblich eine Komödie sein. Darin heißt es – und andere Quellen bestätigen das –, dass die Burg über zwei Türen verfügt. Eine, durch die man das Anwesen nur betreten kann. Und eine, durch die man wieder hinausgelangt. Aber jetzt kommt der Haken: Die Tür, die von der Burg ins Freie führt, bringt den Tod. Sie tötet jeden, der sie durchschreitet – es sei denn, ein Mitglied der Familie Crovan hat sie geöffnet. Und wenn das wörtlich zu nehmen ist, wäre das ein ziemlich überzeugendes Abschreckungsmittel für jeden, der fliehen will.

In diesen Büchern hier …« – Abi hievte zwei schwere Geschichtsbücher vor Meilyr auf den Tisch – »finden sich mehrere Referenzen, die etwas Licht auf diese Sage werfen. Die Crovans zählen zu den alteingesessenen Adelsfamilien, den sogenannten *Mormaer*. Während des Mittelalters war Schottland in einen Machtkampf nach dem nächsten verwickelt: Attentate, widerrechtliche Machtergreifungen, das ganze Programm. Der *Mormaer* Crovan ließ daraufhin zum Schutz seiner Familie diese Türen errichten. Doch gerade aufgrund dieser todbringenden Tür scheint das Betreten der Burg sich zu einem Zeichen des guten Willens entwickelt zu haben. Was dazu führte, dass die Crovans als Friedensstifter und Verhandlungsführer bekannt wurden und Eilean Dòchais während der endlosen Auseinandersetzungen zwischen den *Mormaer*-Familien zum Austausch von Geiseln diente.

Und dann ist da noch der See. Loch nan Deur ist mit *Geschick* versehen und verursacht offenbar schreckliche Schmerzen, sobald man mit seinem Wasser in Berührung kommt. Das heißt also, dass die Gefangenen nicht einfach hinüberschwimmen können – und das Boot liegt auf der anderen Seite des Sees. Angesichts der Natur der Verbrechen, die die Verurteilten begangen haben, braucht Crovan sich wohl keine allzu großen Sorgen zu machen, dass die örtliche Bevölkerung Mitleid entwickelt und hinüberrudert, um die Gefangenen zu befreien.«

»Könnten sie sich nicht eine Art Boot bauen?«, überlegte Renie laut. »Keine Ahnung, vielleicht einen Tisch umdrehen und damit ans andere Ufer paddeln?«

»Das ließe sich möglicherweise machen«, räumte Abi ein. »Was die Vermutung nahelegt, dass Crovan noch über andere Sicherheitsmaßnahmen verfügt. Vielleicht hat er ja jemanden, der ihn während seiner Abwesenheit vertritt. Oder – wie Meilyr schon gesagt hat – er schließt sie einfach in Zellen ein.«

Oder fesselt sie mit Halsbändern und Hundeleinen.

»Da wäre noch ein letzter Punkt«, sagte Abi. »Ich werde euch begleiten. Luke wird dich wahrscheinlich erkennen, Dina. Vor allem, wenn Meilyr dabei ist. Hoffentlich wird er verstehen, dass es sich um eine Rettungsaktion handelt. Aber es wäre auch denkbar, dass Luke glaubt, dass ihr ihn zum Mord an Zelston benutzt habt. Vielleicht fürchtet er sogar, dass ihr ihn entführen und dann töten wollt, damit Crovan dich nicht als ›Engel des Nordens‹ in Lukes Erinnerungen sieht. Wer kann schon sagen, in welchem Geisteszustand er sich inzwischen befindet?

Das heißt also, dass ich mitkomme. Die echte Bouda würde auch nicht ohne Berater oder Assistenten reisen. Diese Rolle kann ich dann spielen. Ich warte im Boot, aber falls irgendetwas schiefgeht und Luke sich widersetzt, bin ich zur Stelle, um ihn zu beruhigen.«

»Und ich warte beim Hubschrauber«, verkündete Renie. »Und halte Wache. Schließlich haben wir Tildas Kopfhörer und können auf diese Weise in Kontakt bleiben.«

Und das war er. Ihr Plan. Er war riskant, aber sie hatten ihn von allen möglichen Blickwinkeln aus unter die Lupe genommen, und eigentlich könnte – sollte – er funktionieren. Bitte mach, dass Meilyr einverstanden ist, dachte Abi. Jeder Tag, an dem Luke an diesem schrecklichen Ort festgehalten wurde, war unerträglich.

Meilyr zog die beiden Geschichtsbücher zu sich heran; seine Finger strichen langsam über die vergoldeten Kanten der Seiten.

»Lasst mich heute Abend darüber nachdenken und mit meiner Mutter reden«, sagte er. »Aber ich glaube, dass ihr recht habt: Es scheint wirklich unsere beste Chance zu sein. Renie, wärst du so nett und würdest diese Bücher bitte auf mein Zimmer bringen?«

Am nächsten Morgen war Meilyr nirgends zu sehen, und Abi hatte das Gefühl, dass die Anspannung sie fast umbringen würde. Beim Frühstück brachte sie keinen Bissen hinunter, weil sich ihr Magen völlig verkrampft hatte. Stunden später saß sie wieder am Esstisch und starrte mit ähnlicher Verzweiflung auf ihr Mittagessen, als das Klopfen eines Gehstocks ihr verriet, dass der Erbe von Highwithel den Saal betrat, flankiert von seiner Mutter und Dina.

»Die Sache ist eingefädelt«, teilte er Abi und den anwesenden Vereinsmitgliedern mit. »Heute Morgen ist ein Schreiben an Crovan herausgegangen, das ihn auffordert, in zwei Tagen an einer Dringlichkeitssitzung des Justizrats teilzunehmen. Dina wird sich morgen telefonisch vergewissern, dass er die Nachricht erhalten hat und Vorbereitungen für die Reise nach

London trifft. Sobald er aufgebrochen ist, machen wir uns ebenfalls auf den Weg. Wir nehmen die gleiche Route wie Dina, als sie Oz und Jess zum Ausspionieren der Burg nach Schottland gebracht hat – zuerst nach Mallaig und dann morgen Abend weiter nach Eilean Dòchais.«

Abis Mund fühlte sich wie ausgetrocknet an. In sechsunddreißig Stunden würde sie Luke wiedersehen. Sie schob ihren Teller zurück. Vor Aufregung würde sie den ganzen Tag nichts mehr hinunterbekommen.

Was würden sie tun, sobald sie erst einmal wiedervereint waren – beide auf der Flucht vor dem Gesetz? Vorausgesetzt, sie würden es beide schaffen. Von Lord Jardines Regime war kein Straferlass zu erwarten. Bouda Matravers würde herausfinden, dass man zu Lukes Befreiung ihre Identität vorgetäuscht hatte, und sie würde keinen Moment zögern, sofort Jagd auf sie beide zu machen. Wohin konnten sie sich wenden? Schließlich konnten sie wohl kaum auf Highwithel leben. Eigentlich blieb ihnen nur eine Möglichkeit: die Flucht außer Landes.

Die *geschicklosen* Nationen der Triade – Russland, Frankreich und die Unionistischen Staaten von Amerika – gewährten jedem Flüchtling aus einem *Geschick*-Regime, welches die Menschenrechte missachtete, automatisch Asyl. Würde man Luke und Abi ebenfalls aufnehmen? Und sobald ihre Eltern und Daisy ihre Sklavenzeit abgeleistet hatten, würden sie ins Ausland reisen oder sogar auswandern dürfen? Würde diese ganze Geschichte auf diese Weise enden: die Hadleys wiedervereint in irgendeiner amerikanischen Kleinstadt, wo sie ein neues Leben begannen?

Ein Leben, das jedoch ohne Jenner stattfinden würde, denn

als Angehöriger der britischen herrschenden Klasse würde man ihm – trotz seines Mangels an *Geschick* – nicht gestatten, die amerikanische Grenze zu überschreiten.

Doch darüber würde Abi sich ein anderes Mal den Kopf zerbrechen.

Am nächsten Morgen bestätigte Bodina, dass ihr Telefonat erfolgreich verlaufen war. Crovan wollte am späten Nachmittag aufbrechen, wie ein kurzes Gespräch mit ihm ergeben hatte. Also wurde Lukes Befreiungsaktion für den Abend geplant und die Bewohner von Highwithel machten sich an die Arbeit.

Die Datenexperten des Vereins würden auf der Insel verbleiben.

»Ich schätze, dieses Mal bleiben wir besser hier, Doc«, sagte Hilda.

»Aber lasst eure Funkgeräte eingeschaltet, falls ihr irgendwelche Informationen braucht«, fügte Tilda hinzu.

Asif und Meilyr verabschiedeten sich selbst für Männer unbeholfen und umarmten einander linkisch. Aufgrund von Meilyrs Schmerzen und Asifs Nervosität war bestimmt ein halber Meter Luft zwischen ihnen.

»Sag deinem Bruder, dass wir es kaum erwarten können, ihn wiederzusehen«, bat Tilda. »Und dass das Essen hier viel besser ist als in Millmoor. Das wird ihm Beine machen.«

Die beiden lachten in sich hinein, doch Abi wusste, dass auch die Schwestern regelrechte Nervenbündel sein würden, bis sie alle unversehrt zurückgekehrt waren – und in Begleitung von Luke.

Zu allem Übel musste Abi beim Abheben des Hubschraubers, den Dina ruhig steuerte, feststellen, dass sie luftkrank war. Selbst der Moment, als Highwithel nach dem Überqueren seiner *Geschick*-Tarngrenze einfach aus der Sicht verschwand, bot nur wenig Ablenkung. Abi schloss die Augen und konzentrierte sich während der nächsten Stunden auf ihre Atmung, damit der Stress keine Panikattacke oder eine Erinnerung an die schreckliche Explosion auf Kyneston auslöste. Allerdings gelang ihr das nicht die ganze Zeit. Gelegentlich öffnete sie kurz die Augen und entdeckte dabei, dass Renie sie beobachtete. Einmal beugte sich das Mädchen sogar zu ihr hinüber und drückte mitfühlend ihre Hand.

Als Dinas Stimme über Kopfhörer krächzend verkündete, dass sie die Grenze zu Schottland überquert hatten, hatte Abi sich einigermaßen erholt und war sogar in der Lage, einen Blick aus dem Hubschrauber zu werfen. Sie waren die meiste Zeit über die Irische See geflogen, doch rechts von ihr konnte sie jetzt den geschwungenen Verlauf der schottischen Küste erkennen. Aus der Luft wirkte das Land atemberaubend schön. Abi konnte Flüsse ausmachen und die Konturen der Berge. Die ganze Landschaft erstrahlte in frischen, leuchtenden Farben.

Aber dann, weiter entfernt, entdeckte sie etwas, das nicht mehr sauber und klar schimmerte. Eine wabernde Wolke aus Rauch, Dampf und Feuer. Carlisles Schatten – die Sklavenstadt Rockdale – verseuchte die umliegende Gegend.

Abi wollte den Blick abwenden, gestattete es sich allerdings nicht. Luke hatte monatelang an solch einem Ort gelebt. An einem Ort, der noch viel schlimmer war als der hier. Kein Wunder, dass er sich zu Protestaktionen angespornt gefühlt hatte. Abi schwor sich, ihn dafür nie wieder zu verurteilen. Genau genommen empfand sie – während weitere Giftwolken über Rockdale aufstiegen – zum ersten Mal Stolz auf die Entscheidungen, die ihr kleiner Bruder getroffen hatte.

Endlich landeten sie in Mallaig, wo sie auftankten, sich ausruhten und warteten. Dina hatte bereits die Rolle ihrer Schwester angenommen: Sie trug ein Businesskostüm, dazu einen neutralen Lippenstift in einem Nude-Ton – und hatte die Haare zu einem glatten Pferdeschwanz zusammengefasst. Die Verwandlung war fast makellos und überzeugte selbst Abi, die die Matravers-Erben bei zahlreichen Gelegenheiten auf Kyneston gesehen hatte.

Abi erinnerte sich daran, wie sie im Salon auf Kyneston zu sich gekommen war, in Begleitung von Jenner und seiner Mutter und mit schrecklichen Kopfschmerzen. Und an Silyen wenige Wochen später, als er ihr in der Bibliothek erklärt hatte, dass sie Zeugin eines Streits zwischen Bouda und Gavar gewesen war und dass Bouda ihr dafür Stillschweigen auferlegt hatte. Für solch eine unbedeutende Sache hatte sie eine Schneise durch Abis Erinnerungsvermögen geschlagen. Bouda Matravers verkörperte alles, was an den Ebenbürtigen schlimm war: ihr unreflektiertes Überlegenheitsgefühl und ihre totale Gleichgültigkeit gegenüber allen, die nicht zu ihnen gehörten. Wahrscheinlich sollte Abi Dina weniger hart beurteilen. Die Matravers-Schwestern waren unter den gleichen Bedingungen aufgewachsen, mit den gleichen Chancen, und dennoch hatte Dina vollkommen andere Entscheidungen getroffen.

Kurz darauf traf Jessica ein und lieferte einen Bericht über die Lage.

»Wir haben seinen Hubschrauber nicht abheben sehen«, erzählte sie besorgt. »Eigentlich hätte er längst verschwunden sein müssen. Deswegen ist Oz auch vor Ort geblieben, um die Situation weiter im Auge zu behalten.«

Das klang nicht gut. War ihr Plan bereits zum Scheitern verurteilt, noch bevor er wirklich zum Einsatz kam?

»Den könnt ihr auch nicht sehen«, sagte Meilyr. »Erinnerst du dich an eure Ankunft und Abreise von Highwithel? An die Art und Weise, wie die Insel einfach aus der Sicht verschwindet? Viele Anwesen verfügen über Methoden, das Kommen und Gehen der Bewohner mit Hilfe von *Geschick* zu verbergen.«

Und damit verstummte der Alarm wieder, der tief in Abis Innerem geschrillt hatte.

»Das Boot liegt auf der anderen Seite des Sees, also nicht dort, wo ihr landen werdet«, berichtete Jess.

»Kein Problem.« Dina wischte die Information mit einer überheblichen Handbewegung fort. Ihr Benehmen, ihre Stimme – all das hatte sich verändert. Ein irritierender, aber zugleich auch beruhigender Umstand. Lukes Freiheit hing von der Überzeugungskraft ihrer Darbietung ab.

»Warum liegt das Boot denn am anderen Ufer?«, fragte Renie. Das Mädchen stellte dauernd hunderttausend Fragen. »Das ist für Crovan doch ziemlich unbequem, oder?«

»Es dient zum Transport von Proviant«, erläuterte Jess. »Deshalb liegt es auf der Seite, die dem Dorf zugewandt ist. Es fährt mehrere Male pro Woche hin und her, um Lebensmittel zu liefern, genau wie auf Highwithel – wodurch Abi uns ja erst gefunden hat. Du ähnelst deinem Bruder mehr, als du denkst, Abi.«

Beruhigend drückte die Frau Abis Schulter. Welch eine schöne neue Erfahrung, mit ihrem Bruder verglichen zu werden, wobei der Vergleich ausnahmsweise mal als Kompliment gedacht war. Ein Gefühl von Stolz strömte durch Abis Adern und wärmte sie von innen.

Der Weiterflug war für sechs Uhr abends angesetzt, kurz vor Anbruch der Dämmerung, so dass sie noch eine halbe Stunde warten mussten. Meilyr und Dina waren ein Stück zur Seite gegangen, vielleicht um noch ein paar letzte Dinge zu besprechen, während Renie, Jess und Abi sich unterhielten. Abi entschuldigte sich und öffnete auf dem Weg zur Toilette (schon zum zweiten Mal, aber wenn es einen Grund für eine nervöse Blase gab, dann doch wohl diese Situation) die Flurtür der kleinen Abflughalle, als sie die Silhouette der beiden durch die Glasscheibe sah.

Dina lehnte an Meilyrs Brust, den Kopf unter sein Kinn gedrückt, während er einen Arm um sie geschlungen hatte.

»Danke für deine Hilfe«, hörte Abi Meilyr leise sagen. »Du bist mir das Wichtigste auf der Welt. Warst es schon immer.«

»Es hat sich nichts geändert«, erwiderte Dina mit einer Entschlossenheit, die ihresgleichen suchte. »Zuerst holen wir Luke da raus. Und dann heilen wir dich.«

Die Ebenbürtige stellte sich auf die Zehenspitzen, schlang die Arme um Meilyrs Hals und küsste ihn. Als Meilyrs Hand ihr Gesicht umfasste, wurde der Kuss leidenschaftlicher.

Abi wandte den Blick ab und zog sich leise zurück. Sie würde in fünf Minuten wieder zurückkommen und dann die Tür wesentlich lauter öffnen.

Das war das Problem mit den Ebenbürtigen. Es handelte

sich um grausame Autokraten, die über unermessliche Macht verfügten.

Aber sie waren auch einfach nur Menschen.

Als sie zum Hubschrauber zurückkehrten, drehte sich Abi vor Nervosität beinahe der Magen um. Hatte Luke sich genauso gefühlt, als er diese »Spiele« für den Verein gespielt hatte, von denen Renie ihr erzählt hatte? Abi hatte »Zivilcourage« immer für eine unbesonnene, fast schon dumme Sache gehalten. Inzwischen verstand sie es etwas besser. Im Grunde ging es darum, das Richtige zu tun – auch wenn der eigene Selbsterhaltungstrieb lauthals dagegen protestierte.

Würde Luke ihr Vorhaben als Rettungsaktion erkennen und dabei mitspielen? Abi hoffte inständig, dass der Verstand ihres Bruders nicht bereits zerstört war und er begriff, was für ein Schauspiel sie seinetwegen vorführten. Dann erinnerte sie sich an Dogs Geisteszustand und musste sich eingestehen, dass es dafür möglicherweise bereits zu spät war.

Ihr Blick fiel auf das dünne Kabel in ihrem Schoß. Ein Knopfhörer, um sie mit Renie zu verbinden, die nach der Landung am Ufer bleiben und sie gegebenenfalls warnen würde. Meilyr trug ebenfalls ein verstecktes Mikro. Abi und Renie würden jedes Wort verstehen können.

Kurz darauf setzte Dina zur Landung an. Vor ihnen tauchte die Burg auf: Eilean Dòchais. Abi hatte im Rahmen ihrer Recherchen viele Bilder des Anwesens gesehen: angefangen von stockfleckigen Aquarellen über Kupferstiche bis hin zu den hochaufgelösten Satellitenfotos, die Tilda in irgendeiner zugriffsgeschützten Datenbank aufgestöbert hatte.

Aber sie hatte sich nicht vorstellen können, dass das Bauwerk so atemberaubend sein würde. Die langen Strahlen der Abendsonne ließen den See glitzern und funkeln, und die schmalen Schießscharten leuchteten in der schwarzen Haut der Burg wie goldene Wunden, aus denen feurige Blutstropfen hervorquollen. Wie konnte ein so schöner Ort etwas derartig Böses in seinem Inneren verbergen?

Der Hubschrauber landete auf seinen Kufen, und dann sprangen sie auch schon hinaus und liefen geduckt unter den langsamer werdenden Rotorblättern hindurch. Renie salutierte kurz, als die drei sich auf den Weg machten. Dina murrte darüber, dass es in Boudas hochhackigen Schuhen kaum möglich war, die Heidelandschaft zu durchqueren, woraufhin Meilyr lachte.

Auch am Seeufer fiel ihr das Gehen nicht leichter, da ihre Absätze im feinen Kieselstrand versanken. Aber jetzt war sie eher Bouda Matravers als Bodina. Sie schwieg, schloss die Augen und konzentrierte sich.

Sekunden später umrundete das Boot die andere Seite der Insel, glitt auf sie zu und landete am Ufer. Nach den Geschichten, die Abi über die Fluten des Loch nan Deur gelesen hatte, war sie erleichtert, als sie die soliden Haltegriffe am Dollbord des Boots entdeckte. Die verhinderte Medizinstudentin in ihr interessierte sich zwar für die schmerzauslösenden Eigenschaften des Wassers, aber jetzt war nicht der richtige Moment, um weitere Nachforschungen anzustellen.

Meilyr kletterte unter großen Schwierigkeiten an Bord. Es war ihm anzusehen, dass die Reise ihn schrecklich viel Kraft gekostet hatte. Die Vibrationen des Hubschraubers mussten seine Schmerzen verstärkt haben. Sein Gehstock schlug gegen die Reling, während er sich mit beiden Händen abstützte. Abi wandte den Blick ab, als Dina sich vorbeugte, um ihm zu helfen.

Dann legte das Boot ab, und Abi starrte zur Burg hinauf. Natürlich erwartete sie nicht, Lukes Gesicht hinter einem der Fenster zu sehen. Aber allein das Wissen, dass ihr kleiner Bruder irgendwo da drin war, zum Greifen nah, ließ ihr Herz vor Freude einen Satz machen.

Stufen führten vom See zum Eingang der Burg hinauf, und Abi blickte zu den beiden Türen hoch. Beide waren verschlossen. Ohne Brille war die Inschrift darüber kaum zu lesen, doch sie wusste aus den Geschichtsbüchern, was dort stand. *Omnes vulnerant; ultima necat.*

Alle Stunden verwunden; die letzte Stunde tötet.

Abi schauderte und bemühte sich, das Boot festzumachen. Sie war ziemlich unbeholfen, allerdings war Dina ab hier Bouda, und Bouda Matravers würde niemals das Risiko eingehen, sich durch die Tätigkeit eines Dienstboten einen ihrer Fingernägel abzubrechen.

Als Dina und Meilyr aus dem Boot kletterten, flüsterte Abi: »Vergesst nicht: Bleibt draußen. Geht nicht in die Burg hinein. Wir wissen nicht, ob die Gerüchte über diese Türen stimmen, und sollten lieber vorsichtig sein.«

Danach stiegen die beiden die Stufen hinauf. Abi positionierte sich in der Nähe eines Felsvorsprungs, der sie zum Großteil verdeckte, ihr aber eine gute Sicht auf die linke Tür bot. Schnell berührte sie den Knopfhörer in ihrem Ohr und hörte Renie »Viel Glück« wispern, begleitet vom Geräusch eines schwergehenden Atems, der nur von Tilda oder Hilda stammen konnte, die von Highwithel aus zuhörten.

Die massive Tür besaß weder einen sichtbaren Türgriff noch sonst irgendeinen Öffnungsmechanismus. Dina klopfte an. Ein zweites Mal. Dann trat sie zurück, straffte die Schultern und strich ihren Pferdeschwanz auf die gleiche Weise glatt wie ihre Schwester – Abi hatte die Matravers-Erbin schon mehrfach dabei beobachten können.

Abi hatte das Gefühl, als würde ihr Herz einen Schlag aussetzen, als die Tür knarrend aufschwang. Sie konnte gerade noch erkennen, was da vorging, doch die Geräusche wurden durch ihren Knopfhörer enorm verstärkt.

»Wie kann ich Ihnen behilflich sein?«, fragte ein Mann, der an der Tür aufgetaucht war, in höflichem Ton. Nach dem zu urteilen, was Abi sehen konnte, wirkte er relativ jung und trug einen eleganten Anzug. Vielleicht eine Art Butler?

»Ich bin Bouda Matravers, Erbin von Appledurham, Generalsekretärin des Justizrats. Das hier ist Meilyr Tresco, Erbe von Highwithel und ebenfalls Mitglied des Justizrats. Ich weiß, dass dein Herr vor wenigen Stunden aufgebrochen ist. Es ist äußerst ärgerlich, dass wir ihn nicht mehr rechtzeitig kontaktieren konnten. Unsere Abreisen müssen sich überschnitten haben. Das hätte mir diese Reise erspart.«

Bei diesen Worten konnte Abi sich Boudas herablassende Miene fast vorstellen – Dina war gut. Meilyr streckte seine Hand aus, damit der Mann den Siegelring der Trescos erkennen konnte, der seine Identität bestätigte.

»Wir sind hier, um den verurteilten Gefangenen Luke Hadley mitzunehmen. Kanzler Whittam möchte, dass Lord Arailt ihn vor dem Justizrat verhört, damit wir uns einen Eindruck vom Fortgang der Ermittlungen verschaffen können.«

»Ich … verstehe.« Der Mann klang unsicher, zögerlich. Abi

jubelte innerlich. Genau so hatten sie sich das vorgestellt. Vielleicht übte Dina ja sogar etwas *Geschick*-Überzeugungskraft auf den Mann aus, falls sie das nicht für einen Verstoß gegen ihre Prinzipien hielt. »Einen kleinen Augenblick bitte – ich muss mich zuerst mit jemandem beraten.«

Er wandte sich von der Tür ab, und Abi hörte über ihren Knopfhörer, wie Renie leise aufatmete und »Na, also!« flüsterte.

Es vergingen mehrere nervenaufreibende Minuten, dann sah Abi zwei andere Gestalten auftauchen. Sie blieben ein paar Schritte vor der Tür stehen und waren im dämmrigen Licht der Eingangshalle nicht gut zu erkennen. Aber hatte einer von ihnen nicht Lukes Statur?

»Mistress Bouda.« Die Stimme klang männlich, schneidend und kurz angebunden. Mit einem schottischen Akzent. Vielleicht ein Verwandter von Crovan? Erneut machte Abis Herz einen Satz. Vielleicht würde das hier doch nicht so einfach ablaufen wie gedacht.

»Welch eine Freude«, sagte der Mann. »Du siehst gut aus, regelrecht erholt seit unserer letzten Begegnung. Man könnte fast sagen: Du wirkst zwei Jahre jünger. Die Ähnlichkeit mit deiner lieblichen Schwester ist verblüffend. Meilyr: Wie schön, dass wir uns unter angenehmeren Umständen als beim letzten Mal wiedersehen. Und, wie erträgst du deine neue Situation?«

Ein leises, entsetztes »Nein« ertönte in Abis Ohr. Doch sie wäre auch ohne Renies Kommentar darauf gekommen.

»Lord Arailt«, sagte Dina mit erhobenem Kinn, noch immer in ihrer Rolle als Bouda, »nach unserem Telefonat heute Morgen hatte ich den Eindruck gewonnen, dass Sie nach London reisen würden.«

»Ich habe gelogen«, sagte Crovan – denn er war es höchstpersönlich, wie Abi erkannte, während sich jede Faser ihres Körpers in Stein zu verwandeln schien. »Genau wie du jetzt lügst, Bodina. Aber ich finde deine Unverfrorenheit bewundernswert. Da wäre nur eine Sache, die mich verwirrt.«

Abi sah, wie Crovans Blick von Dina zu Meilyr und wieder zurück schweifte.

»Ich nehme nie an Sitzungen des Justizrats teil – nicht einmal an Dringlichkeitssitzungen. Deine Schwester weiß das. Jeder weiß das, einschließlich Meilyr.

Deshalb habe ich jetzt nur eine einzige Frage: Meilyr, was um alles in der Welt hast du dir dabei gedacht?«

II

Luke

»Champagnerstunde«, so nannte Jules die Stunde vor dem Servieren des Abendessens um sieben Uhr.

Die Gäste hatten sich im Billardzimmer versammelt. An seinem Tisch in der angrenzenden Bibliothek konnte Luke das Klirren von Gläsern und heiteres Lachen hören. Sein Freund erzählte gerade eine weitschweifige Anekdote über einen romantischen Bootsausflug mit seiner Ebenbürtigen-Freundin Athalie, bei dem Jules hatte feststellen müssen, dass er nicht die geringste Begabung für das Steuern eines Stechkahns besaß. Trotzdem hatte er edelmütig darauf bestanden, den Kahn durch Oxfords Flusslandschaften zu navigieren, woraufhin ein Malheur nach dem nächsten passiert war und Athalie sie jedes Mal mit Hilfe ihres *Geschicks* hatte befreien müssen.

Luke wünschte, er könnte bei den anderen sitzen. Die Geschichte klang fast so lustig wie Jules' letzte Anekdote, bei der er und seine Freundin einen ausgestopften Dodo aus dem Universitätsmuseum entwendet und damit in Athalies Sportwagen von einer Studentenfete zur nächsten gefahren waren.

Aber nein, er saß hier, in der Bibliothek. Und machte einen auf Abi. Wer hätte das je gedacht?

Seine Gespräche mit Coira hatten gezeigt, dass vor allem ein Hindernis zwischen ihnen und einer Flucht stand: Nicht das Verlassen der Burg oder der Insel stellte das Hauptproblem dar, sondern die *Geschick*-Begrenzung im See.

Da Luke nun mal keine Gelegenheit hatte, sich mit Silyen Jardine hinzusetzen und bei einer Tasse Tee über die Funktionsweise dieses Mechanismus zu reden, testete er den einzigen anderen Weg, der ihm einfiel, um an Informationen zu kommen. Die bevorzugte Recherchemethode seiner Schwester: Bücher.

Inzwischen hatte auch er angefangen, ein Tagebuch zu führen – genau wie Abi früher, als er sie für ihre vermutlich detailversessenen geistigen Ergüsse ständig aufgezogen hatte. (Im Nachhinein wünschte Luke, er wäre ein weniger nervender kleiner Bruder gewesen.) Jetzt nahm er einen Wälzer aus einem staubigen Regal, der sich mit Waffenkunde befasste und auf den Rückseiten der farbigen Illustrationen jede Menge freie Flächen bot. Luke hatte sich angewöhnt, jeden Tag ein paar Notizen hineinzukritzeln. Er hatte keine Ahnung, ob mit ihm irgendetwas nicht in Ordnung war, aber in letzter Zeit litt er oft unter starken Kopfschmerzen, und seine Gedanken fühlten sich manchmal verworren an. Doch das Niederschreiben alltäglicher Begebenheiten half dagegen.

Er notierte einen letzten Gedanken und wollte sich gerade zu den anderen gesellen, als er es hörte – ein weit entferntes wummerndes Geräusch. Aus dem Billardraum ertönten hektische Schritte. Die anderen Gäste drängten alle zum Fenster. Luke schloss sein Tagebuch, versteckte es an seinem üblichen Platz hinter einer Reihe unbedeutender Bücher und ging dann ebenfalls nachsehen, was da draußen los war.

Ein Hubschrauber setzte zur Landung an.

»In den drei Jahren seit meiner Ankunft habe ich außer Crovans Helikopter noch keinen anderen gesehen«, sagte Julian neben ihm. »Wir bekommen nie Besuch. Damit dürfte unser Gesprächsthema für die nächsten Wochen geregelt sein.«

Luke drückte das Gesicht gegen die Scheibe, als die Kufen auf dem Boden aufsetzten. Hm, obwohl sich hier normalerweise kein Hubschrauber blicken ließ, war jetzt einer gelandet. Nur wenige Wochen nach seiner Ankunft. War er vielleicht seinetwegen gekommen? Hatte man ihm die Strafe erlassen, weil derjenige gestanden hatte, der ihn zum Mord an Zelston gezwungen hatte – wer auch immer das gewesen sein mochte?

Allerdings wagte er nicht, sich allzu große Hoffnungen zu machen.

Die Passagiere des Hubschraubers stiegen aus. Es handelte sich um insgesamt drei Personen. Mehr konnte er durch die dicken kleinen Glasscheiben der uralten Fenster nicht erkennen. Schweigend sahen sie zu, wie die Besucher über die Heide und dann hinunter zum Seeufer stiefelten.

»Zwei Frauen und ein Mann«, rief einer der Gäste, als das Trio näher kam. »Der Mann stützt sich auf einen Stock.«

»Wie wollen die denn den See überqueren?«, wunderte sich ein anderer Gast. Die Antwort folgte ein oder zwei Minuten später, als das Boot in ihr Blickfeld glitt.

»Das wird durch *Geschick* gesteuert«, sagte Julian. »Die drei sind Ebenbürtige. Los, kommt mit.«

Jules bahnte sich einen Weg durch die Gruppe und führte die aufgeregt schwatzenden Gäste zum Treppenhaus des hohen Atriums. Mit den Champagnergläsern in der Hand lehnten sie über die Brüstung und starrten hinunter. Als jemand zweimal an der Stundentür klopfte, senkte sich gespannte Stille über die Gruppe. Weiter unten kam Devin herbeigeeilt und hastete durch die Eingangshalle.

Luke hatte zwar ein ziemlich gutes Gehör, aber er konnte das Gespräch nicht verstehen – nur die Tatsache, dass eine Frau mit Devin redete. Nach einem kurzen Wortwechsel kehrte Devin zurück. Als er die versammelten Gäste über der Brüstung lehnen sah, machte er eine ungeduldige Handbewegung, um sie zu verscheuchen. Doch im nächsten Moment fiel sein Blick auf Luke, und er starrte ihn ein paar Sekunden lang an, bevor er in den Tiefen der Burg verschwand. Luke lief ein Schauer über den Rücken. Bei dem Besuch ging es um ihn. Er hatte es doch gewusst!

Kurz darauf tauchte Devin mit Crovan auf.

»Hadley«, sagte der Lord von Eilean Dòchais und schaute zu ihm hoch, »deine Anwesenheit ist erforderlich. Komm mit.«

Alle Augen waren nun auf ihn gerichtet. Luke zitterten die Knie, aber er konnte sich dem Zwang, der vom Befehl seines Herrn ausging, nicht widersetzen. Die zusammengedrängten Gäste bildeten eine Gasse, um ihn durchzulassen, und dann stieg er die Treppe hinunter.

In der Eingangshalle steuerte Crovan auf die Stundentür zu, die auf magische Weise aufgetaucht war und einen Spalt offen stand. Devin legte eine Hand auf Lukes Arm und hielt ihn zurück.

»Mistress Bouda«, sagte Crovan, »welch eine Freude. Du siehst gut aus, regelrecht erholt seit unserer letzten Begegnung. Man könnte fast sagen: Du wirkst zwei Jahre jünger. Die Ähnlichkeit mit deiner lieblichen Schwester ist verblüffend. Meilyr: Wie schön, dass wir uns unter angenehmeren Umständen als beim letzten Mal wiedersehen. Und, wie erträgst du deine neue Situation?«

Meilyr. Luke begann, am ganzen Körper zu zittern. Er hatte

diesen Mann unter einem anderen Namen gekannt: Doc Jackson.

Aber wer war die Frau? Das Rauschen des Bluts in seinen Ohren übertönte ihre Antwort. Luke reckte den Hals, konnte jedoch nur das Leuchten hellblonder Haare ausmachen.

Angel. Sie waren seinetwegen hier. Um ihn herauszuholen. So wie Jackson und er damals Oz befreit hatten.

»Ich habe gelogen«, teilte Crovan Angel mit. »Genau wie du jetzt lügst, Bodina. Aber ich finde deine Unverfrorenheit bewundernswert. Da wäre nur eine Sache, die mich verwirrt.«

Sein Kopf drehte sich von Angel zu Jackson und wieder zurück, woraufhin Luke sein Gewicht auf den anderen Fuß verlagerte, um besser sehen zu können. Dort standen sie, Seite an Seite, genau wie in jener Ballnacht auf Kyneston, als Lukes Welt zerbrochen war. Eindrucksvolle, personifizierte Autorität – obwohl Luke zu seinem Entsetzen feststellen musste, dass Jackson nur noch ein Schatten seiner selbst war. Sein Gesicht wirkte hohlwangig und aschfahl.

»Ich nehme nie an Sitzungen des Justizrats teil – nicht einmal an Dringlichkeitssitzungen. Deine Schwester weiß das. Jeder weiß das, einschließlich Meilyr. Deshalb habe ich jetzt nur eine einzige Frage: Meilyr, was um alles in der Welt hast du dir dabei gedacht?«

»Luke, bist du das?«, fragte Jackson eindringlich.

Die Stimme des Mannes – der Luke beigebracht hatte, dass er größere Ziele anstreben und mehr erreichen konnte, und der dieses Vertrauen durch das Verschweigen seiner wahren Identität gebrochen hatte – zog Luke in Richtung Tür. Devin versuchte erst gar nicht, ihn aufzuhalten.

»Ja, ich bin's«, sagte er und stellte sich neben Crovan.

Was würde passieren, wenn er jetzt durch die Tür stürmte? Warum waren die beiden einfach so aufgetaucht, als wären sie seine Eltern, die ihn von der Schule abholten?

Und welche Lügen hatten sie Crovan aufgetischt, die dieser offenbar sofort durchschaut hatte?

»Meilyr?« Angel drehte sich zum Doc um. »Was will er damit sagen? Du hast gewusst, dass er nicht nach London reisen würde?«

»Ja, ich habe gewusst, dass diese Möglichkeit besteht. Unter den Parlamentariern ist Lord Arailt dafür berüchtigt, dass er bloß einmal im Jahr an Sitzungen teilnimmt – was den meisten ganz recht ist.«

Es war zwar unfassbar, aber Jackson – Meilyr – schenkte Crovan ein Lächeln, als hätten sie gerade einen Witz gemacht. Crovan lachte belustigt auf. Was war hier los?

»Ich verstehe das nicht«, beharrte Angel. »Warum bist du dieses Risiko eingegangen?«

»Es besteht kein Risiko.« Meilyr drückte ihre Hand, und in diesem Augenblick sah Luke, dass er sich auf einen Gehstock stützte. War dieses gebrechliche Erscheinungsbild nur gespielt, und würde Meilyr dem Herrn von Eilean Dòchais jeden Moment den Stock über den Schädel ziehen, damit sie alle fliehen konnten? »Wir stehen doch bloß hier und unterhalten uns.«

»Ein ziemlich weiter Weg für eine Unterhaltung«, bemerkte Crovan. »Und ich fürchte, ich habe keinen Platz für zwei weitere Gäste beim Diner. Ihr seid also völlig umsonst gekommen.«

Die Tür schwang langsam zu, als Meilyr seinen Stock dazwischenklemmte.

»Sie wissen, dass er unschuldig ist.« Meilyr drückte die Tür weiter auf, so dass Luke die beiden wieder sehen konnte. Drei

Passagiere hatten den Hubschrauber verlassen und den See im Boot überquert. Wo war die dritte Person? Handelte es sich um einen weiteren Ebenbürtigen? Vielleicht sogar um Silyen Jardine?

»Wenn Sie es noch nicht in seinen Erinnerungen gesehen haben, werden Sie bald darauf stoßen. Man hat ihn benutzt und dann zum Stillschweigen gebracht. Wir vermuten, dass das Lord Rix' Werk war. Luke ist unschuldig. Lassen Sie ihn gehen. Wir nehmen ihn mit nach London und stellen ihn unter Hausarrest, während die Ermittlungen fortgesetzt werden … im Haus der Matravers', damit Dinas Schwester und Jardine zufrieden sind. Aber er gehört nicht unter die Sorte von Personen, die Sie hier beherbergen.«

»Ich fürchte, diese Entscheidung liegt nicht bei mir, Meilyr.«

»Seit wann halten Sie sich so penibel an die Regeln, Arailt?«, fragte Angel. »In Ihrem Gewahrsam sterben Menschen, und Sie benachrichtigen die zuständigen Behörden erst Monate später. Der Mann, den Sie für Hypatia Vernay in einen Hund verwandelt haben … der Mann, der Ivarr und seine Familie ermordet hat … bei dem haben Sie keine gute Arbeit geleistet. Nach Hypatias Tod auf Kyneston ist er geflohen.«

Diese Bemerkung durchdrang sogar Lukes Anflug von Panik, die ihn erfasst hatte, während die anderen auf Crovans Türschwelle über seine Zukunft diskutierten. Dann hatte Silyen also Wort gehalten und Dog freigelassen.

Würde er auch sein Versprechen gegenüber Luke halten? Ein Versprechen, das an die Bedingung geknüpft war, dass Luke keinen Fluchtversuch unternehmen würde.

Aber das hier war doch kein Fluchtversuch, oder? Hier ging es um eine total legale Freilassung.

»Trotzdem lautet meine Antwort: Nein«, erwiderte Crovan, weiterhin in diesem seltsam höflichen Plauderton, als wären die drei Freunde und würden nur darüber debattieren, in welches Restaurant sie zum Abendessen gehen sollten. Selbst wenn die Ebenbürtigen einander hassten, hatten sie doch mehr miteinander gemein als mit allen, die nicht zu ihrer Gesellschaftsschicht gehörten. »Und jetzt geht bitte.«

Jackson und Angel – Meilyr und Dina – rührten sich nicht von der Stelle. Luke hielt den Atem an.

»Dann versuchen wir es eben auf anderem Weg«, sagte Meilyr.

Im nächsten Moment überquerte er die Türschwelle und betrat die Burg.

Luke nahm vage wahr, wie Devin neben ihm auf dem Absatz kehrtmachte und im Inneren des Gebäudes verschwand. Wollte er Verstärkung holen, um Meilyr aufzuhalten? Dann ertönte von draußen eine Stimme, die Luke das Blut in den Adern gefrieren ließ.

»Nein, geh nicht hinein!«

Luke hätte diese Stimme überall auf der Welt wiedererkannt, aber er musste sie sehen, um es auch zu glauben. Hinter Meilyrs Schulter stürmte Abi aus der Deckung.

Die dritte Person im Boot.

Er hatte keine Ahnung, wieso seine Schwester hier war, noch dazu in Begleitung der beiden Ebenbürtigen. Silyen hatte ihm erzählt, dass man Abi mit ihren Eltern nach Millmoor schicken würde. Also hatte er Luke angelogen. Abi sollte auf keinen Fall hier sein. Was hatten Jackson und Angel sich nur dabei gedacht, sie an diesen schrecklichen Ort zu bringen?

»Luke …«

Seine Schwester sah ihn und blieb stehen, als hätte sein bloßer Anblick ihr den Atem geraubt.

»Abi.«

»Alles in Ordnung mit …« Sie verstummte, während sie ihn von Kopf bis Fuß musterte, so wie früher, wenn er auf dem Spielplatz mit anderen Kindern gerauft hatte oder wenn er von seinem Skateboard gefallen war. *Noch immer unversehrt,* hätte er gern geantwortet. *Überraschenderweise noch nicht gefoltert.* Aber auch: *zu Tode verängstigt.*

Danke, dass du hergekommen bist, um mich zu holen, wollte er sagen. Und: *Mum und Dad werden dich umbringen.*

Obwohl er nichts davon aussprach, nickte Abi und wandte sich an Meilyr. »Du hättest nicht hineingehen dürfen. Wir wissen nicht, wie diese Türen funktionieren.«

»Uns bleibt keine andere Wahl, Abigail. Wir haben gehofft, er hätte die Burg verlassen, doch das hat er nicht. Wir haben gehofft, er würde Vernunft annehmen, doch das hat er nicht. Aber ein Weg steht uns noch offen: eine Möglichkeit, von der du in den alten Geschichtsbüchern gelesen hast, in den Erzählungen über die *Mormaer.* Ich habe mit meiner Mutter darüber gesprochen, und sie hat meine Vermutung bestätigt. Als Lordrichter des Meeres haben die Trescos früher ähnlich verfahren.«

Er stützte sich auf seinen Stock und hob das Kinn. Luke hörte hinter sich eine Bewegung, sein gebannter Blick war allerdings auf den Doc und die Szene vor ihm geheftet.

»Und als solcher beanspruche ich das Recht auf einen ehrenhaften Austausch. Ich biete mich selbst als Geisel für Lukes Freilassung an. Möge mein Leben als Pfand und Zeichen meines guten Willens dienen.«

»Meilyr, was …?« Dinas Stimme klang panisch.

»Die Burg wurde jahrhundertelang genau dazu genutzt«, erklärte Meilyr, ohne den Blick von Crovan abzuwenden. »Ihre Vorfahren haben diese Türen zu ihrem eigenen Schutz errichtet, aber sie wurden zu einem Prüfstein für die ehrlichen Absichten der Gäste. Waffenruhen wurden hier geschmiedet, denn jeder Besucher konnte die Burg nur mit dem Einverständnis des Lords oder seines Erben wieder verlassen. Die Crovans sind Geiselwächter. Also bleibe ich hier. Und Luke kann gehen. Bring ihn zu deiner Schwester, Dina, und erzähl ihr die ganze Geschichte. Luke muss untersucht werden – das kann sie selbst tun, damit sie auch zufrieden ist. Und dann, wenn seine Unschuld nachgewiesen wurde, steht es mir ebenfalls frei, die Burg zu verlassen.«

Stille senkte sich über die Eingangshalle. Luke sah Jackson an, seinen Freund und Mentor, und ihre Blicke trafen sich. Der Doc lächelte, Fältchen bildeten sich in seinen Augenwinkeln, und sein Gesicht strahlte seine vertraute Entschlossenheit aus.

Wie hatte Luke nur je an ihm zweifeln können? Doc Jackson ließ niemanden zurück.

Deshalb brauchte Luke auch einen Moment, bis er begriff, dass es sich bei dem Geräusch, das er hörte, um Gelächter handelte. Crovans Lachen, das als boshaftes Prusten begann, sich dann aber zu schallendem Gelächter entwickelte. Erstaunt starrte Luke ihn an. Genau wie alle anderen. Meilyr war sichtlich aufgebracht, und seine Finger schlossen sich fest um den Knauf seines Gehstocks.

Theatralisch wischte Crovan sich die Augenwinkel.

»Ach, Meilyr. Das, was hier passiert, ist kein Akt der Diplomatie – hier geht es um Bestrafung. Und selbst wenn das nicht der Fall wäre: Wir leben im 21. Jahrhundert, nicht im 12.«

»Das Gesetz gilt unverändert.« Meilyr trat einen Schritt vor, inzwischen äußerst wütend. »Sie haben sich gefälligst …«

Er streckte die Hand aus, um … was zu tun? Um Crovan zu ohrfeigen? Ihn zu schütteln?

Doch das sollten sie nicht mehr herausfinden, denn Meilyrs Schädel zerplatzte und spritzte in alle Richtungen.

12

Luke

Jemand schrie auf, aber Luke war sich nicht sicher, ob der Schrei von ihm oder Angel stammte. Einen irrealen Augenblick lang dachte er, Meilyr hätte selbst geschrien ... bis Luke das Blut an den Wänden sah. Und den zusammengesackten Körper und den halb wegrasierten Schädel, aus dem Blut und Hirnmasse auf den kalten Granitboden quollen.

Luke drehte sich um. Alle starrten in die Mitte der Eingangshalle, wo Devin die Waffe in seiner Hand sinken ließ: ein doppelläufiges Jagdgewehr, zweifellos ein Erbstück der Familie Crovan.

»Niemand bedroht meinen Herrn«, sagte er.

In diesem Moment zerbrach etwas tief in Lukes Innerem. Er stürzte sich mit geballten Fäusten auf Devin und hörte nur aus weiter Ferne, wie seine Schwester seinen Namen schrie.

Aber seine Schläge verfehlten ihr Ziel. Stattdessen wurde er gegen die Wand geschleudert, prallte hart von dem massiven Stein ab und rutschte zu Boden. Ein lautes Geräusch ließ ihn aufschauen. Das Gewehr in Devins Händen war in der Mitte zerbrochen. Das Werk von Crovans *Geschick*. Der Mann fauchte seinen Dienstboten an, allerdings eher genervt als wütend, so als wäre der Mord nicht schlimmer als ein zerbrochener Teller oder etwas verschüttete Suppe.

Benommen vor Entsetzen starrte Luke vor sich hin. Meilyr –

Doc Jackson – tot. Noch dazu auf solch eine Weise. Keine Heldentaten. Keine Chance. Luke heulte auf, als würde es ihm das Herz zerreißen.

Und genau das passierte.

Schau in die Welt, hatte Jackson ihm einst in Millmoor gesagt, *und nicht auf den Boden.*

Doch jetzt blickte Luke auf den Boden. Jacksons Blut sammelte sich dort zu einer dunklen Lache, die sich über die Steinplatten ausbreitete. Crovan war angewidert einen Schritt zurückgewichen, um nicht mit ihr in Berührung zu kommen. Angel kauerte an der Tür, so nah, wie sie nur konnte, ohne die Schwelle zu überschreiten. Abi stand neben ihr, eine Hand auf der Schulter der Ebenbürtigen, um sie zu trösten oder zurückzuhalten. Möglicherweise beides.

Luke hatte das Gefühl, als würde sich nichts mehr verändern. Als wären sie bis in alle Ewigkeit in diesem Moment gefangen, in dem sich nichts bewegte, außer der sich ausbreitenden Blutlache. Das Blut würde immer weiterkriechen und sie letztendlich alle verschlingen – genau wie damals, als er nach Jardines und Crovans Verhör geglaubt hatte, in einem Bett aus Blut zu versinken.

Allerdings war das nur eine Illusion gewesen. Wohingegen das hier nur allzu real war.

Plötzlich zerriss ein Geräusch die Stille. Coira.

Sie trat vor und kniete sich neben Jacksons Leichnam. Dann nahm sie das weiße Tuch, das sie immer unter ihrem Gürtel trug, und wischte behutsam über die Reste von Jacksons zerstörtem Gesicht. Das Tuch färbte sich sofort scharlachrot, aber sie drehte es, nahm eine andere Ecke und setzte ihre Tätigkeit fort.

Schließlich faltete sie das Tuch, schob es wieder unter ihren

Gürtel, griff nach Meilyrs Händen und faltete sie über seiner Brust.

»Seht ihn noch ein letztes Mal an«, sagte sie leise und an alle gerichtet, die es hören wollten.

Eigentlich wollte Luke nicht. Am liebsten hätte er die Hände vors Gesicht geschlagen und nie wieder einen Blick auf den leblosen Körper geworfen, der einst Jackson gewesen war. Aber er zwang sich dazu.

Docs Bart und sein friedlicher Gesichtsausdruck unterhalb des zerstörten Schädels erinnerten Luke an die Statuen auf den zerborstenen und vernachlässigten Grabmälern der Könige vergangener Jahrhunderte: jene Henrys und Richards und Edwards aus der Zeit vor dem Aufstand der Ebenbürtigen. Dieser entschlossene, fehlerbehaftete, ehrenhafte Mann. Luke ließ seinen Tränen freien Lauf.

»Hilf mir«, forderte Coira ihn auf.

Sie bedeutete ihm, Meilyrs Arme zu packen, unter den Schultern, und stellte sich an seine Füße. Luke riss sich zusammen, stützte sich an der Wand ab und folgte ihrer Aufforderung. Es war besser, sich zu bewegen, als nachzudenken.

Der Doc war erstaunlich schwer.

»Was habt ihr mit ihm vor?«, brachte Angel schluchzend hervor. »Gebt ihn mir.«

»Diese Burg hat nur eine Tür, durch die man sie verlassen kann«, erklärte Coira. »Das gilt für Ebenbürtige wie für Verurteilte.«

Dann dirigierte sie Luke von der geöffneten Stundentür – wo Angel und Abi sich als Silhouetten vor dem glühenden Sonnenuntergang abzeichneten – zur geschlossenen Letzten Tür. Dort legte sie Jacksons Füße ab und griff nach dem Riegel.

Luke schrie auf, als sie die Tür aufzog. Die Sonne war ein solch leuchtender Feuerball, dass er seine Augen abschirmen musste.

»Luke?« In Abis Stimme schwang Panik mit. »Luke, alles okay?«

Seine Schwester hastete zur anderen Seite der Letzten Tür, mit Angel im Kielsog. Und dann standen sie Seite an Seite und beobachteten Luke und Coira.

Abis Anblick versetzte Luke einen unfassbaren Schock. Am liebsten hätte er ihr endlos viele Fragen gestellt. Wie hatte sie Doc und Angel gefunden? Hatten die beiden sie gerettet? Wo war der Rest der Familie? Befanden seine Eltern und Daisy sich in Sicherheit?

Er steuerte auf Abi zu, doch Coira legte ihm warnend eine Hand auf den Arm.

»Du weißt, dass du die Schwelle nicht überschreiten darfst«, sagte sie.

»Genug von diesem Theater«, ertönte Crovans kalte Stimme. »Schmeißt den Leichnam raus und dann Schluss damit.«

Durch den Tränenschleier konnte Luke die Umrisse der Letzten Tür kaum erkennen. Coira und er drehten Jacksons Körper, bis die Hacken seiner Schuhe auf der Schwelle lagen. Anschließend kniete Coira sich neben Luke und platzierte beide Hände auf Docs linke Schulter. Luke folgte ihrem Beispiel und legte die Hände auf die andere Schulter, wobei er sich bemühte, nicht direkt auf die zerklüfteten Knochen und das zerfetzte Gewebe über Jacksons Augenbrauen zu blicken, auf die Stelle, wo einst sein Schädel gewesen war.

Coira zählte bis drei, sie schoben gemeinsam, und Jacksons Beine lagen im Freien.

Angel kauerte auf dem Boden, das Gesicht in den Händen vergraben, unfähig zuzusehen. Was Abi dazu motivierte, die Füße des Docs anzuheben, während Luke seine Arme nahm. Luke sah seine Schwester an, als sie den Leichnam seines Freundes hochhoben. Es war unfassbar, dass der Bereich zwischen ihnen den Tod bedeutete.

Abi musterte ihn fieberhaft.

»Alles in Ordnung mit dir?«, flüsterte sie.

»Ja«, sagte Luke. »Dieser Ort ist … Ach, vergiss es: Mir geht's gut. Was ist mit Daisy?«

»Noch auf Kyneston, mit Gavar«, berichtete Abi leise und hielt dann inne. »In Sicherheit.« Aber sie klang nicht so, als ob sie davon wirklich überzeugt wäre. »Und Mum und Dad sind in Millmoor. Bei ihnen ist alles okay.«

Es bestand nicht die geringste Chance, dass sie das mit Sicherheit sagen konnte, dachte Luke unglücklich.

»Luke – nicht!«

Eine Hand packte ihn so plötzlich im Rücken, dass Luke Jackson fast hätte fallen lassen.

»Du darfst nicht noch näher rangehen«, sagte Coira hastig. »Sieh selbst.«

Lukes Hände befanden sich unmittelbar vor der Schwelle. So nah, dass ihm schwindlig wurde.

»Dann stimmt es also: Diese Tür tötet tatsächlich?«, fragte Abi geschockt. Die Haut unter ihren Sommersprossen war bleich geworden.

Luke nickte. »Ja, ich habe es mit eigenen Augen gesehen. Ich werde seine Schultern jetzt ablegen, und du musst ihn auf deine Seite ziehen.«

»Ich übernehme das«, sagte Angel in diesem Moment und

richtete sich auf. Als Luke und Abi Jackson ablegten, zog das blonde Mädchen ihn zu sich heran und nahm seinen Körper behutsam auf die Arme – was sie nicht die geringste Mühe zu kosten schien. Das musste an den übernatürlichen Kräften der Ebenbürtigen liegen. Angel hätte Devin mit einem einzigen Schlag den Nacken brechen können. Lukes Kummer erzeugte diesen hässlichen Gedanken, und er wünschte inständig, sie hätte den Kerl getötet.

»Wir werden diesen Vorfall mit keinem Wort mehr erwähnen.« Crovan war zur Tür gekommen und wandte sich an Angel und Abi auf der anderen Seite. »Meilyrs Tod ist bedauerlich, aber das hat er sich selbst zuzuschreiben. Ihr habt dieses Anwesen widerrechtlich betreten. Darüber hinaus ist Abigail Hadley eine entflohene Sklavin, während du, Bodina, bei allen den Eindruck eines verschwenderischen Partygirls erweckt hast. Ich nehme an, dass niemand sonst von deiner Verstrickung in Meilyrs bedauernswerte Aktivitäten weiß und du das auch weiterhin so halten willst.

Also werdet ihr mit leeren Händen wieder abreisen. Erfindet einfach irgendeine Geschichte. Ich bin mir sicher, die meisten werden mit Bedauern, aber ohne großes Erstaunen zur Kenntnis nehmen, dass Meilyr Tresco sich umgebracht hat. Bestimmt hat er sich vom Verlust seines *Geschicks* nie richtig erholt, oder seid ihr da anderer Meinung? Und natürlich bedeutet kein *Geschick* auch keine Schutzreflexe. Meilyr wird als der erste Ebenbürtige in die Geschichte eingehen, der sich selbst das Leben genommen hat. Was für eine Auszeichnung.«

»Wie kannst du es wagen?!«, stieß Angel wütend hervor. Sie stand kerzengerade da, Docs Leichnam in den Armen. Luke spürte das elektrisierende Knistern, das den Einsatz von *Ge-*

schick ankündigte. »Für das, was heute hier passiert ist, werde ich dich töten.«

»Das wage ich zu bezweifeln, Bodina. Aber nur zu: Versuch es ruhig.«

Dann schlug Crovan den beiden die Tür so schnell vor der Nase zu, dass Luke keine Gelegenheit hatte, seine Schwester noch einmal anzusehen.

»Sie wird Sie töten«, sagte Luke. »Und ich werde ihr dabei helfen.«

Crovan musterte ihn mit dem Ausdruck eines leidgeprüften Mannes.

»Ganz offensichtlich haben die guten Manieren, auf die ich in diesem Haus Wert lege, noch nicht auf dich abgefärbt, Hadley. Versprich nichts, was du nicht halten kannst. Jetzt wasch dich und zieh dich fürs Abendessen um. In diesem Zustand werde ich dich nicht an meinem Tisch dulden. Devin, komm mit.«

Und dann war Crovan verschwunden, als wäre nach dem Öffnen der Tür nichts vorgefallen, das über das Annehmen eines Pakets hinausging.

Schwankend stand Luke da. Seine Gedanken überschlugen sich. Abi. Jackson. Angel.

Als Coira näher kam, die Arme um ihn schlang und den Kopf gegen seine Brust sinken ließ, schwieg er. Doch er schob sie auch nicht von sich. Nach ein paar Minuten drückte sie ihn kräftig und trat einen Schritt zurück.

»Du hast gehört, was er gesagt hat. Geh schnell duschen. Ich sorge inzwischen dafür, dass hier gewischt wird.«

Die Gruppe der Gäste entlang der Brüstung hatte sich aufgelöst. Devin musste sie verscheucht haben.

Devin. Während Luke in sein Zimmer trottete und die blutgetränkte Kleidung auszog, versuchte er, sich zu konzentrieren. Es schien unvorstellbar, dass Devin Crovan freiwillig verteidigte – wenn man bedachte, wie sehr Crovan ihn gequält hatte.

Aber Devin wusste natürlich nichts von dem, was der Lord von Eilean Dòchais ihm antat. Ihr gemeinsamer Herr sorgte jedes Mal dafür, dass Devin alles wieder vergaß. Allerdings hatte er Luke die Erinnerung an Devins Bestrafung nicht genommen. Als Luke unter der Dusche stand, rief er sich den Vorfall wieder ins Gedächtnis, einschließlich Crovans letzter Bemerkung: »Für dich habe ich ganz besondere Anweisungen.«

Wenn Crovan Devins Erinnerung an die schrecklichen Messerattacken auslöschen konnte, was hatte er dann Luke alles genommen?

Und würde er ihm auch die Erinnerung an das nehmen, was gerade eben vorgefallen war?

Luke sprang aus der heißen Dusche. Das Wasser, das in den Abfluss lief, war von Jacksons Blut rötlich gefärbt gewesen, doch jetzt wirkte es wieder klar. Schnell trocknete Luke sich ab und zog danach saubere Kleidung an. Warf einen Blick auf die Uhr. Noch zwanzig Minuten bis zum Abendessen. Das ganze Drama an der Eingangstür hatte nicht einmal eine Viertelstunde in Anspruch genommen.

Er lief zurück in die Bibliothek, holte das zerlesene Wappenkundebuch aus seinem Versteck hervor und kehrte damit hastig in sein Zimmer zurück. Ihm blieb nicht genügend Zeit, um jedes Detail des Vorfalls festzuhalten, aber er notierte die wichtigsten Punkte.

Jackson und Angel sind hergekommen, um mich zu retten. Abi war bei ihnen. (Wieso?) J hat gesagt, dass Lord »Rix« (?) mich gezwungen hat, Zelston zu töten. Devin hat den Doc erschossen – um Crovan zu verteidigen. Coira & ich haben den Doc durch die Letzte Tür geschoben. Crovan hat A+A aufgefordert, seinen Tod als Selbstmord auszugeben.

Luke dachte einen Moment nach und riss dann eine Seite aus dem Buch.

MACH JEDEN TAG NOTIZEN IN DIESEM BUCH, schrieb er in Großbuchstaben darauf. ES IST ALLES REAL. VERTRAUE DEM, WAS HIER DRINSTEHT, UND NICHT DEINEN ERINNERUNGEN.

Er faltete das Blatt einmal und klappte es so über den Einband, dass er es ganz sicher bemerken würde. Dann schob er das Buch unter sein Kopfkissen, wo er es nicht übersehen konnte.

Schließlich lief er die Treppen zum Speisesaal hinunter. Devin wartete bereits, mit der Taschenuhr in der Hand. Er runzelte die Stirn, als Luke näher kam.

»Mal wieder auf den letzten Drücker, Hadley.«

Der Kerl schnalzte missbilligend mit der Zunge. Luke starrte ihn an. Keine halbe Stunde zuvor hatte er dem Mann, den Luke am meisten bewundert hatte, das Gehirn weggepustet – und nun tadelte er Luke für sein spätes Erscheinen … als wäre nichts geschehen.

Als könnte er sich nicht erinnern, dass überhaupt irgendetwas passiert war.

Crovan hatte ihn bereits in die Mangel genommen.

Luke dachte an das Buch, das jetzt sicher unter seinem Kopfkissen versteckt lag, und schauderte.

13

Gavar

Familie, dachte Gavar genervt. Machte mehr Ärger, als sie wert war. Wenn der Ex seiner zukünftigen Schwägerin sich schon unbedingt von den Klippen Highwithels stürzen musste, dann hätte er damit wenigstens bis nach der Hochzeit warten können.

Seit die Nachricht von Meilyr Trescos Tod ein paar Tage zuvor eingetroffen war, hatte niemand mehr von Dina gehört. Bouda reagierte fast hysterisch darauf, dass ihre Schwester ihre Hochzeit verpassen könnte, während Vater darüber verärgert war, dass man ihm die Schuld an Meilyrs Selbstmord geben könnte. Trotz seiner verrückten politischen Ansichten war Meilyr beliebt gewesen, und Armeria Trescos Brief – sie hatte jedem Justizratsmitglied eine Kopie geschickt – hatte keinen Zweifel daran gelassen, dass ihr Sohn seit dem Verlust seines *Geschicks* unter schweren Depressionen gelitten hatte.

Dagegen verhielt sich Gavars Mutter, als wäre überhaupt nichts vorgefallen.

»Wie blendend du wieder aussiehst«, sagte sie jetzt und schob eine rosafarbene Rose in Gavars Knopfloch. »Mein attraktiver Junge, mein Erstgeborener … erwachsen und kurz davor, den Bund der Ehe zu schließen.«

Während er unbestreitbar attraktiv war, hatte er in Bezug auf das blendende Aussehen so seine Zweifel. Wahrscheinlich erinnerte er eher an einen Mann auf dem Weg zur eigenen Hinrichtung – was in gewisser Hinsicht auch zutraf.

Die Hochzeit des Jahrhunderts fand endlich statt, und die Hälfte der höheren Gesellschaft hatte sich hier versammelt, um mit ihnen zu feiern. Die andere Hälfte der Ebenbürtigen war entweder zu *arrivé* (Mutters Ausschlusskriterium), um eine Einladung zu erhalten, oder hing der falschen politischen Überzeugung an (Vaters Ausschlusskriterium).

Nun küsste seine Mutter Gavar auf die Wangen – trockene, kurze Küsse, die ein Minimum an Kontakt zwischen den Hautzellen gewährleisteten, so dass sie gerade noch als Ausdruck der Zuneigung durchgehen konnten. Dann raffte sie ihre Röcke und rauschte aus dem Raum, um noch irgendwelche dringenden Hochzeitsvorbereitungen zu treffen. Vielleicht wollte sie die Tischkarten noch mal überprüfen oder sicherstellen, dass beim Empfang für jedes Getränk auch ja die richtigen Gläser verwendet wurden.

Kyneston platzte mal wieder aus allen Nähten: Gäste, Autos, Sklaven. Während seiner Jugendzeit hatte Gavar diese Gelegenheiten genossen. Beim jährlichen Ball nach der Dritten Großdebatte war er immer herumstolziert, als würde ihm das Anwesen bereits gehören. Als Kynestons Erbe und ältester Sohn des damaligen Kanzlers war sein Porträt dafür prädestiniert gewesen, eines Tages neben dem Bildnis seines Vaters an den Wänden Westminsters zu hängen.

Und hier stand er nun, ein weiteres Mal der Sohn des Kanzlers. Doch inzwischen war es ihm völlig egal. Nicht einmal die damit verbundenen angenehmen Nebeneffekte reizten ihn noch so wie früher. Das Jahr, in dem er neunzehn geworden war und seine Eroberungen im Verlauf der dreitägigen Dritten

Großdebatte eine zweistellige Zahl erreicht hatten, war der absolute Höhepunkt gewesen. Dutzende adliger Frauen, die vergebens versucht hatten, sich ihn zu angeln, würden während der Trauung im Publikum sitzen und Zeugen seiner Verbindung mit Bouda werden.

Glücklicherweise würden andere Schreckgespenster den Feierlichkeiten fernbleiben. Crovan hatte eine höfliche Absage geschickt – er nahm generell nicht an gesellschaftlichen Veranstaltungen teil. Was Gavars Vater, der inzwischen geschickt zurückruderte, sehr gelegen kam. Ja, er hatte Meilyrs Strafe sanktioniert – so lautete Lord Whittams Ausrede. Aber Crovan hatte sie durchgeführt. Der unheimliche schottische Lord, der ohnehin nie auf den oberen Plätzen irgendeiner Gästeliste gestanden hatte, war mittlerweile eine Persona non grata. Und Vater, der schlaue alte Fuchs, hatte es geschafft, sich von ihm zu distanzieren – allerdings nicht so weit, dass die Leute seine Allianz mit einem Mann vergaßen, der die schreckliche Macht besaß, anderen Ebenbürtigen das *Geschick* zu nehmen.

Das Ganze war schlichtweg deprimierend. Gavar holte eine Schachtel Sobranies hervor und zündete sich eine der Zigaretten an. Bouda schätzte es nicht, dass er gelegentlich rauchte. Hoffentlich würde sie den Qualm an ihm riechen, wenn sie gemeinsam vor dem Altar standen.

Ob Dina wohl auftauchen würde? Sie sollte als Brautjungfer ihrer Schwester auftreten, aber Gavar hatte sie bisher nirgends gesehen, und bis zur Zeremonie waren es bloß noch ein paar Stunden. Man hatte Gavar nicht gestattet, Bouda während des Vormittags zu sehen – was ihm sehr recht war –, und er konnte sich nur ausmalen, dass sie garantiert einen Anfall nach dem anderen bekam beim Gedanken daran, ihre Schwester könnte ihren großen Tag verpassen. Der Tod des Mannes, den ihre Schwester geliebt hatte, hatte ihr dagegen deutlich weniger Kopfzerbrechen bereitet.

Und was Gavars Brüder betraf: Na ja, Jenner erfüllte erwartungsgemäß seine Aufgabe und erteilte dem Personal Anweisungen – von den Catering-Leuten bis hin zu den Floristen. Er hatte sogar den Hochzeitsfotografen auf dem Anwesen herumgeführt, damit er die malerischsten Orte auswählen konnte, an denen das glückliche Paar dann für die Kamera posieren würde. (Bouda hatte gefordert, dass Kyneston bei allen offiziellen Fotos im Hintergrund zu sehen sein musste.) Jenner versuchte, allen Wünschen gerecht zu werden, verstand dabei aber nicht, dass all diese niederen Tätigkeiten ihn nur noch mehr als den Gewöhnlichen zu erkennen gaben, der er tatsächlich war.

Hinter Silyens Name auf Boudas Antwortliste stand ein Fragezeichen. Mutter hatte letzte Woche eine kurze Nachricht erhalten, in der Silyen ihr in seiner nahezu unleserlichen Handschrift mitgeteilt hatte, dass er sich bei Tante Euterpe auf Orpen aufhalten würde.

Und Tante Terpy? Wer konnte schon sagen, ob die Frau in Schwarz bei der Hochzeit auftauchen würde?

»Ich weiß ja, dass sie deine Tante ist«, hatte Bouda angesetzt und stirnrunzelnd die Sitzordnung studiert, »aber sie ist im Moment eher eine Gesprächsbremse, oder? Und ich kann mir einfach niemanden vorstellen, neben den ich sie setzen könnte.«

Gavar blickte aus dem Fenster seines ehemaligen Kinderzimmers über die weitläufige Rasenfläche vor dem Anwesen. Dort stand jetzt ein riesiges Festzelt aus goldenem Tuch, flankiert von leinengedeckten Tischen, die nur darauf warteten, alles zu servieren, was Kynestons Weinkeller zu bieten hatte. Irgendjemand hatte sogar die Statuen in goldene Seide gehüllt und mit Rosengirlanden geschmückt.

Manchmal fragte Gavar sich, ob seine zukünftige Frau nicht ebenfalls eine kalte Marmorstatue war, die lediglich durch *Geschick* am Leben erhalten wurde.

Dagegen schienen sein Vater und Bouda sich ganz gut zu verstehen. Bouda war eine eifrige Gehilfin und bereit, jede von Whittams Gesetzesvorlagen mit Hilfe ihrer Spießgesellen durchzudrücken. Gavar war ihr mehr als nur einmal auf der Wendeltreppe zur Kanzlersuite im Turm von New Westminster begegnet. Vermutlich nahm sie bereits Maß für die Vorhänge und Möbel für den Tag, an dem sie das Büro leiten würde.

Ihr Machthunger war unersättlich. Wenn sie nicht gerade irgendwelche Ränke mit seinem Vater schmiedete, verzog sie sich in einen Raum, den sie lächerlicherweise als »Kommandozentrale« bezeichnete – das Kommunikationszentrum für die sogenannten Sklavenstadt-Säuberungsaktionen, mit denen sein Vater Bouda und ihn betraut hatte.

Gavar hatte exakt null Interesse daran, irgendwelche Sklavenstädte zu säubern. Seine beiden Reisen nach Millmoor hatten ihm mehr als gereicht. Millmoor war ein grauenhafter Ort – und das total unnötigerweise. Natürlich war das Ableisten der Sklavenzeit nicht besonders lustig. Aber warum musste das Ganze so entwürdigend ablaufen? Der einfachste Weg zur Besänftigung der Bewohner dieser Schreckensorte bestand doch darin, diese Städte etwas erträglicher zu machen. Dann würde weniger Unzufriedenheit herrschen. Und das führte wiederum zu weniger Aufständen und Unruhen.

Na bitte: Gavar Jardines Anleitung für Frieden und Ruhe in Großbritannien.

Doch das würde nicht passieren. Leute wie Vater und Bouda und viele andere betrachteten die Sklavenstädte fast als Strafmaßnahme. Aber wofür wollten sie die Menschen denn bestrafen? Für das Verbrechen, ohne *Geschick* auf die Welt gekommen zu sein? Dafür, kein Ebenbürtiger zu sein?

»Daddy!«

Hastig drückte Gavar die Zigarette auf der Fensterbank aus und schnippte sie auf die darunterliegende Terrasse, bevor er sich umdrehte, um seine Tochter in den Arm zu nehmen.

Libby konnte inzwischen ganz gut laufen. Und war erstaunlich schnell.

»Dada!«, quietschte sie, als er sie hoch in die Luft hob. »Küsschen! Kitzeln!«

Nur zu gern folgte er ihrer Aufforderung, aber dann fiel ihm einen Sekundenbruchteil später wieder ein, dass er überprüfen musste, ob die Zimmertür geschlossen war – damit das glückliche Lachen und Quietschen seiner Tochter nicht im Flur zu hören war. Doch er hätte sich gar keine Sorgen zu machen brauchen. Daisy hatte die Tür fest ins Schloss gedrückt und stand wie eine Mini-Wächterin davor.

»Es kann ja wohl nicht angehen, dass Libby ihren Daddy an seinem Hochzeitstag nicht zu sehen bekommt«, sagte das Mädchen kühn.

Genau wie bei jener verhängnisvollen Dritten Großdebatte hatte Gavars Vater angeordnet, dass Libby während der Hochzeitsfeierlichkeit weder zu hören noch zu sehen sein sollte. Gavar hatte sich widersetzt, mit dem Ergebnis, dass Bouda schrill reagiert und seine Mutter darauf bestanden hatte, er müsse

Rücksicht auf »die Gefühle seiner Braut« nehmen. Es war ihm zwar neu, dass Bouda irgendwelche Gefühle hatte, abgesehen von ihrem Ehrgeiz und einer Art gönnerhaften Zuneigung zu ihrem Vater und ihrer Schwester, aber in die Enge getrieben und stimmenmäßig unterlegen, hatte er schließlich nachgegeben.

»Hübsch«, sagte Libby und zupfte die Rose aus seinem Knopfloch.

»Genau wie du«, sagte Gavar und küsste seine Tochter auf die Nase. »Daddys wunderschönes, kluges kleines Mädchen.«

Libby lächelte ihn an, und obwohl ihre Haar- und Augenfarbe – kupferrote Locken und blaugrüne Augen – hundertprozentig ihm entsprachen, bildeten sich in ihrem kleinen Gesicht inzwischen Merkmale heraus, die ihn schmerzhaft an Leah erinnerten.

Rasch setzte er seine Tochter ab, da er plötzlich fürchtete, dass ihm gleich die Tränen kommen würden, und drehte sich hastig zum Fenster, um seine Fassung wiederzugewinnen. Die ersten Gäste fanden sich am Festzelt ein, für einen Aperitif vor der Hochzeitszeremonie. Gavar entdeckte seinen zukünftigen Schwiegervater, Lord Lytchett Matravers; der Mann ließ sich leicht daran erkennen, dass sich die anderen Gäste an seiner massigen Gestalt vorbeiquetschen mussten. Neben ihm stand Boudas Pate, Rix.

Gavar erinnerte sich an das Gespräch, das er am Abend vor Silyens schockierender Adoption mit Rix in der Parlamentarierbar in Westminster geführt hatte. Dieser hatte ihm bei dieser Gelegenheit anvertraut, auch ein uneheliches Kind zu haben – einen Jungen, von dessen Existenz er jahrelang nichts gewusst hatte. Rix' Sohn musste ungefähr in Gavars Alter sein. Was hielt er wohl inzwischen von seinem Vater?

Sein Blick wanderte zu Libby. Der bloße Gedanke, sie nicht mehr um sich zu haben, bewirkte, dass sein *Geschick* bis in seine Fingerspitzen prickelte. Vater hatte das zur Debatte gestellte Erbfolgerecht, das die unehelichen Nachkömmlinge von Ebenbürtigen herabwürdigen würde, nicht mehr erwähnt. Gavar fragte sich, ob er es in der Hinterhand behielt, als eine Art Drohung, mit der er Gavar zum Gehorsam zwingen konnte.

Dabei hatte Gavar doch alles getan, was man von ihm verlangte, oder? Einschließlich seiner Bereitschaft, mit dieser Hyäne Bouda vor den Altar zu treten.

Wenn Leah noch leben würde, würde er dann heute heiraten?

Ja, aller Wahrscheinlichkeit nach. Schließlich war er der Erbe von Kyneston, und die Pflicht hatte Vorrang. Immer. Das hatte man ihm schon eingetrichtert, als er ungefähr im Alter seiner Tochter gewesen war. Wenn nicht sogar schon früher. Vater hatte seinen neugeborenen Erben zusammen mit einem Stoffsalamander herumgezeigt, der mindestens so groß wie Gavar gewesen war. Das Stofftier hatte in Gavars Krippe gelegen. Er erinnerte sich noch gut an dessen schwarze leere Augen.

Aber wohin hatte das Ganze letztendlich geführt? Zu einer Ehe ohne jede Liebe. Und in absehbarer Zeit zu einem weiteren Erben – falls er sich zu dem überwinden konnte, was man von ihm erwartete.

Gavar schaute von Libby, die mit der Rose spielte, zu Daisy und musste feststellen, dass das Mädchen ihn beobachtete.

»Sie würde es verstehen«, sagte Daisy. »Ich meine Leah. Entschuldigung, ich weiß ja nicht, ob Sie an sie gedacht haben, aber Sie haben auf einmal so traurig gewirkt und …«

»Danke«, unterbrach Gavar sie mit erstickter Stimme. »Auch dafür, dass du Libby hergebracht hast. Aber ich glaube, es wäre besser, wenn ihr zwei jetzt wieder geht.«

»Natürlich.«

Daisy nahm Libbys Hand und führte das kleine Mädchen zur Tür, ohne jeden Protest. Es war seltsam, wie dieses Gewöhnlichen-Mädchen – deren Ernennung zu Libbys Kindermädchen als diskreter, aber bewusster Affront gegen sein Kind gedacht gewesen war – sich zum Besten entwickelt hatte, was seiner Tochter im Laufe ihres kurzen Lebens widerfahren war.

»Sag deinem Daddy auf Wiedersehen«, instruierte Daisy ihren kleinen Schützling. Libby wedelte mit der Hand und lispelte die Worte. »Machen Sie sich unseretwegen keine Sorgen. Ich hab uns einen Platz in der Küche gesichert, und Libby wird so viele Kuchenstücke von der Hochzeitstorte ihres Daddys bekommen, wie sie nur will.«

»Kuchen«, sagte Libby und zog Daisy aus dem Zimmer, vom magischen Versprechen angelockt, das alle Süßigkeiten auf kleine Kinder auszuüben schienen.

»Ich werde auch die Rose für sie trocknen«, fügte Daisy schon halb im Flur hinzu. »Damit sie die Blume später mal hat und weiß, dass sie dabei war, selbst wenn sie auf den Hochzeitsfotos nicht zu sehen sein wird.«

Und dann waren die beiden verschwunden. Die einzigen Menschen auf der Welt, die Gavar das Gefühl schenken konnten, mit sich selbst im Reinen zu sein – ein uneheliches Kind und das Gewöhnlichen-Mädchen, das selbst noch ein Kind war.

Das Leben als Erbe von Kyneston war auch nicht das, was es versprochen hatte.

Sein Vater holte ihn ein, als Gavar gerade in die Menge auf der Terrasse eintauchen wollte. Whittam war ungewöhnlich guter Laune – mit anderen Worten: bereits angesäuselt.

»Dein großer Tag, mein Sohn. Der Tag, an dem du ein Mann wirst.«

Er persönlich hätte diesen Tag ja eher zehn Jahre zuvor angesiedelt, als er an seinem fünfzehnten Geburtstag ein besonders attraktives Dienstmädchen davon überzeugt hatte, dass der Erbe Kynestons noch ein Extrageschenk verdient hatte.

»Heute Nacht wirst du deiner Frau mal so richtig zeigen, aus welchem Holz wir Jardines geschnitzt sind, hast du gehört? Vergiss nicht: Die Familienehre muss bei allem gewahrt werden.«

Leicht angewidert wandte Gavar das Gesicht ab und sah dabei etwas Unerwartetes: Dina Matravers, die sich mit Jenner unterhielt. Während er die beiden beobachtete, hielt das blonde Mädchen seinem Bruder etwas entgegen. Jenners Gesicht leuchtete auf. Seltsam.

»Bodina ist da«, teilte er seinem Vater mit. »Bitte entschuldige mich. Ich muss dafür sorgen, dass sie weiß, wo sie hinmuss. Ihr bleibt nicht viel Zeit zum Umziehen und Schminken.«

Eine willkommene Ausrede. Dina Matravers war so schön, dass sie nicht viel an ihren Haaren und ihrem Make-up zu machen brauchte. Doch als Gavar sich durch die Menge schlängelte und Grußworte und Segenswünsche ignorierte, erkannte er, dass keine Schminke dieser Welt die Verwandlung kaschieren konnte, die der Kummer bei Bodina bewirkt hatte.

»Dina«, sagte er und berührte sie am Ellbogen, »du hast es doch noch geschafft.«

Überrascht drehte Bodina sich um, während Jenner das Ding in seiner Hand – ein Brief? – nicht besonders diskret in seiner Westentasche verschwinden ließ und sich dann entschuldigte.

Der Anblick des Mädchens versetzte Gavar einen Schock. Sie war so hübsch wie immer. Aber irgendetwas an ihr, das nicht mit ihrem Äußeren zusammenhing, hatte sich verändert. Das Strahlen in ihren Augen war verschwunden. Sogar der Mops auf ihrem Arm wirkte trübselig.

Ihr Kummer berührte etwas tief in Gavars Innerem – etwas, von dessen Existenz er nicht einmal geahnt hatte.

»Mein herzliches Beileid«, sagte er. »Es tut mir wirklich sehr leid.«

Handelte es sich um Mitgefühl? Zumindest um Verständnis. Armer Gavar Jardine, Erbe von Kyneston, von allen beneidet, aber von niemandem verstanden. Na ja, jetzt hatten Dina und er eines gemein: Sie hatten beide den einzigen Menschen verloren, den sie wirklich geliebt hatten. Er hatte seine Geliebte erschossen, und ihr Verlobter war von einem Felsen gesprungen. Nicht einmal ihre Liebe hatte gereicht, um ihm über den Verlust seines *Geschicks* hinwegzuhelfen.

»Ja«, sagte Dina und sah ihn an. »Ja, ich glaube dir, dass es dir leidtut.«

Dann lehnte sie das Gesicht gegen seine Brust und weinte sich die Augen aus.

Ihr Schluchzen bewirkte, dass sich mehrere Köpfe in ihre Richtung drehten. Gavar schlang die Arme um sie, um sie vor den neugierigen Blicken zu schützen, und funkelte die Gaffer wütend an.

Endlich beruhigte sie sich. Er hörte, wie sie schniefend die Nase hochzog, dann blickte Dina mit tränenfeuchten Wangen zu ihm auf.

»Okay, damit hatte ich nicht gerechnet. Danke.«

»Keine Ursache.«

Mit dem Mops unter dem Arm wühlte sie in ihrer Handtasche nach einem Taschentuch.

»Ich wusste gar nicht, dass du mit Jenner befreundet bist«, sagte Gavar.

»Ach, wir haben gemeinsame Bekannte.« Als Dina ihre Tränen weggewischt hatte, wirkte sie wieder wie die Bodina, die Gavar kannte. Strahlende Augen. Lächeln. »Ich sollte jetzt mal besser meine Schwester suchen. Schließlich will ich ihr nicht ihren großen Tag verderben. Sie hat den Salon mit Beschlag belegt, hab ich recht?«

Gavar nickte, und Dina schlängelte sich schnell durch die Menge, wobei ihr gemurmelte Beileidsbezeigungen folgten.

Zwei Stunden und zahllose Gläser Champagner später war Gavar Jardine ein verheirateter Mann.

Es brauchte ziemlich viel Alkohol, um die Sinne eines Ebenbürtigen zu beeinträchtigen. Gavar kannte seine Schwelle nur zu gut und sorgte dafür, dass er sie definitiv überschritten hatte, als es Zeit wurde, seiner sittsamen, errötenden Braut am Altar gegenüberzutreten. (Es gab auf der ganzen Welt bloß eine Sache, die Bouda Matravers errötete Wangen verleihen würde, dachte Gavar: ein großer Tiegel Rouge.)

Bouda trug ein weißes Brautkleid – mit einer langen Schleppe aus Spitze und Federn, wie ein Albino-Pfau –, das in

Kombination mit ihren weißblonden Haaren einen atemberaubenden Effekt erzeugte. Gavar war hinreichend betrunken, dass ihr Anblick ihn zu der Überlegung veranlasste, er würde seinen ehelichen Pflichten vielleicht ja doch nachkommen können. Aber als er sich für den obligatorischen Kuss zu seiner Braut hinüberbeugte, sah er den Ausdruck in ihren Augen. Das habgierige Glitzern. Den Triumph des Jägers. Bouda war eher ein Falke als ein Pfau.

Mit dem Austausch der Ehegelübde folgte der Moment, für den Gavar sich die ganze Zeit gewappnet hatte: der Moment, in dem ihrer beider *Geschick* einander berührte und aufflammte. Er spürte Bouda in seinem tiefsten Inneren, als hätte sie ihm einen ihrer manikürten Fingernägel mitten ins Herz gerammt. Dann war auch das vorbei. Erleichtert atmete er auf, als sie sich für die Zeremonie des Manteltauschs von ihm abwandte.

Auf ihren Schultern ruhte ein blaues Samtcape, mit dem in Silberfäden gestickten Wappen der Matravers'. Ihr Vorfahr Harding, der Reisende, hatte das Motto angepasst. Es zeigte ein Segelschiff, und darunter stand in silberner Stickerei: *Iter pervenimus.* Ich reise, um am Ziel anzukommen.

Seine Frau war jetzt definitiv an ihrem Ziel angekommen, dachte Gavar, während er ihr das Cape abnahm und es durch einen goldenen Umhang mit dem scharlachroten Salamander der Jardines austauschte. Als sich beide gemeinsam umdrehten, um den Applaus der Ebenbürtigen entgegenzunehmen, lag ein triumphierendes Lächeln auf ihrem Gesicht.

Das anschließende Bankett war exakt so qualvoll, wie Gavar es sich vorgestellt hatte. Der riesige Glassaal des Ostflügels roch nach einer Übelkeit erregenden Mischung aus Blumen und Braten und war bis zum Rand mit kreisrunden Tischen gefüllt, an denen Hunderte Gäste Platz genommen hatten. Das Brautpaar saß in der Mitte eines leicht erhöhten Tischs am Kopf des Saals. Auf der anderen Seite von Gavars frisch angetrauter Frau hatte sich sein Vater niedergelassen. Anstelle von Boudas Mutter – die vor Jahren in einer der BB-Fabriken bei einem vermutlich durch Sabotage ausgelösten Unfall ums Leben gekommen war – hatte man Bodina neben Gavar platziert.

Das Mädchen wirkte nahezu herausfordernd munter. Wenn Gavar nicht selbst gespürt hätte, wie der Kummer ihren Körper innerlich fast zerrissen hatte, wäre sie ihm beinahe normal vorgekommen. Selbstverständlich ein wenig verhalten, wie nicht anders zu erwarten. Aber im Grunde die gute alte funkelnde DiDi Matravers.

Stinker, ihr Mops, trug zur Feier des Tages eine weiße Fliege, und Dina hielt ihn in jedes Foto, das von ihr geschossen wurde. Gavar erinnerte sich an den denkwürdigen Moment, als der Hund irgendwie mit seinem Vater und ihm im Salon der Matravers eingeschlossen worden war. Er hoffte inständig, dass Dina sorgfältig darauf achtete, was der Hund während der Hochzeit fraß.

Ihre Rede als Brautjungfer stellte eine ziemliche Überraschung dar.

»Wir sind heute hier zusammengekommen, um die Liebe zu feiern«, setzte Dina an und erhob sich auf ihren Schuhen mit derart turmhohen Absätzen, dass das bloße Aufstehen eigentlich jedem physikalischen Gesetz widersprach.

Bevor Gavar sich daran hindern konnte, verdrehte er die Augen. Die inzwischen ebenfalls angesäuselten Hochzeitsgäste lachten freundlich. Sie genossen es alle, dass man Gavar, den Playboy, endlich zum ehrbaren Mann gemacht hatte.

»Liebe zeigt sich in vielerlei Gestalt«, fuhr Dina fort, nachdem das Gelächter verebbt war. »Die Liebe zwischen Partnern, zwischen Geschwistern, zwischen Eltern und Kindern. Allesamt zu erwartende, auserwählte, sanktionierte Formen der Liebe.«

Bei diesen Worten rutschten ein paar Gäste unbehaglich auf ihren Plätzen hin und her. »Sanktioniert« gehörte nicht zu den Ausdrücken, die man von DiDi erwartet hätte.

»Wie ja alle hier Versammelten wissen, habe ich vor ein paar Tagen die Liebe meines Lebens verloren, Meilyr Tresco. Ich werde niemals an einem Tisch wie diesem sitzen, mit ihm an meiner Seite – so wie meine Schwester und Gavar.«

Die Gäste wurden unruhig. Es war äußerst geschmacklos, bei solch einer Gelegenheit von Meilyrs Selbstmord zu reden. Gavar spürte, wie sich der Körper seiner Braut versteifte, während sie sich aufsetzte und sich ihrer Schwester zuwandte.

»Meilyr hat Ansichten vertreten, die nur von wenigen geschätzt werden – und ganz gewiss nicht von der neuen Familie meiner Schwester. Dabei hat er im Grunde an nichts anderes geglaubt als an die Liebe.

Nicht nur an die Liebe für diejenigen, die wir kennen und auserwählt haben, sondern auch an die Liebe für diejenigen, die wir noch nie getroffen und nicht auserwählt haben. Liebe für die *Geschicklosen*. Für die Gewöhnlichen.

Während wir an diesem wunderschönen Ort sitzen und die Privilegien unseres Standes genießen, sollten wir nicht vergessen, auch für die weniger vom Glück Begünstigten aufrichtige Liebe in unseren Herzen zu empfinden. Denn wenn wir die uns verbindende menschliche Natur vergessen, geschieht das auf unsere eigene Gefahr.

Meine Schwester und ihr Mann stehen im Begriff, einen aufregenden Weg zu beschreiten: die Gründung einer neuen Familie. Die nächste Generation der Dynastie, die unseresgleichen erstmals an die Macht gebracht hat. Doch das ist nicht die einzige Aufgabe, die vor ihnen liegt.

Man hat ihnen den Auftrag erteilt, Säuberungsaktionen in den Sklavenstädten durchzuführen. Damit soll erreicht werden, dass die gewöhnlichen Menschen sich wieder unterordnen. Auf dass wir unseren Lebensstil aufrechterhalten können. Man geht davon aus, dass dies den Einsatz von Gewalt erforderlich machen wird. Von Repressalien. Aber ich möchte dir, Bouda, und dir, Gavar, eines mitgeben: Das gleiche Ziel lässt sich auch mit Liebe erreichen.«

Bodina Matravers hob ihr Glas, um Braut und Bräutigam zuzuprosten, legten dann den Kopf in den Nacken und kippte den Champagner in einem Zug hinunter. Stinker, der vor ihr auf dem Tisch gehockt hatte, begann herumzutollen.

Die Hochzeitsgesellschaft saß in peinlich berührter Stille da …

… bis diese von einem lauten, bedächtigen Klatschen durchbrochen wurde. Zögernd stimmten mehrere Gäste ein. Dann noch ein paar.

Bodina Matravers ließ sich auf ihren Stuhl sinken. Gavar spürte, wie sich die Finger seiner Frau um sein Handgelenk legten. Ihre manikürten Nägel gruben sich in die dünne Haut, unter der seine Adern schimmerten.

»Lass das«, befahl sie.

Gavar blickte auf seine Hände.

Der lauteste Applaus stammte von ihm.

Er hatte nie verstanden, warum eine eintägige Feier monatelange Planungen erforderte. Doch als eine von Blüten und Konfetti übersäte Glanznummer die nächste jagte, dämmerte es ihm allmählich.

Um die peinliche Stille nach Dinas Rede zu kaschieren, hatte seine Mutter das Streichquartett vorgezogen, und bei Kaffee und Petits Fours stellte sich wieder eine halbwegs normale Stimmung ein. Als Nächstes machten Gavar und Bouda die Runde und blieben an jedem Tisch stehen, um Plattitüden auszutauschen und Glückwünsche in Empfang zu nehmen.

»Wie aufmerksam von deinem Bruder und deiner Tante, sich die ganze Mühe zu machen«, bemerkte Bouda, als sie sich den hinteren Tischen näherten und die beiden leeren Plätze sahen, die für Silyen und Tante Terpy bestimmt waren.

»Das ist das beste Hochzeitsgeschenk, das sie uns machen konnten«, murmelte Gavar. »Oder wäre dir ein Finale wie bei unserem geplatzten Hochzeitstermin lieber gewesen?«

Bouda presste die Lippen zusammen und schwieg.

Überall wurden Fotos von ihnen beiden geschossen. Auf der Terrasse trat Gavar einen Schritt beiseite, als die Fotografin einen riesigen Wirbel darum machte, auch ja den Moment mit der Kamera festzuhalten, in dem Boudas Hochzeitsstrauß durch die Luft in Richtung einer Gruppe kichernder Frauen flog. Er sah, dass Dina sich ebenfalls abseits hielt und das Ganze aus der Ferne beobachtete.

Gavar hatte keine Ahnung, woher ihre Hochzeitsrede stammte. Normalerweise hätte er vermutet, dass Meilyr sie geschrieben hatte. Aber Meilyr war tot.

Plötzlich erfasste ihn ein Gefühl unendlicher Trauer. Eigentlich war das Leben nicht dazu gedacht, so abzulaufen. Für keinen von ihnen.

Vielleicht war das der Grund für seinen Entschluss, in die Küche zu gehen und Libby zu holen. In seinem Leben gab es nur eine einzige Person, die perfekt war und für die er sich nicht schämte. Und wenn er eines Tages Lord von Kyneston war, würde niemand sie verstecken. Also warum sollte man sie nicht schon jetzt zu sehen bekommen?

Er setzte sich seine Tochter auf die Schultern und trug sie wie eine Standarte ins Freie, wo inzwischen der Abend angebrochen war und die Ebenbürtigen Großbritanniens im goldenen Zelt tanzten. Auf den Rasenflächen liefen Kinder – deren adliger Stammbaum eine Einladung gerechtfertigt hatte – lachend hin und her, spielten Fangen oder Krocket oder rauften sich im Gras.

Die ersten Köpfe drehten sich um, als Gavar seine Tochter inmitten der spielenden Kinder absetzte.

Libby lief mit wackligen Schritten in das Krocketspiel hinein, bückte sich und versuchte, einen für ihre winzigen Hände viel zu großen und schweren Ball hochzuheben. Ein Junge hockte sich lächelnd zu ihr und bot ihr den Ball an.

Im Zelt machte sich Unruhe breit. Eine Frau drängte sich ins Freie, packte die Hand des Jungen und zerrte ihn auf die Beine.

»Ab ins Bett, Aubrey. Sofort.«

Libby heulte auf, als ihr Spielkamerad unter lautem Protest weggeschleift wurde.

Einen kurzen Moment lang war Gavar versucht, der Frau nachzugehen, sie an den Haaren zu packen und auf die Knie zu zwingen, damit sie sich entschuldigte. Er konnte spüren, wie sein *Geschick* zu sieden begann, und ballte die Hände zu Fäusten. Anschließend drehte er sich zu den Zuschauern um. Sein Blick forderte jeden Elternteil heraus, der es wagte, an ihm vorbeizugehen, um sein Kind von Libby zu entfernen.

Dann stand plötzlich seine Frau vor ihm.

»Willst du mich unbedingt blamieren? Zuerst meine Schwester und jetzt du. Ist mir denn nicht mal ein einziger Tag vergönnt? Bring sie sofort in die Küche zurück.«

»Nein«, erwiderte Gavar. »Warum sollte ich? Sie gehört zu mir, und Kyneston wird mir eines Tages gehören, und nach dem Ehegelübde, das du heute abgelegt hast, gehörst auch du mir und wirst mir gehorchen.«

»Und du wirst den Gesetzen dieses Landes gehorchen. Vor allem dem Gesetz, das bald Schluss machen wird mit irgendwelchen Zweifeln am Stand solcher Mischlingskinder und ihrem wahren Platz in der Gesellschaft.«

Ein Dröhnen rauschte in Gavars Ohren. Er schüttelte den Kopf, um es zu beseitigen. Doch es verschwand nicht.

»Diese Nummer kannst du dir sparen. Das Erbfolgerecht ist nur eine leere Drohung meines Vaters, damit ich nicht aus der Reihe tanze.«

»Ganz im Gegenteil.« Boudas Lächeln war so kalt, dass man fast sehen konnte, wie ihre Lippen überfroren. »Dein Vater und ich haben gerade die Gesetzesvorlage fertiggestellt. Darin werden jegliche Unklarheiten über den Status unehelicher Ebenbürtigen-Nachkömmlinge beseitigt. Diese Mischlinge werden ihren Eltern entzogen und in die UMUS-Heime in den Sklavenstädten geschickt. Wir können nicht zulassen, dass irgendjemand sie für etwas Besonderes hält, wenn es sich bei ihnen in

Wahrheit um eine Abscheulichkeit handelt, die erst gar nicht hätte existieren dürfen.«

Gavars Zorn explodierte. Einen Moment lang sah er nur noch rot und konnte nichts anderes mehr wahrnehmen. Das Dröhnen in seinen Ohren wurde lauter. Sein Gesicht glühte.

Dann kehrte seine Sicht zurück.

Das goldene Festzelt war wie ein Feuerball in Flammen aufgegangen.

14

Abi

»Gavar hat das Festzelt in Flammen aufgehen lassen. Das reinste Chaos«, berichtete Dina. »Deshalb bezweifle ich, dass meine arme Schwester die Hochzeitsnacht bekommen hat, die sie sich gewünscht hat.«

Die Vereinsmitglieder drängten sich um den riesigen offenen Kamin in Highwithels Saal. Obwohl es inzwischen fast Ende Mai war, knisterte darin ein Feuer. Sie alle genossen die flackernden Flammen – nicht so sehr wegen der Wärme, eher wegen des Trosts, den sie spendeten.

»Das hat mich zum Nachdenken gebracht«, fuhr Dina fort. »Wir müssen anders vorgehen. Vereinzelte Proteste bringen rein gar nichts. Die Leute, die dieses Land zurzeit regieren, einschließlich meiner Schwester, sind nicht bereit, zuzuhören. Und wie wir in Millmoor gesehen haben, können selbst große Protestaktionen innerhalb der Sklavenstädte mühelos eingedämmt und unterdrückt werden.«

Abi bemerkte, wie Renie nickte und die Knie noch etwas enger an die Brust zog. Sie hatte Dinge miterleben müssen, die kein Kind jemals zu Gesicht bekommen sollte – da war Abi sich ziemlich sicher.

»Was willst du damit sagen, Bodina?«, fragte Hilda, als die Ebenbürtige sich nicht weiter äußerte.

»Na ja, sie meint damit sicher nicht, dass wir mit Bannern

und Plakaten durch die Straßen marschieren sollen, oder?«, antwortete Jessica spitz und sah Dina an. Die Ereignisse der vergangenen Woche hatten ihren Tribut gefordert: Die schlaflosen Nächte und der Kummer hatten tiefe Falten in ihren Gesichtern und dunkle Ringe unter ihren Augen hinterlassen. »Du redest von Terrorismus.«

Dina zögerte, und einen Moment lang dachte Abi, dass sie vor einem Wort wie diesem zurückschrecken würde. Doch das tat sie nicht.

»Wenn du es so formulieren willst: Ja, ich rede von Terrorismus.«

Abi ließ sich gegen die Stuhllehne sinken; ihre Gedanken überschlugen sich. Oz, der neben Jess saß, brachte einen Laut hervor, der sich weder als Zustimmung noch als Widerspruch deuten ließ – eher ein Seufzen. Waren sie dazu wirklich alle bereit? War Dina emotional in der Verfassung, solch weitreichende Entscheidungen zu treffen?

»Was halten Sie davon?«, wandte Abi sich an Lady Armeria, die bei ihnen saß. »Möchten Sie, dass so das Vermächtnis Ihres Sohnes aussieht?«

»Meilyr hat immer friedliche Proteste bevorzugt«, erklärte die Ebenbürtige und schaute von Abi zu Dina und wieder zurück. »Aber mein Sohn ist tot.«

Sie hatten sich an Crovans Anweisung gehalten und Meilyrs Tod als Selbstmord ausgegeben. Falls der wahre Ablauf der Ereignisse auf Eilean Dòchais ans Licht kam, würde Dinas Verstrickung in die ganze Geschichte bekanntwerden und damit jede Chance verlorengehen, auch in Zukunft irgendwelche nützlichen Informationen von ihrer Schwester aufzuschnappen. Aber Meilyrs Mutter hatten sie die Wahrheit gesagt.

»Und genau deshalb sollten im Moment keine Entscheidungen getroffen werden«, protestierte Abi. »Wir stehen alle unter Schock, vor allem du, Bodina. Du wirst Meilyrs Tod keinen Respekt erweisen, indem du dich gegen alles wendest, für das er eingetreten ist.«

»Wie kannst du es wagen!« Bodina sprang von ihrem Stuhl hoch. Im Kamin loderten die Flammen auf, und das Holz knackte so laut wie ein Schuss aus einer Pistole. Abi zuckte zusammen. »Du hast ihn doch überhaupt nicht gekannt. Dein Bruder ist der Grund, warum Meilyr jetzt tot ist.«

»Du und Meilyr … ihr seid der Grund, warum Luke überhaupt an diesem schrecklichen Ort hockt.«

»Genau genommen sind Whittam Jardine und die jahrhundertelange Vorherrschaft der Ebenbürtigen für all das hier verantwortlich«, sagte eine unbekannte Stimme hinter ihnen. »Aber kümmert euch nicht um mich – streitet ruhig weiter.«

Der Neuankömmling trat an den Kamin. Abi starrte die Frau erstaunt an und erkannte sie schließlich wieder: von der Fernsehübertragung von Zelstons Staatsbegräbnis. Sie hatte einen athletischen Körper, und ihr Schädel war halb rasiert. Piercings in Ohr, Nase und Augenbraue zeichneten sich schimmernd von ihrer dunklen Haut ab.

Es handelte sich um die Nichte des verstorbenen Kanzlers, Mistress Midsummer Zelston.

»Du siehst grauenhaft aus«, wandte sie sich an Dina. »Aber vermutlich hast du einen guten Grund dafür. Komm mal her.«

Midsummer breitete die Arme aus. Dina ging zu ihr und ließ sich von ihr umfangen, während sie den Kopf an Midsummers Schulter drückte und in Tränen ausbrach. Abi spürte, wie ihr Zorn verrauchte. Es war ein Wunder, dass sie alle noch irgendwie funktionierten, wenn man die Ereignisse der jüngsten Vergangenheit betrachtete: die Explosion des Ballsaals, Lukes Gerichtsverhandlung, Meilyrs Bestrafung und dann die Katastrophe auf Eilean Dòchais. Abi kannte die Anzeichen für eine posttraumatische Belastungsstörung. Sie konnte die meisten davon bei sich selbst feststellen, und bestimmt erging es den anderen ähnlich, da war sie sicher.

»Tut mir leid, dass ich nicht früher kommen konnte«, sagte Midsummer und strich Dina über die blonden Haare, während sie sich langsam beruhigte. »Merkwürdigerweise haben mein Mädchen und ich keine Einladung zur Hochzeit deiner Schwester erhalten. Aber ich habe deine Nachricht gefunden, und jetzt bin ich hier. Also, was kann ich tun – außer als lebensgroßes Taschentuch für deine hübsche kleine Schnoddernase zu dienen?«

Bei diesen Worten musste selbst Dina erstickt lachen. Sie wischte sich mit dem Handrücken über die Nase, nahm ihre Freundin am Ellbogen und drehte sie in Richtung der erwartungsvollen Gesichter der anderen.

»Das hier ist Midsummer Zelston, eine Freundin von Meilyr und mir. Ich habe sie gebeten, sich uns anzuschließen, weil sie uns auf ihre eigene Art und Weise von Lincolnshire aus unterstützt hat.«

Lincolnshire. Abi wusste, dass die Zelstons auf Lindum residierten – einem der eher ungewöhnlichen Herrenhäuser in Großbritannien. Dabei handelte es sich um eine Aneinanderreihung von Baukörpern, die sich um verschiedene römische Ruinen gruppierten. Das Backsteingebäude mit dem hohen Gewölbe, das jetzt Lindums Große Halle bildete, hatte einst ein riesiges Badehaus beherbergt, dessen Mosaike noch große Teile des Bodens bedeckten.

Die Zelstons führten ihren Familienstammbaum auf einen Konsul zurück, den der römische, aus Afrika stammende Kaiser Septimius nach Großbritannien berufen hatte. Dadurch waren sie die älteste Adelsfamilie Großbritanniens – obwohl Abi mehr als nur einmal erlebt hatte, wie Lord Whittam sich über sie lustig gemacht hatte. Seine Einwände basierten offensichtlich auf persönlichen Animositäten gegenüber Zelston, gekoppelt mit unverhohlen rassistischen Vorurteilen. Abi hatte einmal einen üblen Kommentar aufgeschnappt, als er sich über die dem Untergang geweihte Liebesbeziehung zwischen dem Kanzler und Euterpe Parva ausgelassen hatte.

Inzwischen hatte Dina fast alle Vereinsmitglieder vorgestellt. Als sie sich ihr zuwandte, erstarrte Abi. Midsummer und sie hatten nur eines gemein: die Tatsache, dass ihr Bruder den Onkel der Ebenbürtigen getötet hatte.

»Und das hier ist Abigail Hadley«, sagte Dina. »Luke Hadleys Schwester. Luke … der Millmoor-Junge.«

Sollte Abi sich entschuldigen? Würde das wie ein Eingeständnis von Lukes Schuld aussehen? Aber wäre es nicht noch schlimmer, diese ganze Geschichte einfach zu ignorieren?

Völlig unerwartet brach Midsummer in schallendes Gelächter aus.

»Du machst dich hier völlig umsonst nervös. Dazu besteht kein Grund. Ich weiß, wofür dein Bruder verurteilt wurde. Und ich weiß auch, welchen Preis Meilyr dafür gezahlt hat, dass er auf Lukes Unschuld beharrt hat. Außerdem ist mir bekannt, dass Meilyr die Theorie vertrat, dass mein Onkel gar nicht das beabsichtigte Opfer war. Was für ein Schlamassel, oder?«

Abi hätte ihr vor Erleichterung um den Hals fallen können.

»Ich glaube nicht, dass mein Bruder in irgendeiner Form die Verantwortung für den Mord trägt«, sagte sie. »Aber ich weiß, dass ich das beweisen muss. Ich möchte das allen beweisen, aber vor allem dir. Es tut mir so leid.«

Midsummers Blick war beunruhigend direkt. Abi kramte in ihren Erinnerungen, was sie alles über diese Frau wusste, die nicht viel älter war als sie selbst. Midsummer Zelston war in keinem der Hochglanzmagazine zu finden, die regelmäßig Fotos von Dina und ihrer Schwester abdruckten. Sie studierte an einer Universität, überlegte Abi, jedoch nicht in Oxford oder Cambridge, wie die meisten Ebenbürtigen. Eher in Brighton, oder? Außerdem hatte sie eine Gewöhnliche zur Freundin.

Ja, Midsummer Zelston war keine typische Ebenbürtige.

Aber, dachte Abi – und dieser Gedanke beschäftigte sie inzwischen schon eine ganze Weile –, Midsummer war noch immer eine Ebenbürtige.

»Du musst nichts beweisen. Und mir schon gar nicht«, erwiderte Midsummer.

»Lindum ist der Sitz der Zelstons«, sagte Dina und zog einen Stuhl für Midsummer ans Feuer. »Und ihr wisst ja alle, was sich dort oben befindet.«

»Der Bore«, sagte Renie prompt.

Abi war nicht die Einzige, die überrascht aufschaute. Das Mädchen war zwar ziemlich gewieft, doch sie hatte auf Abi nicht den Eindruck gemacht, als würde sie sich in Erdkunde besonders gut auskennen. Gelassen zuckte Renie die Achseln, zog dann ihren Ärmel hoch und zeigte auf eine Reihe horizontaler Narben auf der Innenseite ihres linken Unterarms. Im Schein des Feuers zeichneten sie sich silber-rosa auf ihrer hellbraunen Haut ab.

Abi hatte die Narben schon zuvor bemerkt und sich gefragt, ob es sich dabei um die Folgen eines Fabrikunfalls in Millmoor handelte oder – was angesichts ihrer Kindheit wahrscheinlicher war – um eine Form der Selbstverletzung. Doch jetzt stellte sich heraus, dass keine ihrer Vermutungen zutraf.

»Diese hier stehen für den jüngsten meiner älteren Brüder, Mickey, und für Onkel Wesley, den Bruder meiner Mutter«, erklärte Renie und zeigte auf zwei Narben. »Wurden beide zum Bore geschickt. Meine Mum: Edgemarsh. Dad: Felfield-Sicherheitstrakt. Mein ältester Bruder Patrick: Dungeness-Kraftwerk. Und Declan, mein mittlerer Bruder: Portisbury.

Ich war erst acht, als man uns alle getrennt hat, und ich habe mir Sorgen gemacht, dass ich meine Familie vergessen könnte. Deshalb hab ich auf diese Weise dafür gesorgt, dass das nicht passiert. Aber ich hab erst letztes Jahr – nachdem der Doc mich gefunden hatte – erfahren, wohin man sie alle geschickt hat. Damals hab ich mit Asif eines unserer Vereinsspiele gespielt und Wache gestanden, während er sich in den örtlichen Server des Arbeitszuteilungsamts gehackt hat. Weil er nun mal echt brillant ist, war er total schnell fertig und wir hatten noch Zeit, meine Akte rauszusuchen. In der waren sie alle aufgelistet, meine ganze Familie.«

Im Raum herrschte bestürzte Stille.

»Und deshalb weiß ich genau, wo der Bore ist«, fügte Renie hinzu und schenkte Midsummer Zelston ihr zahnlückiges Lächeln.

»Für alle, die etwas weniger bewandert sind als unsere junge

Freundin hier: Der Bore ist Großbritanniens Kornkammer. Eine riesige landwirtschaftliche Nutzfläche, die zur Speziellen Sklavenzone erklärt wurde. Die größte in ganz England«, erläuterte Midsummer den anderen. »Hier werden Personen aus den Großstädten der Midlands untergebracht: Nottingham, Sheffield und Doncaster sowie Lincoln, in der Nähe unseres Stammsitzes. Hauptsächlich Männer, die auf den Feldern arbeiten müssen. Dazu ein paar Frauen in der Verarbeitung und Verpackung. Aber die meisten Frauen der Region werden nach Edgemarsh geschickt, was bedeutet, dass Ehepaare getrennt werden – eine weitere, völlig unnötige Schikane.

Im Bore sind auch Lebenslängliche untergebracht. Der Landstrich hat seinen Namen von einem tideabhängigen Fluss, der in die Nordsee mündet, und ist von zahlreichen Bewässerungskanälen durchzogen, die ständig erneuert und repariert werden müssen. Und das ist die Aufgabe der Lebenslänglichen – Männer, die angeblich die schlimmsten, nicht politisch motivierten Verbrechen begangen haben. Die politischen Gefangenen werden zur Verbannung verurteilt und Crovan übergeben. Aber in Wahrheit werden auch Männer mit einem geringeren Strafregister in die Lager für Lebenslängliche gesteckt.«

»Onkel Wes«, bestätigte Renie. »Er hat nichts Schlimmes verbrochen, nur geklaut. Okay, er hat jede Menge Zeug geklaut, aber trotzdem.«

»Genau. Meine Mutter und ich haben uns jahrelang Klagen über die Zustände im Bore angehört. Als mein Onkel noch Kanzler war, hatten wir gehofft, das ändern zu können. Aber dreimal dürft ihr raten, wer die Reformen für die Lebensbedingungen im Bore sofort nach seinem Amtsantritt gestrichen hat, und zwar ohne jede Rücksprache mit dem Justizrat? Whittam und seine Kumpane. Wenn die Männer, mit denen ich Kontakt aufgenommen habe, davon erfahren, geht dort richtig die Post ab.«

»Also, ich habe mir Folgendes überlegt«, sagte Dina und beugte sich vor. »Der Aufstand in Millmoor hat nicht gereicht. Außerdem haben wir nicht gewusst, wie die Behörden reagieren würden. Aber jetzt wissen wir es: mit Gewalt. Das heißt also, dass wir noch immer für Unruhen in den Sklavenstädten sorgen können, die allerdings friedlich verlaufen müssen und großflächig. Meine Verbindungsleute in Riverhead wollen eine Stilllegung koordinieren – vergleichbar der, die dein Bruder in Millmoors Maschinenpark bewirkt hat, Abi, doch diesmal in der gesamten Stadt.

Gleichzeitig sollten wir härtere Maßnahmen ergreifen, die das System dort treffen, wo es besonders weh tut, aber wo das Risiko für Vergeltungsmaßnahmen geringer ist. Also nicht auf den Straßen, wo die Menschen zusammengetrieben und niedergeschossen werden können. Nicht an Orten mit einer Mauer drumherum, in der die Leute eingesperrt sind. Und dafür ist der Bore perfekt.«

Die Vereinsmitglieder hatten aufmerksam zugehört.

»Es geht um möglichst wirkungsvolle Aktionen, stimmt's?«, fragte Hilda. »Riverhead und der Bore werden Aufmerksamkeit erregen. Die Menschen werden auf Ideen kommen. Und diese werden sich über das ganze Land verbreiten.«

»Genau.«

»Ich hab eine Idee«, sagte Asif von seinem Sitzplatz in der Kaminecke aus. »Eine ziemlich miese Idee, aber …«

»Sag schon«, forderten die Vereinsmitglieder fast einstimmig.

»Wir versuchen doch, die öffentliche Meinung zu verändern. Die Menschen dazu zu befähigen, sich zu erheben und ihre Meinung zu sagen. Obwohl die meisten von uns nicht wirklich wissen, wozu *Geschick* in der Lage ist, wissen wir sehr wohl, dass die Ebenbürtigen dadurch ihre Autorität erhalten. Und da habe ich mich gefragt …«

Er verstummte und zappelte noch nervöser als sonst auf seinem Stuhl herum.

»Spuck's aus«, sagte Oz und schlug ihm auf die Schulter. »So mies kann deine Idee nun auch wieder nicht sein.«

Allerdings war sie genau das – und gleichzeitig brillant, dachte Abi.

»Ich habe darüber nachgedacht, ob wir den Leuten … ich meine, den Gewöhnlichen, erzählen sollten … Bisher wissen ja nur die Ebenbürtigen davon …«, Asif schluckte so kräftig, dass sein Adamsapfel auf und ab hüpfte, »… ob wir den Leuten erzählen sollten, dass man Meilyr das *Geschick* genommen hat. Wenn die Menschen wüssten, dass das möglich ist, dann wüssten sie auch, dass die Ebenbürtigen nicht … unangreifbar sind. Okay, ein anderer Ebenbürtiger hat ihm das angetan, aber es erscheint mir symbolträchtig.«

Einen Augenblick lang herrschte völlige Stille.

»Ich hab ja gewusst, dass das eine miese Idee ist«, stöhnte er und vergrub das Gesicht in den Händen. »Ich bin ein schrecklicher Mensch. Ignoriert mich einfach.«

»Nein.«

Lady Armeria hatte sich zu Wort gemeldet. Angespannt wartete Abi auf ihre Reaktion. War jetzt der Moment gekommen, in dem sie verkündete, dass das Ganze schon weit genug gegangen war? Der Moment, in dem sie den Verein vor die Tür setzte, damit sie in Ruhe trauern konnte?

»Nein, das ist eine hervorragende Idee. Meilyr mag zwar nicht mehr unter uns sein, aber die Dinge, an die er geglaubt hat, werden in euren Taten weiterleben. Als seine Mutter gebe ich euch meinen Segen.«

Und damit hatte der Verein einen neuen Auftrag. Oz und Jessica würden Dina nach Riverhead begleiten. Renie wich Midsummer nicht mehr von der Seite – und vermutlich nicht nur deshalb, weil sie hoffte, zwei ihrer verschollenen Familienmitglieder im Bore wiederzufinden. Asif, Hilda und Tilda würden in Highwithel bleiben, von wo aus sie über anonyme Kanäle Informationen über Meilyrs Schicksal verbreiten würden. Außerdem wollten sie versuchen, sich in die Entscheidungsebenen von Riverheads Verwaltungssystem zu hacken.

Und Abi? Was sollte sie tun? Man hatte sie wegen Luke in die Gruppe aufgenommen, aber sie war nie richtig Teil des Ganzen gewesen. Meilyr und sie hatten sich zwar geeinigt, doch er lebte nicht mehr. Obwohl sie wusste, dass Bodina ihr nicht die Schuld an den Ereignissen auf Eilean Dòchais gab, war Abi dennoch die einzige Zeugin des tragischen Vorfalls. Abi hatte den Verdacht, dass dieser Umstand immer zwischen ihnen stehen würde, statt sie zusammenzuschweißen.

Und außerdem …

Und außerdem war da noch die Tatsache, dass Dina – genau wie Meilyr, Armeria und Midsummer – eine Ebenbürtige war.

Abi hatte keine Ahnung, warum das so eine wichtige Rolle spielte, aber sie konnte nichts dagegen machen. Solange die Gewöhnlichen weiterhin auf die Ebenbürtigen vertrauten, um die Situation für sie zu verändern, würde sich im Grunde nichts wirklich verändern, oder?

Und war sie überhaupt bereit zu diesem großangelegten politischen Kampf, der Dina vorschwebte? Eigentlich hatte Abi das nie vorgehabt. Sie war nur aus einem einzigen Grund nach Highwithel gekommen: um Luke zu retten. Was das betraf, hatte sie auf ganzer Linie versagt.

»Weiß die Sprecherin der PB, Mrs Dawson, eigentlich hiervon?«, hörte Abi sich selbst fragen. »Schließlich ist sie diejenige, die die Interessen der Gewöhnlichen vertreten soll, und selbst eine Gewöhnliche.«

Die Blicke der anderen richteten sich auf sie, doch Armeria Tresco reagierte als Erste.

»Das ist eine interessante Frage. Die Parlamentarischen Beobachter haben wenig Einfluss und noch weniger Macht. Und jetzt, da Whittam Jardine sie des Amtes enthoben hat, können sie überhaupt nichts mehr ausrichten.«

»Mein Onkel hatte vor, die Sprecherin in den Justizrat zu berufen«, fügte Midsummer hinzu. »Er hatte gehofft, dies als eine seiner letzten Amtshandlungen durchzuführen, vor dem Ende seiner Kanzlerzeit in zwei Jahren, und hat versucht, Unterstützung dafür zu gewinnen. Aber der Gedanke traf nicht auf viel Gegenliebe. Wenn Jardine nicht kurz zuvor diesen Coup unternommen hätte, der einen Mord überflüssig gemacht hat, dann hätte ich angenommen, dass mein Onkel an jenem Abend das geplante Opfer gewesen war, weil man seine Reformpläne verhindern wollte.

Also kann ich dir zur Sprecherin nicht viel sagen, doch jemand anderes wäre sehr interessant: ihr Sohn, Jon Faiers.«

»Ihr Sohn?«

Es war das erste Mal, dass Abi von Dawsons Sohn hörte, und sie konnte nicht erkennen, warum er relevant sein sollte.

»Er arbeitet als ihr Berater und hat viele Kontakte zur Basis – hört sich die Probleme der Leute an, versucht, mit den Behörden der Sklavenstädte zu verhandeln, das Arbeitszuteilungsamt zur Rede zu stellen und dergleichen. Ich habe ein paarmal mit ihm gesprochen, als es um die Lebensbedingungen im Bore ging.«

Abi hätte sich für ihre Dummheit treten können. Also gab es doch jemanden, an den sie sich direkt hätte wenden können, als Luke vom Rest der Familie getrennt und nach Millmoor verfrachtet worden war. Wenn sie das damals doch nur gewusst hätte! Dann hätte sie Luke aus der Sklavenstadt herausholen können, bevor er Meilyr Tresco begegnen konnte. Jede daraus resultierende Katastrophe hätte sich vermeiden lassen.

Eine tiefe, überwältigende Trauer erfasste Abi, und sie musste ihre Hände fest im Schoß verschränken, damit sie nicht zitterten.

Sehr wahrscheinlich hätte Faiers nichts gegen Lukes Transport nach Millmoor ausrichten können.

Aber trotzdem.

Das Problem lag darin, dass Abi allmählich die Möglichkeiten ausgingen. Ihr Rettungsversuch war in einer Katastrophe geendet. Die Sprecherin der PB war selbst von dem bisschen Einfluss abgeschnitten, den sie je gehabt hatte. Und Silyen Jardine hatte Meilyr nur ausweichende Antworten gegeben. Abi wusste zwar, dass die Vereinsmitglieder Luke retten wollten, aber Dina schien sie davon überzeugt zu haben, dass ein Sturz von Whittam Jardines Regime der beste Weg sei, dieses Ziel zu erreichen. Doch Abi rechnete damit nicht in naher Zukunft.

Konnte Faiers überhaupt helfen? Wahrscheinlich nicht.

Andererseits war er ein Gewöhnlicher, genau wie sie, und dazu jemand, der sich mit der Welt der Ebenbürtigen noch besser auskannte als sie.

Luke hatte einem Ebenbürtigen – Meilyr – vertraut, der jedoch bezüglich seiner Identität gelogen hatte. Und er war von einem anderen Ebenbürtigen – Rix – für dessen Zwecke missbraucht worden. Vielleicht konnte Abi ja testen, ob sie Hilfe von ihresgleichen bekommen würde, während sie gleichzeitig Dinas politischen Kampf unterstützte.

»Ich werde ihn aufsuchen … Faiers«, verkündete sie. »Falls ihr das für eine gute Idee haltet. Ich werde herausfinden, ob wir ihn involvieren sollten. Und vielleicht hat er ja auch ein paar Kontakte in London. Es nutzt nichts, wenn wir im ganzen Land für Unruhe sorgen, aber nicht in London. Ohne die Unterstützung der Menschen in der Hauptstadt haben wir keine Chance auf Erfolg.«

»Die Sicherheitsbehörden würden dich sofort schnappen«, wandte Jessica ein.

»Es gibt Mittel und Wege, sie zu umgehen«, sagte Midsummer. »Gewisse, durch *Geschick* unterstützte Suggestionen. Die hab ich während meiner Zeit in diesem grauenhaften Internat ständig eingesetzt, damit ich mich rausschleichen und ein Mädchen im Dorf besuchen konnte.«

»Wir können dir beibringen, wie du dich verhalten und was du tragen musst, damit man dich auf den Überwachungskameras nicht sofort erkennt«, sagte Tilda. »Und Asif kann die Eigenvektoren auf dem Foto verzerren, das von dir in der zentralen Datenbank des Sicherheitsdienstes hinterlegt ist. Wir können es zwar nicht löschen oder durch ein anderes ersetzen, weil das einen Alarm auslösen würde, aber ein paar kleine Veränderungen sollten deren Gesichtserkennungssoftware ins Leere laufen lassen.«

»Und ich werde dir einen Haarschnitt verpassen, der dafür sorgt, dass deine eigene Mutter dich nicht mehr erkennt«, verkündete Renie.

Und damit war die Sache beschlossen.

Etwas mehr als vierundzwanzig Stunden später trug Abi eine Frisur, die sich nur mit sehr viel gutem Willen als »asymmetrischer Bob« bezeichnen ließ und ein paar Stufen dunkler war als Abis natürliche rotblonde Haarfarbe. Renie und sie folgten Midsummer Zelston vorsichtig durch die Straßen von Hackney im Osten Londons.

Abi hatte den Eindruck, dass es sich um ein ziemlich raues Pflaster handelte. Viele Mauern und Hausfassaden waren mit Graffiti versehen. Die Ebenbürtigen wohnten hauptsächlich im Westen und im Zentrum Londons, ebenso wie die reichen Leute aus anderen *Geschick*-Staaten. (Aber nicht nur aus anderen *Geschick*-Staaten: Gelegentlich kam es zum Skandal, wenn ein unionistischer Amerikaner oder französischer Geschäftsmann von der eigenen Regierung bei illegalen Geschäften in Großbritannien erwischt wurde.) Um diese Reichen herum wohnten Großbritanniens wohlhabende Geschäftsleute. Dabei handelte es sich entweder um Gewöhnliche, die ihre Sklavenzeit früh absolviert und danach eine lukrative Laufbahn eingeschlagen hatten, oder aber um jene Gewöhnlichen, die noch immer verdrängten, dass sie ihre Sklavenzeit ableisten mussten – auch wenn sie damit das Risiko eingingen, dass ihre Kinder diese Sklavenschuld erben würden, falls sie vor Antritt ihrer Sklavenzeit starben.

Doch Ostlondon gehörte dem einfachen Volk.

Midsummer blieb vor einem unauffälligen Reihenhaus stehen, dessen Jalousien halb herabgelassen waren. Es wirkte nicht wie das Büro eines Politikers, aber vielleicht war das ja Absicht. Die Ebenbürtige klopfte an die Tür. Keine Reaktion. Sie holte ihr Mobiltelefon hervor – ein elegantes unionistisch-amerikanisches Modell, das den Gewöhnlichen untersagt war, internationale Verbindungen herstellen konnte und über vollen Internetzugang verfügte – und wählte eine Nummer.

»Jon«, schnauzte sie in das Handy, »ich hab hier jemanden, der dich sehen will.« Dann beendete sie das Gespräch und wandte sich Abi und Renie zu. »Faiers ist in Ordnung. Für meinen Geschmack zwar etwas zu gutaussehend, aber was soll's ...«

Die Tür wurde einen Spalt geöffnet, und der Kopf eines Mannes schob sich durch die Lücke. Midsummer hatte nicht gelogen: Jon Faiers sah wirklich außergewöhnlich gut aus. Kurze braune Haare und strahlend blaue Augen, die sich jetzt fragend auf Abi hefteten.

»Dich hab ich schon mal gesehen«, sagte er.

Vor Schreck blieb Abi fast das Herz stehen. Tatsächlich? Und woran hatte er sie trotz all ihrer Vorsichtsmaßnahmen erkannt? Midsummer schien der Ansicht, dass sie von Jon nichts zu befürchten hatte und er ein Verbündeter war. Trotzdem spürte Abi, wie ihr die Knie weich wurden. Um sich zu beruhigen, erwiderte sie seinen direkten Blick. Denn wenn er sie schon mal gesehen hatte, dann musste sie ihn auch kennen. Es gab nur einen einzigen Grund, warum sie einen so attraktiven Mann nicht wahrgenommen hatte: Sie musste sich in Jenners Gesellschaft befunden haben. Und dieser Gedanke half ihr, ihn einzuordnen.

»Du warst bei der Dritten Großdebatte«, sagte Abi. »Du bist zusammen mit der Sprecherin eingetroffen.«

»Du warst eine Art Assistentin«, sagte er im selben Moment. »Auf Kyneston, an jenem Abend, als diese ganze Geschichte passiert ist.«

Das gegenseitige Wiedererkennen ließ beide unwillkürlich lächeln.

»Das hier ist nicht wirklich ein geeigneter Ort für ein Schwätzchen auf der Türschwelle«, sagte Faiers und öffnete die Tür. »Warum kommt ihr nicht rein?«

Er setzte Wasser auf und kramte eine Packung Kekse hervor.

»Ich hab nur noch die mit der Vanillefüllung«, sagte er wehmütig. »Die mit der Schokolade hab ich leider alle aufgegessen.«

Renie hätte jede Sorte Keks gegessen, ganz gleich, welche Geschmacksrichtung, und sie verputzte die Hälfte der Packung, während Abi von Lukes Schicksal erzählte. Als Abi ihren Bericht beendet hatte, ließ Jon sich gegen die Lehne seines quietschenden Bürostuhls sinken, und seine Augen wurden zu Schlitzen.

»Also, wenn dein Bruder es nicht getan hat und ihn jemand dazu gezwungen hat, welcher Ebenbürtige war es dann?«

Abi zögerte. Sie hatte mit Meilyr und Dina darüber gesprochen, ob man Rix an die Behörden ausliefern sollte, doch die beiden hatten stattdessen die Vorbereitungen für die Rettungsaktion vorangetrieben. Meilyr hatte Rix einst für einen Verbündeten gehalten, während Dina sein Patenkind war. War das der Grund, warum sie sich gegen seine Verfolgung ausgesprochen hatten?

Aber Meilyr war tot und Abi schuldete Dina gar nichts. Wenn die Ebenbürtige, statt Luke zu helfen, ihren Paten nicht hintergehen wollte, dann hatte Abi nicht die geringsten Gewissensbisse.

»Lord Rix.«

Ihre Bekanntgabe überraschte Faiers. »Wenn er unsere Ansichten teilt, versteckt er das aber verdammt gut. Okay, ich habe davon gehört, dass er gelegentlich unerwartete Meinungen von sich gibt. So hat er beispielsweise den Ruf, gegen strenge Strafmaßnahmen und Verhörmethoden zu stimmen. Allerdings vermute ich, dass alle ihn einfach nur für überempfindlich halten. Hat Meilyr erwähnt, warum Rix Jardines Tod wollte?«

Was hatte Meilyr ihr vor all diesen Wochen auf der hochgelegenen Gartenterrasse von Highwithel erzählt? Dass Rix eine Gewöhnliche geliebt hatte und Jardine sie in eine Sklavenstadt hatte verfrachten lassen. Wie seltsam, dass eine einzige Täuschung noch ein Vierteljahrhundert später solch katastrophale Folgen haben konnte.

»Er hat eine Gewöhnliche geliebt?«, spottete Faiers. »Tatsächlich? Du kennst diese Leute ja, Abigail. Sind die Ebenbürtigen überhaupt in der Lage, einen von uns zu lieben?«

»Hey!« Midsummer meldete sich aus der Ecke des abgewetzten Sofas, wo sie so lässig hockte wie jeder andere Bewohner Hackneys und nicht wie die Erbin des ältesten Herrensitzes Großbritanniens – noch dazu mit dem längsten Stammbaum. »Ich will nichts davon hören. Wenn das Gesetz es zulassen würde, hätte ich meine Freundin längst geheiratet.«

»Dieses Wissen muss in die richtigen Hände gelangen«, sagte Faiers. »Ich habe Mistress Bouda schon eine ganze Weile beobachtet. Sie ist eine Frau mit einem klaren Ziel vor Augen … und sie hat es eilig, dort anzukommen. Im Moment betrachtet sie Jardine als ihren Verbündeten, und eine solche Information könnte für sie wertvoll sein. Ich weiß, dass Rix auch ihr Pate ist, aber Bouda zählt nicht zu den Menschen, die sich durch Loyalität am Vorankommen hindern lassen.

Wenn Bouda Rix konfrontiert und ihn öffentlich bloßstellt, könnten wir ihn zu Fall bringen. Und das wiederum würde mir dabei helfen, mich bei ihr noch beliebter zu machen. Auch wenn das Ganze möglicherweise nicht zu einer sofortigen Freilassung deines Bruders führen wird, ließe sich vielleicht erreichen, dass Bouda einen Straferlass in Erwägung zieht und ihn freilässt, falls Kanzler Whittam sie beispielsweise mit dem Vorstandsposten des Justizrats belohnt. Also, was denkst du, Abi Hadley? Soll ich es ihr erzählen?«

Abi fühlte sich benommen. Natürlich beschrieb Jon das bestmögliche Ergebnis dieser Vorgehensweise. Doch er machte keine falschen Versprechungen bezüglich Lukes sofortiger Freilassung. Er hatte ihr wahrheitsgemäß geantwortet.

Als Abi zu Midsummer schaute, auf der Suche nach einer Bestätigung, zuckte die Ebenbürtige zwar nur die Achseln, grinste dabei aber.

Und genau genommen hatte Abi Faiers die Information

über Rix bereits gegeben – theoretisch lag das Ganze also ohnehin nicht mehr in ihrer Macht.

»Ich denke, das klingt nach einem guten Plan«, sagte sie.

Aus der anderen Ecke des Sofas ertönte ein lautes Knistern: Renie hatte die leere Verpackung weggeworfen.

»Das Problem an Plänen ist …«, setzte sie an, »… dass sie nach mehr Keksen verlangen.«

15

Silyen

War das hier real oder irreal?, fragte Silyen sich, während er durch Orpens Korridor schlenderte und mit dem Finger über die dunkle Holzvertäfelung streifte.

Um genauer zu sein: Berührte er gerade das aus Ziegeln und Mörtel errichtete Orpen Mote, das Tante Terpy und er während der vergangenen Wochen mit Hilfe ihres *Geschicks* wieder aufgebaut hatten – eine Aufgabe, die wesentlich komplizierter war als die Restaurierung von Kynestons explodiertem Ostflügel? Oder spazierte er durch das Orpen seiner Erinnerungen, wo er sich jahrelang mit seiner Tante getroffen hatte, während sie bewusstlos in ihrem Bett gelegen hatte?

Eigentlich sollte er den Unterschied erkennen können. Oder präziser gesagt: Eigentlich sollte es ihn beunruhigen, dass er den Unterschied *nicht* erkennen konnte.

Doch das kümmerte ihn nicht. Die beiden Versionen von Orpen überlagerten einander fast nahtlos, und Silyen bewegte sich in beiden mühelos hin und her.

Meistens gaben die Möbel ihm einen Hinweis darauf, in welcher Version er sich gerade befand. Das restaurierte Orpen war noch immer halbleer; Mama und Jenner suchten nach geeigneten Möbelstücken aus anderen Familiensitzen und schickten sie dann zu ihnen. Das Orpen seiner Erinnerungen war vollgestopft mit Objekten und Nippes. Es enthielt alles, womit das Haus während Tante Terpys Jugend ausgestattet gewesen war, von den Wandteppichen und Ritterrüstungen bis hin zu den Büchern in der Bibliothek – einschließlich des Zedernholzkästchens mit den verschollenen Tagebüchern von Cadmus Parva-Jardine.

Okay, objektiv betrachtet wusste Silyen natürlich, dass nur eine der beiden Versionen »real« war – real im Sinne von tatsächlich in diesem Moment existent. Aber das Orpen seiner Erinnerungen, das er während seiner Kindheit besucht hatte und gelegentlich noch heute aufsuchte, fühlte sich keineswegs weniger real an. In manchen Korridoren und Gängen konnte man die beiden Versionen dieses Herrensitzes nach wie vor verwechseln.

Dagegen ließ sich die dritte Version Orpens – diejenige, die aus *Geschick* bestand – nicht verwechseln.

Dieses Anwesen war weder aus Holz und Stein errichtet noch aus Erinnerungen, sondern aus reiner Energie. Es existierte in der gleichen Hell-und-Dunkel-Welt, die er an jenem Tag im Parlament wahrgenommen hatte. Eine Wirklichkeit, die sich ausschließlich aus *Geschick* und dessen Mangel zusammensetzte. Alles darin war entweder leer oder in Licht getaucht – wie ein Bogen schwarzes Papier, den man mit einem goldenen Stift bemalt hatte.

Und genau diese Welt musste er heute aufsuchen.

Inzwischen hatte er mehr Erfahrung als an jenem Tag in Westminster. Damals, am Tag seiner Adoption und seines Gesprächs mit Meilyr Tresco, hatte er diese leuchtende Welt nur zufällig gesehen. Jetzt konnte er sie ganz nach Bedarf betrachten.

Silyen schloss die Augen, und als er sie wieder öffnete, sah er die schimmernden Konturen des Herrensitzes. Genau wie damals in Westminster ließen sich Gegenstände und Räume nur erkennen, sofern sie Spuren von *Geschick* enthielten.

Dementsprechend war dieses Orpen kein leerer Raum wie die *geschicklosen* Straßen Londons. Da das gesamte Gebäude von Silyen und seiner Tante auf magische Weise restauriert worden war, erschien es fast so solide und massiv wie in der realen Welt, wenn auch in einen gedämpftem Goldton gehüllt.

Was durchaus verständlich war. Denn abgesehen von den jüngsten Instandsetzungsarbeiten war Orpen jahrhundertelang von Magie durchdrungen gewesen. Silyen blickte nach links. Eine der sanft leuchtenden Fensterscheiben zeigte einen schimmernden Riss, vielleicht eine heimliche Reparatur eines Parva-Kindes nach einem verunglückten Ballspiel. Hoch oben wanden sich goldene Bänder um einen Schornsteinkasten – ein umsichtiger Vorfahr hatte den bröckligen Mörtel mit Hilfe von *Geschick* verstärkt.

Kaum ein Bereich dieses alten, von einem Wassergraben umgebenen Herrensitzes war von seinen *geschickten* Bewohnern unberührt geblieben. Als Silyen nach unten blickte, konnte er das Glitzern der Abflüsse im Graben tief unter ihm erkennen: das Werk eines praktisch denkenden Parva, der auf diese Weise dafür gesorgt hatte, dass das Wasser klar blieb.

Einst war jeder Aspekt des Alltags der Ebenbürtigen von *Geschick* durchdrungen gewesen – eine Kunst, so legitim wie die Nahrungsaufnahme.

Doch mit der Einführung der Sklavenzeit war all das verlorengegangen. Aufgaben, die früher mit Hilfe von *Geschick* verrichtet wurden, überließ man nun den Sklaven. Dadurch brauchten die Ebenbürtigen sich nicht mehr mit derlei Dingen zu befassen – *geschicklose* Hausmeister instruierten *geschicklose* Sklaven.

Allerdings war das Ganze mit einem unermesslichen Verlust verbunden: dem Verlust des vertrauten Umgangs mit dem eigenen *Geschick* und des tiefen Verständnisses dafür, wozu es in der Lage war.

Silyen schlenderte durch den leuchtenden Korridor und stieg dann die Treppe hinauf. Sowohl in der restaurierten Orpen-Version als auch in der Version seiner Erinnerungen war das Treppenhaus schlicht und dunkel, mit glattem Geländer und schweren, abgetretenen Stufen. Auch in der *Geschick*-Version wirkte es düster. Da es bisher nur von Silyen hatte restauriert werden müssen, zeigte es lediglich einen schwachen Schimmer von *Geschick*.

Aber am oberen Ende der Stufen strahlte ein unfassbar heller Schein, der dem Haus des Lichts hätte Konkurrenz machen können.

In einem Schrank.

Es handelte sich um einen großen begehbaren Wäscheschrank, der nicht mehr genutzt wurde. Dagegen war der Raum im Orpen seiner Erinnerungen tagtäglich betreten und genutzt worden. Silyen öffnete die Tür und fuhr mit den Händen über das glatte Holz der leeren Regale – wobei er unter seinen Fingerkuppen immer noch die kühle, gestärkte Bettwäsche spüren konnte, die man hier während Euterpes Jugend aufbewahrt hatte.

Doch im *Geschick*-Orpen hatte dieser Raum einem völlig anderen Zweck gedient. Silyen fragte sich, woher er das wusste, und ihm lief ein Schauer über den Rücken.

Entschlossen hielt er die Wirklichkeit gegen das *Geschick*-Licht, damit es hindurchscheinen konnte, und erkannte unter der Gegenwart und der jüngsten Vergangenheit zahlreiche weitere Schichten. Orpen war wieder und wieder durch Magie verändert worden. Und jetzt entdeckte Silyen auch den Grund für das strahlende Leuchten dieses Raums, viele Jahrhunderte tiefer. Er tauchte hinab und kehrte an der gleichen Stelle an die Oberfläche zurück, an der er hinabgetaucht war.

Schimmerndes *Geschick* erfüllte den Wäscheschrank. Das Licht war so allumfassend wie die Dunkelheit in einer Höhle. Silyens geblendete Augen konnten nichts von seiner Umgebung ausmachen. Er musste auf seine anderen Sinne vertrauen, um herauszufinden, dass er nicht allein war.

In der undurchsichtigen Helligkeit nahm ein Leben seinen Beginn und ein anderes fand sein Ende. Eine Frau schrie. Ein Baby weinte. Ein Mann schluchzte.

Silyen stellten sich die Nackenhaare auf. Er konnte den Puls seines *Geschicks* in jeder Faser seines Körpers spüren: Es pochte in seinen Ohrläppchen und unter seinen Fingernägeln.

Dieser begehbare Schrank war vom benachbarten Schlafraum abgetrennt worden. Aber vor langer Zeit hatten beide Bereiche zu einem großen Zimmer gehört. Silyen drehte sich im Kreis. Irgendein sechster Sinn sagte ihm, dass dort ein Bett stand, in dem vierhundert Jahre zuvor Cadmus' erste Frau in den Wehen gelegen hatte. Das Bett, in dem ihr gemeinsamer Sohn Sosigenes das Licht der Welt erblickt hatte. Sosigenes, dessen Nabelschnur irgendein Dienstmädchen durchtrennt hatte, bevor sie den Jungen seinem Vater in die Arme gedrückt hatte.

Und der Raum, in dem Cadmus seinem Sohn das *Geschick*

genommen hatte. Die Brutalität dieses Aktes leuchtete so stark, dass sie durch die Jahrhunderte hindurchstrahlte.

Warum hatte er das getan? Und auf welche Weise?

Silyen trat einen Schritt vor. Irgendein kleiner, irrelevanter Teil seines Gehirns protestierte, dass das nicht möglich sei, weil im restaurierten Orpen die vertäfelte Rückwand des Schranks ihm den Weg versperrte. Aber entweder war diese Wand nicht real oder er war nicht real, denn er konnte ungehindert weitergehen.

Und dann sah er sie: drei leuchtende Flammen.

Sieh genauer hin.

Keine einzelne Flamme, sondern Tausende Feuerfäden, die miteinander verwoben waren.

Zwei der Lichter pulsierten hell, aber das dritte schien sich in Nichts aufzulösen, wie eine Zündschnur, die sprühend auf ihre eigene, explosionsartige Auslöschung zusteuerte. Doch es handelte sich nicht um das Licht des letzten Endes *geschicklosen* Sosigenes. Sein Licht leuchtete. Nein, der sich auflösende Schein gehörte zu seiner Mutter, die im Sterben lag.

Auf diese Weise werden wir also eines Tages sterben.

Der Verlust des *Geschicks* bedeutete zwar nicht den sofortigen Tod – wie Meilyr Tresco und Jenner ja freundlicherweise demonstriert hatten –, aber offensichtlich folgte auf den nahenden Tod auch die Auflösung des *Geschicks.*

Gebannt beobachtete Silyen, was Cadmus als Nächstes tat.

Cadmus hatte nicht wirklich verstanden, was er damals gemacht hatte. Daran ließen die Tagebücher, die Silyen in der Bibliothek im Orpen seiner Erinnerungen immer wieder gelesen hatte, keinen Zweifel. Darin hatte sein Vorfahr die schreckliche Todesnacht seiner Frau zwar mit der *Geschicklosigkeit* seines

Sohns in Verbindung gebracht, doch er hatte nie erkannt – oder es zumindest nicht eingestanden –, dass er selbst die Ursache war.

Was auch immer Cadmus getan hatte, es musste intuitiv, unbewusst geschehen sein. Aber Orpens Gewebe hatte die Erinnerung daran festgehalten.

Und während Silyen die Szenerie vor sich beobachtete, verstand er es endlich.

Er sah, wie Cadmus ein Ende von Sosigenes *Geschick* mit dem goldenen Faden seiner Mutter verknüpfte und dann das andere Ende mit seinem eigenen *Geschick* verband. Damit waren die drei *Geschick*-Fäden zu einer einzigen goldenen Schnur verwoben. Cadmus versuchte, seine Frau im Leben zu verankern und für sie der Fels in der Brandung zu sein, der ihren Geist in dieser Welt festhielt.

Die verbundene Schnur spannte sich, zerriss allerdings nicht. Trotzdem brannte das *Geschick* seiner Frau weiterhin wie eine sprühende Zündschnur ab, während ihr Leben langsam erlosch.

Und als der Faden seiner Frau vollständig verbrannt war, begann Sosigenes' *Geschick* zu sprühen und sich aufzulösen. Bestürzt zuckte Cadmus zurück, woraufhin die verwobene Schnur riss. Ein winziges goldenes Lichtfädchen folgte dem Rest in die Dämmerung. Die verbleibende Schnur wand sich und zuckte dann zu ihrer Verankerung zurück – Cadmus.

Dort, wo bisher drei Flammen geleuchtet hatten, befand sich jetzt nur noch eine einzige.

Obwohl Silyen Cadmus weder hören noch sehen konnte, spürte er, wie dieser einen qualvollen Schrei ausstieß, der Silyen durch Mark und Bein ging. Er schloss die Augen und stand bebend da.

Erst das Klirren von Klingen holte ihn in die Wirklichkeit zurück. Die Messer waren so nah, dass er ihren Luftzug spüren konnte, als sie durch die Luft schnitten.

Er holte tief Luft, um sich zu beruhigen, und verschob die Gefühle, die ihn zu überwältigen drohten, an einen Ort, an dem er sie später und aus sicherer Entfernung genauer untersuchen konnte.

»Du wirst immer besser«, sagte er, drehte sich um und öffnete die Augen. »Allerdings noch nicht so gut, dass ich mir von dir eine Rasur verpassen lassen würde.«

Dog grinste und klapperte mit den Messern an Black Billys Handschuh. Geronnenes Blut klebte an den Klingen.

»Keine Rasur ... ich werd ihm was anderes verpassen ... deinem Cousin Ragnarr.«

Silyen warf einen Blick auf das, was Dog in der anderen Hand hielt, und verdrehte die Augen. Nicht schon wieder.

»Hättest du nicht losziehen und ein schönes Steak töten können?«, stöhnte er. »Allmählich wird es langweilig, jeden Abend die Knochen in meinem Essen abnagen zu müssen.«

Dog hielt mehrere Kaninchen, die er gejagt hatte, in die Höhe und lachte sein heiseres Lachen.

»Sei froh ... dass ich den Dachs ... nicht auch noch mitgebracht habe.«

Silyen verzog das Gesicht.

»Gibt's da irgendwas Interessantes zu sehen ... in diesem Schrank?«

»Du würdest es nicht glauben«, sagte Silyen und wischte sich die verschwitzten Handflächen an der Jeans ab. »Diverse Dinge, über die ich in Ruhe nachdenken muss. Komm, ich mache schon mal Wasser heiß, während du deine pelzigen Opfer für den Kochtopf vorbereiten kannst.«

In der Küche setzte Silyen Kaffee auf und schenkte sich eine Tasse ein, während er zusah, wie Dog die Werkzeuge an Black Billys Handschuh nutzte, um die Kaninchen zu häuten, auszuweiden und zu zerlegen. Sein Umgang mit den Messern war beeindruckend. Er würde Ragnarr im Handumdrehen erledigen.

»Du redest heute … nicht viel.«

»Ich glaube, ich habe gerade gesehen, was ich meinem Bruder angetan habe. Meinen beiden Brüdern, um genau zu sein.«

Dog schwieg und zog einem zweiten Kaninchen fachmännisch das Fell über die Ohren. Darunter kam das rosaviolette Fleisch zum Vorschein, noch umhüllt von einer glänzenden Haut, die er mit einer feinen Klinge am kleinen Finger des Handschuhs entfernte. Als er seine Arbeit erledigt hatte, gab er Silyen durch ein Grunzen zu verstehen, dass er fortfahren konnte.

»Ich habe Jenner das *Geschick* genommen, als wir beide noch klein waren. Das ist die einzige Erklärung für seinen Zustand – und für meinen. Allerdings kann ich mich an nichts erinnern. Ich muss damals noch ein Säugling gewesen sein.«

»Also bist du … schon schlecht … auf die Welt gekommen.« Dog schnaufte amüsiert.

»Du kränkst mich. Aber so muss es sich abgespielt haben, denn meine Fähigkeiten und sein völliger Mangel an *Geschick* … das wäre sonst ein erstaunlich großer Zufall. Allerdings habe ich bisher nie verstanden, wie das Ganze passiert sein könnte. Ich meine, es ist eine Sache, frühreif zu sein, aber etwas vollkommen anderes, wenn man irgendwelche heimtückischen Handlungen ausführt, obwohl man noch nicht einmal aus den Windeln ist.

Nach der Lektüre von Cadmus' Tagebüchern ist mir klargeworden, dass er genau das Gleiche getan hatte, aber nichts davon gewusst hat. Deshalb bin ich zu dem Schluss gekommen, dass dieser Vorgang unbeabsichtigt passieren kann. Unbewusst. Der nächste logische Schritt bestand darin, herauszufinden, ob man anderen das *Geschick* auch gezielt entziehen kann – was mich zu einem kleinen Experiment mit Gavar und seiner Tochter inspirierte.«

Dieser Beschluss hatte nicht zu seinen besten Momenten gezählt. Silyen schwieg und schenkte sich noch Kaffee nach. Er hatte die Kanne allein geleert, aber es war ja nicht so, als ob Dog – mit Black Billys Handschuh an den Fingern – eine Tasse hätte zum Mund führen können, ohne sich dabei die Nase abzuschneiden.

Dog musterte ihn eingehend. Auch wenn Silyen genau wusste, dass der Mann ihn nicht verletzen konnte, empfand er den direkten Blick als unangenehm. Dog schuldete ihm drei Gefallen: einen Namen, eine Flucht und ein Leben. Wessen Leben würde es wohl werden?

Silyen griff sich an die Kehle. Wie würde es sich anfühlen, dort Dogs Stahlklingen zu spüren und anschließend das Herabrinnen von warmem Blut?

Doch dann schüttelte er das beklemmende Gefühl von sich ab und fuhr fort:

»Ich habe verschiedene Ideen ausprobiert, da ich mich gefragt habe, ob *Geschick* zwischen Eltern und Kindern hin und her strömen kann. Ich wollte herausfinden, ob ich einen Teil von Gavars *Geschick* auf seine uneheliche Tochter übertragen kann. Aber dabei musste ich mehr oder weniger blind vorgehen. Ich bin erst seit dem vergangenen Jahr in der Lage, *Geschick* zu ›sehen‹, und erst seit wenigen Wochen fähig, es mit hinreichender Genauigkeit zu betrachten und zu verstehen, wie man es möglicherweise manipulieren kann.

Also denke ich mal, dass ich meine Experimente eher schlecht als recht durchgeführt habe. Aber das liegt in der Natur eines Experiments: Anfangs kommt man nur langsam voran, bis man mehr Erfahrung gewinnt. Ich habe gewusst, dass ich Gavar damit beeinträchtigt habe. Er bekam davon Kopfschmerzen. Obwohl er schon früher missmutig war, wurden seine Launen immer schlimmer, falls das überhaupt möglich ist. Und du weißt ja, wie die Geschichte geendet hat: mit jener Nacht am Tor. Ich wollte sehen, ob die kleine Libby es vielleicht öffnen konnte. Möglicherweise war ich dabei etwas übereifrig, so dass Gavar die Nerven verloren hat. Das Ganze war ein höchst unerfreulicher Vorfall.«

Es war mehr als nur unerfreulich gewesen. Wenn er ehrlich war, war es unverzeihlich gewesen. Seine *Geschick*-Manipulationen hatten die Bindung zwischen Vater und Kind enorm gefestigt. Aber er hatte nicht vorhergesehen, auf welche Weise das Gavars Reaktion beeinflussen würde, als er Leah gegenüberstand, die sich mit der gemeinsamen Tochter davonstehlen wollte.

Silyen erinnerte sich daran, wie Leah tödlich verwundet auf dem kalten Boden gelegen hatte. Er erinnerte sich an Gavars eisige Wut – *Niemand nimmt mir etwas weg, das mir gehört* –, während er doch eigentlich eine glühende Leidenschaft für das Mädchen empfunden hatte. Und er erinnerte sich an Jenner, der sich über Leah gebeugt hatte, als sie starb. Was für ein

Schlamassel. Silyen war zu nichts anderem fähig gewesen, als sich umzudrehen und zu gehen.

Kannst du denn nichts tun?, hatte Jenner ihm nachgerufen.

Nein, es gab nichts, was er hätte tun können. *Niemand kann die Toten wiedererwecken*, hatte er seinem Bruder mitgeteilt. *Nicht einmal ich.*

Weder Silyen am Tor von Kyneston. Noch Cadmus Parva an der Seite seiner sterbenden Frau.

Manche Dinge ließen sich nicht einmal mit *Geschick* erreichen.

»Doch genug davon«, verkündete er jetzt, hüpfte von der Küchentheke und blickte Dog über die Schulter. »Wenn ich einen Vorschlag machen darf: Nimm etwas mehr schwarzen Pfeffer. Das letzte Abendessen war beklagenswert schwach gewürzt.«

»Das kannst du selbst machen … morgen«, knurrte Dog. »Ich muss früh weg … Einen Job erledigen … Dein Cousin wird nicht wissen … was ihn erwischt hat.«

Der Mann klapperte mit den Stahlfingern, bevor er ein weiteres Kaninchen hochnahm und dessen Fell mit einer gekonnten Handbewegung vom Nacken bis zum Schwanz auftrennte.

Und genau in diesem Moment flog das Dach von Orpen Mote in die Luft.

16

Silyen

Dog knurrte regelrecht – und wenn es Crovan gelungen wäre, dafür zu sorgen, dass dem Mann ein Fell gewachsen wäre, hätten sich seine Nackenhaare jetzt bestimmt aufgerichtet.

Um sie herum zerbröckelten die Mauern und zerfielen wieder zu den Aschepartikeln, die sie bis zu Silyens und Euterpes Einschreiten gewesen waren. Silyen schaute hoch. Dort, wo sich das Dach befunden hatte, leuchtete nun der Nachthimmel. Das Licht der Sterne schien zu verschwimmen, und dann fielen Töpfe und Pfannen von den Wänden und stürzten klirrend zu Boden.

»Raus! Schnell!«, keuchte Silyen.

Das brauchte er Dog nicht zweimal zu sagen. Als sie aus der Küche stürmten, brachen die Mauern in einer riesigen Staubwolke in sich zusammen. Bei jedem Schritt verwandelte sich der Parkettboden unter ihren Füßen wieder in versengte und verwitterte Holzplanken zurück. Hinter ihnen ertönte ein gewaltiges Dröhnen – der eiserne Kronleuchter in Orpens großer Eingangshalle stürzte krachend auf die Steinplatten.

Silyen stemmte die Haustür mit beiden Händen auf und rannte ins Freie. Wo war seine Tante?

Dieser Einsturz des alten Gemäuers passierte nicht zum ersten Mal.

Im Lauf der vergangenen Wochen hatten sich Teile des Herrensitzes immer wieder in Ruinen zurückverwandelt. Gelegentlich war Silyen um eine Ecke gebogen und hatte feststellen müssen, dass ein Raum verschwunden oder eine Wand zur Hälfte eingebrochen war, oder dass ein Durchgang sein Dach verloren hatte. Der Grund dafür war Tante Terpys Kummer: Ihr mächtiges, destruktives *Geschick* schlug ungezügelt um sich und vernichtete all ihre Sanierungsarbeiten. Silyen hielt dann jedes Mal kurz inne, reparierte den Schaden und ging wieder zur Tagesordnung über.

Doch nicht an diesem Abend. Dieses Mal sah es so aus, als ob das Haus wieder vollständig zerstört werden würde, wenn es ihm nicht gelang, seine Tante aufzuhalten.

»Da drüben!«, brüllte Dog und zeigte auf den Rosengarten auf einer Terrasse oberhalb des Hauses.

Im schwachen Mondlicht entdeckte Silyen seine Tante. Euterpe lag auf den Knien und wühlte mit den Fingern im Dreck. Sie sah exakt so aus wie damals, an jenem Abend vor einem Vierteljahrhundert, als ihr Kummer über den Tod ihrer Eltern und Orpens Zerstörung eine Katastrophe ausgelöst hatte. Wie an jenem Abend, als Winterbourne Zelston ihr befohlen hatte, innezuhalten. Und genau das hatte sie getan: Sie hatte innegehalten und war tief in sich gekehrt, wo sie all die Jahre verblieben war, bis Silyen sie schließlich in exakt diesem Garten gefunden hatte.

Silyen lief zu seiner Tante, packte sie an den bebenden Schultern und hievte sie auf die Beine.

»Hör auf!«, rief er. »Das ganze Gebäude fällt in sich zusammen!«

Euterpes Augen wirkten riesig in ihrem schmalen, blassen

Gesicht. Die verschiedenen Versionen von Orpen flackerten und überlagerten sich. Und Silyens Tante sah ein weiteres Mal wie das gebrechliche Mädchen aus, mit dem er sich in diesem Rosengarten regelmäßig getroffen hatte und um den Wassergraben herumgeschlendert war, während sie sich gegenseitig Geschichten erzählt hatten.

Seine Freundin, die für ihn fast wie eine Schwester war.

»Ich vermisse ihn so sehr«, schluchzte Euterpe. Tränen strömten über ihr mit Erde beschmiertes Gesicht. »Er fehlt mir mehr, als ich ertragen kann. Du hättest mich hier lassen sollen, Silyen. Dann hätte ich weiterhin davon träumen können, dass mein Winterbourne zu mir zurückkehrt.«

Silyen schüttelte sie energisch. Der Druck baute sich wieder auf, jener grauenhafte Druck, den sie alle gespürt hatten, bevor Kynestons Ballsaal explodiert war. Ein Gefühl, als würde sich das eigene Gehirn im Schädel aufblähen, bis sich der wachsende Druck mit Gewalt Luft verschaffte.

»Dein *Geschick*«, zischte er. »Bring es unter Kontrolle.«

Dog krümmte sich zusammen. Er schüttelte den Kopf, als versuchte er, den anschwellenden Druck loszuwerden. Blut sickerte aus seiner Nase. Mit der Hand, die nicht vom tödlichen Handschuh umhüllt war, verpasste er Euterpe eine Ohrfeige.

»Du bringst uns noch alle um«, knurrte er.

»Ich wünschte, ich wäre tot«, kreischte Euterpe. »Ich wünschte, ich hätte nicht dieses *Geschick*, das mich vor mir selbst schützt. Ich wünschte, ich könnte bei ihm sein.«

Silyen erstarrte. Er gab seine Tante frei, die daraufhin wieder auf die Knie sackte. Dann schloss er die Augen und öffnete sie mit seinem *Geschick*-Blick.

Tante Euterpe strahlte so grell, dass er eine Hand schützend vor die Augen halten musste. Die ungebändigte Kraft dieser Frau war erstaunlich. Sie pulsierte heller als jeder andere Ebenbürtige, den Silyen kannte – eine flirrende Kugel reiner Energie.

Was hatte Cadmus noch mal getan?, überlegte Silyen. War er in der Lage, diese zuckende Kraft zu packen und zu sich heranzuziehen? Sollte er es wirklich wagen?

Aber er musste ja irgendetwas tun.

Euterpe hatte schließlich gesagt, dass sie wünschte, sie hätte kein *Geschick* mehr.

Und Silyen war so verdammt neugierig.

Er beugte sich über seine Tante, nahm ihr Gesicht in seine Hände und hob es behutsam zu sich hoch. Irgendwo neben ihm, in der tintenschwarzen Dunkelheit der *Geschicklosigkeit*, brüllte Dog vor Schmerz. Doch Silyen sprach mit gedämpfter Stimme – er war sich sicher, dass sie ihn hören würde.

»Ich kann es dir nehmen – wenn du willst.«

Seine Tante antwortete leise, aber unmissverständlich.

»Ich möchte, dass du es mir nimmst. Bitte. Ich bitte dich darum.«

Und in einer Welt, die nicht ganz diese Welt war – wo Silyen durch nicht länger existente Schrankwände gegangen war –, stieß er seine Hand tief in das Herz seiner Tante und musste sich zusammenreißen, um nicht vor Schock aufzuschreien.

Sieh genauer hin.

Silyen sah genauer hin. Die Fäden von Euterpes *Geschick* peitschten sprühend in alle Richtungen, während Orpens Zerstörung krachend fortschritt.

Es war hoffnungslos. Die Fäden waren zu schnell für seine Augen und zu schnell für seine Hände.

Versuch nicht, sie zu sehen, sagte er sich. *Versuch, sie zu fühlen. Zu ergreifen.*

Da.

Eine pfeilschnell zuckende Bewegung. Silyen packte zu. Und dann brannte das Ende eines goldenen Fadens in seiner Hand.

»Bitte«, stöhnte seine Tante, »nimm es weg.«

Aber wie? Silyen konnte sich nicht erinnern, was er als Kleinkind Jenner angetan hatte – und Cadmus' Bemühungen hatten sich bekanntlich als katastrophal erwiesen.

Funken tanzten zwischen Silyens zusammengekrümmten Fingern. Er zögerte einen Moment. Dann öffnete er den Mund, stopfte den grell leuchtenden Faden hinein.

Und schluckte.

War dieses Gefühl das, was sein Vater im Alkohol suchte? Diesen schwindelerregenden Kick? Hatte Gavar einen müden Abklatsch davon angestrebt, als Silyen im Alter von elf Jahren ihn dabei überrascht hatte, wie er und seine Freunde sich über einen von Mamas antiken Spiegeln gebeugt hatten, mit einem Beutel weißen Pulvers daneben? Empfand Jenner auch nur einen Hauch dieses Gefühls, wenn Abi Hadley ihn küsste?

Silyen wollte das einfach nicht glauben. Nichts ließ sich mit dem hier vergleichen. Weder das Gefühl, das dadurch hervorgerufen wurde, dass schwielige Hände seine Haut berührten und ein muskulöser Körper sich unter seinem wand. Noch das Gefühl, während man auf dem Kanzlerstuhl thronte und von den eigenen Ebenbürtigen bejubelt wurde.

Nichts von all dem.

Inzwischen atmete er keine Luft mehr, sondern reines *Geschick*. Er konnte spüren, wie es von Tante Terpy zu ihm floss.

Stöhnend sank er auf die Knie. Er hatte keine Ahnung, wer zuerst die Hand nach dem anderen ausstreckte, aber sie umklammerten einander, um sich gegenseitig aufrecht zu halten.

Euterpes Licht wurde immer schwächer. Der Puls ihres *Geschicks* rauschte durch seine Adern. Das Ganze erinnerte ihn an eine Herztransplantation, während das eigene Herz weiterhin schlug.

Ihm schwirrte der Kopf. Eine ganze Galaxie wirbelte darin herum.

Silyen legten den Kopf in den Nacken und öffnete den Mund weit, während das *Geschick* hineinströmte. Er konnte spüren, wie es gegen seine Fingerspitzen drängte, gegen seine Zehen, Ohren und Augen, als wollte es überlaufen und aus ihm heraussickern. Doch er hielt es unter Kontrolle.

»Danke«, hörte er seine Tante flüstern.

Ihr Licht flackerte … und erlosch.

Silyen heulte auf. Krümmte sich. Brach auf dem kalten grauen Boden zusammen. Er fuhr sich mit der Zunge über die Lippen und schmeckte Blut – er musste sich daraufgebissen haben. Als er die Hand hob, sah er, dass sie so hell strahlte wie die Sonne.

Im nächsten Moment wurde es dunkel um ihn herum.

Ein Glas Wasser, das ihm jemand ins Gesicht schüttete, brachte ihn wieder zu Bewusstsein.

»Ich wollte nicht … dass du das Essen … verschläfst«, sagte Dog. »Ich weiß ja … wie sehr du Kaninchenpastete magst.«

Dog lachte, und Silyen rieb sich verwirrt das Gesicht. Er lag auf einer Chaiselongue in einem der Nebenräume von Orpens

Saal. Alles schien wieder an Ort und Stelle zu sein. Er entdeckte Wände um sich herum ohne irgendwelche Lücken oder Löcher, durch die die Nachtluft eindringen konnte. Er schaute hoch. Das Dach war repariert. Aus der Küche drang ein schwerer Duft von gebratenem Fleisch, bei dem sich ihm der Magen umdrehte.

Was war passiert?

Offenbar hatte er die Frage laut gestellt, denn Dog lieferte eine Antwort.

»Ich hab sie … ins Haus getragen … in ihr Zimmer. Sie schläft. Dann hab ich … dich geholt. Du warst aufgewacht … und hattest bereits … alles repariert … Das gesamte Gebäude.« Der Mann zeigte auf den Herrensitz um sie herum. »Gute Arbeit. Danach bist du … wieder zusammengebrochen. Na, jedenfalls … ist das Essen fertig … dein Lieblingsessen.«

Dog machte auf dem Absatz kehrt und verschwand wieder in der Küche.

Silyen fuhr sich mit der Hand durchs Gesicht und die nassen Haare; dann schwang er die Beine vom Sofa. Als seine Füße den Boden berührten, gaben seine Knie unter seinem eigenen Gewicht fast nach. Und in diesem Moment erinnerte er sich daran, wie er sich im Garten gefühlt hatte, nachdem er Tante Euterpes *Geschick* geschluckt hatte: wie eine Mischung aus Feuer und Luft.

Das Dasein in diesem Körper erschien ihm nun wie ein schreckliches Gefängnis – schlimmer als alles, was die Verurteilten ertragen mussten.

Einen kurzen Augenblick dachte er an Luke Hadley.

Aber Luke konnte noch einen Tag warten.

Mit bleischweren Schritten schleppte Silyen sich an den

Tisch. Als er sich setzte, hatte er wieder Appetit bekommen. Während er zusah, wie Dog einen Servierteller mit der Kaninchenpastete aus der Küche hereintrug, wanderten Silyens Gedanken zu seiner Tante.

Wie mochte sie sich fühlen? Erschöpft? Befreit? Verzweifelt? Er hatte keine Ahnung. Im Laufe der Jahre war es offensichtlich geworden, dass ihr *Geschick* sie anekelte. Ihre Reaktion auf den Tod ihrer Eltern und auf Zelstons Verlust hatte ihr Angst und Abscheu eingejagt. Und draußen im Garten hatte sie ihn angefleht, er solle ihr das *Geschick* nehmen.

Aber würde sie diese letzte, unwiderrufliche Entscheidung bereuen? Denn Silyen war sich ziemlich sicher, dass er es ihr nicht zurückgeben konnte.

Auf der anderen Seite des Tischs war Dog abrupt stehen geblieben und starrte gebannt zur Tür. Silyen drehte sich halb um und warf einen Blick über die Schulter.

Tante Euterpe stand ganz in Weiß da. Sie trug ein langes, hochgeschlossenes Kleid – eindeutig ein Brautkleid. Auf ihrem Kopf thronte eine kleine Tiara aus antiker perlenbesetzter Spitze. Ihre Schuhe, die unter dem Saum des Kleids hervorschauten, waren ebenfalls weiß.

»Lass mich das machen«, sagte sie, ging zu ihrem Stuhl am Kopf des Tischs und bedeutete Dog, den Servierteller vor ihr abzustellen.

»Ich möchte euch beiden für die Gesellschaft, die ihr mir während der vergangenen Wochen geleistet habt, danken«, setzte sie an. »Und dir, Silyen, für alles, was du hier getan hast. Niemand könnte sich einen besseren Neffen wünschen – auch wenn ich eine Weile gebraucht habe, bis ich erkannt habe, wer du wirklich bist.«

Ihr Lachen klang rührend jugendlich. Sie sah ihn direkt an – diese dunklen Augen, genau wie seine, unter den dunklen Locken, genau wie seine. Sie waren beide Kinder der Familie Parva. Gehörten beide zu diesem Stammbaum und zu diesem Ort.

»Und ich danke dir ganz besonders für das, was du heute getan hast«, sagte sie.

Silyen hätte kein *Geschick* gebraucht, um zu spüren, wie ein Prickeln durch seinen Körper jagte.

»Kaninchenpastete zählte zu den Lieblingsgerichten unserer Familie«, wandte sie sich lobend an Dog. »Als wir Kinder noch klein waren, haben wir sie oft gegessen. Seine Mutter …« – sie deutete mit dem Kopf auf Silyen – »… war zwar nicht besonders versessen darauf, aber ich fand Kaninchenpastete immer köstlich. Sie war übrigens auch Winterbournes Lieblingsgericht. Wenn er zu uns zu Besuch kam, hat er jedes Mal darum gebeten. Thalia hat mich oft aufgezogen: Ich würde das Gericht wohl auch an unserem Hochzeitstag servieren lassen. Und wisst ihr was? Das hatte ich tatsächlich vor.«

Sie schenkte ihnen beiden ein heiteres Lächeln. Dieses Lächeln war genau wie Silyens. Und nun gehörte auch ihr *Geschick* ihm. Er hatte nicht den Eindruck, dass sie es bereute.

Er hielt seinen Teller in ihre Richtung, als sie das Messer vom Rand der Servierplatte nahm, um die Pastete anzuschneiden.

»So viel Liebe«, murmelte Tante Euterpe. »Und so vieles, wofür man dankbar sein muss. So unendlich viel.«

Sie hob das Messer, zu hoch und zu schnell, und schlitzte sich die Kehle auf – jetzt, da kein *Geschick* sie noch daran hindern konnte.

17

Bouda

Bouda konnte das, was Faiers ihr da erzählte, kaum glauben: die Behauptung, dass ihr Patenonkel Rix hinter dem Anschlag in Kynestons Ballsaal steckte und in Wahrheit Lord Whittam die geplante Zielperson gewesen war – so wie er es die ganze Zeit vermutet hatte.

»Ein fünfundzwanzig Jahre alter Groll«, erklärte der Sohn der Sprecherin, der in ihrem Büro stand, nachdem er sie zuerst um ein Gespräch unter vier Augen gebeten hatte. »Gepaart mit Hass gegen die Politik des neuen Kanzlers. Rix ist ein Sympathisant der Gewöhnlichen … war es schon immer. Er hat es bisher nur gut versteckt.«

»Verraten Sie mir doch, wie Sie an diese Informationen gekommen sind«, forderte Bouda. »Lassen Sie mich mal sehen.«

»Bitte nicht«, protestierte Faiers, als sie sich daranmachte, dieses Wissen mit Gewalt seinem Gedächtnis zu entreißen. »Die Person, von der die Informationen stammen, könnte in Zukunft von noch größerem Nutzen für uns sein, wenn wir den Dingen einfach ihren Lauf lassen. Bitte erlauben Sie mir, ihre Identität zu schützen.

Falls Sie an mir zweifeln, fragen Sie einfach Ihren Schwager, Silyen Jardine. Er weiß davon und hat das Wissen dazu genutzt, Rix zu erpressen und sich die Adoption als Erbe von Far

Carr zu sichern. Oder fragen Sie Rix persönlich, obwohl ich ja bezweifle, dass er seine Geheimnisse ohne besondere Ermunterung ausspucken wird.«

Darüber dachte Bouda einen Moment nach. Sie hatte noch nie ein Händchen dafür gehabt, ihr *Geschick* für Gedankenmanipulationen einzusetzen. Möglicherweise konnte sie sein Gehirn gar nicht durchforsten, was ziemlich demütigend wäre. Doch falls es ihr gelang, würde sie Faiers vermutlich dabei verletzen – und seltsamerweise hatte sie Skrupel, ihm Schaden zuzufügen. Schließlich war der Mann nützlich.

Seine Worte ergaben durchaus Sinn. Also gut, sollte er seine Quelle schützen – vorerst.

Aber … ihr eigener Patenonkel? Das konnte doch nicht wahr sein. Bouda war stolz darauf, zu wissen, was andere Leute dachten und wollten. Es machte ihr großen Spaß, Informationen auszugraben und dann sorgfältig abzuspeichern, bis zu dem Moment, in dem sie sich als nützlich erwiesen. Hatte sie eine derartig große Sache wirklich übersehen?

Und was sollte sie als Nächstes tun? Sie konnte ihren Patenonkel unter vier Augen darauf ansprechen. Das war sie ihm doch schuldig, oder? Der Mann war der beste Freund ihres Vaters, fast ein Mitglied der Familie. Sie erinnerte sich daran, wie ihre Eltern – vor dem Tod der Mutter – auf der großen Terrasse von Appledurham gesessen und über irgendeine von Rixys Geschichten schallend gelacht hatten.

Aber falls Faiers' Behauptung stimmte, würde Rix vielleicht fliehen, sobald sie ihn darauf ansprach.

Bouda erinnerte sich wieder an Silyen Jardines niederträchtige Adoption und die Tatsache, dass Far Carr eigentlich an DiDi oder sie hätte gehen sollen. Dieser Verrat lieferte sowohl den Beweis als auch die Rechtfertigung dafür, warum sie diese Geschichte umgehend Whittam mitteilen musste.

Sie drehte sich zu Faiers um, um ihn fortzuschicken – nur um festzustellen, dass er sie beobachtete.

»Mistress Bouda, wenn ich noch etwas sagen dürfte«, murmelte er. »Falls sich meine Informationen als korrekt erweisen, hätte ich zwei Bitten an Sie …«

Faiers' Unverfrorenheit hatte sie schon auf Grendelsham beeindruckt, als er sie an jenem Abend unaufgefordert angesprochen hatte. Diese Bitte hier war serviler formuliert, aber nichtsdestoweniger noch immer unverschämt.

»Ihresgleichen hat keine Bitten gegenüber meinesgleichen zu äußern, Faiers.«

»Natürlich, selbstverständlich.« Er neigte den Kopf, doch Bouda sah, wie seine Mundwinkel belustigt zuckten. »Dessen ungeachtet möchte ich Sie bitten, eines nicht zu vergessen: Meine Loyalität hat Ihnen diese Informationen verschafft, weswegen ich um eine Stelle in Ihrem persönlichen Mitarbeiterstab bitte.«

»Sie scheinen Loyalität mit Pflicht zu verwechseln, Faiers. Schließlich haben Sie nichts anderes getan als das, was ohnehin von Ihnen erwartet wird.«

»Natürlich. Aber ich hätte noch eine zweite Bitte: Sobald Sie Rix' Schuld festgestellt haben, möchte ich ein paar Worte mit ihm wechseln, bevor er seiner verdienten Strafe zugeführt wird.«

»Was?«

»Selbstverständlich in Ihrer Gegenwart«, fügte Faiers aalglatt hinzu. »Bitte.« Er hob den Kopf und schaute sie an – und in diesem Moment war jeglicher Humor aus seinen strahlend blauen Augen verschwunden. Stattdessen blitzte so etwas wie Zorn darin.

»Warum bitten Sie mich um solch einen ungewöhnlichen Gefallen?«

»Ich habe meine Gründe. Sollten Sie der Bitte stattgeben, werden Sie es herausfinden.«

Mit diesen Worten war Faiers verschwunden, und Bouda konnte sich nicht erinnern, ob sie ihn fortgeschickt hatte oder er einfach gegangen war.

Tja, Faiers war wirklich unglaublich. An jenem Abend auf Grendelsham hatte er sich genauso abrupt davongemacht; nur der Rauch seiner Zigarette hatte noch einen Moment in der Luft gehangen. Bouda erinnerte sich wieder an seine Worte. *Ihre Verbündeten sind nicht immer diejenigen, die Sie dafür halten, Miss Matravers. Und das Gleiche gilt für Ihre Feinde.*

War Faiers ihr Verbündeter und Rix ihr Feind?

Nein. Ebenbürtige brauchten keine Gewöhnlichen als Verbündete – bestenfalls als Diener. Gehorsame Diener. Obwohl es möglicherweise einen strategischen Vorteil bot, Faiers auf ihre Seite zu holen. Als Sohn der Sprecherin Dawson konnte seine Gegenwart in irgendeiner symbolischen Rolle dazu beitragen, die mögliche Unzufriedenheit der Gewöhnlichen über die Suspendierung der Parlamentarischen Beobachter zu beschwichtigen.

Bouda schob den Gedanken beiseite, um später in Ruhe darüber nachzudenken. Zuerst musste sie Rix' Schuld oder Unschuld feststellen. Hastig machte sie sich auf den Weg zu Whittam.

»Bouda – es ist mir wie immer eine Freude.«

Ihr Schwiegervater packte sie am Handgelenk und zog sie in die Kanzlersuite. Dann führte er ihr Gelenk an seinen Mund und drückte einen Kuss darauf – und Bouda musste sich zusammenreißen, um nicht zurückzuzucken. Okay, sie hatte sich von Whittam begrapschen lassen – und Schlimmeres. Aber dabei hatte sie sich stets daran erinnert, dass der Preis, der schon zum Greifen nahe war, von der Unterstützung dieses Mannes abhing.

Schließlich war Whittam nur Interimskanzler. Irgendwann würde er zurücktreten und Wahlen für einen neuen Amtsinhaber ausrufen müssen. Bouda wusste von mehreren Parlamentariern, die sich Chancen ausrechneten, aber im Grunde konnte sich niemand der geballten Macht von Whittams Unterstützern und ihren eigenen Anhängern widersetzen – denselben Leuten, die Zelston aus dem Amt vertrieben hatten.

Nein, der Mann, der sich jetzt über ihren Arm bis zu ihrem Hals hochschlabberte, würde seinen Nachfolger sorgfältig auswählen. Was bedeutete, dass Bouda bloß einen einzigen echten Konkurrenten hatte: ihren Mann Gavar. Seit dem Debakel bei ihrer Hochzeit war Bouda stinksauer auf ihn. Obwohl: Im Nachhinein betrachtet war seine hirnlose Inbrandsetzung des Festzelts vermutlich sogar nützlich – eine öffentliche Demonstration seines ungehobelten Benehmens und seines labilen Geistes.

Und nun das hier – die Information, die Faiers ihr gegeben hatte. Das musste ihre Position als würdigste Kandidatin doch endgültig besiegeln, oder nicht?

So spielerisch wie möglich schob sie Whittam von sich (ihr *Geschick* prickelte in ihren Fingerspitzen, und sie musste den

Drang unterdrücken, ihn durch den Raum zu schleudern) und schloss die beiden obersten Knöpfe ihrer Bluse wieder. Der Speichel ihres Schwiegervaters klebte zwischen ihren Brüsten.

»So unwiderstehlich du auch bist …«, setzte sie an und zog einen Schmollmund, »aber ich bin nicht zum Vergnügen hier, sondern geschäftlich. Jemand hat mir heute eine ziemlich ungewöhnliche Information zukommen lassen.«

Und dann legte sie alles dar, was Faiers ihr erzählt hatte.

»Dieser angebliche Groll … stimmt das? Und was war der Grund dafür?«, fragte sie ihren Schwiegervater, der während ihres Berichts schlagartig nüchtern geworden war.

»Ich kann mich kaum daran erinnern. Er hat irgendeine Gewöhnliche geschwängert, und sein Vater wollte, dass sie verschwand. Also hab ich einen Schlägertypen zu ihr geschickt. Die übliche Vorgehensweise: zuerst Geld anbieten, dann irgendwelche Versprechungen machen. Das Ganze hätte mit Drohungen geendet, doch sie hat sich von den Versprechungen überzeugen lassen. Jedes Mal das gleiche Spiel mit diesen Flittchen. Auf ähnliche Weise musste ich mit Gavars kleiner Schlampe verfahren. Das war auch der Grund, warum sie in jener Nacht geflohen ist. Aber dann hat mein Sohn die Angelegenheit selbst in die Hand genommen.«

Whittam lachte und griff nach der Whiskykaraffe, die nie weit entfernt stand.

»Da habe ich mir also die ganze Zeit eingebildet, ich hätte einen nennenswerten Feind – einen Geheimagenten unserer politischen Feinde in den Triade-Staaten oder diese nervige

Unruhestifterin in Riverhead. Dabei war es nur der tragische, alte Rixy? Kein Wunder, dass er es vermasselt und stattdessen Zelston getötet hat. Ich fühle mich schon fast beleidigt.

Und Silyen ist von allein darauf gekommen und hat ihm eine Erbschaft abgeknöpft. Ich habe doch schon immer gewusst, dass der Junge brillant ist.«

Diese Worte ließen Bouda abrupt innehalten. Sie hatte erwartet, dass Whittam toben würde, weil sein Sohn ihm den Namen des Möchtegern-Attentäters verschwiegen hatte.

»Brillant? Er hat von einer Bedrohung für dein Leben gewusst und dir nichts davon gesagt.«

»Ach.« Whittam wedelte abschätzig mit dem Glas, wodurch etwas Whisky auf den Boden schwappte – was er aber nicht zu bemerken schien. »Rix kann man kaum als Bedrohung bezeichnen – wie sich an dem Abend ja auch gezeigt hat. Und welchen Preis hat Silyen für sein Wissen herausgeschlagen? Einen Sitz im Parlament. Ich habe den Mangel an politischem Interesse stets für den größten Fehler meines Jüngsten gehalten. Denn als drittgeborenem Sohn war ihm dieser Weg ja eigentlich versperrt.

Aber nein. Was hat er mit seinem Wissen über Rix angefangen? Er hat sich direkt ins Haus des Lichts befördert. Jetzt, da Gavar sich als solch eine Enttäuschung entpuppt hat, könnte das Timing nicht besser sein.«

Eine Mischung aus Angst und Zorn schnürte Bouda die Kehle zu. Was erzählte Whittam da? Dass er Silyen als seinen parlamentarischen Protegé in Erwägung zog?

Nein, das durfte sie auf keinen Fall zulassen. Nicht Silyen, der sich die ganze Zeit ins Fäustchen lachte und sich über seine gesamte Familie lustig machte – da war Bouda sich ziemlich sicher. Silyen, der bereits über mächtiges *Geschick* verfügte und jetzt nicht noch mehr politische Macht brauchte.

»Schließlich kommt Jenner ja nicht dafür in Frage«, fuhr Whittam fort, der ihren inneren Aufruhr nicht bemerkte. »Obwohl ich nicht leugnen kann, dass es sehr befriedigend sein wird, sie jetzt alle drei im Parlament zu sehen.«

»Jenner?«, krächzte Bouda. Dieser Tag konnte kaum noch schockierendere Nachrichten bringen.

»Die Schwester meiner Frau ist auf Orpen verschieden. Anscheinend hat sie ihre Kräfte beim Wiederaufbau überfordert, was zu irgendeinem Unfall geführt hat oder so etwas in der Art. Demnach geht der Parva-Titel an Thalia, und Jenner wird als unser einziges Kind ohne Adelstitel ihr Erbe.«

»Du willst einen *Geschicklosen* ins Parlament lassen?«

Offensichtlich hatte sie das etwas unglücklich formuliert, denn Whittam heftete seine blutunterlaufenen Augen auf Bouda.

»Ich werde den Zweitgeborenen der Gründerfamilie an seinem rechtmäßigen Platz willkommen heißen – und das Gleiche gilt für dich. Und jetzt hol deinen Paten, damit wir dieser traurigen Angelegenheit ein Ende setzen können. Wenn man bedenkt, dass deine Familie ihn jahrelang unter ihrem Dach beherbergt hat und du nicht das Geringste gemerkt hast. Aber Frauen sind in dieser Hinsicht ja auch schwer von Begriff.«

Bouda stand einen Moment schweigend da, überrascht, dass sie weder spontan explodiert war noch Whittam mit Hilfe ihres *Geschicks* aus dem riesigen Fenster geschleudert und im freien Fall in den Innenhof tief unter ihnen befördert hatte. Es kostete sie all ihre Kraft, einfach nur auf ihren spitzen Absätzen kehrtzumachen, sich Whittams Gesicht darunter vorzustellen und ruhig den Raum zu verlassen. Hinter sich hörte sie das Klirren des Glasstöpsels, der ein weiteres Mal aus der Karaffe gezogen wurde.

Bouda rief ihren Patenonkel an und lud ihn für denselben Abend zum Essen ein. Er willigte eifrig ein – mit einem seiner üblichen schelmischen Witze –, und als Bouda auflegte, fragte sie sich, ob ihr Vater ihr jemals verzeihen würde.

Armer Papa: Zuerst hatte er seine Frau durch ein Attentat der Gewöhnlichen verloren, und jetzt würde er erfahren müssen, dass sein bester Freund jahrelang ein Sympathisant gewesen war. Vielleicht konnte sie Daddy ja mitteilen, dass Rix es wegen des jahrzehntealten Grolls gegen Whittam getan hatte, und den Rest verschweigen. Denn abgesehen von Wirtschaftsfragen interessierte ihr Vater sich fast genauso wenig für Politik wie DiDi. Also brauchte er im Grunde gar nichts davon zu erfahren.

Anschließend kontaktierte Bouda Astrid Halfdan. Astrid besaß dank ihres *Geschicks* große Erfahrung auf dem Gebiet der Nötigung und dazu eine beeindruckende Auffassungsgabe, weswegen Bouda sie gebeten hatte, die Verhöre während der Säuberungsaktionen in den Sklavenstädten zu leiten. Seit irgendein durchgeknallter Gewöhnlicher vor ein paar Jahren ihre jüngere Schwester verschleppt und missbraucht hatte, brannte in ihr ein lodernder Hass auf die *Geschicklosen*. Sie würde sich freuen, dabei zuzusehen, wie ein Sympathisant zur Rechenschaft gezogen wurde.

Kessler erhielt den Auftrag, sich an diesem Abend mit zwei seiner Sicherheitsleute in ihrem Büro bereitzuhalten – alle mit Elektroschockpistolen bewaffnet.

Bouda zögerte, bevor sie die letzte Telefonnummer wählte. Es wunderte sie sogar, dass sie diese Nummer überhaupt hatte, aber hier stand sie, in Westminsters Telefonverzeichnis, unter der Überschrift »Assistent der Sprecherin«.

»Kommen Sie heute Abend um neun in mein Büro«, teilte sie Faiers mit, als er den Hörer abnahm. Dann legte sie wieder auf.

Anschließend reservierte sie einen Tisch im Parlamentsspeisesaal, in der Lieblingsecke ihres Patenonkels. Einen Moment lang dachte sie darüber nach, ob sie ihren Vater ebenfalls einladen sollte, damit er und sein Freund noch ein letztes Mal miteinander speisen konnten. Aber dann würde es zu schwierig werden, die beiden nach dem Essen voneinander zu trennen.

Als sie ihrem Patenonkel ein weiteres Glas Champagner einschenkte, spürte sie einen Anflug von Gefühlsregung – bei der es sich aber sicher nicht um Mitleid handelte und schon gar nicht um ein schlechtes Gewissen. Und sie lauschte seiner amüsanten Geschichte, die sich um die Reaktion der Sklaven von Far Carr drehte, als sie erfuhren, dass der Herrensitz einen neuen Erben hatte.

Doch dann lenkte Rix das Gespräch in eine andere Richtung, und Boudas Stimmung änderte sich schlagartig. Ihr Pate stellte vage, belustigte Fragen zum Fortschritt der Säuberungsaktionen in den Sklavenstädten. Aber hinter dem leichten Geplänkel versuchte er, an Informationen zu kommen. Was hatte sie herausgefunden? Wo waren weitere Razzien oder Nachforschungen geplant?

Der Champagner verwandelte sich in Boudas Magen zu Essig. Faiers hatte recht gehabt.

Sie warf einen Blick auf die Uhr. Viertel nach neun. Zeit, um dem Ganzen ein Ende zu setzen.

»Komm doch mit in mein Büro«, schlug sie vor. »Dann kann ich dir eine Karte mit den Fortschritten unserer Ermittlungen zeigen. Natürlich nur, wenn es dich interessiert. Es ist ja so lieb von dir, dass ich dich die ganze Zeit damit langweilen darf.«

Bouda rief Kessler an, unter dem Vorwand, Kaffee zubereiten zu lassen. Und in dem Augenblick, in dem Rix durch die Bürotür spazierte, wurde er von drei Elektroschockpistolen gleichzeitig getroffen. Das Überraschungsmoment verhinderte, dass seine *Geschick*-Reflexe in Aktion traten, und die kombinierte Kraft der Taser – die jeden Gewöhnlichen sofort getötet hätte – setzte ihn außer Gefecht.

Rix wand sich auf dem Teppich, kaum bei Bewusstsein. Speichel bildete sich in seinen Mundwinkeln.

»Bouda?«, ächzte er. »Was …?«

»Du weißt genau, was los ist«, erwiderte sie. Es kostete sie all ihre Kraft, ihn nicht zu treten, diesen Mann, der praktisch zur Familie gehörte und der sie so lange hintergangen hatte. »Astrid, tu, was immer du tun musst.«

Doch bevor Astrid mit ihrer Untersuchung beginnen konnte, trat Faiers einen Schritt vor. Bouda hatte fast vergessen, dass er ebenfalls anwesend war.

Der Sohn der Sprecherin teilte den Tritt aus, den Bouda nur in Erwägung gezogen hatte. Genau genommen trat er Rix nicht, sondern stampfte mit dem Fuß auf dessen Solarplexus. Rix schrie auf und krümmte sich reflexartig zusammen. Faiers beugte sich über den Ebenbürtigen, packte ihn an den gepflegten weißen Haaren und zwang Rix, den Kopf zu heben.

»Du hältst dich für einen Helden der einfachen Leute, und dennoch hast du die Gewöhnliche, die dich geliebt und dein Kind unter dem Herzen getragen hat, in eine Sklavenstadt abschieben lassen?«, fragte Faiers mit verächtlich verzogenem Mund, tief über Rix' Gesicht gebeugt. »Du hast dieses Kind im Elend aufwachsen lassen, obwohl du genau wusstest, dass es als Erwachsener ein weiteres Jahrzehnt dort verbringen musste, weil die Uhr erst ab dem zehnten Lebensjahr zu ticken beginnt?

Und dann, Jahre später, hast du erneut um sie geworben. Meiner Mutter magst du vielleicht eingeredet haben, dass du noch immer Gefühle für sie hast. Und dir selbst magst du eingeredet haben, dass deine halbherzigen Bemühungen um die Belange der Gewöhnlichen deine Taten wiedergutgemacht haben. Du magst dir vielleicht sogar eingeredet haben, dass dein geplanter Anschlag auf Jardines Leben richtig und gerechtfertigt war, weil das alles seine Schuld gewesen ist, nicht deine. Aber mich hast du nie zum Narren halten können.«

Faiers stampfte ein zweites Mal auf Rix' Brustkorb, und der Ebenbürtige ächzte gequält.

»Jonathan.« Schaum flog aus Rix' Mund, und er versuchte es erneut. »Jonathan, Jardine hat das alles veranlasst. Deine Mutter weiß das. Man hat mich in dem Glauben gelassen, dass sie sich gegen mich gewendet hatte, mich verlassen hatte. Deshalb habe ich auch nie geheiratet. Ich liebe sie noch immer. Und ich würde auch dich lieben, wenn du mich nur lassen würdest.«

»Ich würde mich schämen, dich als ›Vater‹ zu bezeichnen. Du verdienst all das, was du jetzt bekommst.«

Faiers trat einen Schritt zurück und bewegte seinen Hals knackend erst auf die eine, dann auf die andere Seite, als wäre er endlich eine schwere Last losgeworden, die er sein ganzes Leben lang mit sich geschleppt hatte.

»Mistress Bouda, ich danke Ihnen«, sagte er höflich.

Rix' Kopf war wieder auf den Teppich gesunken. Er schien jeden Widerstandswillen verloren zu haben. Astrid hockte sich neben ihn.

»Verstehen Sie, weshalb Sie hier sind?«, fragte sie. »Sie werden bezichtigt, beim versuchten Mordanschlag auf Lord Jardine den Tod von Kanzler Zelston verursacht zu haben, wobei Sie einen Jungen der Gewöhnlichen für Ihre Zwecke missbraucht haben. Wir werden Ihnen jetzt ein paar Fragen stellen, um herauszufinden, ob diese Vorwürfe der Wahrheit entsprechen.«

»Nein, keine Fragen«, keuchte Rix. Offenbar hatten sich Astrids Verhörmethoden herumgesprochen. »Ich gestehe. Es tut mir nur leid, dass ich dabei versagt habe.«

»Ich fürchte, Sie werden nicht um die Fragen herumkommen.«

Astrid holte eine Spritze und eine kleine Phiole aus der Tasche. Bouda beugte sich vor, um dabei zuzusehen, wie sie Rix' Handgelenk hochnahm und ihm die Nadel in den Arm rammte.

»Dieses Mittel setzt sogar einen Ebenbürtigen außer Gefecht«, sagte Astrid. »Das gleiche Zeug hat dieser Abschaum von einem Gewöhnlichen, der meine Schwester vergewaltigt hat, an jedem der neunzehn Tage benutzt, die er sie in seiner Gewalt hatte.«

»Bouda.« Ihr Patenonkel griff nach ihrem Handgelenk, und

Bouda musste sich zusammenreißen, um nicht aufzukreischen. »Jardine ist ein Monster. Sei vorsichtig.«

Dann lockerte sich sein Griff um ihr Gelenk, und seine Hand sackte schlaff herunter, als Lord Rix' elegant gekleideter Körper sich zu verkrampfen begann.

»Was ist los?« Hastig trat Bouda von dem zuckenden Körper zurück. »Astrid?«

Astrid inspizierte die Phiole. »Das ist die korrekte Dosis. Eigentlich dürfte das nicht passieren.«

Sie kniete sich neben Rix und drückte ihre Fingerspitzen auf seine Brust.

»Sein Herz. Vielleicht haben wir das Mittel zu früh nach dem Einsatz der Elektroschockpistolen verabreicht … Aber ich glaube nicht, dass ich das Problem lösen kann. Ich bin nicht besonders gut, wenn es ums Heilen geht.«

Fragend schaute die Frau hoch, Bouda konnte allerdings bloß den Kopf schütteln. Auch sie war keine gute Heilerin. DiDi war besser. Und Meilyr Tresco war der beste gewesen.

Ein letztes, brutales Zucken fuhr durch Rix' Körper. Dann lag er reglos auf dem Teppich, jenseits jeder Hilfe, ob nun mit oder ohne *Geschick*.

Bouda versuchte, sich zu beruhigen. Wartete, bis ihr Atem wieder gleichmäßig ging. Strich sich über den Rock und glättete ihren Pferdeschwanz. Dann richtete sie sich kerzengerade auf.

»Das Ganze hätte ohnehin auf diese Weise geendet. Sie haben alle sein Geständnis gehört?«

Sämtliche Anwesenden nickten.

»Also gut. Bei einer Festnahme kommt es nun mal zu Todesfällen, vor allem, wenn der Inhaftierte sich einem Verhör widersetzt. Niemanden trifft eine Schuld daran. Und das Entscheidende ist: Wir haben die Schuld des Häftlings vor seinem Ableben nachweisen können. Astrid, bitte verfasse einen Bericht über den Zwischenfall, den wir alle als Zeugen unterschreiben werden.«

Kesslers Funkgerät, das im nächsten Moment knackend zum Leben erwachte, war das Letzte, was Bouda jetzt gebrauchen konnte.

»Gehen Sie schon ran«, fauchte sie.

Trotz des Rauschens erkannte Bouda die Stimme am anderen Ende der Leitung: ihre andere Assistentin, die ehemalige Oberaufseherin von Millmoor. Was konnte die Frau um diese Uhrzeit nur wollen?

»Es ist zu einem schwerwiegenden Zwischenfall gekommen«, berichtete Kessler und schaltete das Gerät ab. »Die Oberaufseherin ist auf dem Weg hierher. Ihr zwei …« – er schnippte mit den Fingern in Richtung seiner beiden Sicherheitsleute – »… helft Mistress Astrid dabei, den verstorbenen Lord Rix von hier wegzubringen. Mistress Bouda, Sie sollten umgehend einen Helikopter rufen lassen.«

»Ich kümmere mich darum«, sagte Faiers. Als Kessler eine Augenbraue hochzog, fügte er hinzu: »Ich gehöre jetzt auch zum Mitarbeiterstab, genau wie Sie.«

»Was ist passiert?«, fragte Bouda und versuchte vergebens, sich etwas vorzustellen, das noch dringender sein sollte als die Beschäftigung mit Rix' Tod.

»Sabotage, in ganz großem Stil«, erklärte Kessler grimmig. »Im Bore.«

Zwei Stunden später kreiste ihr Hubschrauber über Sektor C im nördlichen Teil des Bore.

Die riesigen Heuschober brannten lichterloh.

Es handelte sich um den vierten Anschlag in dieser Nacht. Jeder Tatort – eine weitere Scheune, eine Fahrzeughalle und ein Düngerlager, das eine gewaltige Explosion verursacht hatte – war im Halbstundentakt in Brand gesteckt worden, jeweils Meilen vom anderen Standort entfernt. Diese Verbrechen waren großflächig angelegt und koordiniert worden.

Bouda spähte durch die Windschutzscheibe. Es schien, als würde der Himmel in Flammen stehen, da die brennenden Strohhalme irgendwie leichter als Luft waren und in der selbsterzeugten Thermik nach oben stiegen.

Die Tore der größten Scheune fielen zusammen, und dahinter kamen riesige Stapel angesengter und von innen glühender Heuballen zum Vorschein. Kraftlose Flammen schimmerten über den Ballen.

Um sie herum durchbohrten Scheinwerfer die Dunkelheit. Eine Reihe von Jeeps des Sicherheitsdienstes fächerte sich auf und bretterte über die holprigen Schotterwege, die eher für die schweren Erntefahrzeuge und die Lastwagen gedacht waren, mit denen die Arbeiter jeden Tag auf die Felder transportiert wurden. In regelmäßigen Abständen sprangen Gestalten von der Ladefläche der Jeeps; ihre an den Helmen befestigten Lampen schnitten durch die Nacht, während sie sich hierhin und dorthin wendeten. Auf der Jagd.

Ohne eine Festnahme der Übeltäter würden von diesem Großbrand nur kaum verwendbare Beweise zurückbleiben. Vielleicht ließen sich ja Spuren des eingesetzten Brandbeschleunigers auffinden, die zu einem bestimmten Sektor oder einem einzelnen Arbeitstrupp führten. Doch Bouda hatte ihre Zweifel.

Die Flammen griffen gierig um sich. Die Scheunen lagen kilometerweit von den nächsten Bewässerungskanälen entfernt, mit deren Wasser man das Feuer vielleicht hätte löschen können. Bouda dachte an ihren Vorfahr zurück: Harding, der Reisende – Harding, der Wettermacher, der dafür gesorgt hatte, dass sich Stürme legten und günstige Winde erhoben. Er hätte jetzt eine Regenwolke herbeirufen können, um die Flammen zu löschen.

Bei diesem Gedanken prickelte irgendetwas auf unangenehme Weise tief in ihrem Inneren. Sie wusste, dass ihr *Geschick* stark ausgeprägt war. Allerdings nutzte sie es immer nur dazu, sich mit ihrem Mann zu streiten oder ihre Clique von Parlamentariern subtil zu beeinflussen. Aber welchen Sinn hatte das Dasein als Ebenbürtige, wenn man nicht bestimmte Dinge vollbringen konnte, zu denen die Gewöhnlichen nicht in der Lage waren?

Wenn sie doch nur Wind und Regen herbeirufen könnte. Ihre Finger zuckten, als wollten sie sich über sie lustig machen.

»Los, wir kehren um«, fauchte sie in das Mikro ihres Kopfhörers.

Aber als sie im weiten Bogen in Richtung des gewaltigen Verwaltungszentrums in der Mitte des Bore flogen, schienen ihre Ebenbürtigen-Sinne doch noch zu etwas nützlich zu sein.

Dort unten, in der Dunkelheit, war ein Mann zu erkennen, der durch die Felder sprintete.

»Da drüben. Haben Sie ihn gesehen? Etwa fünfhundert Meter auf zwei Uhr. Kessler, setzen Sie einen Schuss ab, der ihn nicht tötet.«

Keiner der Gewöhnlichen hatte den Mann gesehen, aber der Pilot drehte den Helikopter pflichtbewusst, und kurz darauf ertönten die ersten Rufe: Man hatte den Mann entdeckt.

Kühle Luft rauschte um Boudas Hals, als Kessler die Tür aufstieß. Sein Gewehr gab einen einzigen Schuss ab, und der Mann ging zu Boden.

Also war die Nacht doch nicht völlig vergeudet gewesen.

Im Gefängnis des Verwaltungszentrums wurde der Mann zu Bouda und ihrem Team gebracht, während die Männer des Bore-Sicherheitsdienstes zusahen.

»Orte reichen mir nicht«, fauchte Bouda. »Ich will Namen hören.«

»Ich weiß keine Namen«, erwiderte er.

Bouda schlug ihm ins Gesicht. Da die Hände des Mannes hinter seinem Rücken gefesselt waren, konnte er dem Schlag nicht ausweichen.

»Dann rate gefälligst«, zischte sie. »Wer ist besonders beliebt? Wer ist unzufrieden? Wer gibt Widerworte?«

»Bitte, hier im Bore leben zwanzigtausend Männer. Wie soll ich da irgendwelche Namen wissen?«

Bouda nickte Kessler kurz zu, der daraufhin dem Mann seinen Gewehrkolben in den Magen rammte. Der Gefangene schrie auf und krümmte sich zusammen.

»Das, was du getan hast, war Teil einer größeren Aktion«, sagte sie. »Also, wer hat dich damit beauftragt? Und danach werde ich herausfinden, wer denjenigen beauftragt hat. Und wer diese Person angestiftet hat. Wer auch immer dahinterstecken mag und welche Absichten er oder sie auch immer damit verbindet, ich werde das Ganze Schritt für Schritt zurückverfolgen, bis ich den Schuldigen gefunden habe. Und dann werde ich ihm den Hals umdrehen. So, und jetzt noch mal von vorn: Ich will Namen hören.«

Bouda arbeitete die ganze Nacht hindurch. Als sie am nächsten Tag eine Pause einlegte, um ein paar Stunden zu schlafen, hatte sie sieben Schritte zurückverfolgt und den Namen eines Ortes, wo am Abend die nächste Aktion stattfinden sollte.

Die Getreidefelder von Sektor J, im östlichen Teil des Bore, standen kurz vor der Ernte, mit Ähren, die den Arbeitern fast bis zu den Schultern reichten. Dieses Jahr würde die Gerste in Feuer und Rauch aufgehen.

In der Dunkelheit erzeugte das brennende Getreide sein eigenes gespenstisches Licht. Vom Hubschrauber aus konnte Bouda zusehen, wie das Feuer sich weiterfraß – eine flackernde, aber durchgehende Linie. Dahinter eine Reihe roter Glut. Und noch weiter zurück das tiefe Schwarz der verbrannten Erde.

Der Brand breitete sich schneller aus als erwartet und konnte gewaltige Flächen zerstören. Die Bewässerungskanäle des Bore dienten gleichzeitig als Brandschutzschneisen. Die Flammen würden alles vernichten, was sich zwischen den Kanälen befand, und Bouda konnte nur hoffen, dass nicht durch Funkenflug auf der anderen Seite weitere Felder in Flammen aufgingen.

Wenn sie eine derartig gewaltige Zerstörung zuließ, bedeutete das einen Sieg für die Unruhestifter – auch wenn sie beschlossen hatte, nicht sofort einzugreifen, in der Hoffnung, die Brandstifter dadurch schnappen zu können.

Also gut, der Sicherheitsdienst würde sich mit den Tätern befassen, aber vielleicht konnte Bouda sich ja bei dem Brand nützlich machen.

Schließlich war sie eine Ebenbürtige. Sie hatte gezögert, ihr *Geschick* zur Durchforstung von Faiers' Gehirn einzusetzen. Sie war nicht fähig gewesen, Rix zu heilen. Aber hier musste sie doch irgendetwas tun können, oder?

Ihre Schwiegermutter, Thalia Jardine, erzählte gern davon, wie ihre jüngere Schwester Orpens Wassergraben im Sommer zu Eis gefroren hatte. Und was war mit dieser Geschichte bei Gorregan, als die Ebenbürtigen-Frauen Großbritanniens einfach das Meer aufgerollt und Napoleons Flotte vernichtet hatten? In Appledurhams Salon hing ein riesiges Ölgemälde, das die Strandung bei Gorregan zeigte, und Bouda erinnerte sich an Highwithels Buntglasfenster mit dem gleichen Motiv.

Ihre Finger zuckten erneut, genau wie am Abend zuvor. Gestern hatte Bouda das für ein Zeichen der Schwäche gehalten. Aber heute war sie sich nicht mehr so sicher. Tief in ihrem Inneren bildete sich ein prickelndes Gefühl, eine Vorahnung.

»Bringen Sie uns möglichst nah ran«, schnauzte Bouda in ihren Kopfhörer. »Und schweben Sie zehn Meter über dem Boden.«

Der Hubschrauber bäumte sich wie ein Pferd auf, als sie sich den Flammen näherten. Für eine Ebenbürtige sollte der Sprung in die Tiefe kein Problem darstellen. Bouda schwang beide Füße aus dem Helikopter und drückte sich ab.

Schwarzer Rauch drang in ihre Lungen, und sie lief hustend durch die brennenden Getreidereste in Richtung des Bewässerungskanals, den sie von oben gesehen hatte. Sie sank auf die Knie. Beugte sich über den Rand des Kanals zum Wasser hinab.

Sie hatte gedacht, sie müsste ihr *Geschick* herbeirufen, doch es wartete bereits auf sie und prickelte in ihren Fingerspitzen. Bouda schloss die Augen. Sie konnte jede Zelle in ihren Fingern wahrnehmen, sowie ihr *Geschick*, das dort pulsierte, und dazu das wirbelnde, kühle Wasser.

Schließlich spürte sie den Moment, als ihr *Geschick* wie durch Osmose auf das Wasser überging, und in dieser Sekunde wusste sie, dass es ihr gehorchen würde. Der Gedanke war schwindelerregend. Bouda sandte ihre Sinne in weitere Ferne. Sie fühlte, wie der schmale Bewässerungskanal abzweigte, und spürte dahinter die große, träge Wassermasse des Hauptkanals.

Träge, aber erwartungsvoll.

War ihr *Geschick* hierzu in der Lage? War sie dazu fähig? Ein fast unvorstellbarer Gedanke.

Bouda rief den Fluss herbei – und er folgte ihrer Aufforderung. Es handelte es sich um ein turbulentes Gewässer, das abwechselnd von der Quelle zum Meer strömte und dann mit der Flut von der Küste wieder landeinwärts getrieben wurde. Boudas *Geschick* kämpfte gegen die Flut an und strömte danach hinaus ins Meer. Keuchend schnappte sie nach Luft. Sie spürte den Sog einer Macht, die viel größer war als ihre – den drängenden Wunsch, sich aufzulösen. Hastig rief sie ihr *Geschick* zurück und zog den Fluss gleich mit.

Das Wasser baute sich zu einer großen heranrauschenden Woge auf, die über die weiten Kanalufer schwappte. Bouda bewegte die Finger durch die Luft, als würde sie die gewaltige Flutwelle formen. Als diese die brennenden Felder erreichte, hielt sie deren Wasser mit schierer Willenskraft fest in den Händen.

Und dann sandte sie die massive Welle an sich vorbei und

schickte sie mit einer dramatischen Handbewegung über das Land, wo sie die Felder überflutete und die Flammen löschte. Bouda hörte das Zischen und Knistern und spürte, wie um sie herum der Dampf aufstieg.

Sie war klatschnass und ihre Hände zitterten, aber irgendetwas tief in ihrem Inneren jubilierte. Ihr Puls raste bestimmt doppelt so schnell wie sonst.

Was hatte sie gerade getan?

Wozu war sie sonst noch in der Lage?

Wie hatte sie all die Jahre ohne das hier leben können?

18

Luke

»Hadley, ich hab Neuigkeiten für dich. Komm um zehn in mein Arbeitszimmer.«

Crovan erhob sich vom Frühstückstisch, also machten es ihm auch alle anderen nach und blieben stehen, bis ihr Lord den Raum verlassen hatte.

»Was soll denn das schon wieder?«, murmelte Julian, nachdem Crovan gegangen war.

»Keine Ahnung«, sagte Luke. »Sind schließlich ›Neuigkeiten‹.«

Um welche Neuigkeit konnte es dabei gehen? Einen Straferlass für das Attentat auf Zelston? Neue Ermittlungen zum Ablauf des Vorfalls an jenem Abend? Aber irgendwie bezweifelte Luke das.

»Du hast auf jeden Fall noch ein paar Stunden, bis du zu ihm musst«, sagte Jules. »Lust auf eine Partie Poker?«

Julian holte ein Kartenspiel aus der Tasche, das er ständig mit sich herumtrug, stets bereit, sich die Zeit zu vertreiben. Und hier auf der Burg hatten sie so viel Zeit – ganze Tage, die sich aneinanderreihten und erdrückend auf Lukes Leben lasteten.

Doch vielleicht würde ja heute irgendetwas passieren.

»Luke, ich brauche mal deine Hilfe.«

Coira war neben ihnen aufgetaucht und nahm Luke sanft,

aber bestimmt am Ellbogen. Er warf Julian einen entschuldigenden Blick zu, als sie ihn zur Küche dirigierte.

Die Haussklaven der Burg liefen hin und her, während sie das Frühstück abräumten. Ein Mann an einem der Spülbecken ließ eine große Pfanne fallen, und Luke zuckte zusammen. Ein Bild tauchte vor seinem inneren Auge auf: ein Mann im Smoking, der eine Zigarette auf dem nackten Hals einer Frau ausdrückte. Eine Tranchiergabel, die jemand in Lukes Hand gerammt hatte. Coira, die irgendetwas schrie.

Was hatte das zu bedeuten? Luke blickte auf seine Hand herab. Sie war unversehrt, ohne jede Narbe. Handelte es sich wirklich um eine Erinnerung? Oder um einen Albtraum, den Crovan ihm beschert hatte? Und wieso konnte er das nicht unterscheiden?

Coira führte ihn in eine kleine Speisekammer. Sie schürzte ihre Röcke, hockte sich und griff mühsam hinter einen Sack Kartoffeln. Dort holte sie ein Buch hervor und gab es ihm.

»Du hast gestern nicht danach gefragt, also muss da wieder ein blinder Fleck sein.«

»Was ist das?« Der Buchrücken besagte, dass der Wälzer sich mit der Geschichte der Wappenkunde befasste. Die Kanten der Seiten waren bereits fleckig, also musste die Ausgabe schon ziemlich alt sein.

»Das ist dein Tagebuch oder so was in der Art.«

Ein Tagebuch? Wie konnte es sein, dass er ein Tagebuch führte und nichts davon wusste?

Offenbar schien Coira seine Zweifel zu spüren, denn sie schlug die erste Seite auf. Zu Lukes Überraschung entdeckte er, dass die Titelseite mit seiner eigenen unleserlichen Handschrift bekritzelt war.

Er sorgt dafür, dass du alles vergisst, stand dort. *Aber mit diesen Notizen behältst du deine Erinnerungen. Hier steht alles, was du über diesen Ort und über Crovans Taten wissen musst.*

»Wie kommt es, dass du dieses Tagebuch hast?«, fragte er verwirrt.

»Du hast es eine Weile unter deinem Kopfkissen aufbewahrt, aber dann hattest du Angst, Crovan würde es dir wegnehmen oder Blake oder Devin könnten es zerstören. Außerdem …« – sie gestattete sich ein schiefes Grinsen – »… hast du gesagt, dass du einen steifen Hals bekommst, wenn du darauf schläfst.«

Luke drehte das Buch um. Ein Papierbogen war um die Rückseite gefaltet. Darauf hatte er ein paar Zeilen in unübersehbaren Großbuchstaben geschrieben, als hätte er seine zukünftigen Zweifel vorausgeahnt: MACH JEDEN TAG NOTIZEN IN DIESEM BUCH. ES IST ALLES REAL. VERTRAUE DEM, WAS HIER DRINSTEHT, UND NICHT DEINEN ERINNERUNGEN.

»Das, was er dir antut, beeinträchtigt deine Erinnerungen«, sagte Coira. »Du verlierst jeden Tag ein Stück – manchmal sogar mehr. Einige der Erinnerungen kehren zurück, andere nicht. Deshalb hast du dieses Tagebuch als Gedächtnisstütze geführt – allerdings vergisst du manchmal auch, dass es überhaupt existiert. Lies ein paar Seiten darin. Ich muss wieder raus und beim Aufräumen helfen, aber wenn ich fertig bin, komme ich wieder her.«

Luke setzte sich, lehnte sich gegen die Regale und begann zu lesen.

Jackson und Angel sind hergekommen, um mich zu retten. Abi war bei ihnen … Devin hat den Doc erschossen – um Crovan zu verteidigen. Coira & ich haben den Doc durch die Letzte Tür geschoben.

Aber da war noch mehr. Ganze Seiten voller Notizen. Sämtliche Einträge, die alle mit einem Datum versehen waren, hatte er während des letzten Monats selbst vorgenommen. Einige waren sehr detailliert – eine lange Gedankenkette über die Halsbänder der Haussklaven und Verurteilten, die Luke überflog. *Kannst du überspringen, ist nämlich zwecklos*, stand über einer Seite, auf der er sich offenbar mit dem Boot befasst hatte, das Lebensmittel auf die Insel brachte. Ein paar Seiten weiter fand er eine Zusammenfassung darüber, was man ihm vorwarf – den Mord an Kanzler Zelston –, und über den Verlauf seiner Gerichtsverhandlung. Eine Seite trug die Überschrift *Devin*, und er hatte einen Satz darübergekritzelt und ihn zusätzlich unterstrichen: *Kurzversion: kein netter Mann.* Ein anderer Abschnitt mit dem Titel *Blake* war noch knapper zusammengefasst: *Monster.*

»Ich darf wohl nicht hoffen, dass das hier ein kunstvoll eingefädelter Scherz ist, oder?«, fragte er Coira, als sie nach einiger Zeit zurückkam. Ihm schwirrte der Kopf vom Versuch, die vielen Informationen verstehen zu wollen. Aber sein Herz hätte das eine oder andere gern wieder vergessen. »Vermutlich könnte Julian meine Handschrift fälschen. Oder steht hier auch etwas über ihn drin, das ich bisher übersehen habe?«

»Nein, nichts über Julian«, sagte Coira. »Crovan weiß, dass er dein Freund ist. Also spart er sich die große Offenbarung vermutlich auf, bis es so richtig weh tut.«

»Es gibt irgendwas zu offenbaren?«

»Dieses Gespräch haben wir bereits geführt. Ich weiß es wirklich nicht.«

»Aber du brauchst so was nicht zu führen?« Luke blätterte durch das Tagebuch. »Crovan nimmt dir nicht deine Erinnerungen?«

»Nicht die alltäglichen. Er hat mir nur die entscheidende Erinnerung genommen: den Grund dafür, warum ich hier bin. Aber inzwischen redet er nicht mehr mit mir oder verlangt auch nicht mehr, mich zu sehen. Er schaut direkt durch mich hindurch. Ich bin nur deshalb für den Ablauf des Haushalts verantwortlich, weil ich schon so lange hier bin.«

»Aber an dir ist irgendetwas anders. In dieser Burg sind alle entweder Täter oder Opfer – zumindest steht das hier drin.« Luke hielt das Buch hoch. »Die Halsbänder verhindern, dass die ›Diener‹ die ›Gäste‹ verletzen können, aber nicht umgekehrt.«

Bei der Erinnerung an das, was er kurz zuvor gelesen hatte, drehte sich ihm der Magen um. Crovans »Gäste« wurden von ihm persönlich gefoltert und konnten ihre eigenen sadistischen Triebe wiederum an den »Dienstboten« auslassen. An allen, außer an Coira.

»Du gehörst nicht zu den Gästen. Aber niemand kann dir weh tun, so wie den anderen Dienstboten. Du bist etwas Besonderes. Warum?«

»Ich hab keine Ahnung.« Coira zögerte. »Du weißt ja, dass ich hierhergekommen bin, als ich noch sehr jung war. Aber ich kann nicht sagen, wann genau. Mir fehlt jede Erinnerung an ein Leben davor. Allerdings muss ich als kleines Kind vollkommen wehrlos gewesen sein. Also hat er das vermutlich gemacht, um mich zu schützen.«

Lukes Gedanken überschlugen sich. Die bloße Idee, dass jemand nichts anderes kannte als diese Burg, dieses Schmuckkästchen des Grauens … Das war einfach unvorstellbar. Er dachte an sein Elternhaus in Manchester zurück, wo Daisy immer durch den Garten getobt war und Dad in der Auffahrt an irgendwelchen Autos gebastelt hatte. Wie wenig hatte er sein damaliges Leben und die schiere, todlangweilige Normalität des Ganzen zu schätzen gewusst. Wo war Coiras Familie?

Und dann dämmerte es ihm – der Grund, weshalb Coira vermutlich keinerlei Erinnerungen an eine Zeit vor Eilean Dòchais hatte.

»Was ist, wenn du hier auf die Welt gekommen bist? Wenn deine Mutter die Gefangene war und nicht du?«

»Luke, ich hab dir schon bei deiner Ankunft erzählt, dass ich wie alle anderen hier eine Verbrecherin bin. Ich erfinde das nicht, Crovan hat es selbst gesagt. Zwar hat er mir nie erklärt, was ich getan habe, aber er meinte, es wäre schrecklich gewesen. ›Das schlimmste Verbrechen überhaupt‹ – das hat er gesagt. Und was kann er sonst damit meinen, als ein anderes Kind zu töten?«

»Hast du die anderen schon gefragt, ob sich irgendjemand an deine Ankunft hier erinnert? Und daran, wie alt du damals warst und was über dich berichtet wurde?«

Coira wandte das Gesicht ab. Eine braune Strähne löste sich aus den hochgesteckten Haaren. Am liebsten hätte Luke die Hand ausgestreckt und sie hinter ihr Ohr geschoben, doch stattdessen fummelte er mit dem Buch herum, um sich daran zu hindern, irgendetwas Dummes zu tun. Als Coira ihn wieder ansah, weckte der gequälte Ausdruck in ihren Augen in ihm den Wunsch, er hätte die Frage nie gestellt.

»Es gibt niemanden mehr, den ich fragen könnte. Alle, die während meiner Kindheit hier waren, sind entweder gestorben oder durch die Letzte Tür gegangen oder wissen nicht mal mehr, wer sie selbst sind. Lavinia war eine der Ersten, aber sie erinnert sich an nichts anderes mehr als an das, was der ›geliebte Braby‹ zum Frühstück und im Bett mochte.«

Dieses Mädchen besaß keinerlei Wurzeln, nichts, das sie irgendwo verankert hätte. Keine Eltern, die einen mit peinlichen Kindheitserlebnissen liebevoll aufzogen; keine Geschwister zum Streiten, Hänseln oder gelegentlichen Herzerwärmen. Abi hatte Luke immer bei den Vorbereitungen für seine Prüfungen geholfen. Und Daisy hatte ihn aus Millmoor rausgeholt. Ihm fehlte seine Familie so sehr.

Luke hätte Coira gern versprochen, er würde ihr Geschichten von ihrer gemeinsamen Zeit auf Eilean Dòchais erzählen, wenn sie eines Tages weit weg von hier waren. Dann hätte sie endlich jemanden, mit dem sie eine gemeinsame Vergangenheit verband. Doch er fürchtete, dass seine Worte irgendwie falsch und unheimlich klingen würden. Und außerdem: Es war ja nicht so, als ob ihr Leben hier mit Crovan reichlich Material für schöne Erinnerungen liefern würde.

Crovan. Offenbar hatten sie beide denselben Gedanken, denn Coira warf einen Blick auf die Uhr.

»Fünf vor zehn. Du musst los, um dir die Neuigkeiten anzuhören. Ich schätze, der Neuankömmling hat was damit zu tun.«

»Wir haben einen Neuankömmling?«

»Vor einer Viertelstunde ist drüben ein Hubschrauber gelandet«, sagte sie, nahm das Buch und steckte es ein. »Und du weißt ja: Wir bekommen hier keine Besucher. Alles andere wäre ein zu großer Zufall.«

Luke geriet in Panik. Bitte nicht wieder Angel. Und nicht mit Abi im Schlepptau. Wenn es nach ihm ginge, würde sich seine Schwester diesem Ort nicht mal auf hundert Kilometer nähern.

Hastig lief er aus der Küche und die Treppe zu Crovans Privaträumen in der Spitze des Turms hinauf, wobei er immer zwei Stufen auf einmal nahm. Devin wartete bereits mit der Taschenuhr in der Hand vor der Tür.

»Wieder mal auf den letzten Drücker.«

Kein netter Mann, ermahnte Luke sich.

Luke wurde in Crovans Räumlichkeiten eingelassen. Der Lord von Eilean Dòchais saß an seinem Schreibtisch am Fenster und blätterte in irgendwelchen Unterlagen.

»Danke, Devin«, sagte Crovan. »Bitte schick das Mädchen mit einer Kanne Kaffee für meinen Gast hoch. Sorge dafür, dass der Kaffee wirklich heiß ist.«

Devin verneigte sich servil und zog sich zurück.

»Also, Hadley«, setzte Crovan an und musterte Luke durch seine Brille, deren Gläser irritierend milchweiß schimmerten, da sie das Licht des bewölkten Himmels vor dem Fenster spiegelten, »interessante Neuigkeiten. Allem Anschein nach hat Lord Rix während seiner Verhaftung gestanden, dass er für das Attentat auf Kanzler Zelston und den versuchten Mord an Lord Jardine verantwortlich war.«

Luke konnte es kaum glauben. Ein Geständnis von einem Ebenbürtigen? Hoffnung keimte in ihm auf. Er hatte ihr während der ganzen Wochen bewusst keine Nahrung gegeben, denn wenn man sich an einem Ort, an dem es kein Erbarmen und von dem es kein Entrinnen gab, zu hoffen gestattete, dann war das mit Sicherheit der schnellste Weg in den Wahnsinn.

Doch dann vernichtete Crovan natürlich – natürlich! – mit seinen nächsten Worten dieses zarte Pflänzchen: Er riss die

Hoffnung mit ihren Wurzeln aus und warf sie ins lodernde Feuer. Denn genau das war nun mal die Art bösartiger, magischer Sadisten.

»Bedauerlicherweise ist Rix jedoch in der Haft verstorben, deshalb ist die Frage nach deiner Beteiligung an dem Vorfall nach wie vor ungeklärt. In Anbetracht deiner gewalttätigen, aufrührerischen Aktivitäten in Millmoor bleibt deine Verurteilung bestehen und die Akte wird nun geschlossen, schreibt Mistress Bouda. Des Weiteren weilt Meilyr Tresco natürlich nicht länger unter uns und kann nicht mehr für Strafmilderung plädieren. Du scheinst ein gefährlicher junger Mann zu sein, Luke Hadley: Nicht nur ein, sondern gleich zwei Ebenbürtige haben nach einem Kontakt mit dir ihr Leben verloren.«

Beim Gedanken an Jackson wurde Luke schwer ums Herz, und die Rädchen in seinem Hirn drehten sich wie wild beim Versuch, Crovans Worte zu verarbeiten. Aber sein Mund machte noch immer, was er wollte.

»Es wäre mir ein Vergnügen, die Zahl gleich auf drei zu erhöhen, wenn Sie wollen.«

Crovan lachte höflich. Aus dem Ohrensessel, dessen Rücken Luke zugewandt war, ertönte weiteres Gelächter.

»Du bist ja so geistreich. Ach, hast du das Platschen gehört?« Crovan drehte sich mit fragender Miene zum Fenster. Luke hatte nichts gehört, doch die Ebenbürtigen hatten schließlich hochsensible Sinnesorgane. »Das muss dein Schlüssel zur Freiheit gewesen sein, der den ganzen Weg hinab bis auf den Grund meines wunderschönen Loch nan Deur gesunken ist.

Kein Verteidiger. Keine Zeugen. Jetzt gehörst du mir mit Haut und Haaren, Hadley. Oder sollte ich sagen, ›uns‹? Du erinnerst dich doch sicher an meinen Gast.«

»Hallo, Luke.«

Als der dunkle Lockenkopf um die Seite des Ohrensessels schaute, erkannte Luke, dass er eigentlich hätte wissen müssen, wer da saß.

»Silyen.«

Der Ebenbürtige schwang beide Beine über die Lehne des Sessels und sprang auf.

»Habe ich dir gefehlt, Luke? Und übrigens: Es heißt ab jetzt ›Lord Silyen‹.«

Die Verleihung eines Titels hatte nichts an Silyens Erscheinungsbild verändert. Er wirkte so zerzaust wie immer, und unter seinen schwarzen Augen zeichneten sich dunkle Ringe ab. Wie um alles in der Welt war er an diesen Titel gekommen?

»Ich nehme nicht an, dass Sie Ihren Vater und Ihre Brüder ermordet haben, oder?«

»Luke.« Die Stimme des Ebenbürtigen hatte einen tadelnden Unterton. »Wir mögen zwar kein Musterbeispiel für familiäre Zuneigung sein, so wie ihr Hadleys, aber selbst ich habe meine Grenzen. Nein, Lord Rix hat mich nach den Ereignissen auf Kyneston großzügigerweise als seinen Erben adoptiert. Und vor wenigen Tagen war er so rücksichtsvoll und ist in der ›Obhut‹ meiner Schwägerin gestorben. Ich bin mir sicher, dass sie vorsichtiger gewesen wäre, wenn sie das Ganze vorher zu Ende gedacht hätte … aber so ist es nun mal.

Also stehe ich jetzt als der neue Lord von Far Carr vor dir. Die Amtseinsetzung ist in wenigen Tagen, aber ich dachte, ich statte Lord Crovan zuerst einen Besuch ab, bevor ich nach London reise. Vater plant irgendeinen grässlichen Festzug, um die Tatsache zu feiern, dass wir inzwischen alle einen Sitz im Haus des Lichts haben. Denn du musst wissen, dass Mummy und Jenner Orpen Mote erben – jetzt, da auch meine Tante Euterpe nicht mehr unter uns weilt.«

Bildete Luke sich das ein oder zeichnete sich tatsächlich so etwas wie eine Gefühlsregung auf Silyens kantigem Gesicht ab?

Aber natürlich hatte er sich das bloß eingebildet.

Im nächsten Moment klopfte es an der Tür. Das musste der bestellte Kaffee sein. Und Luke wusste auch, wer »das Mädchen« war, das ihn hereinbringen würde. Es gefiel ihm nicht, dass Coira hier mit diesen beiden Ebenbürtigen in einem Raum sein würde. Und noch weniger gefiel ihm die Vorstellung, dass Silyen auch nur einen Blick auf sie warf. Es war noch nie etwas Gutes dabei herausgekommen, Silyen Jardines Aufmerksamkeit zu erregen.

Aber ein warnender Laut von Crovan ließ Luke abrupt innehalten, als er in Richtung Tür gehen wollte. Deshalb blieb ihm nichts anderes übrig, als stumm zuzusehen, wie Coira den Raum mit einem Tablett betrat, auf dem eine dampfend heiße Kaffeekanne stand.

»Wo soll ich den Kaffee abstellen, Mylord?«, wandte sie sich mit gesenktem Blick an Crovan.

»Wie wär's, wenn du ihn mir bringst?«, bemerkte Silyen.

Also ging sie zu ihm, die Augen noch immer fest auf den üppigen Orientteppich geheftet. Vermutlich hatte sie eine hervorragende Sicht auf die dreckigen Stiefel des neuen Lords von Far Carr. Silyen streckte die Hand aus und nahm die Tasse vom Tablett.

Dann hielt er sie erwartungsvoll hoch. Luke wusste ganz genau, was er als Nächstes tun würde. Er konnte es Silyens selbstgefälligem Grinsen ansehen.

Als Coira die Kanne anhob, hob Silyen seine Tasse. Ein klein wenig höher und danach noch etwas höher. Schließlich musste sie den Kopf heben, um nachzusehen, wohin sie den Kaffee goss.

Luke juckte es in den Fingern, Silyen für dieses arschige Verhalten eine Ohrfeige zu verpassen. Doch dann sah er, wohin der Blick des Ebenbürtigen gerichtet war. Er schaute – im Gegensatz zu seinem ältesten Bruder – nicht lüstern auf Coiras Gesicht, sondern auf das goldene Band an ihrer Kehle. Während die Männer auf Eilean Dòchais ihre Bänder in der Regel unter Hemd und Krawatte verbargen, gab Coiras schlichtes schwarzes Kleid die Sicht auf ihren Hals frei.

Als Silyen die Hand ausstreckte und Coiras Halsband berührte, keuchte sie auf und zuckte zurück. Luke musste sich zusammenreißen, um nicht die Nerven zu verlieren. Aber Crovan sprang von seinem Stuhl hinter dem Schreibtisch auf.

»Fass sie nicht an«, fauchte er seinen Gast an.

»Ach, tut mir leid«, sagte Silyen in seinem üblichen Tut-mir-überhaupt-nicht-leid-Tonfall. »Ich war bloß neugierig. Die Wirkung des Halsbands ist auf dieses Anwesen beschränkt, oder? Ich erinnere mich daran, dass Dog keines mehr besaß, als er zu Hypatia kam. Hast du schon davon gehört, dass er nach dieser Geschichte in unserem Ballsaal ausgerissen ist? Er ist ja so ein ungezogener Hund.

Also, wie genau stellst du das mit den Bändern an? Basiert deren Funktionsweise auf den Prinzipien von Gruachs Halsband? Ich habe auf Kyneston etwas Ähnliches eingesetzt, aber natürlich ohne das Halsband.« Silyens Blick schweifte zu Luke und verweilte dort einen Moment. »Vielleicht kann ich ja noch etwas dazulernen.«

»Coira, lass uns allein«, befahl Crovan.

»Danke für den exzellenten Kaffee«, sagte Silyen, leerte den dampfenden Inhalt der Tasse in einem Zug und stellte diese wieder auf das Tablett. »Genau das habe ich nach diesem grauenhaften Hubschrauberflug gebraucht. Wie um alles in der Welt ertragen es die Leute nur, so zu reisen? So unnatürlich.«

Er schenkte Coira sein strahlendstes Lächeln, doch sie hatte bereits den Kopf gesenkt. Als sie an Luke vorbeihastete, streifte er ihren Arm auf hoffentlich beruhigende Weise.

»Das reicht jetzt. An die Arbeit«, wies Crovan in schroffem Ton an. »Boudas Entscheidung beseitigt alle Bedenken, ihn eines Tages für ein weiteres Verhör im halbwegs präsentablen Zustand vorführen zu müssen. Und die Tatsache, dass wir jetzt wissen, dass Rix ihm Stillschweigen auferlegt hat, könnte uns vielleicht helfen. Hadley, komm her und setz dich. Ich will dich nicht vom Boden hochhieven müssen, wenn du zusammenbrichst.«

Crovan zeigte auf den Ohrensessel, den Silyen verlassen hatte. Aber Luke hatte es nicht eilig, sich zu setzen.

»Was haben Sie vor?«

»Wir suchen nach Antworten«, sagte Silyen und schob sich lässig eine Haarsträhne aus dem Gesicht.

In Lukes umnebeltem Hirn regte sich eine Erinnerung und bahnte sich einen Weg an die Oberfläche.

Die graue Morgendämmerung vor seiner Gerichtsverhandlung. Silyen, der in einem Sessel hockte und ihm etwas zuflüsterte: *Du wirst erst dort, wohin man dich schickt, für mich von Nutzen sein.*

Und eine weitere Erinnerung: in Kynestons Weinkeller, als sich der Atem des Ebenbürtigen in Lukes Ohr gewunden hatte:

Ich habe einige Fragen. Und im Moment bist du meine einzige Chance, darauf ein paar Antworten zu bekommen.

»Antworten worauf?«, fragte Luke und versuchte, seine Stimme zu beherrschen. »Sie haben gerade gesagt, dass jemand das Attentat auf Kyneston gestanden hat … irgendein Lord, der Zelston töten wollte … oder Ihren Vater. Welche Antworten brauchen Sie denn noch?«

»Ach, das sind doch nur Fakten, Luke. Niemand interessiert sich für Fakten. Nein, Arailt und ich möchten herausfinden, ob das Stillschweigen, das Rix dir auf Kyneston auferlegt hat, sich vielleicht aufheben oder brechen lässt. Das Stillschweigen ist eine Art Spezialität meines erfahrenen Freundes hier. Ich bin mir sicher, dass dir seine Begeisterung dafür auch schon aufgefallen ist.« Silyen deutete auf Crovan, der Luke ein wolfsartiges Lächeln schenkte.

»Nach allem, was wir bisher wissen, können das Stillschweigen und die Grabesstille nur von der Person aufgehoben werden, die sie auferlegt hat«, fuhr Silyen fort. »Die Hälfte unserer Welt beruht auf Geheimnissen, die dank *Geschick* verborgen sind. Stell dir nur einmal vor, was wir alles aufdecken würden, wenn wir diese Geheimnisse lüften könnten.

Bei dir wissen wir, wer es getan hat, und was er damit verstecken wollte. Also kennen wir die Eckdaten, mit denen wir es hier zu tun haben. Das sind ideale Testbedingungen.«

»Dafür brauchen Sie mich doch nicht«, protestierte Luke noch, als Crovan ihn fest gegen die Brust stieß und in den Sessel beförderte. »In dieser Burg wimmelt es vor Menschen, denen Ihr Lord das Stillschweigen auferlegt hat. Mit denen können Sie doch Tests durchführen. Oder wenn Sie mehr über die Inhalte herausfinden wollen, warum nehmen Sie dann nicht einfach jemandem die Erinnerung daran, was er zum Frühstück hatte? Damit können Sie doch Ihre Forschungen betreiben, oder?«

»Und ich dachte, du wärst ein Rebell, der sich um das Wohlergehen seiner Mitmenschen sorgt, Hadley«, sagte Crovan. Inzwischen konnte Luke lediglich sein eigenes, von Panik erfülltes und furchtbar verzerrtes Gesicht in den spiegelnden Gläsern seiner Brille sehen. »Aber hier sitzt du nun und versuchst, deine eigene Haut dadurch zu retten, dass du jemand anderen ans Messer lieferst. Es ist genau das, was ich dir bei deiner Ankunft gesagt habe: Du und deinesgleichen wendet euch ohne jeden Grund gegen eure Mitmenschen. Das ist ein Zeichen eurer Unterlegenheit.«

»Was meinen Sie damit? Wieso liefere ich jemanden anderen damit ans Messer?«

»Weil diese Art von Nachforschungen das Gehirn des Betreffenden zerstören«, erklärte Silyen Jardine, der neben Lukes Sessel in die Hocke gegangen war. Auch wenn Crovans spiegelnde Brillengläser ihn beunruhigt hatten, empfand er Silyens Blicke als noch viel schlimmer. In ihren Tiefen flackerte so etwas wie goldene Flammen in der Dunkelheit. »Und jetzt sei still … und vergiss nicht, was ich dir versprochen habe.«

Silyen legte einen Finger an seine Lippen, bevor er sich in einem Sessel niederließ, der direkt gegenüber von Lukes Sessel stand. Dann stützte er das Kinn auf die Hand, um zuzusehen.

Aber was glaubte er denn, was er hier zu sehen bekommen würde?

Luke erhielt seine Antwort, als sich sein Rückgrat gegen die Sessellehne presste und sein Kopf durch Crovans brutales Eindringen in seinen Verstand nach hinten flog. Wenn seine Gedanken ein wirres Knäuel bildeten, dann war Crovans *Geschick* wie eine Machete, die sich einen Weg hindurchhackte.

Luke wimmerte. Crovan hatte bereits große Lücken in sein Gedächtnis geschlagen. Von ihm würden nur noch Reste übrig bleiben, wenn er mit ihm fertig war. Jeder Hieb seines *Geschicks* schnitt wie mit heißen Messern durch Lukes Kopf. Aber Crovan genoss es, anderen Schmerzen zuzufügen. Er folterte die Verurteilten rein zu seinem Vergnügen. Warum sollte das hier in irgendeiner Form anders sein?

Doch dieses Mal war es anders. Es war schlimmer.

Er spürte den Schmerz in jeder Faser seines Körpers – als hätte man sein gesamtes Blut abgelassen und durch das ätzende Wasser des Loch nan Deur ersetzt. Seine Finger zuckten nutzlos, und seine Halsschlagader pulsierte wie ein Presslufthammer. Von Krämpfen geschüttelt, bäumte sich sein Rücken erneut gegen die Sessellehne und Tränen – Schweiß? Rotz? – liefen ihm über die Wangen.

Luke hasste sie. Mit seinem letzten klaren Gedanken hasste er die Ebenbürtigen.

Du musst … sie hassen. Um sie zu besiegen, hatte Dog gesagt.

Damals hatte er Dog als einen Verrückten abgetan.

Doch jetzt wusste er, dass der Mann recht hatte. Zumindest zur Hälfte – denn es bestand keine Chance, die Ebenbürtigen zu besiegen.

Im nächsten Moment verlor Luke das Bewusstsein.

Als er die Augen öffnete, konnte er nicht richtig sehen. Ein paar Sekunden lang hatte er das Gefühl, wieder in dem Transporter zu liegen, der ihn aus Millmoor herausgebracht hatte –

orientierungslos in der Dunkelheit. Damals hatte er auch Angst gehabt, war sich allerdings sicher gewesen, dass er sich nicht unterkriegen lassen würde, was auch immer ihn erwartete. Aber dieses Mal würde ihm das nicht gelingen.

In diesem Moment erkannte er jedoch, dass die Schmerzen nicht mehr da waren.

Oder dass er sie zumindest nicht mehr spürte – falls man überhaupt Schmerzen haben konnte, die man nicht spürte. Was Luke aber nicht ganz glauben mochte.

Rasch blinzelte er ein paarmal, um besser sehen zu können. Seine Sicht verbesserte sich, doch die Farbe fehlte. Er sah alles monochrom. Allerdings nicht in Schwarz und Weiß, eher dunkel und hell.

Er stand auf einer wogenden Wiese, die sich so weit erstreckte, wie das Auge reichte. Dahinter, wo er nichts mehr sehen konnte, lagen Berge – irgendwie wusste er das. Und wenn er den Kopf drehen würde, würde er dort Bäume erblicken.

Langsam drehte er sich um … und musste gegen das, was er sah, heftig anblinzeln. Zwei leuchtende Lichtscheine, fast unerträglich hell. Der eine zuckte hin und her, wie Blitze vor einer hohen, dunklen Wand. Bei dem anderen handelte es sich um eine strahlende Sonne. Luke hielt schützend eine Hand vor die Augen, und in diesem Moment bemerkte er, dass sich ein flammender Faden auf ihn zubewegte.

Erstaunt streckte er die Hand aus, um den Faden vorsichtig festzuhalten. Er wollte ihn nicht zerbrechen. Der Faden hob und senkte sich unter seiner Berührung – fein, aber stark, wie goldene Spinnenseide.

Als Luke sich wieder umdrehte, stand da plötzlich jemand: ein junger Mann mit wild zerzausten Haaren. Seine Hand ruhte auf dem Hals eines riesigen Hirschs, dessen gewaltiges Geweih zahlreiche spitze Enden besaß. Über ihm stieß ein am Himmel kreisender Adler einen Schrei aus.

Luke erschauderte. Wer war dieser Mann? Seine Augen wurden zu Schlitzen – als ob das irgendeinen Unterschied machen würde. Handelte es sich um eine Traumversion von Silyen? Denn er träumte doch garantiert nicht von Silyen Jardine, oder? Bitte nicht!

Nein. Was Luke für zerzauste Haare gehalten hatte, entpuppte sich als ein Nest aus Zweigen und Blüten, die um den Kopf dieses Mannes gewoben waren wie das Spielkrönchen eines Kindes. Er hatte die Finger tief in das dicke Genickfell des Hirschs gegraben und tätschelte mit der anderen Hand dessen Nüstern. Der Mann war älter, als Luke auf den ersten Blick gedacht hatte, und dennoch ließ sich sein Alter unmöglich abschätzen.

Seine Augen leuchteten golden, wie die einer Eule.

Eine elektrisierende Mischung aus Furcht und Freude jagte durch Lukes Körper. Am liebsten wäre er vor dem Mann davongelaufen. Gleichzeitig wäre er am liebsten vor ihm niedergekniet und hätte ihm ewige Treue geschworen. Am liebsten hätte er ihn an der Schulter gepackt, wie einen Kameraden, und ihm in die Augen gesehen.

»Bin ich tot?«, platzte Luke schließlich heraus. »Oder hab ich den Verstand verloren und bilde mir das hier alles nur ein?«

»Weder noch.«

»Wo sind wir?«

»Genau hier.« Die Stimme hatte einen leichten Akzent und klang etwas belustigt.

Der Mann gab den Hirsch frei, der daraufhin schnaubte und

ein paar Schritte weitertrottete. Luke konnte hinter den beiden, in der Mitte der Wiese, die schwach leuchtenden Umrisse einer Tür ausmachen – so, wie während seiner Kindheit, als seine Eltern nachts im Flur vor seiner Schlafzimmertür ein sanftes Licht hatten brennen lassen.

Entschlossen griff der Mann nach der Tür und zog sie auf. Luke schnappte nach Luft.

Er sah sich selbst: zusammengesackt und bleich in einem Ohrensessel. Seine schweißfeuchten Haare klebten ihm an der Stirn. Vor dem Fenster zeichnete sich Crovan als Silhouette ab, während Silyen Jardine neben Luke hockte und seine Fingerspitzen auf Lukes Kiefer drückte.

»Du siehst: Wir sind ganz nah«, sagte der Mann und deutete mit dem Kopf auf die Tür.

Ein Adler ging in den Sturzflug und schrie. Der Mann – der König, wie Luke in diesem Moment erkannte, auch wenn er sich nicht sicher war, woher er das wusste – streckte seinen Arm aus, und dann landete der Greifvogel mit flatternden Schwingen darauf.

»Geh nun«, sagte der König. Obwohl diese Aufforderung das Letzte war, was Luke sich in diesem Moment wünschte, gehorchte er und trat durch die Tür.

Er blinzelte, öffnete die Augen und sah, dass Silyen ihn mit triumphierender Miene musterte. Luke zuckte zurück und drückte sich tiefer in den Sessel. Er hatte Kopfschmerzen, und sein Puls dröhnte ohrenbetäubend laut.

Crovan nahm ein Blatt Papier vom Schreibtisch, zerknüllte es verärgert und warf es beiseite. »Unergiebig«, knurrte er.

»Ach«, erwiderte Silyen und strahlte dabei übers ganze Gesicht, »das würde ich nicht sagen.«

19

Abi

Faiers hatte Wort gehalten – aber es hatte nicht gereicht. Jetzt war Rix tot, und das war alles nur Abis Schuld.

Okay, der Mann hatte das Leben ihres Bruders zerstört und Zelston getötet – den Kanzler, der auf seine eigene umständliche Weise versucht hatte, die Lebensumstände der Gewöhnlichen zu verbessern.

Doch Abi war diejenige, die Rix' Identität gegenüber Jon Faiers preisgegeben hatte. Faiers hatte diese Information an Bouda Matravers weitergeleitet. Bouda hatte Rix festnehmen und verhören lassen – und irgendwie war dieser dabei ums Leben gekommen. Was auch immer letztendlich mit Rix passiert sein mochte, diese Kette von Ereignissen hatte bei Abi ihren Anfang genommen. Der Gedanke machte ihr sehr zu schaffen.

Wenigstens hatte der Ebenbürtige vor seinem Tod gestanden, also hatte Abi keinen Unschuldigen verleumdet. Aber sie hatte ihren Bruder auch nicht entlasten können.

Langsam setzte sie sich auf der Campingliege auf, die Faiers für sie organisiert hatte, und sah sich in der schmuddeligen Dachkammer seines Hauses in Hackney um. Der Raum war bis zum Rand mit Aktenschränken vollgestopft, die Faiers' Fallstudien enthielten.

Der Sohn der Sprecherin hatte ihr gezeigt, auf welche Weise die Namen bearbeitet und durch Querverweise mit Unterlagen an einem anderen Ort verknüpft waren, damit niemand gefährdet wurde, falls die Akten jemals beschlagnahmt werden sollten. Danach hatte er Abis Handy genommen und dessen Software geknackt. Die Leichtigkeit, mit der er und Leute wie Asif, Hilda und Tilda darüber redeten, Sicherheitseinrichtungen und Überwachungskameras zu umgehen, machte Abi klar, wie viel sie noch zu lernen hatte.

Faiers war inzwischen seit mehreren Tagen fort. Er hatte Abi angerufen und hastig erklärt, was mit Rix passiert war, woraufhin sie die Freisprechanlage eingeschaltet hatte, damit Midsummer und Renie mithören konnten. Renie hatte Abi fest umarmt, als sie erfuhren, dass Rix' Geständnis nicht genügt hatte, um Luke freizubekommen.

»Aber wenigstens hat sich eine unserer Hoffnungen erfüllt«, fuhr Faiers fort. »Mistress Bouda war beeindruckt, dass ich ihr diese Informationen verschafft habe, und hat mich daher in ihren festen Mitarbeiterstab aufgenommen. Denkt nur mal darüber nach, an welche Stelle uns das bringt – mitten in die Säuberungsaktionen der Sklavenstädte. Ich werde auch an ihrer Seite sein, wenn Jardine sie zur Vorsitzenden des Justizrats ernennt. Dann können wir von dort aus Druck ausüben, um Lukes Freilassung zu erwirken.«

»Glaubst du ernsthaft, dass Jardine eine Frau ernennen wird?«, fragte Midsummer. »Und den Posten nicht für sich selbst will?«

»Nach allem, was ich gesehen habe, langweilt ihn derartiger Detailkram. Er liebt die Vorstellung von Macht und weniger deren direkte Ausübung. Außerdem hat Bouda eine ziemlich große Anhängerschaft. All diese tumben Mitglieder des Landadels.«

Am nächsten Tag rief Faiers erneut an, um ihnen mitzuteilen, dass es im Bore planungsgemäß zu Unruhen gekommen war.

»Am besten reist du schnell nach Hause, Midsummer«, empfahl er der Ebenbürtigen. »Es hat bereits mehrere Verhaftungen gegeben … sieben Männer bisher … aber wahrscheinlich werden weitere folgen. Man bringt sie nach London. Abi, Midsummer wird eine Reihe von Leuten aus dem Bore herausschmuggeln müssen, bevor auch sie verhaftet werden. Du kannst mir dabei helfen, sie in sicheren Verstecken unterzubringen.«

»Nicht im Ausland?«, fragte Renie. »Dorthin, wo der Doc Oz geschafft hat?«

»Und was hat Oz getan?«, erwiderte Faiers am anderen Ende der Leitung. »Er ist postwendend zurückgekehrt, weil hier mehr als genug Arbeit anliegt. Das, was im Bore passiert ist – die Zerstörung der Ernte und Infrastruktur –, war Sabotage im großen Stil. Mistress Bouda wird das überall publik machen wollen, sowohl die Gesetzwidrigkeiten als auch ihren Erfolg bei der Jagd nach den Tätern. Sie und Jardine werden das ausnutzen, um noch härte Maßnahmen durchzusetzen.

Aber das hier könnte unsere Chance sein. Vielleicht sind wir ja auf dem Weg zu einer ganz großen Sache. Wenn es Bodina Matravers gelingt, in Riverhead für Unruhen zu sorgen, und es im Bore zu weiteren Aktionen kommt, könnte das als Katalysator für London dienen. Ohne die Hauptstadt erreichen wir nicht die geringste Veränderung.«

Midsummer und Renie hatten direkt danach Vorbereitungen für ihre Abreise getroffen. Abi hörte, wie die junge Ebenbürtige mit ihrer Mutter telefonierte und sich Faiers' Bericht bestätigen ließ. In der Küche heftete Renie sich an Abis Fersen.

»Diese Aktion heißt nicht, dass Luke vergessen wird, das weißt du doch, oder? Denn keiner von uns wird ihn vergessen. Vielleicht hat Jon recht, und er kann Bouda Matravers davon überzeugen, Luke freizulassen. Vielleicht müssen wir aber auch gegen das gesamte korrupte System kämpfen, damit sich was ändert. Aber wir werden uns darum kümmern. Luke ist hart im Nehmen; er hält schon durch. Und der Doc ist nicht umsonst gestorben.«

Tränen schnürten Abi die Kehle zu, als sie die Arme um Renie schlang. Sie war unglaublich stolz auf ihren Bruder, dass er solche Freundschaften geschlossen hatte. Doch sie würde nicht zulassen, dass sich noch mehr seiner Freunde seinetwegen in Gefahr brachten. Und schon gar nicht dieses wild entschlossene Kind.

Danach waren die beiden aufgebrochen, und Abi war allein in Hackney zurückgeblieben. Durfte sie das Risiko eingehen, das Haus zu verlassen? Sie war sich nicht sicher, aber sie würde nicht das Geringste verändern, wenn sie sich hier hinter den schäbigen Gardinen versteckte.

Also befolgte sie die Anweisungen, die Hilda und Tilda ihr eingetrichtert hatten, um die Überwachungskameras auszutricksen: Frisur, Make-up, Brille, Schal und Hut. Die beiden hatten ihr auch beigebracht, wie sie sich halten und ihr Gesicht so anwinkeln musste, dass sie sich noch umschauen konnte, ohne von irgendwelcher Gesichtserkennungssoftware erfasst zu werden. Abi hoffte inständig, dass Asif ihre Eigenvektoren – oder wie auch immer das hieß – in der Datenbank des Sicherheitsdienstes grundlegend verzerrt hatte.

Anschließend war sie den ganzen Tag und bis tief in die Nacht durch Londons Straßen gelaufen. Natürlich wollte sie nicht vom Sicherheitsdienst geschnappt werden – ihr schlug das Herz bei jedem Schritt bis zum Hals. Doch falls sich herausstellen sollte, dass sie ein leichtes Ziel war, dann war es besser, wenn man sie allein auf der Straße verhaftete, damit sie nicht noch andere in Gefahr brachte.

An einem Stand war sie stehen geblieben, hatte einen Becher Kaffee gekauft und eine Ausgabe der kostenlosen Abendzeitung mitgenommen. »DER BORE BRENNT«, lautete die Schlagzeile über einem Flammenmeer. Eifrig hatte sie den Artikel studiert, aber das, was sie auf der nächsten Seite entdeckte, verschlug ihr die Sprache. Als Anschauungsmaterial hatte man ein Foto von Jenner abgedruckt. Abi las den Artikel zweimal; dann riss sie die Seite heraus und steckte sie in ihre Tasche.

Gegen Mitternacht war sie nach Hackney zurückgekehrt. Der Osten Londons erforderte nach Anbruch der Dunkelheit höchste Wachsamkeit. Doch niemand wuchs in Manchester auf, ohne den Unterschied zwischen den Straßen zu kennen, auf denen man sich auch nachts bewegen konnte, und denen, die man am besten mied. Abi schaffte es zu Faiers' Haus und sank schließlich erschöpft auf ihre Campingliege. Es gelang ihr sogar, die Nacht durchzuschlafen, ohne von Albträumen über Kyneston oder Eilean Dòchais geweckt zu werden.

Und jetzt saß sie hier.

Sie machte sich Frühstück und dachte über ihre verschiedenen Möglichkeiten nach. Sobald Faiers zurückkehrte, wartete jede Menge Arbeit auf sie. Sie sehnte sich danach, endlich etwas Sinnvolles tun zu können. Denn dann hatte sie keine Zeit, nervös zu werden oder sich ununterbrochen Sorgen zu machen – nicht nur wegen Luke, sondern auch wegen Daisy und ihrer Eltern.

Dann hatte sie keine Zeit, Jenner zu vermissen.

Aber Faiers war noch nicht zurückgekehrt. Was bedeutete, dass sie heute andere Pläne schmieden konnte. Abi klappte die zusammengefaltete Zeitungsseite auseinander und strich sie glatt. Für zwei Uhr nachmittags hatte man eine Gedenkfeier für Euterpe Parva angesetzt, die in der ehemaligen Königinnenkapelle stattfinden sollte. Auf dem Programm standen zwei Sprecher: die Schwester der Verstorbenen und ihr Neffe. Dabei handelte es sich um Orpen Motes neue Lady und ihren Erben: Thalia Jardine und Jenner.

Der Gedanke an Jenners unerwarteten Adelstitel versetzte Abi einen Stich ins Herz. Er war inzwischen ein Erbe und würde eines Tages ein Lord sein. Die ohnehin schon kaum überbrückbare Kluft zwischen ihnen klaffte jetzt nur noch weiter auf. Als *geschickloser* Zweitgeborener, der von seinen Ebenbürtigen bedauert und missachtet wurde, hatte er sich mit einem Bein in Abis Welt befunden.

Doch jetzt nicht mehr. Jetzt würden junge Ebenbürtige, die ihn bisher keines Blickes gewürdigt hatten, vielleicht die Schande eines *geschicklosen* Ehemannes und das Risiko *geschickloser* Kinder ignorieren und sich mit seiner Erbschaft darüber hinwegtrösten. Vielleicht würde aber auch eine Ebenbürtige, die Jenner um seiner selbst liebte, feststellen, dass sich ihre voreingenommenen Eltern mittlerweile leichter überreden ließen.

Abi hatte Jenner seit seiner Abreise von Highwithel vor mehreren Wochen nicht mehr gesehen. Es war ihr immer bewusst gewesen, dass ihre kleine Romanze keine Chance hatte – schon damals auf Kyneston, als das Ganze nicht mehr als eine Tagträumerei gewesen war. Selbst als sie erkannt hatte, dass er möglicherweise das Gleiche für sie empfand, hatte sie immer das Gefühl gehabt, dass ihre Liebe hoffnungslos war.

Und dennoch klammerte sie sich an eine ebenso aussichtslose Sache: die Hoffnung auf Gerechtigkeit und auf die Freilassung ihres Bruders, der einen Kanzler getötet hatte. Also warum sollte sie sich nicht ebenfalls an diese Hoffnung klammern?

Nein. Sie würde weder Luke noch Jenner aufgeben.

Und sie würde auch die Hoffnung auf ein verändertes und besseres Großbritannien nicht aufgeben, in dem keine dieser beiden Hoffnungen sich wie ein unerreichbarer Traum anfühlte.

Außerdem war es sinnvoll, sich der Menge der Zuschauer anzuschließen: Garantiert wimmelte es dort vor Sicherheitsleuten, also würde der Besuch als weiterer Test dafür dienen, wie gut ihre Tarnung war.

Am Tag zuvor war Abi zu Fuß durch London gestreift. Heute würde sie den öffentlichen Nahverkehr ausprobieren. Allerdings nicht die U-Bahn – sie wusste, wie stark das U-Bahnsystem überwacht wurde –, sondern die roten Doppeldeckerbusse. Inmitten der Touristenmengen würden ihr übertriebener Schal und die Sonnenbrille nicht auffallen.

Die Urlauber knipsten mit ihren Handys ein Foto nach dem anderen, während der Bus um den Gorregan Square herumfuhr. In der Mitte des Platzes stand Admiral Nelsons Statue auf einer hohen Säule und überragte eine Skulpturengruppe der Frauen, deren *Geschick* seinen Sieg ermöglicht hatte. Dann entdeckte ein chinesischer Tourist irgendetwas am anderen Ende von Whitehall, woraufhin die gesamte Gruppe eifrig schnatternd auf die gegenüberliegende Seite des Busses stürmte und das brillant funkelnde Haus des Lichts mit ihren Handys festhielt.

Abi warf einen Blick auf ihren Stadtplan und sprang aus dem Bus, bevor dieser in Richtung Haymarket umgeleitet wurde. Vor ihr hatte die Polizei Pall Mall für den Verkehr gesperrt, aber Fußgänger konnten ungehindert weitergehen. Während Abi durch die Prachtstraße lief, betrachtete sie die klassizistischen Fassaden der Gentlemen's Clubs, die die Straße säumten. Gerüchten zufolge erfreuten sie sich besonders bei den ausschweifenden jüngeren Söhnen großer Beliebtheit, da diese – unbelastet von der Aussicht auf eine Erbschaft oder eine mögliche politische Karriere – sich keine Gedanken um ihren Ruf zu machen brauchten. Das gesamte Areal stank nach den Privilegien der Ebenbürtigen.

Die Kapelle befand sich am hinteren Ende, oberhalb einer geschwungenen Auffahrt. Auch wenn sie sie jetzt zum ersten Mal mit eigenen Augen sah, so kannte Abi ihre lange und abwechslungsreiche Geschichte genau. Das Gebäude war für die französische Gemahlin des Letzten Königs errichtet worden. Nach der Revolution, als die Ebenbürtigen die Kirche aufhoben, gelangte es in den Besitz des Parlaments. Aristide Jardine hatte hier regelmäßig Schauprozesse abgehalten, um geeignete Kandidaten für den Blutmarkt auszuwählen. Nach der Abschaffung des Blutmarkts war das berüchtigte Bauwerk in einen Veranstaltungsort für Konzerte und Theateraufführungen umgewandelt worden.

Und heute diente die ehemalige Kapelle als Ort für eine öffentliche Gedenkfeier – für eine Person, die bei der Bevölkerung keine große Rolle gespielt hatte. Welchen Zweck verfolgten die Jardines mit dieser Zeremonie? Abi hatte das Gefühl, irgendetwas Wichtiges zu übersehen.

Die Menge wurde immer dichter. Abi schätzte, dass bestimmt mehrere Tausend Menschen sich hier versammelt hatten, um die seltene Gelegenheit zu nutzen, einen Blick auf die mächtigste Familie des Landes zu werfen. Was in Bezug auf Abis eigene Sicherheit natürlich großartig war, umgekehrt aber auch bedeutete, dass sie nicht viel sehen konnte. Rasch schlängelte sie sich durch die Menge zu einem erhöhten Aussichtspunkt auf den Stufen des gegenüberliegenden Gebäudes.

Als der Wagenkorso kurz darauf eintraf, stellte Abi sich auf die Zehenspitzen. Jenner war blass und attraktiv. Er trug einen Anzug, der mehr gekostet haben musste, als die meisten Anwesenden im Jahr verdienten, und hatte sich die Haare schneiden lassen, die an den Seiten nun besonders kurz wirkten. Abi stellte sich vor, wie sie sanft unter ihren Fingerspitzen prickeln würden. Seine weinrote Krawatte schimmerte golden – dabei musste es sich um das Muster des feuerspeienden Salamanders der Familie Parva-Jardine handeln.

Der junge Ebenbürtige ging um den Bentley herum, um Lady Thalia die Tür zu öffnen, deren Augen hinter einem kurzen Netzschleier verborgen lagen. Als Jenner seiner Mutter eine Hand auf den Rücken legte, um sie in das Gebäude zu geleiten, sah Abi, wie weiteres Gold aufblitzte – ein Siegelring. Nur Lords, Ladys und deren Erben trugen diese Ringe.

Jenner war nicht länger der junge Mann, der von seiner eigenen Familie ignoriert wurde und mit dem Abi bis spätabends in Kynestons Verwaltungsbüro gearbeitet hatte. Inzwischen hatte er sich von dem Mann, der den ums Überleben kämpfenden Pächtern einen Mietaufschub gewährte, zu diesem Ebenbürtigen entwickelt. Wehmütig erinnerte Abi sich daran, wie sie gemeinsam grinsend Geld von Gavars Kreditrahmen bei den Weinhändlern abgezweigt hatten, um die Sklavenunterkünfte auf Kyneston aufzubessern.

Er war jetzt ein Nachkomme der Gründerfamilie – etwas, das er sich immer gewünscht hatte.

Mutter und Sohn betraten inzwischen die Kapelle, gefolgt von einem Trauerzug. Sämtliche Trauergäste waren elegant gekleidet und hatten trotz ihres Kummers eine kerzengerade Haltung. Abi erkannte viele Gesichter von der Dritten Großdebatte auf Kyneston. Ihr gemeinsames Erscheinen sorgte für Unruhe unter den Zuschauern, von denen die meisten vermutlich noch nie einen Ebenbürtigen aus der Nähe gesehen hatten.

Die Größe der Menge überraschte sie ohnehin. Euterpe Parva hatte ein Leben fern jeder Öffentlichkeit geführt, und Abi hätte angenommen, dass sich jetzt, nach ihrem Tod, nur wenige lobend über sie äußern würden. Aber Zelstons blutiges Ende hatte die Aufmerksamkeit der Öffentlichkeit erregt, und nun war seine zukünftige Braut an gebrochenem Herzen gestorben. Das Ganze bot reichlich von dem Stoff, mit dem die Zeitungen ihre Seiten füllten.

Die Gedenkfeier wurde über Lautsprecher ins Freie übertragen. Mehrere Frauen in der Menge schluchzten. Andere schwenkten rote und weiße Rosen oder warfen sie in Richtung der Kapelle.

Und in diesem Moment dämmerte es Abi endlich.

Whittam Jardine war abrupt an die Macht zurückgekehrt:

dank der parlamentarischen Abstimmung gerade eben noch legitim und durch eine Gewalttat besiegelt. Anschließend hatte er umgehend die Parlamentsbeobachter suspendiert, die Vertreter der Gewöhnlichen. Der Lord von Kyneston hatte auf opportunistische, entschlossene und umfassende Weise in Großbritannien die Macht ergriffen.

Jetzt, da er das Land wieder regierte, beabsichtigte er, um seine Gunst zu werben.

»Wer hätte das gedacht …«, krächzte eine heisere Stimme an Abis Ohr. »Dich hier zu sehen …«

Abi blieb fast das Herz stehen. Wieso war ihr nicht klar gewesen, dass eine große Zuschauermenge auch verstärkte Sicherheitsmaßnahmen bedeuten würde?

Doch dann sah sie, dass es sich nicht um einen Sicherheitsbeamten handelte, sondern um jemanden, der noch viel schlimmer war.

»Mir gefällt … dein neuer Look«, knurrte Dog und hob eine Strähne von Abis jetzt kurzen, dunkel gefärbten Haaren hoch.

Seine Fingernägel streiften über ihren Hals. Abi erinnerte sich, wie er sie in die Haut über ihrem Fußknöchel gegraben hatte, als er sie im Hundezwinger um Hilfe angefleht hatte. Vor ihrem inneren Auge sah sie wieder, wie er die Hundeleine um seine Hände gewickelt und sich danach auf den Weg zu Hypatia Vernay in Kynestons Ruinen gemacht hatte. Der Mann stank, als hätte er seit Tagen irgendwo hinter Müllcontainern geschlafen, obwohl sein Äußeres relativ sauber wirkte.

Sie hatte unzählige Fragen an ihn: Wie war er hierhergekommen? Warum war er hier? Aber im Grunde hatte sie nur einen einzigen Wunsch – sich möglichst weit von ihm zu entfernen. Unwillkürlich malte sie sich aus, wie ihr beider Status als gesuchte Verbrecher Alarmsirenen in sämtlichen Sicherheitssystemen der Stadt auslöste.

»Geh weg«, zischte sie und betete innerlich, dass die umstehenden Zuschauer nicht länger neugierig in ihre Richtung starrten. »Bitte.«

Dog lachte schnaubend. »Keine Sorge. Hab sowieso … andere Pläne.«

Irgendetwas stieß gegen ihr Bein, woraufhin Abi nach unten blickte. Eine kleine Sporttasche baumelte in seiner Hand.

»Bis bald … Abigail.«

Er fletschte kurz die Zähne und bahnte sich dann einen Weg durch die Menge. Vor Erleichterung sackten Abi fast die Beine weg, auch wenn ihr Verstand sich einschaltete und sich Gedanken über die Tasche und ihren Inhalt machte. Früher hätte sie Dog sofort den Sicherheitsbehörden gemeldet. Was auch immer er hier vorhatte: Seine früheren Taten waren so schrecklich, dass er eigentlich weggesperrt gehörte. Aber es wäre absoluter Irrsinn, jetzt einen der Polizisten anzusprechen.

Ihre Finger tasteten nach dem Handy in ihrer Tasche. Sollte sie einen anonymen Anruf tätigen und dann die Telefonkarte wegwerfen? Aber die Gespräche zur Notrufzentrale wurden doch aufgezeichnet, oder nicht? Und vielleicht konnte irgendeine Spracherkennungssoftware ihre Stimme identifizieren. Selbst wenn sie das Handy danach entsorgte, würde die Polizei wissen, dass sie hier war, hier in London.

Aber sie musste unbedingt die Behörden alarmieren – Dogs Anwesenheit verhieß nichts Gutes.

»Entschuldigung«, wandte sie sich an eine der Frauen links von ihr, »könnten Sie mir vielleicht kurz Ihr Handy leihen?

Ich muss dringend jemand anrufen, aber der Akku von meinem Handy ist leer.«

Die Frau zog eine finstere Miene; es war eindeutig, dass sie ihr Smartphone nur ungern herausrücken wollte. Doch im nächsten Moment schwangen die Türen der Kapelle auf, was ihr eine Ausrede lieferte, das Handy hoch zu halten und die heraustretenden Personen zu filmen.

»Tut mir leid, aber ich brauche es selbst.«

Jenner und Lady Thalia tauchten als Erste auf, gefolgt von ein paar weiteren Trauergästen. Doch die Gruppe kehrte nicht zum Wagenkorso zurück, sondern stellte sich im Halbkreis vor dem abgesperrten Bereich gegenüber der Zuschauermenge auf.

Als Jenner einen Schritt vortrat, machte Abis Magen einen Satz. Er wirkte so perfekt und so unendlich weit entfernt.

»Meine Mutter und ich«, setzte Jenner an, dessen Stimme durch ein Ansteckmikro am Kragen verstärkt wurde, »danken Ihnen allen von ganzem Herzen für die Güte und den Respekt, den Sie unserer Familie durch Ihre Anwesenheit heute erwiesen haben.«

Unsere Familie, dachte Abi unglücklich, während sie sich die Worte durch den Kopf gehen ließ.

»Sie alle sollten wissen, dass die Ereignisse der jüngsten Vergangenheit uns vor ebenso große Herausforderungen gestellt haben wie Sie. Kanzler Zelston war ein Mann mit Prinzipien, der immer das Beste für unser Land angestrebt hat. Letztendlich haben seine Bemühungen nicht ausgereicht. Dennoch hatte er dieses schreckliche Schicksal nicht verdient, das ihn durch die Hand eines Terroristen, eines selbsternannten Verfechters der Rechte der Gewöhnlichen, ereilt hat.«

Mein Bruder, dachte Abi, als Jenners Worte wie ein Messer durch sie hindurchschnitten. Er redete von Luke.

»Und nun auch noch der tragische Verlust meiner Tante, die aussschließlich für ihre Familie gelebt hat sowie für den Mann, den sie geliebt hat. Wir mögen zwar Ihre Ebenbürtigen sein, aber unsere Herzen brechen genauso wie Ihre.

Es gibt Personen in diesem Land, die versuchen, einen Keil zwischen uns zu treiben. Die aus ihrem Unmut über die derzeitige Suspendierung der Parlamentsbeobachter keinen Hehl machen. Doch als jemand, der durch den traurigen Tod seiner Tante bald ins Parlament einziehen wird, kann ich Ihnen versichern, dass Ihren Ebenbürtigen das Wohlergehen der kleinen Leute bereits jetzt am Herzen liegt. Und das war nie anders. Auf Kyneston habe ich persönlich darüber gewacht, dass die Unterkünfte der Haussklaven verbessert wurden, und regelmäßig Schulden erlassen, um unseren Pächtern das Leben zu erleichtern.«

In diesem Moment wünschte Abi, sie hätte die Behörden verständigt – nicht wegen Dog, sondern schlicht und einfach deshalb, weil dadurch vielleicht die Menge aufgelöst und diese Rede unterbrochen worden wäre. Denn Abi hatte nicht das Gefühl, noch eine Sekunde länger zuhören zu können. Jenner hatte kein einziges Wort davon selbst geschrieben, da war sie sich ziemlich sicher. Vielleicht hatte sein Vater die Rede verfasst oder sogar Bouda Matravers. Das Ganze klang nach ihrer grausamen, verqueren Logik. Und vielleicht nutzte Jenners Mutter ja gerade in diesem Augenblick ihr *Geschick* dazu, ihn zum Vortragen der Rede zu zwingen.

Abi hörte, wie die Frau neben ihr einer Freundin etwas zutuschelte: »Er ist irgendwie süß. Wenn er nur nicht im gleichen

Alter wie meine Kinder wäre. Andererseits hätte ich nichts dagegen, ihn zu *bemuttern.*« Und dann lachte sie so anzüglich, dass Abi sich deprimiert tiefer in ihren Schal duckte. Hörten sie eigentlich nicht, was er da sagte?

»Sie alle werden in den kommenden Tagen mehr von meiner Familie zu hören bekommen: darüber, wie wir Großbritannien für alle verbessern wollen. Diesem Land hat es lange Zeit an einer starken Führung gemangelt. Doch jetzt haben wir alle mit meinem Vater eine Führungspersönlichkeit, die …«

In diesem Moment flog irgendetwas in hohem Bogen über die Köpfe der versammelten Zuschauer hinweg und landete mit bemerkenswerter Präzision wenige Schritte vor Jenners Füßen. Abis Augen erfassten das Objekt, als es herabstürzte. Es besaß ungefähr die Größe eines Fußballs und wirkte schmuddelig und verfärbt.

Jemand in der ersten Reihe schrie auf, und dann drängten mehrere Zuschauer zurück, wodurch eine freie Fläche rund um die Ebenbürtigen entstand.

Das Ding sah nicht wie eine Bombe aus, obwohl Abi wusste, dass heutzutage eine Bombe praktisch jede Gestalt haben konnte: wie ein Paket, ein Kochtopf, eine Schultasche. Das Objekt war rund, rollte kurz über das Kopfsteinpflaster und blieb dann liegen.

Jenner hielt beruhigend die Hände hoch, so wie er es immer bei seinem Pferd gemacht hatte. Weitere Leute drängten rückwärts im Versuch, Abstand zu gewinnen. Abi wusste, dass auch sie eigentlich das Weite suchen sollte, bevor die Sicherheitskräfte das Gelände abriegelten und alle Anwesenden verhörten. Aber genau wie die meisten anderen wollte auch sie wissen, was sich in dem Stoffbeutel befand, den Dog – denn es konnte niemand anderes als Dog gewesen sein – geworfen hatte.

Jenner bückte sich. Er verzog das sommersprossige Gesicht, als er sich dem Beutel näherte – so als würde das Ding stinken. Dann musste das die Ursache für Dogs schrecklichen Geruch gewesen sein und nicht er selbst.

Mit einer Hand hob Jenner den Beutel hoch, während er mit der anderen hineingriff. Abi sah, wie er zurückzuckte, als seine Finger das Objekt darin berührten. Das, was er im nächsten Moment hervorzog, war der reinste Horror.

Der abgetrennte Kopf eines Menschen mit braunen, blutverkrusteten Haaren. An der Stelle, wo sich einst die Augen befunden hatten, klebten dicke Blutklumpen. Die Lippen waren sauber abgeschnitten worden, so dass der Kopf über sein grausiges Schicksal zu grinsen schien. Aufgrund des Ansteckmikros konnten alle Anwesenden mithören, wie Jenner aufkeuchte und bestürzt flüsterte:

»Cousin Ragnarr.«

Sofort stürmten Sicherheitsleute vor und geleiteten Jenner, Lady Thalia und die restlichen Ebenbürtigen hastig zu ihren Wagen. Abi machte auf dem Absatz kehrt und drängte sich durch die Menge, ehe der Platz abgesperrt wurde. Sie ging so schnell wie möglich, ohne gleichzeitig Verdacht zu erregen, und lief dann durch eine Seitenstraße in Richtung Piccadilly, wo sie in den zahlreichen Touristengruppen untertauchte.

Sie zitterte am ganzen Körper und brauchte all ihre Kraft, um sich einen Moment auf die Stufen vor der Eros-Statue zu setzen. Um sie herum flackerten und flirrten riesige Neonreklamen – und Abis Gedanken schienen ebenso zu flackern und zu flirren. Was war da gerade vor der Königinnenkapelle passiert?

Dog hatte im Rahmen seines persönlichen Rachefeldzugs ein weiteres Mitglied der Familie Vernay beseitigt. Aber was hatte es zu bedeuten, dass er seine grauenhafte Trophäe Jenner und dessen Mutter vor die Füße geworfen hatte? Handelte es sich nur um eine schadenfrohe Provokation? Oder richtete er seine mörderischen Absichten jetzt auch auf die Jardines?

Und dann war da noch Jenners Rede. Seine Worte hatten sie stärker beunruhigt, als sie sich eingestehen wollte. Das Ganze fühlte sich wie ein Rätsel an, das sie lösen musste, doch die möglichen Antworten verhießen nichts Gutes.

Um wieder einen klaren Kopf zu bekommen, kaufte Abi an einem der Stände einen Kaffee. Anschließend ging sie mit noch immer zittrigen Beinen zur Bushaltestelle.

Als sie den Schlüssel im Schloss von Faiers' Haus in Hackney drehte und die Tür aufstieß, hörte sie Stimmen durch den Flur hallen. Abi erstarrte. Wer konnte das sein? Hatte der Sicherheitsdienst ihre Spuren bis zu dieser Adresse zurückverfolgt?

Doch dann sagte eine vertraute Stimme: »… geh mal eben nachsehen, wer es ist.« Eine Sekunde später tauchte Faiers' Kopf im Flur auf. Er winkte Abi herein.

»Sie sind hier«, sagte er. »Die ersten Männer aus dem Bore, Freunde und Verbündete derjenigen, die Bouda verhaftet hat. Insgesamt wurden zwölf Personen festgenommen, und angesichts von Boudas Plänen würden diese Männer alles daransetzen, ihre Freunde zu befreien – und nebenher noch so viel Unruhe zu stiften wie möglich. Außerdem hab ich noch eine unglaubliche Überraschung.«

»Ich hoffe, eine gute«, murmelte Abi. »Denn du errätst nie, was heute Nachmittag passiert ist.«

»Die Gedenkfeier«, sagte Faiers. »Du warst da? Und hast

Ragnarr Vernays Kopf gesehen? Ich habe gerade eine Nachricht aus Boudas Büro erhalten.«

»Ach, vergiss den Kopf«, sagte Abi und zog eine Grimasse. »Du hättest mal die Rede hören sollen.«

Sie folgte Faiers ins Wohnzimmer, wo ein halbes Dutzend Männer hockten und sich unterhielten. Sie entstammten allen Altersgruppen, aber im Grunde ließ sich ihr wahres Alter kaum einschätzen. Denn die harte körperliche Arbeit im Freien zeichnete sich in ihren Gesichtern ab, deren raue Haut von Wind und Wetter gegerbt und von tiefen Falten durchzogen war.

Renie hockte im Schneidersitz auf dem Boden und lehnte sich wie ein Welpe gegen das Schienbein eines Mannes auf dem Sofa: ein kompakt gebauter Schwarzer, dessen Gesicht den rosa Schimmer eines Sonnenbrands aufwies. Seine Hand ruhte leicht auf Renies widerspenstigen Haaren.

»Abi!«, rief sie sofort und winkte mit einer Hand, während sie den anderen Arm um die Wade des Mannes schlang. Das Mädchen sah aus, als hätte es seit Tagen nicht geschlafen. Ihre Augen wirkten rau und gerötet.

»Das ist mein Onkel Wesley«, erklärte sie. »Der Bruder meiner Mom.«

Also handelte es sich tatsächlich um gute Neuigkeiten. Das Problem war bloß, dass Abi das Ganze mit einer Frage kaputtmachen musste.

»Und was ist mit deinem Bruder – war der nicht auch im Bore?«

Als Renie das Gesicht gegen das Knie ihres Onkels drückte, wurde der Grund für ihre geschwollenen Augen nur zu offensichtlich.

»Letztes Jahr ist einer der Männer in einen Güllehochbehälter gefallen«, sagte Wesley und tätschelte Renies Kopf. »Mickey wurde hinterhergeschickt, um ihn rauszuholen. Aber keiner von beiden hat es geschafft.

Es war schrecklich, das Kind meiner eigenen Schwester nicht schützen zu können. Aber jetzt hat man mir ein weiteres ihrer Kinder anvertraut. Diesem kleinen Mädchen hier wird nichts passieren, dafür sorge ich. Und ich werde auch nicht zulassen, dass die Ebenbürtigen noch eine weitere Familie zerstören, so wie sie es mit meiner gemacht haben … und deiner. Renie hat mir nämlich alles über dich erzählt, Abi Hadley. Wir sind hier, um unsere Freunde zu befreien. Aber nicht bloß deswegen. Es wird Zeit, dass die Herrschaft dieser Typen endlich aufhört.«

»Dann ist jetzt vermutlich der richtige Moment, um euch allen zu berichten, mit wem wir es zu tun haben«, sagte Faiers, der den Raum mit einer Teekanne betrat. Er stellte sie auf dem Sofatisch ab und verschränkte die Arme wie ein Arzt, der sich dafür wappnet, seinem Patienten eine schlechte Nachricht zu überbringen.

»Mistress Bouda und Kanzler Jardine lassen eine alte Tradition wiederaufleben. Die Gefangenen aus dem Bore werden während des ersten Blutmarkts gerichtet, den diese Stadt seit zweihundert Jahren veranstaltet.«

Abi spürte, wie ihr die Galle hochkam. Jardine war entschlossen, das Land nach seinem eigenen grausamen Vorbild umzumodeln. Das würden die Briten doch sicher nicht mitmachen, oder?

Aber dann erinnerte sie sich an die Zuschauermenge am Nachmittag und daran, wie sich die Leute gegenseitig angerempelt hatten, um einen Blick auf die Gründerfamilie zu werfen, und wie sie die schreckliche Rede begierig aufgesogen hatten, die Jenner unter Zwang hatte halten müssen.

Das Beängstigendste war nicht die Tatsache, dass Jardine den Blutmarkt wiedereinführen wollte, erkannte Abi. Viel furchterregender war der Gedanke, das Volk könnte das möglicherweise ebenfalls wollen.

20

Gavar

»Warum sollte man wählen müssen, ob man gefürchtet oder geliebt wird?«, fragte Vater und schaute mit seinem löwenartigen Lächeln in die Runde. »Die perfekte Amtsgewalt wird sowohl gefürchtet als auch geliebt.«

Gavar bezweifelte, dass sein Vater wusste, was Liebe überhaupt war. Genau genommen waren sie alle keine besonders liebenswerte Truppe, dachte er nach einem Blick durch den kleinen Speiseraum in der Kanzlersuite. Neben Vater saß Gavars Frau Bouda, die Eiskönigin. Ihr gegenüber hockte Silyen am Tisch, der eine Stunde zuvor per Helikopter aufgetaucht war und erklärt hatte, er wäre bei einem Freund gewesen. Gavar war es neu, dass Silyen überhaupt irgendwelche Freunde hatte. Mutter hatte Silyen ziemlich kühl begrüßt. Sie war gekränkt, da er Tante Terpys Gedenkfeier verpasst hatte, umso mehr, weil er bei ihrem Ableben auf Orpen bei ihr gewesen war.

Im Moment sammelte Jenner wohl die meisten Punkte auf der Beliebtheitsskala. Mutter hatte ihn seit seiner Erhebung in den Adelsstand auf Vordermann gebracht, und die ganze »Trauernder Neffe«-Show war gut gelaufen – ganz besonders angesichts des schrecklichen Endes mit Cousin Ragnarrs Kopf. Jenner saß jetzt angespannt und ganz weiß im Gesicht gegenüber von Gavar und hielt sich kerzengerade, als übte er schon mal für seine neue Rolle in der Öffentlichkeit. Was mochte wohl in ihm vorgehen, jetzt, da er urplötzlich einen Posten bekleidete, der immer jenseits seiner kühnsten Träume gewesen sein musste, überlegte Gavar. Wenn er darüber nachdachte, war es erstaunlich, wie wenig er von dem verstand, was in den Köpfen seiner beiden Brüder ablief.

»Wir sind als die Gründerfamilie bekannt«, fuhr sein Vater fort, »weil unsere Vorfahren Lycus, Cadmus, Aristide und die anderen ein neues Großbritannien gegründet haben. Ein Land, das nicht länger von verweichlichten und *geschicklosen* Monarchen regiert wurde, sondern von den *Geschickten* und Starken. Dennoch bin ich der Ansicht, dass sie einen bedauernswerten Fehler begangen haben.«

Auf der anderen Tischseite zog Silyen die Augenbrauen hoch.

»Sie haben ein Parlament und eine siebenjährige Kanzleramtszeit begründet – verständlicherweise, um einen deutlichen Bruch mit der degenerierten Tradition der Könige zu signalisieren. Doch dadurch haben sie dem Land die Stabilität einer dauerhaften Führung vorenthalten. Eine Führung, die in diesen schwierigen Zeiten, in denen unsere Beziehungen zu den anderen Weltmächten ständig im Fluss sind, dringend gebraucht wird. Ich gedenke, das zu ändern.«

Vater lehnte sich auf seinem Stuhl zurück und musterte alle Anwesenden mit seinem durchdringenden Blick – wie um zu überprüfen, ob sie seine Worte auch verstanden hatten. Gavar hatte keinen Zweifel daran, was er da gehört hatte. Vor seinem inneren Auge konnte er förmlich sehen, wie sich die Finger seines Vaters um die Lehnen des Kanzlerstuhls klammerten, immer fester, bis sie sich nicht mehr lösen ließen.

Jenner auf der gegenüberliegenden Tischseite wirkte verwirrt und schien zu versuchen, Vaters Ankündigung zu verstehen. Silyen war so unergründlich wie immer. Unter seinen wirren Haaren kam nur ein kaum sichtbares Grinsen zum Vorschein. Mutter nickte lediglich; sie hatte schon vor Jahren aufgegeben, Vater in irgendeiner Form zu widersprechen.

Nein, die Person, die Vaters Ankündigung am stärksten wachgerüttelt hatte, war ausgerechnet diejenige, von der Gavar angenommen hatte, dass sie längst darüber Bescheid wusste: Bouda. Sie und Vater waren neuerdings unzertrennlich und schlossen sich stundenlang ein, um neue politische Strategien und Gesetzgebungen zu schmieden. Zumindest nahm Gavar das an. Wenn da nicht die Tatsache gewesen wäre, dass Bouda eine jüngere, attraktivere Version seines Vaters zur Verfügung stand – nämlich Gavar –, dann hätte er fast den Verdacht gehabt, dass die beiden eine Affäre miteinander hatten. Er fragte sich, ob ihm das überhaupt etwas ausmachen würde.

Bouda runzelte die Stirn. »Willst du damit eine Art zeitlich unbegrenzte Kanzlerschaft vorschlagen?«

»Ich bevorzuge den Begriff ›auf unbestimmte Zeit‹. Aber im Grunde läuft es darauf hinaus«, erwiderte Vater. »Und um mich herum die ›First Family‹: ihr alle. Solange uns die Leute als Politiker sehen, bringen sie uns keinen Respekt entgegen. Politiker sind rechenschaftspflichtig, ersetzbar. Sie sind dazu da, dem Volk zu dienen. Das war der entscheidende Fehler in Zelstons Kanzlerschaft.

Wir Ebenbürtigen sind keine Politiker, dem Willen und dem Mandat der Massen verpflichtet. Wir sind Führer und Herrscher. Unser *Geschick* zeichnet uns aus. Es wird Zeit, dass die Gewöhnlichen daran erinnert werden – und dass auch wir uns daran erinnern.«

Tja. Gavar griff nach seinem Weinglas. Auf der anderen Seite des Tischs begann Silyen, langsam zu applaudieren. Alle Blicke richteten sich auf ihn.

»Bravo, Vater«, sagte Sil. »Vor allem für den letzten Teil. Ich bin ganz deiner Meinung, selbst wenn unsere Ansichten bei den Details auseinandergehen.«

Gavar musterte seinen Bruder mit leicht zusammengekniffenen Augen. Irgendetwas war heute an ihm anders, obwohl er nicht sagen konnte, was genau. Man hätte meinen sollen, dass Silyen nicht noch arroganter auftreten konnte, als er ohnehin schon war, und dennoch strahlte er heute grenzenlose Überheblichkeit aus.

Lag es vielleicht an seiner bevorstehenden Ernennung zum Lord von Far Carr? Danach würde Silyen einen höheren Rang bekleiden als er selbst, erkannte Gavar zu seinem Verdruss. Der Aufstieg seines kleinen Bruders war atemberaubend schnell verlaufen. Und jetzt würden sogar Mutter und Jenner mitmischen, dank Tante Euterpes Tod.

Tante Euterpes unerwarteter Tod, bei dem niemand anwesend gewesen war – außer Silyen.

Man konnte doch nicht wirklich an gebrochenem Herzen sterben, oder?

Die alten Verdächtigungen, dass sein Vater und Silyen unter einer Decke steckten, meldeten sich wieder mit Macht zu Wort. Die beiden konnten das alles doch nicht geplant haben, oder? Rix' Tod in Boudas Gewahrsam war möglicherweise Vaters Werk, um Far Carr Silyen zuzuspielen. Wofür Silyen sich vielleicht mit Tante Terpys Tod erkenntlich gezeigt hatte – und damit für die beiden letzten Mitglieder der »First Family« den Weg ins Haus des Lichts freigeräumt hatte.

Aber Silyen hatte seine Tante wirklich gemocht. Oder etwa nicht?

Bouda riss ihn aus seinen Gedanken. Sie erinnerte ihn an einen Gast, der bei einem ungenießbaren Abendessen kaum einen Bissen hinunterbekam, aber gleichzeitig versuchte, den Koch zu loben.

»Das ist ein ausgezeichneter Plan. Zelstons Unzulänglichkeit hat unserem Prestige gewaltigen Schaden zugefügt. In diesen unruhigen Zeiten ist es von entscheidender Bedeutung, dass wir unsere angeschlagene Autorität mit allen uns zur Verfügung stehenden Mitteln wieder stärken.

Und eine Kanzlerschaft ›auf unbestimmte Zeit‹ trifft es genau. Wir wollen die Menschen – oder um präziser zu sein: unsere Ebenbürtigen – doch nicht beunruhigen mit solchen Vorstellungen wie einer Diktatur ... einem Kanzler, der nie des Amtes enthoben werden kann.«

Gavar schnaubte. Bouda war wirklich zu durchschaubar. Warum sagte sie es nicht einfach? Sie wollte nicht, dass Vater den Kanzlerstuhl auf ewig mit Beschlag belegte, weil sie beabsichtigte, eines Tages selbst darauf Platz zu nehmen.

Von ihm aus konnten die beiden sich darum prügeln. Gavars Interesse am Posten des Kanzlers war nie besonders ausgeprägt gewesen und schwand zunehmend. Selbst Londons Attraktionen verloren allmählich an Reiz. Gavar wollte bloß noch eines: zurück nach Kyneston, zurück zu seiner Tochter.

Das Problem war nur, dass sein Vater es noch immer mühelos verstand, ihm das Leben bei jeder sich bietenden Gelegenheit zur Hölle zu machen.

»Ich habe Aston House wieder in Betrieb genommen«, verkündete er in diesem Moment. »Das wird das offizielle Domizil der First Family. Eure Mutter hat während der vergangenen Wochen dafür gesorgt, dass das Haus für unseren Einzug nach der morgigen Zeremonie bereitsteht. Nach Thalias, Jenners und Silyens feierlichen Amtseinsetzungen fahren wir im Konvoi vom Haus des Lichts direkt dorthin – mit einer Geleiteskorte, Flaggen und dem ganzen anderen Brimborium. Im Anschluss werden wir uns dem Volk auf dem Balkon zeigen. Wir müssen den Menschen die Gelegenheit geben, uns zu Gesicht zu bekommen.

Des Weiteren ist irgendwie bekannt geworden, dass Meilyr Tresco das *Geschick* entzogen wurde. Die Tatsache, dass so etwas möglich ist, lässt uns geschwächt erscheinen – selbst wenn dies nur von einem einzigen Mann durchgeführt werden kann, der ohnehin einer von uns ist. Um diesen Eindruck zu korrigieren, werden eure Mutter und ich für eine hinreichend eindrucksvolle Demonstration unserer Fähigkeiten sorgen.«

»Aston House?«, fragte Gavar. Sein Vater meinte doch nicht etwa das Gebäude, an das er dachte, oder? Diesen riesigen, pompösen Kasten mit den vielen Säulen und hohen Fenstern, der am Ende der Mall aufragte. So lange Gavar sich erinnern konnte, hatte das Haus verbrettert und düster dagestanden.

»Ach, du weißt doch«, tadelte Mutter ihn sanft, »das Gebäude, das der Letzte König einem seiner Günstlinge geschenkt hatte. Dessen Nachkommen haben es nach der Revolution in diese Monstrosität umbauen lassen, bevor sie ihren Fehler erkannten und es der Nation übergaben, damit der Unterhalt sie nicht in den Ruin trieb. Was natürlich kein Problem ist, wenn man genügend Haussklaven zur Verfügung hat – obwohl selbst ich Dutzende zusätzlich organisieren musste.«

»Das Haus hat seit Jahrzehnten leer gestanden«, sagte Vater.

»Es ist das perfekte Symbol für den Hochmut der Gewöhnlichen und der ideale Beginn für unsere neue Herrschaft.«

Und damit war die Sache offenbar beschlossen.

So kam es, dass Gavar am nächsten Tag neben Bouda saß, die töricht winkte, während der Autokorso langsam in die Mall einbog und auf Aston House zusteuerte. Die Familie war in vier Fahrzeugen, darunter drei offene Kabrioletts, untergebracht: Mutter und Vater im ersten, gefolgt von Gavar und Bouda, dahinter Jenner und Silyen. Im geschlossenen Wagen am Ende saß Libby, von Daisy überwacht. Alle vier Fahrzeuge waren mit funkelnden *Geschick*-Schutzschichten überzogen, wie der Welt teuerste Lackierungsarbeiten.

Vor ihnen ritt ein Regiment der Kavallerie in Traditionsuniformen, dem eine Marschkapelle voranschritt. Die gesamte Prachtstraße war mit der Nationalflagge des Landes geschmückt. Ihre roten, weißen und blauen Flächen zeichneten sich leuchtend vor dem strahlenden Himmel ab. Wenn sein Vater so weitermachte, würde es nicht mehr lange dauern, bis der Jardine-Salamander ins Design der Flagge übernommen wurde.

Gavar hatte fast gehofft, dass Vaters Zurschaustellung fehlschlagen würde, aber allem Anschein nach war halb London hergekommen, nur um sie zu sehen. Die Leute drängten sich in mehreren Reihen hinter den Absperrgittern. Sicherheitsbeamte patrouillierten die Straße auf und ab, eine Hand griffbereit an der Waffe an ihrer Hüfte.

Ein paar Menschen in der Menge wedelten mit Flaggen oder hielten Spruchbänder und Schilder hoch. Direkt vor einem Absperrgitter hüpfte ein Mädchen mit einem farbenfroh beschrifteten Plakat aufgeregt auf und ab. Darauf stand: »Zukünftige Mrs Silyen Jardine«. Gavar verdrehte die Augen. Na, dann viel Glück. Beim Anblick eines anderen Schildes verschluckte er sich fast: Es handelte sich um ein Foto von Bouda und ihm an ihrem Hochzeitstag, in Herzform ausgeschnitten und über und über mit Bändern verziert. War das ernstgemeint? Er stieß Bouda an, die zuerst genauso verblüfft wirkte wie er. Doch dann beugte sie sich hinüber und winkte der Person mit dem Schild anmutig zu, die daraufhin einen Freudenschrei ausstieß.

»Dein Vater hatte recht«, murmelte sie, während sie sich wieder zurücklehnte. »Sie lieben uns wirklich. Wie können sie nur? Solche Schafsköpfe.«

Aber nicht alle liebten die neue »First Family«. Hier und dort kam es, meist in den hinteren Reihen, zu dem einen oder anderen Handgemenge. Ein Mann brüllte irgendwelche Obszönitäten, als man ihn wegschleifte. Gavar sah Kessler, seinen Gehilfen aus Millmoors Sicherheitsdienst; er schnauzte Befehle in sein Funkgerät, während er potentielle Unruhestifter ausmachte. Der Mann war gut. Zwar ein brutaler Leuteschinder, aber gut. Allerdings gehörte er jetzt zu Boudas Mitarbeiterstab. Eine Sorge weniger, dachte Gavar.

Der Wagenkorso kam vor dem Tor des hochherrschaftlichen Hauses zum Stehen – ein stinknormales schmiedeeisernes Ding, das nach dem ganzen Prunk, den Mutter veranstaltet hatte, irgendwie enttäuschend wirkte.

Bis es im nächsten Moment goldsprühend aufleuchtete. Vergoldete Ranken und Blüten entfalteten sich, bildeten neue Zweige und Triebe. Das gesamte Tor glühte wie flüssiges Feuer.

Stille senkte sich über die Menge, die das Spektakel atemlos verfolgte. Die Ranken formten zwei hohe Bögen. Goldene Triebe schossen auf die jeweils andere Seite und wanden sich zu einem kunstvollen Querträger, in dessen Mitte eine glühende Kugel heranwuchs, wie irgendeine monströse Frucht. Die Kugel zerplatzte in einem Funkenhagel, und darin kam das vertraute Monogramm der miteinander verschlungenen Familieninitialen zum Vorschein: P und J. Die Zuschauer staunten und applaudierten. Und auch Gavar war wider Willen beeindruckt. Er hoffte, dass Libby das Schauspiel von ihrem Wagen aus hatte beobachten können und keine Angst bekommen hatte.

Wie würde seine Tochter in diese »First Family« passen, die seinem Vater vorschwebte? Gavar hatte den Verdacht, dass er in dieser Hinsicht noch so manchen Kampf würde gewinnen müssen.

Die glühenden Torflügel – vielleicht würden sie ja ewig leuchten, als ständige Erinnerung an die Macht derjenigen, die dahinter wohnten – schwangen auf, und die Wagen rollten hindurch. Sicherheitsbeamte hielten die Menge auf Abstand, als die Fahrzeuge vor dem Säuleneingang des Hauses zum Stehen kamen. Haussklaven in Livree öffneten die Türen des Bentleys, und Gavar ging sofort zum letzten Wagen, um seine Tochter zu holen.

»War mit ihr alles in Ordnung?«, fragte er Daisy leise, während er Libbys winzige Hand nahm und sie zur Tür führte. Die Anweisungen seiner Mutter lauteten, dass alle direkt ins Haus gingen und dann auf den Balkon hinaustraten.

»Sie hat es für Feuerwerk gehalten«, erklärte Daisy grinsend. »Das neue Haus ist ziemlich hochherrschaftlich, oder? War Kyneston nicht mehr pompös genug?«

Gavar warf ihr einen gequälten Blick zu. »Fang du nicht auch noch an.«

Die große Eingangshalle wurde von einem rautenförmigen Treppenhaus beherrscht. Breite Stufen schwangen zuerst nach außen, zu einem Zwischengeschoss, und dann zu einem darüber gelegenen Treppenabsatz, von dem aus hohe Terrassentüren auf einen Balkon führten. Gavar nahm Libby auf den Arm und folgte seiner Familie.

»Unser neues Zuhause«, teilte er seiner Tochter mit und drückte seine Nase gegen ihre Wange, so dass sie kicherte. »Eine zugige, alte Bruchbude.« In ihrem meergrünen Kleidchen, das er für sie ausgesucht hatte, wirkte sie einfach entzückend. Außerdem hatte er Daisy gebeten, ihre dichten Locken ordentlich mit einem farblich passenden Band einzufassen. Gavar Jardine: Stylist für Kleinkindermode. Er schnaubte. Vielleicht sollte er das ja zu einer zweiten Karriere ausbauen. Allem Anschein nach bedeuteten Vaters Pläne, dass man ihn während der nächsten Jahrzehnte wohl nicht für das Kanzleramt brauchte. Was sollte er also mit dem Rest seines Lebens anfangen?

Bouda erwartete ihn an der Terrassentür, die Arme vor der Brust verschränkt.

»Du wirst sie nicht mit nach draußen bringen«, sagte sie mit gesenkter Stimme, als Gavar Libby an seine Schulter drückte.

»Versuch mal, mich daran zu hindern.«

»Denk doch mal nach«, beharrte Bouda. »Hier heißt es: Wir gegen die anderen. Wir müssen ihnen zeigen, dass wir Ebenbürtigen ihnen einfach überlegen sind. Aber welche Art von Botschaft würde das wohl aussenden?«

»Libby ist keine Botschaft, Bouda. Sie ist meine Tochter.

Außerdem dachte ich, hier ginge es darum, dass sie uns lieben sollen. Und wer bringt es schon fertig, ein kleines Kind nicht zu lieben – abgesehen von einer frigiden Hexe, mit einem Eissplitter an der Stelle, wo ihr Herz sitzen sollte?«

Er wartete ihre Antwort nicht ab. Stattdessen stemmte er die Tür so fest auf, dass das Glas klirrte, und trat dann auf den Balkon hinaus. Mutter und Vater standen bereits dort, und Gavar nahm seinen Platz an ihrer Seite ein. Silyen lehnte über der Brüstung, das Kinn auf die Hände gestützt, und betrachtete die Menge unter ihnen. Jenner gewöhnte sich allmählich daran, den Leuten zuzuwinken.

Und auch Libby winkte fleißig mit. Als Gavar ihr einen Kuss auf die Wange drückte, nahm er wahr, dass Bouda sich auf der anderen Seite neben seine Tochter stellte. Eine manikürte Hand legte sich leicht auf Libbys Rücken, und Bouda wandte ihrem Publikum ihr perfektes Gesicht und ihr vollkommenes Lächeln zu. Was auch immer sie tief in ihrem Inneren fühlen mochte – falls sie überhaupt irgendwelche Gefühle hatte –, sie wusste stets genau, welche Miene sie in der Öffentlichkeit aufsetzen musste. Die Selbstbeherrschung dieser Frau war furchterregend.

Die Absperrungen waren aufgehoben worden, so dass die Londoner sich – unter dem wachsamen Auge des Sicherheitsdienstes – um Aston House drängten. Als Gavar auf das Meer von Gesichtern hinabblickte, wurde er auf unangenehme Weise an jenen Tag im letzten Jahr erinnert, als er in Millmoor auf einem Balkon gestanden und auf eine Menge hinabgeblickt hatte: während der Unruhen. Unruhen, die Meilyr Tresco geschürt hatte, wie sie schließlich herausgefunden hatten.

Meilyr war Teil des Problems, das Vater zu lösen versuchte.

Vater war Teil des Problems, das Meilyr zu lösen versucht hatte.

Aber gab es wirklich bloß diese beiden Möglichkeiten?

Gavar erinnerte sich an die kreischende fette Frau und ihren Freund, der seinen Behelfsspeer in Richtung der Oberaufseherin geschleudert hatte. Er erinnerte sich an den eiskalten Sicherheitsbeamten, der den Befehl zum Schießen erteilt hatte. An den Anblick der vom Kugelhagel getroffenen Menschen und an die schreckliche Erkenntnis, dass die Menge sich trotzdem nicht auflösen und weiter auf das MAD-Gebäude zustürmen würde. Er erinnerte sich an seine eigene Stimme, als er »Nein!« gedonnert hatte, und an sein *Geschick*, das sich über den gesamten Platz vor dem Verwaltungsgebäude ausgebreitet hatte.

Damals hatte er das Richtige getan – das hatten alle gesagt. Er hatte nicht nur weiteres Blutvergießen verhindert, sondern den Gewöhnlichen eine Lektion erteilt, damit sie wussten, wo ihr Platz war. Das hatte Millmoors Oberaufseherin gesagt. Und auch sein Vater. Gavar erinnerte sich daran, dass er einmal etwas Ähnliches während einer ihrer letzten Streitereien zu Leah gesagt hatte, damit sie gefälligst wusste, wo ihr Platz war.

Jetzt schaute er zu seiner Tochter, die Leah ihm geschenkt hatte. Wo war Libbys Platz? Hier oben bei den Ebenbürtigen oder dort unten inmitten der Gewöhnlichen? In dieser Welt der zwei Möglichkeiten gehörte sein kleiner Schatz nirgendwohin. Behutsam streichelte er ihre weiche gerötete Wange.

Und dann drückte er sie Bouda urplötzlich in die Arme, als etwas in hohem Bogen auf sie zugeflogen kam. Gavar riss die Hände hoch, und sein *Geschick* schoss aus seinen Fingern, genau wie damals in Millmoor. Es fing den Gegenstand ein, als er sich noch im Anstieg befand, beförderte ihn höher, umschloss ihn vollständig und drückte dann zu.

Die Bombe – denn darum handelte es sich, wie Gavars Gehirn schließlich registrierte – explodierte im Inneren einer knisternden *Geschick*-Kugel. Der dadurch gedämpfte Knall erzeugte jedoch noch immer eine Druckwelle, die sich durch die Luft fortsetzte. Schwarze Rauchschwaden wirbelten hin und her, wurden aber von seinem *Geschick* festgehalten.

Schreie ertönten in der Menge, doch Gavar hörte nur das schrille, angsterfüllte Heulen seiner Tochter in Boudas Armen. Die Bombe war für sie alle bestimmt gewesen. Und sie hätte sie vollkommen unvorbereitet erwischt, genau wie bei der Explosion im Ballsaal von Kyneston – allerdings mit wesentlich tödlicherer Wirkung, da ihre *Geschick*-Reflexe sie nicht hätten schützen können.

Wer hatte das getan? Gavars Zorn kochte hoch, schien genau wie die Bombe zu explodieren und überspülte ihn mit einer Woge glühend heißer Wut. Das *Geschick* brannte so stark in seinen Adern, dass er die Augen gegen den Schmerz zukneifen musste.

Als er sie wieder öffnete, war alles anders.

Langsamer. Verstärkt. Die Geräusche, die an seine Ohren drangen, klangen verzerrt. Der einzige pulsierende Punkt in dieser überdehnten Welt war er selbst.

Sein Puls raste. Als er auf die Menge hinabblickte, versetzten ihm seine extremen Sinneswahrnehmungen Stiche im Schädel. Er konnte die Augenfältchen einer Frau sehen, die Hunderte Meter entfernt stand (pudriges Make-up hatte sich in den Poren angesammelt), sowie die Barthaare des Mannes neben ihr: dunkel an der Haarwurzel, mit rotblonden Spitzen.

Dagegen hatte er die Richtung, aus der die Bombe gekommen war, nicht gesehen. Wie weit konnte ein Mensch werfen? Gavar identifizierte den möglichen Radius und ließ dann sein Bewusstsein ausschweifen und sich ausdehnen, genau wie die Bombe.

Da.

Ein Mann rannte weg, was an sich nicht verdächtig war. Schließlich liefen überall schreiende Menschen in alle Richtungen, und ihre Rufe hallten in Gavars neu erwachtem Gehör hohl wider.

Aber an diesem Mann war irgendetwas anders. Gavar sah, wie sich Schweiß auf seiner Stirn bildete: Eine einzelne Schweißperle trat aus einer einzelnen Pore hervor und rann langsam an seiner Schläfe hinab. Der Mann trug leichte Baumwollhandschuhe. An einem davon hingen ein paar grüne Mikrofasern. Der grüne Rucksack, von dem sie stammten, lag unter einem Baum ein paar Hundert Meter entfernt.

Gavar schwang sich über die Brüstung und sprang vom Balkon – für einen Ebenbürtigen eine mühelose Entfernung. In dem Moment, in dem seine Füße den Boden berührten, setzte Gavar auch schon seiner Beute nach. Das Chaos der panisch davonstürmenden Menge stellte für ihn kein Problem dar. Das Ganze war so leicht, als würde er einer Reihe von Statuen ausweichen.

Innerhalb kürzester Zeit hatte er den Mann in der Mitte des Green Park eingeholt.

Mit einem gekonnten Rugbygriff brachte er die Zielperson zu Fall – dann hatten sich all die Jahre in Oxfords zweiter

Mannschaft also doch gelohnt. Gavar spürte, wie die Beine des Mannes beim Kontakt mit seiner heranpreschenden Schulter brachen: an vier … sechs … neun Stellen, während er die Arme um beide Knie schlang. Als der Mann am Boden lag, verpasste Gavar ihm einen Hieb, so sanft, wie er nur konnte. Denn ein Mann mit eingeschlagenem Schädel konnte nicht mehr singen. Er hörte, wie das Hirn gegen die Innenseite der Schädeldecke prallte – einmal, zweimal – und in seinem Gehäuse schwappte.

Und dann verlor Gavar das Bewusstsein.

Als er wieder aufwachte, war die Welt um ihn herum monochrom. Er fragte sich, ob er vielleicht seinen Sehnerv verletzt oder im Schlaf Grauen Star entwickelt hatte. Dagegen klangen die Stimmen, die ihn umschwirrten, viel zu schnell, zu hoch und zu schnatternd.

Gavar wischte sich mit beiden Händen übers Gesicht und stöhnte. Er saß in einem Bett, mit dem Rücken gegen einen Stapel Kissen gelehnt.

»Libby«, sagte er, als er sich an die Explosion erinnerte. Und an die schimmernde Hülle seines *Geschicks*, die die Explosion eingefangen hatte, bevor sie sein Kind verletzen konnte … und alle anderen.

»Ihr geht es bestens, und sie wartet darauf, dass ihr Daddy aus seinem Nickerchen erwacht«, sagte eine feste kleine Stimme. »Sie konnte gar nicht glauben, wie schnell ihr Daddy gelaufen war. Und natürlich musste er sich danach hinlegen und etwas ausruhen.«

Gavar konzentrierte sich. Daisy. Das Mädchen stand in einer Ecke des Raums und strahlte ihn an, als hätte man ihr gerade das schönste Geschenk überreicht.

Dabei handelte es sich vermutlich um ihn selbst, unversehrt und in einem Stück, erkannte Gavar erstaunt.

»Du warst ja so tapfer, mein Lieber«, sagte seine Mutter rechts von ihm. »Das Fernsehen wiederholt die Szene wieder und wieder. Du bist Londons glorreicher Held.«

»Und dein *Geschick* …«, sagte eine andere Stimme. »Ich wusste gar nicht, dass du dazu fähig bist.«

Gavar blinzelte überrascht. Bouda. Die Eiskönigin saß wie aus dem Ei gepellt neben seinem Bett, und in ihren Augen entdeckte Gavar etwas, das er darin noch nie zuvor gesehen hatte – Bewunderung.

»Ich hab das auch nicht gewusst«, erwiderte er. »Vermutlich habe ich es bisher einfach nicht gebraucht.«

Die Erinnerung an jene zu intensive Welt, in der er jede Blattader gesehen und den Wind im Daunenkleid der Entenküken auf dem See rascheln gehört hatte, verblasste bereits. Hatte er all diese Dinge wirklich wahrgenommen? Bestimmt hatte es sich nur um einen Adrenalinstoß gehandelt.

Aber das stimmte natürlich nicht. Das war das Werk seines *Geschicks* gewesen. Irgendwie hatte er die Grenzen dessen, wozu sein Körper normalerweise fähig war, weit hinter sich gelassen. Das Ganze war spontan, unbewusst passiert.

Ob er wohl erneut dazu in der Lage wäre? Gezielt?

Bouda erzählte irgendetwas. Gavar gab sich Mühe, zuzuhören.

»Der Mann, den du erwischt hast … ich habe ihn direkt nach Westminster bringen lassen, damit Astrid Halfdan ihn verhören konnte. Sie hat nicht lange gebraucht. Jemand hat ihn im Auftrag der ›Bore-Zwölf‹ bezahlt – so nennen sie sie: die zwölf Männer, die ich vor wenigen Tagen in Lincolnshire habe verhaften lassen.

Ich denke, diese Leute stecken auch hinter der Geschichte mit deinem Cousin Ragnarr. Das Timing würde Sinn ergeben: Ragnarr als eine Art Auftakt und dann das hier. Eine buchstäbliche Enthauptung, gefolgt von einer symbolischen. Es war großartig von dir, den Mann zu schnappen, Gavar.«

Zu Gavars Erstaunen beugte Bouda sich vor und küsste ihn auf die Wange. Nicht nur das – sie flüsterte ihm auch etwas ins Ohr.

»Dein *Geschick*. Mit meinem ist etwas Ähnliches passiert. Im Bore.«

Sie richtete sich wieder auf und drückte sein Handgelenk auf eine Weise, die man nicht unbedingt als liebevoll bezeichnen konnte, aber mehr freiwilligen Körperkontakt darstellte, als sie ihm seit ihrer Hochzeit hatte zukommen lassen.

»Versuch zu schlafen«, murmelte seine Mutter und tätschelte seine Hand, »mein tapferer Junge.«

Gavar fielen bereits die Lider zu.

Als er sie wieder aufschlug, war das Tageslicht fast vollständig verschwunden. Er schüttelte den Kopf, um richtig wach zu werden. Er fühlte sich wieder normal. Erst in diesem Moment bemerkte er, dass ein weiterer Besucher neben seinem Bett saß.

Silyen hockte mit angezogenen Beinen im Sessel und betrachtete seinen Bruder über seine Knie hinweg. Die Haltung ließ ihn noch jünger erscheinen. Kaum zu glauben, dass Gavar nur wenige Stunden zuvor im Haus des Lichts gesessen und zugesehen hatte, wie Sil zum Lord von Far Carr ernannt worden war.

Sein kleiner Bruder war wie üblich völlig zerzaust. In seinen Haaren hingen sogar Zweige, als wäre er nicht in einem Autokorso hier eingetroffen, sondern durch eine Hecke gekrochen, um zum Haus zu gelangen.

Gavar sah genauer hin. Nein, seine Haare wirkten nicht einfach bloß zerzaust. Die Zweige darin waren zu einem kleinen Kranz verwoben ... fast wie eine Krone, dachte Gavar.

Plötzlich verspürte er den unwiderstehlichen Drang, seinen kleinen Bruder zu schütteln, damit er Vernunft annahm und diesen Irrsinn ließ. Denn Kronen waren schließlich verboten: Sie galten als seltsame, schändliche Symbole, Sinnbilder einer Zeit, als die Gewöhnlichen und nicht die Ebenbürtigen geherrscht hatten. Während Aristide Jardines Peinigung der Prinzen waren die Bewohner Londons im Blutrausch durch die Stadt gezogen und hatten sämtlichen Statuen vergangener Monarchen die Köpfe abgeschlagen, königliche Porträts zerschlitzt und sogar die Aushängeschilder von Gasthöfen, die bedauerlicherweise solche Namen wie »The Crown«, »The King's Head« oder »The Queen's Arms« trugen, aus ihren Verankerungen gebrochen und auf der Straße verbrannt.

Doch als Gavar sich vorbeugte, um seinem Bruder die idiotische Zweigkrone vom Kopf zu reißen, blitzten Sils Augen auf und starrten ihn direkt an. Gavar musste sich zusammenreißen, um nicht aufzuschreien.

In Silyens tiefdunklen Augen, die denen seiner Mutter so ähnelten, leuchteten die Pupillen grell auf, wie Tropfen aus flüssigem Gold.

Dann blinzelte er, und das Gold verwandelte sich wieder in Schwarz.

»Das, was du heute getan hast, war unglaublich«, sagte Sil. »Ich war so stolz auf dich. Wie hat sich das angefühlt? Phantastisch – hab ich recht?«

Gavar starrte ihn an. Er konnte es nicht leugnen.

»Ja, du hast recht.«

»Ich habe es gewusst. Denn so sind wir nun mal, das ist unsere wahrhaftige Natur. Aber ich kann dir versichern: Das ist nur der Anfang. Du wirst schon sehen.«

Silyen schenkte Gavar ein strahlendes Lächeln.

Und trotz der warmen Decke über seinen Beinen spürte Gavar, wie er am ganzen Körper eine Gänsehaut bekam.

21

Luke

Luke?«

Das war sein Name, nicht wahr? Oder er war es zumindest mal gewesen. Er konnte es nicht mehr sagen. Unsicher schwankend griff er nach der Türkante, um sich abzustützen. Die Sonne schien ihm ins Gesicht, aber der Wind war kalt.

»Luke!«

Eine Hand packte ihn und versuchte, ihn von der geöffneten Tür wegzuziehen. Widerstrebend taumelte er einen Schritt zurück.

»Lass mich los.«

Er schüttelte die Finger des Mädchens ab. Mädchen. Ein Name tauchte aus den Tiefen seines Gedächtnisses auf. Coira. Das Mädchen aus der Küche.

»Was tust du da? Das ist jetzt schon die dritte Nacht, in der ich dich hier unten vor der offenen Tür auffinde.«

Ihre Hände umfassten sein Gesicht und drehten es nach links und rechts, als wäre er ein vom Herd gestürzter Topf, den sie auf Schäden überprüfen wollte. Dann schnippte sie plötzlich mit den Fingern an seinem Ohr, woraufhin Luke zusammenzuckte. Das Geräusch klang wie der Schuss aus einer abgefeuerten Waffe.

Eine Waffe. Luke erinnerte sich daran, dass Jackson hier gewesen war, hier an diesem Ort. Zusammen mit Angel. Und Abi.

Aber die beiden Mädchen waren draußen geblieben. Jackson war allein hereingekommen. Plötzlich war ein Schuss gefallen, und Coira und er hatten ihn durch die Tür geschoben.

Durch diese Tür. Er drehte sich wieder zu ihr um. Aber Coira packte ein weiteres Mal seine Hand und zog daran, bis er sie erneut ansah.

»Was ist da draußen denn so Faszinierendes? Da liegt doch nur der See, mitten in der Nacht. Es sind kaum Sterne zu sehen, so bewölkt ist der Himmel.«

Wovon redete sie? Konnte sie nicht sehen, was Luke sah? Eine goldene Welt. Weite, wogende Wiesen und Felder. Ein Wald. Berge.

Und irgendwo – er hielt schon die ganze Zeit angestrengt danach Ausschau – ein Adler. Ein Hirsch. Und ein König.

Luke schwankte hin und her, blickte über seine Schulter. Die Sonne tauchte gerade über den Baumwipfeln auf. Eine Brise erhob sich, woraufhin die Blätter flirrten und glitzerten wie der Goldschatz eines Drachen.

»Er ist da«, sagte Luke. »Ich weiß, dass er da ist.«

»Wer ist wo?«, fragte Coira verärgert. »Luke, jetzt komm schon. Seit Silyen Jardines Besuch bist du nicht mehr du selbst. Was haben Crovan und er dir angetan? Ich hab dich schreien gehört, kurz nachdem ich mit der Kaffeekanne den Raum verlassen hatte, und bin sofort zurückgelaufen. Aber Devin hat mich nicht reingelassen, obwohl ich ihn vors Schienbein getreten habe.«

Ein hoher Schrei ertönte aus dem Wald. Luke sah ein Knäuel aus flatternden Flügeln: zwei miteinander kämpfende Falken, deren Krallen sich ineinander verhakt hatten. Die Sonne stand jetzt hoch am Himmel, und ihr goldenes Licht schlug Luke in ihren Bann. Wenn er nur etwas näher trat, würde es ihn wärmen.

»Luke, Herrgott nochmal.« Coira packte ihn im Rücken und zog ihn von der Tür fort. »Wir können das hier nicht jede Nacht durchziehen. Ich werde Silyen Jardine irgendwie einen Brief zukommen lassen … ihn im Versorgungsboot verstecken. Was auch immer er mit dir angestellt hat, er soll zurückkommen und es wieder richten.«

»Ich hab gesagt, du sollst mich loslassen.« Erneut schüttelte Luke sie ab, deutlich schroffer als beim ersten Mal.

Coira funkelte ihn an. Warum war sie so sauer wegen dieser Tür?

»Okay. Ist ja nicht so, als ob ich hier jede Nacht in der Eingangshalle auf dich warten könnte. Du weißt, welche Wirkung die Tür hat. Ich hab es dir bei deiner Ankunft erklärt. Du hast es sogar mit eigenen Augen gesehen. Diese Tür tötet jeden, der hindurchgeht, Luke.«

Coiras spitzes, bleiches Gesicht war von roten Flecken übersät. Sie packte die Tür und schwang sie einladend auf.

»Aber von mir aus. Mach, was du willst. Nur zu.«

Das Mädchen hatte ein ziemliches Temperament. Luke fand ihre grimmige Entschlossenheit faszinierend.

Allerdings nicht so faszinierend wie das, was auf der anderen Seite der Tür wartete. Sein Blick wanderte von ihrem Gesicht zu der Landschaft in der Ferne – und als sie erkannte, was er vorhatte, war es zu spät, um ihn daran zu hindern.

»Nein«, keuchte sie und streckte die Hand nach ihm aus, obwohl er sich bereits an ihr vorbeigeschoben und die Schwelle der Letzten Tür überschritten hatte.

Plötzlich wurde alles um ihn herum dunkel, und der Nebel

in seinem Hirn lichtete sich für einen kurzen Augenblick – wahrscheinlich sein letzter klarer Gedanke, bevor er starb. Was hatte er sich bloß dabei gedacht? Er wusste von der tödlichen Wirkung der Letzten Tür. Hatte es selbst gesehen. Was hatte er denn geglaubt, was hier draußen wäre? Hier wartete keine goldene Landschaft. Kein Wald. Kein Adler und auch kein Hirsch. Nur eisige Kälte und tiefste Dunkelheit. War er bereits tot und diese Wahrnehmungen waren lediglich ein letzter Trick seines schwindenden Bewusstseins?

Er schaute zu Coira, die mit bestürzter Miene an der Tür stand. Eigentlich müsste er jetzt als regloser Haufen auf der Schwelle liegen, genau wie die Frau damals, die diese Sabotageakte gestanden hatte. Es hieß, dass im Moment des Todes das ganze Leben an einem vorbeiziehen würde. Abi hatte ihm mal gesagt, dass das Blödsinn sei, zumindest aus wissenschaftlicher Sicht. Aber hier stand er nun und war noch immer in der Lage, einen klaren Gedanken zu fassen. Er war noch kein lebloses Bündel. Fand all das hier innerhalb einer enorm ausgedehnten Millisekunde statt?

»Luke?«

Coiras Stimme klang verwundert. Konnten Leute einen während der eigenen Nahtod-Erfahrung ansprechen – oder Echttod-Erfahrung oder was auch immer das hier war?

»Luke, sag doch was. Ist alles in Ordnung mit dir?«

Er starrte sie an, während sie sich mit dem Handrücken übers Gesicht wischte. Weinte sie etwa? Jedenfalls konnte sie nicht den Blick von ihm abwenden. Im Grunde wollte auch er nicht den Blick von ihr abwenden, doch dann schaute er schnell über seine Schulter.

Und sah statt der goldenen Landschaft, die er vom Inneren

der Burg aus beobachtet hatte, den See bei Nacht. Dahinter stieg die Heide zum Hubschrauberlandeplatz an. Das Wasser des Loch nan Deur schimmerte dunkel. Als Luke den Kopf hob, erkannte er, dass die Finsternis, die er für den Tod gehalten hatte, überhaupt nicht finster war: Stattdessen blickte er in den stark bewölkten Nachthimmel. Eine blasse Mondsichel stieg über den Zinnen auf.

»Ich bin hier. Ich meine, ich steh vor der Burg. Und es ist mitten in der Nacht.«

»Und du lebst!«

Coira begann zu lachen, ein ungläubiges, übermütiges Lachen, das ansteckend wirkte. Luke legte eine Hand auf die Mauer und ließ sich dagegensinken. Er befand sich nicht in der goldenen Welt. Aber er war auch nicht tot. Er stand außerhalb der Mauern von Eilean Dòchais, und es war dunkel und kalt, weil es mitten in der Nacht war. Obwohl er gerade durch die Letzte Tür getreten war, die angeblich tötete, stand er ziemlich un-tot auf der anderen Seite der Tür. Luke brach in hysterisches Gelächter aus, bis er sich regelrecht krümmte.

Vor lauter Erleichterung lachte er, bis er Seitenstechen hatte.

Dann sank er erschöpft auf den Boden. Zwar drang die Kälte des felsigen Untergrunds durch seine Hose, aber trotzdem war es einfach wundervoll, endlich wieder an der frischen Luft zu sein. Er hatte die Burg seit seiner Ankunft nicht mehr verlassen, was schon über zwei Monate her war. Die anderen waren noch viel länger eingesperrt – manche seit Jahren.

Coira hatte die Burg, soweit sie sich erinnern konnte, noch nie verlassen.

»Willst du nicht auch rauskommen?«, rief Luke ihr zu.

»Geht das denn? Soll ich die Schwelle wirklich überschreiten?«

»Tja, ich hab's gerade getan.«

»Aber vielleicht hast du etwas Besonderes an dir.«

Luke grinste. »Nein, das glaub ich echt nicht.«

»Na ja, Crovan und Silyen Jardine sind vielleicht anderer Meinung.«

»Dann ist das also eine Lüge … die Behauptung, dass diese Tür tötet?«

Doch Luke wusste, dass das nicht stimmen konnte. Er hatte mit eigenen Augen gesehen, wie die Frau hinausgetreten und noch auf der Schwelle tot zusammengebrochen war. Jules hatte ihm von anderen Verurteilten erzählt, die das gleiche Schicksal erlitten hatten – und Coira musste ebenfalls Zeuge bei mehreren dieser Fälle gewesen sein. Selbst Crovan hatte Luke am Tag seiner Ankunft gewarnt: *Die Tür nimmt dir das Leben, wie alle Dinge, die töten.*

Also was war hier gerade passiert?

Luke holte tief Luft und schaute zu Coira, die sich dasselbe fragte wie er, das konnte er in ihren Augen sehen. Hing das hier mit der Tür zusammen oder mit ihm?

»Du solltest zur Anlegestelle gehen«, sagte Coira. »Morgen ist der nächste Liefertag. Du kannst dich verstecken und warten, bis das Boot kommt. Nach allem, was du mir über deine Abenteuer in Millmoor erzählt hast, dürfte es für dich kein Problem sein, dir an Bord ein Versteck zu suchen.«

»Hattest du nicht gesagt, dass jemand anderes das schon mal versucht hat, aber dass das Boot einfach mitten im See angehalten hat … und nicht ans Ufer fahren konnte?«

»Ja, aber bisher ist auch noch niemand durch die Letzte Tür

gegangen und hat es überlebt. Also muss an dir oder deinem Halsband irgendetwas Besonderes sein. Einen Versuch ist es jedenfalls wert.«

»Stimmt.« Luke zögerte. »Aber was ist mit dir?«

Sie sahen einander an – Luke draußen in der Dunkelheit, Coira im Inneren der Burg, von den Wandleuchten der Eingangshalle nur schwach erhellt.

»Ich lass dich nicht zurück«, sagte er resolut. »Das haben wir im Verein nicht gemacht, und das mach ich auch jetzt nicht.«

Sollte er sie drängen, durch die Letzte Tür zu gehen und sich zu ihm zu gesellen? Durften sie das Risiko eingehen? Und was wäre, wenn sie recht hatte und das alles tatsächlich mit ihm zusammenhing?

Er erinnerte sich an die wenigen Minuten im goldenen Land, an seine Begegnung mit dem König. An diese beiden wirbelnden, grellen Lichter. Während seiner Zeit auf der Burg waren seine Gedanken zu durcheinander gewesen, um sich an das Gesehene vollständig zu erinnern oder es zu analysieren. Aber hier draußen war sein Gedächtnis so frisch wie die Nacht. Erinnerungen fügten sich wie Sterne zu Sternbildern zusammen und erzählten eine Geschichte.

Diese hell leuchtenden Gestalten waren die beiden Ebenbürtigen gewesen. Das zuckende Licht, das wie Blitze gegen eine hohe Mauer geschlagen hatte, musste Crovan gewesen sein, beim Versuch, Lukes Stillschweigen zu durchbrechen. Das andere, noch viel hellere Licht … das war Silyen gewesen, mit Luke über einen dünnen goldenen Faden verbunden.

Was hatte das zu bedeuten? Luke griff sich an die Taille, als könnte er dort noch das Ende des Fadens ertasten und sich daran festhalten. Aber natürlich war da nichts. Doch als seine Hände die Stelle berührten, erinnerte er sich wieder:

Silyen am Tor, bei Lukes Ankunft auf Kyneston. Das Gefühl, zerlegt zu werden, genau wie einer von Dads Motoren. Das Gefühl, dass man ihm irgendein Teil tief in seinem Inneren weggenommen hatte – oder hinzugefügt.

Und dann Silyen ein weiteres Mal am Tor, als Luke in Crovans Besitz übergegangen war. Die leuchtenden Augen des Jungen, als er Lukes Bindung an Kyneston aufgehoben hatte. Die leise gewisperte Frage: *Spürst du es?* Das Übelkeit erregende Gefühl, dass die aufgehobene Sklavenbindung nichts im Vergleich zu dem war, was ihn noch immer mit dem jungen Herrn verband.

Lag es etwa daran? Versuchte Silyen, ihn zu schützen? Wachte er vielleicht sogar irgendwie über ihn? Aber Silyen hatte untätig zugesehen, als Crovan Lukes Hirn malträtiert hatte. Er hatte nichts gegen Lukes Verurteilung unternommen, als er angeblich herausgefunden hatte, wer ihn zum Mord an Zelston benutzt hatte. Das war nicht gerade das Verhalten eines Beschützers.

»Ich denke, es hängt mit Silyen zusammen«, sagte er schließlich. »Aber ich hab keine Ahnung, wie genau oder warum. Bleib besser drinnen. Wir sollten das Risiko lieber nicht eingehen.«

»Du musst von hier weg«, sagte Coira. »Der Anlegesteg ist leicht zu finden … auf der anderen Seite der Insel. Das Boot liegt am anderen Ufer des Sees. Wenn es herüberkommt, entriegeln die Männer die äußere Tür und entladen die Lebensmittel. Umgekehrt dürfen wir die innere Tür erst öffnen und die Sachen hereinholen, wenn das Boot wieder weg ist.

Die Männer nehmen alle Abfälle mit, alles, was wir nicht verbrennen können. Auf diese Weise haben wir Rhys letztes Jahr hinausgeschmuggelt.

Aber wie gesagt, hat das Boot angehalten, bevor es das andere Ufer erreicht hatte. Nachdem die Männer vergebens durch den See gekreuzt sind, hat Rhys sich schließlich gestellt. Daraufhin haben sie ihn zurückgebracht, und Crovan hat ihn bestraft, aber er lebt noch. Du kannst das Risiko jedoch eingehen, denke ich. Vielleicht sorgt das, was Silyen getan hat und dich befähigt, durch die Letzte Tür hinauszutreten, ja auch dafür, dass das Boot nicht stehen bleibt.«

»Aber dann müsste ich dich hier zurücklassen.« Unschlüssig stand Luke an der Schwelle. Seine Finger griffen zum Band an seinem Hals, das so flach und glatt auflag, als wäre es ein Teil seines Körpers. Was würde er dafür geben, es loszuwerden. »Und die anderen ... Einige von ihnen müssen ebenfalls dringend von hier weg: Rhys, Julian, die Frau, der dieser brutale Typ dauernd nachstellt. Sogar Lavinia. Natürlich war das, was sie getan hat, ein Verbrechen, aber sie hat es nicht verdient, hier zurückzubleiben und von Blake terrorisiert zu werden.«

In diesem Moment sah Luke, wie Crovan hinter Coira auftauchte und sie an den Haaren packte.

»Was geht hier vor?«, schnauzte der Lord von Eilean Dòchais. Sein Blick wanderte zur Tür, und er entdeckte Luke. »Hadley. Wie ...?«

»Luke«, rief Coira, »lauf weg! Schnell!«

Aber wohin sollte er laufen? Wie sollte er von der Insel kommen? Das Boot lag noch am anderen Ufer, und es bestand nicht die geringste Chance, den See zu durchschwimmen.

»Was hast du getan?«, herrschte Crovan Coira an, und als sie nicht reagierte, verpasste er ihr eine derart heftige Ohrfeige, dass die Wucht des Schlags sie ins Taumeln brachte.

Lukes Instinkt übernahm die Regie, und er stürmte zu ihr – nur um gegen eine offene Tür zu prallen, die für ihn so undurchdringlich war wie eine geschlossene Tür. Er konnte Crovan und Coira sehen, konnte sie hören, aber nicht zu ihnen gehen.

Crovan warf ihm einen verächtlichen Blick zu.

»Du Narr. Die Tür öffnet sich nur in eine Richtung.«

Nur in eine Richtung. Crovan hatte ihm das schon bei seiner Ankunft gesagt. Beide Türen öffneten sich nur in eine Richtung. Man betrat die Burg durch die Stundentür und verließ sie durch die Letzte Tür. Was sonst noch? Was hatte Crovan ihm noch gesagt? Irgendetwas Wichtiges.

Coira stand keuchend da und starrte ihren Gebieter an. Ihre grauen Augen funkelten verächtlich. Crovan spähte eulenhaft in ihre Richtung; ohne seine Brille wirkten seine Augen nackt. Offensichtlich hatte er bereits geschlafen, denn er trug einen Morgenmantel über seiner Pyjamahose, und seine sonst so makellosen Haare standen wirr ab.

Luke wollte gerade durch die Stundentür in die Burg zurückkehren, um sich zwischen Coira und Crovan zu stellen, weil dessen Miene nichts Gutes verhieß. Aber in diesem Moment sah er es.

Zunächst dachte er, dass er sich irren würde. Oder es sich vielleicht einbildete. Doch als er die beiden betrachtete, die einander gegenüberstanden, fragte er sich, wieso ihm das nicht schon früher aufgefallen war.

Es lag an den Augen, erkannte er: Bisher hatte er Crovans Augen noch nie ohne diese unheimlichen Brillengläser gesehen.

Sie besaßen exakt den gleichen dunklen Grauton wie Coiras Augen.

Ohne diesen zusätzlichen Hinweis wäre man nicht sofort auf die Verbindung gekommen. Die beiden hatten unterschiedliche Haarfarben, und Coiras Gesicht war spitzer. Doch jetzt konnte Luke die Ähnlichkeit zwischen Coira und diesem Mann deutlich erkennen … dieser Mann, der ihr Vater sein musste.

Beinahe wäre Luke mit seiner Erkenntnis laut herausgeplatzt, um Crovan damit vor den Kopf zu stoßen – sein Geheimnis, das er jahrelang so gut verborgen hatte, dass nicht einmal sein eigenes Kind davon wusste. Aber dann überschlugen sich seine Gedanken. Hier draußen an der frischen Luft fühlte sich sein Verstand außergewöhnlich klar an.

Luke erinnerte sich daran, dass Jackson in der Eingangshalle gestanden und gesagt hatte, die Crovans wären Geiselwächter gewesen, und jeder Besucher könnte die Burg nur mit dem Einverständnis des Lords oder seines Erben wieder verlassen.

Außerdem fielen ihm Coiras wütende Worte wieder ein, die sie bloß wenige Minuten zuvor ausgestoßen hatte: *Aber von mir aus. Mach, was du willst. Nur zu.*

Sie war eine Crovan. Und sie hatte ihm die Erlaubnis erteilt, die Burg zu verlassen.

Wer war Coiras Mutter gewesen? Irgendeine Haussklavin? Eine der Verurteilten? Luke konnte sich dazu kein gutes Szenario ausmalen. Möglicherweise hatte eine Vergewaltigung dabei eine Rolle gespielt. Vielleicht sogar Mord.

Eines war allerdings klar: Wenn Crovan erfuhr, was Luke wusste, dann würde er ihn nicht mal mehr in die Nähe der Tür lassen. Er würde ihn einsperren und Coira vermutlich auch.

Aber wenn Luke dieses Wissen vor Crovan geheim halten konnte, waren sie vielleicht in der Lage, in einer anderen Nacht einen erneuten Versuch zu wagen – und zwar gemeinsam. Als Mitglied der Familie Crovan musste Coira diese Burg doch durch die gleiche Tür verlassen können. Möglicherweise reagierte auch das Boot positiv auf sie.

Zwar blieb ihnen nicht genügend Zeit, um alle Vorbereitungen für einen Fluchtversuch mit dem Boot am nächsten Tag zu treffen, aber nächste Woche, bei der nächsten Lieferung, konnten sie sich an Bord schmuggeln, den See überqueren und vielleicht in die Freiheit gelangen. Coira konnte ihnen allen die Genehmigung zum Verlassen der Burg erteilen, allen Verurteilten. Sobald sich das Versorgungsboot der Insel näherte, konnten sie durch die Tür entkommen, die Mannschaft überrumpeln und mit dem Boot sofort ans Ufer zurückkehren.

»Hadley«, setzte Crovan an und musterte ihn mit zusammengekniffenen Augen, »erstaunlicherweise scheint in deinem Köpfchen ja doch etwas vorzugehen.«

»Ich weiß jetzt, wieso es funktioniert hat«, verkündete Luke. »Ich weiß, was passiert ist. Denn eigentlich dürfte ich ja nicht in der Lage sein, durch diese Tür zu gehen, oder? Stattdessen sollte ich jetzt als ziemlich tote Fußmatte auf der Schwelle liegen. Aber Sie haben wohl nicht damit gerechnet, dass mir jemand helfen würde, oder?«

»Und wer soll das gewesen sein?«

»Silyen Jardine natürlich. Ihn interessiert, was mit mir passiert, das weiß ich genau. Und als er hier war, hatte ich das Gefühl, er wollte mir helfen. Und ich hab mich nicht getäuscht. Er hat mir geholfen. Coira hat versucht, mich aufzuhalten, aber ich wusste, dass mir nichts passieren würde. Und genau so ist es auch gekommen.«

»Stimmt das?«

Crovan drehte sich zu Coira um, die ihn finster musterte.

»Natürlich habe ich versucht, ihn aufzuhalten. Die Tür tötet – ich weiß das, er weiß das. Aber er wollte einfach nicht auf mich hören.«

»Also hast du ihn aufgefordert, die Tür dann eben doch zu passieren?«

Luke musste sich zusammenreißen, um nicht triumphierend eine Faust in die Luft zu recken. Crovan hatte sich entlang der gleichen Gedankengänge vorgearbeitet. Also musste seine Theorie stimmen.

Coira nickte mürrisch.

»Du bist ja solch eine gute Freundin«, höhnte Crovan. »Tja, allem Anschein nach hat Silyens unerwünschte Einmischung uns allen eine Überraschung bereitet. Aber das ist nichts, was ich nicht beheben könnte. Jetzt komm wieder rein, Hadley. Da draußen wartet nichts auf dich außer etwas frischer Luft – vorausgesetzt, Bodina Matravers ist nicht mit meinem Boot zurückgekehrt, um dich zu holen. Allerdings hatte ich nicht den Eindruck, dass sie das so bald wiederholen wird, oder? Niemand wird noch mal zu deiner Rettung auftauchen, Luke.«

Crovan krümmte seine Finger fast verächtlich, und Luke spürte, wie das Band um seinen Hals heiß wurde. Er war ein Narr gewesen, schon voreilig seinen Triumph zu feiern, erkannte er. Dieser Mann konnte noch immer tun, was er wollte. Obwohl er Crovan dieses Mal erfolgreich in die Irre geführt hatte, hatte er nach wie vor keine Möglichkeit, die Insel zu verlassen.

Lukes Puls raste, als ihm bewusst wurde, dass der Ebenbürtige ihm möglicherweise die Erinnerung an diese Nacht nehmen würde, bevor er auch nur die Gelegenheit hatte, Coira alles zu erklären. Und es hatte definitiv keinen Zweck, es ihr jetzt zuzurufen – Crovan würde ihr ebenfalls die Erinnerung nehmen.

»Sie brauchen mich nicht zu zwingen«, sagte er. »Ich komm ja schon.«

Langsam steuerte er auf die Stundentür zu. In dem Moment, in dem er aus Crovans Sichtfeld war, ging er in die Hocke und sah sich suchend auf dem Boden um. Es dauerte ein paar Sekunden, bis er einen Stein fand, dessen Ränder scharf genug waren. Hastig drückte er die Bruchkante in seinen Handballen und biss sich auf die Zunge, während er so tief hineinschnitt, wie er ertragen konnte. Ihm blieb keine Zeit für mehr als zwei Schnitte, und er zuckte zusammen, während er die scharfe Kante über seine Haut zog.

»Hadley?«

Crovans Stimme klang herrisch.

»Der Türgriff«, erwiderte Luke und leckte schnell das Blut von seinem Handballen. »Ich kann ihn nicht finden … Ah, jetzt weiß ich es wieder: Die Tür hat keinen Griff.«

Er drückte seine Hand auf die Stundentür, die daraufhin aufschwang. Crovan stand mit einem hämischen Grinsen unter seinem dünnen Schnurrbart auf der anderen Seite.

»Willkommen daheim«, sagte er.

Luke trat über die Schwelle, und sofort überkam ihn ein Gefühl der Benommenheit, das sein Hirn umnebelte. Der heimtückische Einfluss der Burgmauern.

Aber sie legten ihn nicht völlig lahm. Denn obwohl er sich

angeschlagen fühlte und nur langsam denken konnte, hatte er das, was er eben herausgefunden hatte, noch nicht vergessen. Crovan. Coira. Er schaute von ihr zu ihm und wieder zurück, im Versuch, sein Wissen in seinem Gedächtnis zu verankern. Als er seine linke Hand dehnte, schenkte ihm der Schmerz in seinem Handballen das beruhigende Gefühl, dass er sich die Wahrheit eingeprägt hatte.

»Ich denke, ich sollte mich jetzt wohl darum kümmern, das rückgängig zu machen, was Silyen mit dir und der Tür unternommen hat«, sagte Crovan und steuerte auf ihn zu. »Schließlich kann ich nicht zulassen, dass du noch mal entkommst.«

Was überhaupt keinen Sinn ergab. Silyen hatte nichts bezüglich der Tür unternommen. Crovan wusste das ganz genau.

Doch er ging davon aus, dass Luke das glaubte.

Dann traf Luke der erste Hieb und verwandelte seinen Körper in einen einzigen Schmerz. Wimmernd ging er zu Boden.

Das Ganze war bloß Show, erkannte er. Nicht der Schmerz, aber der Zweck der Übung. Crovan ließ ihn leiden, damit Luke dachte, der Ebenbürtige würde Silyen Jardines Beitrag zum Öffnen der Tür aus Lukes Gehirn auslöschen. Doch tatsächlich war das alles nur ein fauler Zauber.

Bei dieser Erkenntnis lief Luke ein Schauer über den Rücken. Er dachte jetzt auf die gleiche Weise wie die Ebenbürtigen. Würde ihm das nutzen? Durfte er davon träumen, dass er sie vielleicht an Schlauheit übertreffen konnte? Er musste es einfach hoffen, denn er konnte sie bei nichts anderem übertreffen, so viel stand fest.

Der zweite Hieb war so heftig, dass er fast das Bewusstsein verlor. Luke krümmte sich zusammen und rollte sich dann auf den Bauch, um sich weniger verwundbar zu fühlen.

Er drückte die Stirn auf die Steinplatten und versuchte, seinen Atem und seinen rasenden Puls zu beruhigen. Sein getrübter Blick glitt über die Setzrisse in den Platten. Jackson hatte fast an der gleichen Stelle gelegen, mit halb weggepustetem Schädel, aus dem Blut und Hirnmasse gesickert waren.

Aber nur du kannst entscheiden, ob du dieses Spiel spielen möchtest. Denn dabei gibt es keine Gewinner, hatte der Doc vor einer halben Ewigkeit mal zu ihm gesagt, als sie in Millmoor über den Verein und seine Spiele gesprochen hatten. *Jedenfalls nicht bis ganz zum Schluss.*

Bitte mach, dass es bald endet. Bitte.

Tränen liefen Luke über die Wangen: Tränen für Jackson und für Angel. Für Coira, die noch nichts davon wusste, dass ihr Vater ein Mann war, der sie ihr ganzes Leben lang eingesperrt hatte. Für seine Schwestern und seine Eltern, wo auch immer sie sein mochten (und bitte lass das irgendwo an einem sicheren Ort sein).

Für sich selbst.

Der dritte Hieb bewirkte, dass er vor Schmerz aufschrie und spürte, wie eine beschämende, warme Feuchtigkeit sich unter ihm auf dem Boden ausbreitete. Nicht einmal Kessler und seine Elektroschockpistole hatten das geschafft.

»Das sollte wohl genügen«, sagte Crovan hämisch und beugte sich über ihn.

Die Quaste von Crovans Morgenmantelgürtel streifte gegen Lukes Gesicht, und seine überreizten Nerven sandten einen brennenden Schmerz in sein Hirn. Luke wünschte, er hätte den scharfkantigen Stein behalten. Dann hätte er ihn dem Mann in den Fußknöchel rammen und dabei vielleicht eine pralle Ader treffen können, aus der sein Blut so schnell auslaufen würde wie aus einer Wanne, bei der man den Stöpsel gezogen hatte – schneller, als das *Geschick* des Ebenbürtigen seinen Körper heilen konnte.

»Was auch immer Silyen mit dir gemacht hat, es funktioniert nicht länger. Also halt dich von der Tür fern, Hadley. Der Tod ist ein hoher Preis für etwas frische Luft.«

Der Ebenbürtige hockte sich neben Luke, packte ihn am Kragen und zog seinen Kopf hoch. Dann spreizte er seine andere Hand nur wenige Zentimeter vor Lukes Gesicht – die Finger bereit, in seine Augenhöhlen zu greifen oder seinen Mund und seine Nasenlöcher zusammenzukneifen. Er drehte Lukes Kopf hin und her und betrachtete ihn von allen Seiten, wie ein Falke ein paar Fellreste zwischen den Krallen.

»Ich werde dir die Erinnerung an diese Nacht lassen, um dir eine Lektion zu erteilen. Wie klagte schon dein tierischer Freund: Ich lasse euch Verurteilten immer nur die Erinnerung an die schlechten Dinge.«

Crovan richtete sich auf und ließ Luke wieder auf den Boden fallen.

»Mach ihn sauber«, befahl er Coira, während er verächtlich über Lukes gekrümmte Gestalt hinwegtrat. »Dann geh ins Bett. Ich werde keine weiteren nächtlichen Störungen dulden. Wenn er das nächste Mal durch die Tür treten will, wird er eben sterben – und ich weiß, dass du das nicht willst. Wenn man jemanden mag, heißt das nicht, dass man ihn auch retten kann, Mädchen. Es bedeutet lediglich, dass es nur viel mehr schmerzt, wenn derjenige sich nicht selbst retten will.«

Und dann verschwand der Lord von Eilean Dòchais mit wehenden Rockschößen.

Luke lag reglos da, vollkommen erschöpft. Er protestierte

nicht, als Coira ihn sanft auf die Seite rollte und ihm half, sich aufzusetzen, obwohl dadurch seine durchnässte Hose zum Vorschein kam. Beschämt ließ er den Kopf hängen, als ihm der Uringeruch entgegenschlug.

Gleichzeitig hätte er jubeln können. Er hatte Crovan hinters Licht geführt, und das schreckliche Wissen um Coiras Herkunft war noch fest in seinem Gedächtnis verankert. Wissen, mit dem sie etwas anfangen konnten, auch wenn er noch nicht wusste, was genau.

Coira hatte seine Hand umgedreht und inspizierte seinen Handballen.

»Das müssen deine Fingernägel getan haben«, sagte sie verwundert und fuhr mit den Fingerkuppen behutsam über die blutigen halbmondförmigen Vertiefungen. »Du hast deine Faust so stark geballt, dass du dich selbst geschnitten hast.«

Luke blickte auf das, was er in die Haut geritzt hatte: CC

Coira Crovan.

Er schloss die Hand über ihren Fingern, hielt sie einen Moment lang, spürte ihren schwachen Puls an seinen Wunden.

»Nein«, sagte er. »Es gibt da etwas, dass ich dir erzählen muss.«

22

Abi

Jardine ist gut«, sagte Jon Faiers und schaute in die Gesichter derjenigen, die sich in dem sicheren Versteck in Dalston versammelt hatten. »Die Bombe, die den Sympathisanten der Bore-Zwölf – also uns – zugeschrieben worden ist, war seine Idee.«

»Warum sollte man seine Familie auf diese Weise in Gefahr bringen?«, fragte Renies Onkel Wesley.

»Es hat zu keinem Moment eine Gefahr bestanden«, erwiderte Abi, die sofort verstand, was Jon sagen wollte. »Jardine hat genau gewusst, dass die Bombe kommen würde, und er hätte sie selbst zerstört, wenn Gavar ihm nicht zuvorgekommen wäre, oder?«

»Aber wieso stellt man sich selbst als so unbeliebt hin?«, hakte Renie nach. Sie hockte auf der Sofalehne, direkt neben ihrem Onkel.

»Sie haben sich nicht unbeliebt erscheinen lassen, sondern stark«, erklärte Abi. Jardines Gerissenheit rang ihr gegen ihren Willen Respekt ab. »Im Ernst: Gavar hat eine Bombe mitten in der Luft gefangen und unschädlich gemacht. Und danach ist er von einem Balkon gesprungen, mit übermenschlicher Schnelligkeit durch die riesige Zuschauermenge gesprintet und hat sich genau den Mann geschnappt, der die Bombe geworfen hatte. Selbst ich war von Gavar beeindruckt – und dabei weiß ich, dass er ein versoffener, frauenfeindlicher Blödmann ist. Wie um alles in der Welt hast du das herausgefunden, Jon?«

Faiers verzog das Gesicht.

»Mistress Boudas Vernehmungsteam wird von einer schrecklichen Frau namens Astrid Halfdan geleitet. Anscheinend hat ihr der erste geschnappte Mann – der, den Gavar zu Fall gebracht hatte – erzählt, dass er von jemandem dafür bezahlt worden war, der sich selbst als Sympathisant der Bore-Zwölf ausgegeben hatte. Ein ziemlich überflüssiges Detail, das er gar nicht hätte erwähnen müssen. Als Astrid auch diesen Mann hat verhaften lassen, ist Jardine plötzlich im Büro aufgetaucht und hat die Ermittlungen durch das Bekenntnis eingestellt, dass das alles sein Werk war. Der erste Typ hätte nie geschnappt und verhört werden sollen.

Mistress Bouda war nicht gerade begeistert. Sie haben sich regelrecht gestritten. Anscheinend hatte Jardine der Familie vorher gesagt, dass eine ›Demonstration ihres *Geschicks*‹ geplant war. Aber Gavar und sie hatten angenommen, dass er damit den Budenzauber mit dem Tor gemeint hatte.«

Wes blies die Wangen auf und schnaufte – eine Geste, mit der er eine Art ungläubiges Kopfschütteln zum Ausdruck brachte, wie Abi während der vergangenen beiden Tage gelernt hatte. Inzwischen waren ihr Renies Onkel und seine Kumpel ans Herz gewachsen. Raue, nüchterne Männer, die viel zu viele unnötige Unfälle und vermeidbare Todesfälle miterlebt hatten. Männer, die auf die harte Tour gelernt hatten, wie wenig sich die Ebenbürtigen für ihre Sklaven interessierten.

Die Geschichten, die sie Abi erzählt hatten, hatten ihr einen Schock versetzt. Jetzt, wo sie darüber nachdachte, fand sie es irgendwie seltsam, wie zurückhaltend die Gewöhnlichen waren, die ihre Sklavenzeit abgeleistet hatten: Sie sprachen kaum über ihre Erfahrungen.

Lag das daran, dass diese Jahre einfach zu deprimierend oder sogar zu traumatisch verlaufen waren, um darüber zu reden? Oder beruhte das Schweigen auf dem Wunsch, diejenigen, die ihre Sklavenzeit noch vor sich hatten, vor dem Wissen zu schützen, welche Schrecken auf sie warteten? Oder hing es damit zusammen, dass diese zehn Jahre des eigenen Lebens nun mal unvermeidlich waren und es sich deshalb nicht lohnte, sich darüber zu beschweren? »Ach, was wollen wir klagen? Freuen sich ja doch nur die anderen«, hatte Abis Großmutter immer gesagt, wenn irgendetwas Unerfreuliches passiert war – wie etwa eine Woche Regen während ihres einzigen Jahresurlaubs. Hatte sie die gleiche Einstellung zu ihrer Sklavenzeit gehabt?

War das der Grund, warum alle schwiegen?

Oder taten sie das aus Angst?

Angst vor den Ebenbürtigen und ihrem geheimnisvollen *Geschick*. Angst vor ihren Vollstreckern, dem Sicherheitsdienst. In der alltäglichen Welt waren die Sicherheitsbeamten einfach bloß normale Polizisten, die für Ruhe und Ordnung sorgten. Aber in den Sklavenstädten verhielten sie sich so, als wären sie die Herren und Gebieter – das wusste Abi von Renie und den anderen.

Abi erinnerte sich an den brutalen Schlägertypen von Millmoor, der Luke abgeholt hatte: sein bulliger Nacken und sein fast kahlrasierter Schädel. Renie hatte ihr erzählt, er hätte Luke in der Sklavenstadt so heftig geprügelt, dass er ihm mehrere Rippen gebrochen hatte. Von Jon wusste Abi, dass der Mann jetzt für Bouda Matravers arbeitete. Abi hatte weder sein Gesicht noch seinen Namen vergessen. Er hatte auf einem Schild an seiner Brust gestanden: Kessler.

Kam das dabei heraus, wenn die Machtlosen etwas Macht erhielten?

Nein. Von Kessler mal abgesehen, würde sie den Gewöhnlichen, die sich gegen ihre eigenen Mitbürger wendeten, nun keine Vorwürfe machen. Dafür waren die Ebenbürtigen verantwortlich. Im 21. Jahrhundert hielten sie ein System aufrecht, das Jahrhunderte zuvor erschaffen worden war – als ein einfacher Mann es vielleicht für einen gerechten Tausch gehalten hatte, wenn er seinem Lord für Nahrung und ein Dach über dem Kopf zehn Jahre seines Lebens schenkte. Die Sklavenzeit hätte schon vor langer Zeit abgeschafft werden müssen.

Also wie sollte man den Menschen begreiflich machen, dass es nicht auf diese Weise laufen musste? Wie sollte man ihnen zeigen, dass es möglich war, sich gegen die Ebenbürtigen zu erheben? Der Aufstand in Millmoor war nur der Anfang gewesen. Genau wie die verkohlten Felder im Bore. Dinas geplante Stilllegung der Werke in Riverhead nahmen immer mehr Gestalt an. Der Norden brannte vor Zorn.

Aber London stand auf einem anderen Blatt. Diese Stadt war reich, von den heruntergekommenen Vierteln im Osten einmal abgesehen. Das Geld der Ebenbürtigen-Familien, das sie mit ihren Fabriken in den Sklavenstädten erwirtschaftet hatten, floss in diese Metropole. Touristen aus aller Welt bestaunten Londons Geschichte und Kultur und erwarben die von Sklaven gefertigten Luxusgüter. Abi hatte sie an dem Tag, an dem sie zur Königinnenkapelle gegangen war, zu Tausenden auf den Straßen gesehen.

Diese Stadt hielt die Fassade aufrecht, dass Großbritannien eine zivilisierte, moderne Nation war, obwohl sie sich im Grunde kaum eine Stufe über dem Lehnssystem befanden.

»Wir sollten mal darüber reden, was wir noch tun müssen«, sagte Abi. »Okay, wir müssen die Leute befreien, die verhaftet worden sind. Deswegen seid ihr alle schließlich hergekommen. Aber die brennenden Felder im Bore waren ursprünglich eine Protestaktion. Eine Nachricht an unsere Herren, dass die Menschen unter grauenhaften und ungerechten Bedingungen leben.

Und wir müssen diese Nachricht wieder und wieder aussenden. Mein Bruder wurde zur Verbannung verurteilt. Meilyr Tresco wurde auf die schlimmste vorstellbare Art und Weise bestraft. Dina Matravers und der Verein haben schreckliche Risiken auf sich genommen, um aus Millmoor herauszukommen. Und wozu das alles? Millmoor ist praktisch zur Tagesordnung zurückgekehrt; das Gleiche wird bald für den Bore gelten. Welches Feuer ihr da oben in den Feldern auch immer gelegt habt, wir müssen dafür sorgen, dass es weiterhin brennt.«

Bevor Abi das Wort ergriffen hatte, hatten sich alle leise miteinander unterhalten. Doch jetzt breitete sich Stille im Raum aus.

»Mach weiter«, drängte Wes. »Ich glaub nicht, dass hier irgendjemand ist, der nicht mit dir übereinstimmt.«

Er schaute seine Mitflüchtlinge aus dem Bore der Reihe nach an. Sie alle schüttelten den Kopf.

Abi holte tief Luft. Nun gab es kein Zurück mehr. Würden die anderen verstehen, worauf sie hinauswollte?

»In diesem Land gibt es kein freies Internet, keine sozialen

Netzwerke. Das heißt also, dass es nicht leicht ist, viele Leute zu erreichen – außer durch eine Aktion, die so groß ist, dass sie nicht abgetan oder ignoriert werden kann. Und was in London passiert, kann niemand ignorieren. Die Bombe und die Geschichte mit Ragnarrs Kopf haben das bewiesen.«

»Da fällt mir was ein, was du eben gesagt hast«, meldete Renie sich von ihrem Sitzplatz auf der Sofalehne neben ihrem Onkel zu Wort, während sie gleichzeitig ununterbrochen auf einem Kaugummi herumkaute. »Das mit dem Feuer, das weiterbrennen soll.«

Abi hätte wissen müssen, dass das Mädchen sie sofort verstehen würde: Renie Delaney hatte eine Begabung dafür, Ärger zu machen.

»Was meinst du?« Wesley stupste seine Nichte mit dem Ellbogen an, während sie unruhig hin und her zappelte. »Hat dich dieses alte Kinderlied auf Ideen gebracht?«

Und dann begann er, leise zu singen: »*London brennt, London brennt, hol die Feuerwehr, hol die Feuerwehr. Feuer, Feuer, Feuer!*«

Renies Zappeln ließ schlagartig nach. Die Stimme ihres Onkels hatte sie in ihren Bann geschlagen.

»Das hab ich dir früher, als du noch klein warst, immer vorgesungen«, erzählte er. »Das kleine Mädchen meiner kleinen Schwester. Du warst unglaublich niedlich, in deinem rosa Rüschenbettchen. Dein Dad hat dir auch Wiegenlieder gesungen, meistens schmalzige irische Balladen. Aber er hatte nicht so eine gute Stimme wie ich.« Er warf den Kopf in den Nacken und lachte.

Als Abi sah, wie sich Renies angespannte Gesichtszüge lockerten, empfand sie plötzlich eine gewaltige Wut. Die Ebenbürtigen hatten dieses knallharte Kind mit gerade einmal acht

Jahren – als man ihre gesamte Familie verhaftet hatte – an einen viel schlimmeren Ort als in ein Kinderheim geschickt. Renie hatte liebende Brüder, Eltern, eine ganze Familie gehabt, bevor man sie alle auseinandergerissen hatte. Und das gleiche Sklavenzeitsystem hatte Abi die eigenen Geschwister geraubt und ihre Eltern nach Millmoor verfrachtet.

Nein, es war höchste Zeit, dass sie vom »Sklavenzeitsystem« nicht länger so sprach, als handelte es sich um ein abstraktes Konzept, und das Ganze nicht länger als irgendein historisches Überbleibsel betrachtete – eine schlechte, vor Jahrhunderten erdachte Idee, die Großbritannien leider noch immer am Hals hatte.

Tatsächlich ging es um eine Gruppe von Personen, die jeden einzelnen Tag aufs Neue die Entscheidung trafen, dieses System aufrechtzuerhalten.

Die Ebenbürtigen hatten das zu verantworten. So unmittelbar, als ob Bouda Matravers Renies Bruder eigenhändig in den Güllehochbehälter gestoßen oder Thalia Jardine Luke persönlich zu Crovans Burg gefahren hätte.

»Sie könnten es nicht ignorieren, wenn London brennt«, sagte Abi.

Sie spürte, wie ihre Worte die Männer elektrifizierten, die die Felder – ihre Sklavenstätte – niedergebrannt hatten. Würden sie es wagen, auch die Hauptstadt in Brand zu stecken?

Denn sie selbst war dazu bereit, erkannte Abi.

Als sie sich nach Meilyrs Tod geschockt und hoffnungslos auf Highwithel versammelt hatten, war Abi noch nicht bereit gewesen, sich Dina Matravers' politischem Feldzug anzuschließen.

Aber sie hatte sich verändert. Ragnarrs Kopf und Whittam

Jardines Bombe, Faiers und Midsummer, Wesley und die Bore-Aktionen hatten dafür gesorgt.

»Nein, sie können es nicht ignorieren, wenn London brennt«, bestätigte Wesley.

»Und sie werden es auch nicht ignorieren – wenn wir die Stadt in Brand stecken«, sagte Renie und schenkte Abi ein schnelles Grinsen.

»Ist das jetzt der Moment, an dem ich mich entschuldigen sollte?«, fragte Jon Faiers. »Schließlich arbeite ich für Mistress Bouda.«

Er nannte sie ständig so, registrierte Abi verärgert. Respektvolle Gewohnheiten ließen sich nur schwer ablegen. Aber vermutlich gab es auch praktische Gründe für sein Verhalten. Es würde ihm nicht bekommen, wenn er ihren Titel in Westminster, in den Gängen im Haus des Lichts, vergaß.

»Denkst du, sie hat einen Verdacht?«, hakte Wesley besorgt nach.

»Wenn sie irgendeinen Verdacht hätte, würde ich wahrscheinlich gerade in Astrid Halfdans schalldichtem Kellerraum sitzen«, erwiderte Jon. »Aber trotzdem frage ich mich, ob es das Risiko wert ist – für euch alle, meine ich.«

»So leicht kommen die Ebenbürtigen nun auch nicht an Informationen«, sagte Abi. »Es ist doch nicht so, als ob sie eine Art Film von allen bisherigen Ereignissen sehen könnten, oder? Ich meine, wenn man sich mal ansieht, wie sie meinen Bruder verhört haben, im Versuch, die Hintergründe des Attentats im Ballsaal aufzudecken. Natürlich hatte ihm jemand Stillschweigen auferlegt, aber sie haben auch nicht tiefer in seiner Vergangenheit gegraben: Sie haben nicht herausgefunden, dass Bodina bei den Aktionen in Millmoor dabei war, oder?

Selbst jetzt weiß niemand von Dinas Beteiligung, bis auf Crovan. Und er hat seine eigenen Gründe, den Mund zu halten.«

»Ich frage mich, wie lange das noch so bleiben wird«, sagte eine neue Stimme an der Tür. Eine neue, aber bekannte Stimme.

Die Frau liebte derartige Auftritte, erkannte Abi und musste unwillkürlich lächeln, als Midsummer Zelston den Raum betrat. Renie stürmte auf die Ebenbürtige zu, und während sie sich umarmten, winkte Midsummer Wesley und den anderen Männern aus dem Bore über Renies Kopf hinweg zu.

»Dinas Pläne nehmen langsam Gestalt an«, verkündete die Ebenbürtige. »Es wird nicht mehr lange dauern, bis Riverhead zum Stillstand kommt. Die gesamte Stadt.«

»Wirklich die ganze Stadt?«

Jon klang beeindruckt. Und das Gleiche galt für Abi.

Riverhead war die nördlichste Sklavenstadt Englands und auf den Schiffbau spezialisiert. Auf den Werften wurden die Schiffskörper zusammengeschweißt und dann über den Tyne zum Meer transportiert – angefangen von herkömmlichen Fähren bis hin zu den glänzenden Kreuzfahrtschiffen, mit denen die konföderierten Amerikaner die Staatsgebiete in der Karibik besuchten (was die Unionistischen Staaten ihren eigenen Bürgern untersagten). Der Gedanke, dass diese Sklavenstadt einfach zum Erliegen kommen könnte, war unvorstellbar.

»Nach dem, was ich eben gehört habe« – Midsummer deutete mit dem Kopf auf den Flur vor der Tür –, »klingt es danach, als ob ihr eigene Ideen hättet. Zündelnde Ideen. Also, wie sieht der Plan aus? Denn wir wissen, dass Jardine diesen Blutmarkt für den ersten Mai angesetzt hat, also in etwa zwei

Wochen. Bis dahin haben wir Zeit, unsere Leute aus dem Gefängnis zu holen. Und ich schätze, dass die Stilllegung in Riverhead, Ärger hier in London und ein Gefängnisausbruch die Unruhen im Bore ebenfalls wiederaufflammen lassen würden. Es könnte genau das sein, was wir jetzt brauchen, um die Sache ins Rollen zu bringen.«

»Dieser Blutmarkt … was genau ist das eigentlich?«, fragte einer der Männer. »Ich meine, der Name verheißt zwar nichts Gutes, aber was läuft denn da ab? Es handelt sich um eine Hinrichtung, oder? Jardine führt die Todesstrafe wieder ein. Etwa Tod durch den Strang?«

»Beim Tod durch den Strang fließt nicht viel Blut«, sagte Jon Faiers grimmig.

»Das Ganze ist eine staatlich sanktionierte Folter, ein öffentliches Schauspiel und nichts anderes«, erklärte Midsummer mit entschlossener, angewiderter Miene. »Die Sorte von Hinrichtung, die per internationalem Abkommen in der Hälfte aller Länder für geächtet erklärt worden ist.«

»Mag ja sein«, sagte der Mann. »Aber was genau passiert da?«

Faiers seufzte schwer, als wollte er lieber nicht darüber reden. Und Abi erkannte schon bald, warum.

»Es gibt ein Gemälde von Hogarth«, setzte er an, »das seit Jahrzehnten im Keller des Parlaments aufbewahrt worden ist. Aber auf Jardines Vorschlag hin hat Mistress Bouda es aus dem Archiv holen und an die Wand ihres sogenannten ›Büro für öffentliche Sicherheit‹ hängen lassen. Das Gemälde zeigt den Southwark-Blutmarkt des Jahres 1732. Midsummer, vielleicht kannst du uns auf deinem Handy ein Bild davon besorgen?«

Die Ebenbürtige holte ihr Handy hervor – ein unionistisch-amerikanisches Modell. Sämtliche Ebenbürtigen nutzten diese Geräte, wohingegen niemand sonst sie haben durfte, obwohl die Bauteile hier gefertigt wurden. Midsummer fand ein Bild im unzensierten Internet, zu dem nur die Ebenbürtigen Zugang hatten, und reichte ihr Smartphone herum. Bei dem Entsetzen und der Abscheu auf den Gesichtern der Männer, die einen Blick darauf warfen, bekam Abi ein mulmiges Gefühl. Wie schlimm konnte die Darstellung sein? Sie hatte Ärztin werden wollen und zuckte beim Anblick von Wunden nicht zimperlich zurück. Aber das erste Gelöbnis eines Arztes verlangte, dass er oder sie niemandem Schaden zufügte, und die Vorstellung, andere Menschen absichtlich zu verletzen, hatte ihr schon immer Übelkeit bereitet.

Als sie das Handy entgegennahm, erkannte sie, dass der Blutmarkt noch schlimmer war als befürchtet.

Auf den ersten Blick zeigte das Gemälde eine Fülle harmlos scheinender Details. Eine Frau, deren gelbes Kleid jene Sorte von tiefem Ausschnitt zeigte, der Gavar Jardines Zustimmung gefunden hätte, schlug eine riesige Trommel. Die Katze eines Bettlers balancierte auf den Hinterpfoten und trug dabei einen Hut auf dem Kopf. Flaggen wehten und Gasthausschilder schwangen im Wind hin und her, während ein Akrobat Kunststücke auf einem Seil vollführte. Betrunkene Männer zogen streitsüchtig mit gezogenen Schwertern durch die Straßen.

Diese Szenen lenkten derart vom Hauptgeschehen ab, dass Abi einen Moment brauchte, bis ihr klarwurde, was auf dem erhöhten Podium in der Mitte der Leinwand passierte. Und dann fragte sie sich, wie sie das nur hatte übersehen können.

Ein nackter Pechvogel wurde an den Fußknöcheln über den

Rand der Plattform geschwungen. Die darunterstehende, mit Messern bewaffnete Menge schnitt und säbelte an jedem Teil seines Körpers herum, den sie erreichen konnte. Eine andere entkleidete Gestalt, die an einer der Brüstungsverstrebungen festgebunden war, wurde mit allen möglichen Haushaltsutensilien malträtiert: angefangen von Angelhaken über Fleischgabeln bis hin zu einem Kochlöffel, der in eine bereits blutüberströmte Augenhöhle gerammt wurde. Ein Kind, kaum größer als Libby Jardine, trieb dem Opfer entschlossen einen großen Holzsplitter ins Schienbein.

Abi spürte, wie ihr übel wurde. Sie wandte den Blick ab und reichte Midsummer hastig das Handy zurück.

»Ist Jardine vollkommen verrückt geworden? Das ist doch keine Demonstration der Stärke – das ist unmenschlich. Sein Vorhaben wird dafür sorgen, dass sich alle gegen ihn wenden werden.«

»Du würdest dich wundern«, sagte Faiers. »Es wäre besser, wenn du das einfache Volk nicht romantisch verklärst, Abigail. Bei den Blutmärkten war kein staatlicher Scharfrichter zugegen. Die Gefangenen wurden einfach festgebunden, und dann gab man der Öffentlichkeit freie Hand. Kanzler Jardine beschreibt die Blutmärkte als Ausübung der ›Volksjustiz‹.«

»Das britische Volk würde so etwas niemals machen«, sagte Wesley und legte eine Hand schützend auf Renies Schulter.

»Völker in allen Teilen der Welt beteiligen sich daran, sofern man ihnen nur genügend Gründe gibt«, erwiderte Faiers.

»Aber bei diesen Männern besteht doch kaum ein Grund«, protestierte einer der Bore-Flüchtlinge. »Sie haben schließlich bloß ein paar Felder in Brand gesteckt und Geräteschuppen in die Luft gesprengt.«

»Man wird der Öffentlichkeit einen hinreichenden Grund liefern«, sagte Abi. »Eure Freunde werden zu Staatsfeinden erklärt – eine Gefahr für jeden Bürger.«

»Außerdem bin ich mir sicher, dass Jardine für die geeignete Stimmung sorgen wird«, fügte Midsummer hinzu. »An der Uni habe ich gesehen, wie Alkohol und Drogen normale Menschen in Tiere verwandeln können. Ich kenne ein paar Mädchen, denen bei einer der Studentenpartys schreckliche Dinge widerfahren sind. Es braucht nur einen Typen mit einem bereits kranken Hirn, der das Ganze in Gang setzt – das gibt allen anderen die Genehmigung mitzumachen. Die Menschen vergessen sich dann.«

Stille legte sich über den Raum. Die Vorstellung war so deprimierend. Hauste in jedem von ihnen ein Monster, das nur darauf wartete, von der Leine gelassen zu werden? Man brauchte sich bloß Dog anzusehen … und das Ungeheuer, das aus ihm geworden war.

Nein, Abi wollte das nicht glauben.

Doch in diesem Moment erkannte sie, dass es bei den Blutmärkten nicht darum ging, alle Bürger in blutrünstige Killer zu verwandeln. Nur einige wenige würden sich daran beteiligen – diejenigen, die, wie Midsummer schon gesagt hatte, bereits krank im Hirn waren. Die Macht, die diese Veranstaltung über die anderen ausübte, bestand in ihrer Drohung: das schreckliche Schicksal, das all jene erwartete, die aus der Reihe tanzten.

Wie sollten sie dagegen ankämpfen?

»Was auch immer die Ebenbürtigen können, das können wir auch«, sagte Abi. »Wenn die Ebenbürtigen glauben, sie könnten alle mit diesem blutigen Spektakel einschüchtern, dann können wir allen Mut einflößen, indem wir ihnen zeigen, dass Widerstand möglich ist.

Lasst uns ihre Geschichte mit unserer Geschichte bekämpfen. Als der Letzte König gestürzt wurde, hat man Statuen zerschlagen, Porträts zerstört und königliche Gebäude verschandelt und niedergebrannt. Symbolische Ziele. Wir sollten das Gleiche tun. Keine Verletzten oder Toten, aber maximale Öffentlichkeitswirkung.

Jardine hat Aston House übernommen, weil er glaubt, es repräsentiere das Versagen der Gewöhnlichen, das ausschließlich Ebenbürtige wieder richten können. Lass uns ihnen unsere Seite der Geschichte zeigen. Wir sollten uns die Königinnenkapelle vorknöpfen, wo früher die Schauprozesse der Blutmärkte stattgefunden haben. Und die Geschäfte in Mayfair, wo in den Sklavenstädten gefertigte Luxusgüter den reichen Touristen aus aller Welt zum Kauf angeboten werden. Dazu diese Villen entlang des Aston Garden, wo all jene Länder, die sich zu sehr schämen, offiziell diplomatische Beziehungen zu uns zu unterhalten, sich diskret bei ihren Ebenbürtigen-Nachbarn einschmeicheln. Wir können diese Stadt in Brand stecken – und ich meine damit nicht nur mit Streichhölzern.«

Sämtliche Anwesenden starrten sie an: Renie und ihr Onkel, Midsummer und Jon, die Männer aus dem Bore. Abi sah die Entschlossenheit in ihren Augen.

»Ich weiß ja nicht, wie ihr dazu steht«, setzte Renie an und ließ ihre Kaugummiblase laut platzen, »aber ich finde, Streichhölzer sind schon mal ein guter Anfang.«

Und es stellte sich heraus, dass Renie ziemlich gut mit Streichhölzern umgehen konnte. Und mit Ziegelsteinen. Außerdem hatte sie ein Händchen dafür, ungesehen in Gebäude zu schlüpfen, den Überwachungskameras aus dem Weg zu gehen und sich nähernde Sicherheitsleute schon zehn Sekunden, bevor sie um die Ecke bogen, zu hören.

»Dann bin ich wenigstens zu etwas gut«, sagte das Mädchen, während Abi und sie durch die Mountford Street liefen. Man konnte fast vergessen, dass es vier Uhr morgens war – so hell strahlten die Lichter der vergoldeten, gläsernen Ladenfronten. »Jackson hat mal versucht, mich ein Banner schreiben zu lassen, aber nicht mal er konnte meine Klaue lesen – und das will was heißen, wo er doch Arzt war.«

Sie verstummte. Abi wusste, dass sie gerade beide das Gleiche dachten: Jackson war gar kein richtiger Arzt gewesen.

»Dein Bruder hat mich mal von einem Dach runterbaumeln lassen, nur von einem Seil gehalten.«

»Ehrlich gesagt, ist das im Moment auch kein besonders guter Gesprächsstoff.«

Renie schnaubte. Sowohl ihre als auch Abis Stimme war durch den Baumwollschal gedämpft, den sie sich beide vors Gesicht gezogen hatten. »Ich erinnere mich an das, was Jess gesagt hat, als wir in Schottland waren: dass du Luke mehr ähnelst als du denkst. Ich glaub nicht, dass du ihr damals geglaubt hast. Aber siehst du die Ähnlichkeit jetzt? Du hast dich verändert, Abi.«

»Alles hat sich in dem Augenblick verändert, als ich aus dem Wagen gesprungen bin, der uns nach Millmoor bringen sollte«, sagte Abi. »Aber ich habe bis jetzt gebraucht, um das zu erkennen. Ich hab gedacht, ich könnte Lukes Unschuld beweisen, und dann würden die Ebenbürtigen verstehen, warum ich geflohen bin, und alles würde wieder in Ordnung kommen. Ich war ja so naiv. Stattdessen habe ich bloß eines geschafft: Ich habe mich in eine Situation gebracht, aus der es kein Entrinnen gibt.«

»Das schenkt einem aber auch eine gewisse Freiheit, oder? Wenn man nichts mehr zu verlieren hat.«

Renie hatte recht. Abi tastete nach der Spraydose in ihrer Tasche. Heute Nacht würde sie eine weitere Grenze überschreiten. Nein, nicht einfach nur überschreiten. Sie würde Anlauf nehmen und mit Schwung darüberspringen.

Ein Sprung ins Unbekannte. Ihr Herz schlug wie wild.

»Da sind die anderen«, sagte Renie und deutete mit dem Kopf auf die beiden dunkel gekleideten, ebenfalls maskierten Gestalten, die am anderen Ende der Straße aufgetaucht waren. Das Mädchen warf einen Blick auf ihre Armbanduhr, ein billiges BB-Plastikding aus Millmoor. Genauso gut hätte sie auch überprüfen können, wann ihr Bus kam, dachte Abi. Renie blieb erstaunlich cool.

»Drei … zwei … eins, und los geht's.«

Sofort sprintete Renie los. Schnelligkeit war in dieser Situation von entscheidender Bedeutung. Die Luxusgeschäfte in der Mountford Street waren garantiert alle mit einer privaten Sicherheitsfirma verbunden. Mehr als neunzig Sekunden durften sie sich nicht Zeit lassen.

Abi lief zu ihrem Ziel – eines der wenigen modernen Geschäfte in der Straße: eine Boutique mit Haute Couture, angeblich entworfen von der Frau eines Kumpanen von Jardine. Die hier verkauften Kleider kosteten mehr, als die meisten Menschen im ganzen Jahr verdienten – was an sich schon erbärmlich war. Aber dazu kam noch die Tatsache, dass die Kleidung in Exton handgenäht wurde, in einer von Devons Sklavenstädten, aus der viele der in dieser Straße präsentierten Luxusmarken stammten.

Die Inhaberin dieser speziellen Marke war der Ansicht, die kleinen Hände und scharfen Augen der Kinder in Exton eigneten sich am besten für die feinen Näharbeiten, die ihre internationale Kundschaft besonders zu schätzen wusste.

Das riesige Schaufenster war perfekt für die geplante Botschaft. Abi versuchte, das Klirren von Glas und den Geruch von Benzin um sie herum zu ignorieren, während die anderen drei ihre Arbeit mit Ziegelsteinen und Molotowcocktails erledigten. Ihre Hand huschte über die Fensterscheibe.

KINDERSKLAVEREI = SO WAS VON AUS DER MODE

Als das Zischen ihrer Sprühdose verstummte, bemerkte Abi, dass sie kein klirrendes Glas mehr hörte, sondern nur noch das Knistern und Fauchen des Feuers. Sie drehte sich um, aber Renie stand schon neben ihr.

»Leserliche Handschrift«, lobte sie. »Der Doc hätte dich jede Woche ausgewählt. Los, lass uns von hier verschwinden.«

Sie rannten durch die Straße, in deren Schaufenstern die Waren jetzt von flackernden Flammen grell erleuchtet wurden.

Die Straßen von Mayfair waren das reinste Labyrinth, doch Renies diebische Begabungen umfassten auch einen beneidenswerten Orientierungssinn. Abi brauchte bloß hinter ihr herzusprinten. Die beiden Männer aus dem Bore waren in südöstliche Richtung gelaufen, zur Königinnenkapelle. Obwohl Abi dieses Ziel selbst vorgeschlagen hatte, brachte sie es nicht übers Herz, sich an dessen Zerstörung zu beteiligen. Es handelte sich um ein wundervolles Gebäude, das Jahrhunderte überdauert hatte. Aber jetzt hatte seine letzte Stunde geschlagen. Die Sprengung würde die perfekte Ablenkung für die zweite Aufgabe bilden, die Abi und Renie sich vorgenommen hatten.

Schon bald erreichten sie Hyde Park Corner. Zu dieser frühmorgendlichen Stunde war von dem Verkehr, der diese Ecke Londons tagsüber verstopfte, nichts zu sehen. Dann liefen sie am Rand des St James' Park entlang in Richtung Aston House. An der Stelle, wo der ehemalige Kutschweg auf die breite, halbrunde Auffahrt der neuen Residenz der »First Family« traf, ragte eine hohe Statue in der Dunkelheit auf. Obwohl sie durch ihre Position bei Tag nicht zu übersehen war, stand sie nun vollkommen unbeleuchtet da.

Die Statue zeigte König James I., den Vater des Letzten Königs. Er hatte das ursprüngliche Aston House einem seiner zahlreichen Günstlinge geschenkt. Wer seine Identität jedoch nicht kannte, wäre nicht ohne Weiteres auf ihn gekommen, denn das Gesicht der Statue war schon vor langer Zeit weggemeißelt worden.

»Dann war er also so hässlich?«, fragte Renie, die Hände in die schmalen Hüften gestemmt.

»Er war nicht gerade eine Schönheit«, bestätigte Abi. »Aber das ist nicht der Grund für sein Facelift. Während die meisten königlichen Statuen zerstört wurden, blieb diese als Erinnerung an die Verderbtheit der Monarchen erhalten. James hatte tatsächlich ein Buch verfasst, in dem er vom Gottesgnadentum der Könige sprach – die Monarchen wären von Gott persönlich zum Herrschen bestimmt. Du kannst dir ja vorstellen, was die Ebenbürtigen davon gehalten haben. Doch jetzt sollten wir uns lieber beeilen.«

Abi nahm ihren Rucksack ab und holte zwei ineinandergewickelte Bündel hervor. Das leichtere Bündel reichte sie Renie, die sich schon auf den Sockel geschwungen hatte und sich bereitmachte, an den bestrumpfhosten Beinen des Königs hochzuklettern.

Abi breitete das Banner aus. Okay, der Slogan war auf Latein, aber jeder kannte doch seine Bedeutung: *Sic semper tyrannis* – So ergeht es immer den Tyrannen. Schnell befestigte sie es am Geländer. Über ihr knotete Renie ein Band um die steinerne Lockenperücke des Königs.

Das Donnern und Krachen einer Explosion ließ beide aufschauen. Keinen Kilometer entfernt war die Königinnenkapelle gerade in die Luft geflogen. Eine graue Staubwolke stieg deutlich sichtbar am Himmel auf und erinnerte Abi daran, dass sich die Morgendämmerung mit Riesenschritten näherte. Während sie zum Horizont starrte, wurde die Rauchsäule durch eine Stichflamme ersetzt – von der Kapelle würde schon bald nichts mehr übrig sein.

»Beeil dich«, drängte Abi. »Hier wimmelt es bald vor Sicherheitskräften.«

»Bin gleich fertig.« Renie zupfte die Maske in Position. Über dem zerstörten Gesicht von König James I. hing nun eine rotwangige Gipsmaske des Kanzlers Whittam Jardine. Die Ähnlichkeit war fast beunruhigend – die Maske hatte einer der Männer aus dem Bore gefertigt, der früher mal eine künstlerische Ader gehabt hatte.

»So, schon viel besser. Wie wär's mit einem Kuss von einem dreckigen Mischlingskind?« Renie verpasste der Maske einen Schmatz auf die Wange und kicherte hämisch. Dann warf sie von ihrem Aussichtspunkt einen Blick über die Schulter.

Direkt auf Aston House.

In der nächsten Sekunde spähte sie zu Abi hinunter.

»All das hier ist nur Training für die Hauptaktion, oder? Für die da.«

Abi betrachtete die dunkle Fassade von Aston House. Jardine hatte das Gebäude rein als Affront gegenüber den Gewöhnlichen mit Beschlag belegt. In den Fenstern des Nordflügels spiegelten sich die Flammen der brennenden Kapelle. Hinter einem von ihnen schlief vielleicht Daisy.

Und auch Jenner.

»Ja«, sagte sie gedehnt, ohne Renie jedoch in die Augen zu schauen. »Für die da.«

23

Bouda

Die Ähnlichkeit ist schon fast unheimlich«, sagte Faiers und platzierte einen Stapel Fotos und einen Becher Kaffee auf Boudas Schreibtisch.

Bouda betrachtete die Fotos. Irgendjemand hatte eine erschreckend überzeugende Gipsmaske von Whittam Jardine über die gesichtslose Statue gebunden. Die Gesichtszüge waren zwar übertrieben dargestellt – seine Haut leuchtete nicht so rötlich, seine Haare waren nicht so orange und seine Augen auch nicht so schweinchenartig –, aber trotzdem war er sofort zu erkennen.

Das Bild war bereits um die Welt gegangen, als der Sicherheitsdienst die verschandelte Statue entdeckt hatte. Ein amerikanischer Jogger, der in den frühen Morgenstunden durch den Park gelaufen war, hatte die Maske als Erster bemerkt und einen Schnappschuss in eines der sozialen Netzwerke gestellt. Hier war das Bild von einem unternehmungslustigen Fotografen entdeckt worden, der daraufhin losgezogen war und professionelle Fotos geschossen hatte. Unter anderem auch vom Banner.

Sic semper tyrannis.

Die Demonstranten hatten außerdem die Geschäfte in der Mountford Street verwüstet und die Königinnenkapelle dem Erdboden gleichgemacht. Auf einer Mauer gegenüber des zerstörten Bauwerks prangte ein Graffiti: UN-FREI = UN-FAIR. Dann war das ein Protest gegen den bevorstehenden Blutmarkt, was das Ganze wiederum mit den Unruhen im Bore verband. Ein schwer zu entwirrendes Netz.

»Zwei Punkte«, wandte sie sich an Faiers, der sie mit seinem Anruf um fünf Uhr morgens aus dem Bett geholt hatte, um sie zu informieren. »Erstens: Wie kriegen wir diese Geschichte in den Griff? Und zweitens: Wie finden wir heraus, wer dafür verantwortlich ist? Ihre Mutter fragt ständig, wann man sie zu den Bore-Zwölf lässt. Ist sie an dieser Sache irgendwie beteiligt?«

»Was den ersten Punkt betrifft: Es ist bereits alles unter Kontrolle«, sagte der Gewöhnliche und zog zwei Zeitungen unter dem Arm hervor. »Ich war so frei, zwei wohlgesinnten Herausgebern Exklusivberichte anzubieten – Fotos und Zitate im Tausch gegen die richtige Art von Schlagzeilen.«

Er breitete die Zeitungen auf dem Tisch aus. Eine Boulevardzeitung mit rotem Werbebanner am oberen Rand hatte ein Foto der brennenden Mountford Street mit der Überschrift »Primitive Pyromanen« versehen. »Rowdies verwüsten renommierte Geschäfte« lautete der Untertitel, und der Artikel prangerte die negativen Auswirkungen auf Londons Tourismusindustrie an. »Vandalen« stand auf der Titelseite der zweiten Zeitung, die ein altes Foto der elegant mit Kerzen inszenierten Königinnenkapelle neben eine aktuelle Aufnahme des rauchenden Trümmerhaufens gestellt hatte. Ein Slogan am unteren Rand – mit einem Nebenbild von Thalia und Jenner, das die beiden in würdevoller Trauer bei Euterpes Gedenkfeier zeigte – stellte die empörte Frage: »Haben sie denn gar keinen Respekt?«

Glücklicherweise war von der maskierten Statue nichts zu sehen.

»Wir haben natürlich keinen Einfluss auf die internationale Presse«, fuhr Faiers fort. »Unsere beste Strategie besteht darin, die ganze Geschichte herunterzuspielen. Eine Phase der Ungewissheit, jene Sorte geringfügiger Unruhen, die überall auf der Welt nach einem Machtwechsel auftauchen. Im Gegenzug können wir das Ganze dazu nutzen, Kanzler Jardines Vision einer starken Führung zu präsentieren, Zelstons technokratischen Ansatz zu verwerfen und so weiter.«

Überrascht starrte Bouda Faiers an. Ihr neuer Berater schien fast zu gut, um wahr zu sein.

Oder war er tatsächlich zu gut, um wahr zu sein?

»Was ist?«, fragte er mit einem beunruhigten Unterton in der Stimme. »Habe ich etwas Falsches gesagt?«

»Sie verstehen genau, wie das Ganze funktioniert – was man nur von den Wenigsten behaupten kann«, erwiderte sie. »Aber warum sind Sie hier … hier in meinem Büro, Jon Faiers? Ich habe Ihnen gerade eine Frage zu Ihrer Mutter gestellt. Sie ist die Sprecherin der PB … war es zumindest bis vor kurzem. Und Ihr Vater war ein Ebenbürtiger, der Sie beide im Stich gelassen hat, wie wir seit jener sensationellen kleinen Szene vor ein paar Wochen wissen. Sollten Sie nicht auch an diesen Protesten teilnehmen, statt mir hier zu helfen, das Ganze unter Kontrolle zu bringen? Kann ich Ihnen vertrauen?«

Zorn blitzte in seinen Augen auf, die so blau leuchteten wie der wolkenlose Himmel über Grendelsham. Es war unfassbar, wie klar sie wirkten – vollkommen anders als Gavars trüber, blutunterlaufener Blick.

»Meine Mutter ist eine Heuchlerin«, sagte Faiers. »Sie

schwingt große Reden über die Rechte der Gewöhnlichen, hat ihr Kind aber in einer Sklavenstadt aufwachsen lassen, um einem Ebenbürtigen, der ihr den Kopf verdreht hatte, keine Unannehmlichkeiten zu bereiten. Das Gleiche gilt für meinen Vater: Er hat geglaubt, durch seine Spenden an Menschenrechtsorganisationen und durch das Schüren von Unruhen im einfachen Volk seine Taten wiedergutmachen zu können.«

»Dann haben Sie also persönliche Motive?«

»Sie kennen meine Motive – ich habe sie Ihnen auf den Klippen von Grendelsham am Abend vor der Zweiten Großdebatte genannt.«

Ein leises Lächeln umspielte seine Lippen, und Bouda erinnerte sich wieder an jene Nacht: Whittams vulgäre Grapscherei; Faiers, der dazwischengegangen war und sie ins Freie begleitet hatte. Die Art und Weise, wie der Zigarettenrauch aus seinem Mund aufgestiegen war, als er ihr erzählt hatte, dass er sie vor jener Zweiten Debatte auf den Klippen beobachtet hatte.

»Ich glaube an eine natürliche Ordnung«, fuhr Faiers fort. »Und daran, dass das einfache Volk sich weder dagegen erheben kann noch sollte. Aber ich bin auch davon überzeugt, dass dieses Land besser regiert werden kann. Die Sklavenzeit nutzt die Fähigkeiten der Menschen nicht optimal. Und schwache Kanzler haben sich im Ausland für unsere Vorgehensweise entschuldigt, es gleichzeitig aber versäumt, im eigenen Land Veränderungen in die Wege zu leiten. Unser Renommee in der Welt leidet. Ihrem *Geschick* wird keine Beachtung geschenkt, weder von uns noch von Ihnen selbst. Die meisten Gewöhnlichen haben keine Ahnung, wozu Sie fähig sind. Und dabei sind Sie zu so vielem in der Lage.«

Vor ihrem inneren Auge sah Bouda wieder, wie Gavar vom Balkon sprang und mit übermenschlicher Geschwindigkeit einen Mann verfolgte, dessen Taten kein normaler Mensch jemals hätte wahrnehmen können. Sie dachte an Silyen Jardine im Zentrum der wirbelnden Glasscherben, während Kynestons zersplitterter Ostflügel sich um ihn herum wieder zusammenfügte. Und sie erinnerte sich an das, was sie im Bore gespürt hatte – diesen schwindelerregenden Moment, als ihr *Geschick* ins Wasser übergegangen war und sie gewusst hatte, dass es jetzt ihrem Willen gehorchte.

Faiers hatte recht. Boudas eigenen Erfahrungen nach zu urteilen, wussten nur wenige Ebenbürtige, wozu ihr *Geschick* fähig war – und noch weniger machten aktiv Gebrauch davon. Aber warum interessierte Faiers das?

»Was wollen Sie, Jon Faiers?«

Er stützte beide Hände auf den Tisch und beugte sich vor, bis sein Gesicht auf ihrer Höhe war. Bouda konnte seine Worte fast schmecken, genau wie damals, als sie in jener Nacht auf den Klippen den Rauch seiner Zigarette eingeatmet hatte.

»Ich will das Gleiche wie Sie, Mistress Bouda: größer sein, als wir derzeit sind.«

»Wir?«

»Großbritannien. Ich. Sie. Sie wollen die erste Kanzlerin dieses Landes werden. Ihr Ehrgeiz ist Ihnen förmlich anzusehen. Unter den Ebenbürtigen kann es niemanden geben, der das nicht weiß. Und dennoch trotten Sie wie ein Paradepferdchen neben Jardine her, in der Hoffnung, dass er eines Tages die Zügel lockern und Ihnen freien Lauf lassen wird. Aber das wird er nicht. Inzwischen müssen Sie doch wissen, was er von Frauen hält. Sie sind für ihn eine emsige Verbündete, eine attraktive Stimmenfängerin – und eine Zuchtstute für seinen Sohn. Zumindest vermute ich, für seinen Sohn.«

Bouda sprang auf, gedemütigt und wütend. Wie viel hatten diese Schönlingsaugen gesehen? Sie hatte schon bei ihrer ersten Begegnung mit ihm das richtige Wort für ihn gehabt: unverschämt. Auf fast schon kriminelle Weise unverschämt.

Ihr *Geschick* prickelte in den Fingerspitzen. Faiers wollte wissen, wozu die Ebenbürtigen fähig waren? Sie würde es ihm liebend gerne zeigen.

»Kanzler Jardine tut exakt das, was Sie selbst für nötig halten«, erwiderte sie mit hocherhobenem Kinn. »Er bekräftigt die Herrschaft der Ebenbürtigen und stärkt die Nation.«

»Jardine wird Großbritannien zugrunde richten – das wissen Sie ganz genau.«

Ihre Hand zuckte hoch, um ihm eine Ohrfeige zu verpassen, aber Faiers fing ihr Handgelenk auf und hielt es fest. Verdammt – sie war stärker als jeder Gewöhnliche, wenn sie es nur wollte. Sie brauchte bloß ihre Kräfte fließen zu lassen.

»Verrat«, zischte sie.

Hastig sah sie sich im Raum um, ob vielleicht irgendwelche bis dahin unbemerkten Zeugen in den Ecken lungerten. Aber natürlich war da niemand. Ihr Blick kehrte zu Faiers zurück, und sie fixierte ihn, bis er sie freigab.

»Dann wollen Sie, dass ich ihn aufhalte?«, fragte sie, als er seine Hand sinken ließ. Seine Finger hatten rote Striemen an ihrem Gelenk hinterlassen.

»Ganz im Gegenteil: Lassen Sie ihn machen. Und wenn dieses Land dann vollends auf dem Boden ist, helfen Sie, es wiederaufzubauen, erheben Anspruch auf den Kanzlerposten und sorgen dafür, dass alles so wird, wie es sein sollte.«

Genau das hatte Bouda sich schon immer gewünscht.

Das war die einzige mögliche Erklärung für das, was sie als Nächstes tat: Sie zog Faiers zu sich heran und küsste ihn.

Er presste ihren Rücken mit gierigem Mund und besitzergreifenden Händen gegen den Schreibtisch. Die Intensität seines Kusses raubte ihr den Atem. Sie hatte Lord Jardines Grapschereien ebenso über sich ergehen lassen wie die Annäherungsversuche ihres kindsköpfigen Ehemannes. Und hier kam nun ein Gewöhnlicher daher – schlimmer noch: ein Bastard –, der es nicht nur wagte, Hand an sie zu legen, sondern auch Gefühle tief in ihrem Inneren weckte, von deren Existenz sie nicht einmal geahnt hatte. Sie fuhr mit den Nägeln über seine kurzen Nackenhaare und hörte ihn aufstöhnen.

Faiers löste sich von ihr und hob ihr Kinn an. »Herrsche streng, aber glorreich«, sagte er und beugte sich für einen weiteren Kuss zu ihr hinab. »Mach Großbritannien wieder zu einem Land, das in der ganzen Welt bewundert und gefürchtet wird. Und lass mich an deiner Seite sein als dein getreuer Berater für das einfache Volk. Ich glaube an dich, Bouda.«

Das war Wahnsinn. Der reinste Wahnsinn. Und dennoch musste sie feststellen, dass sie nicht aufhören konnte – oder wollte. Sie reckte sich ihm entgegen und presste ihre Lippen auf seinen Mund.

Erst als sie hörte, wie die äußere Tür zu ihrem Büro geöffnet wurde, stieß sie ihn von sich. Er senkte den Blick, während er seine Kleidung ordnete und sich über den Mund wischte.

»Schnell, zurück an den Schreibtisch«, flüsterte er, woraufhin Bouda sich auf ihren Stuhl warf, nach ihrem inzwischen kalten Kaffee griff und den Plastikdeckel an ihre Lippen führte.

»Bouda?«

Astrid Halfdan. Trid klopfte und trat dann sofort ein, ohne eine Antwort abzuwarten – ein Beleg für ihre Freundschaft während der gemeinsamen Studienjahre. Aber diese Zeiten waren längst vorbei. Das, was mit der kleinen Schwester ihrer Freundin vor drei Jahren passiert war, hatte Astrid beinahe ebenso sehr verändert wie Athalie, dachte Bouda. Verständlicherweise schien der abgrundtiefe Hass dieser Frau auf die Gewöhnlichen jetzt keine Grenzen mehr zu kennen. Der Blutmarkt sollte ein blutiges Spektakel öffentlicher Gewalt werden, aber falls die Bevölkerung Londons nicht sofort darauf anspringen wollte, würde Astrid den Leuten nur zu gern zeigen, wie das ging.

»Wie ich sehe, hast du schon davon gehört«, sagte Astrid und deutete mit dem Kopf auf die Zeitungen auf Boudas Schreibtisch.

»Davon gehört und bereits gehandelt«, erwiderte Bouda. »Mr Faiers hat sofort reagiert. Danke, Faiers, Sie können nun gehen.«

Fast sehnte sie sich nach einem glühenden Blick, als er den Raum verließ. Doch Faiers war kein Narr. Er zog die Tür mit einem respektvollen »Mistress Bouda« hinter sich zu – wofür sie dankbar war.

»Kann ich dir irgendwie behilflich sein, Trid?«, fragte sie. »Es ist nur so: Das wird heute ein sehr hektischer Tag …«

Sie zeigte auf die Zeitungen und Fotos. Aber im Grunde brauchte sie etwas Zeit, um das, was mit Faiers gelaufen war, in Ruhe zu verarbeiten. Es erschien ihr absurd, ungehörig, sich durch die Berührung eines Bastards selbst zu beflecken – noch dazu der uneheliche Ebenbürtigen-Nachkömmling ihres eigenen Paten. Und es war das Letzte, was sie im Moment gebrauchen konnte – jetzt, da so viele Dinge passierten.

Dennoch hegten sie beide den gleichen Traum. Und er glaubte an sie. Ihr lieber Daddy hatte ihre Ambitionen nie wirklich verstanden, während DiDi sich einfach nicht für Politik interessierte. Boudas parlamentarische Anhänger bewunderten sie hauptsächlich wegen ihres Aussehens, das wusste sie genau. Dazu kam das, was Faiers über Whittam gesagt hatte. Wenn sie ehrlich war, hatte er mit allem recht.

»Tut mir leid«, wandte sie sich an Astrid und rieb sich übers Gesicht. »Ich habe kaum geschlafen und musste mich dann mit dem hier beschäftigen.« Erneut deutete sie auf die Zeitungen.

Aus Astrids dunklen Augen – ihre Mutter stammte aus einer japanischen Adelsfamilie und hatte Trids Vater während dessen Studium in Kyoto kennengelernt – sprach keinerlei Vorwurf.

»Ich dachte, dass du das hier so schnell wie möglich hören willst. Letzte Nacht habe ich mir den Verdächtigen Nr. neun vorgenommen, und dabei ist etwas Interessantes herausgekommen: Midsummer Zelston.«

»Midsummer? Was meinst du damit?«

»Ich meine damit, dass sie mittendrin steckt in dieser Geschichte mit den Bore-Zwölf. Bis zum Hals. Sie hat die Unruhen praktisch persönlich koordiniert.«

Eine weitere Verräterin.

Angewidert ließ Bouda sich gegen die Stuhllehne sinken. Zuerst Meilyr Tresco. Dann die Erkenntnis, dass ihr eigener Patenonkel Rix ein Sympathisant der Gewöhnlichen gewesen war – und der Geliebte der Sprecherin Dawson. *(Denk jetzt nicht an Faiers.)* Und jetzt das hier: Midsummer Zelston unter einer Decke mit den Bore-Zwölf.

Eigentlich hätte Bouda das längst bemerken müssen, wenn es sie nicht immer wieder verwundern würde, dass Ebenbürtige ihresgleichen auf diese Weise hintergehen konnten. Midsummer war mit einer Gewöhnlichen zusammen. Vielleicht lag es ja daran. Die Menschen ließen sich zu den merkwürdigsten Dingen hinreißen, wenn jemand ihnen den Kopf verdreht hatte. *(Denk jetzt definitiv nicht an Faiers.)*

War Midsummer noch auf Lindum oder hier in London? Hatte sie vielleicht sogar etwas mit denjenigen zu tun, die für die Aktionen der letzten Nacht verantwortlich waren? Falls diese Leute einen Helfershelfer oder Beschützer aus den Reihen der Ebenbürtigen hatten, erklärte das ihr dreistes Vorgehen.

»Wir müssen sie aufspüren«, sagte Bouda. »Versuchen wir es zuerst auf die sanfte Tour: Finde raus, wer sie zuletzt gesehen hat. Ich werde die Typen von der Datenabteilung ansprechen, damit sie ihr Telefon anzapfen und ihr Handy orten.«

Und damit begann Boudas Arbeitstag richtig. Astrid verschwand in ihrem schallisolierten Untergeschoss, während einer der Günstlinge der Oberaufseherin Bouda in das kleine hauseigene Rundfunkstudio brachte. Heute musste sie zwei Interviews hinter sich bringen, die Faiers mit ausländischen Medien vereinbart hatte. Das chinesische Interview verlief reibungslos – Bouda sprach die Sprache fließend, da sie ihren Vater seit ihrer Kindheit auf vielen Geschäftsreisen begleitet hatte. Aber ihr Japanisch war etwas eingerostet, und sie mühte sich fünfzehn Minuten mit dem Versuch ab, sich wieder an die besonderen Verbformen zu erinnern, die nur die *Geschickten* verwendeten.

Als sie das Studio verließ und in ihr Büro zurückkehrte,

herrschte dort noch hektischere Betriebsamkeit als sonst. Die Oberaufseherin stürzte sich sofort auf sie.

»Mistress Bouda«, setzte sie an, »wir haben eine Gefahrensituation.«

Die Technikmannschaft errichtete einen riesigen Bildschirm vor dem Hogarth-Gemälde. Daneben zeigte ein übergroßer Monitor einen Stadtplan – aber nicht von London oder vom Zentrum des Bore, wie Bouda erwartet hätte, sondern von Newcastle und seiner Sklavenstadt Riverhead.

Whittam stand direkt davor und runzelte die Stirn. Neben ihm warteten Kessler und Faiers auf Befehle.

»Riverhead? Erzählen Sie uns, was da los ist«, forderte Bouda aufgebracht.

»Heute morgen um 6.15 Uhr erhielten wir einen Anruf von einem der Manager im Bauteillager«, leierte die Oberaufseherin mit ihrer monotonen Stimme. »Dort beginnt die Schicht um sechs, vorbereitend für den Arbeitsbeginn in den Docks um sieben Uhr. Aber es ist niemand erschienen. Eine kurze Überprüfung ergab, dass die Busse, die die Arbeiter zu den Werften transportieren, das Depot nicht verlassen hatten. Genau genommen war das gesamte Fahrzeugdepot wie ausgestorben.«

Bouda nickte. Die Trockendocks erstreckten sich entlang der Ufer des Tyne, so dass die Arbeiter mit Bussen aus ihrer Sklavenstadt dorthin verfrachtet werden mussten. Das Transportdepot war natürlich ein strategisches Ziel. Wenn man es stilllegte, erzielte man mit wenig Aufwand viel Ärger. Was bedeutete, dass es sich nicht unbedingt um eine großangelegte Protestaktion handeln musste.

Doch der restliche Bericht der Oberaufseherin setzte dieser Hoffnung ein schnelles Ende. In den darauffolgenden Stunden war niemand in Riverhead zur Arbeit erschienen. An keinem einzigen Arbeitsplatz. Weder bei den eigenen Infrastruktureinrichtungen – Gesundheitswesen, Müllabfuhr, Wartungsdienst – noch in irgendwelchen Läden oder Kantinen.

Riverhead diente als Sammelbecken für ein großes Gebiet: Newcastle, Sunderland und North Tyneside. Über einhunderttausend Menschen absolvierten hier ihre Sklavenzeit. Es bestand nicht die geringste Chance, dass der Sicherheitsdienst so viele Menschen aus den Betten holen und zu den Transferbussen treiben konnte.

Dann würde diese Situation eben mit Strafmaßnahmen geregelt werden müssen.

Nach kurzer Beratung mit Whittam ließ Bouda ihre Techniker eine Verbindung zu Riverheads Oberaufseher herstellen. Während die Männer alles einrichteten, dachte Bouda unglücklich darüber nach, dass ausgerechnet Riverhead für solchen Ärger sorgte.

Ihre Mutter Angelica war die einzige Tochter eines exzentrischen Tyneside-Lords gewesen. Als junge Mädchen hatten Bouda und DiDi es geliebt, in Newcastle einzukaufen – die Wollmützen tief über die charakteristischen weißblonden Haare gezogen, damit sie unerkannt durch die Stadt streifen konnten. Ihr Großvater mütterlicherseits, Lord Bligh, besaß ein weitläufiges Anwesen an der Küste nördlich der Stadt und hatte eine Schwäche für die Errichtung von Leuchttürmen.

Bouda bekam ihn heutzutage kaum noch zu Gesicht, aber Dina besuchte ihn regelmäßig. Der Tod ihrer Mutter, die durch einen Sabotageakt während einer Besichtigung der BB-Fabrik in Portisbury ums Leben gekommen war, hatte alles geändert. Bouda war damals dreizehn gewesen und Bodina erst elf.

Das war der Moment gewesen, in dem Bouda erkannt hatte, dass sie und ihresgleichen nicht von allen geliebt wurden – wie sie bis dahin immer angenommen hatte. Nein, sie wurden gefürchtet und von manchen sogar gehasst. Die Erkenntnis jenes schrecklichen Tages hatte sie nie wieder vergessen.

Riverhead brauchte eine feste Hand.

Der Oberaufseher der Sklavenstadt kam über die Videoverbindung verschwommen in Sicht – ein dürrer, nervös wirkender Mann. Doch als das Bild schärfer wurde, sah Bouda, dass seine Augen hart wirkten. Seine Versicherungen, man würde die Rädelsführer schon bald schnappen, waren ebenfalls überzeugend. Er würde hart durchgreifen, versprach er.

Ein Jammer, dass es dafür inzwischen zu spät war.

»Für jede versäumte Schicht ein Jahr zusätzliche Sklavenzeit«, befahl Bouda. »Haben Sie mich verstanden? Die übliche Strafe ist einen Monat zusätzlich. Aber bei dieser großflächigen, eklatanten Gehorsamsverweigerung müssen wir berücksichtigen, dass hier mehr auf dem Spiel steht – und das gilt auch für die Aufständischen.«

»Ich werde das sofort durchgeben«, sagte der Mann und presste die Lippen zu einem dünnen Strich zusammen. »Aber diese Botschaft wird nicht gut aufgenommen werden. Darf ich fragen, ob wir Verstärkung bekommen können? Sicherheitstruppen?«

»Das ist nicht ausgeschlossen. Aber falls wir von hier aus einschreiten müssen, bedeutet dass, dass die Autorität in Riverhead zusammengebrochen ist. Ihre Autorität. Haben Sie mich verstanden?«

Wenn der Mann die Sicherheitskräfte hinzuzog, war seine Karriere damit beendet. Diese Drohung reichte in der Regel, um die Zauderer zu motivieren, sich am Riemen zu reißen. Dagegen hatten die Inkompetenten natürlich ganz andere Probleme als nur die Sorge um ihren Job.

Die Verbindung knisterte und knackte. Genervt schaute Bouda zu den Technikern. War hier denn niemand in der Lage, seinen Job anständig zu machen?

Dann hallte eine Stimme durch den Raum, die erstaunlicherweise aus jedem Lautsprecher in Boudas Büro ertönte.

»Ich bin diejenige, nach der ihr sucht.«

Bouda erstarrte auf ihrem Stuhl. Es handelte sich um die Stimme einer Frau. Sanft und leise. Fast schon vertraut. Der nordenglische Akzent erinnerte sie an ihre Kindheit. An den Akzent der Sklaven auf dem Anwesen ihres Großvaters. Fast ein klein wenig wie der Akzent ihrer Mutter, obwohl der eleganter geklungen hatte.

Das musste die Frau sein, nach der ihre Leute schon die ganze Zeit suchten. Die Frau, die die Verbindung zwischen Riverhead und Millmoor unterhielt.

Dieses Miststück.

»Wer bist du?«, fragte Bouda.

Zu der Stimme gab es kein Bild. Auf dem Monitor war weiterhin der Riverhead-Oberaufseher zu sehen, der offensichtlich das Gleiche hörte wie Bouda.

»Wer ich bin?« Die Stimme schwieg einen Moment. »Du darfst mich als den ›Engel des Nordens‹ bezeichnen.«

Irgendjemand schrie auf, als sämtliche Monitore im Büro durch Boudas wütend ausschlagendes *Geschick* zerbrachen und zersplitterten. Aber sie bereute nichts. Wenn sie kein *Geschick* gehabt hätte, hätte sie jeden Bildschirm auf den Boden geworfen und zertrümmert. Wie konnte das Miststück es nur wagen? Was bildete sie sich ein?

Der Engel des Nordens – die riesige Skulptur mit den breiten Flügeln, die über Riverhead wachte – war von Boudas Daddy und ihrem Grandpa, die beide untröstlich waren, in Auftrag gegeben worden und trug ihren Namen zu Ehren von Angelica Bligh, Boudas getöteter Mutter.

Bouda würde dieser Gewöhnlichen den Kopf abschlagen und ihren Leuten vor die Füße werfen lassen, genau wie die es mit Ragnarr Vernay gemacht hatten.

»Komm heute Abend um zehn zur Tyne Bridge«, fuhr die Stimme fort. »Nur du und ich. Lass deine Leute auf der Newcastle-Seite, und ich werde meine in Riverhead lassen. Wir treffen uns in der Mitte der Brücke. Keine Waffen. Keine Sicherheitskräfte. Keine Überwachungsmaßnahmen. Du hast *Geschick* und deshalb nichts zu befürchten. Wollen doch mal sehen, ob wir das hier nicht beenden können. Nicht nur in Riverhead. Sondern überall.«

Die Leitung knackte erneut und verstummte dann vollends.

Auf dem Videoübertragungsschirm starrten Bouda und der Riverhead-Oberaufseher einander an.

»Kein Wort zu niemandem!«, fauchte sie. »Fahren Sie mit den besprochenen Maßnahmen fort. Wir werden Ihre Fortschritte später begutachten.«

Dann beendete sie die Verbindung. Holte tief Luft. Fuhr mit der Hand über ihren Pferdeschwanz, um sich zu beruhigen.

»Wir werden sie ausschalten«, sagte Whittam. »Mit Scharfschützen. Gar kein Problem.«

Kessler, der neben ihm stand, nickte.

Diese Männer sprachen so beiläufig von Mord. Aber konnte man auf den Körpern der Toten wirklich ein besseres Großbritannien aufbauen? Hatte Faiers das gemeint, als er gesagt hatte, dass Whittam das Land zugrunde richten würde?

Und was war mit Faiers' Ansicht, sie solle Jardine einfach machen lassen?

Tja, ein Kuss bedeutete noch lange nicht, dass sie Faiers gegenüber zu irgendetwas verpflichtet war – genau wie ihre Ehe nicht bedeutete, dass sie vor Gavar Jardine auf die Knie ging. Niemand traf für sie die Entscheidungen.

»Nein«, sagte sie. »Diese Frau hat eine ganze Sklavenstadt hinter sich. So gern ich sie für die Beleidigung meiner Mutter mit bloßen Händen in der Luft zerreißen würde, wäre es ein Fehler, sie dort zu töten. Zuerst muss ihr kleiner Aufstand scheitern. Dann werden ihre eigenen Leute sie freiwillig ausliefern.«

Sie warf Whittam einen Blick zu, um zu überprüfen, wie er darauf reagierte, dass sie ihn überstimmt hatte. Doch er brummte nur vor sich hin. Faiers nickte.

Bouda machte auf dem Absatz kehrt und erteilte Anweisungen zur Bereitstellung mehrerer Hubschrauber, die sie nach Norden bringen sollten.

Es lag Jahre zurück, dass sie die Tyne Bridge bei Nacht gesehen hatte. Sie hatte vergessen, wie hoch die Brücke über dem Fluss aufragte. Wie viel man von der umliegenden Metropole und der Sklavenstadt sehen konnte.

Hinter ihr leuchteten die bunten Lichter und Neonlampen von Newcastles Nachtleben, das bereits voll im Gang war. Sorgenfreie junge Leute, deren Sklavenzeit noch in weiter Ferne lag, spazierten lachend und mit Bierflaschen bewaffnet über den Leinpfad am Ufer. Auf der gegenüberliegenden Flussseite strahlte die Sklavenstadt in einem kranken Natriumgelb. Die flachen Mietskasernen zogen sich in mehreren Reihen den Hügel hinauf.

Und auf der Kuppe des Hügels ragte die Silhouette des Engels des Nordens in den Himmel.

Unter Boudas Füßen strömte der dunkle, breite Fluss, auf dessen Fluten sich funkelnde Lichter spiegelten. Über ihr erhob sich das eiserne Gitterwerk des hohen Brückenbogens – eines der wenigen wahrhaft beeindruckenden Bauwerke, das von britischen Sklaven und nicht mit Hilfe von *Geschick* errichtet worden war. Bouda war sich sicher, dass die Frau, die sie hier treffen sollte, diesen Treffpunkt mit Bedacht ausgewählt hatte.

Sie warf einen Blick auf die Uhr. Noch fünf Minuten. Sie nickte ihren Leuten zu – Faiers, die Oberaufseherin und Kessler standen hinter ihr. Sie hatte nichts zu befürchten. Jeder Versuch, ihr Schaden zuzufügen, würde mit der Vernichtung der Aufrührer dieser Sklavenstadt quittiert werden. Bouda nahm mal an, dass sie nicht so dumm waren, dieses Risiko einzugehen.

Als sie sich um kurz vor zehn in Bewegung setzte, sah sie, wie auf der gegenüberliegenden Seite eine Gestalt aus der Dunkelheit trat und ebenfalls auf die Mitte der Brücke zusteuerte. Eine hochgewachsene, schlanke Frau mit einer schwarzen Mütze, die ihre Identität verbarg.

Die Lichter auf der Brücke waren gedämpft worden, aber Ebenbürtige besaßen scharfe Augen. Als Bouda erkannte, wer da auf sie zukam, hielt sie entsetzt inne.

Ihre Schwester.

Wie um alles in der Welt hatten die Aufständischen Bodina in ihre Gewalt gebracht? War sie eine Art Geisel? Warum hatte sie nicht einfach ihr *Geschick* genutzt und sich befreit?

Aber vielleicht – Bouda erschauderte bei dem Gedanken – hatten sie ihre Schwester auch irgendeiner Gehirnwäsche unterzogen, damit sie ihnen half. Bestimmt hatten sie Bodinas Verwundbarkeit nach Meilyrs Tod ausgenutzt und sie als Vermittlerin vorgeschickt.

Bouda hätte nicht gedacht, dass sie die Rädelsführerin, diesen »Engel«, noch mehr hassen konnte als zuvor. Der Blutmarkt war das Mindeste, was diese Frau verdient hatte.

Sie beschleunigte ihre Schritte. Am liebsten wäre sie zu ihrer Schwester gelaufen, hätte sie in den Arm genommen und ihr versichert, dass es keine Rolle spielte, warum sie hier war. Und dass niemand auf sie böse sein würde. Bouda machte sich selbst Vorwürfe. Schließlich hatte sie gewusst, dass ihre Schwester nach Meilyrs Tod schwer gelitten hatte. Sie hätte auf sie aufpassen, mehr Zeit mit ihr verbringen sollen. Aber sie hatte sich um tausend andere Dinge kümmern müssen: zuerst die Hochzeit, dann die Säuberungsaktionen in den Sklavenstädten, später die Bore-Zwölf und jetzt Riverhead.

In Zukunft würde sie nicht mehr zulassen, dass sich irgendetwas zwischen sie und ihre Familie, insbesondere ihre kleine Schwester stellte.

Mittlerweile hatten sie beide fast die Brückenmitte erreicht. Dina war stehen geblieben. Auch Bouda verharrte auf der Stelle, etwa fünf Meter von ihr entfernt.

»Was machst du hier, DiDi?«, fragte sie. »Hat man dich dazu gezwungen? Wie bist du in diese Geschichte hineingeraten?«

»Wir haben so oft versucht, es euch zu sagen, aber es wollte ja niemand zuhören«, erwiderte Dina. »Ihr habt nicht zugehört, als Meilyr sich klar geäußert und dafür mit dem Verlust seines *Geschicks* bezahlt hat. Und ihr habt auch nicht bei der Hochzeit zugehört, als ich vor allen Anwesenden gemahnt habe, dass es nicht auf diese Weise ablaufen muss … dass sich das gleiche Ziel auch mit Liebe erreichen lässt statt mit Gewalt.«

Bouda bebte.

»Was willst du damit sagen?«, fragte sie. »Diese Leute widersetzen sich uns, untergraben unsere Autorität. Destabilisieren das ganze Land.«

»Ach, Bouda. Sie wollen einfach nur Gerechtigkeit.«

»Gerechtigkeit? Das sind Terroristen. Wer hat dir diesen Quatsch eingeredet? Diese Riverhead-Frau … dieser sogenannte Engel des Nordens?«

»Verstehst du es denn wirklich nicht?«

Eine Art Mitleid spiegelte sich im Gesicht ihrer Schwester, und Bouda erkannte, dass sie es durchaus verstand. Sie wollte es einfach nur nicht glauben.

Als Bodina erneut das Wort ergriff, klang ihre Stimme seltsam verändert, mit einem starken nordenglischen Akzent. Wie die Sklaven während ihrer Kindheit. Wie ihre Mutter.

»*Ich* bin der Engel des Nordens.«

Bouda starrte sie an. Ihre Worte waren bedeutungslos.

»Du kannst den Lauf der Dinge ändern«, sagte Dina eindringlich. »Du bist für Jardine wichtiger, als du denkst. Seine Mehrheit beruht auf der Unterstützung deiner Anhänger. Du bist das hübsche Gesicht seines hässlichen Regimes. Wenn du zu ihm gehst und ihm mitteilst, dass es jetzt reicht, wird er dir zuhören müssen.«

»Hör auf, Liebes«, sagte Bouda.

Sie sehnte sich danach, ihre Schwester in den Arm zu nehmen und an sich zu drücken, so wie damals in ihrer Kindheit, als DiDi von Albträumen geplagt wurde. Nach der Beerdigung ihrer Mutter, als Bodina sich monatelang abends in den Schlaf geweint hatte. Nichts und niemand hatte sie beruhigen können – nur Bouda, die zu ihr ins Bett geklettert war und ihre kleine Schwester in den Armen gewiegt hatte, bis sie sich beruhigte.

»Es ist noch nicht zu spät. Niemand weiß von deiner Beteiligung hier. Komm einfach mit mir zurück. Ich werde den anderen sagen, dass man dich als Geisel genommen hatte. Du bezeichnest dich zwar als die Anführerin dieser Leute, aber ohne dich wird diese Protestaktion scheitern. Also besteht kein Grund für Vergeltungsmaßnahmen. Es wird niemand verletzt werden oder gar sterben.«

»Hör dir doch mal selbst zu«, erwiderte Dina. Ihre Augen glänzten tränenfeucht, doch ihre Stimme klang fest. »Hier sterben jeden Tag Menschen oder werden verletzt, dank der Taten unserer Herrschaft. Aber nicht länger in meinem Namen. Wenn die Nachricht von dem, was hier passiert, um die Welt geht, werden die Leute nicht die Stimme des Engels des Nordens hören. Stattdessen werden sie *mich* hören, Dina Matravers, Ebenbürtige, Schwägerin der First Family. Ich liebe dich so sehr, Bouda, aber ich kann nicht länger schweigen.«

Als Bodina zu Boden sackte, brauchte das Geräusch der Kugel, die sie getötet hatte, eine Sekunde, um an Boudas Ohren zu dringen.

Ein lauter Knall – wie ein zerbrechendes Herz.

24

Abi

Als die Nachricht von Dinas Tod sie gegen Mitternacht erreichte, hatte einen Moment entsetztes Schweigen geherrscht. Dann folgten Tränen und empörte Proteste. Jetzt, am darauffolgenden Nachmittag, war wieder Stille eingekehrt. Renie schlief auf dem Sofa, und Abi legte eine Wolldecke über das Mädchen. Die Kleine hatte so lange geschluchzt, bis sie vor Erschöpfung eingeschlafen war. Abi erinnerte sich daran, wie Renie sich auf dem Rückflug nach Meilyrs Tod gegeben hatte: schweigend und gleichmütig. Sie hatte sich zusammengerissen. Genau wie Bodina, die den Hubschrauber mit ihnen dreien an Bord von Eilean Dòchais zurückgeflogen hatte.

Renie hatte ihren Kummer in Zielstrebigkeit umgewandelt, in die Planung der Aktionen im Bore und in die Freude über das Wiedersehen mit ihrem Onkel Wes. Doch nun hatte sich das Blatt erneut gewendet, und die aufgeschobene Trauer war mit Macht zurückgekehrt, so unbezwingbar wie das Meer. Meilyr, Dina und ihr Bruder Mickey. Der Verlust all dieser Menschen hatte Renie letztendlich überwältigt.

Abi hockte am anderen Ende des Sofas und streichelte mit einer Hand geistesabwesend über den Rücken des Mädchens, während ihre andere Hand einen Teebecher umklammerte. Sie saß reglos da.

Aber ihre Gedanken überschlugen sich.

Im Fernseher lief der Nachrichtensender, und obwohl Abi den Ton abgeschaltet hatte, berichteten die Schlagzeilen von den Ereignissen der Nacht.

»GEISELDRAMA« lautete eine Schlagzeile, die wieder und wieder über den Bildschirm lief.

Laut den aktuellsten Informationen hatte eine Gruppe bekannter politisch motivierter Terroristen versucht, die Macht in der Sklavenstadt Riverhead an sich zu reißen. Dabei hatten sie eine Ebenbürtige, Bodina Matravers, als Geisel genommen. Es war bekannt, dass die junge Frau nach dem Freitod ihres Verlobten emotional angeschlagen war. Dieser war im letzten Jahr in die Unruhen in Millmoor verwickelt gewesen und dafür vom Parlament zur Rechenschaft gezogen worden.

Der Bericht ließ offen, ob Bodina sich freiwillig in der Gewalt der Aufständischen befunden hatte – natürlich nur aufgrund ihrer eingeschränkten Urteilsfähigkeit. Dieser Abschnitt wurde von all den Paparazzi-Fotos illustriert, die Abi vor langer Zeit in einem Hochglanzmagazin überflogen hatte: Dina, die einen kleinen Hund in die Kamera hielt; Dina, die lachend an einem Cocktail nippte. Auf jeder Aufnahme wirkte sie extrem dünn und noch viel jünger, als sie eigentlich war. Wer sie nicht gekannt hatte, konnte sich bestimmt leicht vorstellen, um welche Sorte von Mädchen es sich bei ihr gehandelt hatte: labil, liebenswert und leichtgläubig. Problemlos in die Irre zu führen.

Der Gedanke versetzte Abi einen Stich ins Herz. Okay, Bodina und sie hatten durchaus Meinungsverschiedenheiten gehabt. Und Abi würde nie die Angst vergessen, die sie gespürt hatte, als das *Geschick* des Mädchens sie über den Rand von Highwithels »Gesetzgesims« geschoben hatte. Aber Dina war brillant und mutig gewesen. Sie hatte ihre Rolle als lebenslustiges Partygirl zu gut gespielt, und jetzt würde die Welt sie auf diese Weise in Erinnerung behalten. Welch eine Beleidigung. Abi schloss die Augen, um den ständigen Strom belangloser Bilder einen Moment auszublenden und Bodina wieder so zu sehen, wie sie auf Highwithel gewesen war, mit Meilyr auf dem Landungssteg, ein *Geschick*-Licht in der Hand.

Jetzt waren beide tot.

Der Bericht im Fernsehen setzte seine Analyse fort. Die Terroristen hatten Dina aufgrund ihrer Schwester, Mistress Bouda Matravers-Jardine, Leiterin des Büros für öffentliche Sicherheit, als Opfer ausgewählt. Die Riverhead-Rädelsführerin – eine Frau, die sich selbst als »Engel des Nordens« bezeichnete – hatte Kontakt zu diesem Büro aufgenommen und die Ebenbürtige herausgefordert, sich mit ihr auf der Tyne Bridge zu treffen. Davon unbeeindruckt hatte Mistress Bouda sich umgehend auf den Weg nach Norden gemacht. Die Archivbilder zeigten Bouda bei der jüngsten Amtseinführungszeremonie; in ihrer Robe stand sie würdevoll da, so schön wie ihre Schwester, aber in jeder anderen Hinsicht das glatte Gegenteil.

Natürlich hatte der Sicherheitsdienst eine Eskorte, inklusive Scharfschützen, bereitgestellt. Und einer dieser Männer – der die Identität der Frau nicht erkannt hatte, die von der eroberten Sklavenstadt aus zur Brückenmitte gegangen war – hatte geschossen. Ihn hatte ein augenscheinlich heftiger Wortwechsel zwischen den beiden Frauen beunruhigt, woraufhin er einen außer Gefecht setzenden, aber keinen tödlichen Schuss hatte abgeben wollen. Doch es war bereits dunkel gewesen – an dieser Stelle gab ein Experte zu bedenken, dass Nachtsichteinsätze für ihre große Herausforderung an die Schützen berüchtigt waren –, und außerdem hatten die Stahlträger der Brücke die Sicht behindert.

Bodina Matravers war auf der Stelle tot gewesen.

Unmittelbar darauf waren Sicherheitskräfte auf die andere Seite der Brücke beordert worden. Hubschrauber waren aufgestiegen und hatten über der Stadt gekreist, ihre mächtigen Suchscheinwerfer in die Tiefe gerichtet. Gepanzerte Fahrzeuge rollten über die Brücke. Zum x-ten Male verfolgte Abi die Bilder auf dem Fernsehmonitor.

Die Aufständischen am Ende der Brücke wurden als Erste festgenommen. Hinter ihnen waren Riverheads riesige Tore zugeschlagen. Im Gegensatz zu den isolierten Sklavenstädten wie Millmoor war Riverhead nicht von einem Sperrgebiet umgeben, sondern von einer hohen Betonmauer, durchbrochen von stark gesicherten Toren.

Tore, die aber nicht dazu gebaut waren, Sprengstoff zu widerstehen. Kontrollierte Sprengungen rissen mehrere Tore nieder, und die Sicherheitskräfte stürmten hindurch, während ihnen die Helikopter mit ihren Scheinwerfern den Weg wiesen. Die Art und Weise, in der die Bilder präsentiert wurden, inklusive Filmmaterial einer Helmkamera, ließen das Ganze aufregend, wenn nicht sogar immersiv erscheinen. Der Anblick erinnerte Abi an ein paar von Lukes Ballerspielen, die ihrer Mum extrem missfallen hatten.

Bei diesem Einsatz hatten sich die Traktierer – rangniedrige Sklavensoldaten – ganz besonders hervorgetan, erzählte der Kommentator. Abi wusste genau, warum diese Truppen erwähnt wurden: Hier ging es um »gute« Sklaven gegen »böse« Sklaven. Die gesamte Berichterstattung war so inszeniert, dass sie die Zuschauer zweifelsfrei auf eine Seite ziehen sollte – und definitiv nicht auf die Seite der Demonstranten. »REVOLTE NIEDERGESCHLAGEN« lautete die Überschrift zu den Festnahmebildern. Mit vorgehaltenen Waffen wurden Männer und Frauen auf die Straßen getrieben, die Hände über den Köpfen in scheinbarem Schuldbekenntnis.

Dann folgte der letzte Teil der durchlaufenden Nachrichtensendung, und Abi stellte den Ton etwas lauter. Sie hatte den Bericht bereits mehrfach gesehen, aber sie wollte ihn unbedingt noch mal hören – um ihre Wut weiterhin anzufachen, damit sie heißer brannte als ihre Verzweiflung oder ihre Angst. Sie spürte, dass Renie unruhig im Schlaf zuckte, wie ein Kaninchen in seiner Höhle, während ein Fuchs vorbeischlich.

Whittam Jardines Gesicht füllte den Bildschirm aus. Er hielt seine Verlautbarung von der Uferterrasse in Westminster. Hinter ihm leuchtete das Haus des Lichts.

»Wir verurteilen die sinnlosen Terrorakte in den vergangenen vierundzwanzig Stunden auf das Schärfste. Das Wohlergehen jedes einzelnen Bewohners von Riverhead wurde durch das Verhalten einer kleinen ruchlosen Gruppe von Unruhestiftern gefährdet. Diese Personen befinden sich inzwischen in Haft und werden die volle Härte des Gesetzes zu spüren bekommen. Ich werde nicht zulassen, dass irgendjemand den Frieden in unserem Land stört. Das verspreche ich den Bürgern Großbritanniens hier und jetzt. Wir werden das Recht jedes einzelnen Mannes und jeder einzelnen Frau auf Absolvierung der Sklavenzeit ohne Einschüchterungen oder Beeinträchtigungen schützen.

Abschließend möchte ich meiner Kollegin und Schwiegertochter, Mistress Bouda, mein Beileid für den schrecklichen

Verlust ihrer wundervollen Schwester aussprechen. Bodina Matravers war eine komplizierte junge Frau, die aber von allen, die sie gekannt haben, geliebt wurde. Ihr Tod hat eine schmerzhafte Lücke in meiner Familie hinterlassen. Die dafür Verantwortlichen werden unverzüglich zur Rechenschaft gezogen.«

»KANZLER GELOBT FRIEDEN UND SCHUTZ« lief als Schlagzeile am unteren Bildrand durch.

Angewidert drückte Abi auf die Fernbedienung und schaltete das Gerät aus.

Whittam konnte mit den Medien auf die gleiche Weise umgehen wie Silyen mit seiner Geige – mit meisterlicher Raffinesse, die an sich schon eine Art *Geschick* war.

Der Aufstand in Riverhead war gescheitert. Abi hatte zu hoffen gewagt, dass sich die Geschichtsversion der Ebenbürtigen mit der Wahrheit bekämpfen ließe. Doch wie sollte man das schaffen, wenn sie den Ablauf der Ereignisse einfach frei erfanden und dann über die Medien überall verbreiteten? Die Ebenbürtigen hatten alles Nötige zur Verfügung: Macht, finanzielle Mittel und die richtigen Beziehungen. Im Grunde brauchten sie überhaupt kein *Geschick*.

Die Schnelligkeit und der Umfang der Gegenmaßnahmen in Riverhead hatten alles übertroffen, womit sie gerechnet hatten. Dina war der Ansicht gewesen, ihre Beteiligung würde ihnen einen Verhandlungsspielraum verschaffen. Wenn Riverhead einen Tag die Stellung halten konnte, würden sie auch zwei Tage schaffen und dann drei, bis das ganze Land mitbekommen hatte, dass es möglich war, den Ebenbürtigen Widerstand zu leisten.

Aber Riverheads Fall hatte sie alle eine vollkommen andere Lektion gelehrt.

Und da war noch ein Punkt, über den Abi lieber nicht nachdenken wollte. Seit den intensiven Diskussionen auf Highwithel hatte sie geglaubt, dass ein Aufstand des Volks vom Volk selbst ausgehen musste. Irgendwie hatte es sich falsch angefühlt, dass die Gewöhnlichen dabei die Ebenbürtigen – Meilyr, Dina und Midsummer – als Fürsprecher brauchen würden.

Doch jetzt waren zwei dieser Fürsprecher tot, und Abi erkannte, wie schwer es ohne sie werden würde. Wie schwierig es werden würde, die Bore-Zwölf und die neuen Gefangenen aus Riverhead zu befreien.

Von der Freiheit des gesamten Landes ganz zu schweigen.

An wen sollte sie sich nun wenden? Sollte sie sich den Bore-Männern in Dalston anschließen? Wesley war bereits zu ihnen aufgebrochen, obwohl er sich geweigert hatte, von Renies Seite zu weichen, bis sie schließlich eingeschlafen war. Midsummer war bestimmt ebenfalls dort.

Sollte Abi Jon Faiers anrufen? Sicher rotierte er gerade in Boudas Büro, und jede Form der Kontaktaufnahme konnte ihn in größte Schwierigkeiten bringen. Wenn seine Sympathien für ihre Sache zu diesem Zeitpunkt ans Licht kamen, bedeutete das eine Katastrophe für ihn.

Oder sollte sie jemand anderes anrufen?

Abi hatte Jenner seit ihrer Ankunft in London nicht mehr kontaktiert. Sie hatte ihn nicht in eine schwierige Situation gegenüber seiner Familie bringen wollen und auch nicht gegenüber Dina. Abi hatte nicht vergessen, dass Dina auf Highwithel versucht hatte, Jenner die Grabesstille über das Gesehene und Gehörte aufzuerlegen. Und dann war da auch noch die Tatsache, dass er jetzt ein Erbe war und eines Tages ein Lord sein würde.

Ihr Herz und ihr Verstand lagen wegen Jenner ständig im Streit miteinander. Für Abi war es am leichtesten, wenn sie einfach jeden Gedanken an ihn verdrängte. Aber an wen sonst konnte sie sich wenden? Und wer sonst kannte sie so gut wie er? Wesley nicht und Faiers und Midsummer auch nicht, so viel stand fest.

Vorsichtig erhob sie sich vom Sofa, um Renie nicht zu wecken, und lief die Treppe zu dem kleinen Archivraum unter dem Dach hinauf, wo ihr Handy lag. Sie kniete gerade auf allen vieren und tastete unter der Campingliege nach dem Gerät, als die Haustür eingetreten wurde.

Der Flur im Erdgeschoss führte direkt in den Wohn- und Büroraum, in dem Renie schlief. Abi hörte, wie das Mädchen aufschrie, als – dem Lärm der Stiefel nach zu urteilen – mehrere Männer ins Haus stürmten.

Während Abis Finger sich um ihr Handy schlossen, ertönte von unten ein harscher Befehl: »Überprüf das Obergeschoss.«

»Da oben ist niemand«, rief Renie. »Ich bin allein hier. Und ihr braucht drei Männer für ein kleines Kind? Ihr seid ja *so* mutig.«

Dann hörte Abi einen unterdrückten Schrei, als einer der Männer Renie schlug.

Es widersprach all ihren Instinkten, dem Mädchen nicht zu Hilfe zu eilen, aber Abi zwang sich, nicht länger untätig herumzustehen. Wenn man sie zusammen mit Renie verhaftete, würde das niemandem nutzen. Sie hievte das Schiebefenster hoch, kletterte hinaus und balancierte einen Moment auf der Fensterbank, um es wieder hinunterzuziehen, damit man ihre Flucht nicht sofort bemerkte.

Wenn sie hinuntersprang, würde sie im Hinterhof landen,

aus dem sie nicht ungesehen wegkam. Also überprüfte sie, wie stabil die Regenrinne war, und schwang sich daran hoch. Das Fenster gehörte zu einer Gaube, deren flache Ziegel sich unterhalb des Dachfirsts befanden. Abi streckte sich darauf aus, in der Hoffnung, dass sie von der Straße vor dem Haus nicht gesehen werden konnte. Sie holte ein paarmal tief Luft, um ihren schnell gehenden Atem zu beruhigen. Was passierte gerade im Inneren des Hauses? Wenn die Männer Renie weh taten, würde Abi sich das nie verzeihen.

Der Sicherheitsdienst musste irgendeinen Tipp bekommen haben. Wusste er auch von den Bore-Männern in Dalston? Abi war sich nicht sicher, doch es erschien ihr nicht ratsam, jetzt dorthin zu laufen. Ihre Möglichkeiten schwanden rapide.

Abi unterdrückte ein Keuchen, als das Schiebefenster unter ihr ruckelnd hochgeschoben wurde. Zwar konnte sie den Mann nicht sehen, aber er musste den Kopf aus dem Fenster gesteckt haben, denn sie hörte seine Stimme klar und deutlich.

»Nein, hier oben ist niemand. Allerdings hat hier jemand gewohnt … hier steht eine Campingliege, aber nur eine. Vielleicht gehört sie ja dem Mädchen. Wenn nicht, ist der- oder diejenige jedenfalls nicht da. Wir sollten draußen jemanden postieren, falls er oder sie zurückkommt.«

Dann wurde das Fenster knirschend halb nach unten gezogen, und der Mann war verschwunden.

Abi wartete ein paar Sekunden, bevor sie sich vorsichtig auf den Bauch rollte und zum First hinaufrobbte. Wer hatte Renie in seiner Gewalt, und wohin brachten sie sie? Die Straßenlaterne stand vor dem Haus, während die Hintergärten im Dunkeln lagen, also würde man sie vermutlich nicht sehen können.

Sie erkannte ihn sofort wieder, als das natriumgelbe Licht

auf seinen rasierten Schädel fiel: Lukes Erzfeind Kessler. Vor ihm schleiften zwei schwarzgekleidete Männer Renie aus dem Haus. Sie waren so groß und das Mädchen so klein, dass ihre Füße kaum den Boden berührten.

Am Straßenrand warteten drei Fahrzeuge: eine unauffällige schwarze Limousine, ein Minivan, bei dem es sich nur um einen Gefangenentransporter handeln konnte, und dahinter ein herkömmlicher Streifenwagen. Die beiden Männer stießen Renie gegen den Transporter, fesselten ihre Hände mit Handschellen auf dem Rücken und klopften sie grob ab.

Als sie die Schiebetür öffneten, um das Mädchen in den Wagen zu befördern, nahm Abi eine Bewegung im Inneren des Transporters wahr und dann einen bestürzten Aufschrei, der nur von Wesley stammen konnte. Eine Sekunde später wurde die Tür mit Wucht ins Schloss geschoben.

Dann war der Sicherheitsdienst also schon in Dalston gewesen und hatte die Bore-Männer mitgenommen. Aber hatte man auch Midsummer verhaftet? Abi konnte sich nicht vorstellen, wie die Sicherheitsleute eine Ebenbürtige festnehmen wollten. Also konnte Midsummer bei der Ankunft von Kessler und seinem Team nicht da gewesen sein. Denn sonst hätte sie die Verhaftung der Männer bestimmt verhindert.

Kessler beugte sich zum Fenster des Streifenwagens hinunter, und eine Sekunde später stieg ein Beamter aus dem Fahrzeug, um auf der Straße Wache zu stehen. Von dort aus konnte er das Haus im Auge behalten. Abi bemerkte, dass er bewaffnet war – aber nicht mit einer Elektroschockpistole, sondern mit einer richtigen Waffe. Kessler und seine Truppe hatten aufgestockt.

Danach setzten sich die Fahrzeuge in Bewegung und ließen

Abi allein zurück. Flach auf das Dach gepresst, wartete sie fünf Minuten, um sicherzugehen, dass der Polizist sich nicht vom Fleck rührte. Erst dann rutschte sie vorsichtig über das Dach zur Gaube und kletterte durch das Fenster zurück ins Haus. Hastig schnappte sie sich ihren Mantel mit dem restlichen Geld, das sie noch aus Kynestons Verwaltungskasse hatte, und das Ladegerät für ihr Handy. Wer konnte schon sagen, wie lange sie auf der Flucht sein würde oder wer überhaupt noch in der Lage war, ihr zu helfen?

Ein paar Sekunden später kletterte sie erneut aus dem Fenster und sprang hinunter in den Hinterhof. Sie schwang sich über den Zaun in den Nachbargarten, lief durch die Gasse zwischen diesem und dem nächsten Haus und hastete in Richtung Victoria Park. Dort würden um diese Uhrzeit nur wenige Leute sein, die ihr geplantes Telefonat mithören konnten.

Abi hockte sich auf einen Baumstumpf in der Nähe des Kinderspielplatzes und holte ihr Handy hervor. Auf ihrer SIM-Karte waren lediglich vier Nummern gespeichert, die den einzigen vier Personen gehörten, die ihr jetzt noch helfen konnten: Faiers, Midsummer, Jenner und Armeria Tresco. Wen sollte sie anrufen?

Sie holte tief Luft, bevor sie die Nummer wählte. Und in dem Moment, in dem die Verbindung hergestellt wurde und sie die beruhigende Stimme hörte, ging es ihr besser. Sie würde das hier schon schaffen. Noch war nicht alles verloren.

Schnell vereinbarten sie ein Treffen für den späten Abend, in etwa vier Stunden auf der anderen Seite der Innenstadt. Abi beschloss, die Strecke zu laufen und auf die Südseite der Themse zu wechseln. In Rotherhithe warf sie ihren Mantel in einen Altkleidercontainer und kaufte sich an einem Marktstand einen neuen. In einer Seitengasse entdeckte sie ein Friseurgeschäft, in dem sich keine Kunden befanden und dessen Fernsehgerät an der Wand eine Sportsendung übertrug. Falls der Besitzer sich nicht für die neuesten Nachrichten interessierte, würde er es hoffentlich nicht mitbekommen, wenn Abi zur Fahndung ausgeschrieben und ihr Foto über die Medien verbreitet wurde.

Einen Moment lang zog Abi einen superkurzen Haarschnitt in Erwägung, aber dann kam sie zu der Erkenntnis, dass sie etwas brauchte, hinter dem sie sich verstecken konnte. Also griff sie tief in die Tasche und ließ sich Haarverlängerungen machen. Als sie ihre Reflexion im Spiegel sah, verzog sie das Gesicht: auf der Flucht, mit einer Pornostarfrisur. Zumindest sah sie nun anders aus. Schließlich ging es jetzt bloß darum, nicht geschnappt zu werden.

Der Inhaber kassierte sie noch ab und sperrte dann hinter ihr den Laden zu, um Feierabend zu machen. Abi konnte das Treffen nicht länger hinauszögern. Und das wollte sie auch nicht. Hoffentlich würde sie ein paar Stunden Ruhe vor diesem Albtraum der vergangenen Nacht finden – und vielleicht sogar einen Plan, was sie als Nächstes tun sollte.

Der direkte Weg hätte sie über die Westminster Bridge geführt, aber da diese am Parlament endete, machte Abi einen Bogen darum und lief in Richtung Lambeth weiter. Selbst aus der Ferne konnte sie sehen, wie das Haus des Lichts den Nachthimmel mit seinem strahlenden Licht erhellte.

London brennt, dachte sie. Die Stadt leuchtete hell durch das *Geschick* der Ebenbürtigen. Würde sich dieses Licht jemals löschen lassen?

Nach dem Überqueren der Lambeth Bridge folgte Abi der

Horseferry Road. Schon bald darauf erreichte sie die Rückseite von Aston House.

Es erschien ihr als der Gipfel des Wahnsinns, doch bei ihrem Telefonat hatte Jenner ihr versichert, dass die neue Residenz seiner Familie der sicherste Platz in ganz London sei. »Das Gebäude hat siebenhundertfünfundsiebzig Räume, von denen wir nur rund dreißig nutzen«, hatte er ihr erklärt. »Du könntest vermutlich einziehen und jahrelang hier leben, ohne dass irgendjemand etwas bemerken würde. Wenn du dich hier versteckst, brauchst du nicht länger auf der Straße umherzuirren. Und hier drin gibt es keinen Sicherheitsdienst und keine Überwachungskameras. Außerdem sind Vater und Bouda in Westminster. Wahrscheinlich sind meine Mutter und ich die Einzigen im ganzen Haus – und natürlich deine Schwester und Libby. Vielleicht kann ich Daisy ja zu dir bringen, sobald Libby schläft.«

Der Gedanke an Daisy versetzte Abi einen Stich ins Herz. Sie hätte alles dafür gegeben, ihre kleine Schwester sehen und sie fest umarmen zu können. Vorsichtig folgte sie dem Verlauf der Mauer, die Mütze tief ins Gesicht gezogen. Als Astons Turmuhr die Stunde schlug, erreichte sie das kleine Tor, das Jenner erwähnt hatte. Von außen wirkte es so, als wäre es lange Zeit nicht mehr benutzt worden. Doch Abi hatte kaum leise angeklopft, als die Tür auch schon aufgeschwungen wurde. Und da stand er. Blasses Gesicht, freundliche Sommersprossen und ein breites, nervöses Lächeln.

»Komm schnell rein«, sagte er. »Hat dich jemand gesehen?«

Abi schüttelte den Kopf und schlüpfte durch das Tor. Auf der anderen Seite befand sich ein Dickicht aus wuchernden Sträuchern und Gräsern, durch deren Mitte ein frisch gestutzter Pfad führte. Hinter ihr verriegelte Jenner die Tür hastig mit einem Vorhängeschloss und schob einen Riegel vor.

»Das Gebäude war immer die Residenz von Gewöhnlichen«, erklärte er, als er ihre überraschte Miene sah. »Deshalb gibt es hier keine *Geschick*-Schutzschranken. Mutter hat ein paar um den inneren Bereich gelegt, um den Teil herum, den wir nutzen. Aber da Silyen in letzter Zeit kaum hier war, hat sich noch niemand um die *Geschick*-Schutzschranken für das gesamte Anwesen gekümmert. Meine Mutter hat lediglich jemanden kommen lassen, der alles, was wie eine Tür oder ein Tor aussieht, mit neuen Vorhängeschlössern versehen musste. Ich schwöre, niemand sonst weiß auch nur von der Existenz dieses Tors.« Er steckte den Schlüssel in seine Tasche. »Und jetzt lass dich mal ansehen. Ach, Abi.«

Er streckte die Hände aus und zog sie fest an sich. Während Abi sich in seinen Armen entspannte, wünschte sie, sie hätte sich schon eher gestattet, ihn zu kontaktieren und aufzusuchen – trotz der schrecklichen Ereignisse, die sie beide seit ihrer letzten Begegnung auf Highwithel durchgestanden hatten.

»Ich hab dich gesehen«, sagte sie, legte das Kinn auf seine Brust und schaute zu ihm hoch. »Vor der Königinnenkapelle. Die Geschichte mit dem abgeschlagenen Kopf. Und diese schreckliche Ansprache … Hat dein Vater dich dazu gezwungen?«

Jenner zog eine gekränkte Miene. Abi lachte und stellte sich auf die Zehenspitzen, um ihn zu küssen.

»Tut mir leid«, sagte sie. »Ich hätte nicht davon anfangen sollen.«

»Wo hast du die letzten Monate gesteckt?«, fragte er. »Was ist inzwischen passiert? Ich dachte, du hättest mich vergessen.«

»Und ich dachte, dass dir das vielleicht ganz recht wäre.« Abi schwieg einen Moment und fuhr dann fort: »Du bist jetzt ein Erbe. Und, wie fühlt sich das an?«

Sie nahm seine rechte Hand und betrachtete den Siegelring an seinem kleinen Finger. Darauf war das Emblem der Familie Parva zu erkennen: der Salamander.

»Ich leuchte nicht, ich brenne«, murmelte sie und musste an ihr Gespräch mit Silyen Jardine in Kynestons Bibliothek zurückdenken. Damals hatten sie über das Familienmotto gesprochen. »Ich denke, das passt ganz gut zu dir, oder?«

»Was soll das denn jetzt heißen?« Jenner klang verärgert, und Abi hätte sich ohrfeigen können. Sie hatte damit bloß gemeint, dass er – im Gegensatz zu seinem bevorrechtigten Bruder Gavar und dem exzentrischen Silyen – beständig war und nicht prahlerisch. Aber vermutlich hatte er ihre Worte als Anspielung auf seinen Mangel an *Geschick* aufgefasst. Wie viel härter musste dieser Umstand inzwischen für ihn sein – weit entfernt von dem zurückgezogenen Dasein, das er auf Kyneston geführt hatte. Stattdessen stand er nun mitten im Rampenlicht, zwischen den mächtigsten Ebenbürtigen des Landes. Abi hatte angenommen, dass sein neuer Adelstitel ihm das Leben erleichtern würde, doch jetzt begriff sie, dass sich seine Situation dadurch wahrscheinlich nur noch verschlimmert hatte.

Aber sie war nicht besonders gut darin, diese Gedanken in Worte zu fassen. Deshalb drückte sie lediglich seine Hand und küsste ihn zerknirscht auf die Wange.

Jenner führte sie durch dichte Rhododendronsträucher zur Rückseite von Aston House, und obwohl Abi die Größe und Erhabenheit Kynestons gewohnt war, beeindruckte sie der Anblick dieses Gebäudes hier enorm. Jeder kannte die imposante

Vorderfront, die die Mall beherrschte, aber die Rückseite bekam man nie zu Gesicht. Die Vorderfront war nur ein Teil eines riesigen Rechtecks. In diesem Bauwerk konnte man sich tatsächlich verlieren, dachte Abi – ein äußerst verlockender Gedanke.

»Hier entlang«, sagte Jenner und nahm ihre Hand. Sie passierten einen Torbogen im hinteren Gebäudeflügel und gelangten in einen großen, quadratischen Innenhof. Zwei Fensterreihen – fast vollständig unbeleuchtet – säumten jede Seite des Rechtecks. An der Außenfassade, die von hier aus nicht sichtbar war, befand sich der Balkon, von dem Gavar Jardine heruntergesprungen war.

Davor stand die verschandelte königliche Statue, der Renie und sie Whittam Jardines Gesicht verliehen hatten.

Abi spürte, wie sie eine Gänsehaut bekam. Hier war sie nun, mitten im Haus der Jardines. Whittam schlief hier. Genau wie Gavar und vermutlich auch Bouda, jetzt, da sie verheiratet waren.

Jenner drückte ihre Finger, als würde er ihr Unbehagen spüren. »Wir sind gleich da.«

Er legte einen Arm um ihre Schultern, als zwei Haussklaven den Innenhof mit Tabletts durchquerten. Benutztes Geschirr und silberne Abdeckungen klirrten leise bei jedem ihrer Schritte. Doch die Sklaven schauten nicht in ihre Richtung. Vermutlich waren sie auch von Kyneston hierher umgezogen und hatten dort mit Sicherheit gelernt, vieles einfach zu ignorieren.

Schließlich erreichten Abi und Jenner einen in warmes Licht getauchten Korridor mit dickem Teppich auf dem Boden, von dem auf beiden Seiten eine Reihe kunstvoll verzierter

Holztüren abgingen. Abi fühlte sich hier noch schutzloser als im Freien. Was wäre, wenn sie Thalia Jardine begegneten? Die Ebenbürtige würde sie bestimmt wiedererkennen.

Deshalb war Abi dankbar, als Jenner in einen etwas ruhigeren Gang einbog und vor einer Tür stehen blieb.

»Wir werden das alles in Ordnung bringen«, sagte er.

Dann öffnete er die Tür und winkte Abi hinein, wobei er ihr den Vortritt ließ.

Als Abis Augen sich an das gedämpfte Licht gewöhnt hatten, sah sie, dass sich schon jemand im Raum befand und in einem der Ohrensessel saß.

Lord Whittam Jardine.

Entsetzt wirbelte sie herum und versuchte, Jenner wieder nach draußen zu schieben. Vielleicht hatte Whittam sie ja nicht erkannt und hielt sie einfach nur für eine weitere Schlampe, die einer seiner Söhne für eine vergnügliche Nacht ins Haus geschleift hatte.

Doch Jenner hatte sich vor der Tür postiert und drehte den Schlüssel im Schloss um. Er schaute auf, als sie von Panik und Angst erfüllt auf seine Schultern einhämmerte, und packte ihre Handgelenke mit einer Hand. Mit der anderen strich er ihr über die Wange.

»Du wirst bald bei deinem Bruder sein«, sagte er sanft. »Das hast du doch immer gewollt, oder? Genau wie ich jetzt endlich meinen Brüdern ebenbürtig bin.«

Dann drehte er sie zu seinem Vater um.

»Nein!«, protestierte Abi und versuchte, sich zu widersetzen. »Nicht, Jenner.« Aber er hielt sie eisern fest.

Whittam erhob sich und kam wie ein Raubtier auf sie zu. Abi hatte ihn noch nie aus dieser Nähe gesehen und wich zurück.

Eine Aura der Macht und Grausamkeit ging von ihm aus. Er packte ihr Gesicht mit seinen dicken Fingern und presste ihre Wangen zusammen wie in einem Schraubstock. Plötzlich fühlte sie sich schrecklich verwundbar. Diese Hand brauchte nur einmal zuzudrücken, um sie endgültig zu zerbrechen.

»Sie ist jung«, sagte Whittam skeptisch.

»Neunzehn«, erklärte Jenner. »Fast zwanzig. Aber ihr Bruder war erst siebzehn, als er Zelston getötet hat.«

»Auch wieder richtig.« Whittam gab Abi frei, schlich aber um sie herum. »Offensichtlich gehörten sie dem gleichen Terrornetzwerk an, wurden beide zusammen verleitet. Nach der Verurteilung ihres Bruders ist sie aus Kyneston geflohen, wohl wissend, dass ihre Tarnung bald auffliegen würde. Dann hat sie sich nach Riverhead durchgeschlagen, um die nächsten Schritte ihrer aufrührerischen Kampagne zu planen.«

»Was?« Abi traute ihren Ohren kaum. »Jenner, du weißt, wo ich war. Du warst doch bei uns.«

»Stimmt, du bist zuerst nach Highwithel gereist, zu Meilyr«, sagte Jenner und zog ihren Arm noch etwas fester hinter ihren Rücken. Seine Stimme klang irgendwie mechanisch, als hätte er seine Worte auswendig gelernt. »Meilyr, der sich öffentlich dazu bekannt hat, dass er die Gewöhnlichen zu einem Aufstand angestiftet hatte. Du und Meilyr … ihr habt dann beschlossen, dass du versuchen solltest, in Riverhead das zu erreichen, womit dein Bruder in Millmoor gescheitert war. Die arme, betörte Dina Matravers, die Meilyr keinen Wunsch abschlagen konnte, hat daraufhin zugestimmt, euch zu helfen. Gemeinsam habt ihr entschieden, dass sie nach der Stilllegung der Sklavenstadt ihre Schwester nach Nordengland locken sollte.«

»Jenner, nein.« Abi versuchte, ihn abzuschütteln. »Was redest du da? Du weißt, dass nichts davon der Wahrheit entspricht.«

Abi schrie auf, als Whittam Jardine ihr ins Gesicht schlug.

»Du dummes Mädchen«, höhnte er. »Die Wahrheit ist nicht das, was wirklich passiert ist, sondern das, was die Leute glauben werden. Es ist mir gelungen, diese irregeleitete kleine Schlampe Bodina zu beseitigen, ohne bei ihrer Schwester Verdacht zu erregen. Aber ihre nachträgliche Besetzung als tragische Komparsin bedeutet, dass mir jetzt die Hauptdarstellerin in diesem Drama fehlt.

Natürlich sind unter den Verhafteten genügend Frauen. Aber die besten Geschichten sind diejenigen, die am wenigsten schmückendes Beiwerk benötigen. Deshalb war es perfekt, als mein Zweitgeborener, der sich seiner Verantwortung als Parlamentsmitglied und Erbe endlich bewusst geworden war, nach eurem Telefonat direkt zu mir gekommen ist. Er meinte, er hätte einen neuen ›Engel des Nordens‹ für mich. Und das stimmt: Ich denke, du wirst in dieser Rolle großartig sein – gerade rechtzeitig für das große Finale.«

Dieser Albtraum überwältigte Abi derartig schnell, dass sie die Ereignisse kaum verarbeiten konnte. Sie drehte sich zu Jenner um und sah ihn an, versuchte, die Hände zu heben. Aber er hielt sie noch immer so fest im Griff wie die Handschellen, mit denen man Renie gefesselt hatte.

»Zwingt er dich, das alles zu sagen? Jenner, bitte, das bist doch nicht du.«

»Ich bin nun ein Erbe, Abi. Zum ersten Mal weiß ich, wie sehr meine Familie mich wirklich schätzt. Und Vater hat gesagt, jetzt, da Crovan anderen das *Geschick* nehmen kann, ist es nur eine Frage der Zeit, bis er es auch wiederherstellen kann. Auf Highwithel hab ich euch allen gesagt, dass es nichts gibt, was ich nicht dafür tun würde.«

»Ich habe dich geliebt«, stieß sie hervor – eine Mischung aus Wahrheit und Vorwurf.

»Und ich habe dich ebenfalls gemocht«, sagte Jenner mit einem sanften, traurigen Lächeln um die lieblichen Lippen. »Aber ich denke, dass ich etwas Besseres bekommen kann als eine Gewöhnliche, oder nicht? Außerdem wirst du verurteilt und zu deinem Bruder in die Verbannung geschickt. Ihr werdet dort vereint sein. Also in gewisser Hinsicht genau das, was du dir gewünscht hast.«

»In die Verbannung geschickt?« Lord Jardine brach in schallendes Gelächter aus, das Abi zittern ließ. »Du weißt genau, wie diese Geschichte endet, Jenner. Am Freitag auf dem Blutmarkt. Und jetzt Schluss mit diesem sentimentalen Unsinn.«

Von Angst erfüllt riss Abi den Kopf hoch, in der Hoffnung, dass Jenner vielleicht protestieren würde, doch Lord Jardine hatte sich bereits zwischen sie geschoben. Er presste seine dicken Finger auf Abis Stirn, und sie spürte, wie sie in eine tiefe Dunkelheit versank, die keinerlei Erbarmen bereithielt.

25

Luke

Und noch ein Hubschrauber. Wie ermüdend«, lamentierte Jules in sarkastischem Ton. »Daran gebe ich dir die Schuld, Luke. Wir hatten so ein schönes ruhiges Leben, bevor du hier aufgekreuzt bist.«

Luke verdrehte gespielt genervt die Augen, aber sein Puls raste. Der erste Hubschrauber hatte Meilyr, Dina und Abi hergebracht. Der zweite Silyen Jardine. Wer saß jetzt in diesem Helikopter?

Unruhig rutschte er im Sessel hin und her, unfähig, das Buch in seiner Hand weiterzulesen – ein stockfleckiges Werk über die Burg und Crovans Familie. Luke hatte in der Bibliothek jedes Regal durchstöbert, auf der Suche nach irgendwelchen Erklärungen zu den Vorgängen in jener Nacht an der Letzten Tür. Er war sich ziemlich sicher, was Coiras Identität betraf. Aber angesichts der Tatsache, dass sein – und ihr – Leben davon abhing, diese Tür erneut ungefährdet passieren zu können, brauchte er jede Info, die er nur finden konnte. Tief in seinem Inneren meldete sich eine nagende Stimme, doch er konnte nicht sagen, was sie genau wollte.

»Da kommt eine Frau«, verkündete Jules. »Ganz allein.«

Genau wie bei den Besuchen zuvor stürmten die Gäste ins Treppenhaus, um sich die Ankunft des Neuankömmlings nicht entgehen zu lassen. Als Ruhe in der Bibliothek einkehrte, zwang Luke sich, den entscheidenden Absatz ein weiteres Mal zu lesen. Was verstand er hier nicht?

Vor etwa achthundert Jahren, als Schottlands *Mormaer* um die Macht kämpften, waren ein Thronanwärter und sein Sohn eines Nachts im eigenen Haus von einem heimtückischen Gast getötet worden. Daraufhin hatte der *Mormaer* Crovan beschlossen, geeignete Maßnahmen zu ergreifen, damit ihn nicht das gleiche Schicksal treffen würde.

Er ließ die Stundentür und die Letzte Tür errichten. Nur der Lord der Burg oder sein Erbe konnte den Gästen freies Geleit nach draußen gewährleisten. Diese Entscheidung machte die Crovans aber nicht zu Außenseitern. Ganz im Gegenteil: Fortan galt es als Zeichen des guten Willens, die Burg aufzusuchen. Und in deren Mauern fanden viele Verhandlungsgespräche zwischen rivalisierenden Parteien statt. Genau darauf hatte Jackson vertraut, dachte Luke traurig, als er das Buch zuklappte. Wenn Crovan doch nur genauso ehrenwert reagiert hätte wie seine mittelalterlichen Vorfahren.

Luke schob das Buch zwischen Sitzfläche und Sessellehne und machte sich auf den Weg zu den anderen, um den neuen Gast ebenfalls zu begutachten. Aber er musste die Ankunft der Frau bereits verpasst haben, denn als er die Tür erreichte, stürmte Jules ihm entgegen. Sein Freund marschierte direkt in den benachbarten Billardraum, wo eine Flasche in einem Eiskübel bereits darauf wartete, die Champagnerstunde einzuläuten. Julians Adamsapfel hüpfte auf und ab, während das Getränk durch seine Kehle rann. Dann knallte er die Flasche wieder in den Kübel, rülpste und wischte sich über den Mund.

»Jules?«

»Dieses Miststück.«

»Was?«

»Wer ist diese Frau?«, fragte einer der anderen Gäste, die Julian aus dem Treppenhaus gefolgt waren und genau wie Luke über die heftige Reaktion seines Freundes verblüfft waren.

»Sie ist der Grund dafür, warum ich hier bin«, knurrte Jules und trank einen weiteren Schluck. »Sie ist die ältere Schwester meiner Freundin: Mistress Astrid Halfdan.«

Und dann stürmte er mit der Flasche in der Hand aus dem Raum.

Okay …

Luke wollte ihm nachlaufen, um ihn irgendwie aufzuheitern. Jules hatte immer darauf beharrt, dass er nur hier sei, weil Athalies Familie nicht mit ihrer Freundschaft mit einem Gewöhnlichen einverstanden war und irgendwelche Beschuldigungen gegen ihn erfunden hatte. Vielleicht hatten sie ja ihre Meinung geändert. Oder vielleicht hatte jemand Julians Unschuld nachgewiesen und Astrid war jetzt hier, um Crovan zu informieren. Vielleicht stand Athalie auch im Begriff zu heiraten, und Jules galt nicht länger als Bedrohung für das Wohlergehen der Familie, weshalb man ihn nun freilassen konnte.

Doch tief in seinem Herzen wusste Luke, dass nichts davon zutraf.

Und dass dieser Besuch nichts Gutes verhieß.

Hätten die Jardines auf ähnliche Weise mit Abi verfahren, wenn ihre Freundschaft mit Jenner weiterbestanden hätte? Das würde Luke ihnen durchaus zutrauen. Allerdings hätte Jenner für Abi gekämpft. Luke machte sich oft Sorgen um die Sicherheit seiner großen Schwester und fragte sich, wo sie nun wohl steckte. Aber mit Dina und Jenner hatte sie bestimmt zwei mächtige Beschützer.

Daisy war in Gavar Jardines Obhut – zumindest hoffte Luke das. Manchmal vergaß er, dass Gavar ihn auf Daisys Bitte hin aus Millmoor rausgeholt hatte. Es passte nicht richtig zu seinen Erinnerungen an den rüpelhaften, prahlerischen Erben von Kyneston – abgesehen von einer einzigen Situation, als Luke beim Holzhacken kurz innegehalten und die drei vor dem Herrenhaus beobachtet hatte: Gavar mit Libby auf dem Arm und daneben Daisy, die angeregt mit beiden schwatzte.

Libbys Mutter hatte versucht, mit ihrem Kind durch Kynestons Tor zu fliehen, aber die Kleine hatte es nicht öffnen können. Jenner hatte ebenfalls Silyens Hilfe beim Öffnen des Tors gebraucht – damals, als man Luke in jener Nacht vor den Mauern des Anwesens aus einem Transporter gestoßen hatte.

Sowohl in Libbys als auch in Jenners Adern strömte Jardine-Blut, doch sie waren beide nicht in der Lage, das Tor zu öffnen.

Was verstand er hier nicht?

Sein Gehirn fühlte sich so umnebelt an. Luke erinnerte sich daran, wie klar er jenseits der Burgmauern hatte denken können, aber hier drin wollte ihm das einfach nicht gelingen. Resigniert holte er das Buch über die Geschichte der Burg aus dem Ohrensessel hervor – es konnte nicht schaden, den Absatz noch einmal durchzulesen – und lief danach auf sein Zimmer, um zu duschen und sich umzuziehen.

Bevor er zum Abendessen hinunterging, klopfte er an Julians Tür. Sein Freund öffnete mit wildem Blick und reichlich Alkohol im Atem. Offensichtlich war der Champagner nicht die einzige Flasche, die er geleert hatte. Und er hatte sich noch nicht umgezogen.

»Ich geh nicht zum Essen«, sagte Julian. »Sie lügt, dass sich die

Balken biegen. Sie wird den ganzen Abend nur Lügen verbreiten. Die ganze Familie hasst mich, aber sie ist die Schlimmste.«

»Vielleicht kommt sie ja gar nicht zum Abendessen.«

»Selbstverständlich wird sie da sein, Hadley«, sagte eine Stimme hinter Luke. Entsetzt wirbelte er herum und entdeckte Crovan vor sich. »Sie ist deinetwegen hier, Julian. Du wirst Astrid morgen nach London begleiten. Also wasch dir das Gesicht, und zieh dir etwas Vernünftiges an.«

Womöglich hatte er mit seinen wilden Vermutungen ja doch recht, dachte Luke erstaunt. Vielleicht hatte Athalie sich ja so sehr nach ihrem Freund verzehrt, dass ihre Familie schließlich nachgegeben hatte.

»Für dich hab ich auch interessante Neuigkeiten, Hadley«, sagte Crovan, ehe er die Treppe hinunterstieg.

»Ich hab keine Ahnung«, beantwortete Luke Jules' fragenden Blick. »Ehrlich nicht. Und jetzt mach dich schnell fertig.«

Astrid Halfdan wurde von Crovan turmhoch überragt, als die beiden Ebenbürtigen den Speiseraum betraten, wo die anderen Gäste bereits auf sie warteten. Ihre dunklen Haare glänzten wie das schimmernde Federkleid eines Vogels, ihre Lippen waren in einem klassischen Korallenrot geschminkt, und irgendetwas an ihrer Ausstrahlung war total furchterregend.

»Julian …«, unterbrach sie ihr Gespräch mit Crovan. »Welch eine Freude, dich hier zu sehen. Arailt hat mir versichert, dass du ein Mustergefangener bist und exakt so reagierst, wie wir gehofft hatten.«

Luke drehte sich der Magen um. Er wusste, was das bedeutete, wusste, wie Crovan seine Gäste mit ihren eigenen Taten folterte. Die schreckliche Demonstration, bei der Devin nur mit Hilfe von *Geschick* niedergestochen und aufgeschlitzt worden war, würde er jedenfalls nie wieder vergessen. Da er Julians angebliches Verbrechen aber nicht kannte, konnte er bloß raten, was Crovan mit ihm anstellte.

Der Lord von Eilean Dòchais zog einen Stuhl für Astrid hervor, die darauf Platz nahm. Sie saß genau gegenüber von Julian, der erbleichte.

»Athalie hat ebenfalls Fortschritte gemacht«, fuhr sie fort. »Allerdings hat meine Schwester ihre Hände, trotz der Bemühungen der *Geschicktesten* unter uns, nicht mehr benutzen können. Auch die verschiedenen neurochirurgischen Operationen haben nichts gebracht. Letztendlich wurde eine Amputation empfohlen, damit sie mit Hilfe von Prothesen wenigstens einen Teil der Funktionalität ihrer Hände zurückgewinnen konnte. Sie hat die hübschesten kleinen Roboterfinger, die man sich nur vorstellen kann. Diese sind in der Lage, nach fast allem zu greifen – wie du ja bald herausfinden wirst.«

»Julian«, sagte Crovan und schwieg einen Moment, bis ein Haussklave einen Servierteller mit Fasanenterrine vor ihm abgestellt hatte. Dann beugte er sich über den Tisch. »Man hat dich für eine einzigartige Ehre auserwählt: Lord Jardine hat die altehrwürdige Tradition des Blutmarkts wieder zum Leben erweckt, um den Feinden unseres Staates ihre wohlverdiente Strafe zukommen zu lassen. Aber du weißt ja, wie das ist: Manchmal fällt es den Gewöhnlichen schwer, sich über politische Verbrechen zu empören. Deshalb hat unser Kanzler mich gebeten, ihm ein paar Kriminelle zur Einstimmung des Publikums zur Verfügung zu stellen. Die Sorte von Verbrechern, die beim Volk das Blut in Wallung bringt. Und du bist auf Athalies ganz besonderen Wunsch dabei.«

Crovan lehnte sich zurück. Er und sein Gast beobachteten Julian.

Alle beobachteten Julian.

Luke wurde schlecht. Er hatte keine Ahnung, was dieser Blutmarkt war, aber bei so einem Namen ging er jede Wette darauf ein, dass man Zuckerwatte und Karussells dort vergebens suchen würde. Und obwohl er noch immer nicht wusste, welches Verbrechen man Julian zur Last legte, brauchte er keine weiteren Details zu einem Vorgang, der die Amputation der Hände eines Mädchens erforderlich gemacht hatte.

»Ich habe Athalie nichts getan«, sagte Julian, dessen Gesicht leichenblass geworden war. »Ich habe sie nur geliebt.«

»Richtig, das hast du die ganze Zeit behauptet«, erwiderte Astrid Halfdan. »Du hast sie so sehr geliebt, dass du sie mit veterinärmedizinischen Anästhetika betäubt hast, um ihre *Geschick*-Reflexe außer Gefecht zu setzen – eine Dosis, die du ihr alle vier Stunden während ihrer neunzehntägigen Entführung verabreicht hast. Dabei hast du sie in diesem Kellergeschoss so fest angekettet, dass die Nervenschädigungen ihrer Handgelenke nicht wiedergutzumachen waren, nicht einmal mit Hilfe von *Geschick*.

Du hast meine kleine Schwester so sehr geliebt, dass du sie während dieser neunzehn Tage wiederholt vergewaltigt hast, auf jede erdenkliche Weise – und dich dabei gefilmt hast. Die Videos zeigen, dass du ihr jedes Mal, wenn sie deiner Meinung nach nicht genug Begeisterung aufgebracht hat, die Luft abgeschnürt hast, bis sie ohnmächtig geworden ist, und dann direkt weitergemacht hast.

Dank unserem *Geschick* hat sich Athalies Körper von den weniger schweren Verletzungen erholt, die du ihr zugefügt hast: zwölf Rippenbrüche, eine Wirbelsäulenfraktur, nachdem du auf ihr herumgetrampelt bist, sowie mehrere Verletzungen innerer Organe. Aber ihre hübschen kleinen Hände ließen sich nicht retten. Und auch ihr Geist wird sich möglicherweise nie mehr erholen, trotz ihrer phantastischen Kraft und Stärke. Wenn sie wenigstens eine Nacht pro Woche ohne Albträume durchschläft, schätzen wir uns schon glücklich.«

Luke schob ruckartig seinen Stuhl nach hinten und sprang auf, um möglichst weit von diesem Mann wegzukommen, den er als seinen Freund bezeichnet hatte.

Und seltsamerweise heftete Julian seinen verärgerten Blick direkt auf ihn.

»Jetzt glaubst du ihnen plötzlich? Ich hab dir doch erzählt, wie das mit Athalie und mir war. Bootsfahrten. Partys. Es war einfach wundervoll – bis die da alles ruiniert haben.«

»Dein Freund ist ein Phantast«, sagte Crovan. »Ein besessener, psychopathischer Phantast. Ich habe es dir ja bei deiner Ankunft gesagt, Hadley: Das ist die Natur des Menschen. Deine edle, moralische Überlegenheit ist reine Illusion.«

Luke drückte sich an die Wand.

»Und für den Fall, dass ein Entführer und Vergewaltiger nicht reichen sollte, um die ehrwürdigen Bürger Londons zu blutrünstiger Raserei anzustacheln, habe ich mir überlegt, dass ein Kinderschänder gut dazu passen würde. Blake, du wirst uns also morgen ebenfalls begleiten.« Crovan nahm sein Besteck in die Hand. »Du musst unbedingt den Senf kosten, Astrid. Ich habe ihn nach einem alten Rezept herstellen lassen, das von einem der Anwesen unserer Familie in Dijon stammt.«

Ein paar Minuten lang hörte man im Raum nur das Klirren von Arailt Crovans und Astrid Halfdans Silberbesteck auf den Porzellantellern, während sie ungerührt aßen.

»Worum handelt es sich dabei?«, fragte Blake, der auf der anderen Seite von Julian saß, schließlich in eisigem Ton.

»Beim Blutmarkt?« Crovan tupfte sich den Schnurrbart mit seiner makellosen Serviette ab. »Um eine primitive, aber äußerst unterhaltsame Demonstration ausgleichender Gerechtigkeit. Das Volk erhält die Gelegenheit, seiner Abscheu über kriminelles Verhalten auf eine Weise Luft zu verschaffen, die man als ›handgreiflich‹ bezeichnen könnte.«

»Aber es sind nicht nur Hände im Spiel«, fügte Astrid hinzu. »Im Grunde ist alles erlaubt, solange dadurch keine tödlichen Wunden zugefügt werden. Letztendlich führen die Verletzungen in ihrer Gesamtheit natürlich zum Tod, aber dahinter steht die Idee, dass sich das Ganze eine Weile hinzieht.«

Luke schaute zu Blake und Julian und sah seinen eigenen, leeren Sitzplatz neben ihnen. Drei Stühle, alle in einer Reihe.

Crovan hatte auch ihm »interessante Neuigkeiten« versprochen. Luke musste sich an der Wand abstützen: Vor Angst versagten ihm fast die Beine.

»Ich auch?«, presste er hervor, obwohl sich ein Kloß in seinem Hals gebildet hatte, der kaum einen Laut durchließ.

»Du?« Crovan schaute auf. Das Kerzenlicht spiegelte sich in seinen Brillengläsern. Luke war über die unheimliche Reflexion froh – froh, dass er nicht Coiras Augen im Gesicht dieses Irren sehen musste. »Du bleibst schön hier. Silyen und ich sind noch lange nicht mit dir fertig. Nein, deine Schwester Abigail wird den Hauptakt des Blutmarkts bestreiten.«

»Nein!« Das Wort explodierte aus Lukes Mund. Entsetzen.

Fassungslosigkeit. Leugnung. All das zusammen und noch mehr.

»Es hat den Anschein, dass du ihr mit revolutionärem Beispiel vorangegangen bist. Deine Schwester hat in Riverhead für Unruhen gesorgt und dazu beigetragen, dass Dina Matravers ihr Leben verloren hat. Sie nennt sich selbst ›Engel des Nordens‹ – eine poetische Note. Sobald der Mob erst einmal mit Julian und Blake fertig ist, wird er für Jardines Glanznummer eines gefallenen Engels sicher bereit sein.«

Luke brauchte einen Moment, um das alles zu verarbeiten. Dina war tot. Abi hatte angeblich Unruhen in Riverhead gestiftet und sich selbst als »Engel des Nordens« bezeichnet. Und Jardine wollte sie dafür bestrafen?

»Sie wissen, dass das nicht stimmt!« Luke brüllte jetzt. »Dina ist der Engel, nicht meine Schwester. Das müssen Sie in meinen Erinnerungen doch gesehen haben.«

Allerdings erhielt er keine Antwort, weil Julian die Gelegenheit ergriff, um sich mit einem Steakmesser auf Crovan auf der anderen Seite des Tischs zu stürzen. Was bei einer zweiten Ebenbürtigen im Raum der reinste Irrsinn war. Es war ohnehin Irrsinn, schon allein wegen der Halsbänder. Bei diesem Gedanken fragte Luke sich, ob Julian Crovan im Grunde gar nicht töten wollte oder nicht wirklich mit einem Erfolg seiner Attacke rechnete. Vielleicht hoffte er ja, dass Crovan ihn auf der Stelle tötete und ihm das angedrohte Ende ersparte.

Doch Jules sollte enttäuscht werden. Er hatte es kaum bis zur Mitte des Tischs geschafft, als Crovans *Geschick* oder die Kraft des Halsbands ihn auf den Rücken warf, so dass er krachend auf der Mahagoniplatte landete. Astrid beugte sich mit ihrem eigenen Messer vor und rammte es in Julians Handfläche, wodurch er an den Tisch gefesselt wurde.

Sie betrachtete das Ergebnis, nahm dann das Messer des Gasts zu ihrer Linken und stach es ihm durch die andere Hand. Julian heulte auf.

»Gewöhn dich dran«, sagte Astrid, bevor sie sich wieder setzte.

Der Rest des Abendessens verging wie in Trance. Luke wagte es nicht, zu Coira zu schauen, während sie den Haussklaven mit dem nächsten Gang Anweisungen erteilte. Julian schluchzte und wand sich hin und her, eine groteske Tafeldekoration. Blake schnitt sein Fleisch in winzige Stücke und aß diese der Reihe nach, wie ein verurteilter Mann, der seine Henkersmahlzeit in die Länge zog. Was genau auf ihn zutraf.

Als das Abendessen vorbei war, rief Crovan Blake an seine Seite und verließ mit ihm und Astrid den Raum. Die anderen folgten ihnen schweigend, unfähig, einen Blick auf Julian zu werfen, der eindeutig durch mehr als nur zwei scharfe Silbermesser an den Tisch gefesselt war.

Luke verharrte einen Moment. Am leichtesten wäre es gewesen, wenn er einfach mit den anderen den Raum verlassen hätte. Doch Julian war in dieser Burg sein Freund gewesen; Luke hatte sich entschlossen, die Dunkelheit in seinem Herzen nicht zu sehen.

»Es tut mir leid«, sagte er. »Das, was du diesem Mädchen angetan hast, klingt grauenhaft, aber …«

Er konnte den Satz nicht beenden. Sollte er ihm sagen, dass er nicht der Ansicht war, Julian würde sein weiteres Schicksal verdienen? Denn er war sich nicht sicher, ob das stimmte.

Luke schüttelte den Kopf. Möglicherweise verdiente Julian

ja ein solches Ende, aber keine Gesellschaft konnte diese Strafe ausführen und sich danach noch als zivilisiert bezeichnen. Außerdem weigerte er sich, Crovans nihilistische Weltansicht zu übernehmen. Julians Bösartigkeit war kein Maßstab für die Gesamtheit der Gewöhnlichen, und die Vergeltung einer Gräueltat mit einer anderen ließ sich in keinem Fall rechtfertigen.

Julians Adamsapfel hüpfte auf und ab, als würde er versuchen, nicht zu weinen. Auf einmal bekam Luke Panik, dass er vielleicht ersticken könnte.

Eine Sekunde später fragte er sich, ob es nicht das Beste wäre, ihn ersticken zu lassen – bis Julian Rotze hochzog und Luke direkt ins Gesicht spuckte. Luke wich zurück und wischte sich die Augen, als Julian wild mit dem Kopf hin und her schlug und wüst zu schreien und fluchen begann.

Plötzlich wurde Luke alles zu viel. Julian. Abi. Seine Schwester konnte doch nicht das gleiche Schicksal erwarten, oder? Luke schüttelte verzweifelt den Kopf.

»Ruhig. Ganz ruhig.« Eine Hand legte sich auf seine Schulter, und dann drehte Coira ihn zu sich und nahm ihn in die Arme. »Es ist nicht alles verloren. Noch nicht. Du hast es ja gehört: Crovan wird morgen nicht hier sein. Er wird sie begleiten.« Sie warf einen Blick auf Julian. »Aber wir können hier nicht reden.«

Luke hob das Gesicht von ihrer Schulter und folgte ihrem Blick. Julian hatte den Kopf wieder auf den Tisch fallen lassen und war verstummt.

»Vielleicht könnte ich ihn ja … mit einem Kissen oder …«

Coira schüttelte Luke sanft an den Schultern; dann nahm sie sein Gesicht etwas weniger sanft in ihre Hände und zwang ihn, sie anzusehen.

»Du musst dir aussuchen, für wen es sich zu kämpfen lohnt, Luke. Julian ist nicht dein Problem. Wenn Crovan und Astrid ihn morgen tot auffinden, beschließen sie womöglich, jemand anderes mitzunehmen – beispielsweise den Bruder des Engels des Nordens. Das Risiko darfst du nicht eingehen. Versuch zu schlafen. Morgen gehört die Burg uns.«

Coira beugte sich vor, als wollte sie ihn küssen; stattdessen drückte sie jedoch nur ihre Stirn gegen seine, machte dann auf dem Absatz kehrt und verschwand in Richtung Küche. Luke wusste nicht, ob er enttäuscht oder erleichtert sein sollte. Im Moment konnte er aber nicht noch mehr Dinge verarbeiten. Seine Beine schafften es kaum, ihn die Treppe zu seinem Zimmer hinaufzuhieven, wo er mit dem Gesicht voran aufs Bett fiel.

Mitten in der Nacht erwachte er keuchend. Düstere Szenen, die alle seine Schwester zeigten, wirbelten ihm durch den Kopf.

Abi, die schreckliche Qualen litt.

Vor seinem inneren Auge sah Luke, wie Astrid Halfdan seiner Schwester zwei Messer in die Hände rammte und sie damit an einen Tisch fesselte. Er sah Julian, der ihr mit anzüglichem Grinsen in die Rippen trat. Er sah, wie ein Band an ihrem Hals golden aufleuchtete und wie der Lord von Eilean Dòchais sich hinabbeugte, eine Hundeleine daran befestigte und Abi auf alle viere zog. Seine Schwester wimmerte, während sie mit blutigen Händen vorwärtskrabbelte. Ihr krummer Gang ähnelte dem von Dog, denn Julian hatte ihre Wirbelsäule zertrümmert. Crovan führte sie durch die Straßen Londons, und die Menschen johlten und klatschten.

Luke stürmte zum Waschbecken und übergab sich heftig. Er musste sich zusammenreißen, um nicht wütend und ohnmächtig auf das Porzellan einzuschlagen. Dann warf er einen kurzen Blick auf die Uhr an der Wand. Drei Uhr morgens. Also bereits Donnerstag. Der Blutmarkt sollte am Freitag stattfinden, der zu einem öffentlichen Feiertag erklärt worden war. Wenn er es nicht verhindern konnte, dann würde Abis Schicksal so aussehen wie in seinen Albträumen – wenn nicht noch schlimmer.

Hatte sie denn niemanden in London, der ihr helfen konnte? Wusste Daisy von dieser ganzen Geschichte? Luke hoffte inständig, dass seine kleine Schwester nichts von dem Ganzen ahnte. Und dennoch: War Daisy vielleicht in der Lage, Gavar zu einer Befreiungsaktion zu überreden, so wie sie ihn davon überzeugt hatte, Luke aus Millmoor rauszuholen? Allerdings schien es nicht sehr wahrscheinlich, dass der Erbe von Kyneston die Pläne seines Vaters in aller Öffentlichkeit durchkreuzte. Dann war da noch Jenner Jardine, aber er hatte kein *Geschick* und konnte nicht einmal das Tor seines eigenen Zuhauses öffnen. Wie sollte er ein Mädchen von einer öffentlichen Hinrichtungsstätte wegholen und in Sicherheit bringen?

Geschicklos und unfähig, Kynestons Tor zu öffnen.

Genau wie Gavars uneheliche Tochter Libby: ebenfalls unfähig, Kynestons Tor zu öffnen, und ebenfalls *geschicklos*.

Und trotzdem hatte die Letzte Tür Coiras Befehl gehorcht.

Konnte das vielleicht bedeuten, dass sie …?

Luke war kein Experte in Sachen Abstammungslehre der Ebenbürtigen, doch er ging fest davon aus, dass deren uneheliche Nachkömmlinge nicht als Ebenbürtige betrachtet wurden.

Darauf basierte schließlich das langjährige Drama rund um Libby Jardine: Gavar wollte seine Tochter anerkennen lassen, aber seine Eltern weigerten sich.

Dennoch reichte Blutsverwandtschaft allein nicht aus, damit jemandem eine *Geschick*-Begrenzung gehorchte – wie Jenner Jardines Beispiel zeigte. Man brauchte auch *Geschick*.

Luke nahm das Buch über die Geschichte der Burg vom Nachttisch. Ja. Da stand es. Ganz eindeutig. Nur der Lord der Burg oder sein Erbe konnte den Gästen freies Geleit nach draußen gewährleisten. Damit die Tür ihr gehorchte, musste Coira die Erbin der Burg sein – und um eine Erbin zu sein, musste sie von zwei Ebenbürtigen abstammen.

Und wenn sie von zwei Ebenbürtigen abstammte, musste sie auch über *Geschick* verfügen.

Der Gedanke schien kaum vorstellbar.

Wenn sie *Geschick* besaß, konnte sie das Boot herbeirufen. Dann konnten sie beide den See überqueren und zum nächsten Ort wandern, von dem aus die Burg beliefert wurde. Von dort aus schließlich zum nächsten Bahnhof und nach London. Coiras *Geschick* konnte ihnen vielleicht sogar helfen, Abi zu retten.

Die Verzweiflung, die er beim Zubettgehen empfunden hatte, wurde von plötzlich aufkeimender Hoffnung verdrängt.

Luke legte sich aufs Bett. Unfähig, wieder fest einzuschlafen, döste er unruhig vor sich hin, bis die Morgendämmerung an sein Fenster klopfte. Mechanisch zog er sich an und erinnerte sich wieder und wieder an seine Schlussfolgerung – als wollte er sie sich so fest einprägen, dass er sie nicht mehr vergessen konnte. Zusätzlich holte er einen Stift hervor und notierte alles in dem Buch über die Burg. Denn wer konnte schon sagen, was noch alles zwischen dem jetzigen Zeitpunkt und Crovans Abreise passieren würde?

Als er zum Frühstück hinunterging, erwartete ihn ein gespenstischer Anblick. Julian und Blake standen reglos in der Eingangshalle, mit weitgeöffneten, aber starren Augen und durch *Geschick* an den Ort gefesselt.

Beim Frühstück herrschte Totenstille – bis auf das belanglose Gespräch zwischen Crovan und Astrid Halfdan. Deprimiert hörten die Gäste zu, wie er sie aufforderte, doch den Lachs zu probieren, frisch gefangen in einem Fluss des Crovan-Anwesens und nach einem Rezept geräuchert, das seit den Tagen der *Mormaer* von Generation zu Generation unverändert weitergegeben worden war. Im Gegenzug erzählte Astrid ihm von den Vorbereitungen für den Blutmarkt und beschrieb das breite Podest, das auf dem Gorregan Square errichtet wurde. Das Ganze würde sich mitten im Herzen der Stadt abspielen, auf den Sichtachsen von Aston House und der Mall und dem Haus des Lichts und Whitehall.

Nach dem Frühstück versammelte sich der gesamte Haushalt in der Eingangshalle, um die Abreise der beiden Ebenbürtigen und ihrer Gefangenen zu verfolgen. Luke hielt sich im Hintergrund und schwieg, im Versuch, keine Aufmerksamkeit zu erregen.

Das Problem war nur, dass gerade sein Schweigen Aufmerksamkeit erregte.

»Du bist sehr still, Hadley«, sagte Crovan und jagte Luke damit einen eisigen Schauer durch den Körper.

»Ich habe darüber nachgedacht, wie ich mich in Ihrem Koffer verstecken kann, um meine Schwester zu retten«, erwiderte er so aufsässig wie möglich.

Crovan wieherte vor Belustigung. »Ich brauche keinen Koffer – ich unterhalte in Belgravia eine Stadtvilla. Nein, das Beste, was du für deine Schwester tun kannst, Hadley, besteht darin, ihr einen schnellen Tod zu wünschen. Vielleicht einen Herzinfarkt beim ersten Messerstich. Devin, ich bin in zwei Tagen wieder zurück. Astrid, meine Liebe: nach dir. Julian, Blake, folgt uns.«

Er hielt Astrid Halfdan die Tür auf, ganz der Gentleman. Blake und Julian folgten ihr mit roboterartigen Schritten; es war offensichtlich, dass sie ihre Bewegungen nicht steuern konnten. Und dann war auch der Lord von Eilean Dòchais verschwunden. Die Gäste liefen hinauf in die Bibliothek und beobachteten, wie das Boot in Sicht kam und den See überquerte, und wie kurz darauf der Hubschrauber abhob.

Jetzt galt es, keine Zeit zu verschwenden. Luke hastete die Treppe hinunter und stürmte in Richtung Küche – wobei er beinahe Coira umgerannt hätte, die ihm entgegenkam.

»Langsam«, sagte sie und hielt ihn am Arm fest. »Mit einem gebrochenen Bein wird alles nur noch schwieriger.«

»Bitte, du musst mir zuhören«, sagte Luke, schob sie in einen kleinen Nebenraum und verschloss die Tür hinter ihnen. »Ich kann es selbst kaum glauben, aber es muss einfach stimmen.«

Hastig berichtete er ihr seine Schlussfolgerung. Zu seinem Erstaunen bezog sich ihre erste Frage allerdings nicht auf ihr *Geschick*.

»Und wo ist dann meine Mutter?«, fragte sie skeptisch. »Wenn sie eine Ebenbürtige war, hat Crovan sie nicht einfach beseitigen können. Und warum muss ich dann dieses Leben hier unten führen, wie eine Haussklavin mit einem Halsband?«

Luke zermarterte sich das Hirn auf der Suche nach einer Erklärung.

»Vielleicht hat er sie misshandelt, und sie hat ihn verlassen, konnte dich jedoch nicht mitnehmen. Oder sie war ihm untreu, oder er hat das zumindest angenommen, und sie haben sich getrennt, und Crovan hat seine Wut an dir ausgelassen? Wer weiß? Aber wir werden es herausfinden, das verspreche ich dir. Zuerst muss ich allerdings hier raus, sonst wird meine Schwester morgen sterben. Du musst das Boot herbeirufen, damit wir fliehen können. Ich weiß, dass du das kannst.«

»Wenn ich *Geschick* besitze, wieso habe ich davon nie was gemerkt? Das sollte man schließlich annehmen, oder?«

Diese Frage raubte Luke den Atem wie ein Schlag in den Magen. Vielleicht war Coira ja doch wie Jenner. Vielleicht hatte sie kein *Geschick*, und vielleicht war das der Grund für die Trennung ihrer Eltern und dafür, warum Coira bei den Haussklaven lebte. Vielleicht hatte sie ja bei ihrem Vater gelebt, bis dieser letztendlich die Hoffnung aufgegeben hatte, dass sich ihr *Geschick* doch noch zeigen würde. Und dann hatte er sie angewidert zu den Haussklaven hinuntergeschickt.

Trotzdem blieb da immer noch die Tatsache, dass sie die Tür hatte öffnen können.

»Ich weiß es nicht«, sagte er verzweifelt. »Keine Ahnung. Aber ich weiß, dass das, was an der Tür passiert ist, real war. Und Crovan hat es auch gemerkt, das konnte ich ihm ansehen. Bitte, Coira.«

»Wir müssen es auf jeden Fall versuchen«, pflichtete sie ihm bei. »Ich habe ein paar Sachen für dich zusammengesucht: Geld aus Devins Geldkassette und normale Kleidung. Zieh dich um, dann können wir los.«

Sie führte ihn in die Vorratskammer, wo er seine alte Jeans zusammen mit einem T-Shirt und einem grobgestrickten Pullover vorfand, dessen Rollkragen sein Halsband verdecken würde. Eine Angeltasche enthielt ein Bündel Geldscheine, Proviant und Wasser. Kurz darauf schlichen sie durch die leere Eingangshalle.

Gemeinsam stellten sie sich vor die Letzte Tür. Luke griff nach Coiras Hand und drückte sie.

»Ich sollte vermutlich etwas sagen«, meinte sie. »So wie Crovan eben, als er Astrid ins Freie treten ließ: ›Nach dir‹, hat er gesagt. Das ist die Genehmigung zum Verlassen der Burg.«

Coira schwang die Tür auf, und Luke sah zwei Bilder: zum einen den verregneten Morgen über dem Loch nan Deur, dessen glitzerndes Wasser vom Schatten der Wolken gedämpft wurde.

Zum anderen jedoch eine weite Landschaft, die darüberlag: eine Landschaft in der Abenddämmerung, wo eine Brise über die Wiesen und Felder streifte. Luke blickte nach oben: Am Himmel verdeckte die Silhouette einer Eule einen Moment lang die silberne Mondsichel. Als deren fahles Licht zurückkehrte, entdeckte er etwas, das er zuvor nicht bemerkt hatte: An einer Bergflanke leuchtete ein goldener Turm.

Luke hatte das Gefühl, als würde sein Herz zerspringen. In diesem Turm befand sich der König. Er wusste es einfach.

»Geh«, drängte Coira ihn.

Luke holte tief Luft, um einen klaren Kopf zu bekommen. Seine Schwester brauchte ihn. Er konnte es sich nicht leisten, diese Tür zu einem anderen Ort als zu Crovans Insel zu passieren.

Er blinzelte mehrfach, als wäre das schimmernde Land ein

Staubpartikel, das er aus seinem Auge entfernen wollte. Als er wieder klar sehen konnte, lag nur das felsige Ufer von Eilean Dòchais vor ihm, unter einem leichten Highland-Nieselregen, der die Seeoberfläche mit tausend kleinen Vertiefungen versah.

Coira dachte wahrscheinlich, dass er aus Angst zögerte. Entschieden trat er durch die Tür und spürte den weichen Regen auf seiner Wange.

Dann drehte er sich zu Coira um.

»Du bist noch da«, sagte sie und lächelte ihn an, was sie bloß selten tat.

»Ja.«

Damit meinte sie, dass er nach wie vor lebte. Luke versuchte, die seltsame Enttäuschung zu verbergen, die ihn erfasst hatte, weil er hier war und nicht da oben, im dämmrigen Reich des Königs. Aber er war genau dort, wo er sein sollte. Wo Abi ihn brauchte.

»Du bist dran … falls du das wirklich tun willst.«

Luke betrachtete Coiras entschlossene Miene und erkannte, welch großen Mut sie aufbringen musste. Er wusste, dass ihre Theorie stimmte – sie war die Erbin der Burg und konnte der Tür Befehle erteilen.

Doch wenn sie sich irrten … Was wäre, wenn sie sich irrten …?

Coira trat durch die Tür, und Luke nahm sie in die Arme und wirbelte sie glücklich im Kreis.

»Du hast es getan! Du hast es geschafft.«

Mit einer ausholenden Armbewegung ging er auf ein Knie und drückte einen Kuss auf ihre Hand. Es kümmerte ihn überhaupt nicht, dass er dabei feuerrot anlief.

»Mistress Coira.«

»Wir sind noch nicht am Ziel«, sagte sie, entzog ihm sanft ihre Hand und runzelte die Stirn. »Das ist jetzt der Moment, in dem mein *Geschick* erwachen und das Boot rufen sollte, oder? Denn ich warte noch immer darauf, dass das passiert.«

Luke richtete sich sofort auf. Er hatte angenommen …

Er hatte angenommen …

»Spürst du denn gar nichts?«

»Nein. Und das war noch nie anders, so lange ich mich erinnern kann. Warum sollte sich das jetzt ändern?« Ihre Hände griffen an ihr Halsband. »Vielleicht liegt es ja daran? Crovan beherrscht die Menschen mit Hilfe dieser Halsbänder. Vielleicht zügelt er damit auch mein *Geschick*? Vielleicht habe ich aber auch einfach gar keins.«

Sie streckte die Hände aus, als wollte sie sie dazu bringen, Macht auszustrahlen, wie in einem Spielfilm. Doch es geschah nichts. Ihre Hände blieben unverändert: raue, schwielige Handflächen und schlanke Finger mit geröteten Knöcheln vom ständigen Spülen und Schrubben in der Küche.

Der Anblick schnürte Luke die Kehle zu, als würde sich sein Halsband zuziehen. Wo lag das Problem?

»Tut mir leid, Luke.« Coira schaute auf, und zum ersten Mal sah er in ihrer Miene einen Anflug von Verzweiflung. »Da ist einfach nichts. Es tut mir so leid.«

Ihre Augen glänzten, und eine einzelne Träne lief ihr schimmernd über die Wange. Hastig wischte sie sie weg.

Und in diesem Moment kehrte das Feuer in ihre Augen zurück. Coira nahm seine Hand und zog ihn mit sich.

»Das haben wir ja ganz vergessen«, sagte sie. »Es gibt noch einen anderen Weg.«

26

Luke

Coira ging so vor, wie sie bei allem vorging: mutig. Als sie die Stufen zum dunkel schimmernden Wasser des Loch nan Deur hinunterstieg, war Luke derjenige, den plötzlich Panik erfasste. Das Mädchen hatte argumentiert, dass der See, genau wie die Tür, einfach auf die Tatsache reagieren würde, dass sie eine Crovan war – und dazu kein *Geschick*-Kommando benötigte. Aber Luke wusste, welch schrecklichen Preis sie zahlen musste, falls sie sich irrte.

Doch als sich die Fluten bei Coiras letztem Schritt von der Treppe teilten, versagten ihm vor Erleichterung fast die Knie.

»Warte, ich muss dicht in deiner Nähe bleiben.«

Er legte eine Hand auf ihren Rücken, als sie den Seeboden betraten und zum anderen Ufer gingen. Zwischen den hohen, tropfenden Wasserwänden, die die Sonne verdeckten, empfing sie klamme, feuchte Luft. Doch Lukes Hand ruhte warm auf Coiras Schulter, und sein Herz jubelte vor freudiger Erwartung.

»Hoffentlich hindert uns nichts daran, das Ufer zu erreichen«, sagte Coira, als der Grund des Sees langsam wieder anstieg. »Weißt du noch: Das Boot konnte nicht anlanden, solange Ryan an Bord war.«

Aber offensichtlich waren die Crovan-Insel und der Crovan-See nicht gewillt, ihre Erbin zu negieren, denn zuerst tauchten

Coiras und Lukes Kopf oberhalb der Wasserlinie auf, dann ihre Schultern. Schließlich befand sich das dunkle Wasser auf Höhe ihrer Knöchel und sie konnten ungehindert ans Ufer mit den glänzenden Kieseln treten.

»Puh.« Coira schob sich die Haare hinter die Ohren. »Ich bin froh, dass es vorbei ist. Obwohl ich ja auf dem gleichen Weg wieder zurückmuss …«

»Was? Warum solltest du zurückgehen? Wir sind jetzt frei. Du brauchst diesen Ort nie wiederzusehen.«

»Ganz so einfach ist es nicht, Luke.«

Der Ausdruck in ihren grauen Augen verhieß nichts Gutes.

»Denk doch mal nach: Ich habe diese Burg noch nie verlassen. Dieses alte Gemäuer ist meine ganze Welt. Ich habe noch nie einen Zug gesehen oder einen … Laden. Ich war noch nie in einem Dorf, von einer Stadt oder London ganz zu schweigen. Und ich habe kein *Geschick*, das dir dabei helfen könnte, deine Schwester zu retten. Ich bin nicht die Person, die du bei diesem Unterfangen an deiner Seite brauchst. Wahrscheinlich würde ich bereits von einem Auto überfahren, noch bevor wir in Edinburgh wären.

Außerdem sind da noch die anderen. Ein paar von ihnen müssen dringend von hier fliehen. Ich muss sie aus der Burg rausholen. Und da wären noch mein … Vater und meine Mutter. Ich brauche Antworten, Luke. Wer bin ich? Das muss ich unbedingt herausfinden.«

Luke traute seinen Ohren kaum. »Wenn er dir deine Abstammung siebzehn Jahre lang verschwiegen hat, warum sollte er dir dann jetzt die Wahrheit sagen? Und er wird dich dafür bestrafen, dass du mir und den anderen zur Flucht verholfen hast. Er wird dafür sorgen, dass du nichts mehr über dich und deine Herkunft weißt. Du wirst wieder wie eine verurteilte Haussklavin leben, obwohl du in Wahrheit doch die Erbin dieser Burg bist.«

»Na, dann ist es ja gut, dass du nun frei bist und dieses Wissen in deinem Gedächtnis verankert hast, oder? Du wirst schon zurechtkommen, Luke. Denn du hast mehr Verbündete, als du denkst. Ich habe beobachtet, wie Silyen Jardine dich angesehen hat. Du bist ihm wichtig, auch wenn ich nicht weiß, wieso.

Du wirst deine Schwester retten, und du wirst mich nicht vergessen. Sobald sich die Situation etwas beruhigt hat, musst du wieder herkommen und mich holen, falls ich dich bis dahin nicht selbst gefunden habe. Aber im Moment kann ich dich nicht begleiten.«

Und dann wirbelte sie so unerwartet schnell herum und lief in den See zurück, dass Luke ihr nicht folgen konnte und sie schon bald aus den Augen verlor. Er rief ihren Namen, brüllte ihn mit aller Kraft, doch dann sah er, wie das Wasser schäumend zur Seite wich, als sie tiefer in den See hineinlief, weg von ihm.

Er konnte es einfach nicht fassen. Hatte er etwas falsch gemacht? Irgendetwas Falsches gesagt?

Nein. Aber jetzt war auch nicht der Moment, um darüber nachzudenken. Er musste schnellstmöglich nach London … zu Abi. Das Versorgungsboot hatte den See immer von der anderen Seite des Lochs überquert, beladen mit Lebensmitteln, die ein Lieferwagen über einen Schotterweg zum Ufer transportiert hatte. Am anderen Ende dieses Schotterwegs mussten sich ein Laden, ein Dorf und eine größere Straße befinden.

Das Dorf lag mehrere Kilometer entfernt, und Luke hielt den Atem an, als er es durchquerte. In seiner Paranoia stellte er sich vor, dass in jedem Haus ein Steckbrief mit den Fotos aller Verurteilten hängen würde – für den Fall, dass einem von ihnen die Flucht gelang. Was aber natürlich nicht stimmen konnte.

Der Weg aus dem Dorf verwandelte sich bald in eine Asphaltstraße – in dieser Region Schottlands praktisch eine Autobahn. An einer T-Kreuzung zeigte ein Schild zur Brücke auf die Isle of Skye, also schlug Luke die andere Richtung ein und hielt den Daumen hoch. Er hatte Glück, als zwei junge Kerle anhielten und ihn mitnahmen. Die beiden waren auf dem Weg zu einem Junggesellenabschied in Inverness und hatten bereits ein paar Bier intus, wodurch Luke nur wenig reden musste und irgendwelche superpeinlichen Fragen wie »Was machst du denn hier, so weit im Norden Schottlands?« vermeiden konnte.

Ein paar Stunden später setzten sie ihn am Bahnhof ab, drückten ihm noch eine Dose Bier »für den Weg« in die Hand und fuhren dann hupend weiter. Luke stürmte in die Wartehalle. Coira hatte ihm genügend Geld für die Fahrkarte gegeben, aber der Fahrplan verhieß nichts Gutes. Inverness befand sich genau am anderen Ende der Zugverbindung nach London, und die Reise quer durchs Land würde etwa neun Stunden dauern, mit einem Umstieg in Edinburgh. Außerdem fuhr der nächste Zug erst kurz vor ein Uhr mittags ab.

Als es endlich losging, erlebte Luke die längsten neun Stunden seines Lebens – schlimmer noch als der Tag, den er nach seiner Gerichtsverhandlung im Weinkeller von Kyneston verbracht hatte. Er hatte die Wartezeit in Inverness zum Kauf einer Baseballkappe genutzt, unter der er sein Gesicht verstecken konnte, und sich dazu noch einen Reiseführer für London besorgt. Bisher war er bloß zweimal in der Hauptstadt gewesen, einmal bei einem Schulausflug und einmal bei einem Tagestrip mit der Familie, als seine Mum eine Beförderung erhalten hatte. Seine Erinnerungen zeigten nur die Touristenattraktionen – einzelne Orte, von denen er nicht wusste, wie sie miteinander verbunden waren.

Allerdings erinnerte er sich wieder daran, dass Astrid den Veranstaltungsort des Blutmarkts erwähnt hatte: Gorregan Square, wo sich die Straße vom Aston House und die vom Haus des Lichts trafen. Mit dem Finger zeichnete er die Wege auf dem Stadtplan nach und versuchte, sich das Straßennetz einzuprägen. Doch Luke hatte so wenige Informationen, dass er über einen groben Aufbau der Stadt nicht hinauskam und schon gar keinen Plan schmieden konnte. Das Gespräch am Frühstückstisch hatte ihm den Eindruck vermittelt, dass die Verurteilten im Parlamentsgebäude in Westminster gefangen gehalten wurden. Aber einen Befreiungsversuch konnte er von vornherein vergessen.

Gorregan Square bot die besten Erfolgsaussichten. Wenn der Blutmarkt darauf vertraute, dass ganz normale Leute derart in Rage gerieten und folglich hilflose Gefangene ermordeten, konnte die aufgeheizte Stimmung durchaus in Anarchie umschlagen. Wer war schon in der Lage, vorherzusagen, wann das Ganze außer Kontrolle geriet und Luke die Gelegenheit zum Handeln bot? Zwar halfen ihm diese Überlegungen auch nicht viel weiter, aber es war besser als gar nichts.

Nachdem der Zug Durham passiert hatte, zog Luke die Baseballkappe in die Stirn und drückte sich in die Ecke seines Fensterplatzes. Aufgrund der Albträume wegen Abi hatte er letzte Nacht kaum geschlafen, und vermutlich würde er in der kommenden ebenfalls kein Auge zutun. Der Schaffner riss ihn nur einmal kurz aus dem Schlaf, um seine Fahrkarte erneut zu überprüfen. Als Luke das nächste Mal aufwachte, war der Himmel dunkel, und sie befanden sich in London.

Auf der anderen Seite der Ticketschranken standen Sicherheitskräfte, mit Maschinenpistolen im Anschlag. Erwarteten sie ihn bereits? Nein. Denn Luke sah, wie die Männer verschiedene Fahrgäste ansprachen, die den Bahnsteig verließen. Das Ganze sah nach einer Art Stichprobenkontrolle aus.

»Ausgangssperre für alle Minderjährigen«, hörte er einen der Beamten erklären. »Für vierundzwanzig Stunden, bis morgen um sechs Uhr abends. Bitte bringen Sie Ihre Kinder umgehend nach Hause oder ins Hotel.«

Luke hoffte, dass seine Bartstoppeln deutlich zu sehen waren, und dankte seiner Arbeit im Maschinenpark dafür, dass seine Brust breiter war als die der meisten Jungen in seinem Alter. Er straffte die Schultern und ging zuversichtlich an den Sicherheitsleuten vorbei. Auf dem Bahnhofsvorplatz spielte eine Band, und an einem Getränkestand mit bunten Neonlichtern hatte sich bereits eine Gruppe Biertrinker versammelt. Frauen in kurzen Röcken schlenderten mit Tabletts umher und boten den Passanten Freigetränke an. Auf der Bühne hinter der Band zählte eine Digitaluhr, die etwas über dreizehn Stunden anzeigte, die Minuten herunter.

Luke erkannte, dass es sich um die Zahl der Stunden bis zum Beginn der Hinrichtungen handelte. Um die Stunden, die seine Schwester noch zu leben hatte.

Der Anblick schnürte ihm die Kehle zu. Wortlos drängte er sich an einem Mädchen vorbei, das ihm einen Drink entgegenhielt, und blieb auch nicht stehen, um sich zu entschuldigen, als der Becher auf den Boden flog. Er musste schnellstens zum Gorregan Square.

Der Verkehr floss normal, aber Hinweisschilder warnten vor Straßensperrungen ab Mitternacht. Viele Straßen waren bereits dunkel und menschenleer, doch hier und dort – am Russell Square und am Covent Garden – fanden sich weitere Bands und weitere Bierstände. In der Dunkelheit, auf den Parkbänken, auf den Stufen zu den Kirchen und in den Schatten von Covent Gardens großen Säulengängen sah er Leute, die Flaschen, Zigaretten, Joints und anderes kreisen ließen.

»Brauchst du was?«, fragte ein kahlgeschorener Typ und schüttelte einen kleinen Gefrierbeutel mit irgendwelchen Pillen, bei denen es sich garantiert nicht um Kopfschmerztabletten handelte – da war Luke sich ziemlich sicher. »Gibt's heute zum Sonderpreis.«

Luke schüttelte den Kopf und hastete weiter.

Gorregan Square konnte man bereits aus fast einem Kilometer Entfernung hören. Luke kam nur noch langsam voran, da die Straßen immer voller wurden. Er war nicht der Einzige, der zu diesem Platz wollte. Es klang fast so, als wäre dort die größte Party im Gange, die London je erlebt hatte. Schon bald vibrierte die Luft vom Dröhnen der Bässe aus den mächtigen Verstärkern.

Als Luke die National Gallery erreichte, konnte er seinen Augen kaum trauen. Allem Anschein nach hatte sich die gesamte Bevölkerung Londons hier versammelt: Die Leute drängten sich nicht nur auf dem Platz, sondern auch in den davon abgehenden Seitenstraßen.

Riesige Statuen überragten drei der vier Ecken des Platzes. An der vierten Ecke befand sich bloß ein leerer Sockel, auf dem einst die Statue eines Königs gestanden hatte. Doch nach dem Aufstand der Ebenbürtigen hatte man sie bewusst leer gelassen, als Symbol für den Sturz der Monarchie. Der Sockel bot Luke jetzt einen hervorragenden Aussichtspunkt über die wogende Menge unter ihm.

In der Mitte des Platzes stand unübersehbar ein Schafott. Die Plattform aus Holzplanken umringte den Sockel der Nelsonsäule und war auf den Rücken von vier gewaltigen Löwen aus Bronze errichtet worden, die das Denkmal des Admirals bewachten. Etwas tiefer verlief eine zweite Plattform. Von dort aus würde die Menge die Opfer erreichen können, erkannte Luke schaudernd.

Am Rand der höheren Plattform hatte man mehrere dicke Metallpfosten aufgestellt. Als Luke sich näher herandrängte, sah er, dass von jedem Pfosten schwere Ketten herabhingen: zwei vom oberen Bereich, die in Handschellen endeten, und eine von der Mitte, die zu einem Metalldraht führte. Die Ketten waren so lang, dass eine daran befestigte Person mühelos erreicht werden konnte.

Absperrgitter riegelten die Plattform ab. Davor hatten sich bereits die ersten Schaulustigen niedergelassen, wie Luke angewidert entdeckte. Wer waren diese Leute? Wer war so krank im Hirn, dass er ganz vorne dabei sein und Menschen quälen wollte, die er noch nie zuvor gesehen hatte und deren Verbrechen ihn nicht im Geringsten betrafen?

Die Zahlen sprachen gegen Abi und die anderen. Londons Bevölkerung umfasste etwas über sechs Millionen Menschen. Es war logisch, dass sich unter so vielen Bewohnern ein paar Durchgeknallte fanden – und es brauchte nur ein paar –, die sich diese Gelegenheit nicht entgehen lassen wollten.

Wie konnte Luke das Ganze aufhalten? Sollte er sich dem Gewühl rund um Abi anschließen, mit einem Bolzenschneider bewaffnet, um ihre Ketten zu durchtrennen? Aber er wusste nicht, an welchen Pfosten man sie fesseln würde. Die Sicherheitskräfte würden sie einfach bloß wieder auf die Plattform hieven – und ihn vermutlich gleich mit dazu.

Also musste er für irgendeine Ablenkung sorgen. Vielleicht konnte er einem der Sicherheitsmänner ja einen Tränengaskanister klauen und diesen werfen, sobald die ersten Opfer – also Blake und Julian – auf die Plattform geführt wurden. Womöglich konnte er aber auch eine Bombendrohung imitieren, damit die ganze Gegend evakuiert wurde, bevor das Spektakel auch nur losging? Viel Hoffnung hatte er zwar nicht, aber irgendetwas musste er versuchen. Beim Betreten des Platzes hatte keine Taschenkontrolle stattgefunden. Hier konnte jeder eine Bombe mit sich tragen.

Luke umrundete auf der Suche nach Ansatzmöglichkeiten den Platz. Dabei wälzte er eine Idee nach der anderen, doch ihm wollte nichts Besseres einfallen. Während der dritten Runde sah er, wie einer der Sicherheitsbeamten seinen Dienst an einem der Bierstände genoss. Eine Bardame flirtete mit dem Mann und versorgte ihn mit Drinks. Diese Situation hatte Potential, und Luke ließ sich in der Nähe nieder, um das Ganze zu verfolgen.

Er wartete, bis der Beamte immer betrunkener wurde. Dann ließ er sich von der Menge an ihm vorbeischieben. Dankbar für die Lektionen, die er von Renie bei den »Spielen« des Vereins gelernt hatte, gelang es ihm, unbemerkt einen der Tränengaskanister aus dem Hüftgürtel des Mannes zu ziehen. Seine Elektroschockpistole würde er sich später greifen, wenn der Typ sturzbesoffen war. Doch als Luke die nächste Runde machte, war der Mann verschwunden.

Jetzt brauchte er ein Handy, um die Bombendrohung bei der Polizei zu machen. Das war leicht. Auf dem Platz wimmelte es von Leuten, die betrunken waren oder high oder beides. Lukes kurzfristige Bedenken, einer Frau die Handtasche zu stehlen, waren schnell verflogen. Jeder, dessen Vorstellung von Spaß darin bestand, die Nacht vor einer öffentlichen Todesfolter betrunken durchzutanzen, verdiente es, dass man ihm die Tasche klaute. Bei dem Handy der Frau handelte es sich um ein Standardmodell, das sich im Gegensatz zu den Smartphones der Ebenbürtigen mühelos entsperren ließ. Luke wählte wahllos irgendeine Nummer, um das Gerät zu überprüfen, und hörte kurz darauf den Wählton. Also kein Problem.

Dann war es Zeit, sich irgendwohin zu setzen und zu warten.

27

Luke

Als die Morgendämmerung anbrach, blickten die Bronzelöwen und Marmorstatuen des Platzes gleichmütig auf eine Party, die nicht den Eindruck machte, als würde sie bald enden. Der Gestank von Schweiß und Erbrochenem hing in der Luft. Angesichts des Zustands der meisten Leute auf dem Platz würde bestimmt die Hälfte selig zum Taschenmesser greifen und einem Gefangenen ins Bein stechen, wenn ihre Kumpel sie zu diesem »Riesenspaß« aufforderten.

Nein. Luke wollte das nicht glauben. Jedenfalls nicht, bis er sich mit eigenen Augen vom Gegenteil überzeugen konnte. Das war Crovans Ansicht über die Natur des Menschen. Aber nicht Lukes.

Da der Beginn des Blutmarkts für zehn Uhr angesetzt war, beschloss er, um halb neun bei der Polizei anzurufen. Dadurch blieb genügend Zeit für eine Evakuierung, allerdings nicht für die Erkenntnis, dass es überhaupt keine Bombe gab, und somit für eine Fortsetzung der Veranstaltung. Luke bahnte sich einen Weg durch die Menge und schlich sich auf die Rückseite der Kirche St Martin-in-the-Fields. Hier übte er seinen Text und wählte dann mit schweißfeuchten Fingern die Nummer der Notrufzentrale.

»Okay, danke für den Anruf«, sagte eine männliche Stimme am anderen Ende der Leitung, nachdem Luke seine Bombendrohung mitgeteilt hatte. Der Mann klang fast gelangweilt.

»Nein, Sie haben mich nicht verstanden! Ich habe gesagt: Ich habe eine Bombe, und ich werde sie zünden, wenn der Blutmarkt nicht abgeblasen wird.«

»Ja, du und Hunderte andere Leute, die heute Morgen schon hier angerufen und das Gleiche gesagt haben. Bist wohl ein Student, was, Junge? Einer dieser ›Kämpfer für soziale Gerechtigkeit‹? Tu uns einen Gefallen und hör auf, unsere Zeit zu verschwenden.«

»Nein, warten Sie. Ich bin keiner von denen. Das hier ist keine leere Drohung, ich meine es ernst. Ich werde die Bombe hochgehen lassen. Ich bin … ein Familienangehöriger.«

»Ah.« Die Stimme schwieg einen Moment. »Tja, das tut mir leid, Junge. Aber du musst verstehen, dass diese Leute gegen das Gesetz verstoßen haben und dafür ihre Strafe verdienen. Ich kann am Standort deines Handys erkennen, dass du in der Nähe des Gorregan Square bist. Ich geb dir einen Rat, Junge: Geh nach Hause. Was auch immer du tust, bleib auf keinen Fall dort und sieh es dir an.«

Danach wurde aufgelegt.

Luke fing wüst zu fluchen an, was seiner Mutter einen Herzinfarkt beschert hätte. Welche Möglichkeiten blieben ihm jetzt noch? Fast keine. Er tastete nach dem Tränengaskanister. Eigentlich hatte er die Dose in die Menge werfen wollen, sobald man Abi aufs Schafott führte, um damit für Chaos zu sorgen und sie anschließend da runterzuholen und mit ihr zu fliehen. Aber bei der Frage, wie er das machen sollte und wohin sie fliehen wollten, fiel dieser Plan in sich zusammen.

Dann kam ihm jedoch eine andere Idee, mit der er das

Ganze vielleicht stoppen konnte, bevor es auch nur begonnen hatte. An einer etwas erhöhten Stelle hatte man eine Zuschauertribüne errichtet, von wo aus die Ebenbürtigen das Spektakel verfolgen würden. Ein dort hineingeworfener Tränengaskanister könnte das Ganze vielleicht abbrechen. Luke musste schleunigst zurück, ehe der Platz so voll war, dass er keine Chance mehr hatte, nach einer geeigneten Wurfstelle zu suchen.

Als er sich durch die Menge zwängte, um den Bereich vor der Plattform zu erreichen, zeigte die Uhr bereits nach neun an. Auf dem Weg dorthin überlegte er, ob es vielleicht besser war, sich auf alle viere zu begeben und zwischen den Beinen der Zuschauer hindurchzukrabbeln. Er konnte schon gar nicht mehr zählen, wie oft ihn ein Ellbogen ins Auge getroffen hatte, jemand auf seine Zehen getrampelt war oder ihn so heftig in die Rippen gestoßen hatte, dass ihm die Luft wegblieb.

Endlich erreichte er sein Ziel. Zwischen ihm und dem Schafott standen nur noch wenige Leute, während sich die kunstvoll verzierte Zuschauerbox der Ebenbürtigen hinter ihm befand – über einer Statue errichtet, die mehrere Frauen auf einer steinernen Welle zeigte. Von hier aus konnte er den Gaskanister im richtigen Moment entweder auf die Plattform oder in die Zuschauerbox werfen. Er tastete nach seiner Tasche, um zu überprüfen, ob sich der Kanister noch darin befand.

Zu seinem Entsetzen musste er feststellen, dass seine Tasche verschwunden war. Vielleicht war der Schulterriemen im Gewühl gerissen. Oder jemand hatte genau das getan, was Luke am Abend zuvor mit der Tasche der tanzenden Frau gemacht hatte. Ein Messer, das jemand mitgebracht hatte, um es einem Opfer des Blutmarkts in den Leib zu rammen, konnte genauso gut einen Schulterriemen durchtrennen.

Luke stieß einen verzweifelten Schrei aus. Seine ganzen Ideen waren jetzt zu nichts mehr nutze.

»Was ist los?«, fragte jemand neben ihm. »Hast du was verloren?«

Wütend wirbelte Luke zu der Person herum. Er war so angespannt, dass er dem Typ in der Kapuzenjacke am liebsten einen Kinnhaken verpasst hätte. Doch in diesem Moment leuchteten dessen Augen unter der Kapuze golden auf. Dann blinzelte der Mann, und das Gold war verschwunden.

»Ich hätte wissen müssen, dass du dir das hier nicht entgehen lassen würdest, Luke«, sagte Silyen Jardine. »Obwohl es mich interessieren würde, wie du es geschafft hast, aus einer ausbruchsicheren, durch Blut gebundenen Burg zu entkommen. Das musst du mir irgendwann mal bei einer Tasse Kaffee erzählen. Ich lad dich auch ein.«

»Spar dir deine Worte«, erwiderte Luke, »es sei denn, du willst mir sagen, dass du hier bist, um meine Schwester zu retten.«

»Ich? Ich bin nur hier, um Dog mal von der Leine zu lassen. Du weißt ja, wie sehr er Vergewaltiger mag. Und außerdem hat er die besten Erinnerungen an Julian und Blake.«

Luke folgte Silyens Blick – und dort drüben stand Dog, in der allerersten Reihe und gegen das Absperrgitter gepresst.

»Bist du eigentlich ganz bei Trost? Hier sterben gleich Menschen, und du hast ihn mitgebracht, damit er dabei hilft?«

»Das überrascht dich? Nachdem ich zugelassen habe, dass ein Unschuldiger für ein Verbrechen verurteilt wurde, das er nicht begangen hat? Nachdem ich Zelston ermutigt habe, eine Kanzlervorlage zu unterbreiten, die ihn bloß ins Verderben stürzen konnte? Nachdem ich beim Tod meiner Tante der einzige Anwesende war? Entweder bist du weniger intelligent, als ich gedacht habe, oder du hast eine rührend hohe Meinung von mir, trotz der ganzen gegenteiligen Beweise.«

Ein Lächeln umspielte Silyens halb von der Kapuze verdeckte Mundwinkel. Luke juckte es in den Fingern, ihm eine Ohrfeige zu verpassen. Doch im Moment war der Ebenbürtige seine einzige Hoffnung. Denn er konnte seine Schwester bestimmt vor dem Tod bewahren – da war Luke sich absolut sicher. Silyen Jardine konnte Abi mit einem Fingerschnippen das Leben retten.

»Woher hast du überhaupt gewusst, dass ich hier sein würde?«

»Ich hatte keine Ahnung, dass du herkommen würdest. Schließlich solltest du als Gefangener in Schottland hocken. Aber als ich hier ankam, habe ich es sofort gespürt, dank unserer … besonderen Verbindung.« Silyen trat so nah an ihn heran, dass seine Kapuze ihre beiden Gesichter rahmte. Dann packte er Luke am Pullover und zog ihn zu sich heran, bis ihre Körper einander berührten. »Wenn sich irgendetwas im Netz einer Spinne verfängt, dann kann sie ihr Opfer zappeln spüren, ganz gleich, wo sie sich gerade befindet.«

Luke wollte lieber nicht darüber nachdenken, was das zu bedeuten hatte. Er wusste nur, dass es ihm irgendwie nützlich sein konnte. *Ich habe beobachtet, wie Silyen Jardine dich angesehen hat. Du bist ihm wichtig*, hatte Coira gesagt. Okay, wenn das zutraf, ließ sich damit vielleicht etwas anfangen.

»Ein Jammer, dass unsere Verbindung enden wird, wenn meine Rettungsaktion schiefgeht und ich da oben zusammen mit meiner Schwester sterbe«, erwiderte er in ruhigem Ton. »Es sei denn, du unternimmst etwas.«

Silyen gab ihn frei, und Luke taumelte zurück.

»Ahhh«, sagte der Ebenbürtige mit noch breiterem Lächeln – falls das überhaupt möglich war. »Ich habe gewusst, dass du perfekt bist, Luke. Vom ersten Moment an. Aber ich bezweifle, dass ich irgendetwas zu unternehmen brauche. Sieh mal, da kommt meine Familie.«

Der Klang von Trompeten schallte über den Platz. Die Menge drängte zu den Seiten, während die Sicherheitskräfte einen Weg für die Jardines bahnten: Lord Whittam und Lady Thalia, Gavar und Bouda, dann Jenner. Sie nahmen ihre Plätze ein; lediglich der sechste Stuhl blieb leer.

»Hoppla. Hab doch glatt vergessen, mir den Termin im Kalender einzutragen«, murmelte Silyen. »Und an deiner Stelle würde ich den Kopf runternehmen, Luke.«

Das brauchte er ihm nicht zweimal zu sagen, denn Luke hatte gerade einen Blick auf die Ebenbürtigen geworfen, die die Plätze in den Reihen hinter den Jardines einnahmen. Astrid Halfdans zierliche Gestalt und die des Mädchens neben ihr waren zwar kaum auszumachen, aber Luke sah, wie Astrids Begleiterin ihre langen Haare nach hinten schob: Ihr schlanker Arm endete in einer glänzenden Roboterhand. Hinter ihr hievte sich ein schwerer Mann in die Zuschauerbox, den Luke wiedererkannte: Lord Matravers, Dinas Vater. Er schnaufte zu atemlos, um selbst irgendetwas sagen zu können, hörte aber Crovan aufmerksam zu.

»Richtig, dagegen sollten wir etwas unternehmen.« Silyen griff Luke an den Hals und schob den Rollkragen hinunter. Seine Fingerspitzen streiften über Lukes Haut und sein Halsband. »Eigentlich bedauerlich, denn der Look steht dir. Aber wir wollen keine unnötigen Scherereien.«

Dann schob er einen Finger unter das goldene Band, als würde es sich dabei um eine ganz gewöhnliche Halskette handeln. Luke sah zu, wie er es wegzog, und hätte vor Erleichterung am liebsten geweint.

Silyen hielt das Band einen Moment hoch, um es zu inspizieren. Daraufhin ließ er die Hand sinken und das Band fallen, das sich bereits schimmernd auflöste, noch bevor es auf dem Boden auftraf.

Luke erinnerte sich daran, wie der Ebenbürtige das Vorhängeschloss von Dogs Hundezwinger heruntergepflückt hatte. Silyen Jardine schenkte anderen so beiläufig die Freiheit, als würde es überhaupt nichts bedeuten.

»Gib acht«, murmelte Silyen und zeigte auf die Plattform.

Das schreckliche Schauspiel hatte bereits begonnen.

Man hatte Julian – bloß mit weißen Shorts bekleidet – auf die Plattform geführt. Der durch *Geschick* erzwungene starre Ausdruck, den Luke am Morgen zuvor in seinen Augen gesehen hatte, war verschwunden. Julian war nun bei vollem Bewusstsein – und eindeutig zu Tode verängstigt. Er flehte und wimmerte, während die Sicherheitsleute seine Ketten befestigten: zwei an den Handgelenken, und eine dritte um die Taille herum. Auf der anderen Seite des Schafotts erhielt Blake, der keinen Widerstand leistete und mit verächtlicher Miene dastand, die gleiche Behandlung.

»Bürger Großbritanniens!« Lord Jardines Stimme schallte über den Platz. »Das Band, das uns verbindet, ist stärker als die Kraft derjenigen, die uns auseinanderreißen wollen. Ihr dient uns, und wir beschützen euch. Das ist schon immer so gewesen.

Aber wir beschützen euch nicht nur – wir wollen auch, dass ihr euch entfalten könnt. Wir leben ausschließlich dafür, das

Land zu stärken und das Leben jedes Einzelnen von euch zu verbessern. Als Zeichen dieses Versprechens liefern wir euch heute diejenigen aus, die euch und unserem Land großes Unrecht zugefügt haben.«

Die Bewohner Londons hingen an seinen Lippen. Die Menge auf dem Platz jubelte und applaudierte. Luke konnte es nicht fassen. Die Leute feierten einen Mann, der ihnen ins Gesicht sagte, dass ihre Aufgabe im Leben darin bestand, den Ebenbürtigen zu dienen. Sie mussten wirklich sinnlos betrunken sein.

»Diese beiden hier«, fuhr Jardine fort, »wurden wegen Kindesmissbrauchs und der Verstümmelung einer jungen Frau verurteilt. Danach folgen noch weitere Verbrecher. Aufständische, die das Getreide niedergebrannt haben, aus dem das Brot für eure Kinder hergestellt wird. Unruhestifter, die die friedliche, ehrliche Arbeit in den Arbeitsstädten aufs Niederträchtigste gestört haben. Wir übergeben sie, damit das Volk ihre Strafen vollstrecken kann.

Habt keine Angst vor Vergeltung. Gegenüber diesen Kreaturen kann hier und jetzt keine Straftat begangen werden. Heute geben wir unsere Gerichtsbarkeit in eure Hände.«

Die Trompeten erschallten. Sicherheitsleute nahmen die Absperrgitter weg. Und dann stürmten die Menschen in der ersten Reihe mit Gebrüll nach vorn. Luke schwankte, zum Teil unter dem Druck der vorwärtsdrängenden Menge, zum Teil vor Entsetzen und Fassungslosigkeit.

Er spürte Silyens Hand an seinem Ellbogen, die ihm Halt gab.

»Sieh hin«, murmelte der Junge. »Sieh hin und begreife.«

»Was soll ich begreifen?«

»Dass du nicht jeden retten kannst.«

Luke schüttelte seine Hand ab.

Julians Heulen klang unmenschlich, wie ein quiekendes Schwein. Blut spritzte in die Höhe. Dicht gefolgt von irgendetwas anderem … Ein Finger flog über die Menge. Dann noch einer.

»Für Miss Athalie!«, brüllte jemand und rammte einen Apfelausstecher in die Richtung, wo sich Julians Augen befinden mussten. Jules' Schrei erinnerte an das Zerspringen einer Glasscheibe. Luke wandte sich ab und sah, wie in der Zuschauerbox zwei glänzende Roboterhände applaudierten.

Es nahm kein Ende. Blutbespritzte Fetzen von einst weißem Stoff wurden achtlos niedergetrampelt. Luke sah eine Art Stahlfächer und hätte schwören können, dass er Dogs irres Lachen hörte. Dann erfolgte ein gellender, heulender Schrei, den Luke vermutlich nie mehr vergessen würde, als irgendetwas, das wie Gedärme aussah, durch die Luft flog und sich Latrinengestank ausbreitete.

Luke krümmte sich und übergab sich. Eine seelenzerreißende Übelkeit räumte seinen Magen aus. Schließlich verstummte Julians Kreischen und Luke würgte noch ein letztes Mal.

Dabei fiel sein Blick auf etwas Glitzerndes auf dem Boden. Jemand hatte ein Messer fallen gelassen. Luke schloss die Finger um das Heft. Als er sich aufrichtete, wurden Julians blutige Überreste an den hinteren Rand der Plattform geschleift.

Als Nächstes führten Sicherheitskräfte eine Reihe von Gefangenen im Gänsemarsch die Stufen hinauf, um seinen Platz einzunehmen – zuerst ein halbes Dutzend Männer, dann am Ende der Gruppe Abi.

Nein, nicht ganz am Ende. Hinter ihr ging Renie.

Blitzschnell drückte Luke Silyen das Messer an die Kehle.

»Falls du einen Rettungsplan für meine Schwester hast, wäre jetzt ein guter Moment, um damit loszulegen.«

Silyen schnalzte missbilligend mit der Zunge und machte keine Anstalten, die Klinge wegzuschieben.

»Nur Langweiler schmieden Pläne, Luke. ›Geh hierhin. Tu dies. Hoffe, dass andere jenes machen.‹ Das funktioniert nie. Nein, clevere Menschen nutzen Gelegenheiten. Ergreifen sie beim Schopf. Nur ein Beispiel: Das, was hier gleich passieren wird, lässt verschiedene faszinierende Szenarien zu. Und bloß in einem kommt deine Schwester ums Leben.«

»Das ist eins zu viel.«

Im nächsten Moment donnerte eine mächtige Stimme: »Holt das Kind da runter!«

»Wow«, murmelte Silyen neben Luke. »Kein Szenario, das ich so erwartet hätte.«

Luke hatte diese Stimme schon einmal gehört – auf einem anderen überfüllten Platz, als Sicherheitskräfte wild in die Menge geschossen hatten. Er drehte sich um. Gavar Jardine war aufgesprungen; er stand am Rand der Box und gestikulierte wütend.

»Wir glauben, dass sie schon sechzehn ist, Master Gavar«, erwiderte eine Stimme vom Schafott. Eine Stimme, die Luke ebenfalls erkannte, obwohl er einen Blick über die Schulter warf, um sich zu vergewissern. Ja: Kessler, sein Erzfeind aus Millmoor.

»Sie sieht eher wie zwölf aus. Aber das ist mir so oder so scheißegal. Ich werde nicht zusehen, wie ein Kind in Stücke gerissen wird. Und auch nicht eine junge Frau.«

»Setz dich, Gavar«, zischte Bouda Matravers eisig. »Sie haben diese Strafe verdient.«

»Nichts dergleichen«, knurrte Gavar.

Genau in diesem Moment stieg die Marmorwelle, auf der die Zuschauerbox ruhte, immer höher und ein Röhren ließ die Luft erbeben, das nur aus den tiefen Kehlen der riesigen Bronzelöwen stammen konnte. In einer sensationellen Demonstration von *Geschick* wölbte und brach sich die steinerne Woge und riss die Zuschauerbox zu Boden. Ebenbürtige taumelten und stürzten in die Tiefe, und die umstehenden Menschen drängten schreiend zur Seite, um nicht unter den Trümmern begraben zu werden.

Verwundert blickte Luke Silyen an. Doch der junge Ebenbürtige zuckte bloß die Achseln – eine unmissverständliche Geste, die besagte: »Das war ich nicht.«

Dann leuchteten seine Augen auf und er zeigte in eine Richtung. Auf der anderen Seite des Platzes stand eine hochgewachsene Gestalt auf dem leeren Sockel der vierten Säule: eine junge Frau, die Luke nicht kannte, mit halb rasiertem Schädel und erhobenen Händen.

»Die gute alte Midsummer«, murmelte Silyen grinsend.

Hinter ihnen brüllten die Löwen erneut.

Und dann ging die untere Plattform, die das Schafott umgab, mit einem Windstoß in Flammen auf.

28

Abi

Die Plattform unter ihren Füßen hob sich, als würde die Erde beben. Abi taumelte und klammerte sich haltsuchend an den Metallpfosten. Der Sicherheitsmann, der ihr gerade die Handschellen hatte anlegen wollen, wurde brutal zur Seite geworfen.

»Renie!«, brüllte Abi. Doch das Schafott brach zwischen ihnen auseinander und Renies Teil wurde in die Höhe befördert, während Abis Abschnitt sich nach vorn neigte. Das Mädchen klammerte sich verzweifelt mit den Fingerspitzen an den Rand des Schafotts, wohingegen Abis Knie nachgaben und sie auf die Holzplatten stürzte.

Ein tiefes Beben erschütterte den Erdboden, als wäre eine U-Bahn entgleist und versuchte jetzt, sich einen Weg an die Oberfläche zu bahnen. Abi sah, wie Renies Abschnitt der Plattform auf den Rücken eines gewaltigen Bronzelöwen gehoben wurde, der seine Mähne schüttelte und laut brüllte.

Verlor sie den Verstand? Hatte man ihr eine Kette um den Hals geschlungen und diese zugezogen, so dass der Sauerstoffmangel sie halluzinieren ließ?

Plötzlich gingen zuerst die untere Plattform vor dem Schafott und dann die zertrümmerte Zuschauerbox in Flammen auf. Überall liefen Menschen schreiend durcheinander.

Abi machte sich darauf gefasst, dass der Sicherheitsmann sie ergreifen würde. Wenn er sie ankettete, würden entweder die Bewohner Londons mit Messern in den Händen und einem blutrünstigen Ausdruck in den Augen über sie herfallen, oder die Flammen würden sie erfassen und bei lebendigem Leib verbrennen. Aber sie war fest entschlossen, sich mit aller Kraft gegen den Mann und die Handschellen zu wehren.

Doch niemand rührte sie an.

Dann hörte sie ein Stöhnen hinter sich. Wahrscheinlich war der Mann verletzt worden. Aber ihr blieb keine Zeit, um sich zu ihm umzudrehen. Die Flammen schlugen ihr ins Gesicht und würden gleich auf das Schafott übergehen. Abi musste springen – allerdings blind durch Flammen und Rauch hindurch. Sie federte auf den Fersen, um Schwung zu holen, und hechtete dann durch das Feuer.

Heißer Qualm versengte ihr die Kehle, als die Anstrengung sie zwang, Luft zu holen. Doch sie schaffte es durch die Flammen – nur um im nächsten Augenblick mit den Füßen an einem der Absperrgitter hängen zu bleiben. In einem wirren Knäuel aus klirrendem Metall ging Abi zu Boden. Ein heißer Schmerz schoss durch ihren Ellbogen und Fußknöchel.

Irgendetwas brüllte, und dann traf eine schwere Bronzetatze donnernd auf dem Boden neben ihr auf.

»Abi!«

Sie hob den Kopf. Renie saß rittlings auf dem Rücken des gewaltigen Bronzelöwens, die Beine zwischen die Schultern geklemmt und die Finger tief in der wallenden Mähne vergraben.

»Komm schon!«, rief das Mädchen und beugte sich zu Abi herab. Aber Renie war zu klein und der Löwe zu groß, und Abis Arm und Knöchel schmerzten zu sehr, um sich aufzurappeln. Obwohl Renie die Finger ausstreckte, um ihr zu helfen, bestand nicht die geringste Chance, dass sie Abi hochziehen konnte.

Der Löwe brüllte erneut und lief dann weiter. Renie drehte sich um, die Finger noch immer verzweifelt ausgestreckt. Abi schüttelte den Kopf, damit das Mädchen wieder nach vorn schaute und sich an der Mähne festhielt.

Das Bronzetier setzte mit einem einzigen Sprung über die brennenden Reste der Zuschauerbox hinweg. Ein ohrenbetäubender Lärm erfüllte den Platz, als die Menschen in alle Richtungen stoben. Irgendwo in der Nähe ertönte ein weiteres Brüllen und die Menge schrie auf und änderte abermals die Richtung, um dem zweiten Löwen und dann dem dritten und vierten auszuweichen. Abi entdeckte Renies Onkel Wes auf einem der Tiere. Hinter ihm klammerten sich mehrere Bore-Männer an ihn.

Die vier Löwen durchquerten den Gorregan Square, und Abi erkannte, wohin sie steuerten. Auf dem vierten leeren Sockel vor der National Gallery ragte Midsummer Zelston mit weitausgebreiteten Armen auf. Sie wirkte selbst wie eine Bronzestatue, großartig und erhaben.

Zwei der Löwen hockten sich neben sie, mit wütend peitschenden Schwänzen. Die Bore-Männer kletterten von den anderen beiden Löwen herunter, die sich daraufhin bereitmachten, erneut die Stufen hinabzuspringen und die restlichen Bore-Männer zu holen – und Abi, wie sie inständig hoffte. Mit schmerzverzerrtem Gesicht hievte sie sich auf die Beine.

»Nein!«, brüllte Bouda Matravers mit derart lauter Stimme, dass man sie bestimmt im weit entfernten Haus des Lichts hören konnte.

Die blonde Frau sah wie immer makellos aus, obwohl auch sie genau wie die anderen Ebenbürtigen aus der Zuschauerbox gestürzt war. Entschlossen streckte sie eine Hand in Richtung Platz aus. Abi fragte sich, ob sie versuchte, Midsummer von ihrem Sockel zu holen, oder ob sie sie nur mit Hilfe ihres *Geschicks* erwürgen wollte.

Doch stattdessen explodierten die Brunnen.

Auf dem Platz befanden sich zwei riesige Zierbrunnen, an deren Ecken Düsen in Gestalt von Nelsons Schiffen unablässig Wasser aus ihren Bugsprieten sprudelten, während ein großer Springbrunnen in der Mitte jedes Beckens Wasser über mehrere Stufen herabrieseln ließ. Als Bouda die Hände ballte und in der Luft drehte, wurden die Springbrunnen und die Schiffe weggesprengt, und die eleganten Kaskaden verwandelten sich in Geysire.

Das Wasser sammelte sich zu einem Strom und schoss dann in die Höhe, wo es eine riesige gläserne brodelnde Wand bildete, die den Platz in zwei Hälften unterteilte. Auf diese Weise abgetrennt, blieb den Löwen nichts anderes übrig, als knurrend auf und ab zu laufen.

Dagegen stieg das Wasser auf Abis Seite zu einer spiralförmigen Säule an und ergoss sich schließlich in einem mächtigen Schwall über das brennende Schafott.

Die Kraft der Fluten war unbeschreiblich. Sie löschten die Flammen mit ohrenbetäubendem Zischen, woraufhin eine gewaltige Rauchwolke aufstieg. Die Trümmer – inklusive Abi – wurden in einer Treibgutwoge aus Holz, Asche, Metallpfosten, Ketten und Absperrgittern weggespült. Andere von der Flutwelle mitgerissene Personen prallten gegen Abi. Handelte es sich um Zuschauer? Sicherheitsleute? Dann spülte irgendetwas Zerfetztes und Blutiges über sie hinweg – vermutlich von dem Mann, den die Menge als Ersten zerrissen hatte.

Während Abi haltlos durch das Wasser trieb, glaubte sie, eine Stimme zu hören … eine Stimme, die ihren Namen rief. Aber da musste sie sich irren, denn die Stimme klang wie Luke.

Dann traf sie irgendetwas am Kopf. Ihre Ohren dröhnten, ihr verschwamm die Sicht, und sie spürte, wie sie versank.

Vielleicht geschah es sofort oder erst ein paar Minuten später, doch eine Hand packte sie grob an den Haaren und eine andere schlug ihr ins Gesicht. Abi erkannte, dass sie sich nicht bewegen konnte. Irgendetwas Schweres presste sie auf den Boden.

»Abigail.«

Diese strenge Stimme gehörte definitiv nicht Luke. Abi versuchte, sich umzuschauen, konnte aber kaum die Augen öffnen. Die Person knurrte verärgert und drückte, trotz Abis Aufschrei, zwei Finger auf ihr geschwollenes Lid. Sie spürte ein heftiges Prickeln und stellte dann blinzelnd fest, dass sie wieder sehen konnte.

Und der Anblick, der sich ihr bot, hielt eine Überraschung bereit.

»Hat das Mädchen fliehen können?«, fragte ihr Retter. »Ich meine, ich hätte sie auf dem Rücken eines dieser verdammten Löwen gesehen.«

»Ja, Renie konnte fliehen«, krächzte Abi mit heiserer, vom Rauch angegriffener Stimme.

»Und wie geht's dir?«, fragte Gavar Jardine. »Du hast zwar überall blaue Flecken, aber das ist immer noch besser als das, was man mit dir vorhatte. Komm, ich schaff dich hier raus und weit weg von dieser Gruselshow, die meine Familie inszeniert hat.«

Gavar. Was hatte das zu bedeuten? Abi hatte den ungehobelten Erben nie besonders gemocht: Er schaute zu oft zu tief ins Glas und behandelte Frauen abscheulich.

Und dennoch hatte er Luke aus Millmoor rausgeholt. Auf Daisys Bitte hin. War das vielleicht der Grund?

»Hat Daisy dich gebeten, mich zu retten?«, krächzte Abi, als der Erbe von Kyneston die Trümmer des Schafotts so mühelos von ihr herunternahm wie ein Kind, das Kleidungsstücke von seinem Schlafzimmerboden aufhob.

»Daisy? Nein, sie weiß nichts von all dem hier. Und ich hatte ebenfalls keine Ahnung, dass du die Hauptattraktion sein würdest – bis ich dich da oben auf dem Schafott gesehen habe. Das Feuer war meine Schuld. Tut mir leid. Das passiert jedes Mal, wenn ich wütend werde.«

»Und das hier hat dich wütend gemacht? War das nicht die Idee deiner Familie? Deines Vaters. Deiner Frau. Deines Bruders.«

Abi erinnerte sich an das, was Jenner getan hatte, an das Ausmaß seines Verrats. Einen Moment lang hätte sie am liebsten die Augen geschlossen und Gavar Jardine aufgefordert, zu gehen, denn nach all dem hier ließ sich nichts mehr in Ordnung bringen.

»Ich bin nicht wie meine Familie«, stieß Gavar zwischen zusammengebissenen Zähnen hervor, während er das letzte verbogene Metallteil hochhob und beiseitewarf.

Dann beugte er sich herab und nahm sie vorsichtig auf die Arme.

»Warte«, rief Abi. »Mein Bruder. Ich meine, ich hätte seine Stimme gehört.«

»Dein Bruder ist in der Burg dieses Irren. Tut mir leid, Abigail, aber wir sollten von hier verschwinden, solange die anderen noch mit dem Chaos auf dem Platz beschäftigt sind.«

»Stimmt«, sagte sie und musste husten, als das letzte Quäntchen Kraft ihren Körper verließ. »Natürlich ist er nicht hier. Ich hab mich bestimmt getäuscht.«

»Ich bring dich zu deiner Schwester, falls das okay ist?«

Daisy war mehr als okay. Abis Herz jubelte beim Gedanken, ihre kleine Schwester wiederzusehen.

Gavar verstärkte seinen Griff um sie, während er sie über die Trümmerhaufen trug, als gäbe es nichts Leichteres.

Abi betrachtete ihn. Die vergangenen zwei Monate waren unbegreiflich gewesen: angefangen von dem Moment, als Highwithel plötzlich aus dem Meer aufgetaucht war, bis hin zu Jenners Verrat, der immer noch zu sehr schmerzte, um darüber nachzudenken. Die Tatsache, dass Gavar Jardine sie gerettet hatte, war nur eine weitere Sache, die sich jedem Erklärungsversuch widersetzte.

»Deine Familie wird über deine Taten nicht begeistert sein«, sagte sie.

»Meine Familie hat den Verstand verloren. Und alle anderen anscheinend ebenfalls«, erwiderte Gavar. »Ich habe in meinem ganzen Leben noch nie so etwas Abscheuliches gesehen. Damit will ich nicht sagen, dass Meilyr und Dina recht hatten. Aber ich werde mich nicht an dem beteiligen, was mein Vater und Bouda da veranstalten.«

Ein Verbündeter, dachte Abi. Gavar Jardine war ein Verbündeter oder konnte es zumindest werden.

»Wie sagt mein Vater doch immer so schön: Ich mache mir ja keine Vorstellung davon, wie man ein Land regiert«, fuhr der Ebenbürtige fort, während er Abi auf dem Sitz eines Motorrads absetzte und in seiner Hosentasche nach dem Schlüssel angelte. »Aber ich bin mir ziemlich sicher, dass das hier nicht die richtige Methode ist.«

»Na ja«, krächzte Abi, »ich hätte da schon ein paar Vorstellungen.«

Gavar Jardine schnaubte, als er hinter ihr das Bein über den Sitz schwang, auf den Kickstarter trat und die Maschine anließ.

Abi spürte, wie die Vibrationen des Motors durch ihren Körper gingen. Dann flogen ihr die Haare ins Gesicht und verdeckten ihr die Sicht, als Gavar das Motorrad durch die Menge steuerte und mit ihr durch die schmutzigen Straßen Londons davonstob.

Danksagung

Ich danke: meinen Agenten Robert Kirby, Ginger Clark und Jane Willis – geschätzte Traum-Verwirklicher.

Meinen Lektorinnen Bella Pagan und Tricia Narwani – geliebte Buch-Alchemisten.

Dem unglaublichen, inneren Kreis bei Pan Mac und Del Rey: Alice, Abbie, Phoebe, Jo, Kate, Lorraine, Emily, Julie, Keith, Ryan, Dave. Die Definition von *sine qua non* im Wörterbuch enthält eine Liste eurer Namen.

All jenen bei Pan Macmillan und Random House, die Bibliothekaren, Buchhändlern und Lesern jeglicher Art Bücher näherbringen. Dieses Jahr habe ich erfahren, wie viel ihr unternehmt, und dafür bin ich äußerst dankbar.

Meinen internationalen Lektoren und Übersetzern – dafür, dass sie diese Reihe mit so viel Stil und Enthusiasmus in alle Teile der Welt gebracht haben und mir phantastische Übersetzungsfragen schicken.

Meinen alten und neuen Freunden: Hilary, Giles, Tanya, Taran, Rachel, Mark, Tim, Debbie, John, Mira, Nick, Kristina und so vielen anderen. Eure Unterstützung und Begeisterung bedeuten mir wahnsinnig viel. Genau wie ihr selbst.

Mike, Fiona, Jacques und Jay – dafür, dass ihr nicht zugelassen habt, dass ich meinen »anderen Traumjob« gekündigt habe. Paddy, Jeremy und Mark – für eure Geduld und eure nie versagende gute Laune vor Ort und bei der Redaktion. (Greg, wenn du die Hälfte meines nächsten Buchs schreiben könntest, wäre das phantastisch.)

Meinen Lesern, die *DARK PALACE – Zehn Jahre musst du opfern* in ihr Herz geschlossen haben, und den Bloggern, die ihre freie Zeit dazu nutzen, Bücher einer breiteren Öffentlichkeit bekanntzumachen: Ihr wärmt mir das Herz, und ich weiß eure Arbeit unendlich zu schätzen.

Und nicht zuletzt meiner Familie: Mum, Jonathan und Dad. Isabella und Rufus, endlich wisst ihr, was eure Tante macht! Ich bin so stolz auf euch.